본삼국지

| 제2권 |

《삼국지》를 사랑하며 제대로 된 진짜 원본을 기다리는 수많은 독자께 이 책을 바칩니다.

나관중 상

중국 12판본 아우른 세계 최고 원본 | 최종 원색 완성본

본삼국지

2
장강에 불붙는 승부

나관중 지음 | 모종강 엮음 | 리동혁 옮김 | 예슝 그림

올}

【 2권 차례 】

삼국정립도 (서기262년)

부
여

옥저

선   비

대   막

동부선비

고
구
려

현토

창려

요동

낙랑

유성

대방

상곡

어양

진
한
변
한
마
한

주천

중산국

장액

양

강 호

청

서하

기

북해국

금성

평양

상당

업

태산

하동

관도

낭야국

창안

가정

안정

낙양

영천

서

농서

유수

옹

위

허청

예

광릉

기산

남양

양

강(羌)

한중

합비

건업

음평

재동

강하

문산

파서

파동

무창

여강

회계

성도

형

적벽

신도

임해

이릉

한가

파

동정

임천

건안

강양

월준

촉

장사

형양

오

영릉

계양

영창

건녕

임하

교

운남

창오

합포

교지

28

세 형제 다시 뭉치고 조자룡도

채양을 베어 형님과 아우는 의심을 풀고
고성에 모여 주인과 신하 의리로 뭉치다

손건은 수레를 호위해 먼저 가고 관우는 돌아서서 칼을 안장에 내려놓았다.

"네가 나를 쫓아오면 승상의 대범한 도량에 어긋난다."

하후돈은 듣지 않았다.

"승상께서 돌리신 글이 없는데 네가 길에서 사람을 죽이고 내 장수를 베었으니 너무 무례하다! 너를 잡아 승상께 바치고 처분을 기다리겠다."

하후돈이 창을 꼬나 들고 싸우려 하는데 뒤에서 한 사람이 나는 듯이 말을 몰아오며 목청껏 소리쳤다.

"운장과 싸워서는 아니 됩니다!"

관우는 고삐를 잡아당기고 움직이지 않았다. 달려온 사람은 조조의 사자로, 공문을 꺼내 보이며 하후돈에게 고했다.

"승상께서는 관 장군의 충성과 의로움을 존경하고 사랑하시어 관과 요새에서 막을까 걱정하시며 특별히 저를 보내 여러 곳에 공문을 돌리게 하셨습니다."

하후돈이 물었다.

"관 아무개가 관을 지키는 장수들을 죽인 것을 승상께서 아시느냐?"

"그건 아직 모르십니다."

"나는 꼭 저자를 사로잡아 승상께 바치겠다. 승상께서 놓아주신다면 그때 그렇게 하시라지."

하후돈의 말에 관우는 분이 치밀었다.

"내가 어찌 너를 두려워하겠느냐?"

관우가 칼을 들고 하후돈에게 달려가자 하후돈은 창을 움켜잡고 맞받았다. 두 말이 어울렸다 떨어지며 칼과 창이 부딪치기가 열 합도 되지 않아 또 말 탄 사람이 바람같이 달려오며 외쳤다.

"두 장군께서는 잠시 멈추시오!"

하후돈은 창을 멈추고 새로 온 사자에게 물었다.

"승상께서 관 아무개를 사로잡으라 하시더냐?"

"아닙니다. 승상께서는 관을 지키는 장수들이 관 장군을 막을까 염려하시어 다시 저에게 공문을 가지고 빨리 달려가 길을 비켜주게 하셨습니다."

하후돈이 또 물었다.

"승상께서 저자가 길에서 살인한 걸 아시느냐?"

"모르십니다."

"사람들을 죽인 걸 모르신다니 놓아줄 수 없다."

하후돈은 군사를 지휘해 관우를 에워쌌다. 관우가 크게 노해 칼을 춤추며 맞서 싸우려 하는데, 군사들 뒤에서 다시 한 사람이 나는 듯이 말을 달려오며 소리쳤다.

"운장과 원양(元讓, 하후돈의 자)은 싸우지 마시오!"

사람들이 바라보니 장료였다. 관우와 하후돈이 고삐를 당겨 말을 멈추자 장료가 이르렀다.

"나는 승상 지시를 받들었소. 운장이 관을 깨뜨리고 장수들을 죽였다는 소식을 들으시고 길에서 막는 사람들이 있을까 걱정하시어 특별히 나를 보내 여러 관과 요충지에서 운장이 마음대로 가도록 놓아주라고 하셨소."

싸울 명분이 없어졌으나 하후돈은 물러서지 않았다.

"진기는 채양의 생질이오. 채양이 그를 나한테 부탁했는데 관 아무개에게 죽었으니 어찌 가만있겠소?"

"내가 채 장군을 만나 노여움을 풀어주겠소. 승상께서 크신 뜻으로 운장을 보내주라 하셨으니 공들이 승상 뜻을 어겨서는 아니 되오."

장료가 말해 하후돈은 군사를 단속해 물러섰다. 장료가 관우에게 물었다.

"형은 지금 어디로 가려 하십니까?"

"형님께서 원소에게 계시지 않는다니 천하를 두루 돌며 찾을 작정이오."

"현덕의 행방을 모르신다면 되돌아가 승상을 뵙는 것이 어떻습니까?"

관우는 빙그레 웃음을 지었다.

"그렇게야 할 수 있겠소? 문원이 승상께 대신 사죄해주시면 고맙겠소."

말을 마치고 관우가 두 손을 감싸 쥐고 머리 위에서 흔들어 보이자 장료도 똑같이 두 손을 흔들었다. 공수(拱手)라는 인사법이었다. 인사를 마치고 관우가 떠나자 장료와 하후돈은 군사를 거두어 돌아갔다. 관우는 수레를 따라가 손건에게 그동안 있었던 일을 이야기했다.

일행이 길을 가기를 며칠, 어느 날 갑자기 소나기가 퍼부어 짐이 죄다 젖어버렸다. 멀리 바라보니 언덕 옆에 장원이 있어 관우가 수레를 호위해 가서 묵기를 청하자 한 노인이 나와 맞이했다.

"제 성은 곽이고 이름은 상이며 대대로 여기서 삽니다. 장군의 크신 성함을 들어 모신 지 오래인데 오늘 드디어 뵙는 행운을 얻었군요."

곽상은 양을 잡고 술상을 차려 대접하면서 두 부인을 뒤채에 모셔서 쉬게했다. 해가 서산에 기울자 한 소년이 사람 몇을 데리고 초당으로 올라왔다.

"애야, 어서 장군께 절을 올려라."

곽상이 관우에게 인사를 올리게 했다.

"이 아이가 어리석은 제 아들입니다."

관우가 어디 갔다 오느냐고 묻자 곽상이 대답했다.

"활을 쏘며 사냥하고 지금 돌아왔습니다."

소년이 인사하고 바로 섬돌을 내려가니 곽상은 눈물을 흘리며 하소연했다.

"이 늙은이 집안은 대대로 농사짓고 학문 닦는 것을 전통으로 알았습니다. 저에게는 저놈 하나밖에 없는데 할 일은 하지 않고 쏘다니며 사냥이나 일삼으니 참으로 집안의 불행입니다!"

"지금같이 어지러운 세상에서 무예에 정통하면 역시 공명을 이룰 수 있는데 불행이라니 무슨 말씀이시오?"

"저 아이가 무예를 배우려 한다면 뜻있는 사람이라 하겠지요. 그저 놀기만 하면서 못된 짓이나 하니 늙은 몸이 걱정하는 것입니다!"

노인을 위로하던 관우도 탄식이 나왔다. 밤이 깊어 곽상이 인사하고 나가고 관우와 손건이 잠자리에 들려 하는데 갑자기 뒷마당에서 말이 울부짖고 사람들이 떠들었다. 관우가 부하를 불렀으나 아무 응답이 없어서 손건과 함께 검을 들고 뒷마당으로 나가보니 곽상의 아들이 땅에 쓰러져 발버둥 치고 부하들은 장원 머슴들과 뒤엉켜 싸우고 있었다.

"이 사람이 적토마를 훔치러 왔다가 말에 채어 쓰러졌습니다. 저희가 소리를 듣고 일어나 와보니 머슴들이 도리어 저희를 걸고 드는군요."

부하들 말에 관우는 노기를 띠었다.

"어린놈이 감히 내 말을 훔치려 들다니!"

소년을 혼내려고 하는데 곽상이 달려왔다.

"되지 못한 자식이 이런 짓을 했으니 만 번 죽어 마땅합니다! 그러나 늙은 아내가 오로지 이 아들만 아끼고 사랑하니, 장군께서는 어질고 자애로우신 마음으로 용서해주시기를 빕니다!"

"그렇군요. 노인 말씀은 그야말로 '아버지만큼 자식을 아는 사람은 없다[知子莫若父지자막약부]'는 말에 어울리오. 내가 노인 낯을 보아 참으리다."

관우는 부하들에게 말을 잘 보살피라 이르고 초당으로 돌아왔다.

이튿날 곽상 부부가 초당 앞에 엎드려 감사드렸다.

"아들놈이 장군의 호랑이 같은 위엄을 거슬렀는데도 용서해주신 은혜가 고마워 어쩔 줄 모르겠습니다!"

"아들을 불러오시오. 내가 바르게 타이르겠소."

관우의 말에 곽상은 곤란해했다.

"지난밤에 또 건달 몇을 데리고 나갔는데 어디로 갔는지 모릅니다."

관우는 도와주어 고맙다고 치하하고 두 형수를 모시고 장원을 나섰다. 손건과 함께 수레를 호위해 산길을 가는데, 30리도 가지 못해 산 위에서 말 두 필을 앞세운 100여 명 무리가 몰려나왔다. 말을 타고 앞에 선 사람은 머리에 누런 수건을 두르고 전포를 걸쳤고, 뒤에 선 사람은 곽상 아들이었다. 누런 수건을 두른 자가 입을 열었다.

"나는 황건군 장각 장군의 부하 장수니라! 오는 자는 어서 적토마를 내놓아라. 그러면 무사히 보내주겠다!"

관우는 어이가 없어 껄껄 웃었다.

"이 무지하고 미친 도적놈아! 네가 장각을 따라 도적이 되었다면 유현덕, 관운장, 장익덕 세 형제 이름이라도 들어보았느냐?"

누런 수건을 쓴 자가 대답했다.

"나는 얼굴이 붉고 수염이 긴 사람이 관운장이라는 말만 들었지 얼굴을 본 적은 없다. 너는 누구냐?"

관우는 칼을 안장에 내려놓고 말을 세우더니 수염 주머니를 풀었다. 기다 란 수염을 보여주자 그 사람은 굴러떨어지듯 말에서 내려, 대뜸 곽상 아들을 끌어오더니 관우 말 앞에 엎어놓고 넙죽 절을 올렸다. 관우가 이름을 물었다.

"제 성은 배이고 이름은 원소입니다. 장각이 죽은 뒤 주인이 없어 산림에 무리를 짓고 잠시 숨어 삽니다. 오늘 새벽 이놈이 와서 어떤 손님이 천리마 한 필을 타고 와 저희 집에 묵었다면서 함께 말을 빼앗자고 하더니 장군님을 뵈올 줄은 참으로 몰랐습니다."

곽상 아들이 납작 엎드려 목숨을 살려달라고 빌자 관우는 입이 쓴 듯 한마 디 던졌다.

"네 아버지 낯을 보아 목숨을 살려주겠다!"

곽상 아들은 머리를 싸쥐며 놀란 쥐새끼 도망치듯 내빼고, 관우가 배원소 에게 물었다.

"그대는 내 얼굴도 모르면서 어찌 내 이름을 아는가?"

"여기서 20리쯤 떨어진 곳에 와우산이라고 있습니다. 산 위에 관서 사람이 하나 있는데 성은 주(周)씨고 이름은 창(倉)입니다. 두 팔에는 천근의 힘이 있 고 가슴과 등에는 힘살이 울퉁불퉁한데 수염은 곱슬곱슬하여 생김새가 아주 웅장합니다. 원래 황건군 장보의 부하 장수였는데 장보가 죽자 산속에 무리 를 모았지요. 그 사람이 여러 번 장군의 높으신 이름을 이야기하면서 만날 길 이 없는 것을 한스러워했습니다."

"숲속 소굴은 호걸이 발을 붙일 자리가 아니오. 공들은 나쁜 짓을 버리고 바른길로 돌아가 자기 몸을 버리지 말아야 할 것이오."

배원소는 절하며 감사드렸다. 이때 멀리서 한 무리 사람과 말이 달려오는 것이 보였다.

"저기 오는 사람이 틀림없이 주창입니다."

배원소 말에 관우는 말을 세우고 기다렸다. 과연 얼굴이 검고 키가 큰 사나이가 창을 들고 말에 올라 무리를 이끌고 오더니, 관우를 보고는 깜짝 놀라 기뻐 어쩔 줄 몰랐다.

"이분이 바로 관 장군이시로구나!"

사나이는 부리나케 말에서 뛰어내려 길가에 엎드렸다.

"주창이 뵙습니다."

관우가 일어나라 청하고 점잖게 물었다.

"장사는 어디서 이 관 아무개를 보았소?"

"이전에 황건군 장보를 따라다닐 때 존귀하신 얼굴을 뵌 적이 있습니다. 한스럽게도 도적 무리에 몸이 끼어 장군을 따르지 못했는데 오늘 다행히 만나 뵙는군요. 장군께서 버리지 않으신다면 보졸로 써주시기 바랍니다. 아침저녁으로 채찍을 들고 등자 곁을 따라다니면 죽어도 원이 없겠습니다!"

주창의 말과 행동에 진정이 뚝뚝 돋았다.

"그대가 나를 따르면 그대를 따르던 사람들은 어찌하나?"

"따르려면 따르게 하고 따르기 싫다면 마음대로 가게 하겠습니다."

사람들이 똑같이 대답했다.

"우리도 모두 따르고 싶습니다!"

관우가 말에서 내려 수레 앞으로 가서 두 부인에게 여쭈니 감 부인이 이상스러워했다.

"아주버님은 허도를 떠나 여기까지 오시는 길에 홀로 많은 고생을 하시면서도 군사가 따르기를 바라지 않으셨어요. 전에 요화가 따르려 할 때는 거절하더니 오늘은 어찌 무리를 받아주시나요? 저희 아녀자들은 생각이 짧으니 아주버님께서 알아서 정하세요."

"형수님 말씀이 옳습니다."

관우는 주창에게 설명했다.

"내가 매정해서가 아니라 두 형수님께서 여럿이 따르기를 바라지 않으시니 오늘은 산으로 돌아가게. 형님을 찾은 뒤에 반드시 다시 와서 부르겠네."

주창은 머리를 조아리며 간절히 청했다.

"이 창은 거친 사내로 도적 무리에 몸이 빠졌다가 오늘 장군을 뵈니 어둠 속에 갇혔다가 다시 해를 보는 듯합니다. 어찌 그냥 지나칠 수 있겠습니까? 여럿이 따르는 게 불편하시면 다른 사람은 다 배원소를 따르게 하고 이 창 혼자 걸으면서 장군을 따를 테니 만 리 길도 마다하지 않겠습니다."

관우가 다시 두 형수에게 전하자 감 부인이 대답했다.

"한두 사람이 따르는 거야 무방하겠지요."

부하들을 옆에 맡기라고 이르니 배원소는 마음에 차지 않는 기색이었다.

"나도 관 장군을 따라가고 싶소."

"그대까지 가면 무리가 흩어지니 잠시 거느려주게. 내가 관 장군을 따라가 머무를 곳이 있으면 바로 데리러 오겠네."

주창이 달래자 배원소는 서운한 마음으로 헤어졌다.

관우가 주창을 데리고 여남을 향해 며칠을 가자 멀찍이 산성이 하나 보여 토박이에게 물었다.

"여기는 어디냐?"

"고성입니다. 몇 달 전에 성은 장씨에 이름은 비라 하는 장군이 기병 수십 명을 이끌고 와서 현의 관리를 쫓고 성을 차지했습니다. 군사를 모으고 말을 사며 군량을 저장하는데, 지금은 3000여 명이 모여 부근에는 감히 맞서는 사

주창은 관우를 보자마자 넙죽 절을 해 ▶

람이 없습니다.”

“서주에서 헤어지고 아우 행방을 몰랐는데 여기 있을 줄이야!”

관우는 너무나 기뻐 손건에게 먼저 성안에 들어가 장비에게 알리고, 얼른 나와 형수들을 맞이하라고 했다.

그 전에 장비는 망탕산에서 한 달쯤 살고 밖으로 나와 유비 소식을 알아보며 우연히 이곳을 지나다 산성이 있기에 들어가 식량을 꾸어달라고 청했다. 그런데 현장이 고분고분 말을 듣지 않자 쫓아버리고, 도장을 빼앗아 성을 차지해 잠시 몸을 붙인 것이다.

손건이 성에 들어가 인사를 나누고 유비와 관우 소식을 알려주자 장비는 대꾸도 하지 않고 투구 쓰고 갑옷 입더니 창을 들고 말에 올라 1000여 명을 이끌고 곧장 북문으로 나가는 것이었다. 손건은 놀라 감히 묻지 못하고 뒤를 따랐다.

관우는 장비가 달려오는 것을 보고 기쁨을 참을 수 없어 칼을 주창에게 넘기고 말을 달려 마중했다. 그런데 장비는 반기기는커녕 고리눈을 둥그렇게 부릅뜨고 호랑이 수염을 거스르더니 우레 같은 고함을 지르며 관우를 겨누고 냅다 창을 찔렀다. 관우는 깜짝 놀라 창을 피하며 소리쳤다.

“아우는 어찌 이러나? 복숭아 뜰의 결의를 잊었는가?”

장비가 호통쳤다.

“너같이 의리 없는 놈이 무슨 낯짝으로 여기 와서 나를 만나느냐!”

“내가 어찌하여 의리가 없다고 하는가?”

“너는 형님을 배신하고 조조에게 붙어 후작을 얻고 벼슬을 했지? 그러고선 또 나를 속이러 왔구나! 오늘 너 죽고 나 죽고 한번 해보자!”

“그대가 사연을 모르니 나도 무어라 말하기 어렵네. 여기 두 형수님이 계시니 아우가 직접 물어보게.”

수레에 앉은 두 부인이 밖에서 떠드는 소리를 듣고, 발을 걷어 올리고 장비를 소리쳐 불렀다.

"작은 아주버님! 왜 이러세요?"

"형수님들은 가만 계십시오. 내가 먼저 의리를 저버린 놈을 죽이고 형수님들을 성안으로 모시겠습니다."

"큰아주버님은 작은 아주버님과 여러분 소식을 몰라 잠시 조씨에게 몸을 의탁했을 뿐이에요. 지금 형님께서 여남에 계신다는 걸 알고 위험을 무릅쓰고 우리를 호위해 여기까지 왔으니 오해하지 마세요."

감 부인 말에 미 부인도 한마디 덧붙였다.

"큰아주버님은 어쩔 수가 없어 허도에 계셨던 거예요."

그런 말들이 장비 귀에 먹혀들 리 없었다.

"형수님들은 저놈한테 속아 넘어가지 마십시오! 충신은 죽을지언정 욕을 보지 않으니 대장부가 어찌 두 주인을 섬기겠습니까!"

"아우는 나를 억울하게 몰지 말게."

관우 말에 손건도 끼어들었다.

"운장은 특별히 장군을 찾아왔습니다."

장비는 시끄럽다는 듯 버럭 고함쳤다.

"어찌하여 그대까지 허튼소리를 하나! 저놈에게 무슨 착한 마음이 있나? 나를 잡으러 왔겠지!"

"내가 자네를 잡으러 왔다면 군사도 데려왔을 게 아닌가?"

관우가 변명하자 장비가 손을 들어 멀리 가리켰다.

"저기 오는 게 군사가 아니고 무엇이냐?"

관우가 돌아보니 과연 먼지가 보얗게 일어나면서 군사 한 떼가 다가오는데, 깃발을 보니 바로 조조 군사였다. 장비는 크게 노해 소리쳤다.

"그래도 변명할 테냐?"

장비가 긴 창을 꼬나 들고 냅다 찌르자 관우가 손을 들어 급히 말렸다.

"아우는 잠깐 기다리게. 저기 오는 장수를 베어 내 참마음을 보여주겠네."

"너에게 과연 참마음이 있다면 내가 여기서 북을 세 통(通) 두드리는 사이에 저 장수를 베어야 한다!"

관우는 주창한테서 청룡도를 넘겨받고 응했다.

【통은 일정한 가락에 따라 한바탕 북을 두드리는 것으로, 군영에서는 아침저녁 북을 세 통 두드렸고, 싸움터에서는 진을 다 친 후 세 통 두드렸다. 한 통은 두드림이 333번이고 세 통은 1000번인데 북채를 재빨리 놀리므로 잠깐 사이에 끝난다. 무예가 엇비슷한 장수들이 만나면 싸움이 100합을 넘길 때도 있으니, 북 세 통 사이에 이기기는 쉬운 일이 아니었다.】

잠시 후 조조 군사가 이르는데 앞에 선 장수는 채양이었다.

"네가 내 생질을 죽이고 여기로 도망쳤구나! 내가 승상 명을 받들고 특별히 너를 잡으러 오는 길이다!"

채양이 칼을 꼬나 들고 말을 달리며 고함치자 관우가 대꾸도 안 하고 말을 달리는데, 장비는 북채를 잡고 북을 두드렸다. '둥둥둥!' 북소리가 한 통을 다 채우기도 전에 관우의 칼이 휙 올라가니 채양의 머리가 털썩 땅에 떨어지고 조조 군사는 도망갔다. 관우는 장수 깃발을 잡은 군졸을 사로잡았다.

"너희는 어찌하여 여기까지 왔느냐?"

"채양은 장군께서 자기 생질을 죽였다는 말을 듣고 펄펄 뛰면서 하북으로 가서 장군과 싸우려고 했습니다. 승상께서 허락하시지 않고 유벽과 싸우라고 여남으로 보냈는데, 여기서 장군과 만날 줄이야 누가 알았습니까?"

관우가 군졸에게 장비 앞에서 그 말을 하게 하니 장비는 관우가 허도에 있을 때 일을 꼬치꼬치 캐물었다. 군졸이 자기가 아는 대로 처음부터 자세히 이야기하자 장비는 비로소 관우를 믿게 되었다.

이때 성에서 군사가 달려와 보고했다.

"남문 밖에서 말 탄 사람 10여 명이 급히 달려오는데 어떤 사람들인지 모르겠습니다."

장비는 더럭 의심이 들어 성을 돌아 남문으로 갔다. 과연 가벼운 활과 짧은 화살을 지닌 여남은 명이 말을 타고 오는데 장비를 보자 서둘러 말에서 내렸다. 살펴보니 그중에 미축과 미방이 있어 장비도 말에서 내려 인사했다. 미축이 사연을 이야기했다.

"서주에서 흩어지고 우리 형제는 난을 피해 고향으로 돌아가 멀고 가까운 곳의 소식을 알아보았습니다. 운장은 조조에게 항복했다 하고, 주공께서는 하북에 계신다고 하는데, 간옹도 하북으로 갔다 하더군요. 장군이 여기 계시는 것만 몰랐는데 어제 길에서 장사꾼들을 만나 이러저러하게 생기고 성은 장씨인 장군 한 분이 고성을 차지했다 하더군요. 우리 형제는 틀림없이 장군이라 생각하고 찾아왔는데 다행히 만나 뵙습니다."

"운장 형님과 손건은 두 형수님을 모시고 금방 도착했고, 큰형님 행방도 알아냈소."

미축과 미방은 크게 기뻐 장비와 함께 관우를 만나고 두 부인에게 인사했다. 장비가 형수들을 맞이해 성안으로 들어가 자리를 잡고 앉자 두 부인이 지난 일을 이야기하니 장비는 그제야 엉엉 울면서 관우에게 절했다. 미축과 미방도 슬퍼졌다. 장비 역시 헤어진 후의 이야기를 하면서 잔치를 베풀어 다시 만남을 축하했다.

이튿날 장비도 함께 여남으로 유비를 찾아가려 하자 관우가 말렸다.

"아우는 형수님들을 보호해 잠시 이 성에 머무르게. 내가 손건과 함께 먼저 가서 형님 소식을 알아보겠네."

장비가 응해 관우와 손건이 여남으로 달려가자 유벽과 공도가 맞이했다.

"황숙께서는 어디 계시는가?"

"여기 오셔서 며칠 계시다 군사가 적어 다시 원본초를 찾아가셨습니다."

관우가 실망하는데 손건이 위로했다.

"걱정하실 것 없습니다. 다시 한 번 말을 달려 하북으로 가서 황숙께 알리고 함께 고성으로 가면 되지요."

관우가 고성으로 돌아와 장비에게 이야기하니 그도 함께 하북으로 가려고 해서 관우가 다시 말렸다.

"이런 성이 하나 있어서 그래도 우리가 몸을 붙일 자리가 있는 것이니 가볍게 버려서는 아니 되네. 이번에도 내가 손건과 함께 원소에게 가서 형님을 모시고 돌아올 테니 아우는 성을 굳게 지키게."

"형님이 원소의 대장 안량과 문추를 베었는데 거기 가도 괜찮겠소?"

"괜찮네. 내가 형편을 보아가며 잘 대응하겠네."

걱정하는 장비를 안심시키고 관우는 주창을 불렀다.

"와우산 배원소 밑에 사람이 얼마나 있느냐?"

"사오백 명 있습니다."

"내가 지금 지름길로 형님을 찾아갈 테니 너는 와우산으로 가서 그들을 데리고 큰길을 따라오면서 맞이해라."

관우가 손건과 함께 말 탄 부하 20여 명만 데리고 하북으로 떠나 거의 이르게 되자 손건이 권했다.

"장군께서는 섣불리 들어가지 마시고 여기서 잠시 쉬십시오. 제가 먼저 들어가 황숙을 뵙고 상의하겠습니다."

관우가 손건을 먼저 보내고 멀리 바라보니 앞마을에 장원 한 채가 있어 부하들과 쉬어가려고 찾아갔다. 장원에서 노인이 지팡이를 짚고 나와 관우가 인사하고 찾아온 뜻을 말하니 반가워했다.

"제 성도 관(關)이고 이름은 정(定)이올시다. 크신 성함을 들어 모신 지 오래인데 요행히 뵙게 되었군요."

노인은 두 아들을 불러 인사드리게 하고 극진히 대접했다.

이때 손건이 기주에 가서 유비를 만나 사연을 자세히 이야기하니 매우 기뻐했다.

"간옹도 여기 있으니 가만히 청해 상의하세."

간옹이 와서 몸을 뺄 계책을 의논했다.

"주공께서는 내일 원소를 찾아가 형주로 가서 유표를 만나 조조를 깨뜨릴 대책을 상의하겠다고 하시면 틈을 타 떠나실 수 있습니다."

"참 묘한 계책이오! 그런데 공이 나를 따라갈 수 있겠소?"

"저도 마땅히 몸을 뺄 계책이 있습니다."

이튿날 유비는 대장군부에 들어가 원소를 만났다.

"유경승이 형주와 양양의 아홉 군을 차지해 군사는 정예하고 식량은 넉넉하니 그와 합쳐 함께 조조를 치면 좋겠습니다."

원소는 이전에 유표의 태도가 미지근하던 일을 잊지 않았다.

"내가 전에 사자를 보내 말해보았으나 듣지 않으니 어찌하오?"

"그는 이 비의 종친이니 비가 가서 설득하면 거절하지 않을 것입니다."

"유표를 얻는다면 유벽을 얻는 것보다 훨씬 낫지."

원소는 유비에게 길을 떠나게 하고 덧붙였다.

"운장이 조조를 떠나 하북으로 온다는데, 그를 죽여 안량과 문추의 한을 풀어야겠소!"

유비는 깜짝 놀랐다.

"명공께서 쓰려 하시기에 비가 이곳으로 불렀습니다. 그런데 오늘은 어찌 죽이려 하십니까? 비유해 말하면 안량과 문추는 사슴이요, 운장은 호랑이입니다. 사슴 두 마리 잃고 호랑이 한 마리 얻으니 무슨 한이 있겠습니까?"

진담인지 농담인지 모호하게 말하던 원소는 유비 말에 히죽이 웃었다.

"내가 실로 운장을 사랑해 농담해보았소. 공은 다시 사람을 보내 어서 오라고 부르시오."

유비는 이때다 싶어 얼른 추천했다.

"손건을 보내 부르면 됩니다."

원소는 매우 기뻐하며 그 말에 따랐다. 유비가 밖으로 나가자 간옹이 원소에게 속삭였다.

"현덕은 이번에 가면 돌아오지 않을지도 모르니 제가 따라가겠습니다. 함께 유표를 설득하고 현덕을 감시하면 좋겠지요."

원소가 옳게 여겨 유비와 동행하게 하니 곽도가 충고했다.

"유비는 전에 유벽을 설득하러 가서 성공하지 못했는데, 이번에 또 간옹과 함께 형주로 보내면 틀림없이 돌아오지 않을 것입니다."

"그대는 공연히 의심하지 말게. 간옹에게도 생각이 있을 테니."

곽도는 한숨을 쉬며 물러 나왔다.

유비는 손건을 불러 관우에게 먼저 소식을 알리게 하고 간옹과 함께 말에 올라 성을 나갔다. 기주 경계에 이르러 손건이 맞이해 함께 관정의 장원으로 가자 관우가 문 앞에 나와 절을 했다. 형제가 손을 잡고 소리 내어 우는데 눈물이 그치지 않았다.

이윽고 관정이 두 아들을 데리고 초당 앞에 엎드려 절을 하여 유비가 이름을 묻자 관우가 대답했다.

"이분은 아우와 성이 같은데 아들 둘을 두셨습니다. 큰아들 녕(寧)은 글을 배우고, 둘째 아들 평(平)은 무예를 닦는답니다."

관정이 유비에게 부탁했다.

"저의 어리석은 생각으로는 둘째 아들이 관 장군을 따르게 하고 싶은데 받아주시겠는지요?"

"나이가 얼마나 됩니까?"

"열여덟 살이올시다."

"어르신의 고마우신 말씀입니다. 아우는 아직 아들이 없으니 오늘 아드님을 아들로 삼으면 되겠습니다."

관정은 크게 기뻐하며 그 자리에서 관평을 시켜 관우에게 절해 아버지로 모시게 하고 유비를 큰아버지라 부르게 했다.

유비는 원소가 쫓아올까 두려워 서둘러 길을 나섰다. 관평이 관우를 따라가자 관정은 한참을 배웅하고 돌아갔다. 관우가 길을 찾아 와우산을 향해 가는데 별안간 주창이 상처 입은 몸으로 몇십 명을 데리고 왔다. 관우가 유비를 뵙게 하니 주창이 원통하게 말했다.

"창이 와우산에 이르기 전에 어떤 장수가 홀로 말을 타고 와서 배원소를 한창에 찔러 죽이고 졸개들을 항복 받아 산채를 차지했습니다. 창이 가서 졸개들을 불러내자 이 몇 사람만 넘어오고 나머지는 그 장수가 무서워 함부로 나오지 못했습니다. 창이 분을 참지 못해 장수와 싸웠으나 몇 번이나 패하고 몸에 창날을 세 군데나 맞았습니다. 그래서 주공께 알립니다."

"그 사람은 어찌 생겼더냐? 성명은 무엇이고?"

"지극히 웅장한데 이름은 모릅니다."

관우가 말을 달려 앞장서고 유비가 뒤를 따라 와우산으로 갔다. 산 아래에 이르러 주창이 욕을 퍼붓자 투구 쓰고 갑옷 입은 장수가 창을 들고 말을 몰아 무리를 거느리고 내려오는데, 유비가 어느새 채찍을 휘둘러 앞으로 말을 몰며 높이 외쳤다.

"오는 사람은 자룡이 아니오?"

장수가 유비를 보자 굴러떨어지듯 말에서 내려 길가에 엎드리는데 과연 조운이었다. 유비와 관우가 말에서 내려 사연을 물었다.

"운이 사군과 헤어진 뒤 뜻밖에도 공손찬은 사람들 말을 듣지 않아 패하고 스스로 불에 타 죽었습니다. 원소가 여러 번 불렀으나 운은 원소 역시 사람을 쓸 줄 아는 주인이 아니라고 생각해 가지 않았습니다. 후에 서주로 가서 사군께 의지하려 했더니 바로 그곳이 함락되었다고 하더군요. 운장은 조조 밑으로 들어가고 사군은 원소에게 계신다고 하여, 운은 몇 번이나 사군을 찾아뵈려 했으나 원소가 나무랄까 염려되었습니다. 몸을 담을 곳이 없어 세상을 떠돌다 우연히 이곳을 지나게 되었는데 마침 배원소가 산에서 내려와 운의 말을 빼앗으려 하여 그를 죽이고 산채에 몸을 붙였습니다. 근래에 익덕이 고성에 있다는 말을 듣고 거기로 갈까 하는데 오늘 다행히 사군을 뵈었습니다!"

유비도 지난 일을 이야기하고 흐뭇해했다.

"자룡을 처음 볼 때부터 헤어지기 섭섭하더니 오늘 다시 만나는구려!"

기쁘기는 조운도 마찬가지였다.

"운은 사방으로 주인을 찾았으나 사군과 같은 분은 없었는데, 받들어 모시게 되었으니 평생소원을 풀었습니다. 간과 뇌수를 땅에 쏟더라도 한이 없습니다."

조운은 산채를 불태우고 무리를 이끌어 유비를 따라 고성으로 갔다. 장비와 미축, 미방이 성안으로 맞아들이고, 두 부인이 관우의 지난 일을 낱낱이 이야기해 유비는 감탄을 아끼지 않았다. 사람들은 소를 잡고 말을 죽여 먼저 하늘과 땅에 감사드리고 장졸들을 위로했다.

유비가 돌아보니 형제들이 다시 모이고 장수와 모사들도 빠짐이 없는데 새로 조운을 얻고, 관우 역시 관평과 주창을 얻었으니 기쁨이 한량없었다.

사람들은 며칠이나 술을 마셨다. 고성에서 의리로 뭉치던 이때 유비와 관우, 장비, 조운, 손건, 간옹, 미축, 미방, 관평, 주창 등이 거느린 군사는 기병과 보병을 합쳐 5000여 명이었다.

유비가 고성을 버리고 여남으로 가려 하는데 때마침 유벽과 공도가 사람을 보내 청하니, 거기에 가서 군사를 모으고 말을 사며 차츰 정벌을 꾀한 일은 더 말할 것도 없다.

유비가 돌아오지 않자 원소가 천둥같이 화가 나 군사를 풀어 토벌하려 하자 곽도가 권했다.

"유비는 병으로 치면 옴과 같아 근심할 게 없고, 조조는 무서운 강적이니 대처하지 않을 수 없습니다. 유표는 형주를 차지하고 있지만 강하다 할 수 없고, 강동의 손백부는 위엄이 삼강을 누르고 땅이 여섯 군에 이어졌으며 모사와 장수가 극히 많으니 사람을 보내 그와 손잡고 함께 조조를 치면 됩니다."

원소는 글을 써서 진진을 손책에게 보냈다.

이야말로

하북 영웅 떠나가니
강동 호걸 끌어내다

원소는 어떻게 손책과 손을 잡을까?

29

눈알 푸른 청년, 강동 패자로

소패왕은 분노해 우길을 베고
눈알 푸른 청년 강동 영도하다

손책이 강동에서 패권을 잡으니 군사는 정예하고 식량은 넉넉했다. 건안 4년(199년), 양주 여강군을 차지해 유훈을 쓸어버리고, 우번에게 격문을 돌리게 하여 예장 태수 화흠(華歆)이 항복했다.

【화흠은 오랫동안 이름을 날리며 깨끗한 다스림으로 백성의 존경을 받았는데, 우번이 찾아와 손책의 실력을 강조하고 예장의 허약한 군사력을 지적하자 싸움을 바라지 않아 태수 옷을 벗고 항복했다. 하지만 손책은 승리자의 교만을 드러내지 않았다.

"공은 연세가 많고 덕성이 높아 천하에 이름을 날리셨고, 멀고 가까운 사람들의 마음을 얻으셨습니다. 저는 나이 어리고 아는 게 적으니 후배가 어른을 뵙는 예절에 따라 공을 뵈어야 합니다."

손책은 화흠에게 절을 올리고 큰 손님으로 모셨다. 화흠 같은 인물이 가진 영향력을 잘 알기 때문이었다. 그때 강동으로 피신한 선비들이 많았는데 모두 화흠을 우러르며 모임에서 누구도 먼저 말을 꺼내지 못했다. 화흠이 일어나 자리를 비운 뒤에야 왁자지껄 주장을 폈다고 하니 그 권위를 짐작할 만하겠다. 손책이 화흠 같은 명사를 얻게 된 것은 땅을 넓히고 백성을 늘린 것에 못지않은 성과였다.】

기세를 크게 떨친 손책이 장굉을 보내 황제에게 보고를 올리자 조조가 탄식했다.

"어린 사자와는 맞서기 어렵구나!"

조조는 조인의 딸을 손책의 막내아우 손광에게 시집보내 양가가 혼인을 맺기로 하고, 장굉을 허도에 붙잡아두었다.

손책은 대사마 벼슬을 청했으나 조조가 허락하지 않자 한을 품고 허도를 습격할 마음을 먹었다. 그 야심을 안 오군 태수 허공(許貢)이 조조에게 글을 보내려고 가만히 사람을 띄웠다.

'손책은 용맹하고 날쌔기가 항우와 비슷합니다. 조정에서 그를 사랑하는 모습을 보여 불러들이는 것이 좋습니다. 외지에 오래 있으면 반드시 뒷날 근심거리가 됩니다.'

글을 가지고 가던 사람이 장강을 건너다 군사에게 잡혀 끌려오니 손책은 크게 노해 목을 베고, 의논할 일이 있다면서 허공을 청해 꾸짖었다.

"네가 나를 죽을 곳으로 보내려 하느냐!"

무사들에게 명해 허공을 목매어 죽이니 그의 식솔들은 도망갔다. 오랜 동안 허공 집에서 손님으로 있던 사람 셋이 복수를 마음먹고 기회를 노렸다.

사냥을 좋아하는 손책은 어느 날 오군 단도현 서산에서 큰 사냥 모임을 열었다. 몰이꾼들이 큼직한 사슴 한 마리를 몰아내 손책이 말을 달려 산 위로 쫓아가는데, 숲속에서 세 사람이 창을 들고 활을 잡고 서 있었다.

"너희는 무엇을 하는 사람들이냐?"

"한당의 군사로 사슴을 쏘고 있습니다."

손책이 다시 말을 달리려 하자 한 사람이 창을 번쩍 들어 그의 다리 쪽을 찔러왔다. 손책이 놀라 급히 허리에 찬 검을 뽑아 내리치자 검 날이 쑥 빠져 땅에 떨어지고 자루만 손에 남았다. 그사이에 다른 사람이 활을 쏘아 화살이 뺨에 꽂혔다. 손책이 화살을 핵 잡아 뽑아 시위에 먹여 되쏘니 활을 쏜 사람이 쓰러졌다. 다른 두 사람이 창으로 손책을 마구 찌르며 외쳤다.

"우리는 허공의 사람이다! 주인을 위해 복수하러 왔다!"

손책이 별다른 무기가 없어 활로만 막으니 두 사람은 죽기로써 덤벼 한 발도 물러서지 않았다. 손책은 몇 군데 상처를 입고 말도 다쳤다. 위급한 순간에 정보가 사람들을 데리고 달려오니 손책이 높이 소리쳤다.

"도적놈들을 죽여라!"

정보가 무리를 이끌어 세 사람을 칼로 짓이겼다. 손책은 얼굴이 피투성이가 되고 상처가 심해 전포를 베어 싸매고 오군으로 돌아왔다. 화타를 찾아 치료받으려고 사람을 보냈으나 뜻밖에도 이미 중원으로 가고 없어서 제자가 달려와 살펴보았다.

"살촉에 묻힌 독이 뼛속으로 스며들어 반드시 100일을 편안히 쉬며 치료하셔야 합니다. 만약 화를 내 노기가 뻗치면 상처를 치료하기 어렵습니다."

손책은 성미가 누구보다 급해 그날로 낫지 않는 것을 안타까워하면서 그럭저럭 20여 일을 몸조리하는데, 허도에서 장굉의 사자가 와서 이야기를 나누었다.

"조조는 주공을 아주 무서워합니다. '어린 사자와는 겨루기 어렵구나' 하고 탄식했습니다."

손책은 허허 웃었다.

"조조의 모사들도 다 나를 두려워하오?"

"모사들도 모두 주공을 존경하고 탄복합니다만 곽가만은 주공을 대단치 않게 여깁니다."

"곽가는 뭐라 하오?"

사자가 감히 대답하지 못하는데 손책이 윽박지르자 하는 수 없이 사실대로 전했다.

"곽가는 조조에게 주공을 무서워할 것 없다고 했습니다. 움직임이 경솔한데 방비를 하지 않고, 성미가 급하나 꾀가 부족해 그저 평범한 사내의 용맹이나 지녔을 뿐이니 변변찮은 소인 손에 죽을 것이라고 했습니다."

손책은 화가 머리끝까지 치밀었다.

"하찮은 놈이 감히 나를 그렇게 가늠해? 나를 쏜 것은 반드시 조조의 수작이니 내가 맹세코 허도를 손에 넣고 말겠다!"

손책이 군사를 일으키려고 상의하자 장소가 말렸다.

"병을 치료하는 의원이 주공께 100일 동안 움직이지 마시라고 했습니다. 오늘 어찌하여 한때의 분을 삭이지 못해 만금의 귀한 몸을 가볍게 여기십니까?"

바로 이때 원소가 진진을 사자로 보내, 오와 손잡고 조조를 치려 하니 호응해달라고 청했다. 손책이 대단히 기뻐 여러 장수를 성루에 불러 잔치를 베풀고 진진을 대접하는데, 장수들이 술을 마시다 갑자기 수군거리더니 제각기 성루를 내려가는 것이었다. 손책이 이상스러워 묻자 옆에서 대답했다.

"우(于) 신선이 성루 아래로 지나가 장수들이 절하러 가는 것입니다."

손책이 자리에서 일어나 난간에 기대어 내려다보니 키는 여덟 자쯤 되고 수염과 머리는 새하얀데 얼굴은 복숭아꽃같이 불그레한 도사가 새털로 짠 겉옷을 걸치고 명아주 지팡이를 들고 길에 서 있고, 백성들이 향을 피우며 엎드려 절을 했다. 손책이 분노해 분부했다.

"무슨 요망한 작자냐? 어서 잡아 오너라!"

사람들이 아뢰었다.

"이분은 성이 우씨고 이름은 길(吉)인데, 고향을 떠나 동방에 와서 살면서 오군과 회계를 오고 갑니다. 널리 부수를 나누어 사람들의 갖가지 병을 고쳐 주는데 영검하지 않은 때가 없습니다. 세상 사람들이 신선이라 부르니 가볍게 여기고 홀대하셔서는 아니 됩니다."

손책은 한층 화가 동해 호령했다.

"빨리 잡아 오너라! 명을 어기는 자는 목을 치겠다!"

부하들이 성루를 내려가 우길을 에워싸고 올라오니 손책이 꾸짖었다.

"미친 도사 놈이 어찌 감히 인심을 홀리느냐?"

우길이 대답했다.

"빈도는 낭야궁 도사올시다. 순제 때 산에 들어가 약을 캐다 곡양 샘물에서 신서(神書)를 얻었는데, 그 이름이 《태평청령도》지요. 무릇 100여 권이나 되는 신서에는 모두 사람 병을 치료하는 술법이 있었소이다. 빈도는 책을 얻고 하늘을 대신해 덕을 퍼뜨리면서 만백성을 두루 구하기만 했지요. 남의 물건을 손톱만큼도 구한 적이 없는데 어찌 인심을 홀리겠소이까?"

손책은 점점 더 부아가 치밀었다.

"네가 남의 물건을 조금도 받지 않았다면 입은 옷과 먹고 마시는 음식은 어디에서 나왔느냐? 너는 바로 황건의 장각 같은 무리이니 오늘 죽이지 않으면 뒷날 반드시 나라의 우환이 될 것이다!"

손책이 좌우를 호령해 우길의 목을 치라고 소리치자 장소가 충고했다.

"우 도사는 강동에 수십 년 계시면서 잘못한 일이 없으니 죽이면 아니 됩니다."

"내가 이런 요사스러운 자를 죽이는 것이 돼지나 개를 잡는 것과 무엇이 다르겠소!"

여러 사람이 애타게 말리고 진진도 권해 손책이 우길을 잠시 감옥에 가두게 하고 집으로 돌아오니 어머니 오태부인이 불렀다.

"듣자니 네가 우 신선에게 오라를 지웠다 하더구나. 그분은 많은 사람 병을 고쳐주시어 군사와 백성이 우러르니 해쳐서는 아니 된다."

"그자는 요사스러운 술법으로 사람을 홀립니다. 장수들이 신하의 예절을 아랑곳하지 않고 모두 성루를 내려가 절을 하는데 접대를 맡은 사람들이 도무지 말릴 수가 없으니 그런 자는 없애지 않을 수 없습니다."

오태부인이 거듭거듭 권했으나 손책은 마음을 돌리지 않았다.

"어머님은 사람들의 허망한 소리를 듣지 마십시오. 제가 마땅히 알아서 처리하겠습니다."

손책이 심문하려고 우길을 부르니 옥리들이 그를 존경해 감옥에 있을 때는 칼을 벗겼다가 서둘러 칼을 씌워 데리고 왔다. 손책이 알고 크게 노해 옥리들을 무섭게 꾸짖고, 우길에게 칼을 씌우고 족쇄를 채워 다시 감옥에 집어넣었다.

장소를 비롯한 수십 명이 함께 서명한 글을 올려 우 신선을 풀어달라고 빌자 손책은 짜증을 냈다.

"공들은 다 글을 읽은 선비들인데 어찌 이치를 모르시오? 옛날 교주 자사 장진이 사교를 믿어 슬(瑟)을 퉁기고 향을 피우면서 걸핏하면 붉은 수건으로 머리를 싸맸소. 그렇게 하면 싸우러 나가는 기세에 도움을 준다고 했는데, 뒷날 적에게 죽고 말았소. 이런 짓은 실로 무익한데 여러분이 깨닫지 못할 뿐이오. 내가 우길을 죽이려는 것은 바로 이런 사악한 짓을 금하고 그에게 홀린 사람들을 구하기 위해서요."

여범이 권했다.

"저는 우 도사가 기도해 바람을 빌고 비를 불러올 [祈風禱雨기풍도우] 수 있음을 압니다. 지금 날씨가 가문데 어찌 그에게 비를 빌어 죄를 씻게 하지 않으십니까?"

"그럼, 요사스러운 놈이 어찌하나 좀 보겠소!"

손책은 우길을 감옥에서 데려와 칼과 족쇄를 벗기고 단에 올라 비를 구하게 했다. 명을 받들어 우길은 몸을 씻고 옷을 갈아입더니 밧줄을 가져와 쨍쨍 쬐는 햇볕 아래에서 스스로 몸을 묶었다. 구경 온 백성이 거리와 골목을 가득 메우는데 우길이 사람들에게 말했다.

"나는 석 자 깊이 단비를 빌어 만민을 구하지만 죽음을 면치 못하리라."

사람들이 위로했다.

"영검하시면 주공께서 반드시 신선님을 존경하고 탄복하실 것입니다."

"정해진 운이 여기에 이르렀으니 도망치지 못할 듯하노라."

잠시 후 손책이 몸소 단에 와서 명령을 내렸다.

"오시(낮 12시)에 비가 오지 않으면 태워 죽여라!"

손책은 마른 장작을 쌓아 불을 준비하게 했다. 오시가 되자 별안간 세찬 바람이 일더니 사방에서 먹장구름이 모여들었다. 손책이 선포했다.

"오시가 되어도 헛되이 구름만 있을 뿐, 단비가 내리지 않으니 이놈은 바로 요사스러운 자다!"

좌우에 호령해 우길을 장작더미 위에 올려놓고 네 방향에서 불을 지피게 했다. 바람 따라 불길이 일어나자 별안간 검은 연기 한 줄기가 공중으로 솟구치더니 꽈르릉 소리와 함께 우레가 울리고 번개가 번쩍이며 소나기가 억수로 쏟아졌다. 잠깐 사이에 거리가 강으로 변하고 시내와 강에 물이 넘치니 석 자 단비가 넉넉했다.

우길이 장작더미 위에 반듯이 누워 크게 한 소리 지르자 구름이 거두어지고 비가 멈추더니 해가 다시 모습을 드러냈다. 사람들이 달려가 부축해 내려, 밧줄을 풀고 절하면서 감사 인사를 했다. 관리와 백성이 옷이 젖는 것을 아랑곳하지 않고 물속에서 머리를 조아리는 모습에 손책은 또 발끈했다.

"날이 개거나 비가 오는 것은 천지의 정해진 이치다. 요사스러운 놈이 우연히 그 틈을 탔을 뿐인데 너희는 어찌 이처럼 홀렸느냐!"

손책은 보검을 뽑아 들고 어서 우길의 목을 치라고 호령했다. 사람들이 힘껏 말리자 노한 손책이 한마디 내뱉었다.

"너희가 우길을 따라 반란을 꾀하려는 것이냐?"

사람들은 더 말하지 못했다. 손책이 무사를 재촉해 우길을 베게 하니 단칼에 머리가 떨어지는데, 푸른 기운 한 줄기가 동북쪽으로 날아갔다. 손책은 주검을 저잣거리에 내놓아 요사하고 허망한 죄를 밝히라고 일렀다.

그날 밤 비바람이 몰아치더니 새벽이 되자 우길의 시체가 보이지 않았다. 주검을 지키던 군사가 보고하자 손책은 화가 나 군사를 죽이려 했다. 그런데 갑자기 한 사람이 대청 앞으로 걸어오는데 보니 우길이었다. 크게 노한 손책이 검을 뽑아 우길을 베려다 까무러쳐 쓰러졌다. 사람들이 급히 안방에 옮겨 눕히니 반나절이 지나서야 정신을 차려, 오태부인이 문안을 왔다.

"내 아들이 억울한 신선을 죽여 이런 화를 불러왔구나."

손책은 싱긋 웃었다.

"이 아들은 어릴 적부터 아버지를 따라 싸움터에 나가 사람 죽이기를 삼대 베듯 했습니다. 현명한 자와 미련한 놈들을 얼마나 죽였는지 모르지만 한 번이라도 죽인 자로 인해 화를 입은 적이 없습니다. 지금 요사스러운 자를 죽인 것은 바로 큰 화를 끊기 위해서인데 어찌 거꾸로 제 화가 되겠습니까?"

"네가 믿지 않아 이렇게 되었다. 좋은 일을 벌여 재앙을 물려달라고 빌어야겠다."

【'좋은 일'이란 복을 빌고 재앙을 물리게 하는 굿 따위를 가리키는 말이었다.】

"제 운명은 하늘에 달렸으니 요사스러운 자는 저의 화가 될 수 없는데 신에게 빌어 무엇 합니까?"

아무리 권해도 손책이 듣지 않아 오태부인은 심복을 시켜 가만히 좋은 일을 벌여 액을 풀게 했다. 그날 밤 손책이 안채에 누워 있는데 느닷없이 음산한 바람이 휙 일며 등잔이 깜빡이다 다시 밝아지자 우길이 등불 그림자 아래 나타나 침상 앞에 섰다. 손책이 버럭 호통쳤다.

"나는 평생 요망한 놈들을 죽여 천하를 편안히 하겠다고 맹세했다! 네가 귀신이 되어 어찌 감히 나에게 다가오느냐!"

침상 머리에 놓인 검을 던지자 우길은 자취 없이 사라졌다. 오태부인이 그 말을 듣고 더욱 근심한다 하여 손책이 병이 난 몸을 움직여 위로하니 아들을 타일렀다.

"성인께서는 '귀신의 덕은 얼마나 성하냐[鬼神之爲德귀신지위덕 其盛矣乎기성의호]!'고 하셨고, 또 '그대를 위해 하늘과 땅의 신에게 기도하노라'라고 하셨느니라. 그러하니 귀신의 일은 믿지 않을 수 없다. 네가 우 선생을 억울하게 잘못 죽였으니 어찌 대가가 없겠느냐? 내가 사람을 보내 옥청관에 단을 만들고 기도를 드리게 했으니 네가 몸소 가서 절하고 기도하면 자연히 편안해질 것이다."

손책은 어머니 말을 거스르지 못해 가마를 타고 도교 사원인 옥청관으로 갔다. 도사가 맞이해 향을 피우라고 권하자 손책은 향만 피울 뿐 잘못을 빌지는 않았다. 그러자 향로에서 피어오른 연기가 흩어지지 않고 수레의 해 가리개 모양으로 엉키는데 그 위에 우길이 단정히 앉아 있었다. 손책은 노해 침을 뱉으며 욕했다.

손책이 달아나듯 교당을 벗어나자 이번에는 우길이 교당 문 앞에 서서 성난 눈길로 노려보았다. 손책은 따르는 사람들을 돌아보며 물었다.

"너희는 요사스러운 귀신을 보았느냐?"

사람들은 모두 보지 못했다고 했다. 손책이 한층 노해 허리에 찬 검을 뽑아 우길에게 던지자 한 사람이 검을 맞고 쓰러지는데, 바로 전날 우길의 목을 벤 무사였다. 머리에 검이 박혀 눈, 귀, 코, 입의 일곱 구멍으로 피를 흘리며 죽었다. 손책이 주검을 밖으로 옮겨 묻어주게 하고 옥청관을 나오자 우길이 옥청관 대문으로 들어왔다.

"이 관도 요사스러운 귀신을 감추는 곳이로구나!"

손책은 옥청관 앞에 앉아 500명 무사들에게 관을 허물게 했다. 무사들이 지붕에 올라가 기와를 벗기자 우길이 옆에 서서 기와를 땅에 던졌다. 손책이 다시 노해 옥청관 도사들을 모두 쫓아내고 불을 지르라고 명해 불길이 일어나자 우길이 불 속에 서 있었다.

손책이 씩씩거리며 장군부로 돌아오니 우길이 또 문 앞에 서서 노려보았다. 손책은 안으로 들어가지 않고 삼군을 점검해 성 밖에 나가 영채를 세웠다. 장수들을 모으고, 군사를 일으켜 원소를 도와 조조를 협공할 일을 상의하자 장수들이 하나같이 말렸다.

"주공께서는 옥체가 성하지 못하시니 가볍게 움직이셔서는 아니 됩니다. 상처가 아문 다음 나아가셔도 늦지 않습니다."

그날 밤 손책이 영채에 묵는데 우길이 또 머리를 풀어헤치고 나타나, 손책은 장막 속에서 꾸짖고 호통치기를 그치지 않았다.

이튿날 오태부인이 집으로 오라고 일러 손책이 가서 뵙자 얼굴이 몹시 상한 것을 보고 어머니는 소리 없이 눈물을 흘렸다.

"아들 모습이 말이 아니구나!"

손책이 거울을 들어 얼굴을 비추어 보니 과연 여위고 초췌했다.

"내가 어찌하여 이토록 못쓰게 되었느냐!"

깜짝 놀라 좌우를 돌아보는데 거울 속에 우길이 모습을 드러내니 손책은 거울을 치며 '으악' 소리쳤다. 그 서슬에 상처가 터져 쓰러지며 정신을 잃었다. 오태부인이 안방으로 부축해 눕히게 하자 잠시 후 깨어난 손책은 혼잣말로 탄식했다.

"내가 더 살지 못하겠구나!"

곧 장소를 비롯한 사람들과 아우 손권을 침상 앞으로 불렀다.

"지금 천하가 어지러운데 우리는 오, 월 땅과 삼강에 의지해 크게 일을 벌여볼 만하니 자포(장소의 자)와 여러분은 내 아우를 잘 보좌해주면 고맙겠소."

손책은 장군 도장과 끈을 손권에게 넘겨주었다.

"강동 군사를 일으켜 진을 치고 맞선 싸움터에서 대책을 마련해 천하 사람들과 승부를 가르는 데는 네가 나보다 못하고, 현명한 분을 찾고 유능한 이를 뽑아 각기 힘을 다하게 하여 강동을 지키는 데는 내가 너보다 못하다. 아버지와 형이 힘들게 창업했음을 마음에 새겨 잘 이끌어가기 바란다."

손권은 목 놓아 울면서 엎드려 절하고 도장과 끈을 받았다. 손책이 또 어머니에게 부탁했다.

"아들은 하늘이 정해준 목숨이 다해 자애로운 어머님을 더 모실 수 없습니다. 이제 도장과 끈을 아우에게 맡겼으니 어머님께서 아침저녁으로 훈계하시기 바랍니다. 아버지와 형의 옛사람들을 소홀히 대해서는 안 됩니다."

오태부인은 울면서 걱정했다.

"네 아우가 어려서 큰일을 맡지 못할까 두려운데 어찌해야 한단 말이냐?"

손책이 어머니를 위로했다.

"아우의 재주는 저보다 열 배는 높아 큰 소임을 충분히 맡을 수 있습니다. 안의 일을 세울 수 없으면 장소에게 묻고, 밖의 일을 정하지 못하면 주유에게 묻게 하십시오. 아쉽게도 주유가 여기 없어 직접 부탁할 수 없군요."

손책은 여러 아우를 불러 당부했다.

"내가 죽은 다음 너희는 함께 중모(손권의 자)를 보좌하여라. 종족 가운데 감히 다른 마음을 먹는 자가 있으면 여럿이 힘을 모아 죽이고, 가까운 혈족이 반역하면 가문의 무덤에 묻히지 못하게 하여라."

아우들이 눈물을 흘리며 명을 받자 손책은 아내 교 부인을 불렀다.

"나와 당신은 불행히도 중도에 헤어지게 되었으니 시어머님을 잘 모셔야 하오. 그대 누이동생을 만나면 주랑에게 전해달라고 하시오. 내 아우를 힘껏 보좌해 평소 우리가 서로 믿고 나눈 정을 저버리지 말라고 말이오."

【주랑은 주유로, 그의 아내는 교 부인의 동생이었다. 손책은 친구이자 동서인 주유에게 아우를 부탁했다.】

말을 마치고 스르르 눈을 감고 저 세상으로 돌아가니 손책은 그때 나이 겨우 26세였다.

손권이 울며 침상 앞에 쓰러지자 장소가 일으켰다.

"지금은 장군이 울 때가 아닙니다. 장례를 치르고 군사와 나라의 큰일을 다스려야 합니다."

손권은 눈물을 거두었다. 장소는 손책의 숙부 손정에게 장례를 치르게 하고, 손권을 모시고 앞채 대청으로 나가 문관과 무장들의 알현과 축하를 받게 했다.

손권은 생김새를 보면 턱이 모지고 입이 큼직한데 눈알은 푸르고 수염이 자주색이었다. 전에 황제의 사자 유완이 오 땅에 갔다가 손씨 형제들을 보고 말한 적이 있었다.

"내가 손씨 형제들을 두루 살펴보니 저마다 재능이 뛰어나고 사리에 밝지만, 복을 오래 누리지 못하고 목숨이 길지 않겠소. 다만 중모만은 생김새가 웅장하고 골격이 비상해 크게 귀할 모습인데 명도 길 것이니 형제들이 다 그를 따르지 못할 것이오."

손권은 손책이 남긴 명을 받들어 강동을 맡았다. 아직 두서가 잡히지 않는데, 주유가 파구에서 군사를 거느리고 돌아왔다.

"공근(주유의 자)이 돌아오니 내가 걱정이 없어졌구나."

파구를 지키던 주유는 손책이 화살을 맞았다는 말을 듣고 문안하러 오다 오군에 거의 이르러 별세 소식을 듣고 밤을 새워 달려온 것이다. 주유는 울면서 손책의 영구 앞에 엎드려 절했다. 오태부인이 맞이하고 유언을 전하자 주유는 땅에 엎드려 다짐했다.

"어찌 감히 개와 말의 수고를 다 하고 목숨까지 바치지 아니하겠습니까?"

잠시 후 손권이 들어왔다.

"공은 형님의 마지막 명령을 잊지 마시기 바라오."

주유는 머리를 조아리며 대답했다.

"저를 알아준 지기(知己)의 은혜를 어찌 간과 뇌를 땅에 쏟을 때까지 갚지 않을 수 있겠습니까?"

"아버님과 형님의 기업을 물려받았으니 어떤 계책으로 지켜야 하오?"

"예로부터 '사람을 얻는 자는 흥하고, 사람을 잃는 자는 망한다[得人者昌득인자창 失人者亡실인자망]'고 했습니다. 식견이 고명하고 안목을 갖춘 인재를 구해 보좌하도록 해야 합니다. 그러면 강동을 안정시킬 수 있습니다."

"형님이 남기신 유언이 있소. 안의 일은 자포에게 부탁하고 밖의 일은 공근을 믿으라고 말이오."

손권은 엎드려 울며 도장과 끈을 받아 ▶

小霸王壮志未酬 乙酉年春 燕雄畫 於滬上墨戲齋

"자포는 현명하고 덕망이 높은 분이라 얼마든지 큰 소임을 맡을 만합니다만 주유는 재주가 없어 무거운 부탁을 저버릴까 두렵습니다. 한 사람을 추천해 장군을 보좌할까 합니다."

손권이 어떤 사람이냐고 물어 주유가 대답했다.

"성은 노(魯)씨에 이름은 숙(肅)이며 자는 자경(子敬)으로, 임회 동성 사람이지요. 이 사람은 가슴속에는 큰 계책을 품고 뱃속에는 슬기로운 꾀가 숨겨져 있습니다. 어릴 적에 아버지를 잃고 어머니를 지극히 효성스레 모시는데, 집안이 대단히 부유해 재물을 흩어 가난한 사람들을 구제한 바 있습니다. 이 유는 거소 현장으로 있을 때, 수백 명을 거느리고 임회를 지나다 식량이 부족해 그의 집에 쌀 3000섬이 든 창고가 두 개 있다는 말을 듣고 찾아가 도움을 바랐더니, 그가 서슴없이 하나를 가리키며 내주었으니 그 대범함이 이러합니다. 평생 검술을 좋아하고 말 타고 활쏘기를 즐기는데 지금은 타향인 곡아에서 삽니다. 할머니가 돌아가셔서 동성에 돌아가 장례를 치렀지요. 그의 친구 유자양이 함께 소호로 가서 정보라는 사람 수하에 들어가자고 권했는데, 노숙은 아직 주저하며 떠나지 않았으니 주공께서는 빨리 불러오십시오."

손권이 기뻐하며 즉시 모셔오라고 일러, 주유가 명을 받들고 찾아가니 노숙은 곤란해했다.

"얼마 전에 유자양이 함께 가자고 해서 이 몸은 소호로 갈까 하는데요."

주유가 권했다.

"옛날 마원(馬援)은 광무제께 말했소. '지금 세상에는 임금이 신하를 찾을 뿐 아니라 신하도 주인을 찾습니다.' 지금 손 장군은 현명한 이를 찾고 예절을 갖추어 선비를 대하면서 기이한 사람을 맞이하고 재주 있는 이를 거두는데, 세상에 보기 드물지요. 내가 현명한 이들이 가만히 논하는 말을 들으니 하늘의 명을 받아 유씨를 대신할 사람은 기필코 동남에서 흥한다고 하더이다. 별의 움직임을 가늠

하고 역수로 따져보면 손 장군은 반드시 황제의 기틀을 이루어 하늘의 운에 맞출 것이오. 지금은 바야흐로 학식 있는 사람들이 용과 봉황에 따라붙어 천하를 달리며 공을 세울 때이니 그대는 다른 생각 말고 바로 오로 가는 게 옳소."

【마원은 후한을 세운 광무제의 장수이고, 역수는 하늘의 운수 또는 왕조가 교체되는 순서를 말한다.】

주유 말에 따라 노숙은 함께 손권을 찾아와 뵈었다. 손권은 노숙을 매우 존경하면서 그와 이야기하면 종일 지칠 줄 몰랐다.

어느 날 사람들이 모두 흩어진 뒤 손권이 노숙을 붙잡고 함께 술을 마시다 밤이 되어 한 침상에서 발을 맞대고 누워 물었다.

"한의 조정이 기울어 사방이 소란스러운데 나는 아버님과 형님이 남긴 일을 계승해 제환공과 진문공의 일을 할까 하오. 무엇을 가르쳐주실 거요?"

【옛날 주의 왕실 권위가 바닥에 떨어지자 제의 환공은 관중의 계책에 따라 '임금을 존중하고 오랑캐를 물리친다'는 구호를 내걸고, 주의 왕실을 등에 업어 첫 번째 패자가 되었다. 뒤이어 진의 문공이 궁지에 빠진 주의 양왕을 도우면서 왕실을 보좌한다는 명분을 내세워 두 번째 패자가 되었다. 두 사람이 실권은 왕보다 컸으나 자신이 왕이 되지는 않았으니 이때만 해도 손권은 아버지와 형이 남긴 기업이나 잘 지키려는 생각이었다.】

노숙이 대답했다.

"옛날 한 고조가 의제를 높이 모시려 했으나 성사하지 못한 것은 항우가 의제를 해쳤기 때문입니다. 지금 조조는 세력이 항우와 비슷한데 장군께서 어찌 제환공과 진문공처럼 되실 수 있습니까? 이 숙이 가만히 살펴보건대 한의 황실은 다시 흥하도록 일으킬 수 없고, 조조는 쉽게 쓸어 엎기 어렵습니다.

장군을 위해 따져보면 다만 솥발이 벌린 듯 강동을 차지하고 천하가 변화하는 기회를 살피는 길밖에 없습니다. 지금 북방이 어지러운 틈을 타 황조를 토벌하고 유표를 쳐서 장강 끝까지 모두 차지한 뒤, 황제의 이름을 내걸고 천하를 거머쥐려 해보시지요. 이는 한 고조의 사업과 같습니다."

손권은 크게 기뻐하며 옷을 걸치고 일어나 고마움을 나타냈다. 이튿날 손권은 노숙에게 후한 선물을 주고 그 어머니에게 옷과 휘장 따위 물품을 보냈다.

노숙이 또 한 사람을 추천해 손권을 만나게 하니, 박식하고 재주 많고 어머니를 지극히 효성스레 모시는 선비였다. 성은 두 자로 제갈(諸葛)이고 이름은 근(瑾)인데 자는 자유(子瑜)로 낭야국 양도현 사람이었다. 손권은 제갈근을 귀한 손님으로 대했다.

제갈근이 원소와 손잡지 말고 잠시 조조에게 순종하다 틈을 보아 조조를 공략하라고 권해, 손권은 진진을 돌려보내고 원소의 요청을 거절했다.

이때 조조가 손책이 죽었다는 소식을 듣고 군사를 일으켜 강남으로 내려가려 하니 시어사 장굉이 말렸다.

"상대가 상을 당한 틈을 타 정벌하면 의로운 행위가 아닙니다. 만약 이기지 못하면 사이가 틀어지고 원수가 되니 이 기회에 잘 대하는 것이 좋습니다."

조조가 옳게 여겨 천자에게 아뢰어 손권을 토로(討虜)장군으로 봉하고, 회계 태수를 겸하게 했다. 그리고 장굉을 회계의 군사를 거느리는 도위로 봉해 손권의 장군 도장과 끈을 주어 강동으로 보냈다. 손권은 대단히 기뻐하며 장굉에게 장소와 함께 정사를 처리하게 했다.

【손권은 회계 태수가 되었으나 근거지인 오군을 지켜야 하므로 갈 수 없었다. 그래서 회계 도위로 임명된 장굉이 가야 하는데 손권이 가까이 잡아두었으니 대신 회계를 다스릴 사람이 필요했다.】

손권과 노숙은 한 침상에서 자며 앞일 논의 ▶

鲁肃深夜说孙权

乙酉春燕雄画

장굉이 손권에게 한 사람을 추천했다. 성은 고(顧)씨에 이름은 옹(雍)이며 자는 원탄(元嘆)으로 중랑장 채옹의 제자였다. 사람됨이 말수가 적고 술을 마시지 않으며 엄격하고 공정했다. 손권은 그를 태수 보좌관인 군승으로 삼아 회계 태수 직을 대리하게 했다.

이때부터 손권은 강동에 위엄을 떨치고 민심을 얻었다.

진진은 하북으로 돌아가 원소에게 오의 변화를 자세히 이야기했다.

"손책이 죽고 손권이 뒤를 이었는데 조조가 장군으로 봉해 자기에게 호응하게 했습니다."

원소는 크게 노해 기주, 청주, 유주, 병주 군사 70여 만을 일으켜 다시 허도를 치러 떠났다.

이야말로

강남 싸움 잠잠해지자
하북전쟁 또 일어난다

원소는 허도를 칠 수 있을까?

30

조조, 원소의 70만 대군 정벌

관도에서 싸워 본초는 군사 궤멸되고
오소를 쳐서 맹덕은 군량을 불태우다

원소는 관도를 향해 나아갔다. 하후돈이 위급함을 알려 조조는 7만 군사를 일으켜 막으러 나아가면서 순욱에게 허도를 지키게 했다.

이보다 앞서 원소가 떠날 무렵, 전풍은 감옥에서 글을 올렸다.

'지금은 조용히 지키면서 하늘이 돕는 때를 기다려야지 함부로 대군을 일으켜서는 아니 됩니다. 이롭지 못할까 두렵습니다.'

봉기가 전풍을 헐뜯었다.

"주공께서 어질고 의로운 군사를 일으키시는데 전풍은 어이하여 이런 상서롭지 못한 말을 한단 말입니까?"

원소가 전풍의 목을 치려 하자 여러 사람이 말려서 참았다.

"내가 조조를 깨뜨린 뒤 사람들 앞에서 그 죄상을 밝혀 다스리겠다!"

【전풍은 처음에는 천천히 싸우기를 주장하다 두 번째는 급히 싸우라고 권하고, 세 번째와 네 번째는 싸우지 말기를 바랐다. 확실히 때와 형세의 변화에 따라 적

당한 대책을 세우는 뛰어난 모사였으나 원소는 그렇게 보지 않았다.】

원소의 대군이 나아가니 깃발이 들판을 뒤덮고 창칼이 큰 숲을 이루었다. 양무현에 이르러 영채를 세우자 저수가 주장했다.

"우리 군사는 숫자가 많으나 용맹은 저쪽보다 못하고, 저쪽 군사는 빠르고 용맹하나 군량과 말먹이 풀이 적습니다. 저쪽은 식량이 없어 빨리 싸우는 편이 이롭고, 우리는 식량이 많아 서두르지 말고 지키는 편이 좋습니다. 시일을 오래 끌면 적은 싸우지 않고도 제풀에 물러갈 것입니다."

"전풍이 군사의 사기를 떨어뜨려 내가 돌아가는 날 죽이려 하는데 네가 또 어찌 감히 이렇게 떠드느냐!"

한바탕 화를 낸 원소가 호령했다.

"저수를 가두고 자물쇠를 단단히 잠가라. 내가 조조를 깨뜨리고 전풍과 함께 죄를 다스리겠다!"

원소의 70만 대군이 영채를 세우니 90여 리에 이어졌다. 금방 도착한 군사들이 겁을 내자 조조가 모사들과 상의하니 순유가 단언했다.

"저쪽 군사가 많기는 하지만 두려워할 필요는 없습니다. 아군은 정예하여 혼자 열 사람을 이깁니다. 우리는 빨리 싸우는 게 이로우니 시일을 끌면 군량과 말먹이 풀이 부족해 걱정스럽습니다."

조조가 북을 두드리고 고함치며 전진을 명하자 원소 군사가 마주 나와 진을 쳤다. 심배는 쇠뇌군 1만 명을 양쪽 날개에 매복시키고 활잡이 5000명을 깃발 안쪽에 감추어, 포 소리가 울리면 일제히 활과 쇠뇌를 쏘게 했다.

북이 한바탕 울리고 원소가 진 앞에 나와 말을 세우니 금 투구에 금 갑옷을 입고 비단 전포에 옥띠를 두른 모습이었다. 좌우로 장합, 고람, 한맹, 순우경을 비롯한 장수들이 늘어서고, 갖가지 깃발이며 절과 월이 사뭇 정연했다.

조조도 말을 타고 나가니 허저, 장료, 서황, 이전을 비롯한 장수들이 앞뒤에서 호위했다. 조조가 채찍으로 원소를 가리켰다.

"내가 너를 천자께 보증해 대장군으로 높여주었는데 어찌 반란을 일으키느냐?"

원소가 화를 냈다.

"너는 한의 승상 이름을 걸었으나 사실은 도적이다! 네 죄악이 하늘에 가득해 왕망이나 동탁보다 더 심한데 오히려 다른 사람이 반란을 일으켰다고 모함하느냐?"

"나는 천자의 조서를 받들고 역적을 토벌한다!"

조조가 황제의 명령을 들먹이자 원소도 지지 않았다.

"나는 옷 띠에 감춘 조서를 받들고 역적을 친다!"

조조가 장료를 내보내니 장합이 말을 달려 맞붙어 50여 합에 이르도록 승부가 나지 않았다. 조조가 보고 기이하게 여기며 은근히 감탄했다. 허저가 장료를 도우려고 달려나가자 고람이 마주 나와 네 장수가 두 쌍으로 싸웠다.

조조가 하후돈과 조홍에게 각기 3000명 군사를 이끌고 적진을 들이치게 하자 심배가 신호포를 터뜨려 양쪽 날개에서 1만 벌 쇠뇌가 살을 쏘고 중군 활잡이들이 어지러이 화살을 날리니 조조 군사가 그 많은 화살을 어찌 다 막아낼 수 있으랴! 급히 남쪽을 향해 달아나니 원소가 군사를 휘몰아 덮쳐 조조는 크게 패하고 관도까지 물러갔다.

원소가 관도에 바짝 다가가 영채를 세우자 심배가 계책을 내놓았다.

"10만 군사로 관도를 지키고 조조 영채 앞에 흙산을 쌓아 위에서 영채를 굽어보며 활을 쏘게 하십시오. 조조가 관도를 버리고 달아나면 허도를 깨뜨릴 수 있습니다."

원소는 건장한 군졸들을 뽑아 조조 영채 앞에 흙산을 만들었다. 조조가 나가 싸우려 했으나 심배의 활잡이와 쇠뇌군이 목구멍같이 중요한 길목을 막아 전진할 수 없었다.

열흘도 안 되어 흙산 50여 개가 솟고 위에 지붕 없는 망루들이 높이 세워졌다. 그 위에서 활과 쇠뇌를 내리쏘니 조조 군사는 질겁해 어쩔 줄을 몰랐다. 흙산 위에서 딱따기 소리가 '딱!' 울리면 화살이 비 오듯 쏟아져, 조조 군사는 모두 방패를 덮어쓰고 땅에 엎드렸다. 원소 군사는 재미있다고 소리 지르며 깔깔 웃어댔다.

군졸들이 당황해 허둥거리자 유엽이 대책을 내놓았다.

"발석거를 만들어 깨뜨릴 수 있습니다."

발석거는 돌을 던지는 장치였다. 조조는 유엽에게 그림을 그리게 하여 밤을 새워 발석거 수백 대를 만들어 영채 안쪽에 벌려 세우니 흙산 위의 망루와 마주했다.

원소군이 활을 쏘기를 기다려 일제히 발석거를 쏘자 돌들이 허공으로 날아가 망루를 마구 쳤다. 망루 위의 군사는 피할 수가 없어 활잡이들이 수없이 다치고 죽었다. 원소 군사는 그 수레의 위력을 무서운 벼락에 비유해 '벽력거'라 부르며 다시는 높은 곳에 올라가 화살을 쏘지 못했다.

심배가 또 계책을 내놓아 군사를 풀어 가만히 땅굴을 팠다. 조조 영채 안으로 뚫고 들어가려는 것이었다. 그런 군사를 '굴자군'이라 했는데 전에 공손찬을 깨뜨릴 때 재미를 본 공격 수단이었다. 원소 군사가 산 뒤에서 땅을 판다고 보고하자 유엽이 속셈을 꿰뚫었다.

"땅굴을 파는 것입니다. 영채 안에 빙 둘러 참호를 파면 그것은 쓸모없게 됩니다."

조조 군사가 참호를 파니 원소 군사는 그곳을 지나지 못해 힘만 낭비했다.

조조가 8월부터 관도를 지키기 시작해 9월이 지나자 군량과 말먹이 풀이 부족했다. 관도를 버리고 허도로 돌아갈까 궁리했으나 망설여져 결단하기 어려웠다. 조조가 허도의 순욱에게 글을 보내 묻자 대답이 왔다.

'제 어리석은 생각으로는 원소가 무리를 전부 모아 관도에서 승부를 가르려 하는데, 승상께서 지극히 약한 힘으로 지극히 강한 자와 맞서시니 이기지 못하면 반드시 그에게 틈을 주게 됩니다. 이는 천하가 판가름 나는 중요한 관건인데, 원소는 군사가 많아도 쓸 줄을 모릅니다. 승상의 신 같은 밝음과 당당하신 위풍으로는 어디로 향하든지 성공하지 못할 수가 있겠습니까! 지금 군량이 적지만 초와 한이 형양과 성고에서 싸울 때보다는 낫습니다. 그때도 유방과 항우는 서로 물러서지 않았으니 먼저 물러서는 자는 기세가 꺾이기 때문입니다. 승상께서 땅에 금을 긋고 지키면서 적의 숨통을 조여 전진하지 못하도록 하시는데, 적은 날카로운 기세가 꺾였으니 반드시 변화가 있을 것입니다. 지금은 기이한 계책을 쓸 때이니 절대 놓쳐서는 아니 됩니다.'

글을 받고 조조가 장졸들에게 힘을 다해 지키라고 명하는데 원소 군사가 30여 리를 물러섰다. 조조가 장수들을 영채 밖으로 내보내 순찰하게 하니 서황의 장수 사환이 원소의 정탐꾼을 붙잡아 사실을 알아냈다.

"대장 한맹이 군량을 날라 오는데 우리에게 길을 알아보게 했습니다."

서황이 조조에게 보고하니 순유가 계책을 내놓았다.

"한맹은 평범한 사내의 용맹밖에 없습니다. 장수 하나를 보내 가볍게 차린 기병 수천을 이끌고 길을 막아 식량과 말먹이 풀을 태우면 원소 군사는 저절로 어지러워집니다."

조조는 서황에게 사환을 데리고 가게 하고, 장료와 허저에게 6000명 군사를 주어 돕게 했다.

그날 밤 한맹이 군량 수레 수천 대를 호송해 원소 영채로 가는데 산골짜기에서 서황이 나타나 말을 어울려 싸우자 그 틈에 사환이 재빨리 군사를 쫓아버리고 군량 수레에 불을 붙였다.

영채에서 원소가 서북쪽 하늘에 불길이 치솟는 것을 보고 놀라는데 도망쳐 온 군사가 보고했다.

"조조 군사가 급습해 군량과 말먹이 풀을 태웠습니다!"

원소는 급히 장합과 고람을 보내 큰길을 막게 했다. 두 장수가 군량을 불사르고 돌아오는 서황과 마주쳐 싸우려 하는데 등 뒤로 장료와 허저의 군사가 달려와 원소 군사를 흩어버렸다. 네 장수가 관도의 영채로 돌아오니 조조는 후하게 상을 내리고, 군사를 나누어 기각지세를 이루었다.

한맹이 군량을 잃고 돌아가자 원소가 목을 치려했으나 여러 사람이 빌어 겨우 목숨을 부지했다. 심배가 원소에게 청했다.

"군량은 마음을 써서 방비하지 않을 수 없습니다. 오소는 군량을 모아둔 곳이니 반드시 대군으로 지켜야 합니다."

"내가 이미 알아서 계책을 정했네. 그대는 업도로 가서 군량과 말먹이 풀을 감독해 부족하지 않도록 하게."

"이곳 싸움은 지극히 중요하니 소홀히 해서는 아니 됩니다."

"내가 군사를 부리기 20년이니 재주가 없는 게 아니고, 그대는 한 고조의 승상 소하의 무거운 짐을 맡았으니 역시 작은 일이 아닐세. 내가 속을 썩이지 않도록 하게."

심배는 명을 받들고 떠났다. 원소는 대장 순우경에게 휴원진과 조예 같은 장수들을 거느리고 2만 군사를 이끌어 오소를 지키게 했다. 순우경은 고집이 세고 술을 좋아해 군사들이 싫어하는데 오소에 이르러 장수들과 종일 술만 마셨다.

식량이 바닥난 조조는 허도의 순욱에게 사자를 보내 군량과 말먹이 풀을 급히 모아 보내라고 했다. 그런데 사자가 그만 원소 군사에게 붙잡혀 모사 허유 앞으로 끌려갔다. 허유는 자가 자원(子遠)으로 남양 사람인데 거만하고 재물을 밝혔다. 어릴 적에 조조와 친구로 사귀었으나 지금은 원소 밑에 있었다.

사자의 몸을 뒤져 조조의 글을 찾아낸 허유가 원소를 찾아갔다.

"조조가 관도에 주둔해 우리와 대치한 지 오래라 지금 허도가 텅 비었으니 군사 한 무리를 나누어 달려가 기습하면 차지할 수 있습니다. 천자를 받들어 모시고 토벌하면 조조를 사로잡을 수 있습니다. 만약 조조 군사가 궤멸되지 않으면 머리와 꼬리를 협공해 반드시 깨뜨릴 수 있습니다. 지금 조조의 군량과 말먹이 풀이 바닥났으니 이 기회를 이용해 두 길로 나누어 치시지요."

원소는 내키지 않는 듯했다.

"조조는 간사한 꾀가 지극히 많으니 이 글은 적을 속이는 계책이오."

허유가 머리를 조아리며 권했다.

"지금 허도를 손에 넣지 않으면 뒷날 반드시 조조의 해를 입습니다."

이때 사자가 와서 심배의 글을 올렸다. 글에는 먼저 군량 나르는 일을 이야기하고, 다음으로 허유가 기주에 있을 때 백성의 재물을 빼앗은 일을 적었다. 허유는 아들과 조카들이 멋대로 세금을 많이 거두게 버려두고, 더 받은 돈과 식량을 삼켰다고 고발했다. 심배가 그 아들과 조카들을 붙잡아 감옥에 넣었다는 것이다.

원소는 글을 보고 노발대발했다.

"이 뜻이 너절하고 행실이 더러운 놈아! 그 주제에 뻔뻔스럽게 내 앞에서 계책을 올리겠다고? 네가 옛날에 조조와 친구였으니 뇌물을 받아먹고 내 군사를 속이려는 게 아니냐? 네 목을 베어야겠지만 내가 사람을 용납하지 못한다는 말을 들을까 싶어 잠시 붙여둘 테니 썩 물러가거라. 이후 다시는 나를 만나지 못한다!"

허유는 장막을 나와 하늘을 우러러 탄식했다.

"충성스러운 말을 언짢아하니, 어리석은 녀석과는 일을 꾸미지 못하겠구나! 아들과 조카들이 심배에게 해를 당했으니 내가 무슨 얼굴로 기주 사람들을 다시 보겠느냐?"

허유가 검을 뽑아 목을 베려 하자 따르는 사람들이 검을 빼앗았다.

"공은 어이하여 목숨을 가볍게 여기십니까? 원소가 바른말을 받아들이지 않으니 뒷날 반드시 조조에게 잡힙니다. 공은 조공과 옛정이 있는데 어찌 어둠을 버리고 밝음을 찾아가시지 않습니까?"

허유는 따르는 사람 몇을 데리고 조조 영채로 찾아갔다.

"조 승상의 옛 친구다. 어서 전하라, 남양의 허유가 만나러 왔다고."

조조는 옷을 벗고 쉬려던 참이었는데 허유가 가만히 찾아왔다고 하자 너무 기뻐 신도 미처 신지 못하고 맨발 바람으로 뛰어나가 맞이했다. 먼발치에서 허유를 알아보고 손뼉을 치며 반갑게 웃더니 손을 덥석 잡고 장막으로 들어갔다. 조조가 먼저 넙죽 땅에 엎드리자 허유가 황급히 부축해 일으켰다.

"공은 한의 승상이시고 이 유는 벼슬 없는 백성인데 어찌 이처럼 겸손하고 공손하시오?"

"공은 옛 친구인데 어찌 감히 벼슬로 아래위를 따지겠소?"

"이 사람이 주인을 찾을 줄 몰라 원소에게 몸을 굽혔는데 그가 말을 듣지 않고 계책을 따라주지 않아, 오늘 그를 버리고 옛 친구를 찾아왔소. 받아주시기 바랍니다."

"자원이 오셨으니 내 일이 이루어질 것이오. 원소에게 바친 계책을 듣고 싶소."

조조가 기꺼이 받아들이자 허유는 대뜸 말을 낮추었다.

"내가 일찍이 원소에게 빈틈을 타고 가볍게 차린 기병으로 허도를 습격해, 머리와 꼬리를 함께 치라고 가르쳤소."

조조는 깜짝 놀랐다.

"원소가 만약 그 말을 들었으면 내가 망했을 것이오. 여기서 원소를 깨뜨릴 계책을 가르쳐주오."

"공은 지금 군량이 얼마나 있소?"

"1년은 버틸 만하오."

허유는 웃었다.

"아마 그렇지 않을 텐데."

"반년 분은 있소."

허유는 소매를 떨치고 빠른 걸음으로 장막을 나가며 원망했다.

"내가 성의를 다해 찾아왔건만 이처럼 속이니 무엇을 더 바라겠소?"

조조가 만류했다.

"자원은 화내지 마시오. 바른대로 말하면 군량은 석 달은 먹을 수 있소."

허유는 또 웃었다.

"세상 사람들이 맹덕을 간사한 영웅이라 하더니 오늘 보니 과연 그렇군."

조조도 웃었다.

"그래, '군사에는 속임수를 꺼리지 않는다 [兵不厭詐병불염사]'는 말을 듣지 못하셨소?"

그리고 허유의 귀에 대고 소곤거렸다.

"이달 치 식량만 있을 뿐이오."

허유는 목청을 돋우었다.

"나를 속이지 마오! 군량은 이미 바닥났소!"

조조는 깜짝 놀랐다.

"어찌 아시오?"

허유는 조조가 순욱에게 보내는 글을 꺼냈다.

"이 글은 누가 쓴 거요?"

"어디서 얻었소?"

사자를 잡은 일을 말하자 조조는 허유의 손을 꽉 잡았다.

"자원이 옛정을 그려 찾아왔으니 반드시 길을 가르쳐주시기 바라오."

허유는 생각해둔 계책을 내놓았다.

"공이 외로운 군사로 큰 적에 맞서면서 급히 이길 방법을 찾지 않으면 죽음을 부르는 것이오. 이 유에게 계책이 있으니 사흘 안으로 원소의 100만 무리가 싸우지 않고도 저절로 깨지게 할 수 있소. 공은 들을 흥미가 있으시오?"

조조는 매우 기뻐했다.

"원소는 군량과 물자를 모두 오소에 쌓아두었소. 원소 영채에서 북쪽으로 40리 떨어진 곳이오. 순우경을 보내 지키게 하는데 그자는 술을 좋아해 제대로 방비하지 않으니 정예 군사를 보내 공격하시오. 원소의 장수 장기가 군사를 이끌고 군량을 지키러 간다고 둘러대고 그곳으로 가서 모두 불사르면 원소 군사는 사흘이 되지 않아 크게 어지러워질 것이오."

조조는 매우 기뻐 술상을 차려 대접하고 그를 영채 안에 머물게 했다.

이튿날 조조가 친히 기병과 보병 5000명을 뽑아 오소로 가려 하니 장료가 걱정했다.

"원소가 군량을 쌓은 곳에 어찌 방비가 없겠습니까? 승상께서 가볍게 가셔서는 아니 되니 허유가 속임수를 쓸까 두렵습니다."

"그렇지 않네. 이번에 허유가 내게 온 것은 하늘이 원소를 망하게 하는 걸세. 지금 나는 군량이 모자라 오래 대치할 수 없는데, 허유의 계책을 쓰지 않으면 앉아서 곤경에 빠지기를 기다리는 걸세. 그가 속임수를 쓴다면 어찌 내 영채에 남아 있겠나? 나도 그쪽 영채를 기습하려고 궁리한 지 오래일세. 지금 군량을 치는 작전은 반드시 해야 하는 일이니 의심하지 말게."

"원소가 빈틈을 타 습격하는 것도 방비하셔야 합니다."

"내가 이미 잘 생각해두었네."

조조는 순유, 가후, 조홍에게 허유와 함께 본채를 지키게 하고 하후돈과 하후연, 조인과 이전에게 양쪽에 매복해 본채와 호응하게 했다. 장료와 허저를 앞에, 서황과 우금을 뒤에 세우고 여러 장수를 데리고 가면서 5000명 군사에게 원소군의 깃발을 들고 풀 단과 장작을 메게 했다. 사람은 하무를 물고 말은 주둥이를 묶었다.

【하무는 젓가락 모양의 막대기로 입에 물고 양쪽 끝에 줄을 매어 목에 걸었다. 말의 주둥이를 묶는 것과 같이 행군 때 소리를 내지 않게 하는 대책이었다.】

건안 5년(200년) 10월 23일, 그날 밤 반짝이는 별들이 하늘에 가득 널렸다. 원소의 영채에 감금되어 있던 저수는 밝은 별들이 반짝이자 지키는 자에게 마당으로 데려가 달라고 일렀다. 저수가 하늘을 우러러 천상을 살피는데 불현듯 태백이 역행해 우(牛)와 두(斗)의 분야를 침범하는 것이 아닌가.

【행성은 정상적으로 서쪽에서 동쪽으로 움직이니 이를 순행이라 했다. 그런데 가끔 동쪽에서 서쪽으로 움직이기도 하니 이를 역행이라 불렀다. 심상찮은 현상인데 게다가 태백은 싸움을 주관하는 별이니 한층 위험했다.】

저수는 깜짝 놀랐다.

"화가 닥쳐오는구나!"

즉시 원소에게 뵙기를 청하자, 술에 취해 누워 있던 원소가 장막으로 불렀다.

"방금 천상을 살펴보니 적군이 습격해 무엇을 빼앗을까 두렵습니다. 오소는 군량을 쌓아놓은 곳이니 방비하지 않을 수 없습니다. 속히 정예 군사와 용맹한 장수를 보내 험한 오솔길과 산길 순찰을 강화하여 조조에게 당하지 않도록 해야 합니다.”

원소는 벌컥 성을 내며 저수를 꾸짖었다.

“죄를 지은 놈이 어찌 감히 요사스러운 말로 사람을 홀리느냐?”

저수를 지키던 옥리까지 꾸짖었다.

“엄하게 가두라 했거늘 어찌 감히 풀어주었느냐?”

옥리의 목을 치고 다른 사람에게 감시하게 하니 저수는 장막을 나와 얼굴을 싸쥐고 눈물을 훔쳤다.

“우리가 곧 망하게 되었으니 내가 죽어 어디로 굴러갈지 알 수 없구나!”

조조가 군사를 거느리고 밤길을 걷는데 원소 영채에서는 자기네 깃발이 보여 의심하지 않았다. 조조 군사가 영채를 지날 때마다 장기의 군사라 둘러대며 오소에 이르자 밤이 깊었다. 명령을 내려 군졸들은 풀 단에 불을 붙이고 장수들은 요란스레 소리 지르며 영채로 쳐들어갔다.

술에 취해 장막에 누워 있던 순우경이 놀라 후닥닥 일어났다.

“무슨 일로 떠드느냐?”

말이 끝나기도 전에 뒤에서 갈고리가 쑥 들어와 걸어서 당겨 순우경은 벌렁 자빠졌다. 휴원진과 조예가 식량을 운반해 돌아오다 군량 더미에 불이 나는 것을 보고 급히 구하러 달려왔다.

“뒤에서 적군이 달려오니 군사를 나누어 막으시지요!”

군사의 보고에 조조는 버럭 호통쳤다.

“장수들은 힘을 떨쳐 나아가기만 하라! 적들이 등 뒤에 바짝 이른 후에야 돌아서서 싸워라!”

장졸들이 앞다투어 적을 무찌르며 달려가니 불길이 사방에서 솟구치고 연기가 하늘을 가렸다. 휴원진과 조예의 군사가 가까이 다가가자 그제야 군사를 돌려 거세게 싸웠다. 두 장수는 감당하지 못해 목숨을 잃고 군량과 말먹이 풀은 남김없이 불탔다.

생포 당한 순우경이 끌려오자 조조는 귀와 코와 손가락을 자르고 말 위에 묶어 원소 군영으로 보냈다. 욕을 보이는 노릇이었다.

장막 속에서 원소는 북쪽에서 불길이 하늘을 밝힌다는 보고를 받고 오소에 일이 생겼음을 알고, 급히 뛰어나와 사람들을 불러 구할 일을 의논했다. 장합이 나섰다.

"저와 고람이 같이 가서 구하겠습니다."

곽도가 반대했다.

"아니 됩니다. 적이 식량을 빼앗으러 갔다면 반드시 조조가 직접 갔을 것입니다. 조조가 오소로 갔으면 영채는 틀림없이 비었으니 먼저 그 영채를 쳐야 합니다. 조조가 들으면 급히 되돌아올 것이니 이는 바로 손빈이 '위를 포위해 조를 구한[圍魏救趙위위구조]' 계책입니다."

【《손빈병법》을 쓴 전국시대의 유명한 병법가 손빈은 손무(孫武, 손자)의 후예다. 당시 강대한 위의 장군 방연이 수도 한단을 에워싸 공격하자 조는 제에 도움을 청했다. 제의 장수 전기는 군사를 이끌고 곧장 조로 달려가려 했다. 그러나 손빈은 위의 정예부대가 모두 조로 갔으니 위는 비었음을 지적했다.

"말리는 사람은 싸움에 끼어들지 않는 법입니다."

제의 군사가 위의 수도 대량을 들이치니 위의 군사는 수도를 구하려고 급히 돌아갔다. 그러나 길에서 너무 지쳐, 편안히 앉아 기다리던 제의 군사에게 참패했다. 적이 구하지 않으면 안 되는 곳을 공격하면 일이 풀린다는 유명한 사례였다.】

장합 역시 주장을 굽히지 않았다.

"아닙니다. 조조는 꾀가 많아 밖으로 나가면 반드시 안에서 뜻밖의 일이 생기지 않도록 대비를 합니다. 지금 조조 영채를 치다 빼앗지 못하면 순우경을 비롯한 사람들이 잡히고 우리도 모두 사로잡힙니다."

"조조가 군량을 빼앗느라 급한데 어찌 영채에 군사를 남겨두겠습니까?"

곽도가 두 번 세 번 조조 영채를 습격하자고 주장해 원소는 장합과 고람에게 5000명 군사를 주어 관도로 가서 조조 영채를 치게 하고, 장기에게 1만 명 군사를 주어 오소를 구하러 가게 했다.

조조가 순우경의 군사를 쫓고 갑옷과 깃발을 빼앗아 원소 군사로 위장하고 돌아오는데, 산속 오솔길에서 장기의 군사와 마주쳤다. 어깨를 부딪치며 지나가자 장기가 소속을 물어 오소에서 패한 군사라고 대답했다. 장기가 의심하지 않고 말을 몰아 지나가는데 장료와 허저가 코앞에 다가와 호통쳤다.

"장기는 달아나지 마라!"

장기는 손을 놀려보지도 못하고 장료의 칼에 맞아 말 아래로 떨어졌다. 조조 군사는 장기의 군사를 쫓아버리고 원소에게 거짓 보고를 올렸다.

"장기가 오소에서 조조 군사를 무찔러 멀리 흩어버렸습니다."

그 말을 곧이들은 원소는 안심하고 관도 쪽으로만 군사를 더 보내주었다.

장합과 고람이 조조 영채를 치러 가자 하후돈과 조인, 조홍이 달려 나와 세 방향에서 공격해 크게 패했다. 구원 군사가 이르렀을 때는 다시 조조가 뒤에서 쳐들어와 사방으로 에워싸 장합과 고람은 간신히 몸을 뺐다.

오소에서 패한 군사가 원소 영채로 돌아와 보니 순우경은 귀와 코가 없어지고 손발이 잘려있었다.

"어찌 오소를 잃었느냐?"

원소가 물어 군사가 고했다.

"순우경이 취해 누워 있어서 적을 막을 수 없었습니다."

원소는 크게 노해 당장 순우경의 목을 쳤다. 이때 곽도는 장합과 고람이 돌아와 잘잘못을 따질까 두려워 앞질러 그들을 헐뜯었다.

"장합과 고람은 주공께서 패한 것을 보고 속으로 반드시 기뻐할 것입니다."

"그게 무슨 소린가?"

"두 사람은 평소 조조에게 항복할 뜻이 있었는데, 이번에 영채를 치러 보내니 일부러 힘을 내지 않아 군사를 잃었습니다."

크게 노한 원소가 장합과 고람을 불러 죄를 따지려고 급히 사람을 보내니, 곽도가 한 발 앞질러 그들에게 사람을 보냈다.

"주공께서 장군들을 죽일 것이오."

조금 후 원소의 사자가 이르자 고람이 물었다.

"주공께서 무슨 일로 우리를 부르시는가?"

"무슨 까닭인지 모릅니다."

고람이 대뜸 사자의 목을 치니 장합이 놀랐다. 고람이 설명했다.

"원소는 헐뜯는 말이나 믿으니 반드시 조조에게 잡힐 것이오. 우리가 어찌 가만히 앉아 죽기만을 기다리겠소? 바로 조조에게 가는 게 좋겠소."

"나도 그 마음을 먹은 지 오래이오."

두 사람이 마음이 맞아 군사를 이끌고 조조 영채 앞에 가서 항복하니 하후돈이 미심쩍어했다.

"장합과 고람이 와서 항복하는데 진심인지 알 수 없습니다."

"내가 은혜를 베풀어 대하면 그들이 다른 마음을 먹었더라도 바뀔 걸세."

조조가 영채 문을 열고 두 사람을 들여보내게 하여, 무기를 버리고 갑옷을 벗은 장합과 고람이 땅에 엎드려 절하자 조조가 반겼다.

"원소가 장군들 말을 들었으면 패하지 않았을 거요. 지금 두 장군이 찾아오니 그야말로 미자(微子)가 은나라를 떠나고 한신이 한에 온 격이오."

【미자는 은의 마지막 왕 주의 배다른 형으로, 포악한 주를 충고하다 듣지 않자 은을 떠났다. 주의 무왕이 은을 멸망시킨 후 미자는 주에 귀순해 송(宋) 땅을 받아

개국 임금이 되었다. 또 한신은 항우 부하로 있다가 유방 밑에 들어가 대장이 되었다. 조조가 두 장수의 귀순을 그처럼 높이 평가하니 그들은 항복의 수치가 사라지고 꿈에 부풀지 않을 수 없었다.】

조조는 장합을 편장군 도정후로 봉하고, 고람을 편장군 동래후로 봉했다. 장합의 자는 준예(雋乂)로 하간군 정현 사람이고, 고람은 농서군 사람이었다. 조조는 장합을 얻자 아주 귀하게 대했다.

원소가 먼저 허유를 잃더니 다시 장합과 고람이 떠나고, 오소의 군량마저 사라지자 군사들은 마음이 흔들려 도망가는 자들이 많았다.

허유가 다그쳐 나아가기를 권하고, 장합과 고람이 선봉을 자청해 조조는 두 장수에게 앞서가게 했다. 그날 밤 조조 군사가 세 길로 원소 영채를 들이쳐 새벽까지 어지러이 싸우니 원소 군사는 반 이상이 꺾였다.

순유가 조조에게 계책을 드렸다.

"이제 소문을 퍼뜨리십시오. 군사를 나누어 한 대는 산조를 빼앗고 업군을 공격하며, 다른 한 대는 여양을 쳐 원소 군사가 돌아갈 길을 끊는다고 말입니다. 원소는 반드시 당황해 군사를 나누어 막을 것이니 그쪽 움직임을 보고 본채를 들이치면 깨뜨릴 수 있습니다."

조조가 사방으로 소문을 퍼뜨리자 원소가 소식을 듣고 깜짝 놀라 급히 맏아들 원담에게 군사 5만을 주어 업군을 구하게 하고, 장수 신명에게 군사 5만을 주어 여양을 지키게 하여 두 갈래 군사가 그날 밤으로 떠났다.

그런 움직임을 알고 조조가 원소의 본채를 들이치니 싸울 마음을 잃은 원소 군사는 사방으로 흩어져 도망치기에 바빴다. 완전한 궤멸이었다.

원소는 갑옷을 걸칠 사이도 없어 홑옷만 입은 채 비단 폭으로 머리를 동여

장합과 고람은 무기를 버리고 갑옷을 벗어 ▶

매고 말에 뛰어올랐다. 막내아들 원상(袁尙)이 뒤를 따르는데 장료와 허저, 서황, 우금이 군사를 이끌고 쫓아갔다. 원소는 급히 황하를 건너 책과 수레, 금은과 비단을 죄다 버리고 수행 기병 800여 명만 데리고 달아났다. 원소 군사는 죽은 자가 8만을 넘었다.

큰 승리를 거둔 조조는 전리품을 장졸들에게 모두 내려주었다. 원소의 책들을 검사하다 편지 한 묶음이 나오는데 모두 허도와 조조 쪽 사람들이 가만히 원소에게 보낸 편지들이었다. 옆에서 사람들이 주장했다.

"죄다 이름을 적어 잡아 죽이시지요."

"원소가 강할 때는 나도 자신을 지킬 수 없었거늘 그들은 어떠했겠느냐?"

조조는 편지를 모두 불태우고 아무것도 묻지 않았다.

【나관중 본에는 이 대목 뒤에 네 줄짜리 시가 있어 조조는 한 고조나 광무제 같은 뜻이 있어 강산을 얻어 자손들에게 전할 수 있었다고 칭찬했다. 모종강 본에는 똑같은 이야기를 놓고도 조조가 인심이 안정되기 전에 글을 태운 것은 간웅의 술수라고 꼬집었다.】

원소가 패하고 달아나자 옥에 갇힌 저수는 몸을 빼지 못해 조조 앞에 끌려왔다. 두 사람은 전부터 아는 사이인데 저수가 외쳤다.

"저수는 항복하지 않소이다!"

조조가 달랬다.

"본초가 꾀가 없어 그대 말을 듣지 않았는데 그대는 어찌 아직도 깨닫지 못하시오? 내가 일찍 그대를 얻었으면 천하에 걱정이 없었을 것이오."

조조는 저수를 후하게 대접해 영채에 남아 있게 했다. 그런데도 영채에서 말을 훔쳐 원소에게 돌아가려고 해서 죽이고 말았는데, 죽을 때까지 낯빛이 변하지 않았다.

"내가 충성스럽고 의로운 사람을 잘못 죽였구나!"

조조는 탄식하고 후한 예절로 장사를 지내 황하 나루에 묻어주고, 충성스럽고 절개가 굳은 사람이라 하여 '충렬저군지묘'라고 무덤에 썼다.

【나관중 본은 다르다. 저수는 항복하지 않겠다고 밝히고 '다만 군사들에게 잡혔을 뿐'이라고 말한다. 조조는 앞에 나온 말에 더해 지금 나라의 앞날이 정해지지 않았으니 함께 일을 해보자고 달랜다. 그러자 저수는 항복할 수 없는 이유를 말한다.

"아버지와 숙부, 어머니, 아우들 목숨이 다 원씨에게 달렸으니, 공이 진정 저수를 아끼신다면 어서 죽음을 내리는 것을 복으로 알겠소이다."

정사와 거의 같은 말이다. 원소의 성격으로 보아 저수가 조조에게 항복하면 그 일가를 죽일 법도 했다. 그러나 모종강 부자는 조조를 너무 미워해, 조조의 말을 듣지 않은 사람은 무작정 치켜세워 부자연스러운 대목들이 나타난다.】

조조는 기주를 치라는 명령을 내렸다.

이야말로

세력은 약하나 헤아림 많아 이기고
군사는 강해도 지모가 적어 망하네

승부는 결국 어찌 될까?

31

유비, 매번 패하고 갈 곳 없어

조조는 창정에서 본초 깨뜨리고
현덕은 형주에서 유표 의지하다

원소가 패하고 조조가 군사를 정돈해 추격하니 기주의 여러 성에서는 소식만 듣고도 간담이 서늘해져 항복했다. 조조는 모두 어루만져 위로했다.

원소가 비단 한 폭으로 머리를 싸매고 홑옷을 걸친 채 기병 800여 명만 이끌어 여양 북쪽으로 달려가자 대장 장의거가 맞이하고 흩어진 무리를 모았다. 원소가 살아 있다는 소식을 듣고 장졸들이 개미 떼 뭉치듯 모여들었다.

군사의 기세가 살아나자 원소는 기주로 돌아가는 길에 올랐다. 밤이 되어 황량한 산속에서 야영하는데 군사들 울음소리가 커졌다. 원소가 가만히 가보니 군사들이 서로 붙잡고 형님이 죽고 아우를 잃어 가슴 아프다거나, 동료가 사라지고 어버이가 돌아가 눈물이 난다고 통곡하면서 가슴을 쳤다.

"전풍 말을 들었으면 우리가 어찌 이런 화를 입었겠나?"

원소는 크게 뉘우쳤다.

'그의 말을 듣지 않아 군사는 패하고 장수는 죽었으니 무슨 낯으로 그를 보나?'

이튿날 원소가 말에 올라 길을 가는데 봉기가 군사를 이끌고 맞이했다.

"전풍 말을 듣지 않아 이렇게 패하고 말았으니 돌아가 그를 만나기가 부끄럽네."

원소가 마음을 털어놓자 봉기는 재빨리 전풍을 헐뜯었다.

"주공께서 패하셨다는 소식을 듣고 전풍은 감옥에서 손뼉을 치며 껄껄 웃었답니다. '과연 내 짐작을 벗어나지 못했구나!' 그랬다지요."

원소는 순식간에 마음이 변했다.

"되지 못한 선비 놈이 어찌 감히 나를 비웃느냐? 반드시 그놈을 죽이겠다!"

사자에게 보검을 주어 먼저 기주 감옥으로 가서 전풍을 죽이게 했다.

이때 전풍이 감옥에 있는데 옥리가 좋아하며 달려왔다.

"별가께 축하드립니다."

"무슨 기쁜 일이 있어 축하하느냐?"

"원 장군께서 크게 패하고 돌아오시니 공은 반드시 무겁게 쓰이실 것입니다."

전풍은 빙그레 웃었다.

"내가 곧 죽게 되었구나."

옥리가 이상해서 물었다.

"사람들은 모두 공을 위해 기뻐하는데 어찌 죽는다고 하십니까?"

"원 장군은 겉으로는 너그러우나 속으로는 시기가 많고 남의 충성을 마음에 두지 않는다. 만약 이겼으면 그래도 기분이 좋아 나를 사면할 수도 있겠지만 패하고 말았으니 부끄러워할 것이다. 나는 살기를 바라지 않는다."

옥리가 믿지 못하는데 사자가 검을 지니고 와서 전풍의 목을 치라는 원소의 명을 전했다. 옥리가 놀라 술과 음식을 갖추어 내놓자 전풍이 청했다.

"내가 반드시 죽을 줄 알았다. 날카로운 검을 빌려다오."

전풍 말에 옥졸들은 모두 눈물을 흘렸다.

"대장부가 하늘땅 사이에 태어나 참된 주인을 가려보아 섬기지 못했으니 슬기가 없는 것이다! 싫어하고 의심하는 것도 모르고 기어이 말을 했으니 밝지 못한 것이다. 오늘 죽음을 받은들 아쉬울 게 무엇이냐!"

전풍은 감옥에서 스스로 목을 베었다. 전풍이 죽자 소식을 들은 사람들은 저마다 한숨을 쉬며 애석해했다.

원소가 기주로 돌아와 속이 뒤집히고 마음이 번거로워 일을 보지 못하자 아내 유씨가 후계자를 세우라고 권했다. 원소는 아들 셋을 두어 맏이 담은 자가 현사(顯思)로 청주를 지키고, 둘째 희(熙)는 자가 현혁(顯奕)으로 유주를 지켰다. 셋째 상은 자가 현보(顯甫)로 후처 유씨가 낳았는데 용모가 빼어나고 웅장해 원소가 가까이 두고 매우 사랑했다.

관도에서 패하고 유씨가 원상을 후계자로 세우라고 권해 원소는 심배, 봉기, 신평(辛評), 곽도와 상의했다. 이전부터 심배와 봉기는 원상을 보좌하고, 신평과 곽도는 원담을 보좌해, 각기 제 주인을 위해 힘을 내는 터였다.

원소가 네 사람에게 물었다.

"바깥 걱정이 사라지지 않았으니 안의 일을 빨리 정하지 않을 수 없소. 내가 후계자를 세우려 하는데 맏이 담은 고집이 세고 사람 죽이기를 좋아하며, 똑똑하기는 하지만 일이 거칠고 급하오. 둘째 희는 부드럽고 나약해 일을 이루기 어렵소. 영웅 모습이 있는 셋째 상이 현명한 이를 예절로 대하고 선비들을 존경해 그를 택하려 하는데 공들 뜻은 어떠하오?"

곽도가 나섰다.

"주공께서 맏이를 내치고 셋째를 세우시면 난이 싹트게 됩니다. 지금 군사의 위세가 꺾이고 적이 경계에 다가오는데 어찌 또 부자와 형제가 다투어 소

전풍은 감옥에서 스스로 목을 베어 ▶

란이 일어나게 하시겠습니까? 주공께서는 먼저 적을 막을 계책부터 궁리하시고 후계자 일은 많이 의논하지 마십시오."

원소가 머뭇거리며 마음을 정하지 못하는데 별안간 원희가 유주에서 6만 군사를 이끌고 오고, 원담이 청주에서 5만 군사를 이끌고 오며, 생질 고간도 병주에서 5만 군사를 이끌고 싸움을 도우러 온다고 했다. 원소는 매우 기뻐 다시 군사를 정돈해 조조와 싸우러 나갔다.

이때 조조가 승리한 군사를 황하 옆에 늘여 세우니 토박이들이 광주리에 음식을 담고 주전자에 술을 채워 맞이했다. 조조가 보니 몇몇 노인은 수염과 머리가 새하얘서 장막으로 불렀다.

"노인들은 연세가 얼마나 되셨소?"

"모두 100살이 다 되어갑니다."

"내 군사가 여러분 고향을 놀라게 하고 폐를 끼쳐 몹시 미안하오."

노인 중 하나가 설명했다.

"환제 때 옛날 초와 송에 해당하는 분야에 누런 별이 나타났는데, 천문에 밝은 요동 사람 은규(殷馗)가 밤에 여기서 묵다 이 늙은이들을 보고 말했습니다. '누런 별이 하늘에 나타나 바로 여기를 비추니 50년 후에 진인이 양국과 패국 땅에서 일어서게 되오. 그 날카로운 기세를 누구도 당하지 못하니 천하에 적수가 없을 것이오.' 지금 햇수를 따져보면 정확히 50년입니다. 원본초는 백성에게서 긁어가는 것이 많아 모두 그를 원망합니다. 승상께서는 의로운 군사를 일으켜 해를 입은 백성을 위로하고 죄지은 자를 치시면서 관도의 한 번 싸움으로 원소의 100만 무리를 깨뜨리셨으니 바로 은규의 말에 맞아떨어집니다. 수많은 백성이 태평을 바라게 되었습니다."

조조는 웃었다.

"내가 어찌 감히 노인들 말씀에 합당하겠소?"

술과 음식, 비단을 주어 노인들을 돌려보내고 삼군에 호령했다.

"백성의 닭과 개를 죽이면 사람을 죽인 죄로 처벌한다!"

군사와 백성이 놀라 떨며 복종하니 조조는 은근히 좋아했다.

이때 원소가 네 주의 군사 20만을 모아 황하 나루 창정에 영채를 세웠다는 보고를 듣고 조조도 군사를 이끌고 나아갔다.

이튿날 양쪽이 마주 보면서 진을 치고 조조가 장수들을 데리고 진 앞으로 나가자 원소도 세 아들과 생질, 부하들을 거느리고 진 앞에 나왔다. 조조가 먼저 소리쳤다.

"본초는 계책이 다하고 힘이 빠졌는데 어찌 아직도 항복할 궁리를 하지 않는가? 질질 끌다 칼이 목에 닿으면 뉘우쳐도 늦으리라!"

원소는 크게 노해 장수들을 돌아보았다.

"누가 감히 말을 달려나가겠느냐?"

원상이 아버지 앞에서 재주를 자랑하려고 두 자루 칼을 춤추며 진 앞으로 말을 달려 나는 듯이 오고 가니 조조가 장수들에게 물었다.

"이 자는 누구냐?"

"원소의 셋째아들 원상입니다."

한 장수가 창을 꼬나 들고 달려나가니 서황의 장수 사환이었다. 두 장수가 어울리기를 세 번도 하지 않아 원상이 말을 돌려 비스듬히 달아나니 사환이 쫓아갔다. 원상이 활에 살을 먹이더니 몸을 뒤로 돌리며 쏘아 사환은 왼눈에 화살을 맞고 말에서 떨어졌다.

그 기세를 몰아 원소가 채찍을 휘둘러 조조 군사를 가리키자 대부대가 몰려가 한바탕 어지러이 싸웠다. 양쪽은 오전부터 오후까지 겨루면서 장졸들을 수없이 잃고 날이 저물어 군사를 거두었다.

조조가 원소를 깨뜨릴 일을 상의하니 정욱이 10면 매복 계책을 올렸다.

"군사를 황하 옆으로 옮겨 열 대로 나누어 매복하고 원소를 꾀어 쫓아오게 합니다. 우리 군사는 물러설 길이 없어 죽기로써 싸울 것이니 원소를 이길 수 있습니다."

조조는 옳게 여기고 군사를 좌우로 다섯 대씩 나누었다. 왼쪽은 하후돈, 장료, 이전, 악진, 하후연이 한 대씩 거느리고, 오른쪽은 조홍, 장합, 서황, 우금, 고람이 한 대씩 이끌었다. 중군 선봉은 허저였다. 이튿날 군사 열 대가 나아가 좌우에 매복하고, 밤이 되자 허저가 군사를 이끌고 달려가 짐짓 원소 영채를 기습하는 모양을 만들었다. 다섯 영채 군사가 일제히 일어나자 허저가 군사를 돌려 달아나니 원소가 쫓아가는데 고함이 그치지 않았다. 날이 샐 무렵 원소가 강까지 쫓아가자 조조 군사는 갈 길이 없었다.

조조가 높이 외쳤다.

"앞에 길이 없는데 어찌 죽기로써 싸우지 않느냐?"

장졸들은 돌아서서 힘을 떨쳐 나아갔다. 허저가 나는 듯이 말을 몰아 장수 10여 명을 베니 원소 군사는 크게 어지러워졌다. 원소가 군사를 물려 급히 돌아서자 등 뒤에서 조조 군사가 쫓아갔다.

원소가 달아나는데 북소리가 '둥!' 울리며 왼쪽에서 하후연, 오른쪽에서 고람이 달려 나왔다. 원소는 세 아들과 생질을 모아 죽기로써 길을 뚫었다. 10리도 가지 못해 또 왼쪽으로 악진, 오른쪽으로 우금이 쳐 나오니 원소 군사는 시체가 들판에 가득하고 피가 흘러 도랑을 이루었다.

몇 리도 가지 못해 또 이전과 서황이 양쪽에서 나와 길을 막고 한바탕 무찔렀다. 원소 부자는 간담이 서늘해 영채로 달려 들어갔다. 삼군에 명령을 내려 밥을 짓는데 다시 장료와 장합이 쳐들어와 원소는 황급히 말에 올라 창정으로 달아났다.

모두 배고프고 지쳐 숨을 헐떡이며 목숨을 걸고 달아나는데, 이번에는 조홍과 하후돈이 나와 길을 가로막으니 원소가 높이 외쳤다.

"죽기로써 싸우지 않으면 사로잡히고 만다!"

원소의 장졸들은 죽을힘을 다해 겹겹의 포위를 뚫었다. 원희와 고간이 화살에 맞고 군졸들이 거의 다 사라졌다. 세 아들을 끌어안고 통곡하던 원소가 저도 모르게 까무러쳐 사람들이 급히 구하니 피를 왈칵왈칵 토하며 탄식했다.

"수십 번 싸움을 겪은 내가 오늘 이 지경으로 낭패를 보았으니 하늘이 나를 망하게 하는 것이다! 너희는 각기 지키는 주로 돌아가 맹세코 조조 도적놈과 자웅을 결하라!"

조조가 청주를 칠까 두려워 신평과 곽도에게 화급히 원담을 따라 청주로 가게 하고, 원희는 유주로 돌려보내며, 고간도 병주로 돌아가 군사를 정돈해 대비하게 했다. 원소는 기주로 돌아가 병을 치료하면서 원상에게 심배, 봉기와 함께 잠시 군사 일을 맡아보게 했다.

창정에서 크게 이긴 조조는 삼군에 후한 상을 내리고 기주의 소식을 알아보았다. 사람들이 급히 기주를 치라고 권하자 조조가 대답했다.

"기주는 식량이 넉넉하고 심배 또한 꾀가 있어 급히 성을 깨뜨리기 어렵소. 또 밭에 곡식이 남아 있어 백성의 생업을 망칠까 두려우니 잠시 기다려 추수가 끝난 뒤에 쳐도 늦지 않소."

부하들이 주장했다.

"백성을 아끼다 큰일을 그르칩니다."

조조가 타일렀다.

"백성은 나라의 근본이니 근본이 튼튼해야 나라가 안정되오. 백성을 버리면 빈 성을 얻은들 무슨 쓸모가 있겠소?"

사람들이 의논하는데 별안간 순욱이 글을 보내왔다.

'유비가 여남에서 유벽과 공도의 무리 몇만을 얻었습니다. 승상께서 군사를 이끌고 하북으로 가셨다는 소식을 듣고 유비가 틈을 타 유벽에게 여남을 지키게 하고, 직접 군사를 이끌고 허도를 치러 오니 어서 군사를 되돌려 막으셔야 합니다.'

조조는 깜짝 놀라 조홍에게 군사를 주어 황하 일대에 주둔하면서 짐짓 큰 형세를 과시하게 하고, 대군을 이끌고 유비와 싸우러 여남으로 갔다.

이때 유비는 관우, 장비, 조운과 함께 군사를 이끌고 허도를 습격하러 가는데, 양산 땅에 이르자 조조 군사가 달려와 영채를 세우고 군사를 세 대로 나누었다. 유비 군사가 북 치고 고함지르며 나아가니 조조가 진을 치고 문 앞에 나와 유비를 불렀다.

"내가 귀한 손님으로 대했는데 너는 어찌하여 의리를 저버리고 은혜를 잊었느냐?"

"너는 한의 승상 이름을 내거나 사실은 나라의 도적이다! 나는 한의 황실 종친으로서 천자의 비밀조서를 받들고 역적을 치러 왔다!"

유비는 말 위에서 헌제가 내린 옥띠에 감춘 조서를 낭랑하게 외웠다. 분통이 터진 조조가 허저를 내보내니 유비 뒤에서 조운이 창을 꼬나 들고 달려나가 30합을 싸우도록 승부가 나지 않았다.

별안간 고함이 요란하게 울리며 동쪽에서 관우가 군사를 휘몰아 달려오고, 서쪽에서 장비가 군사를 이끌고 휘몰아치니 먼 길을 달려와 피곤한 조조 군사는 크게 패하고 달아났다. 유비가 20리를 쫓아가다 돌아오니 조조는 50리를 물러갔다 하여 기분이 좋았다.

"이번에 조조의 날카로운 기세를 꺾을 줄은 몰랐소."

관우가 충고했다.

"조조는 간사한 계책이 많아 무슨 계교가 있을까 두려우니 얕보아서는 아

원소는 세 아들 끌어안고 통곡 ▶

中埋伏袁紹揚敗

乙酉春 蕭玉田畫

니 됩니다."

이튿날부터 조운과 장비를 내보내 싸움을 걸었으나 열흘이 지나도록 조조는 나오지 않았다. 무슨 꿍꿍이가 있나 의심하는데 공도가 군량을 날라오다 조조 군사에 에워싸였다는 보고가 들어왔다. 유비가 급히 장비를 보내 공도를 구하게 하자 또 하후돈이 등 뒤로 돌아 여남을 치러 갔다는 보고가 들어왔다.

"운장의 헤아림이 옳았구나. 여기서 우리 군사의 발목을 잡고 뒤로는 우리 근거지를 치러 갔구나. 자칫하면 내가 앞뒤로 적을 맞아 돌아갈 곳이 없어진다."

급히 관우를 보내어 여남을 구하게 하니 보고가 들어왔다.

"하후돈이 이미 여남을 깨뜨려 유벽은 성을 버리고 달아나고 운장은 포위되었습니다."

유비가 놀라는데 공도를 구하러 간 장비 또한 에워싸였다는 소식이 날아왔다. 유비는 당장 군사를 되돌리고 싶었으나 조조가 뒤를 쫓아올까 두려웠다. 날이 어두워지기를 기다려 먼저 보병을 보내고 뒤따라 기병을 이끌고 영채를 벗어나며 시간을 알리는 군사를 남겨 짐짓 딱따기를 두드리게 했다.

유비가 몇 리도 가지 못해 어떤 언덕을 돌아가자 숱한 횃불이 일어서며 산꼭대기에서 고함이 울렸다.

"유비를 놓치지 마라! 승상께서 특별히 여기서 기다리신다!"

유비가 황급히 달아날 길을 찾자 조운이 안심시켰다.

"주공께서는 걱정하지 마시고 저만 따라오십시오."

조운이 창을 꼬나 들고 말을 달려 길을 뚫고 유비는 쌍고검을 들고 뒤를 따랐다. 얼마 가지 못해 허저가 쫓아와 조운과 싸우는데 등 뒤에서 또 우금과 이전이 달려와 위급해진 유비는 허둥지둥 험한 곳으로 달아났다.

등 뒤의 고함이 차츰 멀어지자 유비는 홀로 말을 달려 깊은 산속 좁은 길로 달아났다. 날이 샐 때까지 달리자 옆에서 군사 한 떼가 불쑥 나타나 깜짝 놀라는데 앞에 선 장수는 유벽으로, 싸움에 패한 기병 1000여 명을 이끌고 유비의 식솔을 호위해 오는 길이었다. 손건과 간옹, 미방도 함께 와서 고했다.

"하후돈의 군사가 매우 날카로워 성을 버리고 달아나는데 조조 군사가 따라왔습니다. 다행히 운장이 막아주어 몸을 뺄 수 있었습니다."

"운장은 지금 어디 있는지 아오?"

유비가 물었으나 유벽은 대답하지 않고 재촉했다.

"공은 먼저 가시오. 다음에 다시 봅시다."

몇 리를 가자 앞에서 북소리가 울리며 군사가 몰려오는데 앞장선 대장은 장합이었다.

"유비는 어서 말에서 내려 항복하라!"

유비가 물러서자 산꼭대기에서 붉은 깃발이 둥글게 움직이더니 산골짜기에서 군사가 한 무리 쏟아져 나오니 장수는 고람이었다. 나아가지도 물러서지도 못하게 된 유비는 하늘을 우러러 높이 외쳤다.

"하늘은 어이하여 나를 이처럼 궁하게 만든단 말인가! 형세가 이 지경에 이르렀으니 차라리 죽는 편이 낫겠다!"

유비가 검을 뽑아 목을 베려 하자 유벽이 급히 달려와 말렸다.

"제가 죽기로써 싸워 길을 빼앗아 공을 구하겠습니다."

유벽이 달려나가 고람과 싸웠으나 세 번도 어울리지 못하고 칼에 찍혀 말 아래로 떨어졌다. 유비가 당황해 직접 나가 싸우려 하는데 별안간 고람의 후군이 어지러워지더니 한 장수가 진을 뚫고 들어와 창을 번쩍 들자 고람은 몸을 뒤집으며 말에서 떨어졌다. 조운이었다. 조운은 창을 꼬나 들고 말을 달려 뒤를 막은 고람의 군사를 쫓고 다시 앞을 막은 군사에게 달려가 홀로 장합과 싸웠다.

조운과 30여 합을 맞붙어 싸우던 장합은 말을 돌려 달아났다. 조운이 기세를 몰아 쳐나가자 장합의 군사가 산의 요충지를 단단히 지켰다. 길이 좁아 빠져나갈 수 없어서 조운이 길을 빼앗느라 싸우는데, 관우가 관평과 주창을 데리고 300명 군사를 이끌고 달려와 양쪽에서 몰아쳐 장합을 물리쳤다.

유비 군사가 길목을 빠져나와 산의 험한 곳에 의지하고 영채를 세우니 유비는 관우에게 장비를 찾게 했다. 그 전에 장비는 공도를 구하러 갔으나 그가 이미 하후연에게 죽은 뒤라 힘을 떨쳐 하후연을 쫓아가다 악진의 군사에 에워싸였는데, 관우가 달려가 악진을 물리치고 장비를 구해 돌아왔다.

이때 조조가 대부대를 이끌고 쫓아오니 유비는 손건에게 식솔을 맡겨 먼저 떠나보내고, 관우, 장비, 조운과 함께 뒤에서 싸우면서 물러갔다. 조조는 유비가 멀리 간 것을 보고 군사를 거두고 더 쫓지 않았다.

유비에게 남은 군사는 1000명도 되지 않았다. 크게 패하고 달려가는 유비 앞에 강물이 나타나 토박이를 불러 물으니 한강이라 했다. 유비가 그곳에 영채를 세우자 토박이들이 양고기와 술을 올렸다. 사람들이 모래톱에 앉아 먹고 마시는데 유비는 한숨을 쉬었다.

"그대들은 모두 제왕을 보좌할 재주를 지녔으나 불행히도 이 비를 따르는데, 비의 운이 나빠 모두에게 해만 끼치오. 오늘 송곳 하나 꽂을 땅도 없어 그대들을 그르칠까 두려운데 어이하여 이 비를 버리고 밝은 주인을 찾아가 공명을 얻지 않으시오?"

사람들이 얼굴을 가리고 울자 관우가 위로했다.

"형님 말씀은 틀렸습니다. 옛날 한 고조께서는 항우와 천하를 다투시면서 번번이 패했으나 구리산 한 번 싸움에 승리해 400년 기업을 이루셨습니다. 이기고 지는 것은 싸움하는 사람들이 늘 겪는 일인데 어찌 스스로 뜻을 꺾겠습니까!"

손건도 유비를 달랬다.

"승패는 때가 있는 법이니 뜻을 잃으셔서는 아니 됩니다. 여기는 형주에서 멀지 않은데 형주 아홉 군을 지키는 유경승은 군사가 강하고 식량이 넉넉합니다. 게다가 주공과 같은 한의 황실 종친이니 어찌하여 거기로 가시지 않습니까?"

"받아주지 않을까 두렵소."

유비가 걱정하자 손건이 나섰다.

"제가 먼저 가서 경승을 설득해 경계 밖으로 나와 주공을 맞이하게 하겠습니다."

유비가 응해 손건은 형주로 가서 유표에게 인사하고 청했다.

"유 사군은 천하의 영웅입니다. 비록 지금은 군사가 적고 장수가 모자라지만 사직을 받들겠다는 강한 뜻을 품었습니다. 여남의 유벽과 공도는 유 사군과 친척도 아니고 옛 친구도 아닌데 죽음으로써 사군에게 보답했습니다. 명공과 사군은 같은 황실 후예이신데, 지금 사군께서 패하고 강동으로 가서 손권에게 의지하려 하기에 이 건이 외람되이 말씀드렸습니다. '친한 이를 등지고 사이가 먼 사람에게 가서는 아니 됩니다. 형주의 유 장군은 아랫사람을 예절로 대해 천하 인재들이 강물이 동쪽으로 흐르듯 그 아래에 쏠립니다. 하물며 사군은 유 장군과 종친이 아닙니까?' 그래서 사군은 특별히 이 건을 먼저 이곳으로 보내 말씀을 드리게 했으니 명공께서 명령을 내리시기 바랍니다."

유표는 대단히 기뻐했다.

"현덕은 내 아우요, 만나고자 한 지 오래인데 만나지 못했소. 이곳으로 오겠다니 참으로 다행이오!"

채모가 유비를 헐뜯었다.

"아니 됩니다. 유비는 먼저 여포를 따르고 후에 조조를 섬기다 근래에는 원소에게 의지했는데, 모두 끝을 보지 못했으니 그 사람됨을 넉넉히 알 수 있습니다. 그를 받아들이면 조조가 반드시 우리에게 창칼을 휘두를 것이니 손건의 머리를 베어 조조에게 바치는 것이 더 좋습니다. 조조는 반드시 주공을 후하게 대접할 것입니다."

손건은 정색을 하고 채모를 나무랐다.

"이 건은 죽음을 두려워하는 사람이 아니고, 유 사군은 충성스러운 마음으로 나라를 위하는 분이니 조조나 원소, 여포 따위에 비길 바가 아니오. 전에 그들을 따른 것은 어쩔 수 없어 그렇게 된 것이오. 형주의 유 장군이 한의 황실 후예이시고 종친을 극진히 대하신다는 말을 듣고 유 사군이 천 리 길을 마다하지 않고 의지하러 오는데, 그대는 어찌하여 망령되이 헐뜯는 소리나 하면서 이처럼 현명한 이를 시기하오?"

손건의 말에 유표는 채모를 꾸짖었다.

"내 뜻이 이미 정해졌으니 그대는 더 말하지 말게."

체면이 깎인 채모는 부끄럽고 한스러워 밖으로 나갔다. 유표는 곧 손건을 돌려보내 유비에게 뜻을 전하고, 성 밖으로 30리를 나가 유비를 맞이했다.

유표는 유비와 함께 형주로 들어가 집을 내주어 들게 했다. 채모는 마음에 들지 않았으나 감히 얼굴에 드러내지 못했다. 때는 건안 6년(201년) 9월이었다.

유비가 형주로 가서 유표에게 몸을 붙였다는 소식을 듣고 조조가 군사를 이끌고 치려 하니 정욱이 말렸다.

"원소를 아직 없애지 못했는데 갑자기 형주를 치다 북쪽에서 원소가 일어나면 승부가 어찌 될지 알 수 없습니다. 허도로 돌아가시는 것이 좋습니다. 다음 해 봄, 날이 따스해지기를 기다려 군사를 이끌고 먼저 원소를 깨뜨리고 다음에 형주를 차지하면 남과 북의 이점을 한꺼번에 얻을 수 있습니다."

조조는 군사를 거느리고 허도로 돌아갔다.

건안 7년(202년) 정월, 조조는 또 부하들과 의논해 군사를 일으켰다. 조인과 순욱에게 허도를 지키게 하고 하후돈과 만총을 여남으로 보내 유표를 막게 한 후 친히 대군을 거느리고 관도로 나아갔다.

원소는 지난해 심한 자극을 받아 피를 토하는 병에 걸렸다가 겨우 좀 나아져 허도를 치려고 의논하자 심배가 말렸다.

"지난번 관도와 창정에서 패하고 군사의 사기가 꺾여 아직 살아나지 못했습니다. 지금은 도랑을 깊이 파고 보루를 높이 쌓아 군사와 백성의 힘을 길러야 합니다."

이때 별안간 조조가 관도를 거쳐 기주를 치러 온다고 했다.

"군사가 성 아래에 이르고 장수가 해자에 다가오기를 기다리면 늦소. 내가 몸소 대군을 거느리고 나아가 적을 막아야겠소."

원소가 나서려 하니 이번에는 원상이 말렸다.

"아버님은 병중이라 멀리 나가 싸우시면 아니 됩니다. 이 아들이 군사를 이끌고 나가 적을 맞이하겠습니다."

원소가 허락하고 여러 곳으로 사람을 보내 청주의 원담, 유주의 원희, 병주의 고간을 불러 함께 조조를 깨뜨리게 했다.

이야말로

여남으로 나아가 북소리 끝나자
기주에서 또다시 싸움 벌어지네

승부는 어떻게 갈라질까?

32

주인 계신 곳을 향해 칼 받다

기주 빼앗으려 원상은 형과 싸우고
장하 물 터뜨려 허유는 꾀를 내다

장수 사환을 죽이고 자신의 용맹을 자랑스럽게 여긴 원상은 원담을 비롯한 군사들이 오기를 기다리지 않고 서둘러 몇만 군사를 이끌고 여양으로 나아가 조조 군사와 맞섰다.

장료가 말을 달려나가자 원상이 창을 꼬나 들고 나왔으나 세 번도 어울리지 못하고 장료가 내리찍고, 가로 베고, 위로 비스듬히 후려 올리는 칼을 막지 못해 쩔쩔매다 달아났다. 장료가 이긴 기세로 몰아치니 당황한 원상은 군사를 이끌고 기주성으로 들어가 버렸다.

원상이 패하고 돌아왔다는 소식을 듣고 원소는 또 많이 놀라 흥건하게 피를 토하고 쓰러져 정신을 잃었다. 유 부인이 황급히 부축해 안방에 데려다 눕히니 병세가 차츰 위독해졌다. 유 부인은 급히 심배와 봉기를 청해 원소의 침상 앞에서 뒷일을 상의했다. 원소는 손으로 가리키기만 할 뿐 말을 하지 못했다. 유 부인이 안달이 나서 물었다.

"상이 뒤를 이을 수 있어요?"

원소가 고개를 끄덕여 심배는 침상 앞에서 원소의 유서를 작성했다. 원소는 몸을 뒤집으며 '으악!' 소리치더니 또 한 말 남짓 피를 토하고 죽었다. 때는 건안 7년(202년) 5월이었다.

원소가 죽자 심배가 장례를 맡았다. 유 부인은 원소가 사랑하던 첩 다섯을 모조리 죽이고, 그 넋이 땅 밑에서 다시 원소와 만날까 염려해 머리털을 자르고 얼굴을 찢고 먹칠을 해 주검을 망가뜨렸다. 유 부인의 시기가 이처럼 무서웠다.

원상 또한 원소가 총애하던 첩의 식솔들이 보복할까 두려워 몽땅 잡아 들여 죽였다. 심배와 봉기는 원상을 대사마장군으로 세우고 기주, 청주, 유주, 병주 자사를 겸하게 했다.

군사를 일으켜 청주를 떠난 원담이 아버지가 돌아가셨다는 소식을 듣고 상의하니 곽도가 권했다.

"주공께서 기주에 계시지 않으면 심배와 봉기가 반드시 현보를 주인으로 세울 것입니다. 빨리 가야 합니다."

신평은 다른 생각이었다.

"그들이 대책을 세웠을 것이니 급히 가면 화를 입습니다."

"그렇다면 어찌해야 하오?"

곽도가 대답했다.

"군사를 성 밖에 주둔하고 움직임을 기다려보십시오. 제가 먼저 가서 살펴보겠습니다."

곽도가 기주성에 들어가 인사하자 원상이 물었다.

"형은 어찌하여 오지 않았소?"

"군중에서 병이 나서서 오실 수가 없습니다."

"아버님께서 남기신 명을 받았소. 나를 주인으로 세우고 형은 벼슬을 올려 거기장군을 맡으라고 하셨소. 조조 군사가 경계에 이르렀으니 형이 선두가 되어주기 바라오. 내가 뒤이어 군사를 움직이겠소."

곽도가 얼른 청했다.

"군중에 좋은 계책을 세울 사람이 없으니 심정남(심배)과 봉원도(봉기) 두 사람을 보내 도와주시기 바랍니다."

원상이 그 말을 들을 리 없었다.

"나도 두 사람을 믿고 아침저녁으로 계책을 상의하는데 어찌 보낼 수 있겠소!"

"그렇다면 둘 중 한 사람만 보내주시면 안 되겠습니까?"

원상은 제비를 뽑게 하여 봉기가 가는 쪽을 뽑자 원담에게 주는 거기장군 도장과 끈을 주어 곽도와 함께 가게 했다. 봉기가 군중에 이르러보니 원담은 병이 없어 은근히 불안해하며 도장과 끈을 받들어 올렸다.

【거기장군은 삼공과 같은 높은 벼슬이지만 맏아들이 아버지 사업을 고스란히 이어받아야 한다고 믿는 원담은 눈에 찰 리 없었다.】

원담이 노해 봉기의 목을 치려 하니 곽도가 가만히 말렸다.

"조조 군사가 기주 경계에 이르렀으니 잠시 봉기를 살려두어 원상의 마음을 안정시켜야 합니다. 조조를 깨뜨린 다음 기주를 빼앗아도 늦지 않습니다."

원담은 영채를 뽑고 여양으로 나아가 조조 군사와 맞섰다. 원담이 대장 왕소를 내보내자 조조가 서황을 내보내 몇 합도 싸우지 않아 왕소를 찍어 말에서 떨어뜨렸다. 조조 군사가 기세를 타고 몰아쳐 원담은 크게 패했다.

패한 군사를 거두어 여양성으로 들어간 원담이 구원을 청하자 원상은 심배와 상의해 고작 약한 군졸 5000여 명만 보내주었다. 그마저도 소식을 안 조조가 악진과 이전을 보내 중도에서 모두 에워싸 죽이고 흩어버렸다. 원담이 꾸짖자 봉기가 애원했다.

"주공께 글을 보내 친히 오셔서 구해달라고 청하겠습니다."

봉기의 글을 받고 심배가 또 속삭였다.

"곽도는 꾀가 많습니다. 저번에 다투지 않고 가버린 것은 조조 군사가 경내에 있었기 때문입니다. 그가 조조를 깨뜨리면 반드시 기주를 빼앗으러 올 것이니 구원병을 보내지 말고, 조조 군사를 빌려 없애는 것이 좋습니다."

원상이 군사를 보내주지 않자 원담은 크게 노하여 당장 봉기의 목을 치고 조조에게 항복하려고 논의하니 어느새 움직임이 기주에 전해져 원상은 심배와 의논했다.

"담이 조조에게 항복하고 힘을 합쳐 공격하면 기주가 위험해지오."

원상은 심배와 대장 소유에게 기주를 단단히 지키게 하고, 대군을 거느리고 원담을 구하러 여양으로 떠났다. 여광(呂曠)과 여상(呂翔) 형제를 선봉으로 세워 3만 군사를 주어 먼저 보내자 소식을 듣고 원담은 조조에게 항복하려던 논의를 그만두고 원상과 함께 기각지세를 이루었다. 곧 원희와 고간도 군사를 이끌고 여양성 밖에 이르러, 원상이 세 곳 군사를 거느리고 조조와 싸웠으나 자꾸만 패했다.

건안 8년(203년) 2월, 조조가 군사를 나누어 대공세를 펼치니 원담은 크게 패해 여양을 버리고 달아났다. 조조가 기주까지 쫓아가자 원담과 원상은 성에 들어가 굳게 지키고, 원희와 고간은 성에서 30리 떨어진 곳에 영채를 세워 허세를 부렸다.

조조가 며칠을 공격해도 성을 깨뜨리지 못하자 곽가가 계책을 올렸다.

"원씨가 맏이를 내치고 셋째를 세우니 형제끼리 싸우며 각기 무리를 모아, 서로 위급하면 구하고 숨을 돌리면 싸웁니다. 군사를 남쪽 형주로 움직여 유표를 정벌하면서 형제들 변화를 기다리는 것이 좋습니다. 변이 일어나면 단숨에 제압할 수 있습니다.”

조조가 옳게 여겨 가후를 태수로 임명해 여양을 지키게 하고, 조홍에게 군사를 이끌어 관도를 지키게 한 뒤 대군을 거느리고 형주로 진군했다.

조조가 물러갔다는 말을 듣고 원희와 고간은 각기 자기 주로 돌아갔다. 원담은 곽도, 신평과 의논했다.

“나는 맏아들인데 아버님 기업을 잇지 못하고, 상은 계모 자식인데 도리어 뒤를 이으니 실로 받아들이기 어렵소.”

곽도가 꾀를 냈다.

“주공께서 군사를 이끌고 성 밖에 나가 현보와 심배를 청해 술을 마시면서 칼잡이를 매복해 잡으시면 대사가 정해집니다.”

원담이 그 말에 따르려 하는데 마침 청주의 별가 왕수(王修)가 와서 계책을 듣고 반대했다.

“형제는 왼팔과 오른팔입니다. 다른 사람과 싸우는데 오른팔을 자르고도 이길 수 있다면 말이 되겠습니까? 형제를 버리고 천하의 누구와 가까이하겠습니까? 곽도는 헐뜯는 소리로 혈육간 틈을 만들어 하루아침 이득을 보려 하니 주공께서는 귀를 막고 듣지 마시기 바랍니다.”

원담이 화를 내 왕수를 꾸짖어 물리치고 원상을 잔치에 청하자 심배가 이미 꿰뚫어 보았다.

“곽도의 계책입니다. 주공께서 가시면 반드시 간사한 계책에 걸리니 이 틈에 쳐 없애는 것이 좋습니다.”

원상이 5만 군사를 이끌고 성을 나서자 원담은 일이 틀어졌음을 알고 군사를 이끌고 나왔다. 원상이 욕설을 퍼붓자 원담도 질세라 욕했다.

원담과 원상 형제는 직접 싸움 벌여 ▶

"네가 약으로 아버님을 죽여 작위를 찬탈하고 또 형을 죽이러 왔느냐?"

두 사람이 직접 싸움을 벌여 원담이 크게 패하자 원상은 화살과 돌멩이를 무릅쓰고 적진으로 쳐들어갔다. 원담은 군사를 이끌고 청주 평원 땅으로 달아나고, 원상은 군사를 거두어 기주로 돌아갔다.

원담은 재빨리 군사를 정돈해 다시 나왔다. 잠벽을 장수로 세워 기주에 이르니 원상이 군사를 이끌고 성에서 나왔다. 원담이 잠벽을 내보내 싸움을 걸자 원상이 직접 나가려 하는데 대장 여광이 먼저 칼을 춤추며 달려가 잠벽을 베어 말 아래로 떨어뜨렸다. 원담은 또 패하고 평원으로 달아났다.

심배가 이 기회에 뿌리를 뽑으라고 권해 원상이 쫓아갔으나 원담은 성을 굳게 지키면서 나오지 않았다. 원상이 세 방향으로 에워싸고 공격해 원담이 궁지에 몰리자 곽도가 권했다.

"지금 성안에 식량이 적은데 저쪽 군사의 기세는 한창 날카로워 당할 수 없습니다. 조조에게 사람을 보내 항복하고 그에게 기주를 치게 하면 됩니다. 원상이 기주를 구하러 돌아갈 것이니 장군께서 조조와 협공하면 사로잡을 수 있습니다. 조조가 원상을 깨뜨리면 우리는 원상의 군량을 모아 조조를 막을 수 있지요. 조조는 먼 길을 와서 군량이 뒤를 대지 못하니 반드시 제풀에 물러갑니다. 그러면 우리는 기주를 차지하고 크게 노려볼 수 있습니다."

"누구를 사자로 보내면 좋겠소?"

"신평의 아우 신비(辛毗)는 자가 좌치(佐治)로, 지금 평원 현령으로 있는데, 이 사람이 말을 잘하니 사자로 보낼 만합니다."

원담은 신비에게 글을 주어 조조한테 보냈다.

조조가 여남 서평현에 영채를 세우고 정벌에 나서자 유표는 유비를 보내 맞이하게 했다. 양쪽 군사가 아직 싸움을 벌이지 않았는데 신비가 이르러 원담의 글을 올리자 정욱이 의심했다.

"원상이 공격해 원담이 어쩔 수 없어 항복하는 것이니 믿을 수 없습니다."

여건과 만총도 같은 생각이었다.

"승상께서 여기까지 오셨는데 유표를 버리고 어찌 다시 원담을 돕겠습니까?"

순유가 남다른 주장을 폈다.

"세 분 말씀은 썩 좋지 않소. 저의 어리석은 생각으로는 천하에 한창 일이 벌어지는데도 유표는 장강과 한수 사이에 주저앉아 감히 발을 펴지 못하니 그는 사방을 평정할 뜻이 없음을 충분히 알 수 있소. 그러나 원씨는 네 주의 땅을 차지하고 갑옷 입은 무사가 수십만에 이르오. 만약 두 아들이 화목해 이미 이루어진 기업을 함께 지키면 천하 일이 어찌 될지 모르오. 지금 그들 형제가 치고받아 형세가 고단해지니 우리에게 와서 붙는데, 우리가 군사를 이끌어 먼저 원상을 없애고, 변화를 보아 원담을 깨뜨리면 천하가 정해지니 이 기회를 놓쳐서는 아니 되오."

조조는 크게 기뻐 신비를 청해 술을 마시며 물었다.

"원담의 항복은 진심이오, 거짓이오? 원상의 군사를 과연 이길 수 있소?"

까다로운 질문이었으나 신비는 침착했다.

"명공께서는 진심인지 아닌지를 묻지 마시고 그 형세만 논하시면 됩니다. 원씨는 연이어 몇 해 싸움에 패해 군사는 밖에서 피로하고 모사들은 안에서 죽었으며, 형제는 남이 헐뜯는 말을 들어 원수가 되고 나라는 둘로 갈라졌습니다. 거기에 기근까지 들어 하늘이 내린 재앙과 인간이 만든 곤경이 심해져, 슬기로운 이나 미련한 자나 모두 '흙산이 무너지고 기와가 갈라지는[土崩瓦解토붕와해]' 꼴이 되었음을 압니다. 이는 바로 하늘이 원씨를 망하게 하는 때입니다. 지금 명공께서 군사를 이끌어 업성을 치시면 원상이 어려워집니다. 돌아가 구하지 않으려고 보면 소굴을 잃고, 돌아가 구하려고 보면 원담이 뒤를 밟습니다. 명공의 위엄으로 지친 무리를 치시면 마치 세찬 바람이 낙엽을 쓰는 격입니다. 이렇게 꾀하지 않고 도리어 형주를 정벌하신다면 어찌 되겠습니까? 형주는 풍년이 들어 즐거운 땅이라 나라는 평화롭고 백성은 순종하니 흔들어 움직일 수 없습니다. 지금 원씨 형제가 서로 해치고 있어 매우 어지럽습니다. 집에 있는 자는 창고가 비고, 길에 나간 자는 식량이 없으니 망했다고 할 수 있습니다. 이 때 하북을 차지하지 않고, 다음에 풍년이 들고 원씨 형제가 잘못을 뉘우쳐 화목해지기를 기다리면 급히 흔들기 어렵습니다. 지금 사방의 걱정거리로 하북보다 큰 곳이 없습니다. 하북이 평정되면 패업이 이루어지니 명공께서는 깊이 생각해보시기 바랍니다."

빈틈없는 대답에 조조는 크게 기뻐했다.

"신좌치와 너무 늦게 만난 것이 한이오!"

조조는 그날로 군사를 돌려 기주를 치러 갔다. 유비는 조조가 무슨 꾀를 꾸미지 않나 두려워 감히 쫓지 못하고 군사를 거두어 형주로 돌아갔다.

원상은 조조 군사가 황하를 건넜다는 소식을 듣고 급히 군사를 이끌고 업성으로 돌아가면서 여광과 여상에게 뒤를 막게 했다. 원상이 군사를 물리는 것을 보고 원담이 군사를 크게 일으켜 쫓아가는데 몇십 리도 가지 못해 포 소리가 '탕!' 울리며 두 무리 군사가 일제히 일어나니 여광과 여상이었다. 형제가 가로막자 원담은 말을 세우고 물었다.

"아버님이 살아계실 때 내가 두 장군을 나쁘게 대하지 않았는데 어찌 지금 아우를 도와 나를 핍박하오?"

그 말을 듣고 두 장수가 말에서 내려 항복하니 원담이 다시 권했다.

"나에게 항복하지 말고 조 승상께 항복하시오."

두 장수는 원담을 따라 영채로 돌아갔다. 원담이 조조 군사가 오기를 기다려 두 장수를 이끌어 뵈니 조조는 크게 기뻐하며 자기 딸을 원담에게 시집보내겠다고 약속하고, 그 자리에서 여광과 여상을 중매꾼으로 삼았다. 원담이 기주를 공격해 차지하기를 청하자 조조가 설명했다.

"지금 군량과 말먹이 풀이 따르지 못하는데 날라오기가 힘드네. 황하 건너 기수가 황하로 들어가는 곳에 둑을 쌓아 물을 백구로 흘러들게 하여 수로로 군량 길을 통하게 한 다음 진군하겠네."

원담을 잠시 평원에 머물게 하고 조조는 군사를 이끌고 여양으로 물러섰다. 여광과 여상은 열후로 봉해 군중에서 명령에 따르게 했다. 곽도가 원담에게 꾀를 냈다.

"조조가 딸을 주겠다고 한 약속은 진심이 아닐까 두렵습니다. 더구나 여광과 여상에게 벼슬을 주고 상을 내려 데려갔으니 이는 하북 사람들 마음을 끌려는 수작으로 뒷날 반드시 우리에게 화가 됩니다. 장군 도장 두 개를 새겨 가만히 여광과 여상에게 보내고 안에서 호응하게 하십시오. 그런 후 조조가 원상을 깨뜨린 뒤에 적당한 틈을 타 조조를 공략하시지요."

원담은 장군 도장 두 개를 새겨 남몰래 여씨 형제에게 보냈다. 형제가 도장을 받자마자 바로 일러바치니 조조는 껄껄 웃었다.

"원담이 가만히 도장을 보낸 것은 그대들이 안에서 돕기를 바라서일세. 내가 원상을 깨뜨리기를 기다려 일을 꾸미려는 꿍꿍이지. 먼저 받아두게. 내가 마땅히 생각이 있으니."

이때부터 조조는 원담을 죽일 마음이 생겼다.

건안 9년(204년) 2월, 원상은 심배와 상의했다.

"지금 조조가 백구로 식량을 날라오는 것은 기주를 치겠다는 뜻인데 어찌해야 하오?"

"무안 현장 윤해에게 격문을 보내 모성에 주둔해 상당의 군량 나르는 길을 통하게 하고, 저수의 아들 저곡에게 한단을 지키면서 멀리서 성원하도록 하십시오. 그 뒤에 주공께서는 평원으로 진군해 원담을 먼저 끝장내고, 조조를 깨뜨리십시오."

원상이 심배와 진림에게 기주를 지키게 하고, 마연과 장의를 앞세워 그날 밤 군사를 일으켜 평원으로 달려가니 원담이 조조에게 위급을 알렸다.

"내가 이번에는 반드시 기주를 얻게 되었군."

조조가 좋아하는데 허유가 허도에서 와서 원상이 또 원담을 친다는 말을 듣고 장막에 들어섰다.

"승상께서는 여기 앉아 지키시는 품이 그래, 하늘이 벼락이라도 쳐서 원씨 형제를 죽여주기를 기다리는 것이오?"

조조는 웃었다.

"내가 이미 다 헤아렸소."

조조는 조홍에게 먼저 나아가 업성을 치게 하고, 직접 군사를 이끌고 윤해를 치러 갔다. 군사가 무안현 경계에 이르러 윤해가 군사를 이끌고 나오자 조조가 소리쳤다.

"허중강은 어디 있는가?"

허저가 말을 달리니 윤해는 손을 놀려보지도 못하고 칼에 찍혀 말 아래로 떨어지고 무리는 뿔뿔이 달아났다. 조조가 군사의 항복을 받고 한단을 치러 가니 저곡이 맞받아 나왔으나 장료가 달려가자 세 합도 견디지 못하고 달아났다. 장료가 쫓아가 활을 쏘자 시위소리와 더불어 저곡은 말에서 떨어졌다.

조조가 대군을 이끌고 기주에 이르니 조홍이 이미 성 아래에 다가가 있었다. 조조가 삼군에 명해 성을 빙 둘러 흙산을 쌓고 또 가만히 땅굴을 파 공격하는데, 심배가 계책을 써서 굳게 지키는 법이 아주 엄했다. 동문을 지키는 장수 풍례가 술에 취해 순찰을 제때 돌지 않아, 심배가 엄하게 벌을 주어 몽둥이로 등을 40대 때렸더니 앙심을 품고 가만히 성을 나와 조조에게 항복했다. 조조가 성을 깨뜨릴 계책을 묻자 그가 대답했다.

"돌문 안의 땅이 두꺼워 땅굴을 파고 들어갈 수 있습니다."

【돌문은 성벽 밑에 있는 작은 비밀 문으로, 성을 공격하는 적군에게 틈이 생기면 수비하는 군사가 이 문을 열고 나가 돌격한다.】

조조는 풍례에게 300명 장사를 주어 밤에 땅굴을 파고 들어가게 했다. 이때 심배는 풍례가 성을 나가 항복하자 밤마다 성벽 위에 올라 장졸들을 돌아보는데, 그날 밤 돌문 위에서 바깥을 내다보니 불이 없어 대뜸 알아차렸다.

"풍례가 땅굴을 파고 들어오는구나."

급히 정예 군사를 불러 공격하니 풍례와 300명 장사는 모두 흙 속에 묻혀 죽고 말았다. 조조는 땅굴을 포기하고 군사를 물려 원수에 주둔하면서 원상이 돌아오기를 기다렸다.

평원을 공격하던 원상은 조조가 윤해와 저곡을 깨뜨리고 기주를 에워싸자 급히 구하러 돌아오는데 장수 마연이 제의했다.

"큰길에는 조조가 군사를 매복시켰을 것이니 오솔길을 통해 서산으로 나가 조조 영채를 습격하면 포위를 풀 수 있습니다."

원상은 대군을 거느리고 앞서 나아가고 마연과 장의에게 뒤를 막게 했다. 염탐꾼이 벌써 조조에게 보고하니 조홍이 충고했다.

"돌아가는 군사는 치지 말라고 했으니 피하시면 됩니다. 원상의 군사는 식솔들이 모두 성안에 있으니 반드시 죽기로써 싸울 것입니다."

조조가 단언했다.

"그가 큰길로 오면 내가 피해야 하겠지만 서산의 오솔길로 오면 한 번 싸움으로 사로잡을 수 있네. 내가 헤아려보니 원상은 반드시 오솔길로 올 걸세."

원상이 큰길로 오지 않고 서산의 오솔길로 온다고 하자 조조는 손뼉을 치며 웃었다.

"하늘이 나에게 기주를 내리시는구나. 원상은 반드시 불을 지펴 성안에서 호응하게 할 테니 군사를 나누어 치겠네."

【원상의 군사가 큰길로 오면 성을 구할 마음이 단단해 저마다 죽기로써 싸운다. 큰길에서 밀리면 죽음밖에 없다는 것을 알기 때문이다. 하지만 산으로 온다면 때에 따라 물러설 수도 있으니 장졸들이 한마음으로 목숨을 걸고 싸우지 않고 각기 제 몸을 지킬 궁리를 한다. 이른바 병법에서 '적의 움직임을 보면 그 속을 안다[觀敵之動관적지동]'는 것이다.】

오솔길을 통해 부수 어귀로 나온 원상은 동쪽으로 움직여 양평국 양평정에 진을 치고 군사들에게 장작과 마른 풀을 준비해 밤에 불을 신호로 삼도록 하고, 주부 이부를 조조의 도독으로 꾸며 성으로 보냈다. 이부가 조조의 장졸들을 꾸짖으며 성 아래에 이르러 문을 열라고 소리치자 심배가 목소리를 알아듣고 얼른 성안으로 맞아들였다. 이부가 바깥 형편을 알려주었다. 안팎 소식이 통하도록 심배가 성안에서 불을 붙일 채비를 하니 이부가 제의했다.

"성안에 식량이 없으니 약한 군졸과 여인들을 내보내 항복하게 합시다. 조조는 대비하지 않을 테니 군사를 풀어 백성 뒤를 따라 나가 공격합시다."

심배가 이튿날 성 위에 흰 깃발을 세우는데 '기주 백성 투항' 여섯 글자가 쓰여 있어 조조는 단번에 잔꾀를 알아보았다. 장료와 서황을 양쪽에 매복시키고, 지휘 깃발을 들고 해 가리개를 펴게 하여 성 아래까지 다가갔다. 성문이 열리자 사람들이 늙은이를 부축하고 어린아이의 손목을 잡으며 흰 깃발을 들고 나오니 조조가 그들을 위로했다.

"나는 백성이 성안에서 고생하는 것을 안다. 식량이 있는 성 밖으로 나오지 않으면 곧 굶어죽을 것이다."

사람들은 땅에 엎드려 절을 올렸다. 조조가 모두 후군으로 가서 식량을 받게 하니 늙고 약한 군졸과 백성이 몇만이나 되었다. 그들이 다 나오자 성안의 군사가 갑자기 달려 나왔으나 조조의 명으로 붉은 깃발이 휙 움직이자 장료와 서황의 군사가 일제히 쳐나가 무찔렀다. 기주의 군사가 견딜 수 없어 되돌아가니 조조가 말을 달려 조교 가까이 이르렀으나 성 위에서 쇠뇌 살이 비 오듯 날아왔다.

조조의 말이 살에 맞아 쓰러지고 투구에도 살이 두 대나 꽂혀 하마터면 정수리에 구멍이 날 뻔했다. 장수들이 급히 구해 진으로 돌아오자 조조는 다른 말에 올라 원상의 영채를 치러 갔다. 원상이 나와 맞섰으나 조조 군사가 여러 방향으로 달려들자 크게 패하고 서산으로 물러가 영채를 세웠다.

원상이 사람을 보내 마연과 장의를 불렀으나 조조가 벌써 여광과 여상을 보내 귀순을 받은 뒤였다. 두 장수도 역시 열후로 봉했다. 그날로 나아가 서산을 치면서 여씨 형제와 마연, 장의에게 원상의 군량 길을 끊게 하니 원상은 서산을 지킬 수 없어 밤에 가만히 남구 땅으로 달아났다.

그러나 영채를 다 세우기도 전에 사방에서 불길이 솟구치며 매복한 군사가 달려 나오니 원상은 미처 갑옷도 걸치지 못하고 말에 안장도 얹지 못한 채 50리를 달아났다. 세력이 줄고 힘이 빠진 원상은 어쩔 수 없이 옛 예주 자사 음기를 보내 항복을 청했다.

조조는 짐짓 허락하고 밤중에 장료와 서황을 보내 원상의 영채를 급습했다. 원상은 장군 도장과 끈도 챙기지 못하고, 권력을 상징하는 절과 월도 포기하고, 갑옷과 군수품을 죄다 버린 채 동북쪽 중산국을 향해 달아났다.

조조가 군사를 기주로 돌리자 허유가 계책을 올렸다.

"어찌하여 장하 물을 터뜨려 성을 잠기게 하지 않습니까?"

조조가 옳게 여겨 성 밖에 40리 도랑을 파는데, 성 위에서 심배가 보니 도랑이 아주 얕아 은근히 웃었다.

"장하 물을 터뜨려 성에 넣자는 수작이구나. 그런데 도랑이 이처럼 얕아서야 어찌 물이 성안으로 들어오나!"

그는 마음을 놓고 방비하지 않았다. 그런데 밤에 조조가 군사를 열 배나 더 보내 도랑을 깊게 파니 날이 밝자 너비와 깊이가 20자나 되었다. 그곳으로 장하 물을 끌어넣으니 성안에 물이 몇 자나 찼다. 성안에는 식량도 바닥나 장졸들이 굶어 죽을 형편이었다.

성 밖에서 신비가 창끝에 원상의 장군 도장과 끈, 옷을 걸고 성안 사람들에게 항복을 권하자 크게 노한 심배가 성 위에서 신비의 식솔 80여 명의 목을 쳐 머리를 밖으로 던졌다. 신비가 하염없이 통곡하자 신비와 사이가 좋은 심배의 조카 심영이 가만히 성문을 열겠다는 글을 화살에 매어 성 밖으로 쏘아 보냈다. 조조가 읽어보고 먼저 보호령을 내렸다.

'기주에 들어가면 원씨 일가의 식솔을 죽여서는 아니 된다. 군사와 백성 중에 항복하는 자도 죽이지 않는다.'

날이 밝자 심영이 서문을 활짝 열어 조조 군사를 들여보냈다. 신비가 말을 달려 맨 먼저 들어가고 장졸들이 뒤따라 들어갔다. 동남쪽 성루에 있던 심배는 부하 몇을 이끌고 죽기로써 싸우다 서황에게 사로잡혀 성 밖으로 끌려나갔다. 길에서 심배를 본 신비는 이를 갈며 채찍으로 머리를 후려쳤다.

"이 도적놈아! 너 오늘 죽게 되었구나!"

심배도 맞받아 욕했다.

"신비 도적놈아! 조조를 끌어들여 기주를 깨뜨렸으니 너를 죽이지 못한 게 한스럽다!"

서황이 심배를 끌어오자 조조가 물었다.

"문을 열어 나를 맞이한 자가 누군지 아는가?"

"모른다."

"그대 조카 심영일세."

심배는 분통을 터뜨렸다.

"어린놈이 쓸모없기가 이 정도에 이르다니!"

"저번에 내가 성 아래에 이르렀을 때 성안에 무슨 화살이 그렇게 많았는가?"

"너무 적어 한스럽다! 적어서 한스러워!"

심배는 계속 뻣뻣했으나 조조는 그를 끌어들여 쓰고 싶었다.

"그대는 원씨에게 충성하느라 그랬으니 이제는 나에게 항복하겠는가?"

"항복하지 않는다! 항복하지 않아!"

심배가 소리치자 신비가 울면서 땅에 엎드려 조조에게 절했다.

"식솔 80여 명이 모조리 이 도적놈에게 죽고 말았습니다. 승상께서 죽여 원한을 씻어주시기 바랍니다!"

심배가 떳떳하게 외쳤다.

"나는 살아서도 원씨 신하이고 죽어서도 원씨 귀신이다. 너 따위 아첨하는 도적놈과는 다르다! 어서 내 목을 쳐라!"

조조가 끌어내게 하니 형벌을 받기 전에 심배는 칼잡이를 꾸짖었다.

"주인이 북쪽에 계시니 내가 얼굴을 남쪽으로 향해 죽어서는 아니 된다!"

심배는 북쪽을 향해 꿇어앉아 목을 늘이고 칼을 받았다. 때는 건안 9년(204년) 7월이었다. 조조는 충성과 의로움을 기려 성 북쪽에 묻어주게 했다.

장수들이 성안에 들어가시라고 청해 조조가 막 떠나려 하는데 칼잡이들이 한 사람을 에워싸고 오니 바로 진림이었다. 조조가 나무랐다.

"네가 전에 본초를 위해 격문을 지을 때, 나에게만 죄를 씌우면 그만이지 어찌 할아버지와 아버지까지 모욕했느냐?"

"화살이 시위에 먹여졌으니 나아가지 않을 수 없었소이다."

사람들은 진림을 죽이라고 했으나 조조는 재주를 아껴 살려주고 참모인 종사로 임명했다.

자가 자환(子桓)인 조조의 맏아들 조비(曹丕)는 이 해에 18세였다. 초군에서 조비가 태어날 때 구름 기운 한 조각이 그 방에 덮여 종일 흩어지지 않았는데, 색은 푸르고 자줏빛이 나며, 모양은 수레의 해 가리개와 비슷했다. 기(氣)를 보는 사람이 가만히 조조에게 진언했다.

"이는 천자의 기운입니다. 아드님은 그 귀함이 말할 수 없습니다."

조비는 여덟 살에 글을 짓고 재주가 빼어났는데 옛일에 밝고 오늘의 세상에도 통했으며, 말 잘 타고 활 잘 쏘며 검술을 좋아했다. 조비 어머니는 낭야 사람 변씨인데 원래 기생이었으나 조조가 첩으로 맞아 조비를 낳았다.

조조가 기주를 깨뜨릴 때 따라와 있던 조비는 직속 군사를 거느리고 원소의 집으로 달려갔다. 말에서 내려 검을 뽑아 들고 들어가자 장수가 막았다.

"승상 명령이십니다. 누구도 집으로 들어가지 못한다고 하셨습니다."

장수를 꾸짖어 물리친 조비가 검을 들고 뒤채로 들어가 보니 두 여인이 끌어안고 우는 것이었다. 조비는 검을 날려 그들을 죽이려 했다.

이야말로

4대의 공훈 꿈이 되었는데
집안 혈육 또 재앙 만나네

두 여인 목숨은 어찌 될까?

33

천하 얻으려면 땅보다 인재를

조비는 혼란 틈타 견씨 받아들이고
곽가는 계책 남겨 요동을 평정하다

조비가 훌쩍거리는 두 여인을 죽이려 하는데 별안간 붉은 빛이 눈에 확 안겨 와 검을 집에 꽂고 물었다.

"너희는 누구냐?"

나이 많은 여인이 대답했다.

"저는 원소 아내 유가입니다."

조비가 다른 여인을 가리켰다.

"이쪽은 누구요?"

"둘째 아들 원희 아내 견씨입니다. 원희가 유주에 가 있는데 며느리는 집을 떠나기 싫어해 여기 남았습니다."

조비가 견씨를 가까이 끌어당기니 머리가 풀어지고 얼굴에 먼지가 묻어 더러웠다. 조비가 소매로 얼굴을 닦고 보니 살결이 옥 같고 얼굴이 꽃 같아, 나라를 기울일 미모[傾國之色경국지색]였다.

조비는 유씨에게 선포했다.

"나는 조 승상 아들이오. 내가 이 집안을 보호할 테니 걱정하지 마시오."

조비가 허리에 찬 검을 틀어쥐고 앞채 대청 위에 앉으니 장수들이 누가 감히 안으로 들어갈 수 있으랴.

이때 조조가 장수들을 거느리고 기주 성문을 들어서는데 뒤에서 허유가 말을 달려와 채찍으로 성문을 가리키며 조조의 어릴 적 이름을 불렀다.

"아만! 내가 아니었으면 그대가 어찌 이 문을 들어서겠는가?"

그 말에 조조는 껄껄 웃었으나 장수들은 모두 괘씸하게 여겼다. 조조는 원소의 장군부 앞에 이르러 물었다.

"이 안에 들어간 사람이 있느냐?"

문을 지키는 장수가 대답했다.

"세자가 안에 있습니다."

조조가 조비를 불러내 꾸짖자 유씨가 나와 절을 했다.

"세자가 아니었으면 첩의 집안을 고스란히 보존할 수 없었습니다. 견씨를 세자께 바쳐 빗자루와 쓰레받기를 들고 시중들게 하고 싶습니다."

조조가 불러 견씨가 앞에 와 절을 하니 조조가 살펴보고 한마디 했다.

"참으로 내 며느릿감이로다!"

조비에게 견씨를 맞아들이게 했다.

기주를 평정한 조조는 친히 원소 무덤에 가서 제사를 지내며 두 번 절하고 슬피 울다 부하들을 돌아보았다.

"옛날 본초와 함께 군사를 일으킬 때 그가 물었네. '만약 우리가 시작한 일이 이루어지지 않으면 세상에서 어디를 차지할 만하오?' 내가 되물었지. '그대의 뜻은 어떠하오?' 본초가 대답했네. '내가 남쪽으로는 황하를 차지하고,

조비가 두 여인을 죽이려 하는데 ▶

曹丕乘
亂納甄

북쪽으로는 옛날 연나라, 대나라 땅을 막으면서 사막의 무리를 아울러 남쪽으로 나아가 천하를 다투면 일이 이루어지지 않겠소?' 그래서 나도 말했지. '나는 천하의 슬기와 힘을 모아 옳은 도리로 거느리겠소. 그러면 안 될 일이 없을 것이오.' 이것이 어제 한 말 같은데 본초가 이미 돌아갔으니 내가 눈물이 절로 나오는구려!"

사람들은 모두 탄식했다.

【처음부터 조조와 원소는 사뭇 다른 길을 갔다. 원소는 후한 광무제가 하북 땅을 차지해 세력을 키우고 천하를 얻은 일을 본받으려 했고, 조조는 땅보다 인재에 의지해 성공으로 나아가려 했다.

두 사람의 젊은 시절 이야기가 하나 있다. 돌아다니며 희한한 짓을 즐겨 벌이던 두 사람은 혼인 잔칫집에 가만히 들어가 마당에 숨었다가 밤이 되자 조조가 소리를 질렀다.

"도둑이야!"

신혼 방에 있던 사람들이 모두 밖으로 뛰쳐나오니 조조는 원소와 함께 칼을 들고 들어가 신부를 협박해 끌고 나왔다. 그런데 길을 잘못 들어 원소가 그만 가시덤불에 빠져 버둥거리며 나오지 못하자 조조가 또 소리쳤다.

"도둑이 여기 있다!"

원소는 기겁해 후닥닥 뛰쳐나왔고, 그렇게 해서 두 사람은 몸을 뺄 수 있었다.

송나라 유의경이 펴낸 《세설신어》에 나오는 이야기로 사실 여부를 확인하기는 어려우나, 후한 말부터 5세기 초까지 널리 퍼져 조조의 번뜩이는 기지와 원소의 주변머리 없음을 대조적으로 보여주었다. 실제로 조조는 원소와 개인적인 원한은 없었다. 젊은 시절에는 친구 사이였고, 군사를 일으킨 초기에는 원소 도움을 많이 받았으나 두 사람의 세력이 점점 커지면서 대결을 피할 수 없게 되었다.】

조조는 원소 아내 유씨에게 금과 비단, 쌀을 내리고 새로운 명령을 선포했다.

"하북 백성은 난리를 겪었으니 올해는 조세와 부역을 면한다."

조조는 조정에 표문을 올리고 스스로 기주 자사를 겸했다.

어느 날, 허저가 말을 달려 동문으로 들어오는데 마침 마주 오는 허유를 만나니 허유가 우쭐거렸다.

"내가 아니었으면 너희가 어찌 이 문으로 드나들 수 있겠느냐?"

허저는 벌컥 화를 냈다.

"우리가 천만 번 죽음을 무릅쓰고 피 흘려 싸워 성을 빼앗았는데 네가 무엇이라고 감히 자랑하느냐?"

허유가 욕했다.

"너희는 모두 하찮은 것들이니 어디 입에 담을 나위나 있겠느냐!"

허저는 크게 노해 허유의 목을 베고 머리를 조조에게 들고 갔다.

"자원은 나와 옛 친구라 농담을 했을 뿐인데, 어찌 죽였는가?"

조조는 허저를 나무라고 허유를 후하게 묻어주었다.

조조가 기주에서 인재를 두루 찾으니 사람들이 추천했다.

"기도위 최염(崔琰)은 자가 계규(季珪)로 청하국 동무성 사람입니다. 여러 번 계책을 드렸으나 원소가 받아들이지 않아, 병을 핑계로 집에 있습니다."

조조는 최염을 청해 기주 별가로 삼고 물었다.

"어제 기주의 호적을 확인했는데 전부 30만이나 되니 큰 주라 할 수 있겠소."

최염이 대답했다.

"지금 천하가 갈라지고 온 나라가 찢어졌는데, 원씨 형제가 서로 싸워 기주 백성은 뼈가 들판에 드러났습니다. 승상께서는 먼저 살아갈 일을 급히 물어 그들이 진흙에 빠지고 불에 타는 고생을 구해주지 않고 먼저 호적을 따지시니 어찌 주의 백성이 바라는 바이겠습니까?"

조조는 얼굴빛을 고쳐 정중히 사과하고 최염을 부하가 아닌 귀한 손님으로 대했다.

기주를 평정한 조조는 원담 소식을 알아보았다. 기주 여러 곳에서 약탈하던 원담은 원상이 패하고 중산국으로 달아났다는 말을 듣고 군사를 몰아 공격했다. 힘이 빠진 원상이 싸울 마음을 잃어 무리를 버리고 유주로 달려가 원희에게 의지하니 원담은 무리를 거두고 기주를 되찾을 궁리를 했다.

조조가 불렀으나 원담은 가지 않았다. 조조는 크게 노해 글을 보내 혼인을 취소하고 대군을 이끌고 정벌에 올라 평원에 이르렀다. 원담이 형주로 사람을 보내 구원을 청하자 유비가 유표에게 조언했다.

"조조가 기주를 깨뜨리고 군사의 기세가 한창 성해 원씨 형제는 머지않아 반드시 잡힙니다. 구해보아도 이로움이 없습니다. 조조에게는 늘 형주를 엿볼 뜻이 있으니 군사를 길러 땅을 지키는 데에만 힘쓰고 함부로 움직여서는 아니 됩니다."

"어찌 답을 보내야 하겠소?"

"원씨 형제에게 화해를 권하며 듣기 좋게 사절하십시오."

유표는 먼저 원담에게 글을 보냈다.

'군자가 난리를 피할 때는 원수 나라에 가지 않는다 [君子違難군자위난 不適仇國 부적구국]고 했소. 전날 그대가 무릎을 꿇고 조조에게 항복했다고 들었는데, 이는 선조의 원수를 잊고 형제의 정을 버리며 동맹의 수치를 남기는 것이오. 만약 기주(원상)가 아우답지 못하면 그대는 마음을 낮추고 그를 따라야 할 것이오. 일이 정해지기를 기다려 천하 사람들에게 그 굽고 바름을 평하게 하면 이역시 높은 의로움이 아니겠소?'

원상에게도 글을 보냈다.

'청주(원담)는 천성이 급하고, 굽고 바름을 따지는 데에 어둡소. 그대는 먼저 조조를 깨뜨려 돌아가신 아버님 한을 풀어드려야 할 것이오. 일이 정해진 다음 옳고 그름을 따지면 이 역시 좋은 노릇이 아니겠소? 만약 여전히 그릇된 생각에 홀려 되돌아서지 않으면 이는 한로와 동곽이 스스로 곤경에 빠져 농부에게 돌아가는 격이오.'

【《전국책》〈제책 3〉에 의하면 한자로(韓子盧)는 천하제일 사냥개고 동곽준(東郭逡)은 세상에서 으뜸가는 날랜 토끼였다. 한자로가 동곽준을 잡으려고 산을 세 바퀴나 돌고 다섯 번이나 넘으니 개와 토끼가 모두 지쳐 땅에 쓰러졌다. 길 가던 농부가 힘들이지 않고 토끼와 개를 집어 갔다.】

글을 받은 원담은 유표가 군사를 낼 뜻이 없음을 알고, 스스로 조조에게 맞설 수 없다고 여겨 평원을 버리고 발해군 남피현으로 달아났다.

건안 10년(205년) 정월, 조조가 남피까지 쫓아가는데 날씨가 몹시 춥고 강이 얼어붙어 군량 배가 움직이지 못했다. 조조가 백성을 동원해 얼음을 깨고 배를 끌게 하니 백성이 도망갔다. 조조가 크게 노해 모두 잡아서 목을 치라고 하자 백성들이 군영에 와서 자수했다.

"너희를 죽이지 않으려고 보면 내 명령이 통하지 않고, 너희를 죽이려고 보면 내가 차마 그렇게 하지 못하겠다. 너희는 산속으로 숨어 군사에게 잡히지 않도록 하라."

조조 말에 백성들은 눈물을 흘리며 떠났다.

남피성 아래까지 쫓아가 원담이 군사를 이끌고 성을 나오니 조조가 채찍으로 가리켰다.

"내가 후하게 대했거늘 너는 어찌하여 다른 마음을 먹었느냐?"

"너희가 내 경계를 범하고, 내 성을 빼앗고, 약속한 아내를 보내주지 않고도 내가 다른 마음을 먹었다고 하느냐?"

원담의 반박에 조조가 서황을 내보내자 원담은 팽안에게 맞서게 했으나 이내 칼에 맞아 말 아래로 떨어졌다. 원담이 남피성으로 달아나니 조조는 성을 에워쌌다. 당황한 원담이 신평을 보내 항복을 청했으나 조조는 내키지 않았다.

"원담은 변덕이 심해 믿기 어렵소. 내가 그대 아우 신비를 무겁게 쓰고 있으니 그대도 여기 남아 나를 도와주면 어떻겠소?"

"아닙니다. 제가 듣자니 '주인이 귀해지면 신하가 영광스럽고, 주인이 어려우면 신하가 고난을 겪어야 한다[主貴臣榮주귀신영 主憂臣辱주우신욕]'고 합니다. 저는 원씨를 섬긴 지 오래인데 어찌 저버리겠습니까?"

조조는 신평을 붙잡지 못할 것을 알고 돌려보냈다. 신평이 돌아가 조조가 항복을 받아들이지 않는다고 전하자 원담은 욕을 했다.

"네 아우가 조조를 섬긴다고 네가 다른 마음을 품느냐?"

그 말에 신평은 기가 꽉 막혀 쓰러져 까무러쳤다. 사람들이 부축해 나갔으나 잠시 후 숨이 끊겼다. 원담이 너무 심하지 않았나 뉘우치는데 곽도가 계책을 올렸다.

"군사와 장수로 겨루어서는 이길 수 없습니다. 내일 백성을 앞서게 하고 군사로 뒤를 이어 성을 나가 죽기를 무릅쓰고 싸웁시다."

원담은 남피 백성을 모두 모아 창칼을 들고 명령에 따르게 했다. 이튿날 새벽, 남피의 네 문을 활짝 열고 백성을 앞세워 고함치며 몰려나가 조조 영채에 이르렀다. 양쪽이 어지러이 싸우는데 한낮까지 승부가 나지 않아 시체들이 땅에 즐비했다.

승부가 늦어지자 조조는 말을 버리고 산에 올라 친히 북채를 잡고 북을 두드렸다. 장졸들이 크게 힘을 떨쳐 쳐들어가는데 기운을 돋우어 달려가던 조홍이 원담과 맞닥뜨려 칼로 찍어 죽이니 곽도는 성으로 달아났다. 악진이 활을 쏘자 곽도가 맞고 해자에 떨어지는데 말과 사람이 물속에 푹 잠겨버렸다. 이 싸움에서 백성이 얼마나 죽었는지 모른다.

조조가 군사를 이끌고 성에 들어가 백성을 위로하는데 별안간 군사 한 떼가 달려왔다. 원희의 장수 초촉과 장남이었다. 조조가 내다보니 두 장수가 얼른 병기를 버리고 갑옷을 벗고 항복해 열후로 봉했다. 또 흑산적 장연이 10만 군사를 이끌고 항복해 평북장군으로 봉했다.

【21년 동안 북방을 소란스럽게 하던 장연의 항복으로 넓은 하북 땅에서 조조의 근심거리는 깨끗이 사라졌다.】

조조가 원담의 머리를 사람들에게 보이게 하고 우는 자가 있으면 목을 벤다고 선포했다. 그런데 머리가 북문 밖에 내걸리자 흰 포관을 쓰고 거친 상복을 입은 사람이 머리 아래서 울었다. 그를 잡아 조조 앞으로 데려오니 청주별가 왕수였다. 전에 원담에게 충고하다 쫓겨났는데 죽었다는 소식을 듣고 와서 운 것이다. 조조가 물었다.

"너는 내 명령을 아느냐?"

"압니다."

"그런데도 죽음을 겁내지 않느냐?"

왕수는 태연히 대답했다.

"그가 살아서 저를 임명했는데 죽은 뒤 울지 않으면 의리가 아닙니다. 죽음이 두려워 의리를 잊는다면 이 세상에 어찌 머리를 들고 살 수 있겠습니까! 담의 주검을 거두어 묻게 해주신다면 목이 베어져도 한이 없습니다."

"하북에는 의로운 사나이가 어찌 이리 많은가! 그런데 아쉽게도 원씨가 쓰지 못했구나. 만약 그가 썼더라면 내가 어찌 감히 눈을 바로 뜨고 이 땅을 넘겨보겠는가!"

조조는 탄식하더니 그에게 원담의 주검을 묻게 하고, 귀한 손님으로 대하면서 사금중랑장으로 임명해 쇠를 제련하는 일을 맡겼다. 조조가 물었다.

"지금 원상이 원희에게 갔는데 그를 치려면 어떤 계책을 써야 하오?"

왕수가 아무 말이 없자 조조는 감탄했다.

"역시 충신이로다."

다시 곽가에게 물으니 대답했다.

"초촉과 장남을 비롯해 원씨에게 있다 항복한 장수들에게 공격하게 하십시오."

조조는 초촉을 비롯해 항복한 장수들에게 유주를 공격하게 하고, 이전과 악진에게 장연과 합쳐 병주로 가서 고간을 치게 했다. 원상과 원희는 조조 군사가 이른다는 소식을 듣고 맞서기 어려울 것을 알고 성을 버리고 밤낮으로 달려 요서 유목민 오환에게 의지하러 갔다.

이때 유주 자사 오환촉은 부하들을 모아 원씨를 등지고 조조에게 항복할 일을 상의하면서 입가에 피를 바르고 맹세했다.

"내가 조 승상이 당대의 영웅임을 알고 찾아가 항복하려 하니 명령을 따르지 않는 자는 목을 치겠소."

사람들이 차례로 입가에 피를 바르는데 별가 한형(韓珩)에 이르자 검을 땅에 던지고 높이 외쳤다.

"나는 원 공 부자의 두터운 은혜를 입었는데 주인이 패하여 망할 때 구할 슬기가 없었고 죽을 용기도 모자라니 이는 의리에 흠이 생긴 것이오! 만약 얼굴을 북쪽으로 하고 조조에게 항복한다면 그것은 내가 할 일이 아니오!"

사람들이 모두 낯빛이 변하니 오환촉이 대범하게 받아들였다.

"대체로 큰일을 하려면 대의를 세워야 하는데, 일이 이루어지느냐 않느냐는 한 사람에게 달린 것이 아니오. 한형에게 그런 뜻이 있다면 마음대로 하게 하겠소."

한형을 내보내고 성을 나가 항복하니 조조는 오환촉의 벼슬을 높여 진북장군으로 만들었다. 이때 조조에게 보고가 들어왔다.

"악진과 이전, 장연이 병주를 치는데 고간이 호관의 길목을 지켜 깨뜨리지 못합니다."

【호관은 지형이 주전자[壺호]와 같아서 그 길목을 막으면 지키기는 쉬우나 공격하기는 어려웠다.】

조조가 군사를 거느리고 병주로 가니 순유가 귀띔했다.

"반드시 거짓 항복의 계책을 써야 합니다."

조조가 항복한 장수 여광과 여상을 불러 귀에 입을 대고 속삭이자 형제는 수십 명 군사를 이끌고 관 밑에 가서 소리쳤다.

"우리는 원씨의 옛 장수들인데 어쩔 수 없어 잠시 조조에게 항복했소. 간사한 조조가 우리를 잘못 대접해서 되돌아와 다시 옛 주인을 섬기려 하니 어서 문을 열고 받아주시오."

고간이 말을 다 믿지 못해 두 장수만 관 위에 올라오게 하니 형제는 갑옷을 벗고 말을 버리고 올라갔다.

"조조 군사가 지금 막 이르렀으니 몸과 마음이 안정되기 전에 오늘 밤 영채를 습격하면 됩니다. 저희가 앞장서겠습니다."

고간이 그 말에 따라, 그날 밤 여씨 형제에게 앞장서서 1만여 군사를 이끌고 나아가게 했다. 조조 영채에 다가가니 고함이 울리며 사방에서 매복 군사가 일어나 고간은 계책에 걸렸음을 알고 급히 호관으로 돌아갔다. 그러나 악진과 이전이 이미 관을 빼앗은 뒤였다. 고간은 간신히 몸을 빼 흉노 수령 선우에게 의지하러 달려갔다.

조조는 관을 지키고 사람을 보내 고간을 쫓아가게 했다. 고간이 선우 경계에 이르자 마침 북번의 좌현왕과 마주쳤다.

【북번은 북방 유목민족을 낮추어 부르는 말이고, 좌현왕은 우현왕과 더불어 흉노 귀족으로 선우를 보좌하는 가장 중요한 수령이었다.】

고간이 말에서 내려 땅에 엎드려 절하며 빌었다.

"조조가 강토를 삼키면서 왕자님 땅을 범하려 합니다. 제발 저희를 구원하시어 힘을 합쳐 땅을 되찾아 북방을 보존하시기 바랍니다."

좌현왕은 거절했다.

"나는 조조와 원수진 게 없는데 그가 어찌 내 땅을 침범하겠느냐? 너는 내가 조씨와 원수가 되게 하려 하느냐?"

꾸지람을 듣고 물러난 고간은 아무리 궁리해도 갈 데가 마땅치 않아 유표를 찾아가다 상락현에 이르러 도위 왕염에게 죽고 말았다. 왕염이 고간의 머리를 가져가자 조조는 그를 열후로 봉했다.

【상락은 서북쪽의 험하고 중요한 요충이라 현이지만 특별히 군사를 맡은 도위가 있었다. 한낱 현의 도위가 갑자기 높은 작위를 얻자 그 아내는 방에서 울음을 터뜨렸다. 왕염이 부귀를 누리게 되면 첩을 얻어 자기를 괄시할까 두려워서였다. 고간의 죽음으로 원씨가 차지했던 기주, 청주, 유주, 병주가 모두 조조 손에 들어오게 되었다.】

병주를 장악한 조조가 서쪽으로 나아가 오환을 칠 일을 상의하니 조홍을 비롯한 장수들이 말렸다.

"원희와 원상은 군사가 패하고 장수가 죽어, 세력이 궁하고 힘이 빠져 멀리 사막으로 갔습니다. 지금 군사를 이끌고 오랑캐 땅에 들어갔다가 유비와 유표가 빈틈을 타 허도를 습격하면 미처 구할 수 없습니다. 화가 작지 않으니 나아가지 마시고 군사를 돌리는 것이 상책입니다."

곽가가 주장을 내놓았다.

"여러분 말씀은 틀렸소. 주공께서는 비록 위엄이 천하에 떨치셨으나 사막 사람들은 멀리 떨어진 변두리에 있는 것을 믿고 방비를 하지 않으니 그 틈을 타 급작스레 들이치면 반드시 깨뜨릴 수 있소. 원소가 오환에게 은혜를 베풀었는데 원상과 원희가 아직 살아 있으니 이 기회에 없애지 않을 수 없소. 유표는 앉아서 빈말이나 하는 사람 [坐談之客좌담지객]일 뿐이오. 재주가 유비를 다루기에는 부족하다는 것을 스스로 알아 무거운 소임을 맡기면 통제하지 못할까봐 겁이 나고, 시시한 일을 맡기면 유비가 제대로 일해주지 않을 것이오."

그리고 조조를 향했다.

"그러하니 나라를 비우고 멀리 정벌을 나가시더라도 주공께서는 걱정이 없으십니다."

"봉효 말이 지극히 옳소."

조조는 삼군을 거느리고 수레 수천 대를 움직여 나아갔다. 누런 모래가 아득하게 펼쳐졌는데 세찬 바람이 사방에서 일고, 길이 울퉁불퉁해 사람과 말이 움직이기 어려웠다. 조조는 군사를 되돌릴 마음이 들어 곽가에게 물었다. 곽가는 풍토와 기후, 물이 몸에 맞지 않아 병이 나서 수레에 누워 있었다. 조조는 눈물을 흘리며 미안해했다.

"내가 사막을 평정하려다 공이 험한 길을 오면서 병에 걸리게 되었으니 내 마음인들 어찌 편안하겠소!"

"저는 승상의 크나큰 은혜를 입은 몸으로, 죽더라도 그 만에 하나도 갚지 못합니다."

"내가 보니 북쪽 땅은 길이 울퉁불퉁해 회군할까 하는데 어떠하오?"

조조의 물음에 곽가는 단연코 반대했다.

"군사는 빨리 움직임을 귀하게 여깁니다. 천 리 길을 달려 습격하는데 물자가 많으면 움직임이 늦으니 가벼운 군사로 속도를 배로 빠르게 하여, 그들이 방비하지 않을 때 갑자기 들이쳐야 합니다. 또한 길을 아는 사람을 반드시 얻어야 합니다."

조조는 곽가에게 역주에 남아 병을 치료하게 하고 길을 아는 사람을 찾았다. 원소의 옛 장수 전주(田疇)가 이곳 지리를 잘 안다고 하여 불렀다.

"이 길에는 가을과 여름에 물이 있는데 얕다고 하기에는 수레와 말이 지나가지 못하고, 깊다고 하기에는 배를 띄우지 못해 움직이기가 대단히 어렵습니다. 옛날에 북평 태수는 평강현에 관청을 두었습니다. 거기에 길이 있어 노룡으로 나아가 유성에 이를 수 있습니다. 길이 무너지고 끊긴 지가 거의 200년 되지만 아직도 오솔길이 남아 있어 갈 만합니다. 지금 적장이 대군을 이끌고 무종 땅을 막는데, 우리가 나아가지 못해 물러서면 그들은 반드시 마음을 풀고 경계를 하지 않을 것입니다. 그러니 군사를 돌려 노룡으로 해서 백단의 험한 땅을 넘어 텅 빈 지대로 나아가는 것이 좋습니다. 유성에 가까이 가서 그들이 방비하지 않을 때 갑자기 들이치면 오환 수령 답돈은 한 번 싸움으로 사로잡을 수 있습니다."

전주를 정북장군으로 봉해 장료와 함께 앞서가게 하고 조조는 뒤를 맡았다. 가벼운 차림의 군사가 평소보다 배나 빠른 속도로 나아가니, 때는 건안 11년 (206년) 7월이었다.

전주가 장료를 안내해 백랑산에 이르자 마침 원희와 원상이 답돈의 수만 기병과 합쳐 마주 왔다. 보고를 받고 조조가 높은 곳에 올라 바라보니 답돈의 군사는 대오가 이루어지지 않아 정연하지 못했다.

조조의 지휘 깃발을 받은 장료가 허저와 우금, 서황을 이끌고 네 길로 산을 내려가 힘을 떨쳐 공격하니 답돈 무리는 크게 어지러워졌다. 장료가 말을 다 그쳐 답돈을 베어 말 아래로 떨어뜨리자 나머지 무리는 모두 항복했다. 원희와 원상은 수천 명 기병을 이끌고 요동으로 달아났다.

군사를 거두어 유성으로 들어간 조조가 전주를 유정후로 봉해 그곳을 지키게 하니 전주는 눈물을 흘리며 사절했다.

"저는 의리를 저버리고 달아난 사람입니다. 두터운 은혜를 입어 목숨이 붙어 있는 것만도 참으로 다행인데 어찌 노룡의 영채를 팔아 상과 녹봉을 얻겠습니까. 죽어도 작위는 받지 못하겠습니다."

조조는 그 의로움을 높이 사 의랑으로 임명했다. 선우를 비롯한 사람들을 어루만져 위로한 조조는 준마 1만 필을 얻어 그날로 회군했다. 날씨가 춥고 가물어 200리를 가도록 물이 없었다. 군량도 모자라 말을 잡아먹고, 땅을 300여 자나 파야 물이 나왔다.

드디어 역주로 돌아온 조조는 떠나기 전에 원정을 말린 장수들에게 후한 상을 내렸다.

"내가 위험한 틈을 타 멀리 정벌을 나가 요행으로 성공은 했소. 그러나 이는 하늘이 도와 이루어진 것이니 다시 본받을 바가 아니오. 여러분 충고는 만에 하나도 실수 없는 계책이라 상을 내리는 것이니 이후에도 충고하기를 두려워하지 말아야 할 것이오."

조조가 역주에 이르자 며칠 전에 죽은 곽가의 관이 관청에 놓여 있었다. 조조는 제사를 지내며 목 놓아 울었다.

"봉효가 죽으니 하늘이 나를 망하게 하는구려!"

부하들을 돌아보며 한탄했다.

"여러분은 나이가 다 나와 비슷한 또래이고 봉효만 제일 젊어 내가 뒷일을 부탁하려 했는데, 중년에 요절할 줄이야 누가 알았겠소. 내 가슴이 찢어지고 창자가 끊어지는구려!"

곽가를 모시던 사람들이 그가 죽기 전에 봉한 글을 바쳤다.

"곽 공이 돌아가기 전에 이 글을 써서 승상님께 올리라고 했습니다. 승상께서 글에 쓴 대로 하시면 요동 일이 정해진다고 하면서요."

조조가 읽어보고 고개를 끄덕이며 한숨을 쉬는데 사람들은 모두 그 뜻을 알지 못했다. 이튿날 하후돈이 사람들을 이끌고 와서 말씀을 올렸다.

"요동 태수 공손강(公孫康)이 오랫동안 조정에 순종하지 않는데, 지금 원희와 원상이 거기로 갔으니 반드시 뒷날 걱정거리가 됩니다. 그들이 아직 움직이지 않는 틈을 타서 달려가 정벌하면 요동을 얻을 수 있습니다."

조조는 웃었다.

"여러분의 호랑이 같은 위풍에 폐를 끼치지 않아도 되오. 며칠 지나면 공손강이 스스로 원씨 형제의 머리를 보내올 것이오."

장수들은 모두 믿지 않았다.

이때 원희와 원상은 수천 명 기병을 이끌고 요동으로 달려갔다. 요동 태수 공손강은 요동군 양평현 사람으로 무위장군 공손도의 아들이었다. 원희와 원상이 의지하러 온다는 말을 듣고 부하들과 상의하니 아우 공손공이 설명했다.

"원소는 살아 있을 때 늘 요동을 삼킬 마음을 품었습니다. 원희와 원상이 군사는 패하고 장수는 죽어 몸을 붙일 데가 없어 여기로 오는데, 둥지를 틀지 않는 뻐꾸기가 까치둥지를 빼앗으려는[鳩奪鵲巢구탈작소] 뜻이니 만약 그들을 받아들이면 뒷날 반드시 우리를 어찌해 보려 할 것입니다. 그들을 속여 성안에 들어오게 하여 붙잡아 죽이고 머리를 조공에게 바치는 것이 좋습니다. 조공은 반드시 우리를 후하게 대할 것입니다."

공손강이 걱정했다.

"그렇기는 하나 다만 조조가 군사를 이끌고 요동으로 내려올까 두려우니,

그렇다면 차라리 원씨 형제를 받아들이는 게 낫지 않겠나?"

"사람을 보내 알아보십시오. 조공 군사가 내려오면 원씨 형제를 받아주고, 움직이지 않으면 원씨 형제를 죽여 머리를 보내면 됩니다."

공손강은 염탐꾼을 보내 상황을 알아보게 했다.

원희와 원상은 요동에 이르러 가만히 의논했다.

"요동에 몇만 군사가 있으니 넉넉히 조조와 맞서 싸울 만하다. 잠시 가서 몸을 붙였다가 공손강을 죽이고 땅을 빼앗아 힘을 기르면 중원의 적을 없애고 하북을 되찾을 수 있다."

두 사람이 성안에 들어가 공손강을 만나려 하니 병이 났다면서 역관에 머무르게 하고 얼른 만나주지 않았다.

며칠 지나 염탐꾼이 돌아와 보고했다.

"조공 군사는 역주에 주둔하고 요동으로 내려올 뜻을 보이지 않습니다."

공손강은 크게 기뻐 칼잡이들을 휘장 속에 숨기고 원씨 형제를 들어오게 했다. 인사를 마치고 두 사람을 자리에 앉게 하는데 날씨가 무섭게 추운데도 깔개가 없어 원상이 청했다.

"앉을 만한 삿자리를 펴주시기 바랍니다."

공손강이 눈을 부릅뜨고 꾸짖었다.

"너희 머리가 만 리 길을 가려 하는데 무슨 삿자리가 필요하단 말이냐!"

원상이 놀라자 공손강이 호령했다.

"좌우는 어찌 손을 쓰지 않느냐?"

칼잡이들이 몰려나와 그 자리에서 형제의 머리를 베어 나무함에 담아 역주에 있는 조조에게 보냈다.

이때까지 조조가 군사를 움직이지 않자 하후돈과 장료가 장막에 들어와 말씀을 올렸다.

"요동으로 내려가지 않으시려면 허도로 돌아가시지요. 유표가 무슨 마음을 품을까 걱정입니다."

"원씨 형제의 머리가 오기를 기다려 곧 돌아가겠소."

조조가 제멋대로 말을 하는 듯해 사람들은 가만히 웃었다. 이때 갑자기 요동의 공손강이 원희와 원상의 머리를 보내왔다고 하여 사람들은 깜짝 놀랐다. 사자가 공손강의 글을 바쳐 올리자 조조는 껄껄 웃음을 터뜨렸다.

"봉효의 헤아림에서 벗어나지 않는구려!"

사자에게 후한 상을 내리고, 공손강에게는 양평후 작위를 주어 고향인 양평현을 식읍으로 삼게 하고 좌장군으로 봉했다. 사람들이 물었다.

"봉효의 헤아림이라니 무슨 말씀입니까?"

조조는 곽가가 남긴 글을 보여주었다.

'듣자니 원희와 원상이 요동으로 간다는데, 주공께서는 절대 요동에 군사를 보내서는 아니 됩니다. 공손강은 오랫동안 원씨가 자기를 삼킬까 두려워해 형제가 가면 반드시 의심합니다. 그런데 만약 주공께서 군사를 움직여 요동을 치면 공손강은 원씨 형제와 손잡고 맞서 싸울 것이니 급히 깨뜨리기 어렵습니다. 군사를 움직이지 않으시면 공손강과 원씨 형제가 반드시 서로 손을 쓸 것이니 이는 형세가 그렇게 만드는 것입니다.'

자리에 앉은 사람들은 모두 풀쩍 뛰어 일어나면서 참으로 대단하다고 감탄했다. 조조는 부하들을 이끌고 다시 곽가의 영전에 제사를 지냈다. 곽가가 죽을 때 38세였는데 싸움에 따라다니기를 열 하고도 한 해, 기이한 공로를 많이 세웠다. 군사를 거느리고 기주로 돌아간 조조는 곽가의 영구를 허도로 옮겨 안장하게 했다.

정욱을 비롯한 사람들이 주장했다.

칼잡이들이 몰려나와 원희와 원상 목을 베어 ▶

"이제 북방이 결정되었으니 허도로 돌아가 강남으로 내려가실 계책을 빨리 정하셔야 하겠습니다."

"나에게 그 뜻이 있은 지 이미 오래요."

그날 밤 조조가 기주성 동쪽 누각에 올라 난간에 기대어 하늘의 별을 살피면서 옆에 있는 순유에게 남쪽을 가리켰다.

"남방에 왕성한 기운이 찬란하니 공략할 수 있을지 모르겠소."

"승상의 신 같으신 위엄으로 무엇인들 굴복시키지 못하겠습니까?"

두 사람이 이야기하며 하늘을 쳐다보는데 별안간 땅에서 금빛이 한 줄기 일어났다.

"틀림없이 땅속에 보물이 있습니다."

순유가 말해 조조는 성루에서 내려와 빛이 나오는 곳을 찾아 파게 했다.

이야말로

별은 막 남쪽을 가리키는데
보물은 북쪽 땅에서 나오네

조조는 무슨 물건을 얻을까?

34

파도 박차고 용마 날아오르다

채 부인은 병풍 뒤에서 비밀 엿듣고
유황숙은 말을 달려 단계 뛰어넘다

금빛이 나오는 곳에서 구리로 만든 참새〔銅雀동작〕를 파내자 조조가 순유에게 물었다.

"이것은 무슨 징조요?"

"옛날 순 임금 어머니는 옥으로 만든 참새가 품에 들어오는 꿈을 꾸고 그를 낳았다고 합니다. 지금 주공께서 구리 참새를 얻으셨으니 이 역시 상서로운 징조입니다."

조조는 크게 기뻐하며 높은 대를 쌓아 경축하게 했다. 그날로 흙을 파고 나무를 자르며 유리기와를 굽고 푸른 벽돌을 갈아 장하 위에 동작대를 짓기 시작했다. 대체로 1년은 힘을 쏟아야 끝낼 수 있는 일이었다.

조조 셋째아들 조식(曹植)이 나섰다.

"만약 대를 짓는다면 반드시 세 채를 지어야 합니다. 가운데 높은 대는 동작이라 하고, 왼쪽 대는 옥룡(玉龍)이라 부르며, 오른쪽 대는 금봉(金鳳)이라 이름 짓습니다. 각기 대를 연결하는 다리 두 개를 만들어 허공에 가로 걸치게 하여 용과 봉황이 참새에게 인사하는 모습을 만들면 참으로 장관일 것입니다."

조조가 찬탄했다.

"내 아들 말이 참 좋구나. 대가 다 지어지면 내가 늙어서 즐기기에 넉넉하겠다!"

조조에게는 아들 다섯이 있는데 조식이 제일 똑똑하고 문장을 잘 지어 평소에 가장 사랑했다. 조조는 조식과 조비를 업군에 두어 동작대를 짓게 하고, 장연에게 북방 영채를 지키게 했다.

조조는 몇 해 싸움에서 얻은 원소 군사 50만 명을 거느리고 허도로 돌아와 공신들에게 벼슬을 주고, 조정에 표문을 올려 곽가에게 정후 작위를 추증하며 그 아들 곽혁을 승상부에 데려다 길렀다. 그런 뒤 모사들을 모아 유표를 정벌하러 남쪽으로 갈 일을 상의하니 순욱이 막았다.

"대군이 이제 막 북방을 정벌하고 돌아왔으니 금방 다시 움직여서는 아니 됩니다. 적어도 반년 동안은 쉬면서 정기를 양성하고 힘을 기르면 유표와 손권은 북 한번 쳐서 진격하는 것으로 정벌할 수 있습니다."

조조는 군사를 나누어 농사를 지으며 명령을 기다리게 했다.

형주에서 유표와 유비가 술을 마시는데, 전에 항복한 장수 장무와 진손이 강하에서 백성을 약탈하고 반란을 꾀한다는 보고가 들어왔다.

"두 도적이 또 반란을 일으키려 하니 화가 적지 않소."

"형님께서는 걱정하실 것 없습니다. 이 비가 가서 토벌하겠습니다."

유비 말에 따라 유표는 3만 군사를 점검해 내주었다. 유비가 강하에 가자 장무와 진손이 마주 오는데, 유비가 바라보니 장무가 탄 말이 지극히 웅장하고 빼어났다.

"이건 틀림없이 천리마로군……."

유비 말이 채 끝나기도 전에 조운이 달려가 한 창에 장무를 찔러 말 아래로 떨어뜨리고 고삐를 잡아 말을 끌고 돌아섰다. 진손이 말을 빼앗으려고 쫓아오자 장비가 버럭 호통치더니 한달음에 찔러 넘겼다. 유비가 무리의 항복을 받아 강하 여러 현을 평정하고 돌아오니 유표가 성 밖까지 나와 맞이하고 잔치를 베풀어 공로를 치하했다.

"아우의 재주가 이처럼 뛰어나니 형주가 믿을 곳이 있게 되었네. 다만 남방의 소수민족 남월이 무시로 침범하고 장로와 손권이 걱정일세."

"아우에게 세 장수가 있으니 일을 맡길 수 있습니다. 장비에게 남월 경계를 돌게 하고, 운장에게 고자성을 막아 장로를 위압하게 하며, 조운을 보내 삼강을 막아 손권을 방어하면 무슨 근심이 있겠습니까?"

유표가 기뻐하는데 채모가 누이 채 부인에게 전했다.

"유비는 세 장수를 밖으로 내보내고 스스로 형주에 들어앉으려 하니 오래 지나면 반드시 걱정거리가 됩니다."

채 부인이 밤에 유표에게 일렀다.

"제가 듣자니 형주에 유비를 따르는 사람이 많다는데 대비를 하지 않을 수 없어요. 그를 성안에서 살게 하면 이로울 것이 없으니 다른 곳으로 보내는 게 좋겠어요."

"현덕은 어진 사람이야."

"사람 심보가 당신 마음 같지 않을까 두렵거든요."

유표는 말없이 궁리하며 대꾸하지 않았다.

이튿날 유표가 유비와 함께 성을 나가 군사를 점검하는데 유비가 탄 말이 매우 웅장해 물어보니 장무가 타던 말이라 하여 부러워하며 칭찬했다. 유비가 듣고 말을 선사하자 유표는 대단히 기뻐 말을 타고 성안으로 돌아오는데 괴월이 보고 충고했다.

"돌아가신 형님 괴량이 말의 상을 아주 잘 보아 이 월도 제법 알게 되었습니다. 이 말은 눈 밑에 눈물 구유가 있고 이마 언저리에 흰 점이 있으니 이런 말을 가리켜 적로(的盧)라 부르는데, 주인을 해칩니다. 장무가 이 말 때문에 망했으니 주공께서 타셔서는 아니 됩니다."

유표는 이튿날 유비를 청해 술을 마셨다.

"어제 아우님이 좋은 말을 선사해 고맙게 받았는데, 다시 생각해보니 아우님은 늘 나가 싸워야 하니 그 말이 꼭 있어야 하네. 삼가 돌려드리겠네."

유비가 자리에서 일어나 고맙다고 인사하자 유표가 덧붙였다.

"아우님은 여기 오래 계시어 군사를 폐할까 걱정일세. 양양 신야현은 재물과 식량이 꽤 있는 곳이니 아우가 데리고 온 군사를 이끌고 가서 주둔하면 어떤가?"

유비는 이튿날 유표에게 인사하고 신야로 떠났다. 성문을 나서자 한 사람이 말 앞에서 두 손을 맞잡고 허리를 굽혀 인사했다.

"공은 이 말을 타셔서는 아니 됩니다."

유표의 막료로 있는 산양군 사람 이적(伊籍)으로 자는 기백(機伯)이었다. 유비가 말에서 내려 까닭을 물었다.

"어제 괴이도(괴월)가 유 형주에게 하는 말을 들었습니다. 이런 말을 적로라 부르는데 타면 주인을 해친다고 하더군요. 그래서 유 형주는 말을 돌려주었으니 공이 어찌 다시 타십니까?"

"나에 대한 선생의 사랑은 대단히 고맙소. 하나 무릇 사람이 죽고 사는 것은 운명에 달렸으니[死生有命사생유명] 어찌 말이 방해할 수 있겠소?"

조운은 한 창에 장무를 찌르고 말을 빼앗아 ▶

趙雲勇奪敵盧馬 三

國寅義畫圖之五十二 酉年春日 系雄畫於鹿上

이적은 유비의 고명한 견해에 탄복해 이때부터 그를 따랐다. 유비가 신야에 이르자 군사와 백성이 모두 즐거워해 다스림이 완전히 새로워졌다.

건안 12년(207년) 봄, 감 부인이 아들 선(禪)을 낳았다. 그날 밤 흰 학 한 마리가 현청 지붕 위에 날아와 마흔 몇 번을 높이 울고 서쪽으로 날아갔는데, 해산할 때 방에 향기가 가득했다. 감 부인은 밤에 얼굴을 쳐들고 북두를 삼키는 꿈을 꾸고 임신해 선의 아명을 아두(阿斗)라 했다.

조조가 북쪽으로 정벌을 나가자 유비가 유표에게 권했다.

"조조가 군사를 모두 이끌고 나가 허도가 텅 비었습니다. 이 틈에 형주 군사를 모아 습격하면 대사를 이룰 수 있습니다."

그러나 유표의 야심은 크지 않았다.

"내가 앉아서 형주 아홉 군을 지키면 그것으로 충분한데 어찌 다른 궁리를 하겠나?"

유비는 할 말이 없었다. 유표가 유비를 뒤채로 청해 술을 마시는데 취기가 오르자 별안간 길게 한숨을 내쉬어 유비가 물었다.

"형님은 어찌하여 한숨을 쉬십니까?"

"나에게 말하기 어려운 걱정거리가 있네."

유비가 다시 물으려 하는데 채 부인이 병풍 뒤에서 나와 앞에 서자 유표는 머리를 숙이고 말하지 않았다.

이해 겨울, 조조가 허도로 돌아오자 유비는 유표가 자기 말을 듣지 않아 기회를 놓친 것을 몹시 안타까워하는데, 어느 날 유표가 그를 형주로 불러 술을 마셨다.

"조조가 군사를 거느리고 허도로 돌아와 기세가 날로 강성해지고 있으니 언젠가는 반드시 형주를 삼키려고 할 걸세. 전에 아쉽게도 아우님의 말을 듣지 않아 좋은 기회를 놓쳤네."

유비가 위로했다.

"천하가 갈라지고 창칼을 놀리는 싸움이 날마다 일어나는데, 어찌 기회가 바닥나겠습니까? 다음에 기회를 잡으면 한이 될 것이 없습니다."

"아우님 말이 참으로 옳구먼."

두 사람이 거나하게 취하자 유표가 눈물을 주르르 흘렸다.

"아우님에게 걱정거리를 하소연하고 싶었는데 적당한 틈을 얻지 못했네."

"형님께 어려우신 일이 있어 아우를 쓸 데가 있으면 죽음이 있을지라도 사양하지 않겠습니다."

"내 전처 진씨가 낳은 맏아들 기(琦)는 사람됨이 어질기는 하나 나약해 공을 세우고 업적을 쌓기 어렵네. 후처 채씨가 낳은 작은아들 종(琮)이 똑똑하지. 내가 맏아들을 내치고 작은아들을 후계로 세우고 싶은데 예법에 어긋날까 두렵고, 또 맏아들을 세우려고 보면 채씨 종족이 군사 일을 모두 맡고 있어서 뒷날 난이 있을 것이라 마음을 정할 수가 없네."

"예로부터 맏아들을 내치고 작은아들을 세우면 난을 불렀습니다. 채씨 세력이 커서 근심이 되면 천천히 그 세력을 줄이셔야지 사랑에 눈이 멀어 작은아들을 세우셔서는 아니 됩니다."

유비의 말에 유표는 입을 다물었다. 전부터 유비를 의심한 채 부인은 유표가 유비와 만나 이야기하면 반드시 와서 엿들었다. 이때도 병풍 뒤에서 엿들은 채 부인은 유비를 매우 괘씸하게 여겼다.

유비는 스스로 말이 가벼웠음을 깨닫고 일어나 뒷간으로 갔다가 허벅지 살이 두둑하게 불어난 것을 보고 저도 모르게 눈물이 주르르 흘렀다. 술자리로 돌아오자 유비 눈을 본 유표가 눈물 흘린 까닭을 물으니 유비는 땅이 꺼지게 한숨을 쉬었다.

"이 비는 예전에 몸이 안장에서 떠날 사이가 없어 허벅지 살이 없었는데,

지금 오랫동안 말을 타지 못해 그 살이 불어났습니다. 세월은 덧없이 흐르고 사람은 늙어 가는데 공로를 세우지 못하고 업적도 쌓지 못해 슬퍼하는 것입니다!"

유표가 달랬다.

"아우님이 허도에서 푸른 매실을 안주로 조조와 술을 마시면서 영웅을 논할 때, 아우님이 당대 명사들을 남김없이 끌어냈는데도 조조는 모두 인정하지 않고 다만 '천하의 영웅은 사군과 조조뿐이오'라고 했다고 들었네. 조조의 세력으로도 감히 아우님 앞에 서지 못했거늘 어찌 공로와 업적을 쌓지 못할까 걱정하는가?"

술기운이 오른 유비는 그만 또 말로 실수를 하고 말았다.

"이 비에게 근거지만 있다면 천하의 녹록한 무리는 실로 걱정할 나위가 없습니다."

그 말에 유표가 입을 다물자 유비는 실수를 깨닫고 취했다는 핑계를 대고 일어나 역관으로 돌아갔다.

유비의 말을 듣고 유표는 별말은 하지 않았으나 속으로는 슬그머니 언짢아 안채로 들어가니 채 부인이 헐뜯었다.

"방금 제가 병풍 뒤에서 들어보니 유비가 말하는 품이 사람을 몹시 깔보더군요. 그가 형주를 삼킬 뜻이 있음을 충분히 알 수 있어요. 지금 없애지 않으면 뒷날 반드시 걱정거리가 될 거예요."

유표는 말없이 고개만 저었다.

채 부인이 가만히 채모를 불러 이야기를 하자 그가 주장했다.

"오늘 바로 역관으로 달려가 죽이고 주공께 알립시다."

채 부인이 옳게 여겨 채모는 급히 군사를 점검했다.

역관에서 유비가 밤이 깊어 자리에 들려고 하는데 별안간 누가 문을 두드려 나가보니 이적이었다. 채모가 유비를 해치려 하는 음모를 듣고 깊은 밤에 급히 알리러 온 것이었다. 이적은 말을 전하고 어서 떠나라고 서둘렀다.

"유경승에게 인사도 하지 않고 어찌 떠나겠소?"

"인사하러 들어가시면 반드시 채모에게 해를 입습니다."

유비는 고맙다고 인사하고 따르는 자들을 불러서 날이 밝기도 전에 급히 신야로 달려갔다. 채모가 군사를 이끌고 역관에 이르니 유비는 이미 떠난 다음이었다. 채모는 못내 아쉬워하다 벽에 시 한 수를 쓰고 유표의 장군부에 가서 고발했다.

"유비가 반란의 뜻으로 벽에 반시(反詩)를 쓰고 인사도 없이 가버렸습니다."

유표가 믿기지 않아 친히 역관에 가서 보니 벽에 시 네 구절이 있었다.

몇 해 덧없이 궁지에 빠져
부질없이 옛 산천 대하는데
용이 어찌 못 속에만 있으랴
우레를 타고 하늘에 오르려네

유표는 크게 노해 검을 뽑아 들고 다짐했다.

"맹세코 이 의리 없는 놈을 죽이고야 말겠다!"

그런데 몇 걸음 걷지 않아 갑자기 떠오르는 바가 있었다.

'내가 현덕과 함께 보낸 지 오래인데 그가 시를 짓는 것을 본 적이 없다. 이는 다른 사람이 우리 사이를 벌어지게 하려는 계책이다.'

역관으로 돌아가 검 끝으로 시를 긁어버리고 검을 던지더니 말에 올랐다. 채모가 와서 청했다.

"군사를 다 점검했으니 신야로 달려가 유비를 잡겠습니다."

"섣불리 움직여서는 아니 되니 천천히 생각해보겠네."

유표가 머뭇거리자 채모는 남몰래 채 부인과 상의했다.

"관내의 관리들을 모두 양양에 모아 그 자리에서 일을 벌이면 됩니다."

이튿날 채모가 유표에게 고했다.

"근년에 연이어 풍년이 드니 주의 관리들을 모두 양양에 모아 어루만지며 격려해주셔야 하겠습니다. 주공께서 가시기를 청합니다."

"내가 요사이 헐떡이는 병이 도져 움직일 수 없으니 두 아들이 주인이 되어 손님을 대접하도록 하게."

유표의 말은 채모가 이미 예상한 바였다.

"공자들은 나이가 어려 예절에 벗어나지 않을까 걱정입니다."

"신야의 현덕을 청해 손님을 대접해달라고 하게."

채모가 기다리던 말이라 은근히 기뻐 신야로 사람을 보내 양양에 와달라고 유비를 청했다. 급히 신야로 돌아온 유비는 스스로 말을 잘못해 화를 불렀음을 알고 사람들에게 말하지 않았는데, 별안간 사자가 와서 양양으로 와달라고 청하니 눈치 빠른 손건이 걱정했다.

"전날 주공께서 급히 돌아오시면서 불안해하시던데, 저의 어리석은 생각으로는 반드시 형주에서 무슨 일이 있었습니다. 갑자기 모임에 청하니 가볍게 가셔서는 아니 됩니다."

그제야 유비가 전날 있었던 일을 사람들에게 이야기하니 관우가 의견을 내놓았다.

"형님은 말을 잘못했다고 생각하시는데 유 형주가 나무라는 뜻은 보이지 않습니다. 양양은 여기서 멀지 않으니 가시지 않으면 유 형주가 오히려 의심하게 됩니다."

"운장 말이 옳군."

장비가 반대했다.

"옛말에 '잔치에 좋은 잔치 없고 모임에 좋은 모임 없다[宴無好宴연무호연 會無好會회무호회]'고 했소. 가시지 않는 게 좋겠소."

조운이 나섰다.

"이 운이 기병과 보병 300명을 이끌고 따라가 주공께 일이 생기지 않도록 지키겠습니다."

"그러면 좋겠네."

유비가 조운과 함께 양양으로 가니 채모가 성 밖에 나와 맞이하고, 뒤이어 유기와 유종이 문관과 무장 한 무리를 이끌고 마중 나왔다. 유비는 두 공자가 있으니 따로 의심하지 않았다. 유비가 역관에서 잠시 쉬는데 조운이 300명 군사를 거느리고 에워싸 호위했다. 조운은 갑옷을 걸치고 허리에 검을 찬 채 앉으나 서나 유비 곁을 떠나지 않았다. 유기가 아버지 뜻을 전했다.

"아버님은 헐떡이는 병이 도져 움직이실 수 없어 특별히 숙부님을 청했으니, 여러 곳을 지키고 다스리는 사람들을 어루만져 일을 더 잘하라고 격려해 주시기 바라십니다."

"내가 감히 이런 일을 맡지 못하는데 형님께서 명하시니 따르지 않을 수 없네."

이튿날 9군 42고을 관리들이 모두 이르러, 채모는 미리 괴월을 청해 상의했다.

"유비는 사나운 영웅이오. 여기 오래 머무르면 해를 끼칠 것이니 오늘 제거해야 하오."

"선비들과 백성의 신망을 잃을까 두렵소."

괴월이 걱정하자 채모가 거짓말을 했다.

"내가 이미 유 형주 말씀을 비밀히 받들었소."

"그렇다면 미리 준비해야 하겠소."

채모가 상황을 설명했다.

"동문 앞 현산으로 가는 큰길은 아우 채화에게 군사를 이끌고 지키게 했고, 남문 밖은 아우 채중을 보내 지키게 했소. 북문 밖도 아우 채훈에게 지키게 했는데 서문만은 지킬 필요가 없소. 그 앞에 있는 냇물 단계(檀溪)는 몇만이 있어도 지나가기 어렵소."

괴월이 염려했다.

"조운이 앉으나 서나 현덕 곁을 떠나지 않으니 손을 대기 어렵지 않을까 걱정이오."

"500명 군사를 성안에 매복시켜 두었소."

"문빙(文聘)과 왕위에게 따로 바깥 대청에 상을 차려 무장들을 대접하게 하여 조운을 그곳으로 청하면, 그다음에 일을 벌일 수 있소."

채모는 그 말에 따랐다.

소를 잡고 말을 죽여 큰 잔치를 베푸는데 유비는 적로를 타고 가서 뒷마당에 매어놓았다. 관리들이 모두 대청에 이르러 유비가 주인 자리에 앉고 유표의 두 아들이 양쪽에 앉았다.

조운이 검을 차고 유비 뒤에 서니 문빙과 왕위가 들어와 바깥 잔칫상으로 청했다. 조운은 가지 않으려 했으나 유비가 가보라고 일러 마지못해 따라갔다.

바깥을 철통같이 에워싼 채모는 취기가 오르기 시작하면 신호를 해 손을 쓰려고 하는데, 술이 세 순을 돌자 이적이 자리에서 일어나 잔을 잡고 사람들에게 술을 권하면서 유비 앞에 이르자 똑바로 보며 나직이 속삭였다.

"옷을 갈아입으시지요[請更衣청갱의]."

【옷을 갈아입는다는 것은 화장실에 간다는 말이다. 난데없이 술상에서 그렇게

권하니 심상치 않은 일이 생겼음이 분명했다.】

유비가 무슨 일이 있음을 눈치채고 곧 자리에서 일어나 뒷간으로 가니 이적이 부리나케 따라와 유비 귀에 입을 대고 속삭였다.

"채모가 공을 해치려 합니다. 성 밖의 동, 남, 북 세 곳에는 모두 군사가 지켜 서문으로만 나갈 수 있으니 어서 달아나십시오!"

유비는 깜짝 놀라 급히 적로를 끌어냈다. 몸을 날려 말에 오르자 따라온 자들도 그대로 두고 홀로 서문을 향해 달려갔다. 문지기가 물었으나 대꾸도 안하고 말을 채찍질 해 문을 빠져나가니, 문지기가 알려 채모는 500명 군사를 이끌고 쫓아갔다.

유비가 서문을 뛰쳐나가니 얼마 가지 못해 앞에 큰 냇물이 길을 막았다. 몇십 자 넓은 냇물이 양강으로 흘러가는데 물살이 매우 세찼다. 냇가에 이르러 도저히 건널 수 없어 유비가 말을 돌리자 멀리 성 쪽에서 먼지가 보얗게 일며 쫓아오는 군사가 모습을 드러냈다.

"이번에는 죽게 되었구나!"

유비는 외마디 소리를 지르고 다시 냇가로 말을 돌렸다. 돌아보니 추격하는 군사가 순식간에 가까워져 당황한 유비는 말을 달려 냇물로 내려섰다. 그런데 몇 걸음 못가 말의 앞발이 푹 빠지면서 옷자락이 물에 잠겼다. 유비는 채찍을 휘둘러 말을 내리치며 외쳤다.

"적로야! 적로야! 네가 오늘 나를 죽이느냐!"

별안간 적로가 물속에서 훌쩍 몸을 솟구치더니 단번에 30자나 날아가 서쪽 기슭에 올라섰다. 유비는 구름 속에서 솟아나고, 안개 속에서 뛰쳐나온 기분이었다.

뒷날 북송시대 학사 소동파(蘇東坡)가 시 한 편을 지어, 특별히 유비가 말을 달려 단계를 뛰어넘은 일을 읊었다.

　　몸 늙고 꽃 시들어 봄날도 저무는데
　　벼슬 찾아 떠돌다 단계 길 이르렀네
　　수레 세우고 바라보며 홀로 헤매니
　　눈앞에 붉은 꽃잎 흩날리누나
　　함양의 화덕 차츰 사그라지고
　　용과 호랑이 다투며 싸움 벌였지
　　양양 모임에서 왕손 술 마시는데
　　자리에 앉은 현덕 몸 위험해졌네
　　목숨 건지려 홀로 서문 나서니
　　등 뒤에 추격 군사 따라오누나
　　물결이 흘러 단계에 차 넘칠 제
　　군마 호령해 앞으로 뛰어든다
　　말발굽은 푸른 유리 밟아서 깨고
　　하늘 바람 울릴 제 금 채찍 휘두른다
　　귓가에선 천 명 기사 달려가는 듯
　　파도에서 두 마리 용 날아오르네
　　서천에서 패업 이룰 영명한 임금이라
　　탄 말 또한 용마로다, 때마침 잘 만났네
　　단계 냇물은 동으로 흐르거니
　　용마와 명군은 지금 어디로 갔나
　　물 보고 세 번 탄식 가슴 쓰리다
　　저녁 해 소리 없이 빈 산 비추는데

솥발처럼 갈라진 일 꿈과 같구나

자취만 헛되이 세상에 남았어라

유비가 냇물을 건너뛰어 뒤쪽 기슭을 돌아보니 채모가 벌써 군사를 이끌고 쫓아와 높이 소리쳤다.

"사군은 어찌하여 자리를 피해 달아나시오?"

"그대와 원수를 지지 않았는데 어찌 나를 해치려 하는가?"

"제게는 그런 마음이 없으니 사군은 남의 말을 듣지 마시오."

말은 그렇게 하면서도 채모가 활을 들고 화살을 뽑자 유비는 급히 말 머리를 돌려 달아났다. 채모가 옆에 있는 자들을 돌아보며 놀라워했다.

"어느 신이 도와주었느냐?"

그가 군사를 거두어 성으로 돌아가려 하는데 조운이 군사를 이끌고 쫓아왔다.

이야말로

용 같은 말 날아 뛰어 주인 구했더니

쫓아온 호랑이 장수 영웅 죽이려 하네

채모 목숨은 어찌 될까?

35

숲속 스승과 저잣거리 인재

현덕은 남장에서 숨은 선비 만나고
선복은 신야에서 영명한 주인 만나

조운이 바깥 잔칫상에서 술을 마시는데 별안간 사람과 말들이 분주히 움직여 급히 안으로 들어가 보니, 유비가 자리에 없어 깜짝 놀라 역관으로 달려가다가 말을 들었다.

"채모가 군사를 이끌고 서쪽으로 쫓아갔습니다."

조운이 급히 창을 들고 말에 올라 300명 군사를 이끌고 서문으로 달려가는데 채모가 마주 왔다.

"우리 주인은 어디 계시오?"

채모는 시치미를 뗐다.

"사군이 자리를 피해 나갔는데 어디로 갔는지 모르겠소."

조운은 신중하고 세심한 사람이라 함부로 손을 대지 않았다. 채모의 군사를 낱낱이 훑어보았으나 이상한 낌새가 없어 말을 채찍질해 달려가 바라보니 큰 냇물이 흘러갈 뿐 길은 보이지 않았다. 말을 돌려 달려가 채모에게 화를 냈다.

"그대는 우리 주인을 잔치에 청하고도 어찌하여 군사를 이끌고 쫓았는가?"

채모는 태연히 둘러댔다.

"9군 42 고을 관리가 모두 여기 모였는데 내가 상장으로서 어찌 비상사태에 대비해 그들을 보호하지 않겠나?"

"그대가 우리 주인을 핍박해 어디로 가시게 했는가?"

"사군이 홀로 말을 달려 서문을 나갔다고 하여 달려왔으나 보이지 않았네."

조운은 놀라움과 의심이 갈마들어 냇가로 가보았다. 바라보니 맞은편 기슭에 물을 흘린 자국이 선명했다.

'그러면 말을 타신 채 냇물을 뛰어넘으셨다는 말인가?'

군사를 사방으로 풀어 찾았으나 유비의 자취는 보이지 않았다. 조운이 다시 말을 돌렸을 때는 채모는 이미 성안으로 들어간 뒤였다. 조운이 문을 지키는 군사들을 붙잡고 캐물었으나 대답이 한결같았다.

"유 사군께서는 나는 듯이 말을 달려 서문을 나가셨습니다."

조운은 다시 성안으로 들어가려다 매복이 있을까 두려워 군사를 이끌고 급히 신야로 돌아갔다.

말을 달려 냇물을 뛰어넘은 유비는 취한 듯 얼빠진 듯 황홀해졌다.

'이처럼 넓은 냇물을 훌쩍 뛰어넘었으니 이야말로 하늘의 뜻이 아닌가!'

구불구불 길을 따라 남장 땅을 향해 가노라니 해가 점점 기우는데, 마침 목동이 하나 소의 등에 가로 타고 앉아 짧은 피리를 불며 다가오니 저절로 한숨이 나왔다.

"내 처지가 저 아이보다 못하구나!"

말을 세우고 바라보니 목동도 소를 멈추고 피리를 떼더니 유비를 살펴보다 물었다.

"혹시 황건을 쳐부순 유현덕 장군 아니세요?"

뜻밖의 소리에 유비는 깜짝 놀랐다.

"너는 시골 아이가 어찌 내 이름을 아느냐?"

"저는 잘 모르는데 스승님을 모시면서 손님들께 들은 말이 있어요. 유현덕이라는 이는 키가 일곱 자 다섯 치에 손을 드리우면 무릎을 넘는데 눈으로 자기 귀를 볼 수 있으며, 당대의 영웅이라고 여러 번 말씀하셨어요. 지금 장군 모습이 그러하시니 틀림없다고 생각했지요."

"너희 스승은 어떤 분이시냐?"

"저희 스승님 성은 두 자로 사마(司馬)씨고 성함은 휘(徽)며 자는 덕조(德操)이신데, 영천군 태생이세요. 도호는 수경(水鏡)선생이라 하시고요."

"네 스승은 누구와 벗으로 사귀시냐?"

"양양의 방덕공(龐德公)과 방통(龐統) 선생 같은 분들이시지요."

유비가 계속 물었다.

"방덕공과 방통 선생은 어떤 분들이시냐?"

"숙부와 조카 사이세요. 방덕공 선생은 자가 산민(山民)인데 저희 스승님보다 열 살 많으시고, 방통 선생 자는 사원(士元)인데 스승님보다 다섯 살 젊으시지요. 어느 날, 스승님께서 나무 위에서 뽕잎을 따실 때 마침 방통 선생이 찾아와 나무 밑에 앉아 이야기하시는데 하루가 다 가도록 두 분은 전혀 싫지 않은 모습이셨어요. 저희 스승님은 방통 선생을 매우 사랑해 아우라고 부르신답니다."

"너희 스승은 지금 어디 계시냐?"

목동이 멀리 가리키며 대답했다.

"앞에 보이는 숲속에 장원이 있어요."

"내가 바로 유현덕이다. 나를 안내해 너희 스승을 뵙게 해다오."

목동이 유비를 안내해 장원으로 갔다. 유비가 말에서 내려 대문을 지나 중문에 이르니 듣기 좋은 거문고 소리가 들려와 아이에게 당부했다.

"잠시 알리지 마라."

귀를 기울이고 거문고 소리를 듣는데, 소리가 뚝 그치더니 한 사람이 웃으며 나왔다.

"거문고의 맑고 그윽한 울림에 느닷없이 높고 우렁찬 소리가 올라오니 반드시 영웅이 엿듣는 것이로다."

아이가 알려주었다.

"이분이 바로 저희 스승이신 수경 선생님이세요."

그 사람은 소나무 같은 모습에 골격은 학과 비슷하고 풍채가 비범했다. 유비가 급히 나아가 인사하니 옷자락이 아직 마르지 않은 것을 보고 수경이 한마디 했다.

"공은 오늘 요행히 큰 재앙을 면하셨구려!"

유비가 놀라는데 아이가 스승에게 고했다.

"이분은 유현덕 님이십니다."

수경이 초당으로 청해 유비가 자리에 앉아 살펴보니 시렁에는 책이 가득하고 창문 밖에는 소나무와 참대를 수두룩 심어놓았다. 돌 침상 위에 거문고가 가로놓여 있는데 초당에는 맑은 기운이 감돌았다.

"공은 어디서 오시요?"

수경이 물어 유비는 듣기 좋게 대답했다.

"우연히 앞을 지나다 아이가 가르쳐주어 존귀하신 얼굴을 뵙게 되었으니 참으로 다행입니다!"

"공은 감추지 마시오. 지금 틀림없이 난을 피해 여기로 오셨소."

어쩔 수 없어 유비가 양양의 일을 말해주니 수경은 웃었다.

"공의 기색을 보고 내가 이미 알았소. 공의 큰 성함을 들은 지 오래인데 어찌 아직도 이처럼 구차하게 보내시오?"

"운이 시원치 않아 이렇게 되었습니다."

"그렇지 않소. 장군이 옆에 좋은 사람을 얻지 못했기 때문이오."

수경 말에 유비는 찬성하지 않았다.

"이 비는 비록 재주 없으나 문관으로는 손건, 미축, 간옹이 있고, 무장으로는 관우, 장비, 조운이 있어 충성을 다하니 크게 덕을 보고 있습니다."

수경이 자기 생각을 내놓았다.

"관우와 장비, 조운은 모두 만 사람을 당할 무예가 있으나 임시변통에는 능하지 못하고, 아쉽게도 그들을 잘 활용할 사람이 없소. 손건과 미축 무리야 얼굴 하얀 선비들일 뿐이라 글귀나 따지는 작은 인물이지 세상을 다듬어 바로잡을 인재는 아니오."

"이 비도 몸을 굽혀 산골짜기에 숨은 현명한 이를 구하려 했으나 아직 사람을 만나지 못했으니 어찌하겠습니까?"

"성인께서 말씀하시지 않았소? '열 집밖에 안 되는 작은 마을에도 반드시 충성스럽고 믿음직한 사람이 있느니라 [十室之邑십실지읍 必有忠信필유충신]' 하셨으니 어찌 사람이 없다 하겠소?"

"이 비는 어두워 현명한 이를 찾을 줄 모르니 가르쳐주시기 바랍니다."

수경이 말을 꺼냈다.

"공은 형주 아이들 노래를 듣지 못하셨소? '8~9년에 쇠약하기 시작해 13년이면 남는 게 없어라. 마침내 천명이 돌아가는 데가 있으니 흙 속에 서린 용이 하늘로 날아가리.' 이 노래는 건안 초년부터 부르기 시작했는데 건안 8년에 유경승이 전처를 잃어 집안이 흔들리기 시작한 것을 말하고, 건안 13년이면 경승이 세상을 뜨고 사람들이 떨어져 나가는 것을 뜻하오. '천명이 돌아가

유비는 남장에서 숨은 선비 만나고 ▶

는 데'와 '용이 하늘로 날아가리'는 모두 장군께 응하는 말이오."

유비는 너무 놀라 몸 둘 바를 몰랐다.

"유비가 어찌 감히 그런 일에 합당하겠습니까?"

"지금 천하의 인재가 모두 여기 있으니 공은 어서 찾아가 청해야 하오."

유비가 급히 물었다.

"천하의 인재는 어디 있습니까? 과연 어떤 분들입니까?"

"복룡(伏龍)과 봉추(鳳雛), 두 사람 가운데 하나만 얻어도 천하를 편안하게 만들 수 있소."

복룡은 엎드린 용이라는 말이고 봉추는 어린 봉황새라는 뜻이니, 사람의 별호임은 알겠으나 유비는 처음 듣는 소리였다.

"복룡과 봉추는 어떤 분들입니까?"

수경은 손뼉을 치며 껄껄 웃었다.

"좋소! 좋아!"

유비가 또 묻자 수경은 말을 돌렸다.

"날이 저물었으니 장군은 여기서 하룻밤 묵으시오. 내일 알려드리리다."

수경은 아이에게 일러 음식을 대접하게 했다. 유비를 객실에서 쉬게 하고 말은 뒷마당으로 끌어다 먹이게 했다.

유비가 저녁을 먹고 초당 옆에서 자는데 수경의 말이 자꾸만 떠올라 잠이 오지 않았다. 밤이 깊어 가는데 별안간 웬 사람이 문을 두드리고 초당으로 들어서니 수경이 묻는 소리가 들렸다.

"원직(元直)은 어디서 오는가?"

유비가 침상에서 일어나 가만히 엿듣자 그 사람이 대답했다.

"유경승이 좋은 사람을 좋아하고 나쁜 자를 미워한다[善善惡惡선선악악]는 말을 들은 지 오래라 특별히 만나보았습니다. 그런데 헛된 이름만 날렸더군요.

좋은 사람을 좋아하면서도 써주지 못하고, 나쁜 자를 미워하면서도 없애지 못하는 것을 알고는 글을 남겨 작별하고 여기로 왔습니다."

이번에는 수경의 말이 들려왔다.

"공은 제왕을 보좌할 재주를 지녔으니 사람을 가려 섬겨야 하거늘 어찌 가볍게 경승을 찾아갔소? 더구나 영웅호걸이 바로 눈앞에 있는데 공이 알아보지 못했단 말이오?"

그 사람이 수긍했다.

"선생님 말씀이 옳습니다."

유비는 들을수록 기뻤다.

'이 사람은 틀림없이 복룡이 아니면 봉추일 것이다.'

곧 나가 만나고 싶었으나 실례가 될까 걱정되었다. 날이 밝기를 기다려 수경에게 만나기를 청해 물었다.

"어젯밤에 온 사람은 누구입니까?"

"내 벗이오."

유비가 그와 만나기를 청하자 수경이 대답했다.

"현명한 주인을 찾아 이미 다른 곳으로 갔소."

유비가 그의 성명을 묻자 수경은 또 어제처럼 웃기만 했다.

"좋소! 좋아!"

유비는 낙심하지 않고 또 물었다.

"복룡과 봉추는 과연 어떤 분들입니까?"

수경은 여전히 웃었다.

"좋소! 좋아!"

유비가 절을 하며 산에서 나와 함께 한의 황실을 보좌하기를 청하자 수경은 사절했다.

"산과 들에서 한가하게 보내는 것이 몸에 밴 사람이라 세상에 쓰이기에는 부족하오. 나보다 열 배는 나은 사람이 반드시 도울 것이니 공은 그 사람을 찾아보는 것이 좋겠소."

이런 말 저런 말 하는데 장원 밖에서 사람들이 떠들고 말이 울부짖는 소리가 들리자 아이가 들어와 알렸다.

"웬 장군이 수백 명을 이끌고 왔습니다."

유비가 깜짝 놀라 나가 보니 조운이라 대단히 기뻐했다. 조운이 말에서 내려 들어왔다.

"저는 어제 현으로 돌아가 주공을 찾았으나 보이지 않아 밤을 새워 여기저기 찾아다니다 어떤 사람이 가르쳐주었습니다. 어젯밤 한 어르신이 혼자 말을 타고 수경 선생 장원으로 갔다고요. 그래서 여기까지 찾아왔습니다. 어서 돌아가시지요. 현으로 쳐들어오는 사람이 있을까 걱정입니다."

유비는 수경에게 인사하고 조운과 함께 신야로 향했다. 몇 리도 가지 못해 한 떼의 사람들이 마주 오니 관우와 장비여서 세 형제는 다시 만나 기뻐했다. 유비가 말을 달려 단계를 뛰어넘은 이야기를 하자 모두 놀라 감탄했다.

유비가 현에 이르러 사람들과 상의하니 손건이 제의했다.

"먼저 경승에게 글을 보내 이 일을 알리십시오."

유비가 손건에게 글을 주어 형주로 보내니 유표는 크게 노해 채모를 불렀다.

"네가 어찌 감히 내 아우를 해치느냐? 이 자를 밖으로 끌어내 목을 쳐라!"

채 부인이 나와 울면서 용서를 비는데도 유표가 화를 풀지 않자 손건이 권했다.

"채모를 죽이면 황숙이 여기 편안히 있지 못합니다."

유표는 채모를 꾸짖는 데에 그치고 맏아들 유기를 보내 유비에게 사죄하게 했다. 유기가 명을 받들고 신야로 가니 유비가 맞이해 잔치를 베풀었다. 술기운이 거나해지자 유기가 눈물을 떨어뜨렸다.

"계모 채씨가 늘 저를 해칠 마음을 품는데, 이 조카는 화를 면할 대책이 없습니다. 어찌해야 할지 숙부님께서 가르쳐주시면 참으로 다행이겠습니다."

전에 말을 실수해 뉘우친 유비는 흠잡을 데 없는 말만 골랐다.

"조심스레 효도를 다 하면 자연히 화가 사라질 걸세."

이튿날 유기는 눈물을 흘리며 유비와 헤어졌다. 유비가 말을 타고 유기를 배웅해 성을 나가다가 말을 가리켰다.

"이 말이 아니었으면 내가 벌써 땅속에 묻혔을 걸세."

"그건 말의 힘이 아니라 숙부님의 크나큰 복 때문입니다."

유비가 말을 돌려 성안으로 들어오는데 저잣거리에서 갈포 두건을 쓰고, 무명옷을 입고, 검정 띠를 두르고, 검은 신을 신은 사람이 노래를 부르면서 다가왔다.

하늘땅이 뒤집히니 불은 꺼지려 하고

큰 집 무너져 나무 하나로 받치기 어렵네

산골짝에 현인 있으니 영명한 주인 찾으려나

영명한 주인은 현인 구하면서 나를 모르누나

【한은 불의 운으로 흥했다고 하니 불이 꺼지려 한다는 말은 곧 황실 운이 끝난다는 뜻이다. 무너지는 집을 나무 하나로 받치기 어려우면 다른 나무를 더해야 하니 인재를 모아야 한다는 말이다.】

그 사람이 노래를 마치고 껄껄 웃는데 한참이 지나도록 그치지 않았다. 노래를 들은 유비가 속으로 궁리했다.

'이 사람이 혹시 수경 선생이 말한 복룡과 봉추 가운데 하나가 아닐까?'

유비가 말에서 내려 인사하고 현청으로 청해 성명을 물었다.

"저는 영상 사람으로 성은 선(單)이고 이름은 복(福)이라 합니다. 사군께서 선비를 받아들이고 현명한 사람을 모으신다는 소문을 들은 지 오래라 당장 달려오고 싶었으나 함부로 찾아뵙기 어려워 일부러 저잣거리에서 노래를 불러 귀하신 귀를 울렸습니다."

【선복은 여러 한글판에서 '선복'과 '단복' 두 가지로 나온다. 그러나 한자 '單'은 '낱개'라는 뜻으로 쓰일 때는 '단'으로 읽지만, 성으로 쓰일 때는 '선'으로 읽어야 한다.】

유비가 크게 기뻐 귀한 손님으로 대하니 선복이 청했다.

"방금 사군께서 타신 말을 다시 보여주십시오."

유비가 일러 말의 안장을 벗기고 대청 아래로 끌어왔다.

"이건 적로가 아닙니까? 천리마이기는 하지만 주인을 해치니 타셔서는 하니 됩니다."

"이미 겪었소."

유비가 단계를 뛰어넘은 이야기를 했으나 선복은 타지 말아야 한다고 주장했다.

"그것은 주인을 구한 것이지 해친 게 아닙니다. 반드시 한 번은 주인을 해치는데, 액땜하는 방법이 있습니다. 사군께서 원한을 품은 사람이 있으면 그에게 말을 주십시오. 말이 그 사람을 해친 다음 타시면 무사합니다."

그 말에 유비는 대뜸 얼굴빛을 바꾸었다.

"공이 여기 와서 처음으로 나에게 바른 도리[正道정도]는 가르치지 않고, 자기 이로우려고 남을 해치는 노릇이나 가르치니 감히 듣지 못하겠소."

선복은 웃으며 잘못을 빌었다.

선복은 신야에서 영명한 주인 만나다. ▶

"이전부터 사군의 어진 덕성을 들으면서도 감히 그대로 믿을 수 없어 일부러 말로 시험해보았을 뿐입니다."

유비도 딱딱했던 얼굴을 풀고 자리에서 일어났다.

"이 비가 다른 사람에게 미칠 덕이 어디 있겠소? 선생의 가르침을 기다릴 뿐이오."

"제가 이곳으로 오면서 신야 사람들이 부르는 노래를 들었습니다. 이런 노래더군요."

신야 목(牧)은 유황숙이라

여기 오시니 백성이 풍족하네

노래를 외운 선복이 다시 말했다.

"이로써 알 수 있으니 사군의 어진 덕성은 여러 사람에게 복을 주셨습니다."

유비는 선복을 군사(軍師)로 임명해 군사를 조련하게 했다.

【'군사'는 현대의 참모총장 역할이다.】

이즈음 조조는 기주를 차지한 후 늘 형주를 손에 넣을 뜻이 있어 특별히 조인과 이전, 항복한 장수 여광과 여상에게 3만 군사를 주어 번성에 주둔시키며 호랑이가 짐승 노리듯 형주를 살펴 허실을 알아내게 했다.

여씨 형제가 조인에게 청했다.

"유비가 신야에서 군사를 모으고 말을 사며 군량을 쌓아 그 뜻이 작지 않으니 일찍이 대비하지 않으면 안 됩니다. 우리 두 사람은 승상께 항복하고 작은 공로도 세우지 못했으니 정예 군사 5000명을 주시면 유비의 머리를 가져와 승상께 바치고자 합니다."

조인이 크게 기뻐 5000명 군사를 주어 신야로 달려가게 하니 정탐꾼이 나는 듯이 보고해 선복이 대책을 내놓았다.

"적이 경계 안으로 들어오게 해서는 안 됩니다. 운장이 군사 한 떼를 이끌고 중도에서 적을 막아 치고, 익덕이 적의 뒷길을 끊으며, 주공께서 자룡을 데리고 앞길로 나아가 적을 맞으시면 깨뜨릴 수 있습니다."

유비는 관우와 장비를 먼저 떠나보내고 선복, 조운과 함께 2000명 군사를 이끌고 나갔다. 몇 리도 가지 못해 산 뒤에서 먼지가 자욱하게 일며 여광과 여상이 군사를 이끌고 와서 유비가 진문 앞에 말을 세우고 높이 외쳤다.

"거기 오는 자는 누구인데 감히 내 경계를 침범하느냐?"

여광이 말을 달려 나왔다.

"나는 대장 여광이다. 승상 명을 받들어 특히 너를 잡으러 왔다!"

유비가 조운을 내보내자 몇 합도 싸우지 않아 여광을 찔러 말 아래로 떨어뜨렸다. 유비가 군사를 휘몰아 들이치자 여상이 달아나는데 길가에서 군사 한 떼가 뛰어나오니 앞장선 대장은 관우였다. 관우가 몰아쳐 여상은 군사를 태반이나 잃고 달아났다. 그런데 또 10리도 가지 못해 군사 한 떼가 앞을 가로막으며 앞장선 대장이 긴 창을 꼬나 들고 외쳤다.

"장익덕이 여기 있다!"

여상은 미처 손을 놀려보지도 못하고 장비의 창에 맞아 말에서 떨어지고 무리는 뿔뿔이 흩어져 달아났다. 유비 군사가 쫓아가 반 이상을 사로잡았다.

패한 군사가 번성으로 돌아가니 조인은 깜짝 놀라는데 이전은 신중했다.

"두 장수가 적을 업신여기다 죽었으니 군사를 움직이지 말아야 합니다. 승상께 보고해 대군을 일으켜 정벌하는 것이 상책입니다."

"그렇지 않소. 장수 둘이 죽고 많은 군사를 잃었으니 빨리 원수를 갚지 않을 수 없소. 신야는 새를 잡는 탄알처럼 조그만 고장[彈丸之地탄환지지]인데 승상의 대군에 폐를 끼칠 게 무어요?"

"유비는 인걸입니다. 얕보아서는 아니 됩니다."

그러나 조인은 유비가 눈에 차지 않았다.

"공은 어찌 이렇게 겁을 내오!"

"병법에는 '상대를 알고 자기를 알면 백 번 싸워 백 번 이긴다[知彼知己지피지
기 百戰百勝백전백승]'고 했습니다. 저는 싸움을 겁내는 것이 아니라 이기지 못할
까 걱정할 따름입니다."

조인이 화를 냈다.

"공은 두 마음을 먹는 게 아니오? 내가 기어이 유비를 사로잡고야 말겠소!"

"장군이 가신다면 저는 번성을 지키겠습니다."

"그대가 함께 가지 않는다면 진짜로 두 마음을 먹은 거지!"

말투가 거칠어지자 이전은 어쩔 수 없이 조인과 함께 2만 5000명 군사를
이끌고 강을 건너 신야로 나아갔다.

이야말로

편장이 수레에 시체 싣는 수치 당하니
주장이 다시 수치 씻을 군사 일으키네

승부는 어떻게 갈라질까?

36

서서는 말 되돌려 제갈량 추천

현덕은 계책을 써 번성 습격하고
원직은 말 달려 제갈량 추천하다

분노한 조인은 크게 군사를 일으켜 신야를 짓밟으려고 밤새 달려갔다.
이에 앞서 신야로 돌아온 선복은 유비와 상의했다.

"조인이 장수 둘을 잃었으니 반드시 대군을 일으켜 싸우러 올 것입니다."

"어찌 맞서야 하오?"

"그가 군사를 모두 이끌고 오면 번성이 빌 테니 틈을 타 빼앗을 수 있습
니다."

선복이 유비 귀에 대고 계책을 수군거리는데 조인의 대군이 몰려왔다. 양
쪽 군사가 진을 이루어 조운이 말을 타고 나가자 조인은 이전을 내보냈다. 창
과 창이 부딪치기가 열 합을 넘자 이전이 이기지 못할 것을 알고 진으로 돌아
가니 조운이 쫓아갔으나 양쪽 날개에서 화살을 날려 막았다.

이전이 돌아가 조인에게 고했다.

"저쪽 군사가 용맹하니 얕보아서는 아니 됩니다. 다시 번성으로 돌아가는

것이 좋겠습니다.”

조인은 크게 노했다.

“네가 출병 때부터 군사의 사기를 꺾더니 또 적과 내통해 거짓으로 졌느냐? 그 죄는 목을 쳐 마땅하다!”

이전의 목을 치라고 호령하니 장수들이 용서를 빌어 조인은 그를 후군으로 보내고 스스로 선두가 되었다. 이튿날 북을 울리며 나아가 진을 치고 유비에게 물었다.

“내 진을 알 만하냐?”

선복이 높은 곳에 올라 바라보더니 유비에게 알려주었다.

“이 진은 팔문금쇄진입니다. 여덟 문이 있는데, 생문·경문·개문으로 들어가면 길하나 상문·경문·휴문으로 들어가면 다치고, 두문·사문으로 들어가면 죽습니다. 지금 살펴보니 그들이 여덟 문은 정연하게 갖추었으나 중앙에서 지휘하는 진용이 부족하니 동남쪽 귀퉁이 생문으로 쳐들어가 곧장 서쪽 경문으로 나오면 진은 반드시 어지러워집니다.”

유비는 진의 양쪽 날개를 단단히 지키게 하고, 조운에게 500명 군사를 이끌고 동남쪽으로 진에 들어가 서쪽으로 나가라고 명했다. 명을 받은 조운이 동남쪽 귀퉁이로 쳐들어가 고함을 지르며 중군으로 달려가자 조인은 북쪽으로 피했다. 조운이 그를 쫓지 않고 갑자기 서문으로 쳐 나갔다가 다시 동남쪽 귀퉁이로 돌아오니 조인의 군사는 크게 어지러워졌다. 유비가 군사를 휘몰아 들이치자 조인은 크게 패하고 물러갔다. 선복은 쫓지 않고 군사를 거두어 돌아갔다.

조인은 한 번 패하고서야 이전의 말을 믿게 되어 다시 그를 청해 상의했다.

“유비 군중에 반드시 재주 좋은 자가 있소. 내 진이 이렇게 깨질 줄을 어찌 알았겠소.”

이전이 처음의 주장을 폈다.

"몸은 비록 여기 있으나 번성이 몹시 근심스럽습니다."

"오늘 밤 적의 영채를 습격해 이기면 다시 상의하고, 이기지 못하면 군사를 돌려 번성으로 돌아가겠소."

조인은 그대로 물러서기 싫었으나 이전이 반대했다.

"아니 됩니다. 유비가 틀림없이 대비할 것입니다."

"이처럼 의심이 많아서야 어찌 군사를 부리겠소!"

조인은 말을 듣지 않고 몸소 군사를 이끌어 선두가 되고, 이전은 뒤에서 지원하도록 하여 밤이 되면 유비 영채를 습격하기로 했다.

선복이 영채에서 의논하는데 별안간 계절풍이 확 불어 유비를 깨우쳤다.

"오늘 밤 조인이 영채를 습격하러 오는데, 복이 이미 예상했습니다."

밤이 되어 조인이 유비 영채에 이르자 네 방향으로 불길이 일어나 울타리를 태우고 있었다. 습격에 대비했음을 알고 급히 명령을 내렸다.

"물러서라!"

바로 이때 조운이 나타나 몰아쳐 조인은 영채로 돌아가지 못하고 급히 북하를 향해 달아났다. 강변에 이르러 배를 찾아 강을 건너려 하는데 기슭에서 한 무리 군사가 달려드니 앞장선 대장은 장비였다. 조인이 죽기로써 싸우고 이전이 힘을 다해 막아 간신히 강을 건넜다.

군사를 반 이상 물속에 잃고 겨우 기슭에 올라 번성으로 달려갔으나 성 위에서 북소리가 둥둥 울리더니 한 장수가 나와 버럭 호통쳤다.

"내가 이미 번성을 차지한 지 오래다!"

사람들이 놀라 바라보니 관우였다. 조인은 깜짝 놀라서 말을 돌려 달아났다. 관우가 뒤쫓아 또 적지 않은 군사를 잃고 조인은 밤낮없이 허도로 달려갔다. 길에서 두루 물어보아 선복이 군사가 되어 계책을 썼음을 알았다.

유비가 완전한 승리를 거두고 번성으로 들어가니 현령 유필이 나와 맞이했다. 유비가 백성을 위로해 안정시키자 역시 황실 종친인 유필이 집으로 청해 잔치를 베풀어 대접했다. 유비가 보니 유필 곁에 한 사람이 모시고 섰는데 풍채가 늠름해 은근히 호기심이 일었다.

"이 사람은 누구요?"

"제 생질 구봉입니다. 나후 구씨인데 부모가 돌아가 저한테 의지하게 되었습니다."

유비가 마음에 들어 양자로 삼고 싶어 하니 유필이 구봉에게 유비한테 절해 아버지로 모시게 하고, 이름을 유봉으로 바꾸었다. 유비가 유봉을 데리고 와 관우와 장비에게 절해 숙부로 모시게 하니 관우는 내키지 않는 얼굴이었다.

"형님은 아들이 있으신데 어찌 양자를 얻으십니까? 뒷날 반드시 일이 생깁니다."

"내가 아들로 대하면 그도 나를 아버지로 섬길 터인데 무슨 일이 있겠는가?"

유비가 생각을 바꾸지 않아 관우는 마음이 찜찜했다. 유비는 선복과 상의해 조운에게 1000명 군사를 거느리고 번성을 지키게 하고, 무리를 이끌고 신야로 돌아갔다.

조인과 이전이 허도로 돌아가 패한 죄에 벌을 청하자 조조가 어루만졌다.

"이기고 지는 것은 싸움하는 사람들이 늘 겪는 일이지. 그런데 누가 유비를 위해 계책을 냈는지 모르겠네."

"선복입니다."

조인이 대답하니 옆에서 정욱이 웃으며 설명했다.

"그 사람 본명은 선복이 아닙니다. 그는 어릴 적에 검술을 즐겨 배웠는데, 남의 원수를 갚아주느라 사람을 죽여 머리를 풀고 얼굴에 흰 가루를 칠하고 달아났습니다. 그러나 관리에게 잡혔는데 성명을 물어도 대답하지 않아, 수레 위에 묶고 북을 두드리며 저잣거리를 돌게 했습니다. 누군가 알아볼 것이라 여겼으나 그를 아는 사람도 말을 하지 않았습니다. 친구들이 몰래 구해주어 이름을 바꾸고 달아났는데, 그때부터 행동을 고치고 뜻을 바꾸어 공부를 시작하면서 이름난 스승을 두루 찾았으며 사마휘와 담론한 적도 있습니다. 이 사람은 영천의 서서(徐庶)로, 자는 원직이며 선복은 지어낸 이름입니다."

조조가 물었다.

"그의 재주가 그대와 비교하면 어떠하오?"

"이 욱보다 열 배는 낫습니다."

"아쉽게도 현명한 인재가 유비에게 들어갔구려! 유비의 날개가 이루어졌으니 어찌해야 하나?"

조조가 탄식하자 정욱이 위로했다.

"서서가 그쪽에 있으나 승상께서 불러 쓰시려면 어렵지 않습니다."

조조는 귀가 솔깃했다.

"서서는 효성이 지극합니다. 어릴 적에 아버지를 여의고 늙은 어머니만 계시는데, 아우 서강이 죽어 어머니를 모실 사람이 없습니다. 승상께서 사람을 보내 그 어머니를 허도로 데려와 글을 써서 아들을 부르게 하시면 서서는 반드시 옵니다."

조조는 크게 기뻐 밤길을 달려 서서 어머니를 데려오게 했다. 하루도 지나지 않아 그 어머니가 이르자 조조는 후하게 대접했다.

"듣자니 아드님 서원직은 천하의 인재라 하오. 지금 신야에서 반역한 유비를 도우며 조정을 배반하니 그야말로 아름다운 옥이 더러운 진흙 속에 떨어진 격이라 참으로 아쉬운 일이오. 이제 늙은 어머님께 폐를 끼치려 하니 글을 지어 아드님을 불러 허도로 오게 하시면 천자께 보증해 추천할 테니 반드시 후한 상이 있을 것이오."

붓·종이·먹·벼루의 문방사보를 가져오게 하여 글을 짓게 하니 어머니가 물었다.

"유비는 어떤 사람이오?"

"탁군의 하찮은 사내인데 외람되이 황숙이라 일컫고 신의라고는 없으니, 겉으로는 군자라지만 속으로는 소인배요."

서서 어머니는 날카로운 목소리로 조조를 꾸짖었다.

"너는 어찌 이처럼 그릇되게 거짓말을 하느냐? 내가 현덕은 중산정왕의 후예이고 효경황제 각하의 후손이라는 말을 들은 지 오래다. 몸을 낮추어 아랫사람을 대하고 공손하며 어진 명성이 예전부터 널리 알려졌으니, 머리가 노르스름한 어린아이부터 하얗게 센 늙은이까지, 소를 먹이는 시골 아이부터 산에 오르는 나무꾼까지 모두 그 이름을 아니 참으로 진정한 당대의 영웅이 아닌가. 내 아들이 그분을 보좌한다니 제 주인을 만난 것이다. 너는 비록 한의 승상 이름을 걸었지만 실은 한의 역적이다. 그런데도 오히려 현덕을 반역한 신하라 하며 내 아들이 밝은 데를 버리고 어두운 곳으로 오게 하려 하니, 스스로 부끄럽지 않으냐!"

서서 어머니는 벼루를 들어 조조를 쳤다. 조조가 크게 노해 밖으로 끌어내 목을 치라고 호령하자 정욱이 급히 들어와 말렸다.

"서서 어머니가 승상님 비위를 거스르는 것은 죽여주기를 바라서입니다. 승상께서 죽이시면 의롭지 못하다는 명성만 얻게 되고, 그 어머니의 덕성을 완벽하게 만들어주게 됩니다. 어머니가 죽으면 서서는 반드시 다시는 마음이 변하지 않아 기를 쓰고 유비를 도와 원수를 갚으려 할 것입니다. 어머니를 살려두어 서서의 몸과 마음이 두 곳으로 갈라지게 하여 유비를 힘껏 돕지 못하게 하는 것이 좋습니다. 게다가 그 어머니를 살려두면 이 욱에게 서서를 이곳으로 데려와 승상님을 돕게 할 계책이 있습니다."

조조가 서서 어머니를 다른 집에 보내 살게 하니 정욱은 날마다 찾아가 문안하고 서서와 형제를 맺은 적이 있다고 속이며 친어머니 모시듯 했다. 늘 선물을 보내는데 꼭 편지를 넣어 보내니 그 어머니도 글을 써서 회답했다. 이런 속임수로 글을 얻은 정욱은 글씨체를 본떠 어머니가 아들에게 보내는 편지를 꾸며 심복에게 주어 신야로 전했다.

서서가 받아보니 기막힌 사연이 적혀 있었다.

'근래에 네 아우 강이 죽어 눈을 들어 둘러보아도 혈육이라고는 없구나. 슬픔을 떨치지 못하는데 뜻밖에도 조 승상이 사람을 보내 속임수로 나를 허도에 데려와 네가 배반했다고 오랏줄로 묶어 감옥에 넣었는데, 정욱을 비롯한 사람들 덕분에 감방에는 갇히지 않게 되었다. 조 승상은 네가 항복하면 나를 죽이지 않겠다고 하니 글을 받으면 고생스레 기른 은혜를 떠올려 밤에 낮을 이어 허도로 달려와 효도에 흠이 없도록 하고, 천천히 꾀하여 옛 동산으로 돌아가 큰 화를 면하도록 하여라. 내가 지금 가는 실에 매달린 듯 목숨이 위태로워 오직 구원만 바라니 더 부탁하지 않는다.'

서서는 눈물을 샘솟듯 흘리며 유비를 찾아갔다.

"저는 원래 영천의 서서이니 자는 원직입니다. 난을 피하면서 이름을 선복으로 고쳤습니다. 유경승이 현명한 이를 모으고 선비를 받아들인다고 하여 특별히 가서 만나보았으나 이야기를 해보고는 쓸모없는 사람으로 생각되어 글을 지어 작별했습니다. 깊은 밤에 사마수경의 장원에 가서 하소연하니 제가 주인을 알아보지 못한다고 몹시 나무라고는 말씀하셨습니다. '유 예주가 여기 있는데 어찌 섬기지 않는가?' 그래서 일부러 저잣거리에서 미친 듯이 노래를 불러 사군의 마음을 움직이려 했는데 다행히 사군께서 버리지 않으시어 바로 중용해주셨습니다. 그런데 이제 조조가 간사한 계책으로 늙은 어머님을 허도에 데려가 가두고 해치려 하여 어머님이 글을 보내 부르시니 제가 가지 않을 수 없습니다. 개와 말의 수고를 바쳐 사군께 보답하려 하지 않는 게 아니라 자애로운 어머님이 잡히셨으니 있는 힘을 다하지 않을 수 없기 때문입니다. 곧 돌아가야 하니 다음에 다시 뵙기를 바랄 수밖에 없습니다."

유비는 말을 듣고 목 놓아 울었다.

"아들과 아버이는 타고난 혈육이니 원직은 이 비를 생각하지 마시오. 노부인과 만난 후 혹시 다시 가르침을 받을 수 있기를 바라오."

서서가 절을 하고 떠나려 하자 유비가 붙잡았다.

"하룻밤만 더 함께 머물러주시오. 비가 내일 바래다 드리겠소."

손건이 슬그머니 유비의 방으로 들어왔다.

"원직은 천하의 인재입니다. 그동안 신야에 있으면서 우리 군사의 허실을 모두 압니다. 그런데 조조에게 가게 하면 반드시 귀하게 쓰일 것이니 우리가 위험합니다. 주공께서는 애타게 말려 절대 놓아주지 마셔야 합니다. 원직이 가지 않으면 조조는 그 어머니 목을 칠 것이고, 그렇게 되면 원직은 반드시 복수하려고 조조를 힘껏 공격할 것입니다."

유비는 받아들이지 않았다.

"아니 되오. 다른 사람에게 어머니를 죽이게 하여 내가 그 아들을 쓴다면 어질지 못한 노릇이오. 그를 가지 못하게 막아 아들과 어머니의 정을 끊는다면 의롭지 못한 짓이오. 나는 죽을지언정 어질지 못하고 의롭지 못한 일은 하지 않겠소!"

사람들은 모두 감탄했다. 유비가 술상에 청하자 서서는 사절했다.

"늙은 어머님께서 갇히셨다는 말을 들으니 아무리 좋은 술[金波玉液금파옥액]이라도 넘기지 못하겠습니다."

유비도 서글퍼했다.

"이 비는 공이 떠나신다니 왼손과 오른손을 잃는 듯하오. 비록 용의 간과 봉황의 골수[龍肝鳳髓용간봉수]라도 맛있는 줄 모르겠소."

두 사람은 마주 보고 앉아 날이 샐 때까지 눈물을 흘렸다. 부하들이 성 밖에 상을 차리고 배웅 채비를 마쳐 유비와 서서는 말 머리를 나란히 하여 성을 나가 10리 떨어진 정자에 이르러 유비가 잔을 들고 서서를 향했다.

【그 시대에는 어느 성이나 10리 되는 곳에 반드시 떠나는 사람을 전송하는 정자가 있어, 이름을 '십리장정'이라 했다.】

"이 비는 복이 적고 연분이 모자라 선생과 함께 앉을 수 없게 되었소. 선생은 새 주인을 잘 섬겨 공명을 이루기 바라오."

서서는 눈물을 흘렸다.

"재주가 보잘것없고 슬기가 적은 저를 고맙게도 사군께서 무겁게 써주셨습니다. 이제 불행히도 중도에 헤어지게 되었으니, 설사 조조가 핍박하더라도 이 서는 한평생 그를 위해서는 꾀를 내지 않겠습니다."

"선생이 떠나니 이 비도 멀리 산속 숲으로 들어갈까 하오."

"제가 사군과 더불어 왕자와 패자의 업적[王覇之業왕패지업]을 꾀했던 것은 이 마음을 믿어서였습니다. 이제 늙은 어머님 때문에 마음이 헝클어졌으니 여기 남아 있어도 사군의 일에 도움이 되지 못합니다. 사군께서는 달리 고명하고 현명한 인재를 구해 보좌하게 하여 대업을 이루셔야 할 텐데 어찌 이처럼 실망하십니까?"

"천하의 고명하고 현명한 사람치고 선생보다 나은 이는 없소."

"저야 가죽나무나 상수리나무같이 쓸데없는 몸[樗櫟庸材저력용재]이라 기둥과 대들보감이 되지 못하는데 어찌 그런 과한 칭찬을 감당하겠습니까? 사군께서는 기둥과 대들보감을 찾아 보좌하게 하십시오."

떠나기 전에 서서는 장수들을 둘러보았다.

"여러분은 사군을 잘 섬겨 죽백(竹帛)에 이름을 남기고, 청사(靑史)에 공로를 빛내기 바라오. 절대 시작만 하고 끝을 보지 못한 이 서를 본받지 마시오."

【죽백은 옛날에 글을 적던 참대 조각과 비단을 가리키는 말로 책을 뜻한다. 옛 날에는 푸른 대쪽에 역사를 적어, 이를 청사라 했다.】

장수들은 저마다 서글퍼했다. 유비는 차마 서서와 떨어지기 아쉬워 그를 배웅하고도 다시 한참을 더 가곤 했다. 서서가 인사했다.

"사군께서는 멀리 나오지 마십시오. 이 서는 여기서 작별하겠습니다."

유비는 말 위에서 서서의 손을 잡았다.

"선생이 이번에 떠나면 서로 하늘의 다른 쪽 끝으로 갈라지게 되니 언제 다시 만날지 모르겠소!"

유비는 눈물이 비 오듯 했다. 서서도 눈물을 흘리며 헤어졌다. 유비는 숲 옆에 말을 세우고 서서가 길을 재촉하는 모습을 바라보다가 또 울었다.

"원직이 갔구나! 내가 이제 어찌해야 하나!"

눈가에 눈물이 글썽해 바라보는데 서서가 멀리 가자 숲이 시야를 가리니 유비는 채찍으로 숲을 가리켰다.

"내가 저곳의 나무들을 모조리 베어버리고 싶다."

사람들이 까닭을 묻자 대답했다.

"내가 서원직을 바라보는 눈길을 막기 때문이오."

유비가 하염없이 바라보는데 별안간 서서가 말을 다그쳐 되돌아오는 것이 아닌가.

"원직이 되돌아오니 혹시 갈 뜻이 없는 건 아닐까?"

유비는 기꺼이 말을 채찍질해 마주 나아가 말에서 내려 맞이하며 물었다.

"선생이 돌아오니 반드시 무슨 말씀이 있으리라 보오."

서서도 말에서 내려 유비에게 말했다.

"저는 속이 삼대 검불 같아 한마디 드릴 말씀을 잊었습니다. 여기에 기이한 재주를 지닌 사람이 하나 있으니 바로 양양성 밖 20리 떨어진 융중에 삽니다. 사군께서는 어찌하여 그를 구하지 않으십니까?"

"감히 원직께 폐를 끼치니 이 비와 만나도록 청해주시오."

"이 사람은 그 뜻을 굽혀 불러와서는 아니 됩니다. 사군께서 친히 가서서 구해보십시오. 이 사람을 얻으면 주(周)가 여망(呂望, 강태공)을 얻고 한(漢)이 장량을 얻은 것이나 다름없습니다."

서서가 그 사람을 높이 치켜세우자 유비가 물었다.

"그의 재주와 덕성이 선생에 비교하면 어떠하오?"

"저를 그와 비교한다면 마치 둔한 말과 기린을 나란히 놓고, 까마귀와 봉황을 짝짓는 격입니다. 이 사람은 늘 스스로 관중과 악의(樂毅)에 비유하는데, 제가 보기에는 관중과 악의가 이 사람보다 못합니다. 이 사람은 하늘땅을 주름잡을 재주를 지녔으니 천하에 둘도 없는 인재입니다!"

【기린은 전설에 나오는 상서로운 짐승이다. 관중은 기원전 7세기에 제의 환공을 보좌해 춘추시대 첫 패자로 만든 명재상이고, 악의는 전국시대 연의 명장으로 기원전 3세기에 여러 나라 연합군을 거느리고 제를 크게 깨뜨려 빛나는 공을 세웠다.】

서서가 입에 침이 마르도록 자랑해 유비는 매우 기뻤다.

"그 사람 이름을 듣고 싶소."

"낭야국 양도현 태생으로 성은 두 자로 제갈(諸葛)씨에 이름은 양(亮)이며, 자는 공명(孔明)입니다. 한의 사예교위 제갈풍 후대인데 그 아버지 규(圭)는 자가 자공(子貢)으로 태산 태수를 보좌하는 승 벼슬을 하다 일찍 돌아갔습니다. 양은 숙부 현(玄)을 따르게 되었는데 숙부가 형주의 유경승과 친구라 찾아와 의지하며 이곳 양양에 자리를 잡았습니다. 후에 숙부가 돌아가니 아우 균(均)과 함께 남양에서 농사를 짓습니다. 그는 《양부음(梁父吟)》을 좋아해 부르고는 합니다. 그가 사는 곳에 고개가 하나 있어 이름이 와룡강이니 스스로 호를 와룡(臥龍)이라 합니다. 절세의 기재이니 사군께서는 친히 가시어 그를 만나셔야 합니다. 이 사람이 사군을 보좌하면 천하가 평정되지 않을까 걱정하지 않아도 됩니다."

와룡이라면 누운 용이다. 유비는 전에 들은 엎드린 용, 즉 '복룡'이라는 말이 떠올라 물었다.

"전에 수경 선생께서 이 비에게 '복룡과 봉추, 둘 가운데 하나를 얻으면 천하를 편안히 한다'고 하셨는데, 지금 원직이 말하는 사람이 바로 그 복룡과 봉추가 아니오?"

"봉추는 양양의 방통을 부르는 이름이고, 복룡은 바로 제갈공명입니다."

유비는 자리에서 훌쩍 뛰어 일어나며 기뻐했다.

"오늘에야 비로소 '복룡과 봉추'를 알게 되었소. 큰 현인이 바로 눈앞에 있을 줄이야! 선생이 알려주지 않으면 몰랐으니 이 비는 눈이 있어도 앞을 못 보는 것이나 다름없소!"

서서는 제갈량을 추천하고, 다시 유비와 작별하고 말을 채찍질해 갔다.

유비는 서서의 말을 들은 후에야 사마휘의 말을 깨달아, 술에 취했다가 정신을 차린 듯, 깊은 잠을 자다 꿈에서 깨어난 듯했다. 신야로 돌아가면 바로 선물을 갖추어 관우, 장비와 함께 남양으로 제갈량을 청하러 가기로 했다.

유비와 작별한 서서는 그의 사랑에 감동하고, 제갈량이 집에서 나와 유비를 보좌하지 않을까 염려해 말을 타고 곧장 와룡강 아래로 달려가 제갈량을 만났다.

서서는 말을 되돌려 제갈량 추천하다. ▶

"이 서는 오래 유 예주를 섬기려 했건만 늙은 어머님이 조조에게 갇혀 글을 보내 부르시기에 부득이 버리고 허도로 가게 되었소. 떠날 때 공을 유 예주에게 추천했으니 머지않아 찾아뵐 것이오. 공이 사양하지 않고 평생의 큰 재주를 펼쳐 그를 보좌하면 참으로 다행이겠소!"

제갈량은 말을 듣고 낯빛을 바꾸었다.

"그대는 나를 제물로 삼으려 하오?"

그리고는 소매를 떨치고 집 안으로 들어가 버렸다. 서서는 부끄러워 작별 인사도 하지 못하고 물러나 어머니가 계시는 허도를 향해 길을 다그쳤다.

이야말로

친구에게 한마디 부탁은 주인 사랑해서요
집 찾아 천 리를 감은 어머님을 그려서라

뒷일은 어찌 되어갈까?

37

유비, 세 번 초가를 찾아가다

[三顧草廬삼고초려]

사마휘는 다시 명사 추천하고

유현덕은 세 번 초가를 찾다

건안 12년(207년) 11월, 서서가 서둘러 허도에 이르러 승상부에 들어가 인사하자 조조가 물었다.

"공은 고명한 선비인데 어찌 몸을 굽혀 유비를 섬기셨소?"

"저는 어린 시절 난을 피해 강호를 떠돌다 우연히 신야에 이르러 현덕과 두터운 사이가 되었습니다. 늙은 어머니가 여기 계시는데 다행히 승상께서 자애롭게 돌봐주시어 죄송하고도 감격스럽습니다."

"공이 이곳에 왔으니 아침저녁으로 어머님을 모시게 되고, 나도 밝은 가르침을 얻어듣게 되었구려."

서서가 조조에게 절해 고마움을 나타내고 부랴부랴 어머니를 찾아가 섬돌 앞에 엎드리자 어머니는 깜짝 놀랐다.

"네가 어찌하여 여기 왔느냐?"

"근래에 신야에서 유 예주를 섬기다 어머님 글을 받고 밤에 낮을 이어 달려왔습니다."

서서 어머니는 화가 나서 곁에 놓인 낮은 상을 내리치며 욕했다.

"욕된 아들이 강호를 몇 해 떠돌았으니 학업에 진보가 있을 줄 알았다. 그런데 어찌 오히려 처음보다도 못하느냐! 네가 글을 읽었다면 반드시 충성과 효성을 두루 이룰 수는 없음을 알아야지. 그래, 조조가 임금을 업신여기고 속이는 역적이라는 것을 너는 모른단 말이냐? 유현덕은 세상에 널리 의로움을 펼치고 게다가 한의 황실 후예이시다. 네가 그분을 섬겼으니 바로 제 주인을 찾은 것인데, 거짓으로 꾸민 글 한 통을 믿어 바로 살펴보지도 않고 환한 고장을 버리고 캄캄한 곳으로 와서 스스로 악명을 얻으니 참으로 어리석은 녀석이로구나! 내가 무슨 얼굴로 너를 대하겠느냐! 너는 조상을 욕보이고, 하늘 땅 사이에 헛되이 생겨났도다!"

서서가 땅에 엎드려 감히 어머니를 쳐다보지 못하자 어머니는 병풍 뒤로 돌아갔다. 이윽고 심부름하는 사람이 나와 알렸다.

"노부인께서 스스로 대들보에 목을 매셨습니다."

서서가 황급히 방에 들어가 구하려고 보니 이미 숨이 끊긴 뒤였다.

후세 사람이 서서의 어머니를 기리는 '서모찬(徐母讚)'을 지었다.

어질도다, 서모여! 천고에 길이 빛나리
흠 없이 절개를 지키고 집안에 도움 많아
아들 잘 가르치고 처신 스스로 고달팠네
기개는 산 같고 의로움은 폐부에서 나와
예주 찬미하고 위무(魏武, 조조) 꾸짖으며
끓는 가마 두렵지 않고 창칼도 무섭지 않아
다만 하나 겁낸 것은 조상에 욕 되는 일

검에 죽은 왕모 같고 천 끊은 맹모 같아

살아서 명성 얻고 죽기도 제대로 했느니

어질도다, 서모여! 천고에 길이 빛나리

【검에 죽은 왕모는 《사기》 〈왕릉전〉에 나오는 왕릉의 어머니다. 진(秦)나라 말년 영웅들이 일어날 때, 젊은 시절 한왕 유방의 친구였던 왕릉도 수천 명 무리를 모으고 독자적으로 활동하다 유방이 항우와 싸울 때 유방에게 들어가니 항우가 왕릉의 어머니를 잡아갔다. 왕릉의 사자가 찾아오자 항우는 그 어머니를 자리에 앉혀 왕릉을 자기 아래로 불러들이려 했으나 왕릉의 어머니는 나중에 가만히 사자를 배웅하면서 눈물을 흘렸다.

"이 늙은것을 위해 아들에게 한왕을 잘 섬기라고 전해주오. 한왕은 점잖은 어른이니 늙은것 때문에 다른 마음을 먹지 말라고 하시오. 내가 죽음으로써 사자를 전송하겠소."

말을 마치고 검으로 자결하니, 분통이 터진 항우는 그 주검을 솥에 넣어 삶았다. 그리하여 왕릉은 변함없이 유방을 따라 전한의 개국공신이 되었다.

또 천을 끊은 맹모는 전국시대 사상가 맹자의 어머니다. 이름이 가(軻)인 맹자가 어릴 때 학업을 중단하고 집에 돌아오니 베를 짜던 어머니가 베틀 위의 베를 칼로 잘라버렸다.

"네가 학업을 중도에 그만두는 것은 내가 이 베를 자르는 것과 마찬가지다."

맹자는 큰 충격을 받고 부지런히 공부해 큰 학자가 되었다.】

서서는 어머니가 돌아가시자 울다 까무러쳐 한참이나 정신을 잃었다. 조조가 예물을 보내 조문하고 직접 찾아와 제사를 지냈다. 서서는 어머니를 허도 남쪽 들에 묻고 무덤 곁을 떠나지 않으며 무릇 조조가 내린 물건은 하나도 받지 않았다.

이즈음 조조가 남방 정벌을 상의하자 순욱이 말렸다.

"날씨가 차가워 군사를 움직여서는 아니 됩니다. 봄이 되어 날이 따스해지기를 기다려 대군으로 기세 좋게 밀고 내려가야 합니다."

그 말에 따라 조조는 장하의 물을 끌어다 못을 만들어 '현무지'라 이름 짓고, 수군을 훈련하면서 남쪽을 정벌할 채비를 했다.

유비가 예물을 갖추어 융중으로 제갈량을 찾아가려 하는데 별안간 아랫사람이 아뢰었다.

"문밖에 높은 관을 쓰고 넓은 띠를 두른 선생이 오셨습니다. 도를 닦으시는 듯 용모가 비상하신데 사군을 뵈러 오셨답니다."

"혹시 공명이 아닐까?"

유비가 중얼거리며 옷매무시를 바로잡고 나가보니 사마휘였다. 유비는 대단히 기뻐 뒤채로 청해 윗자리에 앉히고 절을 했다.

"이 비는 신선님 얼굴을 뵌 후 군사에 일이 많아 찾아뵙지 못했습니다. 오늘 이곳에 왕림하시니 그동안 우러르던 그리움을 풀게 되었습니다."

사마휘가 답했다.

"원직이 여기 있다고 해서 한번 만나러 왔소."

"얼마 전에 조조가 원직의 어머님을 가두어, 어머님께서 글을 보내 허도로 불러가셨습니다."

사마휘는 얼굴빛이 변하며 탄식했다.

"조조 계략에 걸린 것이오. 내가 이전부터 원직의 어머님이 매우 현명한 분이라 들었소. 비록 조조에게 갇히더라도 절대 글을 보내 아들을 불러갈 분이 아니시오. 그 글은 틀림없이 가짜요. 원직이 가지 않으면 어머님은 그래도 사시겠으나 원직이 가면 반드시 돌아가시오!"

유비가 놀라 까닭을 묻자 사마휘가 설명했다.

"원직의 어머님은 의로움을 높이 아시는 분이라 반드시 아들을 보기가 부끄럽기 때문이오."

유비는 매우 서글퍼 말을 돌렸다.

"원직은 떠나기 전에 남양의 제갈공명을 추천했습니다. 그 사람은 어떠합니까?"

사마휘는 빙그레 웃었다.

"원직이 저 혼자 가면 그만이지 어찌하여 그 사람을 끌어내 심혈을 쏟게 하려는가?"

"선생께서는 어찌 그런 말씀을 하십니까?"

"공명은 박릉의 최주평, 영천의 석광원, 여남의 맹공위 그리고 서원직, 네 사람과 사이가 가까운 친구요. 함께 공부하는데 네 사람은 학문을 배움이 반드시 순수하기를 바랐으나 공명은 글을 대략 살펴볼 뿐이었소. 언젠가 무릎을 끌어안고 길게 읊조리면서 네 사람을 가리키며 말했다오. '공들은 벼슬길에 들어서면 자사, 군수까지는 될 것이오.' 사람들이 그의 뜻은 어떠한지 묻자 공명은 웃기만 하면서 대답하지 않았다 하오. 늘 스스로 관중과 악의에 비유하는데 그 재주를 도무지 헤아릴 수 없소."

유비가 감탄했다.

"영천에는 어찌하여 현명한 이가 이처럼 많습니까!"

"옛날 은규가 천문을 잘 보았는데 이렇게 말한 적이 있소. '뭇 별이 하늘의 영천에 해당하는 자리에 모였으니 그 땅에는 반드시 현명한 인재가 많다'하고 말이오."

사마휘가 말하는데 옆에서 관우가 한마디 끼어들었다.

"제가 듣자니 관중과 악의는 춘추전국시대 명인으로 공로가 세상을 덮었다고 합니다. 공명이 스스로 두 사람에 비유한다니 너무 과하지 않습니까?"

사마휘는 또 빙긋이 웃었다.

"내가 보기에는 공명은 그 두 사람에 비유하지 말아야 하오. 나는 그를 다른 두 사람에 비유하고 싶소."

"어느 두 사람 말입니까?"

"주를 800년 흥하게 한 강자아(姜子牙, 강태공)와 한을 400년 왕성하게 만든 장자방(張子房, 장량)이오."

사람들은 모두 깜짝 놀랐다. 사마휘가 섬돌을 내려가 작별하는데 유비가 아무리 붙잡아도 소용없었다. 문을 나선 사마휘는 하늘을 우러러 허허 웃었다.

"와룡이 주인은 만났으나 때를 얻지 못했으니 아쉽도다!"

말을 마치고 사마휘가 선뜻 떠나가니 유비는 감탄을 금치 못했다.

"정말 숨어 사시는 현명한 분이로다!"

이튿날 유비는 관우, 장비와 함께 사람들을 데리고 융중으로 떠났다. 멀리 바라보니 산 밑에서 몇 사람이 호미를 들고 밭일을 하면서 노래를 불렀다.

> 푸른 하늘은 둥그런 뚜껑인 듯
> 넓은 땅은 네모난 바둑판인 듯
> 흑과 백으로 나뉜 세상 사람
> 오가며 영광과 모욕 다투네
> 영광 얻은 자는 편안해지고
> 모욕당한 자는 수그러드는 법
> 남양에 숨어 사는 이 있으니
> 베개 높이 하고 잠을 자누나

노래를 들은 유비가 말을 세우고 농부에게 물었다.

"이 노래는 누가 지었소?"

"와룡 선생이 지은 노래입니다."

"와룡 선생은 어느 곳에 계시오?"

농부가 멀리 가리키며 대답했다.

"이 산 남쪽에 쭉 뻗어 나간 높은 언덕을 와룡강이라 합니다. 언덕 앞에 성긴 숲이 있는데 그 숲속 초가가 바로 제갈 선생께서 베개를 높이 고이신 곳입니다."

유비는 농부에게 고맙다 인사하고 말을 채찍질해 갔다. 얼마 가지 않아 멀리 와룡강이 보이는데 과연 경치가 뛰어났다.

후세 사람이 옛날식 시 한 편을 지어 특별히 와룡이 살던 곳을 노래했다.

양양성 서쪽 20리 떨어진 곳
뻗은 언덕은 흐르는 물 베고 눕고
높은 언덕은 구름 밑동 누르는데
돌고드름 아래 물 졸졸 날아 내리네
형세는 고단한 용이 돌 위에 서린 듯
외로운 봉황이 솔 그늘에 내린 듯
나무문 절반 닫혀 초가집 가리니
고명한 이 누워 일어나지 않누나
참대는 엇갈려 푸른 병풍 늘어서고
사계절 울타리엔 들꽃 향기롭다
침상 머리 쌓은 것은 누런 책이요
자리에 오가는 이 무식한 자 없더라

푸른 원숭이 문 두드려 과일 바치고
늙은 학 집 지키며 밤에 경 듣는다
주머니 안 거문고 옛 비단에 싸였고
벽에 걸린 보검에 별 일곱 개 돋쳤다
초가집 안 선생은 유독 우아하거니
한가할 때 손수 농사를 짓누나
봄날 우레 꿈 깨우기만 기다린다
한 소리 길게 내 천하 안정시키려고

유비가 초가 앞에서 말에서 내려 사립문을 두드리니 아이가 나와 누구냐고
물었다.

"한의 좌장군, 의성정후 겸 예주 목으로 신야에 주둔하는 황숙 유비가 특별
히 선생을 찾아뵈러 왔다."

아이가 쫑알거렸다.

"나는 그렇게 긴 이름은 외우지 못하는데요."

유비는 전하기 쉽게 다시 말했다.

"너는 그저 유비가 찾아왔다고 하면 된다."

"선생님은 오늘 아침에 나가셨어요."

은근히 맥이 풀린 유비가 물었다.

"어디로 가셨느냐?"

"자취는 정해지지 않아 어디로 가셨는지 몰라요."

"언제 돌아오시느냐?"

"돌아오시는 때도 정해지지 않았어요. 사나흘 만에 오실 때도 있고 10여 일

유비, 처음 초가를 찾다. ▶

지나서 오실 때도 있거든요."

뜻밖의 대답에 유비는 속이 허전해지면서 몹시 실망했다. 성급한 장비가 재촉했다.

"만나지 못하게 되었으니 돌아가면 그만이오."

"잠깐 기다려보세."

유비가 말하는데 관우도 장비와 같은 생각이었다.

"돌아가서 사람을 보내 알아보는 것이 좋겠습니다."

유비는 그 말에 따라 아이에게 당부했다.

"선생께서 돌아오시면 유비가 뵈러 왔었다고 전해라."

말에 올라 조금 가다가 말을 세우고 융중의 경치를 돌아보았다. 과연 산은 높지 않아도 아름답고, 물은 깊지 않아도 맑으며, 땅은 넓지 않아도 평탄하고, 숲은 크지 않아도 무성했다. 원숭이와 학이 사이좋게 지낼 만하고, 소나무와 참대가 어울려 푸르른 빛을 돋우었다.

유비가 탐스러워하는데 별안간 한 사람이 나타났다. 풍채가 늠름하고 용모가 시원스럽게 빼어난데, 머리에 소요건을 쓰고 몸에 검정 무명 두루마기를 걸치고, 지팡이를 짚고 산의 후미진 오솔길을 걸어왔다.

"이분이 바로 와룡 선생이시다!"

유비는 한마디 짧게 외치고 급히 말에서 내려 인사했다.

"선생은 와룡 아니십니까?"

그 사람이 되물었다.

"장군은 뉘시오?"

"유비올시다."

"나는 공명이 아니라 그의 벗인 박릉의 최주평입니다."

제갈량은 아니었으나 유비는 역시 반가웠다.

"오랫동안 높은 성함을 받들어오다 오늘 다행히 만나 뵙습니다. 잠깐 여기 앉으시지요. 한마디 가르침을 받을까 합니다."

두 사람은 숲속 바위 위에 마주 앉고, 관우와 장비는 옆에 모시고 섰는데 최주평이 물었다.

"장군은 어찌하여 공명을 만나려 하십니까?"

"지금 천하가 크게 어지럽고 사방이 들끓어, 공명을 만나 나라를 안정시킬 방책을 구할까 합니다."

최주평은 웃음 지었다.

"공은 난을 평정하려는 뜻을 품으셨는데, 그 마음은 어집니다만 한스럽게 도 다스림과 어지러움의 이치를 모르십니다."

"다스림과 어지러움의 이치란 무엇입니까?"

유비가 묻자 최주평은 긴 말을 시작했다.

"장군이 버리지 않으신다면 한마디 들어보십시오. 예로부터 다스림이 극 치에 이르면 어지러움이 생기고, 어지러움이 극도에 이르면 다스림이 이루 어졌으니 음과 양이 줄어들었다 늘어나는 도리나 추위와 더위가 왔다 갔다 하는 이치와 비슷합니다. 다스림에는 어지러움이 있기 마련이고, 어지러움 이 더없이 심해지면 다스림이 나타납니다. 마치 추위가 끝나면 따스해지고 더위가 끝나면 추워지면서 사계절이 서로 이어지는 것과 같습니다. 예로부 터 다스림과 어지러움은 굳건한 것이 아니라 늘 변했습니다. 고조께서 흰 뱀 을 베고 의로운 군사를 일으켜 무도한 진(秦)을 뒤엎으시니 어지러운 세상이 편안히 다스려지는 세상으로 들어갔던 것입니다. 그러다 애제, 평제 시대까 지 200년 동안 오래 태평스럽더니 왕망이 황제 자리를 빼앗아, 평화로운 다 스림으로부터 어지러운 세상으로 들어갔습니다. 광무제께서 중흥하여 선조 의 사업을 다시 일으키시니 또 어지러움으로부터 잘 다스려지는 세상으로 바뀌었는데, 지금까지 200년이 지나며 백성이 오래 편안하다 다시 창칼이 사방에서 일어났습니다. 이는 바로 잘 다스려지던 세상에서 어지러운 세상으로 들어가는 때이니 급하게 안정시킬 수 없습니다. 장군은 공명에게 '비틀어진 하늘땅을 돌려놓고 찢어진 세상을 깁도록[斡旋天地알선천지 補綴乾坤보철건곤]' 하려 하시는데, 일이 쉽사리 되지 않고 공연히 정신과 힘만 낭비하지 않을까 두렵습니다. '하늘에 따르는 자는 편하고 하늘을 거스르는 자는 힘들다[順天者逸순천자일 逆天者勞역천자로]'는 말이 있지 않습니까? 또 '운수가 정해지면 이치로 빼앗을 수 없고, 운명이 정해지면 인간이 억지로 해서는 아니 되느니라[數之所在수지소재 理不得奪之이부득탈지 命之所在명지소재 人不得强之인부득강지]'라는 말도 있지 않습니까?"

최주평의 긴 말은 그러나 유비 마음을 움직이지 못했다.

"선생 말씀은 참으로 고명하신 견해입니다. 하지만 이 비는 한의 황실 후예로서 기필코 조정을 보좌해야 하니 어찌 감히 운수와 운명에만 맡기겠습니까?"

최주평은 말이 통하지 않음을 깨달았다.

"산과 들에 사는 사내와는 천하의 일을 논할 바가 못 됩니다. 장군이 방금 물어보시기에 제가 함부로 지껄였습니다."

유비는 알고 싶은 것이 따로 있었다.

"선생님 가르침을 잘 받았습니다. 그런데 공명께서는 어디로 가셨는지 아십니까?"

"나도 그를 찾아보러 왔는데 어디로 갔는지 모릅니다."

"선생께서 저희와 함께 변변찮은 저희 현으로 가시면 어떻습니까?"

유비의 초청을 최주평은 사절했다.

"어리석은 이 사람은 성질이 한가하고 편안히 보내기를 좋아해 공명(功名)을 얻는 데에는 뜻을 잃은 지 오랩니다. 뒷날 다시 뵙겠습니다."

말을 마치자 최주평은 두 손을 맞잡고 인사하더니 자기 갈 길을 갔다.

유비가 아우들과 함께 말에 오르자 장비가 투덜거렸다.

"공명도 만나지 못했는데 이따위 썩은 선비를 만나 쓸데없는 한담을 오래도 했소!"

관우가 물었다.

"그의 말이 어떠합니까?"

"이것도 숨어 사는 이의 말일세. 나도 번연히 아는 바이지. 지금은 어지러움이 극도에 이른 때인데 성인께서 하신 말씀이 있네. '위태로운 나라에는 들어가지 않고, 어지러운 나라에서는 살지 않는다. 천하에 도가 있으면 나타나고, 도가 없으면 숨는다 [危邦不入위방불입 亂邦不居난방불거 天下有道則見천하유도즉현 無道則隱무도즉은].' 이 말이야 물론 맞는 말이지. 하지만 한의 황실이 위태롭고 사직이 무너지며 백성이 거꾸로 매달린 듯 위급한데, 나는 황실 종친이고 게다가 여러분이 힘을 다해 보좌하니 어찌 어지러움을 다스리고 위험을 구하지 않겠는가? 차마 앉아서 보고만 있을 수는 없다는 말일세."

관우가 찬성했다.

"그 말씀이 바로 맞습니다. 회왕이 밝지 못함을 알면서도 굴원(屈原)이 힘을 내어 충고를 드린 것은 굴원이 초의 왕실과 같은 친족이었기 때문입니다."

"운장이 내 마음을 아는군."

【전국시대 위대한 시인 굴원은 초회왕이 진과 교섭하면서 늘 속는 것을 안타깝게 여겨 어리석은 행위를 여러 번 말렸으나 뜻을 이루지 못하고 벼슬만 잃었다. 회왕이 진왕과 만나러 갔다 납치되어 끌려가자 굴원은 유배지에서 강물에 뛰어들어 목숨을 끊었다.】

세 사람은 신야로 돌아왔다. 며칠이 지나 유비가 사람을 보내 제갈량 소식을 알아보니 이미 돌아왔다고 하여 다시 떠날 채비를 갖추게 하자 장비가 말렸다.

"한낱 시골뜨기인데 형님이 몸소 가실 게 뭐 있소? 사람을 보내 불러오면 그만이오."

유비가 꾸짖었다.

"아우는 맹자 말씀을 듣지 못했는가? '현명한 이를 만나려 하면서 그 도에 따르지 않으면 마치 그가 들어오기를 바라면서 문을 닫는 격이니라'고 하셨네. 공명은 당대의 큰 현인이신데 어찌 다른 사람을 보내 불러오겠는가?"

유비가 다시 융중으로 떠나니 관우와 장비도 따랐다.

건안 12년(207년) 12월, 때는 한겨울이라 날씨는 무섭게 추운데 검붉은 구름이 하늘을 뒤덮었다. 몇 리도 가지 못해 북풍이 윙윙 불어대며 눈송이가 흩날렸다. 눈이 뒤덮인 산은 옥돌을 모은 듯하고, 눈송이를 덮어쓴 숲은 은으로 단장한 듯했다. 가뜩이나 시큰둥하던 장비가 또 물러서려 했다.

"하늘은 차갑고 땅은 얼어붙어 아직 군사도 움직이지 않는데, 먼 길을 가면서 쓸모없는 사람이나 보는 게 무엇이 좋겠소? 차라리 신야로 돌아가 눈보라나 피합시다."

유비는 단호했다.

"나는 공명에게 성의를 알리고 싶네. 아우는 추위가 겁나면 먼저 돌아가게."

장비는 계면쩍은 듯 말을 고쳤다.

"죽음도 두려워하지 않는데 추위 따위가 겁나겠소? 그저 형님이 헛고생하고 공연히 속이나 썩으실까 걱정일 뿐이오."

"더 말하지 말게. 나를 따라가기만 하면 되네."

제갈량 초가에 거의 이르는데 느닷없이 길가 술집에서 누군가 노래를 불렀다.

장사의 공명 아직 이루어지지 않았는데

오호라, 오랫동안 봄날 만나지 못했네

그대는 보지 못했는가?

동해의 늙은이 가시덤불 나와

후에는 문왕과 같은 수레 탔더라

800 제후 기약 없이 한자리에 모여

흰 물고기 배에 오를 때 맹진을 건넜지

목야 한판 싸움에 피 흘러 공이가 떴는데

매처럼 날아올라 무신 가운데 으뜸 되었네

그리고 또 보지 못했는가?

고양 땅 술꾼 풀 속에서 일어나

망탕의 코 큰 어른에게 길게 읍했던 일

왕자 패자(覇者) 일 말해 어른 놀라게 하니

발 씻다 말고 자리에 앉혀 흠모했지

동으로 제나라 성 일흔두 개 앗으니

천하에 그 자취 따를 사람 없구나

두 사람 공적이 이러한데

지금까지 그 누가 영웅 논하려 하더냐?

【처음에는 장한 뜻을 품은 사내가 뜻을 펴지 못했는데, 밝은 정치는 어디에 있느냐고 물음을 던진 것이다. 다음은 동해에서 살던 강태공이 갖은 고생 끝에 주의 문왕이 그를 청해, 뒷날 무왕을 도와 상을 뒤엎어 큰 공로 세운 일을 노래했다. 맹진 나루에서 800명 제후가 만나 강을 건너는데 흰 물고기가 배에 뛰어들어 희한한 징조를 만들고, 목야 땅 싸움에서 상나라가 참패해 흐르는 피 위에 공이가 둥둥 떴다지 않은가? 바로 그 싸움으로 강태공은 주나라 으뜸 공신이 되었다.

또 진나라 말년 고양에서 낮은 벼슬아치로 늙어온 역이기(酈食其)가 코가 커서 '융준공(隆準公)'으로 불린 유방에게 찾아가 쓰인 일을 이야기했다. 유생(儒生)을 싫어하던 유방은 역이기가 유생 차림으로 찾아왔다고 하자 하녀에게 계속 발을 씻게 하면서 만나주지 않았다. 역이기는 유방 마음을 꿰뚫어 보고 다시 이렇게 전했다.

"유생이 아니라 고양의 술꾼이 왔다고 해라."

술꾼이라면 유방의 비위에 맞아, 바로 역이기를 만나 중용했다. 뒷날 유방이 항우와 천하를 다툴 때, 역이기는 제왕을 설득해 유방에게 항복하도록 했는데, 그때 제나라에는 성이 72개나 되었다.

노래 부르는 사람은 젊은 시절을 어렵게 보내다 나이 들어 현명한 임금을 만나 큰 뜻을 이룬 강태공과 역이기를 찬미했다. 그런데 결론은 이상했다. 두 사람이 그처럼 대단하니 후세 사람들은 그들에게 비유하지 말아야 한다는 말인가?】

노래가 끝나자 다른 목소리가 새 노래를 부르는데, 이번에는 상까지 두드렸다.

우리 황제 검을 들어 세상 깨끗이 해
창업하신 뒤로 400년 이어졌네
환제, 영제 말세에 화덕 쇠퇴해져
간신과 역적이 권력을 잡았더라
푸른 뱀 어좌 옆에 날아내리고
요사스러운 무지개도 옥당궁에 내렸지
무리도적 사방에서 개미처럼 모이고
간웅들이 저마다 매같이 날아올라

우리는 휘파람 불며 손뼉이나 치거늘
갑갑하면 술집 와서 시골 술 퍼마시자
제 몸만 잘 거두면 종일 편안한데
천고에 썩지 않는 이름 탐내 무엇 하랴

【한의 역사를 이야기하며 말세의 어지러움을 탄식한 이 사람은 먼저 사람보다 더 분명하게 세상을 벗어나 조용하고 편안히 지내야 한다고 주장했다.】

두 사람은 노래를 마치고 손뼉을 치며 껄껄 웃었다.

"와룡이 여기 계시는가?"

유비가 술집으로 들어가 보니 두 사람이 마주 앉아 술을 마시는데 한 사람은 얼굴이 희고 수염이 길며, 다른 사람은 준수하고 비범하게 생겼는데 그림에 나오는 옛날 사람 비슷했다. 유비는 두 손을 맞잡고 인사하며 물었다.

"두 분 가운데 어느 분이 와룡 선생이십니까?"

수염이 긴 사람이 되물었다.

"공은 누구신데 어찌 와룡을 찾으시오?"

유비가 대답했다.

"저는 유비입니다. 선생을 찾아 세상을 구하고 백성을 편안히 할 방법을 얻으려 합니다."

수염이 긴 사람이 설명했다.

"우리는 와룡이 아니라 그의 친구들이올시다. 나는 영천의 석광원이고, 이 사람은 여남의 맹공위지요. 둘 다 여기 숨어 삽니다."

유비는 매우 좋아했다.

"이 비는 두 분의 크신 성함을 들어 모신 지 오랜데 다행히 기약 없이 만나게 되었습니다. 지금 저희를 따라온 말들이 있으니 감히 두 분을 청해 함께 와룡 선생 장원으로 가서 이야기할까 합니다."

석광원이 사절했다.

"우리는 모두 산과 들의 게으른 무리라 나라를 다스리고 백성을 편안히 하는 일은 모르니 물음을 내릴 필요가 없습니다. 명공은 말에 올라 와룡을 찾아보시오."

유비는 두 사람에게 인사하고 와룡강으로 갔다. 초가 앞에 이르러 문을 두드리자 아이가 나왔다.

"선생께서는 오늘 장원에 계시느냐?"

유비가 물으니 아이가 대답했다.

"지금 대청 위에서 책을 보세요."

유비는 대단히 기뻐 동자를 따라 들어갔다. 대문을 지나 중문에 이르니 문 위에 대귀가 큼직하게 쓰여 있었다.

담백하게 욕망 줄여 뜻이 밝아지도록 하고
차분하게 가라앉혀 멀리 헤아리도록 하노라

淡泊以明志담백이명지
寧靜而致遠녕정이치원

유비가 글을 읽어보는데 노래를 읊조리는 소리가 들려 문 곁에 서서 가만히 안을 엿보았다. 대청 위의 화로 곁에서 한 청년이 무릎을 끌어안고 노래를 부르는 것이었다.

봉황은 천 길 허공 날아 예거니
오동이 아니고는 깃들이지 않고
선비는 한 고장에 숨어 있거니

주인이 아니면 의지하지 않노라

즐거이 농사를 짓나니

나는 내 초가 사랑하고

그럭저럭 거문고와 책에 정력 쏟거니

하늘이 도와줄 때를 기다리노라

유비는 노래가 그치기를 기다려 대청 위로 올라가 예절을 차려 인사했다.

"이 비는 선생을 흠모한 지 오래인데 뵐 인연이 없었습니다. 저번에 서원직이 선생을 추천해 저희가 삼가 신선의 장원에 왔으나 뵙지 못하고 헛걸음해 그대로 돌아갔습니다. 이제 특별히 바람과 눈을 무릅쓰고 왔는데 높으신 모습을 뵙게 되니 참으로 다행입니다!"

청년은 황급히 답례하며 물었다.

"장군은 혹시 저의 형을 만나시려는 유 예주가 아니십니까?"

유비는 흠칫 놀랐다.

"선생은 와룡이 아니십니까?"

청년이 대답했다.

"저는 와룡의 아우 균입니다. 저희는 형제가 셋인데 큰형님 근은 지금 강동 손중모의 막료로 계시고, 공명이 둘째 형님입니다."

"와룡은 지금 집에 계십니까?"

"어제 최주평이 와서 바깥으로 한가하게 놀러 나갔습니다."

"어디 가셔서 한가히 노니십니까?"

제갈균의 대답은 지난번 아이의 말보다 더 기막혔다.

"가끔은 쪽배를 저어 강물과 호수에서 노닐기도 하고, 가끔은 스님과 도사를 만나려고 산과 고개에 오르기도 하며, 가끔은 친구를 찾아 마을로 가는가

하면, 또 가끔은 거문고와 바둑을 즐기느라 동굴에 들어가기도 합니다. 그 오고 감을 미리 짐작할 수 없으니 어디로 갔는지 모릅니다."

"유비는 이같이 인연이 얇아 두 번이나 현명한 이를 만나지 못하는구려!"

유비가 한탄하자 제갈균이 위로하듯 청했다.

"잠깐 앉으시지요. 차를 올리겠습니다."

장비는 또 짜증이 났다.

"거, 선생이 없다니 형님, 말에 오르시오!"

유비가 말렸다.

"내가 여기까지 왔는데 어찌 한마디도 하지 않고 돌아가겠나?"

유비는 제갈균에게 물었다.

"형님인 와룡 선생은 군사를 부리는 육도삼략에 익숙하시고 날마다 병서를 보신다고 하던데, 말씀해주실 수 있습니까?"

제갈균은 간단하게 대답했다.

"저는 모릅니다."

장비는 또 갑갑증이 났다.

"그에게 물어 무얼 하오! 바람이 왱왱 불고 눈이 펑펑 쏟아지니 빨리 돌아가는 게 낫지."

유비가 장비를 꾸짖는데 제갈균이 말했다.

"형님이 계시지 않으니 감히 행차를 오래 머무르시게 하지 못하겠습니다. 다음에 답례할까 합니다."

"어찌 감히 선생께서 오시기를 바라겠습니까? 며칠 지나 이 비가 다시 올 터이니 종이와 붓을 빌려주시면 형님께 글을 남겨 유비의 성의를 알리겠습니다."

제갈균이 문방사보를 내놓아 유비는 얼어붙은 붓에 입김을 불어, 구름 모양 꽃무늬가 있는 종이를 펴고 글을 썼다.

'이 비는 오랫동안 높으신 이름을 우러르며 두 번 뵈러 왔으나 헛일이 되어 빈손으로 돌아가게 되었으니 그 허전한 마음을 어디에 비유하겠습니까! 이 비는 한의 황실 후예로 그럭저럭 명예와 작위를 얻었는데, 엎드려 살펴보매 조정의 힘이 약해 위아래 순서가 뒤바뀌고 기강이 풀렸으며, 여러 영웅이 나라를 어지럽히고, 악당들이 임금을 속이니 심장과 쓸개가 갈라집니다. 비록 나라를 바로잡고 세상을 건질 성의는 있으나 실로 천하를 다듬을 방책이 모자랍니다. 우러러 바라오니 선생께서 어질고 자애로운 마음을 움직여 기꺼이 여망의 큰 재주를 펼치시고 자방(子房)의 웅대한 슬기를 쓰신다면 천하가 실로 행운이겠고, 사직이 참으로 다행이겠습니다! 먼저 이 글로 뜻을 알리고 이후에 다시 목욕재계하고 찾아와, 존귀한 얼굴을 뵈옵고 저의 하찮지만 지극한 정성을 털어놓을까 합니다. 이렇게 적으니 너그럽게 양해하시기 바랍니다. 건안 12년 12월 길일, 비가 두 번 절하고 씁니다.'

유비는 제갈균이 글을 받아 보관하는 것을 보고 문을 나섰다. 제갈균이 문 밖에 나와 배웅해 유비는 두 번 세 번 정성을 다해 인사하고 헤어졌다. 말에 올라 막 떠나려 하는데 아이가 울타리 밖을 바라보고 손짓하며 소리쳤다.

"늙은 선생께서 오세요."

유비가 보니 작은 다리 저쪽에서 두툼한 모자로 머리를 가리고 여우 털 갖옷으로 몸을 감싼 사람이 나귀를 타고 왔다. 뒤에는 푸른 옷을 입은 아이가 따르는데 술이 담겼음 직한 조롱박을 들고 눈을 밟으며 왔다.

다리를 건너자 그 사람이 시 한 수를 읊었다.

하룻밤 차가운 하늬바람 불더니
만 리 하늘 검붉은 구름 두껍게 끼었네
가없는 공중에 눈송이 마구 날려

강산의 옛 모습 죄다 바꾸었다

우러러 허공을 살펴보나니

옥룡들이 어울려 싸우는 듯해라

비늘갑옷 분분히 흩날리는가

잠깐 사이 우주에 가득 차누나

나귀 타고 작은 다리 지나며

매화가 여위었다고 홀로 한숨짓는다

유비는 노래를 듣고 좋아했다.

"이번에는 진짜 와룡이시다!"

굴러떨어지듯 말에서 내려 예절을 차려 인사했다.

"선생께서 추위를 무릅쓰시니 참으로 쉽지 않겠습니다! 유비가 여기서 기다린 지 오랩니다!"

그 사람은 황급히 나귀에서 내려 답례했다. 제갈균이 등 뒤에서 가르쳐 주었다.

"이분은 형님이 아니십니다. 형님 장인 되시는 황승언(黃承彦) 선생이십니다."

유비는 은근히 실망했으나 드러내지 않았다.

"방금 읊으신 구절이 지극히 고상하고 기묘하십니다."

황승언이 대꾸했다.

"이 늙은이는 사위 집에서 《양부음》을 보다 이 한 편을 기억했소이다. 방금 다리를 지나다 우연히 울타리 사이의 매화를 보고 느끼는 바가 있어 읊었는데, 귀한 손님께서 들으실 줄은 몰랐소이다."

"사위님을 만나셨습니까?"

유비는 굴러떨어지듯 말에서 내려 ▶

유비가 묻자 황승언이 대답했다.

"이 늙은이도 그를 보러 오는 길이외다."

유비는 더 할 말이 없어 신야로 돌아가는 길에 올랐다. 눈보라가 더욱 기승을 부리는데 와룡강을 돌아보니 걱정스러워 속이 답답했다.

유비가 신야로 돌아온 뒤 세월이 흘러 어느덧 초봄이 되었다. 유비는 점쟁이에게 물어 길한 날을 골라 사흘 동안 마음을 바르게 하고, 향을 태워 향기를 쏘이고 목욕한 다음 새 옷으로 갈아입고 다시 제갈량을 만나러 와룡강으로 떠나려고 했다.

관우와 장비는 말을 듣고 기분이 좋지 않아 가지 말라고 말렸다.

이야말로

현명한 이는 영웅의 뜻 따르지 않고
자신을 낮추어 호걸 의심 자아냈네

그들은 무슨 말을 했을까?

38

초당에 앉아 천하 셋으로 나누다

셋으로 나눌 계책 융중에서 정하고
장강에서 싸워 손씨는 황조에 복수

유비가 세 번째로 제갈량을 찾아간다고 하자 관우가 말렸다.

"형님께서 친히 두 번이나 가셨으니 이미 예의가 넘치셨습니다. 생각해보면 제갈량은 헛된 이름이나 났을 뿐 실제로는 학문이 없어 감히 만나지 못하고 피하는지도 모릅니다. 형님께서는 어찌 이처럼 그에게 홀리셨습니까?"

유비가 참을성 있게 설명했다.

"그렇지 않네. 옛날 제환공은 한낱 동곽의 야인을 만나려고 다섯 번이나 가서 겨우 한 번 얼굴을 보았네. 하물며 나는 큰 현인을 만나 뵈려 하지 않는가?"

【춘추시대 첫 패자였던 제나라 환공은 직급이 낮은 신하를 만나려고 하루에 세 번 찾아갔으나 만나지 못했다. 남들은 다시 가지 말라고 권했으나 계속 찾아가 다섯 번 만에야 만났다. 그 신하가 환공의 패업에 얼마나 이바지했는지는 알려지지 않았으나 인재를 아끼는 환공의 마음은 높이 평가받았다.】

관우는 곧 마음을 돌렸다.

"형님께서 현명한 이를 존경하심은 마치 문왕이 강태공을 만나는 듯합니다!"

장비는 뿌루퉁해 소리쳤다.

"형님은 틀렸소. 우리 세 형제가 천하를 가로세로 누벼오면서 무예를 따져 보면 누구보다 못하겠소? 어찌하여 그따위 시골뜨기를 큰 현인이라며 청해 오려 하오? 그 공들이는 모습이 너무 심하오! 그까짓 시골뜨기가 무슨 큰 현인이라는 말을 들을 나위나 있겠소? 이번에는 형님이 갈 것 없소. 그가 오지 않으면 내가 삼 밧줄로 꽁꽁 묶어 끌고 오겠소!"

유비가 화를 내 꾸짖었다.

"그대는 주의 문왕이 자아 강태공을 만난 일을 모르는가? 문왕은 그때 천하가 세 몫이라면 두 몫을 차지했는데 위수로 자아를 뵈러 갔더니 거들떠보지도 않았다네. 문왕이 뒤에 모시고 서서 해가 기울도록 물러서지 않으니 자아는 그제야 문왕과 이야기를 나누어 800년 주의 천하가 시작되었다네. 문왕께서도 이처럼 현명한 이를 존경하셨거늘 그대가 어찌하여 무례하게 구는가! 이번에 그대는 가지 말게. 나는 운장과 같이 가겠네."

"두 형님이 가시는데 이 아우가 어찌 혼자 떨어질 수 있겠소?"

장비가 굽히고 들어오자 유비가 다짐을 받았다.

"아우가 함께 가서 혹시 실례라도 해서는 아니 되네."

"알았소."

세 사람은 따르는 자들을 데리고 융중으로 떠났다. 아직 초가에서 반 리나 떨어졌는데 유비는 벌써 말에서 내려 걸었다. 마침 제갈균이 마주 오니 유비가 급히 인사하고 물었다.

"형님은 댁에 계십니까?"

"예, 어제저녁에 돌아왔습니다. 장군께서는 오늘 형님과 만나실 수 있습니다.”

말을 마치고 제갈균은 제 갈 길을 갔다.

“이번에는 요행히 선생을 뵙게 되었구나!”

유비는 즐거워했으나 심기가 뒤틀린 장비는 모든 것이 눈에 거슬리는 모양이었다.

“저 사람 무례하구먼! 우리를 초가로 안내하고 가도 될 텐데 왜 혼자 가버리는 거야?”

“그야 자기 일이 있으니 어찌 억지로 강요하겠나?”

유비가 다독거렸다.

세 사람이 장원에 이르러 문을 두드리자 아이가 나왔다. 이제는 구면인 유비가 부탁했다.

“신선 동자에게 폐를 끼치게 되었구나. 유비가 특별히 선생을 찾아뵈러 왔다고 전해다오.”

“오늘은 선생님께서 집에 계시는데 지금 초당 위에서 낮잠을 주무세요.”

“그렇다면 잠시 알리지 마라.”

유비는 관우와 장비를 문 앞에서 기다리게 하고 천천히 안으로 들어갔다. 선생은 초당 삿자리 위에 반듯이 누워 있어서, 유비가 두 손을 모아쥐고 섬돌 아래에 서서 오래 기다렸으나 깨어나지 않았다. 바깥에서 한참을 서서 기다려도 안에서 아무런 동정이 없자 관우와 장비가 들어가 보니 유비는 아직도 마당에 공손히 서 있었다. 장비는 화가 머리끝까지 치밀어 관우에게 불평했다.

“이 사람이 어찌 이토록 오만하오? 우리 형님을 섬돌 아래에 세워놓고 번듯이 누워 자는 척하고 있지 않소? 내가 집 뒤에 가서 불을 콱 지르겠소. 그래도 일어나지 않나 봅시다!”

서두르는 장비를 관우가 겨우 말렸다. 유비는 두 사람을 다시 문밖으로 내

보내 기다리게 했다. 초당 위를 바라보니 선생이 몸을 뒤집으며 일어날 듯이 하더니 다시 벽 쪽으로 돌아누워 잠을 잤다. 아이가 손님이 왔다고 알리려 하자 유비가 말렸다.

"놀라시게 하지 마라."

유비는 또 두 시간이나 서 있었다. 온몸이 욱신욱신 쑤셔왔으나 억지로 버티면서 떠나지 않았다. 그제야 제갈량은 잠에서 깨어나 시를 읊었다.

큰 꿈에서 누가 먼저 깨어났더냐
평생에 나 스스로 자신을 아노라
초당에서 봄잠을 실컷 자고 나니
창문 밖에 해가 뉘엿뉘엇 하누나

제갈량이 시를 읊고 몸을 뒤집더니 아이에게 물었다.

"속세의 손님이 와 계시지 않느냐?"

"유황숙께서 여기 서서 기다리신 지 오랩니다."

아이의 대답에 제갈량은 자리에서 일어났다.

"어찌 일찍 알리지 않았느냐! 내가 옷을 갈아입어야겠다."

제갈량은 뒤채로 들어가 다시 한참이 지나서야 옷차림을 단정히 하고 나와 유비를 맞이했다. 유비가 보니 제갈량은 키가 여덟 자에 얼굴은 머리의 관에 다는 옥처럼 아름다웠다. 머리에는 푸른 비단 띠로 만든 두건[綸巾윤건]을 쓰고 몸에는 새털로 짠 옷[鶴氅衣학창의]을 걸쳤으니, 이 세상을 떠난 신선 같은 기개가 있었다.

유비가 절을 하며 입을 열었다.

"한의 황실 끄트머리 후예로 탁군의 어리석은 사내인 유비는 우레를 듣듯이 선생의 크신 성함을 들어 모신 지 오랩니다. 전에 두 번 찾아왔으나 한 번도 뵙지 못해, 천한 이름을 글에 적어 상 위에 남겼는데 보셨는지요?"

제갈량은 담담히 대꾸했다.

"남양 촌사람은 게으름이 몸에 젖었는데 장군께서 여러 번 잘못 왕림하시어 부끄럽기 그지없습니다."

두 사람은 인사를 마치고 손님과 주인 자리에 나뉘어 앉았다. 아이가 올린 차를 마시고 제갈량이 말했다.

"전날 글 뜻을 보고 장군께서 백성과 나라를 걱정하시는 마음을 충분히 알았습니다. 한스럽게도 이 양은 나이가 어리고 재주가 서툴러, 내리시는 물음에 드리는 답이 그릇될까 두렵습니다."

유비는 이미 제갈량에게 반했다.

"사마덕조의 가르침과 서원직의 말이 어찌 빈 소리이겠습니까? 선생께서 이 비를 비천하다 버리지 마시고 가르침을 내리시기 바랍니다."

"덕조와 원직은 세상의 고명한 선비들입니다만 이 양은 한낱 농부인데 어찌 감히 천하의 일을 이야기하겠습니까? 두 분은 잘못 추천하셨습니다. 장군께서는 어찌하여 아름다운 옥을 버리고 거친 돌멩이를 얻으려 하십니까?"

"대장부가 세상을 경영할 기이한 재주를 지녔으면서 어찌 수풀과 샘을 더불어 헛되이 늙어 가시겠습니까. 선생께서 천하 백성을 생각하시어 이 비의 어리석음을 깨우치고 가르침을 내리시기 바랍니다."

유비가 끈질기게 청하자 제갈량은 빙그레 웃었다.

"장군의 뜻을 듣고 싶습니다."

유비는 사람들을 물리치고 삿자리 위에서 무릎걸음으로 바싹 다가가 포부를 밝혔다.

"황실이 기울어지고 간신들이 권력을 훔쳤으니, 이 비는 힘이 약한 것을 아랑곳하지 않고 대의를 천하에 펴려 합니다. 그러나 슬기가 부족하고 방법이 모자라 지금껏 이렇다 할 일을 이루지 못했습니다. 선생께서 어리석은 이 사람을 깨우쳐 어려움을 풀어주시면 더 큰 행운이 없겠습니다!"

제갈량은 드디어 마음을 털어놓고 유비를 위해 세상이 돌아가는 형세를 분석하기 시작했다.

"동탁이 역적 짓을 시작한 다음부터 천하 호걸들이 너도나도 일어났습니다. 주를 가로 타고 군을 아울러 차지한 자들은 이루 헤아릴 수 없습니다. 조조가 세력이 원소에 미치지 못하면서도 그를 이긴 것은 하늘이 도와주는 때를 잘 만나서만이 아니라 사람의 꾀도 역시 빛이 났기 때문입니다. 조조는 이제 100만 무리를 거느리며 천자를 끼고 제후를 호령하니 실로 그와 다툴 수 없습니다. 강동을 차지한 손권은 이미 삼대를 거치면서 나라는 험하고 백성은 마음 깊이 따르며 현명하고 유능한 이들이 많아 큰 힘을 내니, 그는 나를 돕는 힘으로 삼아야지 적으로 대해서는 아니 됩니다. 형주는 북으로는 한수(漢水)와 면수(沔水)를 막고 남으로는 남해에 닿았으며, 동으로는 오군과 회계와 이어지고 서로는 파(巴)·촉(蜀) 땅과 통하니, 이는 싸움을 할 땅이라 참된 주인이 아니면 지킬 수 없습니다. 이야말로 하늘이 형주를 장군께 주는 격인데 장군께서는 받으실 뜻이 있습니까? 익주는 험하고 꽉 막혔는데 기름진 들판이 천 리나 펼쳐졌으니, 이는 하늘이 만들어준 곡창이라 고조께서는 그 고장에 의지해 황제의 업적을 이루셨습니다. 지금 익주는 백성이 포실하고 나라가 부유한데 주인인 유장은 사리에 어둡고 나약해 사람을 아낄 줄 몰라, 슬기롭고 재능 있는 이들은 영명한 주인을 기다리고 있습니다. 장군께서는 황실 후예이시며 신의가 세상에 널리 알려지셨고, 영웅들을 품에 끌어안으며 현명한 이를 그리워하기를 목마른 자가 물을 바라듯 하십니다. 만약 형주와 익주를 가로 타고 앉아 험악한 곳을 지키고, 서쪽으로 융인(戎人) 여러 무리와 화해하며 남쪽으로 이(彝)와 월(越)의 종족을 어루만지면서, 바깥으로는 손권과 손잡고 안으로는 힘을 기르며 천하에 변화가 생기기를 기다려, 상장 하나를 보내 형주 군사를 이끌고 완성과 낙양으로 나가게 하고, 친히 익주의 무리를 거느리고 진천으로 나아가시면 백성이 누군들 광주리에 음식을 담고 항아리에 술을 부어 맞이하지 않겠습니까? 실로 이렇게 되면 대업을 이룰 수 있고, 한의 황실이 흥할 수 있습니다. 이는 이 양이 장군을 위해 생각한 바이니 장군께서 시행하시기를 바랄 뿐입니다.”

【한수와 면수는 지금부터 자주 나오는데, 원래 두 개의 강인데 하나의 강을 가리키기도 하니, 북쪽에서 발원한 강을 면수라 부르고 서쪽에서 발원한 강을 한수라 불렀다. 두 강이 합쳐진 큰 강은 면수 혹은 한수라고 하는데 하구에서 장강으로 흘러든다. 앞으로 유비의 일생은 이 강들과 떼어놓을 수 없게 된다.】

말을 마치고 제갈량은 아이에게 둘둘 만 그림을 꺼내 걸게 하더니 그림을 가리키며 유비에게 설명했다.

“이것은 서천 54개 고을의 그림입니다. 장군께서 패업을 이루시려면 북쪽으로는 조조가 천시(天時)를 차지하게 하고, 남쪽으로는 손권이 지리(地利)를 차지하도록 두면서 스스로는 인화(人和)를 차지하시면 됩니다. 먼저 형주를 손에 넣어 집으로 삼고, 곧 서천을 쳐서 사업을 벌여 솥의 발처럼 셋으로 갈라진 형세를 이루면 그다음 중원을 노리실 수 있습니다.”

【천시는 하늘이 돕는 때를 말하는데 여기서는 황제를 끼었다는 뜻이다. 지리는 유리한 땅을 가리키고, 인화는 집단의 화목한 인간관계를 말한다.】

제갈량의 말을 듣고 유비는 일어서서 삿자리 바깥으로 나가 손을 맞잡고 고마워했다.

제갈량, 초당에서 천하를 셋으로 나누다.

"선생 말씀을 들으니 길을 꽉 가로막았던 풀이 확 걷힌 듯 [頓開茅塞돈개모색] 눈앞이 환해집니다. 이 비는 마치 구름 안개를 걷어내고 푸른 하늘을 보는 듯합니다. 그런데 형주의 유표와 익주의 유장은 모두 한의 황실 종친인데 이 비가 어찌 차마 그들 땅을 빼앗겠습니까?"

제갈량이 설명했다.

"양이 밤에 천상을 살펴보니 유표는 인간 세상에 오래 남아 있지 못합니다. 또 유장은 업적을 세울 주인이 아니니 익주는 오래지 않아 반드시 장군께 들어옵니다."

유비는 말을 듣고 바닥에 엎드려 머리를 조아리며 고마움을 나타냈다.

후세에 '융중대(隆中對)'라 불리는 이 한 편의 말은 제갈량이 초가를 나서기 전에 벌써 천하가 셋으로 나뉠 것을 알았음을 보여주니, 참으로 만고의 사람들이 미치지 못할 바라고 하겠다.

유비는 절하면서 청했다.

"이 비는 이름이 보잘것없고 덕이 부족하지만, 선생께서는 천하다고 버리지 마시고 산에서 나오시어 이끌어주시기 빕니다. 비는 두 손을 맞잡고 밝은 가르침을 듣겠습니다."

제갈량은 사절했다.

"양은 농사를 즐긴 지 오래고 세상일의 응수에 게을러 명을 받들지 못하겠습니다."

유비는 눈물을 흘리며 간절하게 애원했다.

"선생께서 나오지 않으시면 천하 백성이 어찌 되겠습니까!"

눈물이 두루마기 소매를 적시고 옷자락까지 젖자 제갈량은 그 마음을 보고 드디어 대답했다.

"장군께서 버리지 않으신다면 개와 말의 수고를 다 하겠습니다."

유비는 대단히 기뻐 관우, 장비를 불러 제갈량에게 절하고 금과 비단 따위 예물을 바치게 했다. 제갈량이 사양하며 받으려 하지 않자 유비가 권했다.

"이것은 큰 현인을 맞이하는 예물이 아닙니다. 그저 이 비의 자그마한 성의를 나타낼 뿐입니다."

제갈량은 그제야 예물을 받았다. 유비와 관우, 장비 일행은 장원에서 하룻밤을 묵었다. 이튿날 제갈균이 돌아오자 제갈량이 부탁했다.

"내가 유황숙께서 세 번이나 찾아주신 은혜를 입어 집을 나가지 않을 수 없게 되었다. 너는 여기서 농사를 지어라. 밭을 묵혀서는 아니 된다. 내가 공을 이룬 다음 돌아와 숨어 살겠다."

제갈량이 초가를 나올 때 나이 27세였다.

유비 세 형제는 제갈균과 작별하고 제갈량과 함께 신야로 돌아왔다. 유비는 제갈량을 스승 모시듯 하면서, 같은 밥상에서 밥을 먹고 같은 침상에서 잠을 자며 종일 천하 일을 의논했다.

"조조가 기주에 현무지를 만들어 수군을 조련하니 반드시 강남을 침범할 뜻이 있습니다. 강 너머로 가만히 사람을 보내 허실을 알아보도록 하십시오."

제갈량이 말해 유비는 사람을 보내 강동의 형편을 자세히 알아보았다.

강동을 물려받은 손권은 아버지와 형에 이어 현명한 인재를 많이 받아들였다. 오군과 회계에 손님을 맞이하는 관을 세우고 고옹과 장굉에게 사방 손님들을 맞이하게 하니 여러 해 동안 서로 추천하면서 찾아온 인재들이 많았다.

회계 사람 감택(闞澤)은 자가 덕윤(德潤)이고, 서주 팽성국 엄준(嚴畯)은 자가 만재(曼才)이며, 패국 패현의 설종(薛綜)은 자가 경문(敬文)이고, 여남군 여양의 정병(程秉)은 자가 덕추(德樞)였다. 오군의 주환(朱桓)은 자가 휴목(休穆)이고, 역시 오군 사람 육적(陸績)은 자가 공기(公紀)이며, 오군 오현의 장온(張溫)은 자가 혜서(惠恕)이고, 회계 오상의 낙통(駱統)은 자가 공서(公緖)이며, 오군 오정의 오찬(吾粲)은 자가 공휴(孔休)였다. 이런 사람들이 모두 강동에 이르러, 손권은 예절로 대하면서 존경하고 두텁게 대접했다.

이 밖에 또 훌륭한 장수 몇 사람을 얻었다. 여남군의 여몽(呂蒙)은 자가 자명(子明)이고, 오군의 육손(陸遜)은 자가 백언(伯言)이며, 낭야국의 서성(徐盛)은 자가 문향(文向)이고, 연주 동군의 반장(潘璋)은 자가 문규(文圭)에, 여강군 정봉(丁奉)은 자가 승연(承淵)이었다.

여러 문관과 무장들이 함께 손권을 보좌하니 이때부터 강동에서 사람을 많이 얻었다고 소문이 났다.

건안 7년(202년), 원소를 깨뜨린 조조가 사자를 보내 손권에게 아들을 조정으로 보내 천자를 모시라는 명령을 내렸다. 손권이 어찌하면 좋을지 몰라 머뭇거리자 오태부인이 주유와 장소를 비롯한 사람들을 불러 상의했다. 장소가 먼저 찬성했다.

"조조가 주공의 아드님을 조정으로 보내라 하는 것은 제후를 견제하는 방법입니다. 보내지 않으면 군사를 일으켜 강동으로 내려올까 두려우니 형세가 위급해집니다."

문관인 장소와 달리 무장인 주유는 반대했다.

"장군께서는 부친과 형님께서 일으키신 사업을 이어받으시어 여섯 군의 무리를 아울렀는데, 군사는 정예하고 식량은 넉넉하며 장졸들은 힘을 다합니다. 그런데 무엇에 밀려 인질을 보내시겠습니까? 한 사람을 볼모로 잡히면 조씨와 사이좋게 지내지 않을 수 없습니다. 그가 명령을 내려 부르면 가지 않을 수 없으니 남의 손에 쥐어 살게 됩니다. 보내지 말고 천천히 변화를 살펴보면서 따로 좋은 계책을 찾아 북쪽을 막는 것이 좋습니다."

오태부인이 찬성했다.

"공근의 말이 옳네."

손권은 주유 말을 좇아 조조의 요구를 사절하고 아들을 보내지 않았다. 이때부터 조조는 강남으로 내려갈 뜻을 품었으나 아직 북방이 안정되지 못해 남쪽을 정벌할 틈이 없었다.

건안 8년(203년) 11월, 손권은 군사를 이끌고 황조를 쳐 장강에서 싸움을 벌였다. 황조의 군사가 한 번 패했는데, 손권의 부하 능조가 가벼운 배를 몰고 앞장서서 한수 하구로 쳐들어가다 황조의 장수 감녕(甘寧)의 화살에 맞아 죽었다. 그때 겨우 15세인 능조의 아들 능통(凌統)이 힘을 떨쳐 나아가 아버지 주검을 찾아 돌아오자 손권은 형세가 불리해 오로 돌아갔다.

단양군 태수로 있는 손권의 아우 손익은 고집스럽고 술을 좋아해 취하면 군졸들을 채찍질하곤 했다. 단양 군사를 거느리는 독장 규람과 태수를 보좌하는 군승 대원은 늘 손익을 죽일 마음을 품고 때를 노렸다. 손익은 용맹을 즐기며 드나들 때 늘 칼을 들거나 검을 찼는데 규람과 대원은 손익을 따르는 하인 변홍을 꾀어 손익을 죽이려 했다.

이때 군의 장수와 현령들이 모두 단양에 모여, 손익이 잔치를 베풀었다. 손익의 아내 서씨는 아름답고 지혜가 많은데《주역》으로 곧잘 점을 쳤다. 이날 서씨가 점을 쳐 괘를 하나 맞추어보니 뜻이 아주 나빠 손익에게 밖에 나가지 말라고 권했으나 손익은 듣지 않고 사람들과 모였다.

밤이 되어 술상이 끝나자 손익이 무기를 지니지 않은 채 맨손으로 손님들을 배웅하는데, 변홍이 칼을 지니고 따라 나가 손익을 찍어 죽였다. 규람과 대원은 변홍에게 죄를 씌워 저잣거리에서 목을 친 후, 군권을 틀어잡고 손익의 재산과 첩들을 차지했다. 게다가 규람은 서씨의 미모를 탐내 칼을 들고 방에 들어가 어르고 다그쳤다.

"내가 당신 복수를 했으니 당신은 나를 따라야 하오. 아니하면 죽임을 당할 것이오."

서씨가 대답했다.

"남편이 돌아가신 지 오래지 않아 지금 바로 말씀에 따르기는 어려워요. 그믐날까지 기다려 제사를 지내고 상복을 벗은 뒤에 따라도 늦지 않아요."

규람이 그 말에 따르자 서씨는 손익의 심복으로 있던 장수 손고와 부영을 가만히 불러 눈물을 흘리며 부탁했다.

"돌아가신 주인께서는 늘 두 분의 충성과 의로움을 말씀하셨어요. 지금 규람과 대원 두 도적놈이 음모를 꾸며 남편을 죽이고 변홍에게 죄를 뒤집어씌우더니 우리 집 재산과 종들을 전부 나누어 가졌어요. 또 규람이 첩의 몸을 억지로 차지하려 해서 첩은 거짓으로 약속해 그를 안정시켰지요. 두 분 장군은 사람을 보내 밤낮으로 달려가 오후(손권)께 알리고, 비밀 계책을 세워 두 도적을 처단해주세요. 원수를 갚고 모욕을 씻으면 첩은 살거나 죽거나 두 분 장군의 은혜를 잊지 않겠어요!"

서씨가 두 번 절하니 손고와 부영은 눈물을 흘렸다.

"우리는 평소 부군의 은혜를 깊이 입어 감격했습니다. 오늘 난리에 죽지 않은 것은 바로 원수를 갚기 위해서였으니 부인께서 내리신 명에 어찌 힘을 다하지 않겠습니까!"

손고와 부영은 가만히 심복을 보내 손권에게 소식을 전했다.

그믐날이 되자 서씨는 손고와 부영을 밀실 휘장 안에 숨겼다. 대청에서 제사를 지낸 뒤 상복을 벗고 목욕하더니 향을 쏘이고 곱게 단장했다. 고운 옷을 떨쳐입고 태연하게 웃고 말하니 규람은 소식을 듣고 매우 기뻤다.

밤이 되어 서씨는 규람을 청해 술을 대접하고, 그가 취하자 밀실로 안내했다. 규람이 저 혼자 흐뭇해 취기에 비척거리며 밀실에 들어서자 서씨가 목청을 돋우었다.

"손 장군과 부 장군은 어디 계세요?"

손고와 부영이 휘장 속에서 칼을 들고 뛰어나오니 뜻밖의 습격을 당한 규람은 미처 손을 놀리지 못하고 죽고 말았다. 서씨가 다시 시녀를 보내 대원을 술상에 청하니 역시 두 사람에게 죽었다. 서씨는 사람을 보내 두 도적의 식솔과 잔당을 죽인 뒤 다시 상복을 입고 규람과 대원의 머리를 손익의 영전에 바쳤다.

얼마 뒤 손권이 몸소 군사를 거느리고 단양에 이르니 서씨가 이미 규람과 대원을 죽인 뒤였다. 손권은 손고와 부영을 낮은 장군으로 봉해 단양을 지키도록 하고 서씨를 집으로 데리고 돌아가 여생을 보내게 하니 강동 사람들은 저마다 서씨의 덕을 칭송했다.

이때 오의 여러 곳 산적들은 남김없이 사라지고, 장강에는 싸움배가 7000여 척이나 되었다. 손권은 주유를 대도독으로 임명해 강동의 수군과 육군을 모두 거느리게 했다.

건안 12년(207년) 10월, 어머니 오태부인의 병세가 위독해 손권이 들어가 문안하니 부인은 주유와 장소를 침상 앞으로 불러 당부했다.

"나는 처음부터 오의 사람이오. 어릴 때 부모를 여의고 아우 오경과 함께 월 땅에 옮겨 살다 손씨에게 시집와 네 아들을 낳았소. 맏아들 책을 가질 때는 달이 품에 들어오는 꿈을 꾸었고, 둘째 권을 가질 때는 해가 품에 들어오는 꿈을 꾸었소. 점쟁이는 해와 달이 품에 들어오는 꿈을 꾸면 그 아들이 크게 귀하게 된다고 했는데, 불행히도 책은 일찍 죽고 강동의 사업을 권에게 맡겼소. 공들은 마음을 합쳐 권을 도와주시오. 그러면 내가 죽어도 근심이 없겠소."

부인은 또 손권에게 당부했다.

"너는 자포와 공근을 스승을 모시는 예절로 대하지 않으면 안 된다. 또 내

여동생은 나와 같이 네 아버지에게 시집왔으니 역시 너희 어머니다. 내가 죽은 다음 이모를 어머니 모시듯 하여라. 네 누이동생도 은혜를 베풀어 잘 길러 훌륭한 남편을 맞이해 시집보내라."

말을 마치고 오태부인이 세상을 떠나니, 손권이 슬피 울고 예절을 갖추어 굉장한 장례를 치른 것은 더 말할 나위도 없다.

이듬해 봄이 되어 손권이 문관과 무장들을 모으고 황조를 정벌할 일을 상의하자 장소가 말렸다.

"상복을 입고 돌이 지나지 않았으니 군사를 움직여서는 아니 됩니다."

그러나 주유는 역시 장수다웠다.

"원수를 갚고 한을 씻는 일에 어찌 일 년을 기다립니까?"

손권이 머뭇거리며 마음을 정하지 못하는데 평북도위 여몽이 들어왔다.

"제가 용추 어귀를 지키는데 별안간 강하의 배 한 척이 기슭에 닿았습니다. 살펴보니 배에 탄 사람이 10여 명인데 바로 황조 부하 감녕이 항복해, 제가 상세히 물어 내력을 알았습니다."

감녕의 자는 흥패(興覇)로 파군 임강현 사람이었다. 책을 꽤 읽고 역사에 제법 밝으며 힘도 센데, 떠돌이 협객 노릇을 좋아해 목숨을 내건 무리를 모아 강호를 가로세로 누볐다. 그때 허리에 구리방울을 달고 다녀 방울 소리만 들리면 사람들이 모두 피하고, 서천에서 나는 비단으로 돛을 만들어 사람들이 비단 돛을 단 도적이라는 뜻으로 '금범적'이라 불렀다.

후에 잘못을 뉘우치고 착한 일을 하려고 무리를 이끌어 유표에게 갔는데, 살펴보니 그가 큰일을 할 사람이 아닌 것 같아 하루아침에 흙산이 무너지듯 망하면 연루되거나 할까 두려워 오로 오려고 떠났다.

그런데 중간에서 황조가 막아 하구에 붙잡아두고 아주 인색하게 굴었다. 지난번 오의 공격 때 감녕이 힘써 싸운 덕분에 황조는 살아서 하구로 돌아갈 수 있었건만 전과 다름없이 인색하게만 대하고, 도독 소비가 여러 번 감녕을 추천했으나 깔보기만 했다.

"강에서 노략질하던 도적을 어찌 중용하겠느냐?"

감녕이 한을 품으니 소비가 그 속을 알고 술상을 차려 청했다.

"내가 공을 여러 번 추천했으나 주공께서 써주지 않으니 어찌하겠소. 세월은 살 같이 흐르고 인생은 몇 년이나 되겠소? 멀리 내다보고 계획하는 것이 바람직하지 않겠소? 내가 공을 보증해 주현의 현장으로 추천할 테니 거기로 가거나 아니면 알아서 하시오."

그래서 감녕은 하구를 지나게 되었는데, 강동으로 오고 싶어도 자신이 황조를 구하고 능조를 죽인 일이 있어 미워할까 두려워했다.

여몽은 감녕의 일을 말하고 덧붙였다.

"저는 주공께서 현명한 이를 구하는 것이 목마른 사람이 물을 바라듯 하시고 옛날 원한을 새겨두시지 않음을 자세히 이야기하면서 그때는 서로 제 주인을 위한 노릇이었으니 무슨 원한이 있겠느냐고 했습니다. 그리고 화살을 꺾으며 도와주기로 맹세해, 감녕은 기꺼이 수백 명을 불러 무리를 이끌고 강을 건너 주공을 뵈러 왔습니다."

손권는 크게 기뻐했다.

"내가 흥패를 얻었으니 반드시 황조를 깨뜨리게 되었소."

여몽이 감녕을 데리고 와서 새 주인을 뵙는 예절을 마치자 손권이 격려했다.

"흥패가 왔으니 내 마음에 꼭 드는데 어찌 지난날 한을 떠올리겠소? 안심하고 황조를 깨뜨릴 계책을 알려주기 바라오."

"한의 운명은 날이 갈수록 위태로워집니다. 조조는 언젠가 반드시 황제 자리를 빼앗을 텐데, 남방의 형주 땅은 조조가 다투는 곳입니다. 유표는 먼 앞날 일을 걱정할 줄 모르고 아들들 또한 어리석어 아버지 사업을 이을 수 없으니 명공께서는 빨리 형주를 취하시는 것이 좋습니다. 늦으면 조조가 먼저 손을 댑니다. 그러자면 먼저 황조를 치셔야 합니다. 황조는 나이가 들면서 어리석어져서 장사 이익에나 눈을 밝히고 부하와 백성을 들볶아 사람들이 모두 원망합니다. 싸움 기구들은 갖추어지지 않았고 군사는 기율이 없으니 명공께서 치시면 단번에 깨뜨릴 수 있습니다. 황조의 군사를 깨뜨리면 북을 울려 서쪽으로 움직여 초관을 차지하고 파·촉을 공략해 패업을 이룰 수 있습니다.”

손권은 기뻐하며 대도독 주유에게 육군과 수군을 모두 거느리게 하고, 여몽을 선봉으로 삼고 동습과 감녕을 부장으로 하여 몸소 10만 대군을 이끌고 황조를 정벌하러 나아갔다. 이에 황조는 소비를 대장으로 삼고, 진취와 등룡을 선봉으로 하여 강하 군사를 모두 일으켜 맞이했다.

진취와 등룡은 몽충이라 부르는 싸움배들을 이끌고 하구를 가로막았다. 몽충 위에는 강한 활과 쇠뇌를 각기 1000여 벌씩 깔고 굵은 밧줄로 배를 수면에 고정시켰다.

【몽충은 소가죽으로 배를 전부 감싸고, 노를 젓는 구멍과 화살을 쏘고 창을 찌르는 구멍만 낸 배로 웬만한 화살이나 돌에는 끄떡하지 않았다. 이런 배들로 어귀를 막으니 이곳을 돌파하지 못하면 하구에 발을 붙일 수 없었다.】

오군이 몇백 척 작은 배를 타고 북을 울리며 이르자 몽충에서 활과 쇠뇌들이 일제히 살을 날려 감히 나아가지 못하고 몇 리를 물러섰다. 감녕이 동습에게 제안했다.

“일이 여기에 이르렀으니 우리가 나서지 않을 수 없소.”

쪽배 100여 척을 고르고 배마다 정예 군사 50명을 앉혀, 20명은 배를 젓고 30명은 갑옷을 입고 강철 칼을 들게 했다. 비 오듯 날아오는 화살과 돌멩이를 무릅쓰고 배들이 다가가 밧줄을 찍어 끊자 몽충은 물살에 밀려 돌아섰다. 감녕이 몽충에 뛰어올라 등룡을 찍어 죽이자 진취는 배를 버리고 달아났다.

그 모습을 보고 여몽이 쪽배에 뛰어내려 스스로 노를 저어 나는 듯이 미끄러져 들어가니 감녕과 동습은 모든 몽충에 불을 질렀다. 진취가 허둥지둥 기슭으로 도망가자 여몽이 목숨을 걸고 쫓아가 칼을 먹여 넘어뜨렸다.

도독 소비가 후원해주려고 군사를 이끌고 왔으나 오의 장수들이 일제히 기슭으로 달려 올라가자 기세를 당할 수 없어 크게 패했다. 달아나던 소비가 오의 대장 반장에게 사로잡혀 끌려오니 손권은 함거에 가두고 황조를 잡은 뒤에 함께 죽이라고 했다.

손권은 이긴 기세를 몰아 밤낮을 가리지 않고 하구를 쳤다.

이야말로

비단 돛 달던 도적 쓰지 않으니
이제 와서 큰 배들 흩어졌구나

손권과 황조의 승부는 어찌 될까?

39

장막에서 백 리 밖 싸움 이겨

형주성에서 공자는 세 번 계책 구하고
박망 언덕에서 군사는 처음 장졸 부리다

건안 13년(208년) 정월, 손권이 하구를 공격하자 군사와 장수를 잃은 황조는 끝내 지키지 못할 줄을 알아 강하를 버리고 달아났다. 사람과 말을 많이 움직일 엄두가 나지 않아 10여 명 기병만 데리고 가만히 동문으로 도망쳤다.

감녕은 황조가 반드시 형주로 가는데, 형주가 하구 서쪽에 있어 오의 장수들이 모두 서문에서 기다릴 것까지 헤아리고, 홀로 동문 밖 10여 리 되는 곳에 군사를 감추고 기다렸다. 황조가 동문으로 뛰쳐나가 한창 달려가는데 '우와!' 고함과 함께 감녕이 길을 막았다.

"내가 그대를 잘못 대하지 않았는데 어찌 이렇게 핍박하는가?"

황조의 물음에 감녕은 한을 품고 꾸짖었다.

"내가 강하에서 공을 많이 세웠는데도 너는 나를 강도로만 대했는데 무슨 말이냐?"

황조가 말을 돌려 달아나자 감녕은 기병들을 흩어버리고 쫓아갔다. 황조를 사로잡아 손권에게 바칠 생각이었는데 뒤에서 고함이 일어나 돌아보니 정보와 부하들이 쫓아왔다.

정보가 공을 가로챌까 두려워 감녕이 급히 화살을 날리자 황조는 몸을 뒤집으며 말에서 떨어졌다. 급히 달려가서 머리를 베어 정보와 함께 돌아가 손권에게 바치니 손권은 원한이 북받쳐 머리카락을 틀어쥐고 몇 번을 땅에 메쳤다. 장수들이 권했다.

"잘 두었다가 강동에 돌아가 아버님께 제사를 지내십시오."

손권은 머리를 나무함에 담아 오에 돌아가 아버지 영전에 제사를 지내도록 했다. 손권이 삼군에 후한 상을 내리고 감녕을 도위로 승진시킨 후 군사를 나누어 강하를 지키려 하자 장소가 말렸다.

"외로운 성은 지킬 수 없으니 잠시 강동으로 돌아가는 것이 좋습니다. 황조를 죽인 것을 알면 유표는 반드시 원수를 갚으려 할 것이니 우리가 돌아가 편안히 쉬면서 그들이 와서 지키기를 기다려 공격하면 반드시 유표를 이길 수 있습니다. 그 뒤에 기세를 몰아 들이치면 형주를 얻을 수 있지요."

손권은 강하를 버리고 강동으로 돌아갔다.

이때 함거에 갇힌 소비가 가만히 사람을 보내 구원을 청하니 감녕은 선선히 응했다.

"소비가 말하지 않아도 내가 어찌 그를 잊겠나?"

대군이 오 땅에 이르러 손권이 소비의 목을 쳐 황조의 머리와 함께 제사를 지내라고 명하자 감녕이 찾아가 머리를 조아리고 울었다.

"전날 소비가 아니었으면 저는 뼈가 어느 구렁텅이에 빠졌을지도 모르니 오늘 어찌 장군 휘하에서 힘을 낼 수 있겠습니까? 소비는 죄가 죽어 마땅하지만 저는 그의 옛 은혜를 잊을 수 없으니 제 벼슬을 내놓아 소비의 죄를 씻을까 합니다."

손권은 대범하게 허락했지만 꺼림칙했다.

"그가 은혜를 베풀었다니 내가 흥패를 위해 사면하겠소. 그러나 도망가면 어찌하오?"

"소비가 죽임을 면하면 장군의 크신 은혜에 감격할 텐데 어찌 달아나겠습니까? 만일 소비가 가버리면 이 영이 머리를 섬돌 아래에 바치겠습니다."

손권은 소비를 용서하고 황조의 머리만 제사상에 올렸다. 제사를 마치고 잔치를 베풀어 부하들이 모여 술을 마시는데, 느닷없이 한 사람이 목 놓아 울면서 자리에서 일어나 검을 뽑아 들고 감녕에게 달려들었다. 감녕은 급히 앞에 놓인 과일 상을 들어 그를 막았다. 놀란 손권이 보니 능통이었다. 감녕이 강하에 있을 때 그의 아버지 능조를 활로 쏘아 죽여, 복수하려고 덮친 것이다.

손권이 급히 능통을 말렸다.

"흥패가 경의 아버님을 쏠 때는 서로가 주인을 위해 힘을 다하지 않을 수 없었네. 이제 한집안 사람이 되었으니 어찌 다시 옛날 원한을 따지나? 내 체면을 보아서 하게."

능통은 머리를 조아리며 목 놓아 울었다.

"같은 하늘을 이고 살 수 없는 원수를 어찌 갚지 않을 수 있습니까?"

손권과 사람들이 거듭거듭 권하는데도 능통은 성난 눈을 부릅뜨고 감녕을 노려볼 뿐이었다. 손권은 그날로 감녕에게 5000명 군사와 싸움배 1000척을 주고 하구로 가서 지키면서 능통을 피하게 했다. 능통은 벼슬을 승렬도위로 높여주어 잠시 복수를 그만둘 수밖에 없었다.

오에서는 이때부터 싸움배를 많이 만들고 군사를 두어 강기슭을 지켰다. 손권은 숙부 손정에게 오군과 회계를 맡기고 종족들을 나누어 여러 요충지를 지키게 한 후 대군을 거느리고 시상에 주둔했다. 주유는 날마다 파양호에서

감녕이 화살 날리자 황조는 말에서 떨어져 ▶

수군을 훈련하며 싸움에 대비했다.

　여기서 이야기는 두 갈래로 나뉜다.

　신야에서 유비는 강동의 소식을 알아보고 앞일을 의논하는데 유표가 형주로 청하니 제갈량이 설명했다.

　"강동에서 황조를 패망시켰으니 틀림없이 주공과 함께 원수 갚을 일을 상의하려는 것입니다. 제가 따라가 기회에 따라 움직이면 마땅히 좋은 계책이 생깁니다."

　유비가 관우에게 신야를 지키게 하고 장비에게 500명 군사를 이끌고 따르게 하여 말 위에서 제갈량에게 물었다.

　"유경승을 만나면 어찌 대답해야 하오?"

　"먼저 양양에서는 미안하게 되었다고 사과하시고, 주공을 보내 강동을 정벌하려 하면 절대 대답하시면 안 됩니다. 그저 신야로 돌아가 군사를 가다듬을 여유를 달라고만 하십시오."

　형주에 이르러 장비는 군사를 성 밖에 주둔시키고, 유비와 제갈량은 성안에 들어가 유표를 만났다. 인사를 마치고 유비가 섬돌 아래에 엎드려 지난날 말도 없이 모임을 떠난 잘못을 사죄하니 유표가 사과했다.

　"내가 이미 아우님이 해를 당한 일을 모두 알았네. 당장 채모의 머리를 베어 아우님께 바치려 했으나 사람들이 빌어 잠시 용서했으니 아우님은 그의 죄를 나무라지 않으면 고맙겠네."

　"채 장군과는 상관없는 일입니다. 모두 아랫사람들이 저지른 짓이겠지요."

　유표가 청한 뜻을 내비쳤다.

　"강하가 함락되고 황조가 목숨을 잃었으니 아우님을 청해 복수할 계책을 상의하고 싶었네."

유비는 제갈량이 귀띔한 대로 복수라는 말을 피했다.

"황조가 난폭해서 사람을 쓰지 못해 이런 화를 불렀습니다. 지금 군사를 일으켜 남쪽을 정벌하다 만약 북쪽에서 조조가 쳐들어오면 어찌하시겠습니까?"

유표가 말을 돌렸다.

"나는 이제 나이 들고 병이 많아 일을 볼 수 없네. 아우님이 여기 와서 나를 도와주게. 그러다 내가 죽으면 형주의 주인이 되게."

유비는 급히 사양했다.

"형님은 왜 그런 말씀을 하십니까? 유비가 어찌 그처럼 무거운 소임을 맡습니까?"

제갈량이 눈짓을 하는데도 유비는 아는 듯 모르는 듯 말을 계속했다.

"형주를 보존할 좋은 계책을 천천히 생각하도록 허락해주십시오."

밖으로 나와 역관으로 가자 제갈량이 물었다.

"경승이 형주를 주공께 부탁하는데 어이하여 사절하셨습니까?"

"경승은 나에게 은혜를 베풀고 예절을 차려 대했소. 그가 위태로운 틈을 타서 내가 어찌 그의 땅을 빼앗겠소?"

제갈량은 감탄했다.

"참으로 인자한 주인이십니다!"

이때 갑자기 공자 유기가 찾아와 눈물을 흘렸다.

"계모가 받아주지 않아 제 목숨이 위태롭습니다. 숙부께서 가엾게 여겨 구해주시기 바랍니다."

유비가 딱하게 여겼다.

"조카님 집안일을 어찌 나에게 묻는가?"

옆에서 제갈량이 빙그레 웃어 유비가 계책을 구하자 대답을 피했다.

"남의 집안일이라 이 양은 감히 끼어들지 못하겠습니다."

잠시 후 유비가 유기를 배웅하며 소곤거렸다.

"조카님 방문에 대한 답례로 내일 공명을 보낼 테니 내가 시키는 대로 하게. 그가 반드시 묘한 계책을 가르쳐줄 걸세."

이튿날 유비가 배가 아프다는 핑계로 제갈량에게 대신 유기를 방문해달라고 청해, 제갈량이 공자의 집에 이르니 유기가 다시 말을 꺼냈다.

"계모가 기를 받아들이지 않으니 선생께서 한마디 가르쳐 구해주시면 고맙겠습니다."

"이 양은 손님인데 어찌 집안일에 끼어들겠소? 말이 새나가면 해가 적지 않을 것이오."

제갈량이 한마디로 사절하고 일어서려 하자 유기가 말렸다.

"여기까지 왕림하셨는데 어찌 그냥 가실 수 있습니까?"

유기는 제갈량을 붙잡고 밀실에서 술을 마시며 다시 부탁했다.

"저를 구해주십시오."

"이 일은 양이 감히 꾀할 바가 아니오."

제갈량이 단호하게 거절하고 떠나려 하자 유기가 또 말렸다.

"선생은 말씀 안 하시면 그만이지 어찌하여 자꾸 떠나려 하십니까?"

제갈량이 다시 자리에 앉자 유기가 다른 말을 꺼냈다.

"저에게 옛날 책이 하나 있어 선생께 보여드릴까 합니다."

그는 제갈량을 안내해 작은 누각으로 올라가더니 또 눈물을 흘리며 절했다.

"계모가 받아들이지 않아 기의 목숨이 위급한데도 선생께서는 무정하게 한마디 말씀으로 구해주지 않으십니까?"

제갈량이 낯빛이 변해 일어나 누각을 내려가려고 보니 어느새 사다리가 치워지고 없었다. 유기가 애원했다.

"이 기는 선생께서 가르쳐주시는 좋은 계책을 얻으려 합니다. 말이 새나갈까 두려워 말씀하지 않으신다면, 오늘 말씀이 위로는 하늘에 이르지 않고 아래로는 땅에 이르지 않으며, 선생 입에서 나와 기의 귀에만 들어올 뿐입니다. 이제는 가르침을 주실 수 있겠지요."

제갈량은 그래도 사절했다.

"옛말에 '사이가 먼 사람은 친한 사람들 사이를 벌어지게 할 수 없다' 했소. 이 양이 어찌 공자를 위해 꾀를 낼 수 있겠소?"

"선생은 끝끝내 기를 가르치지 않으시겠습니까? 기가 목숨을 구할 수 없게 되었으니 차라리 선생 앞에서 죽어버리겠습니다!"

유기가 절망한 듯 검을 뽑아 목을 베려 하자 제갈량이 황급히 말렸다.

"이미 좋은 계책이 나왔소!"

유기가 넙죽 절했다.

"지금 바로 가르쳐주시기 바랍니다."

"공자는 신생(申生)과 중이(重耳)의 일을 듣지 못하셨소? 신생은 안에 있다 죽고, 중이는 밖으로 나가 살았소."

【춘추시대 진(晉) 헌공은 아들이 많은데 가장 총애하는 여희가 낳은 해제를 후계자로 정하려 했다. 어린 해제가 임금 자리를 이으려면 형들인 신생과 중이를 없애야 했다. 여희가 갖은 수단을 부려 헌공이 신생과 중이를 미워하게 만드니 신생은 그곳에 남아 있다가 핍박에 못 이겨 자살하고, 중이는 외국으로 달아나 19년 동안 방랑하다 드디어 진으로 돌아와, 춘추시대 다섯 패자의 하나인 문공이 되었다.】

제갈량은 유기가 피할 곳까지 가르쳐주었다.

"지금 황조가 죽어 강하를 지킬 사람이 없는데, 공자는 어찌하여 군사를 이끌고 거기에 가서 주둔하겠다고 말씀을 올리지 않으시오? 강하로 가면 화를 피할 수 있소."

유기는 두 번 절해 고마움을 나타내고 사다리를 가져오게 하여 누각에서 내려왔다. 제갈량이 역관으로 돌아와 이야기하니 유비는 매우 기뻐했다.

이튿날 유기가 강하를 지키겠다고 말해 유표가 결정을 내리지 못하고 유비를 청해 상의하자 유비는 대찬성이었다.

"강하는 중요한 곳이라 처음부터 바깥사람이 지킬 곳이 아닙니다. 공자가 몸소 가야지요. 동남의 일은 형님 부자께서 맡으시고 서북의 일은 이 비가 맡고 싶습니다."

유표가 당부했다.

"요즈음 조조가 업군에 현무지를 만들고 수군을 훈련한다고 하니 반드시 남방을 정벌할 뜻이 있는 걸세. 미리 대비하지 않을 수 없네."

"이 비도 이미 알고 있습니다. 형님은 걱정하지 마십시오."

유비는 신야로 돌아가고, 유표는 유기에게 3000명 군사를 이끌고 강하로 가서 지키게 했다.

이즈음 조조는 삼공 자리를 없애고 스스로 그 일을 도맡았다. 모개를 동조연에 앉혀 조정 관리와 군관을 뽑게 하고, 승상부 관리를 선발하는 서조연에는 최염을 임명했다. 동조연과 서조연은 품계는 낮지만 높은 벼슬아치들이 모두 그들 눈과 손을 거쳐야 하므로 꼿꼿하고 바른 모개와 최염에게 무거운 일을 맡긴 것이다.

또 사마의(司馬懿)를 불러 품계가 낮은 문학연으로 썼다. 그의 자는 중달(仲達)로 하내군 온현 사람이었다. 영천군 태수 사마준의 손자이고 장안을 다스리던 경조윤 사마방의 아들이며 승상부 주부 사마랑(司馬郎)의 아우였다.

【당시의 문학이란 유학을 가르치는 일로, 군과 국에 설치한 학교에서 문학연과 그

형주의 공자 유기, 제갈량에게 계책 구해 ▶

아래인 문학사가 선비들을 가르쳤다. 조조가 승상이 되면서 문학연을 두어 유학을 가르치게 했는데, 사마의가 선생으로 뽑혔으니 그만큼 유가 경전에 밝았다는 뜻이다.】

이때부터 휘하에 문관이 많이 갖추어졌다.

조조가 무장들을 모아 남쪽 정벌을 상의하니 하후돈이 나섰다.

"유비가 신야에서 군사를 훈련하며 싸움 준비를 한답니다. 뒷날 반드시 걱정거리가 될 것이니 일찍 꺾어버리는 것이 좋겠습니다."

조조가 하후돈을 도독으로 임명하고, 우금과 이전, 하후란, 한호를 부장으로 삼아 10만 군사를 거느리고 박망성으로 가서 신야를 엿보게 하니 순욱이 충고했다.

"유비는 영웅인데 제갈량까지 군사로 삼았으니 얕보면 안 됩니다."

하후돈이 큰소리를 쳤다.

"유비는 쥐 같은 자일뿐이오. 내가 반드시 사로잡겠소."

서서가 충고했다.

"장군은 유현덕을 얕잡아보지 마십시오. 현덕이 제갈량의 보좌를 받게 되었으니 호랑이에게 날개가 돋친 격입니다."

그 말에 조조가 물었다.

"제갈량은 어떤 사람이오?"

"하늘땅을 주름잡을 재주를 지니고 신선과 귀신을 울릴 계책을 가졌습니다. 참으로 당대의 기재이니 우습게보아서는 아니 됩니다."

"공과 비교하면 어떠하오?"

"이 서가 어찌 그에 비교하겠습니까? 서를 반딧불이라 한다면 제갈량은 환한 달빛입니다."

서서가 제갈량을 칭찬할수록 하후돈은 듣기가 싫었다.

"원직의 말은 틀렸소. 나는 제갈량을 지푸라기쯤으로 아는데 무서워할 나위나 있겠소? 내가 단 한 번 싸움으로 유비를 사로잡고, 제갈량을 산 채로 끌어오지 못하면 머리를 승상께 바치겠소."

"그대는 빨리 승리의 소식을 전해 내 마음을 위로하게."

조조가 격려하자 하후돈은 분노한 빛으로 군사를 이끌고 길에 올랐다.

이즈음 유비가 제갈량을 얻고 스승을 모시는 예절로 극진히 대하자 관우와 장비는 별로 좋아하지 않았다.

"공명은 어린 나이에 무슨 대단한 재주와 학문이 있겠습니까? 형님은 그를 너무 과분한 예절로 대하십니다. 그의 재주로 아직 이렇다 할 성과도 보지 못했는데 말입니다!"

관우의 말에 장비도 뜻을 같이하니 유비가 설명했다.

"내가 공명을 얻으니 마치 물고기가 물을 얻은 것과 같네 [如魚得水여어득수]. 두 아우는 더 말하지 말게."

이즈음 누가 털소 꼬리를 보내와 그것으로 유비가 손수 모자를 짜니 제갈량이 보고 얼굴빛을 고쳤다.

"명공께서는 더는 큰 뜻이 없으시어 그저 이런 일이나 하십니까?"

유비는 모자를 땅에 던지고 잘못을 빌었다.

"심심풀이로 이 짓을 하여 근심을 잊으려 했을 뿐이오."

제갈량이 날카롭게 물었다.

"명공께서는 스스로 헤아려 조조와 비교하면 어떠하다고 생각하십니까?"

"내가 못하오."

"명공 군사는 몇천에 지나지 않는데 조조가 대군을 이끌고 오면 어찌 맞으시겠습니까?"

"내가 바로 그 일을 걱정하는데, 좋은 계책을 얻지 못했소."

"어서 민병을 모으십시오. 이 양이 가르치면 적을 맞이할 수 있습니다."

유비는 곧 신야의 백성을 모아 3000명을 얻었다. 제갈량이 아침저녁으로 진법을 가르치며 훈련하는데 갑자기 하후돈이 10만 군사를 이끌고 달려온다고 하자 장비가 관우에게 비아냥거렸다.

"공명에게 나아가 적을 맞게 하면 그만이오."

유비가 두 사람을 불렀다.

"하후돈이 군사를 이끌고 오니 어찌 맞서 싸워야 하나?"

장비가 심사 뒤틀린 소리를 했다.

"형님은 어찌하여 그 물을 내보내지 않소?"

【유비가 제갈량을 물에 비유한 것을 비꼬는 말이었다.】

"슬기는 공명에게 의지하고 용맹은 두 아우를 믿는데 사절해서야 되겠는가?"

두 사람이 나가고 유비가 제갈량을 청하자 그가 부탁했다.

"다만 운장과 익덕이 내 지휘를 듣지 않을까 걱정입니다. 주공께서 저에게 군사를 움직이게 하시려면 검과 도장을 빌려주시기 바랍니다."

유비가 검과 도장을 주자 제갈량은 장수들을 모아 명령을 듣게 했다. 장비가 관우에게 숙덕거렸다.

"먼저 명령을 들어보고 어찌 군사를 움직이나 봅시다."

제갈량이 명령을 내리기 시작했다.

"박망성은 여기서 90리 거리인데 그 왼쪽에 산이 있으니 예산이라 하고, 오른쪽에 숲이 있으니 안림이라 하오. 산과 숲에 모두 군사를 매복할 수 있소. 운장은 1000명 군사를 이끌고 예산으로 가서 매복하시오. 적군이 오면 놓아 보내야지 싸워서는 아니 되오. 그들의 군수품과 군량, 말먹이 풀은 반드시 뒤에 있으니 남쪽에서 불이 일어나면 바로 나아가 불태우시오. 익덕은 1000

명 군사를 이끌고 안림 뒤 골짜기에 매복해 남쪽에서 불이 일어나면 바로 나아가 박망성에 쌓아둔 군량과 말먹이 풀을 불태우시오. 관평과 유봉은 500명 군사를 이끌어 장작을 갖추고 박망 언덕 뒤에서 기다리다 밤이 되어 그쪽 군사가 오면 불을 지르면 되오."

제갈량은 또 번성에 있는 조운을 불러 선봉으로 삼는데, 이기지 말고 져야 하며 군사를 구불구불 움직여 뒤로 물러서야 한다고 명했다. 마지막에 유비에게 청했다.

"주공께서는 몸소 군사 한 대를 이끌고 후원군이 되어주십시오. 모두 반드시 계책에 따라 움직여야 하니 잘못이 있어서는 아니 되오."

관우가 물었다.

"우리는 모두 현에서 100리 떨어진 곳에 나가 적을 맞아 싸우는데 군사는 무슨 일을 하시오?"

"나는 앉아서 현을 지키겠소."

제갈량의 배짱 큰 대답에 장비가 어이없다는 듯 껄껄 웃었다.

"우리는 모두 나가 싸우는데 당신은 집에 앉아 있겠다니, 참 편하구먼!"

제갈량이 날카롭게 선언했다.

"검과 도장이 여기 있으니 명령을 어긴 자는 참하겠노라!"

말이 거칠어지자 유비가 나서지 않을 수 없었다.

"아우는 '장막에 앉아서 계책을 짜 천 리 밖 싸움을 이긴다'는 말을 듣지 못했는가? 두 아우는 명령을 어겨서는 아니 되네."

장비는 픽픽 웃으며 밖으로 나갔다. 관우도 제갈량이 미덥지 않기는 마찬가지였다.

"우리는 먼저 그의 계책이 맞아떨어지는지 보세. 그때 따져도 늦지 않네."

두 사람이 떠나는데, 다른 장수들도 아직 제갈량의 능력을 몰라 의심이 가시지 않았다. 제갈량이 유비에게 청했다.

"주공께서는 군사를 이끌고 박망 언덕 아래에 가서 주둔하십시오. 내일 황혼에 적군이 올 테니 반드시 영채를 버리고 달아나다 불이 일어나는 것이 보이면 바로 군사를 되돌려 몰아치십시오. 저는 미축, 미방과 함께 500명 군사를 이끌고 현을 지키겠습니다."

제갈량은 또 손건과 간옹에게 승전을 축하하는 잔치를 마련하게 하고, 공훈장을 만들어 공로를 기록할 준비도 하라고 일렀다. 이렇게 장졸들을 나누어 보내는데 유비조차 영문을 알 수 없어 의심이 가득했다.

하후돈이 군사를 이끌고 박망성에 이르러, 정예를 반으로 나누어 선두로 삼고, 반은 군량 수레를 지키며 나아가게 했다. 때는 가을이라 서늘한 바람이 불었다. 군사가 길을 재촉하는데 갑자기 앞에서 먼지가 일어 하후돈은 군사를 벌려 세우고 길잡이에게 물었다.

"여기가 어디냐?"

"저 앞이 바로 박망 언덕이고 뒤쪽은 나천구입니다."

하후돈은 우금과 이전에게 진을 지키게 하고 앞으로 말을 몰아 나갔다. 멀리서 군사가 마주 오는 모습이 보이자 하후돈이 갑자기 껄껄 웃어 장수들이 물었다.

"장군은 어찌하여 웃으십니까?"

"서원직이 승상 앞에서 제갈량을 하늘 위의 신선처럼 치켜세우던 것이 우스워서 그러네. 방금 그가 군사를 부리는 꼴을 보았는데, 이따위 군사로 선봉을 세우니 그야말로 개와 양을 내몰아 호랑이와 표범과 싸우게 하는 꼴이 아닌가? 내가 승상 앞에서 유비와 제갈량을 사로잡겠다고 장담했는데 내 말이 맞아떨어지게 되었네."

그는 말을 달려 나아갔다. 신야의 군사가 진을 치더니 조운이 말을 타고 나와 하후돈이 먼저 약을 올렸다.

"너희가 유비를 따르니 외로운 넋이 귀신을 따르는 꼴이로구나!"

조운이 크게 성을 내고 말을 달려 싸우러 왔으나 몇 번도 어울리지 못하고 달아나 하후돈이 쫓아갔다. 조운은 10여 리를 쫓기다 말을 돌려 몇 합 싸우고 또 달아났다. 한호가 말을 다그쳐 하후돈에게 충고했다.

"조운이 유인하니 매복이 있을까 두렵습니다."

하후돈은 한창 신이 나는 판이었다.

"적군이 저 꼴이니 매복이 열 군데에 있다 한들 무서울 게 무언가?"

그가 한호 말을 듣지 않고 박망 언덕까지 쫓아가자 포 소리가 '탕!' 나며 유비가 몸소 군사를 이끌고 달려 나오니 하후돈은 한호를 보고 웃었다.

"이게 바로 매복한 군사라네! 내가 오늘 밤 신야에 이르지 않고는 맹세코 군사를 물리지 않으리라!"

군사를 재촉해 달려가니 유비와 조운은 싸우자마자 돌아서서 달아났다. 날이 이미 저물어 짙은 구름이 하늘에 가득하고 달빛도 없는데 낮부터 바람이 일더니 밤이 되면서 점점 거세졌다. 하후돈은 한사코 군사를 재촉해 유비와 조운을 쫓아가는데, 우금과 이전이 어느 좁은 곳에 이르러보니 양쪽이 모두 빽빽한 갈대여서 이전이 걱정했다.

"적을 얕잡아보면 반드시 패하게 마련이오. 남쪽 길은 좁고 산과 개울이 붙어 있는데 나무가 마구 우거졌으니 적이 불로 공격하면 어찌하오?"

우금도 생각이 같았다.

"그 말이 옳소. 내가 달려가 도독에게 알려야 하겠소. 그대는 후군을 멈추어 세우시오."

이전이 고삐를 당겨 말을 돌리고 높이 외쳤다.

"후군은 천천히 가라!"

그러나 한창 달려가던 사람과 말이 쉽사리 멈추어 설 수 없었다. 우금은 말을 급히 몰며 목청을 돋우어 소리쳤다.

"전군의 도독은 잠시 멈추십시오!"

신이 나서 달려가는 하후돈을 우금이 따라잡았다.

"남쪽 길이 좁고 나무가 우거져 불로 공격하는 것을 방비해야 합니다."

하후돈은 그제야 문득 깨달아 곧바로 말을 돌리고 군사들에게 명했다.

"전진하지 마라……."

그 말이 채 끝나기도 전에 등 뒤에서 고함이 하늘땅을 울리며 불길이 솟구쳐 길게 뻗었다. 뒤이어 양쪽 갈대에도 불이 붙어 순식간에 사방이 벌겋게 불길에 휩싸였다. 바람이 세차 불길이 점점 기승을 부리니 조조 군사는 서로 밀고 당기며 짓밟혀 죽은 자가 얼마인지 헤아릴 수 없었다.

이때 조운이 군사를 되돌려 공격하니 하후돈은 연기와 불을 무릅쓰고 정신없이 달아났다. 형세가 불리한 것을 보고 이전이 급히 돌아서서 박망성으로 달려가는데 불빛 속에서 군사 한 떼가 가로막으니 앞장선 대장은 관우였다. 이전은 어지러이 싸워 길을 빼앗아 달아났다. 우금은 식량과 말먹이 풀이 모두 불타버린 것을 보고 오솔길을 찾아 도망쳤다.

하후란과 한호가 군량과 말먹이 풀을 구하러 오다 장비와 맞닥뜨려, 몇 합 싸우지 않아 장비가 한 창에 하후란을 찔러 죽이니 한호는 간신히 몸을 뺐다. 날이 훤하게 밝을 무렵까지 싸우고 유비의 장수들이 군사를 거두니 조조 군사는 시체가 들판에 가득하고, 하후돈은 패잔병을 이끌고 허도로 돌아갔다.

유비가 군사를 거두자 관우가 장비에게 감탄했다.

"공명은 참으로 영걸이구나!"

장비도 맞장구쳤다.

"맞소, 공명은 진짜 영걸이오!"

몇 리를 가지 못해 미축과 미방이 군사를 이끌어 자그마한 수레 한 대를 에워싸고 나오니 수레 속에 단정히 앉은 사람은 제갈량이었다. 관우와 장비는 말에서 내려 수레 앞에 엎드렸다. 잠시 후 유비와 조운, 유봉, 관평이 모두 이르러 군사들을 모으고 이번에 얻은 군량과 말먹이 풀, 군수품을 장졸들에게 상으로 나누어 주었다. 함께 신야로 개선하니 백성이 멀리서 일어나는 먼지를 바라보고 모두 길을 막고 엎드려 절했다.

　"우리가 목숨을 부지하게 된 것은 사군께서 크게 현명한 이를 얻으신 덕분입니다!"

　제갈량은 현으로 돌아와 유비에게 설명했다.

　"하후돈이 패하고 돌아갔으니 반드시 조조가 직접 대군을 이끌고 올 것입니다."

　"그러면 어찌해야 하오?"

　유비가 묻자 제갈량이 대답했다.

　"저에게 조조와 맞설 계책이 하나 있습니다."

이야말로

적을 깨고 전마 쉬게 하지 못했는데
대군 피하려면 좋은 계책 믿어야지

그 계책은 어떤 것일까?

조조의 무덤이자 제갈량의 천적 사마의

조조가 승상이 되어 삼공 자리를 없애고 스스로 그 일을 겸한 것은 후한의 정치 판도를 바꾼 중요한 변혁이었다. 전한 초기에는 상국(相國, 승상)이 정사를 도맡았는데, 이후 황제들은 그 권력이 너무 커지는 것이 두려워 삼공을 두어 힘을 나누었다. 조조는 실권을 잡자 삼공을 없애 권력을 한 손에 거머쥐고, 승상부를 만들어 조정 정사를 자기 거처에서 다루었다.

그런데 그의 위세가 유례없이 강해지자마자 벌써 그의 무덤을 팔 사람이 나타났으니, 바로 이 회에서 처음 등장하는 사마의(179~251년)다. 사마의는 뒷날 제갈량의 최대 적수로도 활약하는데, 원작에는 소개가 너무 간단하다.

사마의의 혈통은 조조보다 훨씬 고귀해 대대로 높은 벼슬을 한 가문으로, 그 일가는 여러모로 조조와 인연이 깊었다. 젊은 시절 조조가 낙양북부위를 했는데, 이 벼슬을 하도록 추천한 사람이 바로 사마의의 아버지 사마방이었다. 그때 조조는 낙양 현령을 하고 싶었으나 상서우승이던 사마방이 현령 아래 북부위로 추천해 그대로 임명되었다. 그래서 몇십 년이 지나서도 조조는 사마방에게 불만이 있었다. 위왕이 된 뒤 조조가 특별히 사마방을 업성으로 불러 즐겁게 술을 마시며 농담을 했다.

"오늘 내가 다시 위(尉) 노릇을 할 만하겠소?"

그동안 장안을 다스리는 경조윤 같은 벼슬을 한 사마방이 재치 있게 대답했다.

"옛날에 대왕을 추천할 때는 위 노릇을 할 만했습니다."

조조는 껄껄 웃었다. 재치로 조조를 웃겼으나 사마방은 평소 대단히 엄숙해 아들 여덟 형제가 성인이 되어서도 아버지가 부르지 않으면 감히 가까이 가지 못하고, 앉으라는 말이 떨어지기 전에는 앉지 못했으며, 아버지가 손가락질하면서 묻지 않으면 절대 말도 못 했다고 한다. 여덟 형제 가운데 사마의는 둘째이고 맏이는 사마랑이다. 사마랑은 아홉 살 때 누가 자기 아버지의 자를 부르자 날카롭게 되받았다.

"남의 어버이를 업신여기는 사람은 제 어버이를 존경하지 않는 자입니다."

사마랑은 22세 때 조조의 부름을 받아 그 아래에 들어가 여러 현의 현령을 하면서 너그러운 정치로 백성의 존경을 받고, 다시 승상부 주부가 되었다. 사마랑이 그처럼 대단한 인재였으나 그와 사이가 좋으면서 사람 보는 안목이 높은 것으로 소문난 최염은 오히려 사마의를 더 칭찬했다.

"그대 아우는 총명하고 공정하며 강직하고 결단력이 있어 그대가 미칠 바가 아니오."

《진서》〈사마의전〉에 의하면 사마의는 똑똑하고 박식해 젊은 시절 한의 운이 기울어졌음을 알았으나 조조를 섬기기 싫어 그 부름에 응하지 않았다고 한다. 풍에 걸렸다는 핑계를 대고 자리에서 일어나지 못하는 척했는데, 조조가 밤에 사람을 보내 습격했으나 누워서 꼼짝도 하지 않았다. 조조가 승상이 된 후 문학연으로 쓰려고 그를 부르면서 사자에게 일렀다.

"또 핑계를 대면 묶어서 잡아 오너라."

이렇게 해서 30세 늦은 나이로 조조 밑에 들어가 그 집단의 가장 이름난 인물이 되었다.

40

하후돈 속이고 조조군 불태워

채 부인은 의논해 형주 바치고

제갈량은 신야 불태워 승리하다

유비가 조조 군사를 막을 계책을 묻자 제갈량이 대답했다.

"신야는 너무 작아 오래 머무를 수 없습니다. 지금 유경승이 병이 위독하다는데, 이 기회에 형주를 손에 넣어 몸을 붙이면 조조를 막을 수 있습니다."

유비는 꺼림칙한 구석이 있었다.

"군사의 말이 좋기는 하지만 이 비는 경승의 은혜를 입었는데 어찌 그렇게 하겠소?"

"지금 손에 넣지 않으면 뒷날 뉘우쳐도 늦습니다!"

"내가 죽을지언정 의로움을 저버리는 짓은 못하겠소."

유비의 태도가 단호해 제갈량은 어쩔 수 없이 타협했다.

"앞으로 다시 상의하시지요."

이때 패하고 허도로 돌아간 하후돈이 스스로 몸을 묶고 땅에 엎드려 죽여주기를 청하니 조조는 풀어주게 하고 패한 이유를 물었다.

"이 돈은 제갈량의 간사한 계책에 걸렸습니다. 그 자는 불로 우리 군사를 깨뜨렸습니다."

"장군은 오래 군사를 부려왔는데, 좁은 곳에서는 반드시 불 공격에 대비해야 한다는 것을 몰랐는가?"

"우금과 이전이 말해 깨달았지만 이미 늦었습니다."

조조가 우금과 이전에게 상을 내리자 하후돈이 다시 청했다.

"유비가 이처럼 미쳐 날뛰니 참으로 배와 가슴의 걱정거리가 아닐 수 없습니다. 급히 없애지 않으면 안 됩니다."

"내가 걱정하는 자는 유비와 손권뿐이니 다른 사람은 마음에 둘 나위가 없네. 내가 지금 정예 군사를 100만이나 거느렸으니 바로 강남을 쓸어버려야 하겠네."

조조의 명령으로 50만 대군이 일어났다. 조인과 조홍이 제1대, 장료와 장합이 제2대, 하후돈과 하후연이 제3대, 우금과 이전이 제4대가 되고, 조조가 친히 제5대가 되어 각기 10만 군사를 이끌었다. 허저를 절충장군으로 삼아 3000명 군사를 이끌고 앞에 서서, 산을 만나면 길을 내고 물을 만나면 다리를 놓게 했다. 건안 13년(208년) 7월, 병오일 떠나기로 날을 잡았다.

황제의 물음에 답을 올리는 태중대부 공융이 말렸다.

"유비와 유표는 한의 황실 종친이니 함부로 정벌해서는 아니 됩니다. 손권은 호랑이처럼 여섯 군을 타고 앉았는데 험한 장강까지 막아주니 역시 이기기가 쉽지 않습니다. 승상께서 의로움 없는 대군을 일으켜 군사를 잃고 백성에게 손해를 입히면 천하의 신망을 잃지 않을까 두렵습니다."

조조는 화를 냈다.

"유비와 유표, 손권은 모두 조정의 명을 거스르니 어찌 토벌하지 않을 수 있겠소!"

조조는 공융을 꾸짖어 물리치고 명령을 내렸다.

"다시 말리는 자가 있으면 목을 치겠다."

공융은 승상부에서 나와 하늘을 우러러 탄식했다.

"지극히 의롭지 못함으로 지극히 의로움을 정벌하려 하니 어찌 이길 수 있으리오!"

이때 백관의 잘못을 탄핵하는 어사대부 치려한테 붙어 먹고사는 자가 공융의 말을 듣고 치려에게 전했다. 치려는 늘 공융에게 업신여김을 당해 미워하던 터라 얼른 승상부를 찾아가 조조에게 일러바쳤다.

"공융은 평소 승상님을 비꼬고 놀렸는데 예형과도 친했습니다. 예형이 공융에게 '중니(仲尼, 공자의 자)가 죽지 않았군요' 하면 공융은 예형에게 '안회(顔回, 공자의 수제자)가 다시 살아났구려' 하고 서로 칭찬했습니다. 전에 예형이 승상을 욕보인 것도 공융이 부추겼기 때문입니다. 게다가 공융은 유비, 유표와 사이가 두터워 늘 편지가 오고 가고 손권을 부추겨 조정을 비방하면서 가만히 소식을 통하니 이로써 그가 대역무도함을 알 수 있습니다."

조조는 크게 노해 형벌을 맡은 정위에게 공융을 붙잡게 했다.

이때 공융의 어린 아들 둘이 집에서 바둑을 두는데 시중드는 사람이 급히 알렸다.

"아버님께서 정위에게 잡혀가 곧 목이 떨어지게 되었습니다! 두 공자는 어찌하여 빨리 피하시지 않습니까?"

두 아들이 대꾸했다.

"둥지가 깨지는데 알이 성할 수 있다더냐?"

그 말이 끝나기도 전에 정위가 공융의 집에 쳐들어와 두 아들을 비롯해 식

조조는 공융의 온 식솔들 목을 쳐 ▶

許昌城孔融罵門

솔을 모두 잡아서 목을 쳤다. 공융의 주검을 저잣거리에 내놓아 사람들에게 보이는데, 장안사람 지습이 시신에 엎드려 울었다. 조조가 말을 듣고 크게 노해 지습을 죽이려 하자 순욱이 말렸다.

"이 욱이 듣자니 지습은 늘 공융에게 충고했답니다. '공은 너무 굳세고 곧으니 그것이 바로 화를 불러오는 길이오.' 공융이 죽자 지습이 와서 우는데 그는 의로운 사람이라 죽여서는 아니 됩니다."

조조가 죽이지 않자 지습은 공융 부자의 주검을 거두어 묻어주었다.

조조는 다섯 대 군사를 순서에 따라 떠나게 하고, 허도는 순욱에게 지키게 했다.

이즈음 형주의 유표는 병이 깊어 유비를 청해 아들들을 부탁하려 했다. 유비가 관우와 장비를 데리고 가서 뵙자 유표가 부탁했다.

"내가 병이 가슴 속 깊이 들어 곧 죽게 되었으니 특별히 아비 잃은 아들들을 아우님에게 부탁하려 하네. 내 아들들은 재주가 없어 아비 사업을 잇지 못할 것이니 내가 죽은 뒤 아우님이 형주를 맡아주게."

유비는 눈물을 흘리며 절했다.

"이 비는 힘을 다해 조카를 보좌할 뿐, 어찌 감히 다른 뜻을 품겠습니까!"

두 사람이 이야기하는데 조조가 몸소 대군을 거느리고 온다고 하여 유비가 급히 인사하고 신야로 돌아가자, 유표는 매우 놀라 유서를 쓰려고 상의했다. 유기를 형주 주인으로 삼고 유비가 보좌한다는 내용이었다. 채 부인이 눈치 채고 안쪽 문을 닫아걸고 채모와 장윤에게 바깥문을 지키게 했다. 강하에 있던 유기가 아버지 병이 위급하다는 말을 듣고 병문안을 하러 바깥문에 이르자 채모가 막았다.

"공자는 아버님 명령을 받들어 강하를 지키니 나라 동쪽 울타리가 되어 책임이 더없이 무겁소. 지금 제멋대로 자리를 떠났으니 만약 오군이 오면 어찌

하려고 그러시오? 안에 들어가 주공을 뵈면 반드시 화를 내 병이 더 심해지실 것이니 효자가 할 노릇이 아니오. 어서 돌아가는 것이 옳소."

유기는 문밖에 서서 한바탕 목 놓아 울고 말에 올라 강하로 돌아갔다.

유표는 병세가 점점 위독해지는데 기다리는 유기는 오지 않자 8월이 되어 몇 마디 크게 소리 지르고 죽었다. 채 부인은 채모, 장윤과 상의해 둘째 아들 유종을 형주의 주인으로 삼는다는 거짓 유서를 만들고 울음을 터뜨려 유표의 죽음을 알렸다. 겨우 열네 살인 유종은 꽤나 똑똑해 사람들을 모아 물었다.

"아버님이 세상을 뜨셨는데 형이 강하에 있고, 숙부 현덕이 신야에 있소. 당신들이 나를 주인으로 세웠는데 만약 형과 숙부가 군사를 일으켜 죄를 물으면 어찌하오?"

사람들이 미처 대답하기 전에 막료 이규가 나섰다.

"공자 말씀이 참으로 옳습니다. 급히 슬픈 소식을 알려 큰 공자를 청해 형주의 주인으로 모시고 현덕에게 일을 맡아보도록 하면 북쪽으로는 조조와 맞설 수 있고 남쪽으로는 손권을 막을 수 있으니, 이는 만에 하나도 빈틈이 없는 계책입니다."

채모가 꾸짖었다.

"너는 어떤 놈인데 주제넘게 허튼소리를 지껄이며 주공께서 남긴 명을 거스르느냐!"

이규도 맞받아 꾸짖었다.

"너희가 안팎으로 무리를 지어 거짓 명령을 전해 맏아들을 내치고 어린 아들을 세웠다. 이제 곧 형주 아홉 군이 채씨 손에 끝장나게 되었으니 옛 주인께서 영검한 넋이라도 있으시면 반드시 너희를 죽일 것이다!"

채모가 크게 노해 목을 치게 하니 이규는 죽을 때까지 바른말을 그치지 않았다.

채모는 유종을 주인으로 세우고, 자기 형제들에게 형주 군사를 나누어 거느리게 했다. 치중 등의와 별가 유선(劉先)에게 형주를 지키게 하고, 채 부인이 친히 유종과 함께 양양으로 나아가 유기와 유비에 대비했다. 유표의 관을 양양성 동쪽 40리 되는 한수 남쪽 벌판에 묻고, 유기와 유비에게는 부고도 알리지 않았다.

유종이 양양에 이르러 말을 쉬게 하는데 별안간 조조가 대군을 이끌고 쳐들어온다고 했다. 깜짝 놀라 괴월과 채모를 비롯한 사람들을 불러 상의하니 동조연 부손이 나섰다.

"조조 군사만 걱정스러운 게 아닙니다. 지금 큰 공자가 강하에 있고 현덕이 신야에 있는데 부고를 알리지 않았으니, 만약 그들이 군사를 일으켜 죄를 물으면 형주가 위태롭습니다. 이 손에게 계책이 하나 있으니 형주 백성이 태산처럼 안정되게 할 수 있고, 주공의 명호와 작위도 고스란히 보존할 수 있습니다."

"어떤 계책이오?"

"형주 아홉 군을 들어 조조에게 바치는 것입니다. 조조는 반드시 주공을 무겁게 대할 것입니다."

엉뚱한 소리에 유종이 꾸짖었다.

"그게 무슨 소리요! 내가 돌아가신 아버님 사업을 이어받아 아직 자리에 편안히 앉지도 못했는데, 어찌 곧바로 다른 사람에게 넘겨준단 말이오?"

괴월이 입을 열었다.

"부공제 말이 맞습니다. 주공께서 받아들이지 않으시면 세 가지 위험이 있습니다."

"세 가지 위험이 무엇이오?"

"대체로 저항과 복종에는 대세를 보는 큰 이치가 있고, 강함과 약함에는 정해진 형세가 있습니다. 지금 조조가 남쪽을 정벌하고 북방을 토벌하면서 천자를 내세우는데, 주공께서 막으시면 명분이 바르지 않습니다. 신하로서 임금을 거역하면 도(道)를 거스르게 되어 이는 '나라의 위험'이라 하겠으니 첫 번째 위험입니다. 주공께서 새로 형성된 형주 일대 사람들로 중원의 100만 군사를 막으면, 이는 '세력의 위험'이라 하겠으니 두 번째 위험입니다. 게다가 주공께서 지금 막 세워지셨는데 바깥 걱정거리가 아직 사라지지 않고, 안의 근심거리가 이제부터 일어나게 됩니다. 주공께서 세력이 약하시니 반드시 현덕에게 도움을 청해야 할 텐데 그가 어찌 조조를 막아낼 수 있겠습니까? 또 만약 그가 조조를 거뜬히 막아낸다면 어찌 주공 아래에 있으려 하겠습니까? 이는 '몸의 위험'이라 하겠으니 세 번째 위험입니다. 이러한 세 가지 위험이 있는데도 조조와 다투어보려 하신다면 마치 흙덩이 하나로 바다를 메우려 하는 격이니 어찌 어렵지 않겠습니까? 하물며 형주 백성이 조조 군사가 온다는 말을 들으면 싸우기도 전부터 쓸개가 떨릴 터인데 어찌 그와 맞서겠습니까?"

"여러분의 좋은 말씀을 내가 따르지 않으려는 것이 아니라, 돌아가신 아버님 사업을 하루아침에 내주면 천하 사람들의 웃음거리가 될까 두렵습니다."

유종의 말이 끝나기도 전에 한 사람이 고개를 쳐들고 자신만만하게 대청에 들어왔다.

"부공제와 괴이도 말이 참으로 옳은데 어찌 좇지 않으십니까?"

산양군 고평국 사람 왕찬(王粲)으로 자는 중선(仲宣)이었다. 생김새를 보면 여위고 약하며 몸뚱이가 자그마했다. 그가 어릴 때 중랑장 벼슬을 하는 채옹을 찾아갔는데, 귀한 손님들을 자리에 가득 앉힌 채옹이 그가 왔다는 말을 듣자 신을 거꾸로 신은 채 뛰어나가 맞아들여 손님들은 모두 놀랐다.

"채 중랑은 어이하여 유독 이 아이를 존경하시오?"

"이 아이는 기이한 재주가 있어 내가 그보다 못하오. 우리 집 책과 글을 모두 이 아이에게 주어야 하겠소."

채옹의 말처럼 왕찬은 재주가 남달랐다. 들은 것이 많고 기억력이 좋아 길가의 비석을 한 번 훑어보고는 비문을 줄줄 외웠고, 사람들이 두는 바둑을 구경하다 판이 흐트러지자 원래대로 다시 돌을 놓았다. 산술(算術)을 잘하고 문장의 기묘함이 당대 으뜸이었다. 17세 때 황제를 모시는 황문시랑으로 삼으려고 불렀으나 가지 않더니 후에 난리를 피해 형주, 양양으로 와서 유표의 귀한 손님이 되었다. 왕찬이 유종에게 물었다.

"저에게 어리석은 계책이 있어 장군께 드리려 하는데, 그래도 되겠습니까?"

"듣고 싶소."

"지금 천하가 크게 어지러워 호걸들이 너도나도 일어났는데, 아직 강하고 약함이 결판나지 않아 제각기 다른 궁리를 합니다. 집집마다 제왕을 노리고 사람마다 왕후를 꿈꾸지요. 옛날과 지금의 성패를 살펴보아 흐름을 먼저 내다보는 자들이 복을 누리게 됩니다. 장군은 스스로 조공과 비교해보아 어떻다고 생각하십니까?"

"내가 못하지요."

유종이 대답하자 왕찬은 조조의 업적을 늘어놓았다.

"제가 들은 바로는 조공은 인걸입니다. 군사가 강하고 장수는 용맹하며, 슬기는 넉넉하고 꾀가 많습니다. 하비에서 여포를 사로잡고, 관도에서 원소를 쳐부수었으며, 농우로 유비를 쫓아내고, 백랑에서 오환을 깨뜨렸으니 쓸어없애고 평정한 자는 그 수를 헤아릴 수 없습니다. 이제 대군을 이끌고 밀고 내려오니 형세로 보아 도저히 막아내기 어렵습니다. 부공제와 괴이도 두 분 주장은 좋은 계책입니다. 이 찬은 어지러운 세상을 만나 형주에 몸을 붙이게 되어 장군 부자의 중용을 받았으니 어찌 감히 마음속 말을 다 하지 않겠습니까? 장군께서는 머뭇거려서는 아니 됩니다."

【이 말은 잘못된 야사에서 따온 것으로 유비를 농우로 쫓아냈다는 것은 사실과

다르다.】

"선생의 가르침이 지극히 옳으니 어머님께 여쭈어보겠소."

유종의 말이 떨어지자 채 부인이 병풍 뒤에서 돌아 나왔다.

"중선, 공제, 이도가 보는 바가 똑같으니 나에게 더 물을 게 무어냐?"

유종은 뜻을 굳히고 항복의 글을 써서 송충(宋忠)에게 주어 조조에게 바치게
했다.

【남양 사람 송충은 《주역》에 주해를 단 바 있는 이름난 선비로 조조가 존경할
만한 학자였다. 또 높은 벼슬을 하는 사람이 아니므로 그 움직임이 알려질 가능성
도 적었다.】

송충이 남양 완성에 가서 글을 올리자 조조는 크게 기뻐 후한 상을 내리고
분부했다.

"유종에게 성을 나와 맞이하라 전하시오. 그가 영원히 형주의 주인이 되게
해주겠소."

송충이 형주로 돌아오는 길에 올라 장강을 건너려 하는데 별안간 군사 한
떼가 달려오니 맨 앞의 장수는 관우였다. 송충이 미처 피하지 못하고 앞으로
불려가 형주 일을 숨기지 못하고 사실대로 털어놓자 깜짝 놀란 관우는 송충
을 신야로 데려가 유비에게 자세히 전했다. 유비가 듣고 목 놓아 우는데 장비
가 서둘렀다.

"일이 이렇게 되었으니 먼저 송충의 목을 벱시다. 군사를 일으켜 강을 건너
가 양양을 빼앗고 채씨와 유종을 죽인 뒤 조조하고 어울려 싸우지 뭐."

"그대는 잠시 입을 다물게. 내가 생각해볼 테니."

유비는 먼저 장비를 말리고 송충을 꾸짖었다.

"그대는 어찌하여 이 일을 일찍 와서 알리지 않았는가? 지금 그대의 목을 쳐도 일에 도움이 되지 않으니 어서 가게."

잔뜩 겁을 먹은 송충은 선뜻 움직이지 못했다.

"현 밖에서 저를 죽이려는 사람이 있을까 두렵습니다."

유비는 어이가 없었다.

"이미 놓아주고 다시 죽인다면 대장부가 아닐세. 누가 감히 내 뜻을 어기겠는가?"

송충은 머리를 싸쥐고 놀란 쥐새끼 달아나듯 도망쳤다.

유비가 근심에 싸여 있는데 별안간 유기가 이적을 보내왔다. 이적이 전날 구해준 은혜가 고마워 유비가 섬돌 아래로 내려가 맞으며 거듭 감사드리니 이적이 설명했다.

"강하에 계시는 큰 공자가 유 형주께서 이미 돌아가셨는데 채 부인과 채모 일당이 부고도 알리지 않고 유종을 주인으로 세웠다는 소문을 듣고 양양으로 사람을 보내 알아보니 사실이었습니다. 사군께서 모르실까 하여 특별히 글을 보내 슬픈 소식을 알리면서, 휘하 정예를 모조리 일으키시어 함께 양양으로 달려가 죄를 물어달라고 청하십니다."

유비는 유기의 글을 읽고 이적에게 알려주었다.

"기백(이적의 자)은 유종이 주제넘게 형주의 주인 자리에 오른 것만 알지 더 기막힌 일은 모를 거요. 유종은 이미 형주 아홉 군을 조조에게 바쳤소!"

유비가 송충을 잡은 일을 이야기하자 이적이 충고했다.

"그렇다면 사군께서는 유 형주 조문을 명분으로 양양에 가시어 유종에게 성 밖에 나와 맞이하도록 하고 그 틈에 잡아버리는 것이 좋겠습니다. 그 무리를 잡으면 형주가 사군께 들어오게 됩니다."

제갈량이 찬성했다.

"기백의 말이 옳습니다. 주공께서는 그 말에 따르십시오."

유비는 눈물을 주르르 흘렸다.

"형님이 위험에 부딪혀 고아를 나에게 맡기셨는데, 내가 그 아들을 붙들고 땅을 빼앗으면 죽어서 무슨 체면으로 형님을 다시 만날 수 있겠소?"

제갈량이 또 권했다.

"그렇게 하지 않으면 이미 완성에 이른 조조를 어찌 막겠습니까?"

"차라리 번성으로 달아나 피하는 게 좋겠소."

유비가 생각을 말해 사람들이 상의하는데 급보가 들어왔다.

"조조 군사가 이미 박망까지 이르렀습니다."

유비가 급히 이적을 강하로 돌려보내고 군사를 정돈하니 제갈량이 장담했다.

"주공께서는 마음 푹 놓으십시오. 지난번에 불을 질러 하후돈 군사를 반 이상 태워버렸는데, 이번에 또 조조가 왔으니 반드시 다시 그 계책에 걸리도록 하겠습니다. 우리는 신야에서 살 수 없게 되었으니 빨리 번성으로 가야 합니다."

제갈량은 신야의 네 성문에 유비 이름으로 방문을 내걸었다.

'늙은이와 어린아이, 남자와 여자를 가리지 않고 나를 따르려는 자는 오늘 모두 나와 함께 잠시 번성으로 피하라. 스스로 자신을 그르쳐서는 아니 된다.'

제갈량은 손건을 강으로 보내 배를 마련해 백성을 구하게 하고, 미축에게 관리의 식솔들을 모두 호송해 번성으로 가도록 했다. 그리고 관우에게 명령을 내렸다.

"운장은 1000명 군사를 이끌고 백하 상류에 매복하되, 각기 큰 베주머니를 지니고 모래흙을 많이 담아 강물을 막으시오. 내일 밤중에 하류에서 사람들이 떠들고 말이 울부짖는 소리가 들리면 급히 물을 터뜨려 적군을 빠트리고 물을 따라 쳐 내려가 다른 장수들을 후원해 싸우시오."

이어서 장비를 불렀다.

"익덕은 1000명 군사를 이끌고 박릉 나루에 매복하시오. 이곳은 물살이 느려 적군이 물에 잠기면 반드시 이리로 헤엄쳐 나오려고 할 것이니 틈을 타 기세를 몰아 들이치시오."

또 조운을 불렀다.

"자룡은 3000명 군사를 넉 대로 나누되, 스스로 그 반으로 이루어진 한 대를 거느리고 동문 밖에 매복하고, 다른 석 대는 500명씩 각기 서문, 남문, 북문 밖에 매복하시오. 그보다 먼저 성안 성벽에 가까운 초가들 지붕 위에 갈대와 바짝 마른 장작들을 올려놓고, 유황과 염초 따위 불붙는 재료들을 많이 감추어두시오. 적군이 성안에 들어오면 반드시 초가에 들 것이오. 내일 황혼 뒤에 세찬 바람이 불 것이니 그러면 곧 서문, 남문, 북문 밖에 매복한 군사들에게 성안으로 불화살을 쏘게 하시오. 성에서 불길이 세차게 타오르면, 성 밖에서 소리를 질러 위세를 돋우되 동문만 남겨 적이 달아나게 놓아두시오. 적이 동문 밖으로 어지러이 달아나면 앞에서 막지 말고 뒤를 따라가면서 치시오. 패한 군사는 싸울 마음이 없어 한사코 달아나기만 할 것이니 적은 군사로 많은 무리를 이겨 완전한 공로를 이룰 수 있소. 날이 밝으면 운장, 익덕과 합쳐 군사를 거두어 번성으로 가시오."

제갈량은 또 미방과 유봉에게 명했다.

"2000명 군사를 이끌고 절반은 붉은 기를 들고 절반은 푸른 기를 들어 신야에서 30리 떨어진 작미 언덕 앞에 주둔하시오. 푸른 깃발과 붉은 깃발을 뒤섞었다가 적이 오면 둘로 나누어, 붉은 기를 든 군사는 왼쪽에서 가고 푸른 기를 든 군사는 오른쪽으로 가게 하시오. 적은 의심이 들어 감히 쫓아오지 못하오. 그러면 두 갈래로 나뉘어 매복해 성안에서 불이 일어나면 패한 군사를 쫓아가면서 무찌르시오. 그리고 백하 상류로 가서 다른 군사를 맞이하시오."

일을 모두 맡긴 제갈량은 유비와 함께 높은 곳에 올라 멀리 바라보면서 승리 소식을 기다렸다.

조조 쪽에서는 조인과 조홍이 10만 군사로 선두가 되어, 맨 앞에서 허저가 3000명 철갑군사를 이끌고 기세 좋게 신야로 달려갔다. 정오쯤 작미 언덕에 이르니 비탈 앞에 한 무리 군사가 있는데 모두 붉은 깃발과 푸른 깃발을 들었다. 허저가 군사를 재촉해 나아가자 유봉과 미방이 군사를 넉 대로 나누는데 왼쪽에는 붉은 기를 든 군사들만 서고, 오른쪽에는 푸른 기를 든 군사들만 섰다. 깃발 빛깔이 뒤섞이지 않고 대오가 흐트러지지 않아 허저는 말을 세우고 명했다.

"잠시 나아가지 마라. 앞에 반드시 매복한 군사가 있다. 우리는 움직이지 말고 여기 머물러야 한다."

군사를 멈추고 허저가 나는 듯이 달려가 보고하니 조인이 명했다.

"우리가 의심하게 하려는 군사이니 반드시 매복이 없소. 어서 진군하시오. 내가 군사를 재촉해 뒤따라 이르겠소."

허저가 돌아가 다시 군사를 이끌고 나아가며 숲을 뒤져보니 사람 하나 보이지 않았다. 해는 이미 서쪽으로 기울었다. 허저가 나아가는데 산 위에서 나팔 불고 북 두드리는 소리가 나서 머리를 들어보니 산꼭대기에 깃발이 가득한데 그 가운데에 해 가리개가 둘이 있어 유비와 제갈량이 편안히 마주 앉아 술을 마시고 있었다.

허저가 화가 머리끝까지 치밀어 군사를 이끌고 산으로 치달아 올라갔으나 산 위에서 통나무를 굴리고 돌이 날아와 나아갈 수 없었다. 그런데 또 산 뒤에서 고함이 요란하게 울려 허저가 길을 찾아 싸우려고 보니 날이 이미 저물었다.

이때 조인이 작미 언덕에 이르러 신야를 빼앗아 말을 쉬게 하라고 명했다. 군사가 성 아래에 이르러보니 네 문이 활짝 열려 있고, 성안으로 쳐들어가도 막는 군사가 없었다. 성안에서 사람 하나 찾을 수 없자 조홍이 혼자 편한 소리를 했다.

"이는 유비가 세력이 고단하고 계책이 궁해 백성을 데리고 달아난 것입니다. 오늘은 성안에서 쉬고 내일 새벽 진군하도록 합시다."

군사들은 오래 길을 걷느라 지치고 배가 고파 너나없이 빈집으로 들어가 밥을 짓고, 조인과 조홍은 현청에 들었다. 밤이 되자 바람이 세찬데 성문을 지키는 군사가 달려와 불이 났다고 보고했으나 조인은 대단치 않게 여겼다.

"틀림없이 군사들이 밥을 짓다 실수로 불이 난 것이니 제풀에 놀라서는 아니 된다……."

그 말이 채 끝나기도 전에 급보가 연이어 들어와 서문, 남문, 북문에 모두 불이 붙었다는 것이다. 조인이 급히 장수들에게 말에 오르라고 명할 때는 성안이 온통 불길에 휩싸여 하늘땅이 시뻘겋게 되었다. 그날 밤 불길은 전날 박망에서 있었던 불길보다 훨씬 세찼다.

조인이 연기를 뚫고 불을 무릅쓰며 길을 찾는데 동문에는 불이 없다는 말이 들렸다. 군사들은 급히 동문으로 달려나가다 서로 짓밟아 죽은 자가 헤아릴 수 없었다.

조인의 군사가 겨우 불의 재앙을 벗어나자 등 뒤에서 조운이 군사를 이끌고 쫓아와 어지러이 싸웠다. 조조 군사는 목숨을 건지려고 도망치는 형세여서 누구 하나 돌아서서 싸우려 하지 않았다. 한참 달려가는데 미방이 또 군사 한 떼를 이끌고 와서 한바탕 들이쳐 조인은 크게 패하고 달아났다. 그러자 유봉이 또 군사를 데리고 와서 길을 막고 한바탕 싸웠다.

밤이 거의 지나자 사람은 피곤하고 말도 지쳤는데 군사의 반 이상이 머리카락이 그슬리지 않으면 이마를 데었다. 백하까지 달려가니 반갑게도 물이 별로 깊지 않아 사람과 말이 모두 강에 내려가 물을 마셨다. 사람들은 왁자지 껄하고 말들은 저마다 호호홍 울부짖었다.

이보다 앞서 상류에서 모래주머니로 물길을 막은 관우가 황혼 무렵에 바라보니 신야에서 불길이 솟구쳤다. 시간을 헤아려 적이 이미 이르렀다고 짐작하고 밤이 거의 지나 하류에서 사람들이 떠들고 말이 울부짖는 소리가 나자 일제히 모래주머니를 치우게 하니 물살이 하늘에 솟구치며 쏟아져 내려갔다. 조조 군사는 물에 빠져 죽은 자가 매우 많았다.

조인이 장수들을 이끌고 물살이 느린 쪽으로 달아나 박릉 나루에 이르는데 고함이 높이 일면서 군사 한 떼가 길을 가로막으니 앞장선 대장은 장비였다.

"조조 도적놈은 어서 와서 목숨을 바쳐라!"

조조 군사는 깜짝 놀랐다.

이야말로

성안에서 붉은 화염 솟구치더니
물가에서 또 검은 바람 마주치네

조인은 목숨이 어찌 될까?

41

백만 적진 뚫고 어린 주인 구해

유현덕은 백성을 데리고 강을 건너고
조자룡은 한 필 말 달려 주인 구하다

관우가 상류에서 물을 터뜨리자 장비는 하류에서 공격해 조인과 싸웠다. 갑자기 허저와 마주쳐 말을 어울렸으나 열 합도 못 되어 허저는 감히 싸울 마음이 없어 길을 빼앗아 달아났다. 장비가 유비와 제갈량을 맞이해 상류로 달려가니 유봉과 미방이 배를 갖추고 기다리고 있어서 강을 건너 번성으로 갔다. 제갈량은 배와 뗏목들을 불사르게 했다.

조인이 패한 군사를 수습해 신야에 주둔하고 조홍을 보내 보고하니 조조는 크게 노했다.

"제갈량, 이 시골뜨기가 어찌 감히 이렇게 구느냐!"

조조가 삼군을 재촉해 군사가 산을 덮고 들판을 채우며 신야에 이르러, 산을 수색하고 백하를 메운 후 전군에 진군 명령을 내리자 유엽이 충고했다.

"승상께서는 처음으로 양양에 오셨으니 반드시 먼저 민심을 거두셔야 합니다. 지금 유비가 신야 백성을 모두 데리고 번성으로 갔는데, 우리가 곧바로 나아가면 두 현이 가루가 되고 맙니다. 먼저 유비에게 사람을 보내 항복을 권하는 것이 좋습니다. 유비가 항복하지 않더라도 승상께서 백성을 사랑하시는 마음을 보여줄 수 있고, 항복하면 형주는 싸우지 않고 안정시킬 수 있습니다. 그렇게 되면 형주 군사를 움직여 강남을 넘겨볼 수 있습니다."

"누구를 보내면 되겠소?"

"서서가 유비와 사이가 두터우니 그를 보내시면 됩니다."

"그가 가서 다시 오지 않으면 어떡하오?"

"그가 다시 오지 않으면 사람들 웃음거리가 되니 승상께서는 의심하지 마십시오."

조조는 서서를 불렀다.

"내가 번성을 짓밟아 평지로 만들려고 했으나 백성들 목숨이 가엾소. 공은 번성에 가서 유비를 설득하시오. 그가 와서 항복하면 죄를 면하고 작위를 내리겠지만 계속 어리석은 생각에 홀려 잘못을 고집하면 군사와 백성이 함께 죽임을 당하고, 옥과 돌멩이를 가리지 않고 모두 불에 타버릴 것이오. 내가 공이 충성과 의리가 있음을 알기에 특별히 보내니 저버리지 말기 바라오."

서서가 번성으로 가서 유비, 제갈량과 옛정을 나누고 설명했다.

"조조는 저를 보내 사군께 항복을 권하니 이는 짐짓 민심을 사려는 수작입니다. 지금 그가 대군을 이끌고 백하를 메우면서 나오는데 번성은 지킬 수 없으니 어서 떠나시는 것이 좋겠습니다."

유비는 붙잡고 싶었으나 서서가 사양했다.

"제가 돌아가지 않으면 사람들 비웃음을 삽니다. 어머님께서 돌아가시어 저는 한평생 한을 품었으니, 몸은 비록 그쪽에 있으나 조조를 위해서는 맹세코 꾀를 내지 않겠습니다. 공은 와룡의 보좌를 받으시니 대업을 이루지 못할까 걱정하실 게 무엇입니까?"

떠나는 서서를 유비는 감히 잡지 못했다. 서서가 돌아가 유비가 항복할 뜻이 없더라고 전하자 조조는 그날로 군사를 내보내기 시작했다.

유비는 제갈량에게 계책을 물었다.

"어서 번성을 버리고 양양을 차지해 잠시 쉬십시오."

"백성이 따른 지 오랜데 어찌 차마 버리겠소?"

"사람을 보내 백성에게 두루 알리십시오. 주공을 따르려면 함께 가고, 따르지 않으려면 성에 남으라고요."

제갈량은 관우를 강으로 보내 배들을 모으고, 손건과 간옹을 시켜 성안에 소리쳤다.

"조조 군사가 곧 이르는데 외로운 성을 오래 지킬 수 없다. 백성 가운데 사군을 따르려는 자는 함께 강을 건너도록 하라!"

두 현의 백성은 하나같이 외쳤다.

"우리는 죽더라도 사군을 따르겠습니다!"

그날로 백성들이 울며불며 길을 떠나는데, 늙은이를 부축하고 어린아이 손목을 잡으며 줄레줄레 강을 건넜다. 양쪽 기슭에서 울음소리가 그치지 않으니 유비가 배 위에서 바라보다 목 놓아 울었다.

"나 하나 때문에 백성이 이런 험한 재난을 당하게 되었으니 내가 어찌 살수 있겠느냐!"

유비가 당장 물에 뛰어들려 하여 사람들이 급히 구하니 그 소식을 들은 백성은 너나없이 통곡했다. 유비가 강을 건너 뒤돌아보니 배에 타지 못한 백성들이 남쪽을 바라보며 울었다. 유비는 급히 관우에게 명해 배를 재촉해 백성이 모두 건넌 다음에야 말에 올랐다. 유비 일행이 양양에 이르니 성 위에는 깃발이 촘촘하고 해자 옆에는 녹각이 빼곡하며 조교도 높직이 올라갔다. 유비가 고삐를 당겨 말을 세우고 높이 외쳤다.

"유종 조카님아! 내가 다만 백성을 구하려 할 뿐 다른 생각은 없으니 어서 문을 열게."

유종은 유비가 무서워 나오지 못했다. 채모와 장윤이 적루에서 호령해 화살을 어지러이 날려, 유비를 따라온 백성은 적루를 바라보며 울음을 터뜨렸다. 이때 갑자기 성안에서 한 장수가 수백 명을 이끌고 한달음에 성루로 올라가 크게 호통쳤다.

"채모와 장윤은 나라를 파는 도적이다! 유 사군은 어질고 덕이 있는 분으로 백성을 구하기 위해 여기 오셨는데 막으면 되겠느냐?"

사람들이 보니 장수는 키가 여덟 자에 얼굴은 무르익은 대추 같으니 의양 사람 위연(魏延)으로 자는 문장(文長)이었다. 위연은 칼을 휘둘러 문을 지키는 장졸들을 찍고, 성문을 열어 조교를 내렸다.

"유황숙께서는 어서 성안으로 들어오십시오. 나라를 판 도적들을 함께 죽입시다!"

장비가 말을 달려 들어가려 했으나 유비가 막았다.

"백성을 놀라게 하지 마라!"

성안에서 한 장수가 나는 듯이 말을 달리며 버럭 호통쳤다.

"위연! 한낱 이름 없는 군졸이 어찌 감히 반역하느냐? 대장 문빙을 아느냐!"

그가 창을 꼬나 들고 말을 달려 위연과 싸움을 벌이니 양쪽 군사가 성벽 옆에서 어지러이 싸워 고함이 요란했다. 유비가 한탄했다.

"백성을 보호하려다 오히려 해치게 되었으니 양양에 들어가고 싶지 않소!"

제갈량이 제의했다.

"강릉은 형주의 요충지니 먼저 그곳을 차지해 거처로 삼는 게 좋겠습니다."

유비는 백성을 이끌고 강릉을 향해 떠났다. 혼란한 틈에 양양성을 빠져나가 유비를 따라간 백성도 많았다.

위연이 문빙과 한나절을 싸우고 보니 군졸들이 모두 사라져 어쩔 수 없이 말을 돌려 달아났다. 유비를 찾을 수 없어 장사 태수 한현에게 갔다.

유비와 함께 가는 군사와 백성은 그 수가 10만을 넘고, 크고 작은 수레는 수천 대나 되었다. 멜대로 짐을 메고 등에 보따리를 진 사람들이 끝없이 이어졌다. 일행이 유표의 무덤을 지나게 되자 유비가 장수들을 거느리고 무덤 앞에 엎드려 빌었다.

"욕된 아우 비는 덕성이 없고 재주가 부족해 무거운 형님 부탁을 저버렸습니다. 죄는 이 비 한 몸에 달렸으니 백성과는 무관합니다. 형님의 영검한 넋이 형주 백성을 구해주시기 바랍니다!"

얼마나 비통하고 간절한지 군사와 백성이 모두 눈물을 흘렸다. 말을 타고 정탐하던 군사가 달려와 보고했다.

"조조의 대군이 이미 번성에 주둔하고 곧 강을 건너 쫓아온답니다."

장수들이 권했다.

"강릉은 중요한 곳으로 조조를 막아 지킬 만합니다. 그런데 지금 10여만 백성과 뒤엉켜 하루에 겨우 10여 리를 움직이니 언제 그곳에 이르겠습니까? 조조 군사가 오면 어찌 막아 싸우겠습니까? 잠시 백성을 버리고 군사만 먼저 가는 것이 좋겠습니다."

유비는 눈물을 흘리며 대꾸했다.

"나라를 위하는 사람은 반드시 백성을 근본으로 여기오. 지금 백성이 나를 따르는데 어찌 버린다는 말이오?"

백성은 그 말을 전해 듣고 감격하지 않는 이가 없었다. 유비가 백성과 함께 천천히 움직이자 제갈량이 제의했다.

"추격 군사가 머지않아 이릅니다. 운장을 강하로 보내 공자 유기에게 구원을 청해, 빨리 군사를 일으켜 배를 타고 강릉에서 만나도록 하십시오."

유비가 글을 주어 관우는 손건과 함께 500명 군사를 이끌고 강하로 가서 도움을 청하고, 장비는 뒤를 막으며, 조운은 식솔들을 보호하게 했다. 나머지 문관과 무장은 모두 백성을 보살피며 나아가게 하니 일행은 날마다 겨우 10여 리씩 갔다. 이때 번성에서 조조가 강 너머 양양으로 사람을 보내 유종을 불렀으나 유종은 겁이 나 감히 조조를 만나러 오지 못했다. 채모와 장윤이 가기를 청하자 장수 왕위(王威)가 가만히 유종에게 권했다.

"장군께서 항복하셨고 현덕 또한 가버렸으니 조조는 틀림없이 긴장을 늦추고 방비하지 않을 것입니다. 바로 이때 장군께서 선뜻 군사를 정돈해 험한 곳에 매복해 기습하면 조조를 잡을 수 있습니다. 조조만 잡으면 장군의 위엄이 천하에 떨치게 되니, 중원이 비록 넓다지만 격문을 돌려 평정할 수 있습니다. 이것은 만나기 어려운 기회이니 놓쳐서는 아니 됩니다."

유종이 말을 그대로 전해주자 채모가 왕위를 꾸짖었다.

"너는 천명도 모르면서 어찌 감히 허튼소리를 지껄이느냐!"

왕위가 분노해 욕했다.

"나라를 팔아먹은 도적놈아, 내가 너의 생살을 씹지 못하는 것이 한스럽다!"

채모가 왕위를 죽이려 하니 괴월이 말렸다.

채모가 장윤과 함께 번성에 가서 조조를 뵙는데 말과 얼굴빛이 비굴하기 이를 데 없었다.

"형주는 군사와 돈, 식량이 얼마나 되는가?"

조조가 물어 채모가 대답했다.

"기병 5만에 보병 15만, 수군 8만, 군사가 도합 28만입니다. 돈과 식량은 반이 강릉에 있고 다른 곳들에 나뉘어 있는 것도 일 년을 쓰기에 넉넉합니다."

"싸움배는 얼마나 있고, 누가 맡았는가?"

"크고 작은 싸움배는 7000여 척이 있는데 저희 두 사람이 맡았습니다."

조조는 채모를 진남후로 봉해 수군대도독에 임명하고, 장윤은 조순후로 봉해 수군부도독에 임명했다.

"유경승이 죽고 아들이 귀순했으니 천자께 표문을 올려 영원히 형주의 주인이 되게 하겠네."

두 사람이 좋아서 어쩔 줄 모르며 물러가자 순유가 조조에게 물었다.

"아첨꾼들한테 어찌 높은 작위를 내리고 수군까지 거느리게 하십니까?"

"내가 어찌 사람을 가려보지 못하겠소? 다만 내가 거느린 북쪽 땅의 무리는 물에서 싸우는 데에 익숙하지 않아 잠시 두 사람을 쓸 뿐이오. 일이 이루어진 다음 다시 보겠소."

채모와 장윤은 양양으로 돌아가 유종을 부추겼다.

"조공이 천자께 상주를 올려 장군께 영원히 형주를 다스리게 하겠답니다."

유종은 크게 기뻐 이튿날 어머니 채 부인과 함께 도장과 끈, 병부를 받쳐 들고 강을 건너 조조를 맞이했다. 조조가 유종을 위로한 후 군사를 거느리고 양양성 밖에 주둔하니 채모와 장윤은 양양 백성을 불러내 길에 향을 피우고 엎드려 맞이하게 했다. 조조는 성안에 들어가 괴월을 불러 위로했다.

"내가 형주를 얻어 기쁜 게 아니라 이도(괴월)를 얻어서 즐겁소."

괴월을 강릉 태수에 임명해 번성후로 봉하고, 부손과 왕찬을 비롯한 사람들도 모두 관내후로 높여주었다.

유종을 청주 자사로 임명해 부임하게 하니 유종은 깜짝 놀라 사절했다.

"이 종은 벼슬을 하고 싶지 않고 다만 부모님 고향을 지키고 싶습니다."

조조가 듣기 좋게 권했다.

"청주는 황제가 계신 경사와 가까워 그대에게 조정에 들어가 벼슬을 하게 하려는 것일세. 형주에서 다른 사람에게 해를 입지 않도록 말일세."

유종은 거듭 사양했으나 조조가 허락하지 않아 할 수 없이 채 부인과 함께 청주로 떠났다. 옛 장수 왕위 혼자 따르고 다른 사람들은 강어귀까지만 배웅하고 돌아가니 조조가 우금을 불렀다.

"빠른 기병을 데리고 유종을 쫓아가 뒷날 걱정을 없애버리게."

명령을 받든 우금이 무리를 이끌고 일행을 쫓아가 호통쳤다.

"승상 명령을 받들어 너희 모자를 죽이러 왔다! 어서 머리를 바쳐라!"

채 부인은 유종을 끌어안고 목 놓아 울었다. 왕위가 분노해 힘을 떨쳐 싸웠으나 우금의 군사에게 죽고 유종과 채 부인도 죽었다. 조조가 또 융중으로 사람을 보내 제갈량의 식솔을 뒤졌으나 찾을 수 없었다. 제갈량이 이미 삼강 남쪽으로 옮겨 숨긴 다음이라 조조는 못내 한스러워했다.

양양이 평정되자 유비가 떠난 지 20여 일이 지났다. 순유가 일깨웠다.

"강릉은 형주의 근거지로 돈과 식량이 많은데 유비가 차지하면 급히 흔들기 어렵습니다."

"내가 어찌 잊었겠소?"

조조는 양양에서 귀순한 장수를 골라 앞에서 길을 내게 하려 했다. 형주 장수들 가운데 문빙이 보이지 않아 조조가 사람을 보내 집으로 찾아가니 그제야 왔다.

"어찌하여 늦게 왔는가?"

"신하로서 주인을 위해 땅을 온전하게 보존하지 못했으니 실로 슬프고 부끄러워 일찍 뵐 면목이 없었습니다."

문빙은 훌쩍이며 눈물을 흘렸다.

"참으로 충신이로다!"

조조가 감탄해 강하 태수로 임명하고 관내후 작위를 내리며, 군사를 이끌고 앞에서 나아가게 했다.

"유비는 하루 10여 리를 가니 300여 리밖에 앞서지 않았습니다."

정탐꾼이 보고하자 조조는 명령을 내렸다.

"철갑기병 5000명을 점검해 밤낮으로 달려가 하루 만에 따라잡도록 하라. 선두가 떠나면 대군이 뒤이어 나아간다. 명령을 어긴 자는 목을 친다."

조조가 친히 정예 군사 5000명을 뽑아 거느리고 장수들을 감독하면서 밤새 쫓아갔다. 명령은 바람 같고 재촉은 불같으니 누가 감히 어길 수 있으랴. 모두 문빙을 뒤따라 나는 듯이 내달렸다.

유비는 10여만 백성과 3000명 군사를 데리고, 가다 쉬고, 쉬다 가면서 느릿느릿 강릉을 향해 움직였다. 조운이 식솔들을 보호하고 장비가 뒤를 막는데 제갈량이 걱정했다.

"강하로 간 운장이 소식이 없으니 어찌 되었는지 모르겠습니다."

유비가 부탁했다.

"감히 군사께 폐를 끼칠 것이니 강하로 가주시오. 유기는 공이 옛날 가르쳐 준 은덕에 감격해 군사가 친히 오신 것을 보면 일이 반드시 이루어질 것이오."

제갈량은 유봉과 함께 500명 군사를 이끌고 강하로 구원을 청하러 갔다.

이날 유비가 간옹, 미축, 미방과 함께 길을 가는데 세찬 바람이 몰아치더니 말 앞에서 먼지가 하늘로 솟구치며 붉은 해를 가려 깜짝 놀랐다.

"이게 무슨 징조요?"

음양에 밝은 간옹이 소매 속에서 손가락으로 점을 쳐보더니 놀랐다.

"이건 대단히 흉한 징조입니다. 오늘 밤에 반드시 나쁜 일이 일어나니 주공께서는 어서 백성을 버리고 달아나십시오."

"백성이 신야에서 여기까지 따라왔는데 내가 어찌 차마 버리겠소?"

"주공께서 미련을 두시다가는 화가 멀지 않습니다."

간옹이 재촉하자 유비가 좌우에 물었다.

"앞은 어느 곳이냐?"

"당양현인데 경산이라는 산이 있습니다."

유비는 그 산에 주둔하라고 일렀다. 때는 초겨울이라 서늘한 바람이 뼈를 뚫는데 황혼이 다가오자 들판 곳곳에서 울음소리가 퍼져나갔다. 밤중이 되니 서북쪽에서 고함이 땅을 흔들며 다가왔다. 유비는 급히 말에 올라 2000명 군사를 이끌고 적을 맞았다. 조조 군사가 도저히 당할 수 없는 기세로 몰아쳐 유비는 목숨을 걸고 싸웠으나 위험하기 짝이 없었다. 그때 다행히 장비가 달려와 유비를 구해 동쪽으로 달아났다. 문빙이 앞에서 길을 막았다.

"주인을 배반한 도적놈아, 무슨 낮으로 사람을 보느냐!"

유비가 꾸짖자 문빙은 얼굴 가득 부끄러운 기색이 되어 군사를 이끌고 동북쪽으로 가버렸다. 장비가 유비를 보호해 싸우면서 달아나 날이 밝을 때까지 달려가니 고함이 차츰 멀어졌다.

유비는 그제야 말을 쉬게 했다. 헐떡이는 숨결을 고르기도 전에 따라온 사람들을 보니 기병 100여 명이 남았을 뿐이었다. 백성과 식솔들 그리고 미축, 미방, 간옹, 조운을 비롯한 사람들은 모두 어디로 갔는지 알 수 없었다. 유비는 목 놓아 울음을 터뜨렸다.

"10여만 생명이 모두 나에게 미련을 두다가 이런 큰 재앙을 당했구나. 장수들과 식솔들이 모두 살았는지 죽었는지 알 수 없으니 흙과 나무로 만든 사람이라도 어찌 슬프지 않으랴!"

서글프고 불안해하는데 별안간 얼굴에 화살이 몇 대 꽂힌 미방이 비틀거리며 걸어왔다.

"조자룡이 배신하고 조조에게 갔습니다."

"자룡은 내 오랜 친구인데 어찌하여 배신을 하겠는가?"

유비가 미방을 꾸짖자 장비가 딴소리를 했다.

"지금 우리 형세가 궁하고 힘이 다한 것을 보고 혹시 조조에게 들러붙어 부귀를 꾀할지 알 게 뭐요!"

"자룡은 환난 속에서 나를 따른 사람이라 그 마음이 굳기가 쇠와 돌 같으니 부귀에 흔들릴 사람이 아닐세."

조운에 대한 유비의 믿음이 굳은 만큼 미방도 증거가 충분했다.

"제 눈으로 그가 서북쪽을 향해 가는 것을 분명히 보았습니다."

장비가 나섰다.

"내가 그를 찾아보겠소. 맞닥뜨리면 한 창에 찔러 죽이겠소!"

유비가 충고했다.

"함부로 의심하지 말게. 운장이 안량과 문추를 죽인 일을 보지 못했는가? 자룡이 그쪽으로 간 데에는 틀림없이 까닭이 있을 걸세. 나는 자룡이 반드시 나를 버리지 않을 것이라고 믿어 의심하지 않네."

장비 귀에 그런 말이 먹혀들 리 없었다.

"나를 따라오너라!"

장비가 소리를 지르자 20여 명 기병이 따를 뿐 나머지는 모두 유비를 따라 갔다. 장비가 그들을 이끌고 장판교로 가서 돌아보니 다리 동쪽에 숲이 펼쳐 져 있었다. 장비는 꾀가 하나 떠올라 따라온 자들에게 일렀다.

"모두 소나무 가지를 꺾어 말꼬리에 매달고 숲속에서 왔다 갔다 먼지를 일 으켜 적이 의심하게 하라."

장비는 기다란 창을 가로 든 채 다리 위에 말을 세우고 서쪽을 바라보았다.

이때 유비와 떨어져 밤중부터 조조 군사와 맞붙은 조운은 날이 밝을 때까 지 싸우고 보니 유비가 보이지 않고, 유비의 식솔마저 잃어버렸다.

'주공께서 두 부인과 어린 주인 아두를 나한테 맡기셨는데 오늘 군사들 가 운데서 흩어졌으니 무슨 얼굴로 뵙겠느냐? 죽기를 무릅쓰고 싸워 부인들과 어린 주인 행방을 알아내야 한다!'

옆을 돌아보니 기병 몇십 명이 따를 뿐이었다. 조운은 말을 다그쳐 어지러운 군사들 속에서 두 부인과 아두를 찾아 헤맸다. 두 현의 백성이 우는 소리가 하늘땅을 흔들었다. 화살에 맞거나 창에 찔리고, 아들을 버리고 딸을 내던지며 달아난 자들이 수를 헤아릴 수 없었다. 조운이 한참 돌아다니며 찾는데 한 사람이 풀 속에 누워 있어 눈여겨보니 간옹이었다. 조운이 급히 물었다.

"두 부인을 보셨소?"

"두 분은 수레를 버리고 아두를 안고 달아나셨소. 나는 말을 달려 산비탈을 돌아가다 어떤 장수의 창에 찔려 땅에 떨어지고 말도 빼앗겼소. 더 싸울 수가 없어 여기 누워 있소."

조운은 부하의 말 한 필을 내주고, 두 군졸을 시켜 간옹을 보호해 먼저 가서 주공에게 알리게 했다.

"내가 하늘에 오르고 땅 밑을 뚫어서라도 반드시 두 부인과 어린 주인을 찾을 것이오. 만약 찾지 못하면 싸움터에서 죽고 말 테요."

조운이 말을 다그쳐 장판 언덕을 향해 가는데 한 사람이 외쳤다.

"조 장군은 어디로 가십니까?"

조운이 말을 세우고 누구냐고 물었다.

"저는 유 사군 장막 아래에서 수레를 호송하는 군사입니다. 화살에 맞아 여기 쓰러져 있습니다."

"두 부인은 어디 계시느냐?"

"방금 감 부인께서 머리를 풀어헤치고 맨발 바람으로 백성 무리에 끼어 남쪽을 향해 가셨습니다."

조운은 급히 말을 달려 남쪽으로 쫓아갔다. 수백 명은 되어 보이는 남녀 백성이 서로 부축하면서 길을 가고 있어 조운은 목청을 돋우어 외쳤다.

"그 속에 감 부인이 계십니까?"

무리 뒤에서 따라가던 감 부인이 돌아보니 조운이라 목 놓아 울음을 터뜨렸다. 조운은 말에서 내려 창을 땅에 꽂고 눈물을 흘렸다.

"부인들께서 흩어지시게 했으니 이 운의 죄입니다. 미 부인과 어린 주인은 어디 계십니까?"

"나와 미 부인은 적군에 쫓겨 수레를 버리고 백성 속에 끼어 걷다가 군사 한 떼가 들이쳐 흩어지고 말았어요. 미 부인과 아두는 어디로 갔는지 몰라요. 목숨을 건지려고 나 혼자 여기까지 왔어요."

두 사람이 이야기하는데 백성이 높이 소리쳤다. 적군 한 떼가 몰려온 것이다. 조운이 창을 뽑아 들고 말에 올라 바라보니 말 위에 묶인 사람은 미축이고, 그 뒤로 큰 칼을 든 장수가 1000여 명 군사를 이끌고 왔다. 조인의 장수 순우도가 미축을 잡아 조조에게 상을 받으러 가는 길이었다.

조운은 버럭 호통치더니 곧바로 달려들어 순우도를 한 창에 찔러 말 아래로 떨어뜨렸다. 조운은 미축을 구하고 말 두 필을 빼앗아 감 부인을 부축해 말에 올려 앉히고 큰길을 뚫어 두 사람을 장판 언덕까지 호송했다. 긴 창을 가로 든 장비가 다리 위에 말을 세우고 높이 외쳤다.

"자룡! 너는 어찌하여 우리 형님을 배반했느냐?"

"내가 부인들과 어린 주인을 찾지 못해 뒤떨어졌는데 어찌 배반했다 하시오?"

장비의 말투가 부드러워졌다.

"간옹이 먼저 와서 알리지 않았으면 내가 지금 가만히 있을 리 없지!"

"주공께서는 어디 계시오?"

"저 앞 멀지 않은 곳에 계시네."

조운은 미축에게 말했다.

"부인을 호위해 먼저 가시오. 나는 미 부인과 어린 주인을 찾아야하오."

조운은 기병 몇을 데리고 돌아섰다. 한참 달려가는데 손에는 철창을 들고 등에는 검을 멘 장수가 10여 명 기병을 데리고 말을 달려왔다. 조운이 말도 없이 곧장 달려들어 순식간에 찔러 눕히자 기병들은 달아났다.

그 장수는 조조의 검을 메는 하후은이었다. 조조에게는 보검 두 자루가 있어 하나는 하늘에 기댄다는 뜻을 붙여 의천검(倚天劍)이라 하고, 하나는 푸른 등불 같은 빛을 낸다 하여 청강검(青釭劍)이라 불렀다. 의천검은 스스로 차고 청강검은 하후은에게 메고 따르게 했는데, 청강검으로 쇠를 찍으면 진흙 베듯 하니 날카롭기 그지없었다.

하후은은 용맹과 힘을 믿고 조조 몰래 부하들을 끌고 다니며 약탈하다 뜻밖에도 조운과 맞닥뜨려 한 창에 죽고 만 것이다. 검을 빼앗은 조운은 자루에 금으로 '청강' 두 글자가 박힌 것을 보고 보검임을 알았다.

이때 조조의 후군이 지르는 소리가 들려 살펴보니 기병과 보병이 산과 들을 가득 덮으며 달려오는데, 모두 백성을 에워싸고 약탈하면서 늙은이와 어린아이들을 마구 죽이는 형세였다.

조운이 검을 허리에 꽂고 창을 들어 또다시 겹겹의 포위 속으로 뛰어드니 따르던 기병은 하나도 남지 않아 외로운 혼자였다. 그래도 물러설 마음이 눈곱만큼도 없어 말을 달리며 찾아보았다. 백성을 만나기만 하면 미 부인 소식을 묻는데, 갑자기 한 사람이 한쪽을 가리키며 알려주었다.

"부인께서 아이를 안고 있는데, 한쪽 다리에 창을 맞아 걸을 수 없게 되어 저 앞의 무너진 담 속에 앉아 계십니다."

조운은 말을 다그쳐 황급히 달려갔다. 집이 불타고 흙담도 망가졌는데 미 부인이 아두를 안고 담 밑 마른 우물가에 앉아 훌쩍훌쩍 울고 있는 게 아닌가! 조운이 급히 말에서 내려 땅에 엎드려 절하니 미 부인이 놀랐다.

"첩이 장군을 만났으니 아두가 살게 되었네요. 장군은 이 아이 아버님께서 혈육이라곤 이 아이 하나밖에 없는 것을 가엾게 여기시기 바라요. 장군이 아이를 보호해 아버님 얼굴을 뵙게 해주시면 첩은 죽어도 한이 없습니다!"

"부인께서 수난을 겪으신 것은 모두 이 운의 죄입니다. 더 말씀하시지 말고 어서 말에 오르십시오. 운은 걸으면서 죽기로써 싸워 부인을 보호해 겹겹의 포위를 뚫겠습니다."

미 부인은 한마디로 거절했다.

"안 돼요! 싸움하는 장군이 어찌 말을 떠날 수 있겠어요? 아이는 이제 오로지 장군 보호에 맡겼어요. 첩은 이미 심하게 다쳤으니 죽은들 무엇이 아쉽겠어요! 장군은 어서 아이를 안고 가시기만 바라니 첩은 생각하지 마세요."

"고함이 점점 다가옵니다. 추격 군사가 오니 어서 말에 오르십시오."

"첩은 정말 가기 어려우니 양쪽 다 그르치지 마세요."

미 부인은 아두를 조운에게 내밀며 말을 이었다.

"이 아이 목숨은 전적으로 장군에게 달렸어요!"

조운이 세 번 네 번 말에 오르기를 청했으나 미 부인은 한사코 거절했다. 사방에서 다시 고함이 일어나자 조운은 날카로운 소리로 재촉했다.

"부인께서 제 말을 듣지 않으시니 추격 군사가 이르면 어찌합니까?"

그 말이 떨어지자 미 부인은 아두를 땅에 내려놓고 마른 우물에 뛰어들어 죽어버렸다.

조운은 조조 군사가 주검을 훔칠까 두려워 흙담을 밀어 우물을 덮었다. 그리고 갑옷을 졸라맨 허리띠를 풀고, 가슴을 보호하는 엄심경을 내려놓고 아두를 품에 안았다. 창을 들고 말에 오르니 어느덧 한 장수가 보병 한 대를 이끌고 달려왔다. 조홍 아래의 안명이었다. 앞이 세 가닥이고 양쪽에 날이 있어 삼첨양인도라 부르는 칼을 든 안명은 조운과 어울리자 세 합도 안 되어 창에 찔려 쓰러졌다.

조운이 길을 뚫고 나가는데 앞에서 또 한 무리 군사가 가로막으니 앞장선 대장 깃발에 '하간 장합'이라는 네 글자가 큼직하게 쓰여 있었다. 조운은 말도 걸지 않고 창을 꼬나들어 덮쳐들었다. 창과 창이 부딪쳤다 떨어지기가 열 번을 넘자 조운은 싸움에 미련을 둘 수 없어 길을 빼앗아 달아났다.

뒤에서 장합이 쫓아와 조운이 달리는 말을 채찍질해 달아나는데 뜻밖에도 '쿵!' 소리와 함께 말과 사람이 함께 흙구덩이에 빠지고 말았다. 장합이 창을 꼬나 들고 쫓아와 힘껏 내찔렀다. 아슬아슬한 순간 별안간 흙구덩이에서 붉은 빛이 솟구치더니 조운의 말이 구덩이 밖으로 훌쩍 뛰어나왔다. 장합은 그 광경을 보고 깜짝 놀라 물러갔다.

조운이 계속 말을 달리는데 등 뒤에서 두 장수가 목청껏 소리 질렀다.

"조운은 달아나지 마라!"

그런데 또 앞에서 장수 둘이 길을 막았다. 뒤에서 쫓는 장수는 마연과 장의이고, 앞에서 막는 장수는 초촉과 장남으로 모두 원소의 부하였다가 항복한 장수들이었다. 조운은 힘을 내어 네 장수와 싸웠다.

죽기로 싸워 겹겹의 포위를 뚫자 조조 군사가 또 몰려와 청강검을 쑥 빼 들어 마구 찍었다. 검이 번뜩일 때마다 물을 베듯 갑옷이 잘려 피가 샘솟듯 했다. 조운은 수많은 장졸을 물리치고 포위를 뚫었다.

이때 조조가 경산 꼭대기에서 바라보니 한 장수가 이르는 곳마다 그 위엄을 당하는 자가 없었다.

"저 장수가 누구인가?"

조조가 묻자 조홍이 나는 듯이 말을 달려 산에서 내려가 높이 외쳤다.

"거기서 싸우는 장수는 이름을 대라!"

"나는 상산의 조자룡이다!"

조홍이 산꼭대기로 돌아가 전하자 조조가 찬탄했다.

조운의 검이 번뜩일 때마다 피가 샘솟듯 해

"참으로 호랑이 같은 장수로다! 내가 살려서 얻어야겠다."

그는 사람을 시켜 싸움터 여러 곳에 알리게 했다.

"조운이 다가오면 몰래 화살을 쏘아서는 아니 된다. 산 채로 잡아야 한다."

이 때문에 조운이 몸을 빼게 되었으니, 역시 아두가 복이 있었던 덕분일까. 이번 싸움에서 조운은 뒷날 촉(蜀)의 두 번째 임금이 되어 '후주(後主)'로 불리는 아두를 품에 안고 겹겹의 포위를 뚫으면서 큰 깃발 두 개를 찍어 넘기고, 삭이라 부르는 긴 창을 세 자루 빼앗았다. 창으로 찌르고 검으로 찍어 죽인 조조의 부하 장수는 모두 50여 명이나 되었다.

조운이 포위를 뚫고 큰 진을 벗어나니 전포가 피에 흠뻑 젖었다. 한창 달려 가는데 산비탈 아래에서 또 장수 둘이 군사를 이끌고 달려 나왔다. 하후돈의 부하 종진, 종신 형제로 각기 큰 도끼와 화극을 들고 소리 높여 호통쳤다.

"조운은 어서 말에서 내려 밧줄을 받아라!"

이야말로

겨우 호랑이 굴 벗어나 목숨 건지니
다시 용의 늪에서 파도가 몰아치네

조운은 도대체 어떻게 몸을 뺄까?

42

장비 호통에 조조 넋이 날아가

장익덕은 장판교에서 큰 소동 부리고
유 예주는 패하고 한강 나루로 달아나

종진과 종신이 가로막자 조운은 창을 꼬나 들고 달려가 한 창에 종진을 찔러 땅에 떨어뜨렸다. 그 기세를 몰아 달아나는데 종신이 쫓아와 말이 조운의 말꼬리를 물 듯 가까워지고 화극이 조운의 등을 노리며 춤을 추었다.

조운이 갑자기 말 머리를 휙 돌리면서 왼손으로 창을 들어 화극을 막고 오른손으로 청강검을 뽑아 비스듬히 휘두르니, 날카로운 보검이 종신의 투구와 머리를 절반이나 베어서 날려 보냈다. 군사들은 걸음아 날 살려라, 달아나고 조운은 장판교를 향해 달려갔다.

다시 뒤에서 고함도 요란하게 문빙이 군사를 이끌고 쫓아오는데 조운이 다리 곁에 이르니 사람은 힘겨워 허덕이고 말도 지쳐 헐떡였다. 장비가 창을 꼬나 들고 다리 위에 서 있는 것을 보고 조운이 높이 외쳤다.

"익덕은 나를 도와주오!"

"자룡은 어서 가게. 따라오는 군사는 내가 막겠네!"

조운은 말을 달려 다리를 지났다. 20여 리를 더 가니 유비와 사람들이 나무 밑에서 쉬고 있었다. 조운이 말에서 내려 땅에 엎드려 눈물을 흘리니 유비도 줄줄 눈물을 흘렸다. 조운이 헐떡이며 고했다.

"운의 죄는 만 번 죽어도 씻지 못합니다. 미 부인께서 심하게 다쳐 말에 오르시려 하지 않고 우물에 뛰어들어 돌아가셨습니다. 운은 부득이 흙담을 밀어 우물을 덮고, 공자님을 품에 안고 겹겹의 포위를 뚫었는데 주공의 크나큰 복에 힘입어 다행히 빠져나왔습니다. 조금 전까지만 해도 공자께서 품속에서 우셨는데 지금은 기척이 없으니 아마도 목숨을 부지하기 어려울 듯합니다."

조운이 갑옷을 헤쳐 보니 아두는 잠이 폭 들어 있어 기쁨에 넘쳤다.

"다행히 공자께서 무고하십니다!"

조운이 두 손으로 아두를 받들어 넘기자 유비는 받아서 땅에 내던졌다.

"이 어린놈 때문에 하마터면 내가 대장을 잃을 뻔했다!"

조운은 부랴부랴 땅에서 아두를 안아 들고 눈물을 흘리며 절했다.

"이 운은 비록 간과 뇌수를 땅에 쏟더라도 주공 은혜에 보답할 길이 없습니다!"

장수들은 공자를 안아 들고 모두 울었다. 감 부인이 잠시 숲속에서 쉬면서 먹고 마실 것들을 마련했다.

이때 조운을 쫓아 장판교에 이른 문빙이 보니 호랑이 수염을 거꾸로 거스르고 고리눈을 둥그렇게 부릅뜬 장비가 긴 창을 잡고 다리 위에 말을 세우고 있고, 다리 동쪽 숲 뒤에서 먼지가 보얗게 일었다. 또한 나무 사이로 정예 군사가 언뜻언뜻 오고 가니 문빙은 덜컥 의심이 들었다.

'군사를 매복시킨 게 아닐까?'

문빙이 말을 멈추고 감히 다리 가까이 다가가지 못하는데 조인을 비롯한 장수들이 모두 이르렀다. 그들이 바라보니 성난 눈을 부릅뜬 장비가 창을 가로 들고 다리 위에 말을 세우고 있어서 제갈량이 또 무슨 계책을 꾸미지 않았나 싶어 누구도 나아가지 못했다. 장수들이 진을 정하고 다리 서쪽에 늘어서서 급히 알려 조조가 서둘러 진 앞으로 나왔다.

장비가 고리눈을 부릅뜨고 바라보니 후군에서 푸른 비단 해 가리개가 앞으로 움직이고, 지휘 대권을 상징하는 백모, 황월과 깃발들이 앞으로 나왔다. 조조가 친히 살펴보러 오는 것을 알아챈 장비가 목청껏 호통쳤다.

"나는 연인 장익덕이다! 누가 감히 나하고 죽기로써 싸워보겠느냐?"

그 소리가 얼마나 크고 높은지 세찬 우레와 비슷해 조조 군사는 다리가 후들후들 떨렸다. 조조는 급히 해 가리개를 치우게 하고 좌우를 돌아보았다.

"내가 전에 운장의 한마디 말을 들었다. 익덕은 100만 군중에서 상장 머리 베어오기를 마치 주머니에 든 물건 집어내는 것같이 한다고 했는데, 오늘 그와 만났으니 얕보아서는 아니 된다……."

그 말이 끝나기도 전에 해 가리개가 사라지는 것을 본 장비가 다시 호통쳤다.

"연인 장익덕이 여기 있다! 누가 감히 목숨을 걸고 나하고 싸우겠느냐?"

장비의 기개가 이처럼 장하니 조조는 물러설 마음이 생겼다. 조조의 후군이 움직이는 것을 바라본 장비는 긴 창을 꼬나 들고 다시 호통쳤다.

"싸우지도 않고 물러서지도 않으니 대체 어쩌겠다는 말이냐!"

고함이 그치기도 전에 조조 곁에 있던 장수 하후걸이 깜짝 놀라 간과 쓸개가 찢어져 말 아래로 떨어지니, 조조는 곧 말을 돌려 달아났다. 삼군의 장수들도 일제히 뒤로 뺑소니쳤다.

젖내 풍기는 어린아이 어찌 벽력 들으랴
병 걸린 나무꾼, 호랑이 울부짖음 못 당해

張翼德
喝退曹
兵 乙酉春
蕉雄畫

일시에 창을 버리고 투구를 떨어뜨린 자가 얼마인지 수를 헤아릴 수 없었다. 사람들은 밀물이 밀리듯 하고 말들은 산이 무너지듯 하면서 서로 밀치고 짓밟았다.

장비의 위엄에 눌려 조조가 달아나는데 관이 떨어지고 비녀가 빠져 머리가 풀어 헤쳐진 채 기를 쓰고 달려갔다. 이윽고 장료와 허저가 따라잡아 말의 굴레를 틀어쥐는데 조조가 허둥지둥 어찌할 바를 몰라 장료가 위로했다.

"승상께서는 놀라지 마십시오. 장비 한 사람을 그렇게 무서워할 이유가 없지 않습니까? 지금 급히 군사를 되돌려 치면 유비를 사로잡을 수 있습니다."

조조는 그제야 기색이 좀 안정되어 두 사람에게 장판교 소식을 다시 알아보게 했다.

장비는 조조 군사가 우르르 물러가자 감히 쫓지 못하고, 따라온 기병들을 불러 말꼬리에 맨 소나무 가지를 풀고 다리를 허물어 끊게 했다. 유비에게 달려가 다리 끊은 일을 이야기하니 유비는 못내 아쉬워했다.

"아우가 용맹하기는 하지만 아쉽게도 헤아림이 모자랐네."

"어찌 그렇소?"

"조조는 꾀가 많은 사람이니 아우는 다리를 끊지 말았어야 했네. 다리를 끊었으니 그는 반드시 쫓아오네."

장비는 대수롭게 여기지 않았다.

"그가 내 호통 한 번에 몇 리를 물러갔는데 어찌 감히 다시 쫓아오겠소?"

"다리를 끊지 않았으면 그는 매복이 있을까 두려워 감히 따라오지 못하네. 그런데 다리를 끊었으니 내가 군사가 없어 겁을 낸다는 것을 알고 반드시 쫓아오지. 조조는 100만 무리를 거느렸으니 넓은 장강이라도 메우고 건널 수 있는데 어찌 다리 하나 끊겼다고 두려워하겠는가?"

◀ "나는 연인 장익덕이다!" 장비는 목청껏 호통쳐

유비는 즉시 움직여 강릉 길을 포기하고 오솔길로 해서 비스듬히 한진 나루로 향해 면양을 바라고 갔다.

장료와 허저는 조조에게 돌아가 장비가 다리를 허물어 끊었다고 보고했다.

"그가 다리를 끊은 것은 겁이 나서일세."

조조가 1만 명 군사를 보내 재빨리 부교 셋을 만들게 하고 그날 밤 전군에 강을 건너라고 명하니 이전이 근심했다.

"제갈량의 간사한 꾀가 아닐까 두려우니 섣불리 나아가셔서는 아니 됩니다."

"장비는 용맹하기만 한 사내인데 어찌 간사한 계책이 있겠는가?"

유비가 한진에 거의 이르는데 갑자기 뒤에서 먼지가 보얗게 일며 북소리가 하늘에 울리고 고함이 땅을 흔들었다.

"앞에는 큰 강물이 있고 뒤로는 군사가 쫓아오니 어찌해야 하는가?"

유비가 당황해 급히 조운에게 적을 막으라고 명하는데, 때를 같이하여 조조도 명령을 내렸다.

"유비는 그물 속에 든 물고기요, 함정에 빠진 호랑이다. 이때 사로잡지 않으면 물고기를 놓아주어 바다로 내보내고 호랑이를 풀어주어 산으로 돌려보내는 격이니 장수들은 힘을 다해 나아가라."

장수들이 명을 받들어 위풍을 떨치며 쫓아가는데 별안간 산비탈 뒤에서 북소리가 울리면서 군사 한 대가 나타나 높이 외쳤다.

"내가 여기서 기다린 지 오래다!"

앞장선 대장은 손에 청룡도를 들고 적토마를 탔으니 다름 아닌 관우였다. 강하로 가서 1만 명 군사를 빌린 관우가 당양 장판에서 큰 싸움이 일어났다는 말을 듣고 특별히 달려와 조조 군사를 막고 늘어선 것이다. 관우를 보자 조조는 고삐를 당겨 말을 세우고 장수들을 돌아보았다.

"또 제갈량 계책에 걸렸구나!"

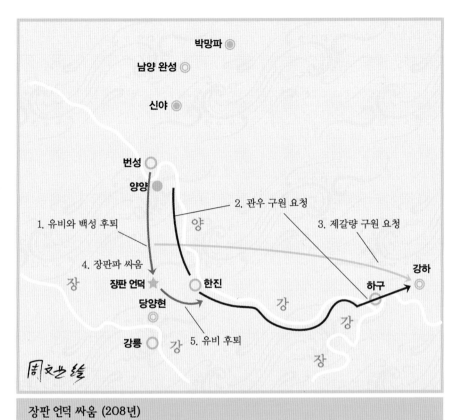

장판 언덕 싸움 (208년)

　즉시 대군에 명령해 속히 물러서게 하니 관우는 10여 리를 쫓다 군사를 되돌리고 유비 일행을 호위해 한진에 이르렀다. 벌써 나루에서 기다리는 배들이 있어 유비와 감 부인, 아두를 배에 앉힌 관우가 이상한 듯 물었다.

　"어찌하여 둘째 아주머님은 보이지 않습니까?"

　유비가 당양의 일을 이야기하자 관우는 한숨을 쉬었다.

　"옛날 허전에서 사냥할 때 내 뜻에 따랐으면 오늘의 우환은 없었을 것 아닙니까."

　"그때는 쥐를 잡으려다 독을 깰까 두려웠네."

느닷없이 강의 남쪽 기슭에서 싸움을 재촉하는 북소리가 요란하게 울리며 개미 떼처럼 많은 배가 바람 따라 돛을 달고 미끄러져 와 유비는 깜짝 놀랐다. 배들이 가까이 오자 흰 전포를 걸치고 은 갑옷을 입은 사람이 뱃머리에 서서 높이 외쳤다.

"숙부께서는 헤어진 뒤로 별고 없으십니까? 어린 조카가 늦어 죄송합니다!"

유기였다. 유기가 유비 배로 넘어와 울면서 절했다.

"숙부께서 조조에게 몰려 어렵게 되셨다는 말을 듣고, 이 조카가 특별히 도우러 왔습니다."

유비는 대단히 기뻐 군사를 합치고 강물을 따라 배를 띄웠다. 두 사람이 배 안에서 이야기하는데, 강 서남쪽에서 싸움배들이 한 줄로 늘어서서 바람을 타고 휘파람을 불면서 다가와 유기가 흠칫 놀랐다.

"강하 군사는 조카가 모두 일으켜 데리고 왔습니다. 지금 싸움배들이 가로막으니 조조 군사가 아니면 강동 군사입니다. 어찌하시겠습니까?"

유비가 뱃머리로 나가 보았다. 푸른 비단 띠 두건을 쓰고 도복을 입은 사람이 뱃머리에 앉아 있으니 다름 아닌 제갈량이었다. 그의 등 뒤에는 손건이 서 있었다. 유비는 황급히 제갈량을 배로 청해 물었다.

"군사가 어찌하여 여기 계시오?"

"이 양은 강하에 이르러 먼저 운장에게 한진에서 뭍에 올라 주공을 맞이하도록 했습니다. 조조가 반드시 쫓아오리라 헤아렸고, 주공께서는 틀림없이 강릉으로 오시지 않고 비스듬히 한진으로 나오시리라 짐작한 것입니다. 그래서 특별히 공자에게 청을 넣어 맞이하도록 하고, 저는 하구로 가서 군사를 모조리 일으켜 도와드리러 왔습니다."

유비가 마음이 든든해 조조를 깨뜨릴 계책을 상의하니 제갈량이 주장했다.

"하구성은 험하고 물자와 식량이 꽤 있어 오래 지킬 수 있습니다. 주공께서는 잠시 하구에 주둔하시고, 공자는 강하로 돌아가 싸움배를 가다듬고 병기를 정돈해 기각지세를 이루면 조조를 막을 수 있습니다. 만약 함께 강하로 돌아가신다면 오히려 형세가 외로워집니다."

유기가 좀 다른 주장을 내놓았다.

"군사 말씀이 아주 좋습니다. 그런데 제 어리석은 뜻으로는 숙부님을 잠시 강하로 청할까 합니다. 군사를 정돈한 다음 하구로 가셔도 늦지 않습니다."

"조카님 말도 맞네."

유비는 관우에게 5000명 군사를 거느리고 하구를 지키게 하고 제갈량, 유기와 더불어 강하로 갔다.

조조는 뭍으로는 관우가 군사를 이끌고 나타나자 매복이 있을까 염려해 감히 유비를 쫓지 못했는데, 또 물길로 유비가 먼저 강릉을 빼앗을까 두려워 밤을 도와 달려갔다.

형주를 지키는 치중 등의와 별가 유선은 벌써 양양 일을 알고, 조조를 막을 수 없다고 헤아려 군사와 백성을 이끌고 성 밖에 나와 항복했다. 조조는 성안에 들어가 백성을 안정시킨 뒤 감옥에 갇힌 한숭을 풀어 벼슬을 대홍려로 높이고 모사들과 상의했다.

"유비가 강하로 갔는데 오와 손을 잡으면 세력이 커질까 두렵소. 어떤 계책으로 깨뜨려야 하겠소?"

순유가 계책을 올렸다.

"승상께서 지금 군사의 위세를 크게 떨쳤으니 사자를 보내 급히 손권을 청하는 게 좋습니다. 강하에 모여 사냥을 하면서 함께 유비를 사로잡고 형주 땅을 나누어 영원히 사이좋게 보내자고 하십시오. 손권은 반드시 놀라고 의심이 들어 항복할 것입니다."

조조는 오로 사자를 보내고 기병과 보병, 수군 합쳐 83만을 일으켜 100만 대군이라 일컬으며 물과 뭍으로 함께 나아갔다. 배와 말이 쌍쌍이 움직이며 강을 따라 내려가니, 서쪽으로는 형주와 삼협에 이어지고 동쪽으로는 기춘현과 황주에 닿았다. 이어진 영채들이 300여 리에 뻗었다.

여기서 이야기는 또 두 갈래로 나뉜다. 시상에 주둔한 손권은 조조의 대군이 양양에 이르러 유종이 항복하고, 밤낮으로 달려 강릉을 차지했다는 소식을 듣고 모사들과 강동을 지킬 계책을 상의했다. 노숙이 먼저 나섰다.

"형주는 바로 이웃인데 강산은 튼튼하며 백성은 부유합니다. 우리가 차지하면 제왕 자리에 오르는 밑바탕이 됩니다. 지금 유표가 죽은 지 오래지 않고 유비가 방금 패했는데, 이 숙이 명을 받들고 강하로 가서 조문하겠습니다. 그틈에 유비를 설득해 그가 유표의 장수들을 어루만져 한마음으로 조조를 깨뜨리게 하겠습니다. 유비가 이에 따르면 대사가 정해질 수 있습니다."

손권은 기뻐하며 노숙에게 예물을 주어 조문을 보냈다.

강하에서도 유비가 제갈량, 유기와 함께 조조에 대한 대책을 상의했다.

"조조는 세력이 커서 급히 막아 싸우기 어려우니 오의 손권에게 의지해 도움을 받는 것이 좋습니다. 남과 북이 서로 대치하게 만들어 그 속에서 우리가 이익을 얻는다면 나쁠 게 없습니다."

제갈량의 말에 유비가 걱정했다.

"강동에는 빼어난 인물이 많아 반드시 멀리 내다보는 계책이 있을 것이오. 어찌 나를 받아들이겠소?"

제갈량이 웃었다.

"지금 조조가 100만 무리를 이끌고 호랑이처럼 장강과 한수에 웅크리고 있으니 강동에서 어찌 이곳으로 사람을 보내 허실을 알아보지 않겠습니까? 곧 사람이 오면 이 양은 바람을 빌려 돛을 달고 곧장 강동으로 가서, 썩을 줄 모르는 세 치 혀를 놀려 남북의 군사가 서로 삼키도록 꼬드기겠습니다. 만약 남군이 이기면 함께 조조를 죽여 형주 땅을 차지하고, 북군이 이기면 그 형세를 이용해 강남을 손에 넣으면 됩니다."

"아주 고명한 말씀이오. 어찌해야 강동에서 사람이 오겠소?"

유비 말이 떨어지자마자 보고가 왔다.

"강동의 손권이 노숙을 조문 사절로 보내 배가 기슭에 닿았습니다."

제갈량이 웃음 지었다.

"큰일이 이루어지게 되었습니다!"

그리고 유기에게 물었다.

"전날 손책이 죽었을 때 양양에서 사람을 보내 조문한 일이 있소?"

"강동의 손씨는 우리가 그 아버지를 죽인 원수이니 어찌 기쁜 일이나 슬픈 일에 찾아오는 예절을 차리겠습니까?"

"노숙은 조문하러 온 것이 아니라 우리 군사 형편을 알아보러 온 것이오."

제갈량이 유비에게 당부했다.

"노숙이 와서 조조의 움직임을 물으면 주공께서는 그저 모른다고만 하십시오. 그가 두 번 세 번 물으면 이 양에게 물어보라고 하시면 됩니다."

노숙을 맞아들이니 먼저 유표에 대한 조문 예절을 차리고 유비를 만났다.

"황숙의 크신 성함을 들어 모신 지 오래인데 그동안 만나 뵐 인연이 없었습니다. 이제야 다행히 뵙게 되어 실로 기쁘고 큰 위안을 느낍니다. 요즈음 황숙께서 조조와 싸우셨으니 반드시 그 허실을 잘 아시리라 믿습니다. 외람되이 여쭙니다만 조조 군사는 대략 얼마나 되며 장수는 누가 뛰어납니까? 조조는 천하를 취할 뜻이 있습니까?"

유비는 모른다고만 했다.

"이 비는 군사가 적고 장수가 모자라 조조가 왔다는 말을 듣고 곧 달아났으니 그의 허실을 조금도 모르오."

"황숙께서는 제갈공명의 꾀를 쓰시어 두 번이나 불을 태워 조조가 넋이 달아나고 간이 떨어지게 만드셨다 하던데 어찌 모른다고 하십니까?"

"공명에게 물어보아야 상세한 형편을 알 수 있을 것이오."

유비가 청해 제갈량이 오니 노숙이 인사를 마치고 물었다.

"나는 자유(제갈량의 형 제갈근의 자)의 벗이오. 예전부터 선생의 재주와 덕을 듣고도 뵙지 못했는데 오늘 다행히 만나게 되었으니 지금의 위험과 평안에 대한 말씀을 듣고 싶소."

제갈량이 대답했다.

"조조의 간사한 계책을 이 양은 모두 압니다만 한스럽게도 힘이 모자라 잠시 피했을 따름입니다."

"황숙께서는 앞으로 여기 머무시려 하십니까?"

노숙의 물음에 제갈량은 시치미를 뗐다.

"사군께서는 전날 창오 태수 오신과 사귀신 적이 있어서 거기 가서 몸을 의지하려 하시지요."

【창오군은 나라 서남쪽 끝에 있어 성이 11개밖에 되지 않고 인구도 몇십만에 지나지 않아, 그곳으로 들어가면 중원으로 다시 나올 가능성은 거의 없었다.】

노숙은 의아해했다.

"오신은 식량이 적고 군사가 보잘것없어 자기 몸을 지키기도 힘겨운데 어찌 다른 사람을 받아들일 수 있겠소?"

"창오가 오래 살 곳은 못 되나 잠시 의지했다 길을 찾아볼까 합니다."

"손 장군은 호랑이처럼 여섯 군을 타고 앉으셨는데 군사는 정예하고 식량은 넉넉하오. 또 현명한 이를 지극히 존경하고 인재들을 예절로 대하시니 강동의 영웅들이 모두 따르지요. 선생을 위해 따져보면 심복을 오로 보내 손을 잡고 함께 대사를 꾀하는 것이 가장 좋소."

기다리던 말이었으나 제갈량은 서두르지 않았다.

"유 사군과 손 장군은 예로부터 교분이 없으셨으니 말해보아도 쓸모없을까 두렵소이다. 게다가 따로 보낼 만한 심복도 없습니다."

"선생 형님이 지금 강동에서 참모로 계시는데 날마다 선생과 만나기를 바라오. 이 숙은 재주가 없으나 선생과 함께 강동으로 가서 손 장군을 뵙고 대사를 상의할까 하오."

노숙의 말이 떨어지기 무섭게 유비가 반대했다.

"공명은 잠시도 떨어질 수 없으니 어찌 강동으로 보낼 수 있겠소?"

노숙은 자꾸만 제갈량과 함께 가게 해달라고 청하고, 유비는 짐짓 허락하지 않았다. 한참 줄다리기를 하고서야 제갈량이 나섰다.

"일이 위급해졌으니 명을 받들고 한번 가기를 청합니다."

유비가 그제야 허락해 노숙은 제갈량과 함께 배에 올라 시상으로 향했다.

이야말로

제갈량이 쪽배를 타고 건너가니
조조 군사 하루아침에 망하더라

제갈량은 이번 걸음이 어떻게 될까?

43

제갈량, 말로 강동 선비들 제압

제갈량은 선비들과 설전 벌이고
노자경은 뭇사람 공론 물리치다

시상으로 향하는 배 안에서 노숙이 당부했다.

"선생이 손 장군을 만나면 절대 조조에게 군사가 무한정이고 장수가 넘쳐 난다고 사실대로 말해서는 아니 되오."

"걱정하지 않으셔도 됩니다. 이 양에게 어련히 대답할 말이 없겠습니까?"

배가 닿자 노숙이 제갈량을 역관에서 쉬게 하고 혼자 장군부로 가니, 부하 들과 의논하던 손권이 조조가 보내온 격문을 보여주었다.

'나는 근래에 천자의 명을 받들고 죄지은 자들을 정벌하노라. 지휘 깃발이 남쪽을 가리키니 유종이 손을 묶고 항복하고, 형주 백성이 소문만 듣고도 귀 순했노라. 강한 군사 100만과 빼어난 장수 1000명을 거느리고 강하에서 장군 과 만나 함께 사냥하면서, 유비를 정벌해 땅을 나누고 영원히 사이좋게 지낼 약속을 하려 하니 어서 회답을 보내주기 바라노라.'

【말로는 함께 사냥하자고 청했으나 실은 한번 싸워보자는 도전이었다. 양쪽이

만나 진짜로 사냥을 하더라도 사냥터에서 적수를 제압한 일은 너무나 많았다.】

노숙은 격문을 읽고 물었다.

"주공의 존귀하신 뜻은 어떠하십니까?"

"아직 정해진 생각이 없소."

옆에서 장소가 주장했다.

"조조는 호랑이요 표범입니다. 지금 100만 무리를 거느리고 천자 이름을 빌려 사방을 정벌하니 그에 거역하면 명분이 바르지 않습니다. 하물며 주공께서 크게 믿는 것은 장강인데, 조조가 지금 형주를 얻어 수군 싸움배가 1000척을 헤아리며 강을 따라 물과 뭍으로 함께 내려오니 험한 장강을 우리와 함께 차지하게 되어 그 형세를 대적할 수 없습니다. 어리석은 제가 따져보면 차라리 귀순하는 것이 만에 하나도 흠이 없는 계책입니다."

모사들이 똑같이 말했다.

"장자포의 말이 하늘의 뜻에 맞습니다."

손권은 말없이 궁리만 하는데 장소가 또 권했다.

"주공께서는 길게 의심하지 마십시오. 조조에게 항복하면 오의 백성이 편안하게 되고, 강남 여섯 군을 고스란히 보존할 수 있습니다."

손권은 머리를 숙이고 아무 말도 하지 않았다. 잠시 후 손권이 일어나 뒷간으로 가는데 노숙이 가만히 따라가자 그 뜻을 알아챈 손권이 노숙의 손을 잡고 물었다.

"경은 어찌 생각하오?"

"방금 사람들이 한 말은 장군을 몹시 그르치는 소리입니다. 다른 사람은 모두 조조에게 항복할 수 있으나 장군만은 항복하셔서는 아니 됩니다."

"어찌하여 아니 되오?"

"만약 이 숙이 항복하면 조조는 고향으로 돌려보낼 것입니다. 사람들에게 숙의 명성과 지위를 평가하게 하면 적어도 종사 자리쯤은 얻게 될 것이니 소가 끄는 수레를 타고 아전과 하인을 뒤에 따르게 하면서 선비들과 교제를 하게 되겠지요. 그렇게 벼슬을 시작해 공로를 모아 차츰 올라가면 한 주나 군의 수장 자리는 잃지 않을 것입니다. 하지만 장군께서 항복하시면 어디로 가겠습니까? 자리를 얻어도 후작을 넘지 못하고, 수레는 한 대에 그치며 말도 한 필밖에 없고, 따르는 자들도 몇 사람에 불과합니다. 어찌 남쪽으로 얼굴을 향하고 앉아 왕 노릇을 하실 수 있겠습니까! 사람들은 각기 자신만을 위하게 마련이니 들으셔서는 아니 됩니다. 장군께서는 하루빨리 큰 계획을 정하시는 것이 바람직합니다."

손권은 한숨을 쉬었다.

"여러 사람 의논이 나를 몹시 실망시켰는데 자경이 큰 뜻을 일러주니 바로 내 생각과 같소. 이는 하늘이 자경을 나에게 내려주신 것이오! 다만 조조가 전에 원소의 무리를 얻고, 요즘 형주 군사까지 얻었다고 하니 세력이 커서 맞서 싸우기 어렵지 않을까 두렵구려."

"이 숙이 강을 건너 당양에 이르러 이미 유 예주의 군사가 패했다는 소식을 들었습니다. 강하로 가서 유 예주를 만나보니 그동안의 일을 잘 아는 사람이 있었습니다. 그래서 제갈근의 아우 제갈량을 특별히 데려왔으니 그를 만나면 조조의 허실을 환히 아실 수 있습니다."

"오늘은 날이 저물었으니 내일 문관과 무장들을 장막 아래에 불러 우리 강동의 영특하고 빼어난 인물들을 보여준 뒤 대청에 오르게 하여 의논하겠소."

이튿날 노숙은 역관에 가서 제갈량에게 다시 한번 당부했다.

"우리 주공을 뵈면 절대 조조 군사가 많다고 해서는 아니 되오."

"이 양이 마땅히 형편을 보아가면서 방법을 찾아, 일을 그르치지 않으리다."

노숙이 제갈량을 장막 아래로 데려가니 장소와 고옹을 비롯한 문관과 무장 20여 명이 벌써 자리에 나와 있었다. 저마다 높직한 관을 쓰고 넓은 띠를 매었는데, 옷매무시를 단정히 하고 똑바로 앉아 있었다.

제갈량은 그들과 하나하나 만나 성명을 묻고 인사를 마친 뒤 손님 자리에 앉았다. 사람들이 살펴보니 제갈량은 정기가 넘치고 표정이 태연한데 풍채가 늠름하며 기개가 비범했다.

'이 사람은 설득하러 왔구나.'

사람들이 모두 생각하는데 장소가 먼저 말로 제갈량을 건드렸다.

"이 소는 강동의 천하고 보잘것없는 선비로 선생이 베개를 높이 하고 융중에 누워 스스로 관중과 악의에 비유했다는 말을 들은 지 오래요. 과연 그런 말을 하셨소?"

제갈량이 대답했다.

"이 양이 평소에 저를 자그마하게 낮추어 한 말입니다."

장소가 곧바로 물었다.

"요즈음 듣자니 유 예주가 세 번이나 초가를 찾아 다행히 선생을 얻고, 물고기가 물을 얻은 것으로 여기면서 형주를 멍석 말 듯 휘감자고 했다지요? 그런데 지금 형주가 하루아침에 조조에게 돌아갔으니 그게 어찌 된 일이오?"

제갈량은 속으로 궁리했다.

'장소는 손권의 첫 번째 모사다. 먼저 그를 꺾지 않으면 어찌 손권을 설득하겠는가?'

그리고 태연히 대답했다.

"이 양은 한수 일대를 차지하기를 손바닥 뒤집듯 쉽게 압니다. 저희 주공 유 예주께서는 인의를 지키시어 종친 기업을 차마 빼앗지 못하고 힘껏 사양하셨지요. 그런데 어린 유종이 간사한 소리를 듣고 슬그머니 항복해 조조가 미쳐 날뛰게 되었습니다. 지금 저희 주공께서는 강하에 주둔하시면서 따로 좋은 계책을 꾀하시니 보통사람들이 알 수 있는 일이 아닙니다."

장소가 흠을 잡았다.

"그렇다면 선생의 말과 행동은 서로 어긋나오. 선생은 스스로 관중과 악의에 비유했는데, 관중은 제환공의 재상이 되어 그를 패자로 만들어 천하를 바로잡았고, 악의는 미약한 연(燕)을 도와 제(齊)의 성 70여 개를 깨뜨렸소. 이 두 사람은 참으로 세상을 구하는 재주를 지녔다 해야 할 것이오. 그런데 지금 조조는 제 마음대로 중원을 휩쓸면서 자기 욕망에 따르는 자는 어루만지고, 거스르는 자는 정벌하오. '천자의 영명한 조서를 받들어 반역하는 자를 죽이고 역적을 토벌한다'하고 선언하니 온 세상이 떨고 영웅들이 굴복하오. 선생은 초가에서 바람 불면 시를 읊고 달을 보면 노래하면서, 무릎을 끌어안고 단정히 앉아 있기만 했소. 그러다 유 예주를 따르니 마땅히 백성을 위해 이로운 것을 흥하게 하고 해로운 것을 제거하며 난을 일으키는 도적들을 쓸어 없애야 할 것이오. 유 예주는 그 전에도 벌써 세상을 가로세로 누비며 성을 나누어 차지하던 바라, 선생을 얻은 후에는 사람마다 더욱 우러르게 되었소. 비록 키가 석 자밖에 되지 않는 어린아이도 호랑이에게 날개가 돋친 격이라고 하면서 장차 한의 황실이 부흥하고 조씨가 망하리라 이야기하오. 조정의 옛 신하들과 산속 숲에 숨어 사는 이들이 저마다 눈을 비비고 기다리면서, 유 예주와 선생이 높은 하늘에 떠도는 구름을 거두고 해와 달의 빛을 빌려 백성을 물과 불 속에서 구하며, 흔들리는 천하를 깔개에 앉혀 안정시킬 때가 바로 지금이라고 여기고 있소. 그런데 어이하여 선생은 유 예주에게 들어간 뒤 조조 군사가 나오자 금방 갑옷을 벗고 창을 던지면서 먼발치에서 소문만 듣고도 뺑소니치셨소? 위로는 유표에게 보답해 백성을 편안히 하지 못했고, 아래로는 고아를 보좌해 강토를 지키지 못했소. 선생이 알면서 그렇게 했다면 어질지 못하고, 몰라서 그렇게 되었다면 슬기롭지 못하오. 근래에 듣자니 유 예주는 신야를 버리고 번성으로 달아나고, 당양에서 패하고 하구로 뛰어가 몸 붙일 땅마저 없게 되었소. 그러니 선생을 얻은 뒤가 오히려 얻기 전보다 못한 것이 아니오? 관중과 악의가 과연 이러하겠소? 어리석고 고지식한 말을 탓하지 않으시면 고맙겠소!"

제갈량은 장소의 긴말을 다 듣고 어처구니없다는 듯 피식 웃었다.

"대붕(大鵬, 전설에 나오는 큰 새)이 만 리를 나는데 뭇 새들이 어찌 그 뜻을 알겠습니까? 비유로 말하면 사람이 심한 병에 걸리면 먼저 죽을 마시게 하고 부드러운 약을 먹여, 내장이 고르게 하고 형체가 차츰 안정된 다음에 고기 음식으로 보양하고 독한 약으로 고쳐주어야 병의 뿌리가 뽑혀 목숨을 살리게 됩니다. 만약 기맥이 고르기 전에 바로 독한 약을 쓰고 맛있는 고기를 대접하면 실로 목숨을 부지하기 어렵습니다. 저의 주공 유 예주께서 전날 여남에서 패하고 유표에게 와서 몸을 붙이실 때, 군사는 1000명에 미치지 못하고 장수는 관우, 장비, 조운뿐이었습니다. 이는 바로 병세가 심해 극도로 허약한 때입니다. 신야는 산골 후미진 곳에 있는 자그마한 현입니다. 백성은 적고 식량은 부족한데 험한 곳이 아니라 유 예주께서는 그저 잠시 몸을 붙일 따름이었지 어찌 정말 그곳에 앉아 지키려 하셨겠습니까? 갑옷과 병기는 채 갖추어지지 못하고, 성벽은 튼튼하지 못하며, 군사들은 훈련을 받지 못하고, 식량은 다음 날을 이어 대기 어려웠습니다. 그곳을 지키면 앉아서 죽기를 기다리는 노릇이니 마치 금과 옥을 도랑에 버리는 격입니다. 그런데도 박망에서 조조의 군량을 불사르고 백하에서 물을 터뜨려 하후돈, 조인 무리의 간담을 서늘하게 만들었습니다. 제가 속으로 가만히 말해보건대 관중과 악의가 군사를 부리더라도 이보다 반드시 더 나을 수는 없다고 생각합니다."

유비가 신야를 버렸다고 비웃은 장소의 말을 반박한 제갈량은 그의 견해를 조목조목 꼬집었다.

"유종이 조조에게 항복한 것은 유 예주께서 미리 알지 못하셨고, 혼란한 틈을 타 차마 종친의 기업을 빼앗을 수 없다고 하셨으니 진정으로 크신 어질음이요, 참다운 의로움입니다. 당양 일을 보더라도 유 예주께서는 그때 10여만 백성이 의로움을 받들어 늙은이의 팔을 부축하고 어린아이의 손목을 끌면서 따르니 차마 버리지 못하셨던 것입니다. 하루에 10리를 가면서도 길을 재촉해 강릉을 차지하려 하시지 않고, 달갑게 백성과 함께 패하셨으니 이 역시 크신 어질음이요, 참다운 의로움입니다. 적은 군사로는 많은 적을 이길 수 없고, 이기고 지는 것은 싸움에서 늘 있는 일입니다. 옛날 고조께서 여러 번 항우에게 지셨지만 해하의 한 번 싸움으로 끝내 승리하셨으니 이는 한신의 좋은 계책 덕분이 아니겠습니까? 그러나 한신을 보더라도 고조를 오래 모시면서 매번 이기지는 못했습니다. 대체로 나라의 대계를 정하고 사직의 안위를 돌보려면 주로 계책을 정하는 이가 있어야 합니다. 말재주나 자랑하고 헛된 명예로 남을 속이는 무리로는 어림도 없지요. 앉아서 의논하고 서서 이야기하는 데에는 누구도 미치지 못하나 실전에 들어서는 아무런 재능도 없는 자들이야 실로 천하의 웃음거리가 되지 않겠습니까! 자포께서는 제가 서슴없이 솔직하게 말했다고 나무라지 마십시오!"

장소는 한마디도 대꾸할 수 없었다. 별안간 자리에서 한 사람이 목청을 돋우어 물었다.

"지금 조조가 군사는 100만이고 장수는 1000명인데, 용이 머리를 쳐들고 호랑이가 먹이를 노리듯 하면서 강하를 한입에 삼키려 하고 있소. 공은 어찌 생각하시오?"

제갈량이 보니 종사로 있는 회계군 여요현 사람 우번이라 전혀 머뭇거리지 않았다.

"조조는 개미가 모인 듯한 원소의 군사를 거두고, 까마귀가 합친 듯한 유표의 무리를 빼앗았지요. 군사는 기율이 없고 장수는 모략이 없으니 비록 그 머릿수가 수백만이라도 무서워할 나위가 없습니다."

우번은 쌀쌀하게 웃었다.

"유 예주가 군사는 당양에서 지고 계책은 하구에서 바닥나, 구차하게 남에게 부탁하는 신세이면서도 무섭지 않다고 하니 정말 허풍을 떨어 남을 속이는 노릇이 아니오?"

"유 예주께서 수천 명 어질고 의로운 군사로 어찌 100만의 포학한 무리를 당할 수 있겠습니까. 하구로 물러가 지키는 것은 때를 기다리시기 때문이지요. 강동은 지금 군사가 정예하고 군량은 넉넉하며 험한 장강이 막아주는데도 신하들은 주인이 무릎을 꿇고 도적에게 항복하기를 바라면서 천하 사람들의 비웃음을 살 것도 아랑곳하지 않는군요. 이렇게 논해보면 유 예주는 진실로 역적 조조를 두려워하지 않는 분이십니다!"

우번은 대답할 말을 잃었다. 자리에서 또 한 사람이 물었다.

"공은 소진(蘇秦)과 장의(張儀)의 혀를 본받아 오를 설득하려 하오?"

【전국시대 동주의 소진과 위의 장의는 말재주로 가장 유명한 인물들이었다. 당시 진(秦)이 제일 강했는데, 소진은 그 동쪽에 있는 연·한·조·위·제·초 여섯 나라가 힘을 합쳐 진과 대항하자는 합종(合縱)을 주장하고, 여섯 나라 재상의 도장을 차고 위세를 부렸다. 이 나라들이 합치자 진은 한때 감히 동쪽을 공격하지 못했다. 반대로 장의는 진이 동방의 한두 나라와 손을 잡고 합종을 깨뜨려야 한다는 연횡(連橫)을 주장했으니, 그가 재상이 되어 실행한 정책으로 진은 땅이 넓어지고 강해졌다. 그는 한동안 위에 가서 재상 노릇을 하다 다시 진으로 돌아와 재상이 된 특이한 경력을 가졌다. 전국시대 말기 여러 강국은 한동안 두 사람의 혀에 의해 합쳤다 갈라지기를 반복했다.】

제갈량이 보니 임회군 회음 사람 보즐(步騭)이라 상대의 말을 뿌리부터 뒤집었다.

"자산(子山, 보즐의 자)은 소진과 장의를 한낱 말이나 잘하는 변사로 아는데, 그들도 호걸임을 모르시는구려. 소진은 여섯 나라 상의 도장을 찼고, 장의는 두 번이나 진의 재상이 되었소. 두 사람 다 임금을 보좌해 나라를 바로잡는 슬기를 지녔으니, 강한 자를 겁내고 약한 자를 깔보며, 칼을 두려워하고 검을 피한 사람들이 아니었소. 그대들은 조조가 허풍을 날리자 무서워 항복을 청하는데, 그러면서도 감히 소진과 장의를 비웃을 수 있소?"

보즐이 입을 다물자 또 한 사람이 물었다.

"공은 조조를 어떤 사람으로 여기시오?"

제갈량이 보니 패군 사람 설종이라 짧게 대답했다.

"조조는 한의 도적이니 더 물을 게 무엇이오?"

설종이 반박했다.

"공의 말은 틀렸소. 듣자니 옛사람들은 '천하는 한 사람의 천하가 아니라 천하 사람들의 천하다 [天下천하 非一人之天下비일인지천하 乃天下之天下내천하지천하]'라 했다 하오. 요 임금은 순 임금에게 선양하고, 순 임금은 우 임금에게 넘겼소. 성탕이 걸을 추방하고 무왕이 주를 정벌했으며 여러 나라가 서로 삼켰소. 진(秦)을 이은 한은 여러 대를 전해와 이제는 하늘이 정해준 운수가 끝나게 되었소. 천하가 세 몫이라면 조공은 이미 두 몫을 차지했고, 사람들 마음은 다 조공에게 쏠리고 있소. 유 예주는 천시를 모르고 억지로 조공과 싸우려 하니, 바로 달걀을 들어 바위를 치는 격이고 양을 내몰아 호랑이와 싸우게 하는 격이라 어찌 지지 않을 수 있겠소?"

제갈량은 날카롭게 꾸짖었다.

"설경문은 어찌 이처럼 아비 없고 임금 없는 말씀을 하시오? 무릇 사람이 하늘땅 사이에 생겨나면 효성과 충성을 살아가는 근본으로 삼는 것이오. 공은 한의 신하가 되었으니, 도리를 지키지 않는 자가 있으면 맹세코 사람들과 힘을 합쳐 그를 죽여야 하오. 이것이 바로 신하가 된 사람의 도리요. 지금 조조는 조상들이 한의 녹을 먹었으면서도 보답할 궁리는 하지 않고 오히려 찬탈할 심보를 품으니 천하 사람들이 모두 분개하는 바요. 그런데 공은 하늘이 정해준 운수가 조조에게 돌아간다고 말하니 참으로 아비 없고 임금 없는 사람이오! 함께 말할 나위도 없으니 더 말하지 마시오!"

설종은 얼굴에 부끄러운 기색이 가득해 대꾸하지 못했다. 또 한 사람이 얼른 물었다.

"조조는 비록 천자를 끼고 제후들을 호령한다지만 그래도 상국 조참의 후대요. 유 예주는 중산정왕 후예라 하나 그 내력을 캐어 볼 수 없으니 지금 보이는 바로는 그저 삿자리나 짜고 신이나 팔던 사내요. 어찌 조조와 맞설 나위나 있겠소!"

【조참은 한 고조를 따라 천하 평정에 큰 공을 세운 장수이자 한의 첫 승상 소하의 뒤를 이어 나라를 다스린 상국이었다.】

제갈량이 보니 오군 태생 육적이라 빙그레 웃었다.

"공은 원술의 잔치 자리에서 품에 귤을 넣은 육랑이 아니시오? 편히 앉아 내 말 좀 들어보시오."

【이 해에 22세인 육적은 여섯 살 때 원술이 손님을 초청한 자리에 갔다가 가만히 귤 세 개를 품에 넣었는데, 떠나는 인사로 절을 하다 그만 귤들이 바닥에 굴렀다. 원술이 귤을 품은 까닭을 묻자 육적은 집에 돌아가 어머니께 드리려 한다고 대답했다. '회귤고사(懷橘故事)'의 미담이지만 특별한 자랑거리는 아니었으니 육적은 얼굴이 달아오를 수도 있었다. 편히 앉으라는 말도 품에 감춘 것이 떨어지지

諸葛亮舌戰群儒

傅乙酉年

春葉雄畫

않게 조심하라는 뼈있는 농담이었다.】

"조조가 상국의 후대라면 대대로 한의 신하가 아니오? 그런데 권력을 독차지하고 횡포를 부리며 임금을 업신여기니 충성을 모를뿐더러 조상도 멸시하는 바요. 황실을 어지럽히는 역적이자 또한 가문의 후레자식이오. 유 예주께서는 당당한 황실 후예이시라 황제께서 족보에 따라 벼슬을 내리셨소. 어찌내력을 캐어 볼 수 없다 하시오? 하물며 고조께서는 한낱 정장의 몸으로 일어나 드디어 천하를 차지하셨으니 삿자리를 짜고 신을 판들 어찌 수치가 되겠소? 공은 어린아이의 소견이라 고명한 선비들과 함께 말할 자격이 없소."

육적이 말문이 막히자 또 한 사람이 불쑥 나섰다.

"공의 말은 모두 억지로 변명하는 소리라 정론이 아니니 더 말할 게 없소. 어디 좀 물어봅시다. 공은 어떤 경전을 배우시오?"

팽성 사람 엄준이었다. 제갈량은 참된 학문을 밝혔다.

"책을 볼 때 괜찮은 글귀나 베끼고 글의 깊은 뜻을 밝히지 않는 자는 세상의 썩은 선비요, 어찌 나라를 흥하게 하고 사업을 일으키겠소? 하물며 옛날에 신(莘) 땅에서 농사를 지은 이윤이나 위수에서 낚시한 강자아 그리고 장량, 진평 같은 이들이나 등우, 경엄의 무리는 모두 하늘땅을 돌리는 수단과 우주를 바로잡을 재주를 지녔으나 그들이 평생 무슨 경전을 배웠는지는 아무도 모르오. 어찌 한낱 선비를 본받아 붓과 벼루 사이에서 글 장난이나 하겠소?"

【여기서 처음 나오는 등우와 경엄은 광무제를 도와 난을 평정하고 후한을 세운 일등 공신들인데, 이런 명인들은 대체로 유학(儒學)과는 거리가 멀었다.】

엄준이 기가 죽어 머리를 숙이고 대답하지 못하는데 또 누군가 소리를 높였다.

◀ 제갈량은 강동 선비들 말로 제압

"공은 큰소리를 치지만 과연 진실한 학문을 닦았는지 알 수 없으니, 선비들에게 비웃음을 당하기가 십상이오."

제갈량이 보니 여남군 여양 사람 정병이었다. 제갈량은 곧 선비의 몸가짐에 대해 지론을 폈다.

"선비로 말하면 군자와 소인의 차이가 있소. 군자는 임금에게 충성하고 나라를 사랑하며 바른 것을 좋아하고 사악한 것을 미워하오. 그들은 반드시 당대에 은혜를 퍼뜨리고 후세에 이름을 남기오. 소인은 글귀나 다듬으면서 붓과 먹에만 매달려 청춘에는 부를 짓고, 머리 하얘서는 경서나 파고드오. 붓끝에서는 천 글자라도 줄줄 나오는데 가슴속에는 계책 하나 없소. 저 옛날 양웅(楊雄)을 보면 문장으로 세상에 이름을 날렸으나 허리를 굽혀 왕망을 섬겼으니 죽으려고 누각에서 뛰어내릴 수밖에 없었소. 그는 이른바 소인이니, 하루에 만 글자를 써낸들 배울 게 무엇이 있겠소!"

【양웅은 전한 말 문학가이자 철학자, 언어학자였다. 마흔이 넘어 낮은 벼슬을 했는데, 동료이던 왕망이 한을 뒤엎고 신(新)을 세운 뒤 자기에게 글을 배운 사람이 죽임을 당하자 연루될까 두려워 죽으려고 각에서 뛰어내렸다. 다행히 살아났으나 평생 배운 글이 세상을 살아가는 데 무익하다고 여겨 만년에 철학을 연구했다. 그의 저작은 모두 중요한 자료이건만 그의 절개는 늘 지적을 받았다.】

정병은 대답하지 못했다. 물음이 떨어지기 바쁘게 제갈량이 물 흐르듯 거침없이 대답하니 사람들은 모두 낯빛이 변했다.

다시 오군 오현 사람 장온과 회계군 오상현 사람 낙통이 무언가 물으려 하는데, 별안간 한 사람이 들어오며 날카롭게 소리쳤다.

"공명은 당대의 뛰어난 인재요. 그대들이 입술과 혀를 놀려 궁지에 빠뜨리려 하니 손님을 공경하는 예절에 어긋나오. 조조의 대군이 경계에 이르렀는데, 적을 물리칠 계책은 궁리하지 않고 입씨름이나 하시오?"

사람들이 보니 황개였다. 손견을 따라 산적을 깨뜨리며 공을 많이 이루고, 손책을 따라서도 거듭 공로를 세웠으며, 오의 군량을 책임진 양관으로 있었다. 황개가 제갈량에게 청했다.

"이 어리석은 사람은 '말을 많이 해서 이익을 얻기가 입을 다물고 말이 없기보다 못하다 [多言獲利다언획리 不如默而無言불여묵이무언]'고 들었소. 어찌 솥과 비석에 새겨 후세에 길이 남길 좋은 말씀을 우리 주공께 드리지 않고 뭇사람과 변론만 하시오?"

제갈량이 대답했다.

"여러분이 세상을 다스리는 법에 관해 물음을 던지시니 대답하지 않을 수 없었소이다."

황개와 노숙이 제갈량을 안내해 안으로 들어가는데, 두 번째 문에 이르러 마침 제갈근과 마주쳤다. 제갈량이 예절을 차려 인사하니 제갈근이 물었다.

"아우가 강동에 와서 어찌 나를 보러 오지 않나?"

"저는 유 예주를 섬기고 있으니 먼저 공무를 보고 후에 개인 일을 보아야 합니다. 공무가 끝나지 않아 감히 사사로운 일을 할 수 없었으니 형님께서 양해하시기 바랍니다."

"아우는 오후를 뵌 다음 나하고도 만나세."

제갈근이 갈 길을 가니 노숙이 또 부탁했다.

"내가 당부한 일을 그르쳐서는 아니 되오."

제갈량은 고개를 끄덕였다.

제갈량이 오자 손권은 섬돌을 내려와 맞이하고 극진한 예절을 차려 대청 윗자리에 앉게 했다. 문관과 무장들이 두 줄로 나누어 서고, 노숙은 제갈량 옆에 서서 말을 들었다. 제갈량이 유비의 인사를 전하고 손권을 훔쳐보니 눈알이 푸르고 수염은 자줏빛인데 생김새가 당당해 속으로 궁리했다.

'이 사람은 생김새가 비상하니 자존심을 자극해야지 설득하려고 해서는 안 된다. 그가 묻기를 기다려 말로 건드리면 된다.'

주인과 손님이 차를 마시고 손권이 청했다.

"노자경이 늘 공의 재주를 이야기해 많이 들었소. 오늘 다행히 만나게 되었으니 감히 좋은 가르침을 바라오."

"재주 없고 배움도 없어 고명하신 물음에 욕이나 되지 않을까 합니다."

"공은 근래 신야에서 유 예주를 보좌해 조조와 결전을 벌였으니 반드시 그쪽 군사의 허실을 잘 알리라 생각하오."

제갈량은 정면 대답을 피했다.

"유 예주께서는 군사가 적고 장수가 모자라는 데다 신야는 성이 작고 식량이 없으니 어찌 조조와 대결할 수 있겠습니까?"

손권이 궁금한 사항을 물었다.

"조조 군사는 모두 합쳐 얼마나 되오?"

제갈량은 실제보다 부풀려 대답했다.

"기병과 보병, 수군 합쳐 100만 남짓 됩니다."

"그게 정말이오?"

손권이 미심쩍어하자 제갈량이 자극하기 시작했다.

"그렇습니다. 조조는 연주에서 이미 청주군 20여 만을 두었습니다. 그 후 원소를 평정하고 50여 만을 얻었고, 중원에서 새로 모은 군사가 50여 만이며, 또 형주 군사 30여 만을 얻었습니다. 이렇게 보면 150만을 넘으면 넘었지 모자라지 않습니다. 이 양이 100만으로 말씀드린 것은 강동 여러분을 놀라시게 할까 걱정해서입니다."

노숙이 옆에서 낯빛이 변해 눈짓을 보냈으나 제갈량은 못 본 척했다. 손권이 또 물었다.

"조조에게 싸움하는 장수는 얼마나 있소?"

제갈량은 계속 조조의 실력을 과장했다.

"슬기가 넉넉하고 꾀가 많은 모사들과 정벌에 능하고 싸움에 이골 난 장수들이 어찌 1000여 명에 그치겠습니까?"

"조조가 이미 형주를 평정했는데 다시 더 큰 계획이 있겠소?"

"지금 강을 따라 영채를 세우고 싸움배를 갖추어 깃발이 하늘을 가리며 몇 백 리에 이어졌으니 강동을 노리지 않는다면 어디를 공격하겠습니까?"

"그가 강동을 삼킬 뜻이 있다면 맞서 싸워야 할지 말아야 할지 공이 나를 위해 결정해주시오."

제갈량이 선뜻 대답했다.

"이 양이 드릴 말씀이 있는데, 장군께서 들어주시지 않을까 두렵습니다."

"고명한 말씀을 듣고 싶소."

"전날 세상이 크게 어지러워 장군께서 강동에서 일어서시고, 유 예주는 한수 남쪽 무리를 거두어 조조와 다투셨습니다. 이제 조조가 큰 난을 없애 천하가 거의 평정되었는데 근래에 또 형주를 깨뜨려 위엄이 온 천하에 떨쳤으니, 설사 영웅이 있다 해도 무예를 뽐내볼 곳이 없습니다. 그래서 유 예주는 여기까지 도망 온 것입니다. 저는 장군께서 지니신 힘을 헤아려 대처하시기를 바랍니다. 만약 오와 월 땅의 무리로 중원과 맞설 수 있다면 일찍이 관계를 끊으실 일이지만, 맞서 이길 수 없다고 여기시면 어찌하여 모사들 주장에 따라 무기를 내려놓고 갑옷을 묶고 얼굴을 북쪽으로 향해 섬기지 않으십니까? 장군께서 겉으로는 복종한다는 명분을 내세우고 속으로는 다른 마음을 품으며 결단을 내리지 않으시면 화가 곧 이를 것입니다!"

【당시에는 왕은 얼굴을 남쪽으로 향하고, 신하는 북쪽으로 향하기로 되어 있었다.】

손권으로서는 달갑지 않은 소리라 또 물었다.

"실로 공의 말대로라면 유 예주는 어찌하여 조조에게 항복하지 않소?"

제갈량이 태연하게 설명했다.

"옛날 전횡(田橫)은 제의 한낱 장사였을 뿐인데도 의로움을 지켜 욕을 보지 않았습니다. 하물며 유 예주는 황실 후예인데 뛰어난 재주가 세상에 으뜸이며 많은 인재가 우러르며 흠모하지 않습니까. 요즈음 일이 잘되지 않은 것은 하늘의 운 때문인데 어찌 몸을 굽혀 다른 사람 밑에 있겠습니까!"

【전횡은 전국시대 제의 귀족이었는데, 제를 정복하고 천하를 통일한 진이 약해지자 형인 전담과 함께 군사를 일으켜 제를 다시 세웠다. 유방과 항우가 천하를 다툴 때 제왕 전광이 세객 역이기 말만 믿고 방비를 하지 않아 유방의 장수 한신에게 잡히고 나라도 망하게 되자 전횡은 스스로 제왕이 되었다. 뒷날 유방의 세력에 밀려 500여 명 부하를 데리고 바다 가운데 섬까지 쫓겨 갔다가 한의 황제가 된 유방이 항복을 권해, 마지못해 수도 부근까지 오다 자결했다.

"전에 나는 한왕과 마찬가지로 왕이었는데, 후에 신하 노릇을 하라고 하니 어찌 이런 수치를 참을 수 있겠느냐?"

500여 명 부하도 모두 스스로 목숨을 끊었다. 전횡의 부하들이 지어 불렀다는 노래 '해로'는 인간의 목숨은 염부추 위의 이슬과도 같다고 한탄한 아주 유명한 만가(輓歌. 죽은 사람을 애도하는 노래)다. 전횡의 죽음은 죽어도 자존심을 꺾지 않은 가장 전형적인 실례였다.】

제갈량의 말에 손권이 발끈하여 낯빛이 변해 소매를 떨치고 일어나 뒤채로 들어가니 사람들은 비웃으며 흩어졌다. 노숙이 제갈량을 나무랐다.

"선생은 어찌 그런 말을 하셨소? 다행히 우리 주공께서 너그럽고 대범하시어 얼굴을 맞대고 나무라지는 않으셨으나 주공을 너무 낮추어보신 것이오."

제갈량은 얼굴을 쳐들고 웃었다.

"어찌 이처럼 속이 좁아 사람을 용납하지 못하는가! 나는 마땅히 조조를 깨뜨릴 계책이 있건만 장군이 묻지 않아 말하지 않았을 뿐이오."

"과연 좋은 계책이 있다면 숙이 주공께 다시 청을 드려 가르침을 구하시도록 하겠소."

노숙이 누그러지자 제갈량은 한술 더 떴다.

"나는 조조의 100만 무리를 개미 떼쯤으로 여기오! 내가 손을 한 번 쳐들기만 하면 그들은 죄다 가루가 될 것이오!"

노숙이 뒤채로 들어가 뵈니 손권은 아직도 화가 풀리지 않았다.

"공명이 나를 너무 심하게 낮추어보았소!"

"이 숙도 그래서 나무랐더니 공명은 오히려 주공께서 사람을 용납하지 못하신다고 웃었습니다. 공명이 조조를 깨뜨릴 계책을 쉽게 말하지 않는데, 주공께서는 어찌하여 계책을 구하지 않으십니까?"

얼굴이 푸르뎅뎅하던 손권은 다시 기분이 좋아졌다.

"원래 공명에게 좋은 계책이 있어 말로 나를 꼬집었구려. 내가 일시 깊이 보지 못하고 큰일을 그르칠 뻔했소."

손권은 대청으로 나와 사과했다.

"공의 위엄을 모독했으니 나쁘게 생각하지 않으시면 고맙겠소."

제갈량도 사과했다.

"이 양이 장군을 노엽게 해드렸으니 죄를 용서해주시기 바랍니다."

손권은 제갈량을 뒤채로 청해 술상을 차려 대접했다.

"조조가 평생 미워한 사람을 꼽아보면 여포, 유표, 원소, 원술 그리고 유예주와 나밖에 없었소. 이제 여러 영웅은 다 망하고 유 예주와 나만 남았소. 내가 오의 땅을 몽땅 차지하고 10만의 무리를 거느리고도 남에게 쥐어서 살

수는 없으니 내 계책은 이미 정해졌소. 유 예주가 아니고는 조조를 당할 자가 없는데, 그는 방금 패한 뒤이니 어찌 이 어려운 난을 막을 수 있겠소?"

손권의 말에 제갈량이 생각해둔 바를 털어놓았다.

"유 예주께서는 비록 지셨으나 관운장이 여전히 정예 군사 1만을 거느리고, 유기가 거느린 강하 군사도 1만이 넘습니다. 조조 무리는 먼 길에 지친 데다 근래에 유 예주를 쫓느라 가벼운 차림의 기병들이 하루 밤낮으로 300리를 달려왔으니, 이는 이른바 '강한 쇠뇌 살도 마지막에는 노나라의 얇은 비단을 뚫지 못한다'는 격입니다. 게다가 북방 사람들은 물싸움을 배우지 못했습니다. 또 형주의 선비와 백성은 형세에 밀려 조조에게 붙었을 뿐 참마음으로 그를 따르지는 아니합니다. 장군께서 진정 유 예주와 힘을 합치고 마음을 같이 하시면 조조 군사를 반드시 깨뜨릴 수 있습니다. 조조는 패하면 이내 북방으로 돌아갈 것이고, 그렇게 되면 형주와 오의 세력은 강해지니 솥발처럼 벌려진 형세가 이루어집니다. 성공과 패망의 관건이 오늘에 달렸으니 장군께서 결정하시기만 바랍니다."

손권은 대단히 기뻐했다.

"선생 말씀을 들으니 눈앞이 환해지오. 내 뜻은 이미 굳어졌으니 전혀 의심이 없소. 바로 사람들과 상의하고 군사를 일으켜 유 예주와 함께 조조를 멸망시킬 것이오!"

손권은 노숙에게 자기 뜻을 사람들에게 알리라 이르고, 제갈량을 역관에서 쉬게 했다. 손권이 군사를 일으키려고 한다는 것을 알게 된 장소는 사람들과 상의했다.

"공명의 계책에 걸렸소."

그는 급히 손권을 찾아갔다.

"이 소와 사람들은 주공께서 군사를 일으켜 조조와 싸우려 하신다는 말을 들었습니다. 주공께서는 스스로 생각해보십시오. 주공과 원소를 비교하면 어떠하십니까?"

손권이 대답을 하지 않자 장소가 계속했다.

"전날 조조는 군사가 적고 장수가 모자라는데도 북 한 번 울려 진격하는 것으로 단숨에 원소를 이겼습니다. 오늘은 100만 무리를 거느리고 남쪽으로 내려오는데 군량은 넉넉하고 군사는 충분하며 위엄스러운 명성을 크게 떨치니 어찌 섣불리 맞설 수 있겠습니까? 제갈량의 말을 듣고 함부로 군사를 움직이면 '땔나무를 지고 불을 끄러 가는[負薪救火부신구화]' 격이 됩니다."

손권은 머리를 숙이고 아무 말도 하지 않았다. 고옹이 장소의 말을 이었다.

"유비는 조조와 싸우다 패하자 우리 강동 군사를 빌려 막으려 하는데 주공께서는 어찌 그에게 이용당하려 하십니까? 주공께서는 장자포의 말을 들으시기 바랍니다."

손권은 골똘히 궁리하면서 결정을 내리지 못했다. 장소 무리가 나가자 노숙이 들어왔다.

"장자포가 주공께 다시 군사를 움직이지 말라고 권하며 힘써 항복을 주장했을 텐데, 그들은 모두 아내와 자식을 보존하려는 신하들이니 그 말은 자기를 위한 계책일 뿐입니다. 주공께서는 듣지 마시기 바랍니다."

손권이 말없이 생각하는데 노숙이 계속했다.

"주공께서 머뭇거리시면 그들 때문에 일을 그르치시게 됩니다."

"경은 잠시 물러가오. 나에게 세 번 생각할 시간을 주오."

이때 무장들 가운데는 싸우려는 사람들이 있었으나 문관들은 모두 항복하려고 들어 갖가지 주장이 분분했다. 안채에 물러 들어간 손권이 잠이 오지 않고 입맛도 없어 안절부절못하니 이모 오 국태가 물었다.

"무슨 일을 마음에 두어 잠을 자지 않고 음식도 먹지 않느냐?"

"조조가 장강, 한수에 주둔하고 강남으로 내려올 뜻을 품었습니다. 문무백관에게 물으니 항복하자는 사람도 있고 싸우자는 사람도 있는데, 싸우려고 보면 적은 무리로 많은 적군을 당하지 못할까 두렵고, 항복하려고 보면 조조가 받아들이지 않을까 걱정입니다. 그래서 머뭇거리며 마음을 굳히지 못합니다."

오 국태가 귀띔해주었다.

"어찌하여 언니가 돌아가실 때 하신 말을 생각하지 않느냐?"

손권은 술에 취했다 깨어난 듯, 자다 꿈에서 깬 듯 그 말을 생각해냈다.

이야말로

국모가 임종 때 남긴 말 떠올리니
주랑이 곧 전공을 세우게 되누나

도대체 무슨 말이었을까?

44

교씨 두 딸로 적벽대전 불붙여

공명은 슬기롭게 주유를 자극하고
손권은 조조 깨뜨리기를 결정하다

의심에 잠긴 손권을 오 국태가 깨우쳤다.

"돌아가신 언니가 남긴 유언이 있지 않냐? '형이 죽기 전에 한 말이 있다. 안의 일을 정할 수 없으면 장소에게 물어보고, 밖의 일을 세울 수 없으면 주유에게 물어보라고.' 그런데 어찌 공근을 청해 묻지 않느냐?"

손권이 크게 기뻐 사자를 보내 주유를 청하려 하는데, 때마침 파양호에서 수군을 조련하던 주유가 조조의 대군이 한상에 이르렀다는 소식을 듣고 손권과 상의하려고 밤낮을 달려 시상으로 돌아왔다. 사이가 좋은 노숙이 찾아가 그간의 일을 이야기하니 주유가 다 듣고 청했다.

"자경은 근심하지 마시오. 이 유에게 마땅히 생각이 있으니 공명을 만나게 해주시오."

노숙이 떠나고 주유가 쉬려 하는데 장소, 고옹, 장굉, 보즐 네 사람이 찾아와 인사를 나누고 장소가 물었다.

"도독은 강동의 이로움과 해로움을 아시오?"

주유가 짐짓 모르는 척하니 장소가 계속했다.

"조조가 100만 무리를 한상에 주둔하면서 주공께 격문을 보내 강하에서 만나 사냥하자고 청했소. 강동을 삼키려는 뜻이 있으나 아직 모습을 드러내지는 않았소. 이 소를 비롯한 사람들은 주공께 잠시 항복해 강동의 화를 피하라고 권했소. 그런데 뜻밖에도 노자경이 강하에서 유비의 군사 제갈량을 데려와, 그가 패한 원한을 씻으려고 갖은 말로 주공을 자극했소. 자경은 그에게 홀려 깨닫지 못하니 모두 도독의 결단을 기다리고 있소. 다행히 도독이 돌아왔으니 주공께 권해 조조에게 항복하게 해주시오. 강동 여섯 군 백성이 창칼의 위험을 겪지 않게 되면 모두 도독의 은혜요."

"공들은 소견이 다 같으십니까?"

"우리는 의논한 바가 같소."

여러 사람이 대답하자 주유도 찬성했다.

"나도 항복하려 한 지 오래이니 공들은 돌아가시오. 내일 주공을 뵙고 결정하리다."

그들이 돌아가자 정보, 황개, 한당을 비롯한 장수들이 찾아와 인사하고 정보가 물었다.

"도독은 강동이 곧 다른 사람에게 넘어간다는 것을 아시오?"

주유가 역시 시치미를 떼자 정보가 계속했다.

"우리는 파로장군(손견)을 모시고 기초를 다져 사업을 시작하고, 토역장군(손책)과 함께 난을 평정하면서 온몸에 상처를 입었는데, 수백 차례 크고 작은 싸움 끝에 여섯 군을 얻었소. 주공께서 모사들 말을 듣고 조조에게 항복하려 하시니 참으로 수치스럽고 안타까운 일이오! 우리는 죽을지언정 모욕을 당하지 않을 것이니 도독이 주공을 권해 군사를 일으키기를 결정해주시오. 우리는 죽기를 각오하고 싸우겠소."

"장군들 소견이 모두 같으시오?"

황개가 선뜻 일어나 손으로 이마를 쳤다.

"내 머리가 잘릴지언정 맹세코 조조에게 항복하지 않겠소!"

한당을 비롯한 다른 사람들도 같았다.

"우리는 모두 항복을 바라지 않습니다!"

주유가 찬성했다.

"나도 바로 조조와 결전을 벌이려 하는 마당에 어찌 항복하겠소! 장군들은 돌아가시오. 이 유가 주공을 뵙고 마땅히 결정지으리다."

일행이 돌아가자 뒤를 이어 제갈근이 여범을 비롯한 문관들과 함께 찾아왔다.

"제 아우 제갈량이 한상에서 와서 유 예주가 오와 손잡고 함께 조조를 정벌하려 한다는데, 문관과 무장들이 상의했으나 아직 정하지 못했소. 제 아우가 사자가 되어 이 근은 감히 말을 많이 하지 못하겠으니 오로지 도독이 결정짓기만 바라오."

"공이 논해보면 어떠하오?"

주유가 묻자 제갈근이 대답했다.

"항복하면 편안할 수 있지만 싸우면 보존하기 어렵소."

"이 유에게 마땅히 주장이 있소. 내일 장군부에 가서 정하기로 합시다."

일행이 인사하고 물러가니 또 여몽, 감녕 무리가 찾아와 주유가 간단히 말했다.

"더 이야기할 게 없습니다. 내일 장군부에서 함께 의논합시다."

사람들이 돌아가고 주유가 픽픽 냉소를 그치지 않는데 밤이 되어 노숙이 제갈량을 데리고 왔다. 주유가 맞아들여 인사를 마치자 노숙이 먼저 물었다.

"지금 조조가 남쪽을 침범하니 주공께서는 화해하느냐 싸우느냐를 정하실 수 없어 장군 말에 따르기로 하셨소. 장군 뜻은 어떠하오?"

주유가 선뜻 대답했다.

"조조는 천자 이름을 내걸었으니 항거해서는 아니 되오. 게다가 세력이 커서 얕보아서는 더욱 아니 되오. 싸우면 반드시 지고 항복하면 편안하기 쉽소. 내 뜻은 이미 굳어졌으니 내일 주공을 뵙고 바로 항복을 드리게 하겠소."

노숙은 깜짝 놀랐다.

"장군 말은 틀렸소! 강동의 사업은 이미 삼대를 이었는데 어찌 하루아침에 다른 사람에게 버리겠소? 손백부는 밖의 일은 장군에게 맡긴다는 유언을 남겼소. 주공께서는 나라를 고스란히 보존하시려고 장군을 태산같이 믿는데 어찌 겁쟁이들 주장에 따르시오?"

"강동 여섯 군에는 수많은 백성이 있소. 싸움이 일어나 화를 입으면 반드시 나를 원망할 것이니 항복을 청하기로 결정했소."

"그렇지 않소! 장군은 이와 같은 영웅이시고 오는 이처럼 험하고 튼튼하니 조조가 반드시 제 뜻을 이루기는 어려울 것이오."

제갈량은 소매에 손을 넣고 싸늘하게 웃고만 있어[袖手冷笑수수냉소] 주유가 물었다.

"선생은 어찌하여 비꼬는 웃음을 지으시오?"

"이 양은 다른 사람이 아니라 자경이 세상 돌아가는 형편을 너무 몰라 웃소이다."

노숙이 물었다.

"선생은 어찌하여 내가 세상 돌아가는 형편을 모른다 하시오?"

"공근이 조조에게 항복하려는 주장은 매우 이치에 맞습니다."

제갈량이 편을 들자 주유가 반겼다.

"선생은 세상 돌아가는 형편을 아니 나와 같은 마음일 것이오."

노숙은 불쾌했다.

"공명, 그대까지 어찌 이런 말을 하는가?"

제갈량은 노숙의 말에 아랑곳하지 않고 주유에게 계속했다.

"조조는 지극히 군사를 잘 부려 천하 사람들이 감히 막아 싸우지 못합니다. 여포와 원소, 원술, 유표가 그와 맞섰는데, 모두 조조에게 패망해 세상에 적수가 없게 되었습니다. 유독 유 예주만 세상 돌아가는 형편을 모르고 억지로 다투시다 지금 홀로 강하에 오시어 살아남을 수 있을지 없을지도 모르는 형편입니다. 장군이 조조에게 항복하기로 정했으니 식솔을 보존할 수 있고, 부귀도 처음대로 누릴 수 있지요. 나라 운이 변하는 것이야 하늘의 뜻에 맡길 일이니 아쉬울 게 무엇입니까?"

노숙은 크게 노했다.

"그대는 우리 주공께서 역적 앞에 무릎을 꿇고 모욕을 당하시라는 말인가!"

제갈량이 제안했다.

"어리석은 저에게 계책이 하나 있으니 양을 끌고 술을 지며, 땅을 바치고 도장을 드리는 수고가 필요치 않습니다. 또 친히 강을 건널 일마저 없습니다. 그저 쪽배로 두 사람을 장강에 띄우기만 하면 그만인데 조조가 두 사람을 얻으면 100만 무리가 갑옷을 벗고 깃발을 감아쥐고 물러갈 것입니다."

【양과 술, 도장은 항복할 때 반드시 내놓는 물건이고 항복하면 당연히 땅을 바쳐야 했다. 그런데 그럴 필요가 없다고 하니 주유와 노숙은 귀가 솔깃하지 않을 수 없었다. 손권이 강을 건널 필요도 없다니 더욱 희한한 소리였다.】

주유가 물었다.

"어떤 사람 둘로 조조 군사를 물리칠 수 있소?"

"강동에서 이 두 사람을 보내는 것은 아름드리나무에서 잎사귀 하나 떨어지고 큰 창고에서 쌀알 하나 줄어드는 격이지만, 조조가 두 사람을 얻으면 크게 기뻐하면서 가버립니다."

"과연 두 사람은 누구요?"

제갈량은 그제야 답을 알려주었다.

"이 양은 융중에 있을 때 벌써 조조가 장하에 새로 대를 하나 세우고 동작대라 이름 지었다는 말을 들었습니다. 대가 지극히 웅장하고 아름다운데 천하 곳곳에서 미녀를 뽑아 그 속을 채운답니다. 조조는 원래 여색을 좋아하는 자라 강동에 있는 교(喬) 공의 두 딸에 대한 소문을 들은 지 오랩니다. 교 공의 큰딸은 대교라 하고 작은딸은 소교라 하니, 기러기가 놀라 떨어지고 물고기가 부끄러워 물속에 숨을 만큼 아름다운 얼굴과 달이 무색하여 구름 뒤로 들어가고 꽃이 부끄러워 꽃송이를 오므릴 만큼 수려한 모습이 있다 합니다. 조조는 이런 맹세를 한 적이 있습니다. '내 소원이 둘이니 하나는 천하를 깨끗이 쓸어 황제의 사업을 이루는 것이고, 하나는 강동의 이교(二喬)를 얻어 동작대에 넣고 만년을 즐기는 것이다. 그렇게 되면 죽어도 한이 없겠다.' 지금 조조는 비록 100만 무리를 이끌고 호랑이처럼 강남을 노려보지만 실은 이 두 여자 때문입니다. 장군은 어찌하여 교 공을 찾아가 천금으로 그들을 사서 조조에게 보내지 않습니까? 조조가 두 여자를 얻으면 마음이 흡족하고 기분이 좋아 틀림없이 군사를 돌려 돌아갑니다. 이는 춘추시대 월왕 범려(範蠡)가 오왕에게 서시(西施)를 바친 계책인데 어찌 빨리 쓰시지 않습니까?"

【'물고기가 부끄러워 물속에 숨고……'는 빼어나게 아름다움을 형용하는 말이다. 중국 유명 사상서 《장자》에 '사람은 미녀를 곱게 보지만 물고기는 미녀에 흥미가 없어 물속으로 들어간다'는 말이 있는데, 이것이 변해 중국 4대 미녀를 칭찬하는 최고 찬사가 되었다. 춘추시대 미녀 서시가 물가에서 옷을 빠니 물고기가 물속

으로 깊이 숨고[沈魚침어], 전한 미녀 왕소군이 흉노에게 시집가는 길에 비파를 뜯으니 기러기가 감동해 떨어지며[落雁낙안], 후한 미녀 초선이 밤에 밖에 나가니 달이 무색해 구름으로 들어가 버리고[閉月폐월], 당나라 미녀 양귀비가 정원에 찾아가니 꽃이 부끄러워 꽃송이를 오므렸다[羞花수화]고 한다.

춘추시대에 힘이 약한 월이 강국 오와 싸우다 참패한 후, 월왕 구천은 '땔나무 위에서 잠자고 쓸개를 핥으면서[臥薪嘗膽와신상담]' 복수를 다짐했다. 무력으로는 도저히 맞설 수 없는 때에 월왕과 신하들은 오의 힘을 빼는 수단을 찾았으니, 그 하나가 바로 절세미인 서시를 오왕 부차에게 바쳐 여색에 빠지게 한 것이다. 그래서 오는 점점 약해져 월의 공격을 받고 망하고 말았다.]

주유가 미심쩍은 듯 물었다.

"조조가 이교를 얻으려 한다는 증거가 있소?"

제갈량이 증거를 내놓았다.

"조조의 어린 아들 조식은 자가 자건(子建)인데, 붓을 들면 어느덧 글을 짓습니다[下筆成章하필성장]. 조조가 그 아들에게 '동작대부'라는 글을 짓게 하니 뜻을 보면, 오로지 조씨가 황제가 되어야 하며 맹세코 이교를 손에 넣어야 하겠다는 것입니다."

"선생은 그 글을 기억하시오?"

제갈량의 대답은 주유의 기대에 어긋나지 않았다.

"내가 글의 아름다움을 사랑해 가만히 기억한 바 있습니다."

제갈량은 즉시 '동작대부'를 낭랑하게 외우기 시작했다.

현명한 군주를 따라 노니니

높은 대에 올라 마음 즐겁게 하네

황실 곡창 널리 열림을 보나니

성덕으로 경영함을 알겠네

문을 세워 높디높으니

두 대궐 하늘에 솟구쳤네

중천에 아름다운 누각 세워지니

공중 복도 서쪽 성과 이어지네

흘러가는 강물에 다가가니

과일 무성한 과원을 바라보네

쌍쌍이 선 대 좌우에 갈라졌으니

옥룡과 금봉황이 있음이요

동남에서 이교(二喬)를 안았으니

아침저녁으로 함께 즐기리

황제 수도 굽어보니 멋지기도 하여라

구름과 노을이 뜨는 것을 내려 보네

인재들이 모여와 즐거우니

곰이 날아오는 좋은 꿈에 어울리네

봄바람 솔솔 부니

갖가지 새가 슬피 우네

구름이 성처럼 에워싸 지키니

쌍쌍이 소원 이루어지기를 바라네

어진 정치 우주에 펼치니

엄숙하고 공손함을 수도에 퍼뜨리네

제환공, 진문공의 성대함이여

어찌 성스러운 밝음에 비기랴

멋지도다! 아름다워라!

그 은혜 널리 퍼지누나

우리 황실 보좌하니

사방을 안정시키네

하늘땅과 같이 법을 지키고

해와 달의 빛과 나란히 하네

영원히 존귀하여 끝이 없나니

목숨이 동황(東皇, 신의 이름)과 같네

용의 깃발 세우고 노니니

어가를 돌려 천천히 감도네

은혜가 온 세상에 닿았으니

물자는 많고 백성들 잘 사네

이 대 영원히 튼튼하길 바라나니

그 즐거움 끝날 줄 모르리라

【'동남에서 이교를 안았으니'가 요점이었다. 사실은 동남쪽에 두 다리가 있다는 뜻인데, 제갈량은 다리 교(橋)와 성씨 교(喬)가 음이 같고 당시는 두 글자가 혼용되는 것을 이용해, 동남쪽 두 여인을 끌어안는다는 뜻으로 바꾸었다.】

주유는 말없이 다 듣고는 불같이 노해 삿자리 밖으로 나가 북쪽을 가리키며 욕했다.

"늙은 도적놈이 나를 너무 심하게 깔보는구나!"

제갈량도 급히 자리에서 일어섰다.

"옛날 흉노의 선우가 한의 경계를 거듭 침범하자 천자께서는 공주까지 시집보내 화친하셨는데 어찌 민간의 두 여자를 아끼십니까?"

"선생은 모르오. 대교는 손백부 장군 부인이시고, 소교는 이 유의 아내요."

제갈량은 짐짓 황송한 모습을 보였다.

"아, 이 양은 실로 그런 줄도 모르고 함부로 입을 놀려 죽을죄를 지었습니다!"

주유가 다짐했다.

"내가 이 늙은 도적놈과 절대로 같은 세상에 서 있을 수 없소!"

제갈량은 일부러 힘을 주어 충고했다.

"일은 반드시 세 번 생각해보아야 뒷날 뉘우치지 않습니다."

"내가 백부의 부탁을 받았는데 어찌 몸을 굽히고 조조에게 항복할 수 있겠소? 아까 한 말은 일부러 선생을 시험해본 것이오. 내가 파양호를 떠날 때부터 벌써 북쪽을 정벌할 마음이 있었으니 비록 칼과 도끼가 목에 닿더라도 그 뜻을 바꾸지 않겠소. 선생이 한 팔의 작은 힘이라도 도와 함께 역적을 깨뜨리기를 바라오."

주유가 속내를 완전히 털어놓자 제갈량도 다짐했다.

"버리지 않으신다면 개와 말의 힘을 다해 아침저녁으로 채찍 아래에서 내달릴까 합니다."

"내일 장군부에 들어가 주공을 뵈면 곧 군사를 일으킬 일을 의논하겠소."

이튿날 이른 새벽, 손권이 대청에 오르니 왼쪽에는 장소, 고옹을 비롯한 30여 명 문관이 늘어서고 오른쪽에는 정보, 황개를 비롯한 30여 명 무관이 줄을 지었다. 옷과 관들이 빛을 뿜고, 허리에 찬 검과 몸에 단 옥들이 댕그랑댕그랑 소리를 냈다. 이윽고 주유가 들어와 인사를 올리니 손권이 수고를 위로하고 자리에 앉혔다.

"조조가 한상에 주둔하고 글을 보내왔다는데 주공의 존귀하신 뜻은 어떠하십니까?"

손권이 격문을 집어주자 주유가 읽어보고 씩 웃었다.

"늙은 도적놈이 우리 강동에는 사람이 없는 줄 아는 모양입니다. 감히 이처럼 무례하다니요!"

"경의 뜻은 어떠하오?"

"주공께서는 대신들과 상의하셨습니까?"

"며칠간 의논했는데 항복을 권하는 사람도 있고 싸우자는 주장도 있어 내 뜻은 아직 정해지지 않았소. 그래서 공근을 청해 결정을 짓도록 하는 것이오."

"누가 주공께 항복을 권합니까?"

"장자포 같은 이들이 모두 그런 뜻이오."

주유가 장소에게 물었다.

"선생께서는 어찌하여 항복을 주장하시는지 뜻을 듣고 싶습니다."

"조조가 천자를 끼고 사방을 정벌하는데 근래에 형주를 얻어 위세가 더욱 커졌소. 우리 강동에서 조조를 막을 힘은 장강뿐이오. 그런데 조조의 싸움배가 100척이나 1000척에 그치지 않으니 물과 뭍으로 함께 밀고 나오면 어찌 막아내겠소? 잠시 항복하고 뒷날 다시 좋은 계책을 찾아보아야 하오."

주유가 반박했다.

"그것은 세상 물정에 어두운 선비의 주장입니다. 강동은 파로장군께서 개국하고 지금까지 삼대를 거쳤는데 어찌 하루아침에 내버릴 수 있습니까?"

"그럼 어찌해야 하오?"

손권이 물어 주유가 대답했다.

"조조는 한의 승상이라 하지만 실은 한의 역적입니다. 장군께서는 신과 같은 밝으심과 당당한 위풍, 빼어난 재주로 아버님과 형님이 남긴 강동을 차지하셨는데, 군사는 정예하고 군량은 넉넉하니 곧바로 천하를 마음껏 누비며 나라를 위해 잔인하고 난폭한 무리를 없애야 하는데 어찌 역적에게 항복하

孫權決

意抗曹操

乙酉春 聚娜畫

십니까? 조조는 이번에 남방으로 오면서 싸움하는 이들이 꺼리는 잘못을 여럿 저질렀습니다. 아직 북쪽이 평정되지 않아 마등과 한수가 뒤를 노리는데도 오랫동안 남방을 정벌하니 첫 번째 꺼리는 일입니다. 북군은 물싸움에 서툰데 안장과 말을 버리고 배와 노를 믿고 싸우니 두 번째 꺼리는 일입니다. 지금은 한겨울이라 몹시 추워 말을 먹일 풀이 없으니 세 번째 꺼리는 일입니다. 중원의 군사를 내몰아 강과 호수가 많은 머나먼 고장으로 와서 풍토와 물이 몸에 맞지 않아 병에 걸리는 자가 많으니 네 번째 꺼리는 일입니다. 조조가 이와 같은 잘못을 저질렀으니 비록 머릿수가 많아도 반드시 패하고 맙니다. 장군께서 조조를 사로잡으시려면 오늘에 달렸습니다. 이 유는 정예 군사 수만을 얻어 하구에 주둔하고 장군을 위해 조조를 깨뜨리겠습니다!"

이처럼 조리 있는 말을 듣자 놀랍고도 기뻐 손권은 눈을 크게 뜨고 후닥닥 일어났다.

"늙은 도적놈이 한을 밀어내고 스스로 황제가 되려 한 지 오래요. 그가 두려워한 사람은 원씨 형제와 여포, 유표 그리고 나뿐이었소. 여러 영웅은 이미 쇠망하고 나만 남았으니 늙은 도적놈과 맹세코 같은 하늘 아래에서 살지 않겠소! 경이 늙은 도적을 정벌하겠다는 말은 내 마음에 꼭 드니 하늘이 경을 나에게 준 것이오."

주유가 다짐했다.

"신은 장군을 위해 피를 쏟는 결전을 벌이겠습니다. 만 번 죽더라도 마다하지 않을 것인데 다만 장군께서 의심 많은 여우가 자꾸 생각을 바꾸듯 마음을 정하시지 못할까 두렵습니다."

손권은 허리에 찬 검을 획 뽑아 들더니 앞에 놓인 낮은 상의 귀퉁이를 베었다.

◀ 손권은 검을 휘둘러 상을 베고

"사람들 가운데 다시 항복을 말하는 자가 있으면 이 상과 같이 되리라!"

손권은 검을 주유에게 내리고 주유를 대도독으로, 정보를 부도독으로 봉했다. 노숙은 찬군교위가 되어 전략을 짜는 일에 참여했다. 손권은 주유에게 사람을 죽이고 살리는 생살대권까지 주었다.

"백관들 가운데 호령을 듣지 않는 자가 있으면 이 검으로 목을 치시오."

주유가 검을 받고 사람들에게 명했다.

"내가 주공의 명을 받들고 군사를 일으켜 조조를 깨뜨리게 되었으니 장수와 대신들은 내일 모두 강변 행영에 와서 명령을 들으시오. 만약 늦게 와서 일을 그르치는 자가 있으면 일곱 가지 금령과 54가지 목을 치는 군법에 따라 처리하겠소."

【행영은 출정한 장수의 군영을 말하고, 일곱 가지 금령은 군사를 가볍게 여기는 경군(輕軍), 군사 행동이 느린 만군(慢軍), 군사 물자를 훔치는 도군(盜軍), 군령을 만만하게 아는 기군(欺軍), 군사를 등지는 배군(背軍), 군사를 어지럽히는 난군(亂軍), 군사를 그르치는 오군(誤軍)을 가리키며, 금령마다 다시 구체적인 조목들이 있어서 54가지가 되는데, 한 가지만 어겨도 목이 날아간다.】

주유가 손권에게 인사하고 나가자 사람들은 말없이 흩어졌다. 주유는 숙소로 돌아와 제갈량을 청했다.

"오늘 장군부에서 조조와 싸우기로 정했소. 조조를 깨뜨릴 좋은 계책을 얻고 싶소."

제갈량은 계책을 내놓지 않았다.

"손 장군 마음이 아직 굳어지지 않았으니 미리 계책을 정할 수 없습니다."

"어찌하여 마음이 굳어지지 않았다고 하시오?"

"속으로는 조조 군사가 많은 것이 두려워 적은 무리로 많은 적군을 이기지 못할까봐 의심하시지요. 장군이 군사의 숫자로 손 장군 마음을 풀어드려 그 속이 환하고 뚜렷해져 더는 의심이 없어야 대사를 이룰 수 있습니다."

"선생 말이 참으로 옳소."

주유가 다시 장군부에 들어가자 손권이 물었다.

"공근이 밤에 다시 왔으니 반드시 까닭이 있을 것이오."

"내일 군사를 움직이는데 주공께서는 속으로 의심하는 일이 없으십니까?"

손권이 솔직하게 대답했다.

"다만 조조의 무리가 많아 적은 군사로 이기지 못할까 근심할 뿐이지 다른 것은 의심할 게 없소."

"이 유는 그 때문에 특별히 주공 마음을 풀어드리러 왔습니다. 주공께서는 조조 격문에 육군과 수군을 합쳐 100만 대군이라 하니 의심을 품어 두려워하시게 되었는데 허실은 헤아려보지 않으셨으니 실제로 숫자를 따져보겠습니다. 그가 거느린 중원 군사는 15만을 넘지 못하는데 지친 지 오랩니다. 후에 얻은 원씨 무리도 7만 여에 그칠 뿐이고 그나마 의심하며 순종하지 않는 자가 많습니다. 피로한 군사로 의심하는 무리를 통제하니 그 머릿수는 많지만 두려워할 나위가 없습니다. 이 유는 5만 군사를 얻으면 넉넉히 그들을 깨뜨릴 수 있으니 주공께서는 걱정하지 마시기 바랍니다."

손권은 주유의 등을 두드려주었다.

"공근이 내 의심을 시원히 풀어주었소. 자포는 꾀가 없어 나를 몹시 실망하게 했으니 제 아내와 자식들만 생각하면서 사사로운 걱정만 하는구려. 경과 자경만이 나와 마음이 같소. 이미 3만 군사를 고르고 배와 뗏목과 병장기도 모두 갖추었으니 자경, 덕모(정보의 자)와 함께 당장 군사를 일으켜 나아가시오. 내가 뒤를 이어 사람과 말을 보내며 물자와 식량을 지원하겠소. 경의 선두가 싸우다 만약 일이 시원치 않으면 곧 돌아와 나에게 의지하시오. 내가 직접 조조 도적놈과 결전을 벌일 것이니 다시는 다른 의심이 없소.”

주유는 장군부에서 나와 생각했다.

‘제갈량은 벌써 주공 마음을 헤아렸구나. 그의 계책은 나보다 위이니 그는 반드시 강동의 걱정거리가 된다. 아예 없애는 게 좋겠다.’

주유가 그날 밤 노숙을 청해 제갈량을 죽이려는 생각을 말하자 노숙은 반대했다.

“아니 되오. 조조를 깨뜨리려 하는데 먼저 우리 편을 죽이면 스스로 힘을 없애는 노릇이오.”

“이 사람이 유비를 돕고 있으니 반드시 강동의 걱정거리가 될 것이오.”

노숙이 방법을 내놓았다.

“제갈근은 그의 친형이오. 제갈근을 보내 이 사람을 끌어들여 오에서 함께 같은 주인을 섬기게 하면 묘하지 않겠소?”

주유는 그 말이 좋다고 했다.

이튿날 새벽, 주유는 행영의 중군 장막에 앉아 문관과 무장들을 모아 명령을 듣게 했다. 주유보다 나이가 훨씬 많은 정보는 주유가 높은 자리에 앉자 병을 핑계로 나오지 않고 아들 정자(程咨)를 대신 보냈다.

주유가 장수들에게 명령을 내렸다.

“왕의 법은 혈육도 가리지 않으니 여러분은 각기 맡은 일에 최선을 다하지 않으면 아니 되오. 조조가 권력을 휘두르는 것이 동탁보다 심해 천자를 허도에 가두고 난폭한 군사를 우리 경계에 주둔시켰소. 내가 주공 명을 받들고 조조를 토벌하니 여러분이 힘을 다해 나아가면 고맙겠소. 수고에는 상을 내리고 죄에는 벌을 주면서 사사로운 정에 매이지 않을 것이오. 대군이 이르는 곳에서 백성을 괴롭혀서는 아니 되오.”

주유는 군사를 나누어 보냈다. 한당과 황개는 선봉이 되어 500척 싸움배를 이끌고 그날로 떠나 세 강물이 합치는 삼강구에 이르러 영채를 세우고, 장흠과 주태, 능통과 반장, 태사자와 여몽, 육손과 동습은 차례대로 군사를 거느리고 나아가게 했다. 여범과 주치에게는 군사 여섯 대가 물과 뭍으로 나아가 정해진 날짜에 정해진 곳에 모이도록 감독하는 일을 맡겼다. 장수들은 각기 배와 병기를 갖추어 길에 올랐다.

정자가 집에 돌아가 주유가 군사를 부리는 것이 움직이고 멈추는 데에 모두 법이 있더라고 이야기하자 정보는 깜짝 놀랐다.

"내가 평소에 주랑이 나약해 장수 감이 아니라고 보았는데, 그렇다면 진짜 장수 감이니 어찌 복종하지 않겠느냐!"

정보가 바로 행영에 가서 죄를 비니 주유도 겸손하게 좋은 말로 응대했다.

이튿날 주유가 제갈근을 청했다.

"선생의 아우 공명은 제왕을 보좌할 재주를 지녔는데 어찌 몸을 굽혀 유비를 섬기오? 그가 다행히 강동에 왔으니 선생께 폐를 끼쳐야 하겠소. 선생이 좋은 말로 달래 공명이 유비를 버리고 우리 손 장군을 섬기게 하면 주공께서는 좋은 보좌를 얻게 되고, 선생 형제 또한 가깝게 되니 이야말로 아름다운 일이 아니겠소? 선생이 공명을 한번 만나주시면 고맙겠소."

제갈근이 선선히 대답했다.

"이 근은 강동에 와서 한 치의 공로도 세우지 못했는데 도독의 명이 내려졌으니 어찌 힘을 다하지 않겠습니까."

제갈근이 곧 역관으로 가니 제갈량이 울면서 절했다. 서로 그리웠던 정을 하소연하고 제갈근이 물었다.

"아우는 백이(伯夷)와 숙제(叔齊)를 아는가?"

제갈량은 짚이는 데가 있었다.

'이는 주랑이 형님을 보내 나를 회유하는 것이다.'

【너무나 유명한 백이와 숙제 형제를 모를 제갈량이 아니었다. 두 사람은 은나라 고죽국 임금 아들인데 아버지가 셋째인 숙제를 후계자로 정하고 죽자 숙제는 맏이인 백이가 임금이 되어야 한다며 양보했으나 백이는 사절했다.

"아버님은 네가 계승하라고 하셨다."

백이가 임금 자리를 받지 않으니 숙제도 포기하고 둘 다 나라를 떠났다. 주의 문왕 서백이 늙은이를 존경한다는 말을 듣고 가서 살았는데, 서백이 죽고 아들 무왕이 은의 마지막 임금 주를 정벌하러 떠나자 인의에 위배 된다고 말렸다. 주는 제후들이 공인하는 천하의 왕이고 무왕은 제후에 지나지 않으니, 신하로서 주인을 정벌해서는 안 된다고 했다.

오래 힘을 기른 무왕이 그 말을 들을 리 없어, 결국 은은 망하고 주가 죽자 두 사람은 주의 곡식을 먹는 것을 수치로 여겨 수양산에 들어가 고비를 캐어 먹다 굶어 죽었다.】

제갈량이 대답했다.

"백이와 숙제는 옛날 성현이십니다."

제갈근이 아우를 설득했다.

"백이와 숙제는 비록 수양산 아래에서 굶어 죽었지만 두 형제가 늘 같이 살았네. 한 고장에서 살고, 한 곳에서 죽었지. 나하고 아우는 한 핏줄에서 나와 한 어머니 젖을 먹고 자란 몸인데, 각기 다른 주인을 섬겨 아침저녁으로 모여 앉지 못하니 백이와 숙제에 비교하면 부끄럽지 않은가?"

제갈량이 얼른 말을 받았다.

"형님은 인정을 말씀하시는데 아우가 지키는 것은 의리입니다. 형님과 아우는 한의 사람인데 유황숙은 한의 황실 후예이시니, 형님이 오를 떠나 아우와 함께 유황숙을 섬기게 되면 위로는 한의 신하 되기에 부끄럽지 않고 아래로는 혈육이 모이게 되니 인정과 의리에 모두 흡족한 일입니다. 형님 뜻은 어떠하신지 모르겠습니다."

제갈근은 어이가 없었다.

'내가 설득하러 왔는데 오히려 설득을 당하는구나.'

할 말을 잃은 제갈근이 돌아가 주유에게 자세히 전하니 주유가 물었다.

"선생은 뜻이 어떠하오?"

"나는 손 장군의 두터운 은혜를 입었으니 어찌 등질 수 있소?"

"선생이 충심으로 주공을 섬긴다니 더 말할 게 없소. 나에게 마땅히 제갈량을 굴복시킬 계책이 있소."

이야말로

슬기와 슬기가 만나면 어울려야 하건만
재주와 재주 겨루니 용납하기 어렵더라

도대체 주유는 어떤 계책을 쓸까?

45

주유 꾀에 속고도 조조 시치미

삼강구에서 조조는 군사를 잃고
군영회에서 장간은 계책에 걸려

제갈근 말을 듣고 주유는 더욱 제갈량을 죽일 마음을 굳혔다.

이튿날 주유가 장졸들을 점검하고 떠나는 인사를 하자 손권이 격려했다.

"경은 먼저 가시오. 내가 곧 군사를 일으켜 뒤따르겠소."

주유가 정보, 노숙과 함께 군사를 거느리고 떠나면서 같이 가자고 청해 제갈량도 기꺼이 배에 올랐다. 배는 돛을 올리고 하구를 향해 구불구불 나아가, 세 갈래 강물이 합치는 삼강구에서 50여 리 떨어진 곳에 이르러 차례대로 멈추어 섰다. 물과 언덕에 영채를 세워 50여 리에 이어졌는데 제갈량은 다만 쪽배 하나에 몸을 붙였다. 주유가 제갈량을 청했다.

"전에 조조는 군사가 적고 원소는 많은데도 조조가 원소를 이긴 것은 허유의 꾀를 받아들여 오소에 쌓인 원소의 군량을 못 쓰게 만들었기 때문이오. 지금 조조는 군사가 83만이고 우리는 겨우 5만이니 어찌 막아낼 수 있겠소? 역시 조조처럼 적의 군량을 못 쓰게 만들어야 그를 깨뜨릴 수 있을 것이오. 내가 이미 조조의 군량과 말먹이 풀이 모두 취철산에 쌓여 있는 것을 알았소. 선생은 한상에 오래 살아 지리를 잘 알 것이니 감히 선생과 관운장, 장익덕, 조자룡에게 폐를 끼치려 하오. 나도 군사 1000명을 내어 도울테니 선생은 밤을 이용해 취철산으로 가서 조조의 군량 길을 끊어주시오. 서로 주인을 위해 하는 일이니 사양하지 않으시면 고맙겠소.”

제갈량은 주유의 속셈을 알아차렸다.

'나를 설득하지 못하자 계책을 써서 해치려는 것이다. 내가 사양하면 그의 웃음거리가 되니 먼저 대답하고 따로 대책을 세우자.'

제갈량이 선선히 응해 주유는 대단히 기뻤다. 제갈량이 떠나자 노숙이 주유에게 물었다.

“공이 공명을 보내 군량을 빼앗게 하는 것은 무슨 뜻이오?”

“내가 공명을 죽이고 싶지만 남의 비웃음을 자아낼까 두려워, 조조 손을 빌려 뒷날의 걱정거리를 없애려는 것이오.”

노숙이 제갈량을 찾아가 주유의 뜻을 아는지 살피는데, 그는 전혀 난처한 기색 없이 군사를 점검해 떠나려고 했다. 노숙은 보고만 있을 수 없어 말로 건드려보았다.

“선생은 이번 걸음이 성공할 수 있겠소?”

제갈량은 빙그레 웃었다.

“나는 물에서 싸우는 수전, 두 다리로 걸으며 싸우는 보전, 말 타고 싸우는 마전, 수레를 이용해 싸우는 차전, 이런 여러 싸움의 묘한 이치를 다 꿰뚫고 있는데 어찌 승리하지 못할까 걱정이겠소? 강동의 공과 주랑 같이 한 가지에만 능한 이들과는 비할 바가 아니오.”

“나와 공근이 한 가지에만 능하다는 것은 무슨 말이오?”

“강남 아이들이 부르는 노래를 들었소. '길에 매복하고 관을 지키는 데에는 자경보다 센 이 없고, 강물에서 싸우는 데에는 주랑보다 강한 이 없다네.' 공은 뭍에서 길에 매복하고 관을 지킬 따름이요, 공근은 물에서나 싸울 줄 알지 뭍의 싸움은 못 한다는 말이 아니겠소?"

노숙이 돌아가 말을 전하자 주유는 발끈했다.

"내가 어찌 뭍의 싸움을 못 한다고 얕잡아보는가? 그가 갈 것 없소! 내가 직접 1만 기병을 이끌고 취철산으로 가서 조조의 군량 길을 끊겠소!"

노숙이 다시 주유의 말을 전하니 제갈량은 웃었다.

"공근이 나에게 조조의 군량 길을 끊으라고 한 것은 조조 손을 빌려 나를 죽이려는 꾀였는데, 내가 말 한마디를 던지니 벌써 받아들이지 못했소. 지금은 사람을 쓸 때이니 오후와 유 사군께서 마음을 합치시기만 바라야 하오. 그래야 일이 성공할 수 있으니 서로 꾀를 부려 해치려 들면 대사를 그르치게 되오. 조조는 지모가 많아 평생 적의 군량 길을 끊는 것에 이골이 났으니 어찌 습격에 대비하지 않겠소? 만약 공근이 가면 반드시 조조에게 잡히고 마오. 먼저 물에서 싸워 북쪽 군사의 기세를 꺾은 뒤 따로 계책을 찾아 조조를 깨뜨리면 되오. 자경이 좋은 말로 공근에게 전해주면 고맙겠소."

노숙이 그날 밤 말을 전하니 주유는 고개를 설레설레 저으며 발까지 탁탁 굴렀다.

"이 사람의 재주와 식견은 나보다 열 배는 높으니 뒷날 반드시 우리 화가 될 것이오!"

"지금은 사람을 쓸 때이니 나라를 무겁게 알기 바라오. 조조를 깨뜨린 다음 생각해도 늦지 않소."

노숙이 권했다.

유비는 유기에게 강하를 지키게 하고 장수들을 거느리고 하구로 갔다. 멀리 장강 남쪽 기슭에 깃발들이 어슴푸레 보이고 과(戈)와 극(戟)이 가득했다. 오에서 이미 군사를 움직인 것을 알고 유비는 강하 군사를 모두 번구 땅으로 옮기고 부하들에게 물었다.

"공명이 오로 간 뒤 소식이 없으니 일이 어찌 되는지 모르겠소. 누가 가서 허실을 좀 알아보고 오시려오?"

미축이 가겠다고 하여 양과 술 따위 선물을 갖추어 오로 보냈다. 미축이 쪽배를 타고 물길을 내려가 주유의 큰 영채에 이르러, 유비가 존경하는 뜻을 전하며 술과 예물을 올리자 주유는 잔치를 베풀어 대접했다.

"공명이 이곳에 온 지 오래라 함께 돌아가려 합니다."

미축이 청하자 주유는 핑계를 댔다.

"공명은 지금 나와 함께 계책을 짜 조조를 깨뜨려야 하니 쉽게 떠날 수 없소. 나도 유 예주를 뵙고 좋은 계책을 의논하고 싶으나 대군을 거느린 몸이라 잠시도 떠날 수 없으니 예주께서 이곳으로 와주시면 고맙겠소. 따로 일이 있어 얼굴을 맞대고 상의해야 하오."

미축이 응낙하고 돌아가니 노숙이 주유에게 물었다.

"공은 현덕을 만나 어떤 일을 의논하려 하오?"

주유는 노숙에게는 속셈을 숨기지 않았다.

"유비는 이 세상의 사나운 영웅이라 없애지 않을 수 없소. 내가 이곳으로 유인해 죽이려 하니, 나 한 사람 때문이 아니라 실로 나라를 위해 뒷날의 걱정을 없애려는 것이오."

노숙이 두 번 세 번 말렸으나 주유는 듣지 않고 비밀 명령을 내렸다.

"유비가 오면 칼잡이 50명을 벽의 휘장 뒤에 숨겨, 내가 잔을 던지면 바로 손을 써라."

이런 줄도 모르고 미축이 번구로 돌아가 주유의 뜻을 전하자 유비는 쾌속선을 한 척 마련해 곧 떠나려 했다. 관우가 말렸다.

"주유는 꾀가 많은 사람입니다. 제갈 군사의 편지도 없으니 이 초청에는 거 짓이 있을까 두렵습니다. 섣불리 가서는 아니 됩니다."

"내가 지금 오와 손잡고 함께 조조를 깨뜨리려 하는 터에 주랑이 나를 만나 자고 하는데도 가지 않으면 동맹이 제대로 맺어지지 못하네. 서로 의심하고 꺼리면 어찌 일이 이루어지겠나."

"형님께서 기어이 가시겠다면 이 아우가 함께 가겠습니다."

장비도 빠지기 싫은 모양이었다.

"나도 따라가겠소."

"운장만 나를 따라가세. 익덕과 자룡은 영채를 지키고, 간옹은 악현을 단단 히 지키도록 하게. 내가 얼른 갔다 돌아오겠네."

유비가 관우와 함께 쪽배에 오르니 가까운 부하 20여 명만 따랐다. 나는 듯 이 노를 저어 강동으로 가는데 유비가 살펴보니 강동의 몽충과 싸움배, 깃발, 갑옷, 무기들이 좌우로 벌려진 품이 사뭇 정연해 속으로 매우 기뻤다. 유비가 오는 것을 알고 오군이 부리나케 보고하자 주유가 물었다.

"배 몇 척을 가지고 오느냐?"

"배는 한 척뿐이고 따르는 사람은 20여 명입니다."

주유는 씩 웃었다.

'이 사람이 목숨이 날아가게 되었구나!'

칼잡이들을 숨기고 유비를 맞아들이니 관우와 20여 명 부하가 따라갔다. 예절을 차려 인사를 마치고 주유가 상석을 권하자 유비는 사양했다.

"장군은 명성이 천하에 널리 떨치셨으나 이 비는 재주 없는 사람이니 어찌 장군께 무거운 예절을 차리게 하겠소?"

각기 주인과 손님 자리에 나누어 앉아 주유가 잔치를 베풀어 대접했다.

이때 제갈량이 우연히 강변에 갔다가 그곳에서 유비와 주유가 만난다는 말을 듣고 흠칫 놀라 급히 중군으로 들어가 살펴보았다. 주유의 얼굴에 살기가 흐르는데, 양쪽 바닥까지 휘장이 드리웠으니 그 안에 칼잡이들이 빼곡히 들어선 것이 분명했다.

'이 일을 어찌하나?'

깜짝 놀라 돌아보니 유비는 말하고 웃는 모습이 태연한데, 그 뒤에 한 사람이 허리에 찬 검을 틀어쥐고 섰으니 다름 아닌 관우였다.

'운장이 있으니 주공께서 위험하시지는 않겠구나.'

제갈량은 안심하고 강변으로 돌아가 유비를 기다렸다.

유비는 주유와 술을 마시다 물었다.

"장군은 조조를 막는 군사를 얼마나 얻으셨소?"

"3만입니다."

유비는 뜻밖이었다.

"그것으로 조조의 83만 군사를 막을 수 있겠소?"

"군사가 많고 장수들이 우글거린다고 두려워할 게 무엇입니까? 이 유는 3만이면 넉넉합니다. 예주께서는 이 유가 조조를 깨뜨리는 것을 구경이나 하십시오. 썩은 나무를 부러뜨리는 모양이 될 것입니다!"

유비는 부끄러워하며 사과했다. 또 술이 몇 순 돌아 주유가 일어나 잔을 잡고 술을 권하는데, 별안간 유비 등 뒤에 서있는 관우가 눈에 들어왔다. 허리에 찬 검에 손을 얹은 그의 모습을 보고 주유는 급히 유비에게 물었다.

"이 사람은 누구시오?"

"내 아우 관운장이오."

"옛날에 안량과 문추를 벤 사람이 아닙니까?"

"그렇소."

주유는 소스라쳐 놀라 식은땀이 등을 적셔서 곧 술을 따라 관우에게 권했다. 이윽고 노숙이 장막에 들어오자 유비가 청했다.

"공명은 어디 계시오? 수고스럽지만 자경이 불러 만나게 해주시오."

주유가 말렸다.

"조조를 깨뜨린 다음 만나셔도 늦지 않습니다."

유비는 감히 더 말하지 못하고 관우 눈짓에 따라 자리에서 일어났다.

"이 비는 잠시 도독과 헤어지겠소. 적을 깨뜨려 공을 이루신 뒤 달려와 머리를 조아리며 축하드리겠소."

유비가 주유와 헤어져 강가에 오니 제갈량이 배에서 기다리고 있어서 크게 기뻤다. 제갈량이 물었다.

"주공께서는 오늘의 위험을 아십니까? 운장이 아니었으면 주랑에게 큰 해를 입을 뻔했습니다."

유비는 깜짝 놀라 설명을 듣고, 그제야 칼끝에서 목숨이 살아났음을 깨달았다. 유비가 함께 번구로 돌아가자고 청했지만 제갈량은 따로 생각이 있었다.

"이 양은 비록 호랑이 입 속에 있으나 태산처럼 끄떡없습니다 [雖居虎口수거호구 安如泰山안여태산]. 주공께서는 배와 군사를 마련해 제가 쓰기만 기다리십시오. 그리고 11월 20일, 갑자 날에 자룡에게 쪽배를 저어 남쪽 기슭에 와서 기다리게 해주십시오. 절대 어기셔서는 아니 됩니다."

"그게 무슨 뜻이오?"

유비가 궁금해 묻자 제갈량은 대답을 미루었다.

"동남풍이 불면 이 양은 반드시 돌아갑니다."

유비가 다시 물으려 하는데 제갈량은 군사를 재촉해 배를 띄우더니 곧바로 돌아가 버렸다. 유비와 관우가 배를 타고 몇 리를 가지 못해 상류에서 50여 척 배가 내려왔다. 뱃머리에 선 장수는 긴 창을 가로 들었으니 바로 장비였다. 유비에게 일이 생기면 관우 혼자 버티기 어려울까 걱정해 특별히 맞이하러 와서 세 사람은 함께 영채로 돌아갔다.

주유가 유비를 보내고 영채로 돌아가니 노숙이 물었다.

"공은 일껏 현덕을 꾀어와 어찌하여 손을 대지 않았소?"

"관운장은 세상의 호랑이 같은 장수요. 그가 앉으나 서나 현덕과 딱 붙어 있으니 내가 손을 쓰면 그가 반드시 나를 해칠 것이오."

주유의 대답을 듣고 노숙이 놀라는데, 갑자기 조조가 글을 보내와 주유가 받아보니 봉투에 몇 자 쓰여 있었다.

'한의 대승상이 주 도독에게 뜯어보게 하노라.'

주유가 크게 노해 뜯어보지도 않고 발기발기 찢어 땅에 던지고 사자의 목을 치라고 호령하자 노숙이 말렸다.

"두 나라가 싸우면서 사자의 목은 치지 않는 법이오."

"이번에는 목을 쳐 위엄을 보여주어야 하오!"

주유는 사자의 목을 쳐 따라온 자들에게 머리를 돌려보냈다. 그리고 명령을 내려 감녕을 선봉, 한당을 왼쪽 날개, 장흠을 오른쪽 날개로 삼고 자신은 장수들을 거느리고 세 사람을 지원하기로 했다. 오군은 이튿날 동트기 전에 밥을 짓고 동이 트자 배를 띄워 북을 울리고 고함치며 나아갔다.

강북에서 조조는 주유가 글을 찢고 사자를 죽이자 크게 노해 채모와 장윤을 비롯해 형주에서 항복한 장수들을 선두로 삼고, 스스로 후군이 되어 역시 동트기 전에 밥을 짓고 동이 트자 배를 몰았다. 건안 13년(208년) 11월 초하루, 바람은 불지 않고 물결이 잔잔한데 북군은 크게 나아갔다.

조조가 배를 독촉해 삼강구에 이르자 오의 배들이 벌써 강을 뒤덮으며 마주 와, 앞장선 대장이 뱃머리에 앉아 높이 외쳤다.

"나는 감녕이다! 누가 감히 나하고 결전을 벌이겠느냐?"

채모가 아우 채훈에게 나가게 하여 두 배가 가까워지는데 감녕이 활을 쏘아 시위소리가 울리자 채훈은 벌렁 자빠졌다. 감녕이 배를 몰며 수많은 쇠뇌로 일제히 살을 날려 조조 군사가 어지러워지니 장흠과 한당이 쳐들어갔다. 조조 군사는 태반이 청주, 서주 사람들이라 물싸움이라고는 배운 적이 없어, 넓은 장강 위에 배가 늘어서자 벌써 휘청거리기부터 했다.

감녕을 비롯해 세 길 배들이 수면을 가로세로 누비는데 주유가 또 배들을 재촉해 밀려오니 조조 군사는 화살에 맞고 포에 다친 자가 얼마인지 알 수 없었다. 양쪽 군사는 아침부터 한낮까지 꼬박 싸웠다. 주유는 크게 이겼으나 군사가 적어서 대군을 당하지 못할까 두려워 징을 울려 배들을 불러들였다.

조조 군사는 패하고 돌아갔다. 청주, 서주에서 온 군사는 물싸움에 서툴러 빠져 죽은 자가 매우 많았다. 조조는 뭍의 영채에 올라가 군사를 정돈하고 채모와 장윤을 불러 나무랐다.

"오는 군사가 적은데 오히려 우리가 패하고 말았으니 너희가 심혈을 기울이지 않은 탓이다! 이번에는 잠시 용서하겠으나 다시 이렇게 되면 반드시 군법에 따라 처리하리라!"

채모가 변명했다.

"형주 수군은 훈련하지 않은 지 오래고, 청주, 서주 군사는 물에서 싸우는 법을 몰라 패했습니다. 먼저 물에 영채를 세워야 합니다. 청주, 서주 군사는 안에 있게 하고, 형주 군사는 밖에 있게 하여 날마다 가르치고 훈련해 물에서 싸우는 데에 익숙해져야 그들을 쓸 수 있습니다."

"네가 수군 도독이니 좋을 대로 하면 그만이지 나에게 일일이 보고할 게 무어냐!"

조조가 퉁명스럽게 한마디 던지자 채모와 장윤은 수군을 훈련시키러 갔다.

강을 따라 수문 24개를 만들고 큰 배들을 밖에 두어 성으로 삼으면서 작은 배들을 안에 두어 서로 오갈 수 있게 하니, 밤이 되어 등불을 켜면 하늘과 수면이 새빨갛게 물들었다.

첫 싸움에서 이긴 주유는 영채로 돌아와 삼군에 상을 내리고 손권에게 승리 소식을 전했다. 그날 밤 주유가 높은 곳에 올라 바라보는데 서쪽에서 불빛이 하늘에 닿으니 좌우에서 아뢰었다.

"저것이 모두 북군의 등불 빛입니다."

주유는 엄청난 기세에 은근히 놀랐다.

이튿날 주유는 조조의 수상 영채를 살펴보려고 누각이 있는 큰 배를 한 척 내어, 북과 악기를 싣고 수행하는 장수들에게 강한 활과 센 쇠뇌를 지니게 하여 구불구불 나아갔다. 조조 영채 부근에 이르자 주유가 명령해 닻으로 쓰이는 돌이 내려지고 북소리, 음악 소리가 일제히 울렸다. 가만히 조조의 수군 영채를 훔쳐본 주유는 깜짝 놀랐다.

"수군의 묘한 이치를 깊이 터득해 만든 영채다. 수군 도독이 누구냐?"

"채모와 장윤이라 합니다."

주유는 속으로 궁리했다.

'두 사람은 강동에 오래 살면서 물에서 싸우는 법을 깊이 익혔다. 내가 계책을 써서 반드시 두 사람을 없애야 조조를 깨뜨릴 수 있다.'

주유가 배 위에서 술을 마시며 경치를 감상하듯 한참 영채를 엿보니 뒤늦게 조조가 알고 배를 풀어 주유를 사로잡으라고 명했다. 수군 영채 안에서 깃발이 움직이자 주유가 급히 닻을 거두게 하니 양쪽에서 일제히 노를 저어 누각 배는 새가 날아가듯 재빨리 움직였다. 조조의 배들이 나왔을 때는 이미 십몇 리 밖으로 달아나 따라잡을 수 없었다. 장수들이 허탕을 치고 돌아가 보고하자 조조가 물었다.

"어제도 패하여 날카로운 기세가 꺾였는데, 오늘 또 적이 우리 영채를 실컷 훔쳐보았으니 어떤 계책으로 그를 깨뜨려야 하겠소?"

장막 아래에서 한 사람이 불쑥 나섰다.

"저는 어릴 적부터 주유와 함께 공부하면서 사이가 두터웠습니다. 썩을 줄 모르는 세 치 혀를 믿고 강동으로 가서 그를 구슬려, 이곳에 와서 항복을 드리게 하겠습니다."

조조가 보니 양주 구강군 사람 장간(蔣幹)인데 자는 자익(子翼)으로 군의 막료로 있었다.

"무엇을 가지고 가려 하는가?"

"따라갈 아이 하나와 배를 저을 사람 둘만 있으면 됩니다. 다른 것은 필요 없습니다."

조조가 기뻐 술상을 차려 전송하니, 갈포 두건을 쓰고 무명 두루마기를 입은 장간은 쪽배를 타고 곧장 주유 영채로 갔다.

"주 도독에게 옛 친구 장간이 찾아왔다고 전하라."

장수들과 논의하던 주유는 장간이 왔다는 말을 듣고 웃었다.

"나를 설득하러 세객이 왔구려!"

장수들에게 어찌어찌하라고 일러 모두 명을 받고 나갔다.

주유는 옷매무시를 바로잡고 관도 똑바로 써서 반듯한 차림을 하고, 화려한 비단옷을 입고 꽃무늬를 수놓은 모자를 쓴 사람을 수백이나 이끌고 나가 앞뒤로 둘러 세웠다. 주유가 머리를 숙여 맞이하자 푸른 옷을 입은 아이 하나만 데리고 온 장간은 고개를 번쩍 쳐들고 버젓이 걸어와 인사했다.

"공근은 헤어진 이후 별 탈 없는가?"

"자익이 수고하네. 강을 건너고 호수를 지나 먼 길을 왔으니 조씨를 위해

◀ 주유는 누선 위에 올라 조조 영채 엿보다.

세객 노릇을 하려는 것인가?"

장간은 깜짝 놀랐다.

"그대와 헤어진 지 오래라 특히 찾아와 옛정을 이야기하려 하는데 어찌 세객 노릇을 한다고 의심하는가?"

"내가 비록 사광(師曠)처럼 귀가 밝지는 못하나 줄을 뜯으며 부르는 노래를 들으면 그 고상한 뜻을 알기는 하네."

【사광은 춘추시대 진(晉)의 악사로 눈이 멀었으나 귀가 특별히 밝아, 어느 곡이 망국의 음악이라고 지적했다는 이야기가 아주 유명하다. 주유 또한 음률에 밝아 술을 많이 마시고도 누가 거문고를 잘못 뜯으면 돌아보곤 했다고 한다. 그래서 여자들이 잘생긴 주유가 돌아보기를 바라 일부러 줄을 잘못 뜯었다는 일화까지 있었다.】

장간이 난처해 뻗대보았다.

"그대가 옛 친구를 이렇게 대하니 물러가야겠네."

주유가 웃으며 그의 팔을 잡았다.

"나는 다만 형이 조씨를 위해 세객 노릇을 할까 두려웠을 뿐인데, 그런 마음이 없다면 어찌 이렇게 빨리 가나?"

주유는 장간과 함께 장막에 들어가 명령을 내렸다.

"강동의 영웅호걸들을 모두 불러 자익과 만나게 하라."

잠시 후 앞에 금 그릇, 은그릇이 차려지는데 금빛, 은빛에 눈이 부셨다. 문관과 무장들은 각기 비단옷을 차려입고, 장막 아래 편장과 비장들은 죄다 은갑옷을 걸치고 두 줄로 나뉘어 들어왔다. 주유는 모두 장간과 얼굴을 마주하여 인사하게 하고 양쪽에 나누어 앉혔다. 굉장한 잔치가 벌어져 승전을 고하는 음악이 일어나고, 사람들이 번갈아 잔을 잡고 술을 권했다. 주유가 사람들에게 설명했다.

"이분은 내 어릴 때 동창에다 단짝 친구요. 비록 강북에서 왔지만 조씨의 세객은 아니니 공들은 의심하지 마시오."

그는 허리에 찬 검을 풀어 태사자에게 넘겨주었다.

"공은 내 검을 차고 술상을 감독하시오. 오늘 잔치에서 술을 마시며 다만 친구의 정만 이야기하는 것이니 만약 조조와 오군을 말하는 자가 있으면 그 자리에서 목을 치시오!"

태사자가 검을 받아 허리에 차고 자루를 틀어쥐고 자리에 앉으니 장간은 너무 놀라 감히 더 말하지 못했다. 주유가 또 선언했다.

"내가 군사를 거느린 후 술 한 방울 입에 대지 않았소. 오늘 옛 친구를 만났는데 의심하거나 거리끼는 일이 없으니 모처럼 취하도록 마실 거요."

말을 마치고 주유는 껄껄 웃으며 술을 입에 쏟아 넣었다. 자리에서는 술이 마구 오고 가고, 일어나 잔을 잡고 술을 권하는 사람은 반드시 재주를 하나씩 자랑했다. 주유는 허허 웃으며 즐겁게 술을 마셨다.

차츰 술기운이 오르자 주유가 장간 손을 잡고 장막 밖으로 나가니 좌우 군사들이 투구 쓰고 갑옷 입고 과와 극을 들고 정연히 서 있었다.

"내 군사가 제법 강하고 씩씩하지?"

"참으로 곰 같고 호랑이 같은 장사들일세."

장간이 건성으로 대꾸하는데 주유가 장막 뒤로 데려가니 군량과 말먹이 풀이 산더미처럼 쌓여 있었다.

"내 군량과 말먹이 풀이 꽤 넉넉하지?"

"군사가 정예하고 군량이 넉넉하다더니 과연 소문이 헛되지 않았네."

주유는 짐짓 취한 척 허허 웃어댔다.

"이 주유가 자익과 함께 공부할 적에는 오늘 같은 날이 있기를 바라지 못했네."

群英會
周瑜舞

乙丑春
蔡雄畫

"형의 높은 재주로 보면 실로 과분하지 않네."

장간이 말이 나오는 대로 칭찬하자 주유가 장간 손을 잡았다.

"대장부가 세상을 살면서 자기를 알아주는 주인을 만났으니 밖으로는 주인과 신하의 의리를 지키고 안으로는 혈육의 온정을 맺었네. 말씀을 올리면 꼭 들어주시고 계책을 드리면 반드시 따라주시면서, 화를 당하거나 복을 누리거나 다 함께 해주시네. 가령 소진, 장의, 육가, 역이기가 다시 살아나 거침없는 폭포가 쏟아지듯 입을 놀리고 날카로운 칼을 휘두르듯 혀를 굴리더라도 어찌 내 마음을 움직일 수 있겠나! 하물며 책에서 글귀나 따다 외우는 썩은 선비들이 일방적인 말로 나를 쉽게 설득할 수 있겠는가?"

주유가 또 껄껄 웃으니 장간은 얼굴이 흙빛이 되어 가슴이 칼에 찔리는 듯했다. 주유는 다시 장간 손을 잡고 장막으로 들어가 술을 마셨다.

"이분들은 모두 강동의 영웅호걸들이니, 오늘 이 모임은 군영회(群英會, 영웅들 모임)라 부를 만하리!"

날이 저물도록 술을 마시다 장막에 불을 밝혔다. 주유가 일어나 검을 춤추며 노래를 지어 부르니 사람들이 손뼉을 치면서 분위기를 돋우었다.

　　장부가 세상을 사니 공명을 세우고
　　공명을 세우니 평생 위로가 되리
　　평생 위로가 되니 내 장차 취하리라
　　장차 취하리니 미친 듯 노래 부른다

노래를 마치자 사람들이 모두 즐겁게 웃는데 장간은 가슴이 갈기갈기 찢어지는 듯했다. 밤이 깊어 장간이 더 마시지 못하겠다고 사양하자 사람들은 모

◀ 주유는 검을 춤추며 노래를 부르다.

두 물러갔다. 주유가 청했다.

"자익과 한 침상에서 자본 지도 오래되었네. 오늘 밤에는 발바닥을 맞대고 자보세."

주유는 잔뜩 취한 모습으로 장간을 데리고 장막으로 들어가 잠자리에 들었다. 옷도 벗지 않고 침상에 쓰러진 주유가 왈칵왈칵 토하니 마치 이리가 자고 난 자리의 풀을 헤집어놓은 듯 어지러웠다.

장간은 잠이 올 리 없었다. 베개에 엎드려 있다 시간을 알리는 북소리가 울려 일어나 보니 가물거리는 등불이 아직 꺼지지 않았는데 주유는 드렁드렁 우레 울리듯 코를 골았다. 장막 안을 둘러보자 상 위에 둘둘 말린 문서가 한 묶음 있어, 슬그머니 다가가 훔쳐보니 주유가 받은 편지들이었다. 그중 한 통에 '채모와 장윤이 삼가 봉합니다'라고 쓰여 있어 깜짝 놀라 가만히 읽어보았다.

'저희는 벼슬이나 녹봉을 바라 조조에게 항복한 것이 아니라 형세가 그렇게 만들었을 따름입니다. 이제 북군을 속여 수군 영채 안에 가두었는데, 그럴 만한 틈이 생기면 조조 도적놈의 머리를 베어 도독께 바치겠습니다. 곧 사람이 도착하면 글로 소식을 알릴 것이니 의심하지 않으시면 참으로 다행이겠습니다. 먼저 이 글로 답을 드립니다.'

'채모와 장윤이 오와 결탁했구나.'

장간은 가만히 글을 옷 속에 감추었다. 다른 편지들을 뒤적여보려 하는데 침상 위에서 주유가 몸을 돌려 급히 등불을 끄고 자리에 누웠다. 주유가 웅얼거렸다.

"자익! 며칠 안으로 조조 도적놈 머리를 보여주겠네!"

장간이 되는 대로 응대하자 주유가 또 중얼거렸다.

"자익! 가만, 내가 조조 도적놈 머리를 보여준다니까……."

장간이 속을 캐내려고 물으니 주유는 다시 잠들어버렸다. 장간이 침상 위에 엎드려 뜬눈으로 시간을 보내는데 새벽이 가까워지자 웬 사람이 장막에 들어와 불렀다.

"도독께서는 깨어나셨습니까?"

주유는 꿈에서 갑자기 깬 듯 그에게 물었다.

"내 침상 위에서 자는 사람은 누구냐?"

"도독께서는 자익을 청해 함께 주무셨는데 잊으셨습니까?"

"내가 평소 취한 적이 없는데 어제 취한 끝에 실수했구나. 무슨 말이나 하지 않았는지 모르겠다."

"강북에서 사람이 왔습니다."

"소리를 낮추어라!"

주유가 나지막하게 호통쳐 그의 말허리를 자르더니 장간을 불렀다.

"자익!"

장간이 자는 척하니 주유는 살금살금 장막에서 나갔다. 장간이 귀를 돋우어 듣자 밖에서 말소리가 들렸다.

"장 도독과 채 도독께서 급히 손을 쓰지 못하겠다고 하십니다……."

뒤의 말은 너무 낮아 들리지 않았다. 이윽고 주유가 장막에 들어와 다시 불렀으나 장간이 대답 없이 이불로 머리를 감싼 채 자는 척하자 더 부르지 않고 제대로 옷을 벗더니 자리에 누웠다.

'주유는 꼼꼼한 사람이라 날이 밝아 글이 보이지 않으면 나를 해친다.'

장간이 새벽까지 누워 있다가 일어나 주유를 부르니 이번에는 그가 잠이 들었다. 장간이 두건을 쓰고 살금살금 장막에서 나와 아이를 불러 곧장 영채 문을 나서는데 지키는 군사가 물었다.

"선생은 어디를 가십니까?"

"내가 여기 있으면 도독의 일을 그르칠까 두려워 일찍 작별하네."

군사는 막지 않았다. 장간이 배에 올라 부리나케 노를 저어 돌아가니 조조가 물었다.

"자익이 갔던 일은 어찌 되었는가?"

"주유는 도량이 넓고 정취가 고상해 말로 마음을 움직일 사람이 아니었습니다."

조조는 화를 냈다.

"일은 이루지 못하고 그쪽 비웃음만 샀군."

"주유를 설득하지는 못했으나 승상을 위해 한 가지 일을 알아냈으니 좌우를 물려주시기 바랍니다."

장간이 편지를 꺼내 보이고 밤에 있었던 일을 하나하나 이야기하자 조조는 크게 노했다.

"두 도적놈이 이처럼 무례하단 말인가!"

채모와 장윤을 장막 아래로 불렀다.

"내가 너희 두 사람에게 빨리 나아가게 하겠다."

채모가 난처해했다.

"군사가 아직 익숙하게 훈련되지 못해 섣불리 나아가서는 아니 됩니다."

조조가 화를 냈다.

"군사가 익숙하게 훈련되면 내 머리가 주유에게 바쳐지겠지?"

채모와 장윤은 뜻을 알 수 없어 어리둥절해 대답을 못 하는데, 조조가 호령해 두 사람을 끌어내 목을 쳤다. 잠시 후 무사들이 머리 둘을 장막 아래에 바치자 조조는 불현듯 깨달았다.

'내가 계책에 걸렸구나!'

두 사람이 죽고 장수들이 들어와 까닭을 물었으나 조조는 계책에 걸렸음을 뻔히 알면서도 말하지 않았다.

"두 사람이 군법을 우습게 알고 날짜를 질질 끌어 죽였네."

장수들은 모두 탄식하며 놀라워했다. 조조는 모개와 우금에게 수군 도독을 맡게 했다.

소식이 강동에 전해지자 주유는 크게 기뻐했다.

"내가 걱정한 것은 두 사람뿐인데, 걱정이 사라졌소!"

노숙이 감탄했다.

"도독이 이처럼 신같이 군사를 부리니 조조를 깨뜨리지 못할까 걱정할 게 무엇이오?"

주유는 꺼림칙한 점이 있었다.

"내가 헤아려보면 장수들은 모두 이 계책을 모르지만 제갈량만은 속일 수 없을 것이오. 그가 아는지 모르는지 자경이 알아보고 바로 알려주시오."

이야말로

세객을 거꾸로 이용한 일을 두고
옆에서 구경하는 사람 시험하누나

노숙은 제갈량에게 가서 물어볼까?

46

풀 실은 배로 적의 화살 빌려

기이한 계책 써 공명은 화살 빌리고
비밀 계책 드려 황개는 형벌을 받다

노숙은 제갈량의 쪽배로 건너갔다.

"며칠 군사 일을 보느라 선생의 가르침을 받지 못했소."

제갈량이 반겼다.

"양도 도독께 기쁜 일을 축하드리지 못했네요."

"기쁜 일이 무어요?"

제갈량이 바로 찍어냈다.

"공근이 공을 보내 이 양이 아는지 알아보게 했으니 참으로 축하드릴 일이
지요."

노숙은 기겁해 낯빛이 변했다.

"선생이 어찌 아시오?"

"그 계책은 장간이나 속일 수 있지요. 조조는 비록 잠시 속았으나 반드시
알아차렸을 텐데 잘못을 인정하지 않겠지요. 채모와 장윤이 죽어 강동의 걱

정거리가 사라졌으니 어찌 축하드리지 않겠소? 듣자니 조조가 모개와 우금을 수군 도독으로 삼았다는데, 두 사람 손에서 반드시 수군들 목숨이 남아나지 않을 것이오."

노숙이 할 말을 잃어 잠시 웅얼거리다 일어서자 제갈량이 당부했다.

"이 양이 알고 있더라고 공근에게는 말하지 마시기 바라오. 양을 해칠까 두렵소."

그러나 노숙은 돌아가 주유에게 사실대로 말하지 않을 수 없었다. 주유는 깜짝 놀랐다.

"이 사람은 절대로 그냥 놓아둘 수 없소! 그대로 두었다가는 내가 계책을 제대로 쓸 수 없으니 기필코 목을 베어야 하오!"

"공명을 죽이면 조조의 비웃음을 살 것이오."

"내가 공정한 도리로 목을 칠 것이니 그가 죽어도 원망이 없도록 하겠소."

이튿날 주유가 장수들을 모으고 제갈량을 청해 물었다.

"곧 조조와 싸우게 되는데 물에서 싸우려면 어떤 무기가 제일이오?"

"넓은 강 위에서는 활과 화살이 으뜸이지요."

"선생 말씀이 이 어리석은 사람 뜻과 똑같소. 군중에 화살이 모자라니 감히 선생께 폐를 끼쳐, 화살 10만 대를 친히 감독해 만들어 적을 무찌르게 해주시기 바라오. 군사 일이니 선생께서 사절하지 않으시면 다행이겠소."

제갈량이 선뜻 응했다.

"도독께서 일을 맡기셨으니 마땅히 힘을 다해야지요. 한 가지 감히 물어보자면 10만 대 화살을 언제 쓰실 겁니까?"

"열흘 안으로 다 만들 수 있겠소?"

제갈량은 늘 그렇듯이 정면 대답을 피했다.

"조조 군사가 곧 닥칠 터인데 열흘까지 기다리면 일을 그르치지 않을까 걱정입니다."

"선생이 헤아려보면 며칠이면 다 만들 수 있겠소?"

"사흘만 주시면 10만 대 화살을 엎드려 바칠 수 있습니다."

너무 황당한 말이라 주유가 다짐을 받았다.

"군사에는 놀리는 말이 없는 법이오."

"어찌 감히 도독을 놀리겠습니까? 군령장을 바치고 사흘 안에 마련하지 못하면 무거운 벌을 받겠습니다."

【군령장이란 명령에 대한 서약서로, 임무를 완수하지 못하면 무거운 벌을 받겠다는 약속이다. 군중에서 무거운 벌이란 죽임을 가리킨다.】

주유가 대단히 기뻐 군령장을 받고 술상을 차려 대접하니 제갈량이 다짐했다.

"오늘은 늦어서 일할 수 없고 내일 시작할 테니, 사흘째 되는 날 500명 군사를 강변에 보내 화살을 나르게 하십시오."

제갈량이 술을 몇 잔 마시고 돌아가자 노숙이 물었다.

"이 사람이 거짓말을 하는 게 아니오?"

"그가 스스로 죽을 짓을 하는 것이지 내가 핍박한 것은 아니오. 오늘 분명히 여러 사람 앞에서 문서를 받았으니 그는 두 겨드랑이에 날개가 돋더라도 날아갈 수 없게 되었소. 나는 다만 화살 만드는 장인들에게 지시만 하면 그만이오. 일을 지연시키고 그가 바라는 물건을 빨리 만들지 말라고 말이오. 그러면 틀림없이 날짜를 어기게 되니 그때 벌을 정하면 무슨 말이 있겠소? 공은 가서 그의 허실을 알아보고 돌아와 이야기해 주시오."

주유의 명을 받들고 노숙이 찾아가니 제갈량은 원망했다.

"내가 자경에게 부탁하지 않았소? 공근이 내 헤아림을 알면 반드시 나를 해칠 것이니 말하지 말아 달라고 말이오. 그런데 뜻밖에도 자경이 숨기지 않아 과연 오늘 또 일이 생기고 말았소. 사흘 안으로 어찌 10만 대 화살을 만든단 말이오? 자경은 나를 구해주셔야 하오!"

노숙은 조금 억울했다.

"공이 스스로 화를 불렀는데 내가 어찌 구할 수 있소?"

"자경이 배 20척만 빌려주시오. 배마다 군사를 30명씩 두고 배 위에는 푸른 천으로 장막을 치며, 각기 풀 단을 1000여 개씩 묶어 양쪽에 갈라놓게 하시오. 내가 묘하게 쓸 데가 있으니 사흘째 되는 날이면 장담하고 10만 대 화살을 모으겠소. 하지만 다시 공근이 알게 해서는 아니 되오. 그가 알면 내 계책이 틀어지고 자경에게도 반드시 누가 미칠 것이오."

노숙은 그렇게 하겠다고 약속했으나 뜻을 알 수 없었다. 돌아가 주유에게 그 이야기는 하지 않고 다른 말만 했다.

"공명은 화살대로 쓸 대나무나 화살촉, 깃털, 아교와 풀 따위를 쓰지 않고도 마땅히 화살을 만들 도리가 있다 하오."

주유는 덜컥 의심이 들었다.

"그래요? 그렇다면 그가 사흘 후에 어찌하는지 봅시다!"

노숙은 슬그머니 가볍고 빨리 움직이는 배 20척을 마련해 제갈량 말대로 준비해 쓰도록 했다. 제갈량은 두 번째 날도 움직이지 않고, 사흘째 되는 날 한밤중에야 가만히 노숙을 배로 청했다.

"특별히 자경과 함께 가서 화살을 가져오려 하오."

제갈량은 분명한 설명을 미룬 채 20척 배를 밧줄로 잇게 하여 북쪽 기슭을 향해 나아갔다. 그날 밤 장강에는 안개가 한층 심해 얼굴을 맞대고도 알아볼 수 없었다. 정말 말 그대로 자욱한 안개였다. 그래서 옛사람이 '두꺼운 안개가 강에 드리웠다'는 부(賦)를 지었는가.

넓도다, 장강이여! 서쪽으로 민산과 아미산에 닿았고 남쪽으로 삼오(三吳, 장강 하류) 땅을 통제하며 북쪽으로 구하(九河, 황하 아홉 지류)를 아울렀구나. 백 갈래 강물을 모아 바다로 들어가고, 만고의 세월에 파도를 일으키네. 여기는 용백(龍伯, 전설 속 거인)과 해약(海若, 바다의 신), 강비(江妃, 전설 속 여신), 수모(水母, 물의 여신) 따위가 있는가 하면 긴 고래는 천 길에 이르고 천오(天蜈, 강물의 신)는 머리가 아홉 개나 되니, 귀신이며 괴물이며 이상한 것들이 모두 모였다. 대체로 귀신들이 의지하는 곳이요, 영웅들이 싸우고 지키는 곳이더라. 음양이 어지러워지고 어둠과 밝음이 갈라지지 않아 넓은 하늘이 한 빛깔이 되어 놀라는데 불시에 안개가 사방에서 모여든다. 장작에 불을 지펴도 앞을 볼 수 없고 징 소리 북소리만 들리누나. 처음에는 하늘땅이 막 이루어질 때처럼 어슴푸레하여 겨우 남산의 표범을 감추더니 차차 짙어지면서 북해의 곤(鯤, 전설 속 대어)을 홀리려 하네. 위로는 높은 하늘에 닿고 아래로는 두꺼운 땅에 드리우니 머나멀고 넓고 넓어 끝이 없더라. 수고래, 암고래는 물에서 나와 파도를 일으키고 교룡은 깊은 물에 잠기어 숨을 내쉰다. 또 매우(梅雨, 장마)의 계절에는 축축해지고 봄날은 음산해 추위를 자아내니 어둡고 흐리고 아득하구나. 동쪽으로는 시상의 기슭이 사라지고 남쪽으로는 하구의 산이 없어진다. 싸움배 1000척은 모두 바위틈에 빠지고 고깃배 하나가 놀랍게도 파도 위를 넘나든다. 심지어 푸른 하늘에 빛이 없어 아침 해가 빛깔을 잃고, 대낮이 누르스름하게 흐려지는가 하면 붉은 산이 푸른 물빛으로 변한다. 홍수를 다스린 대우(大禹)의 슬기로도 그 깊고 얕음을 잴 수 없고, 눈이 밝은 이루(離婁, 전설 속 인물)의 시야로도 어찌 지척을 가려보랴? 풍이(馮夷, 물의 신)는 파도를 그치고, 병예(屛翳, 바람의 신)는 일을 마친다. 물고기와 자라는 자취를 감추고, 새와 짐승들도 종적을 숨긴다. 신선이 사는 봉래 섬이 사이가 끊어지고, 창합(閶闔, 전설의 하늘문)

이 궁전을 감싼다. 갑작스레 내달리니 소나기가 올 듯하고, 분분히 떨어지니 찬 구름이 어울리는 듯하다. 그 속에는 독사가 숨겨졌으니 안개 때문에 장기(瘴氣, 병의 기운)로 변하고, 안에는 요귀가 감추어 안개를 믿고 화가 되더라. 질병과 재앙을 인간 세상에 내리고 바람과 먼지를 장성 밖에 일으키니 낮은 백성이 만나면 젊은 나이에 일찍 죽거나 다치고, 높은 어른이 만나면 감개무량하더라. 대체로 원기를 되돌려 태초 시대로 돌아가게 하고 천지를 아울러 대자연으로 만드누나.

그날 밤 새벽이 올 무렵 조조 수군 영채에 가까이 다가가자 제갈량이 배를 돌렸다. 뱃머리는 서쪽으로 하고 고물은 동쪽으로 하여 한 줄로 늘여놓더니 배 위에서 북을 두드리고 소리를 지르게 하여 노숙은 깜짝 놀랐다.

"조조 군사가 일제히 쳐 나오면 어찌하오?"

제갈량은 빙긋이 웃었다.

"내가 헤아려보건대 조조는 반드시 겹겹의 안개에 감히 나오지 못하오. 우리는 그저 술이나 따르면서 즐겁게 노닐다 안개가 걷히면 돌아갑시다."

북소리와 고함이 들리자 모개와 우금은 부리나케 조조에게 보고했다. 조조는 수군이 정연하지 못해 몸소 강변에 와서 지휘하고 군사를 배치하다 명을 전했다.

"두꺼운 안개가 강을 덮었는데 적이 갑자기 왔으니 반드시 매복이 있다. 절대 가볍게 움직이지 마라. 수군에 활과 쇠뇌를 많이 배치해 어지러이 화살을 날리도록 하라."

뭍의 영채에서 장료와 서황을 불러 활과 쇠뇌 쓰는 군사를 3000명씩 이끌고 급히 수군을 도와 화살을 날리게 했다. 모개와 우금이 활과 쇠뇌를 앞으로 보내 살을 날리는데 뭍의 장졸들도 이르러 1만여 군사가 강을 향해 화살을 날렸다.

새벽녘이 되자 제갈량은 배를 돌리게 했다. 이번에는 반대로 배를 두게 하더니 더욱 바짝 다가들어 화살을 받으며 북을 두드리고 고함치게 했다. 이윽고 해가 떠올라 안개가 흩어지자 제갈량이 배를 되돌려 세우니 20척 배의 양쪽 풀 단들에 화살이 빼곡하게 박혔다. 제갈량은 여러 배의 군사에게 똑같이 소리치게 했다.

"승상! 화살을 고맙게 받았소이다!"

조조가 알았을 때는 이미 오의 배는 빠른 물살을 따라 20여 리를 돌아간 뒤였다. 쫓아보았자 따라잡을 수 없어 조조는 크게 뉘우치고, 북군 장수들은 한숨을 풀풀 쉬었다.

제갈량이 노숙에게 권했다.

"배마다 화살이 5000대는 넘으니 강동의 힘은 조금도 들이지 않고 화살을 10만 대 넘게 얻었소. 이 화살들로 조조 군사를 쏘면 아주 편하지 않겠소?"

"선생은 참으로 신선이시오! 오늘 이처럼 두꺼운 안개가 끼는 것을 어찌 알았소?"

"장수가 된 사람이 천문에 통하지 않고 지리를 모르며, 기문(奇門)을 알지 못하고 음양에 밝지 못하며, 진 치는 그림을 볼 줄 모르고 군사의 형세에 어두우면 그저 하찮을 뿐이오. 이 양은 사흘 전에 이미 오늘 큰 안개가 낄 것을 내다보아, 감히 사흘 기한을 잡았소. 공근이 열흘 안으로 화살을 모두 만들라고 하면서도 일할 장인과 쓰일 물품을 마련해주지 않으니 반드시 이 시시한 죄명을 빌려 나를 죽이려 한 것이오. 그러나 내 목숨은 하늘에 달렸으니 공근이 어찌 해칠 수 있겠소?"

노숙은 절을 하며 탄복했다.

배가 기슭에 닿자 주유가 화살을 나르라고 보낸 500명 군사가 벌써 기다리

◀ 풀 실은 배에서 제갈량은 노숙과 술 따르고

고 있었다. 제갈량은 그들에게 배에서 화살을 뽑게 하여 10여만 대를 중군 장막에 바치게 했다. 노숙이 장막 안에 들어가 제갈량이 화살 얻은 이야기를 하자 주유는 깜짝 놀라 후유 한숨을 쉬었다.

"공명의 신 같은 계책과 기묘한 헤아림은 내가 도저히 따르지 못하겠소!"

제갈량이 영채로 들어오자 주유는 장막 아래로 내려가 맞이하면서 부러운 듯 칭찬했다.

"선생의 신묘한 헤아림은 모두에게 존경과 탄복을 자아내게 하오."

제갈량은 겸손했다.

"자그마한 속임수가 무엇이 희한할 게 있겠소?"

주유는 제갈량을 청해 함께 술을 마시며 청했다.

"어제 우리 주공께서 사자를 보내 나아가라고 재촉하셨는데, 이 유는 아직 기이한 계책이 없으니 선생이 가르쳐주시기 바라오."

제갈량은 여전히 겸손을 보였다.

"이 양은 녹록하고 평범할 뿐인데 어찌 묘한 계책이 있겠소?"

"전날 조조 수군 영채를 살펴보니 지극히 정연하고 법도가 있어 쉽사리 공격할 수 없었소. 오늘 선생도 그 움직임을 살펴보셨는데, 이 유가 계책을 하나 궁리했으나 가능할지 모르겠으니 선생이 결정해주시면 고맙겠소."

"도독께서는 잠깐 말씀을 멈추시지요. 각기 손에 글을 써서 같은가 봅시다."

주유가 먼저 손바닥에 가만히 글자를 쓰고 붓을 넘겨주자 제갈량도 가만히 글자를 썼다. 두 사람이 다가앉아 손을 내밀어 서로 들여다보고는 모두 껄껄 웃음을 터뜨렸다. 주유 손바닥에 불 화(火)자가 있는데, 제갈량 손에도 똑같은 글자가 있었다. 모두 호탕하게 웃으며 글자를 지웠다.

"우리 두 사람 생각이 같으니 더 의심할 게 없소. 누설하지 않으면 고맙겠소."

주유가 당부하자 제갈량이 답했다.

"싸움의 큰일을 누가 흘리겠습니까. 이 양이 헤아려보면 조조는 두 번이나 이 계책에 걸렸으나 이번에도 또 이 계책을 쓰리라고는 생각하지 않아 틀림없이 대비하지 않습니다. 도독께서 마음껏 쓰시면 됩니다."

두 사람은 술을 마시고 헤어졌다. 장수들은 아무도 그 일을 몰랐다.

이때 쓸데없이 화살을 15만 대쯤이나 잃은 조조가 분이 치밀어 답답해하자 순유가 계책을 올렸다.

"강동에서 주유와 제갈량이 계책을 내니 급히 깨뜨리기 어렵습니다. 사람을 보내 거짓으로 항복하고 이쪽과 소식을 통하게 하면 강동을 깨뜨리는 데에 큰 도움이 될 것입니다."

"내 뜻에 딱 어울리는 말이오. 군중에서 누가 이 계책에 쓰일 만하다고 생각하오?"

"채모가 죽임을 당했는데 그 형제가 아직 군중에 남아 있습니다. 채모의 아우 채중과 채화를 불러 승상께서 은혜로써 마음을 사고 오로 보내 항복하게 하시면 그쪽에서 의심하지 않을 것입니다."

그날 밤 조조가 가만히 채중과 채화를 불러 후한 상을 내리고 분부하니 두 사람이 기뻐 응했다.

"우리는 식솔이 모두 형주에 있는데 어찌 감히 명을 받들지 않겠습니까? 승상께서는 의심하지 마십시오. 반드시 주유와 제갈량의 머리를 베어 휘하에 바치겠습니다."

이튿날 두 사람은 500명 군사와 함께 배 몇 척에 나누어 타고 바람 따라 남쪽 기슭으로 가서 주유에게 울면서 절했다.

"우리 형님은 죄도 없이 조조 도적놈 손에 죽었습니다. 우리는 형의 원수를 갚으려고 특별히 와서 항복을 드리니 받아주시기 바랍니다. 그렇게 해주시면 싸움에서 앞에 서겠습니다."

주유는 기뻐하며 두 사람에게 무거운 상을 내리고 감녕과 함께 선두에 서게 했다. 적장이 계책에 걸렸다고 두 사람이 좋아하며 떠나자 주유는 가만히 감녕을 불렀다.

"두 사람이 식솔을 데리고 오지 않았으니 진짜 항복이 아니고 조조가 보내 첩자로 삼는 것이오. 내가 그들 계책을 거꾸로 이용해 우리 소식을 전하게 하겠소. 겉으로는 정성껏 대하며 속으로는 방비를 잘하시오. 날마다 새벽과 저녁으로 장수들을 점검할 때 그들과 함께 오시오. 군사가 나아갈 때 두 사람을 죽여 깃발에 제사 지낼 것이니 조심해 그르치지 않도록 하시오."

감녕이 명령을 받들고 떠나자 노숙이 들어왔다.

"채중과 채화는 거짓 항복이니 받아들여서는 아니 되오."

주유는 대뜸 낯빛을 바꾸며 꾸짖었다.

"조조가 형을 죽여 원수를 갚으려고 와서 항복하는데 무슨 거짓이 있겠소? 이처럼 의심이 많아서야 어찌 천하 인재들을 받아들이겠소?"

뜻밖에 무시를 당한 노숙은 무안해 물러갔다. 바로 제갈량을 찾아가니 빙그레 웃으며 말하지 않아 노숙이 물었다.

"공명은 어찌하여 웃소?"

"자경이 공근의 계책을 알아보지 못해 웃은 것이오. 양쪽 군사가 큰 강을 사이에 두고 멀리 떨어져 있으니 정탐꾼들이 오고 가기가 극히 어렵소. 조조가 채중과 채화를 보내 거짓으로 투항해 우리 군중 일을 알아내려고 하니 공근은 그것을 거꾸로 이용하여 그들을 통해 저쪽에 소식을 알리려는 것이오. '군사에는 속임수를 꺼리지 않는다'고 했으니 공근의 꾀가 바로 이러하오."

그날 밤 별안간 황개가 중군 장막에 가만히 들어오니 주유가 물었다.

"공복께서 밤에 오셨으니 반드시 좋은 계책이 있으시리라 생각합니다."

"적은 사람이 많고 우리는 적어 오래 대치해서는 아니 되는데, 어찌 불로 공격하지 않으시오?"

"이 계책을 누가 말씀드렸습니까?"

"스스로 생각한 것이지 다른 사람이 말해준 게 아니오."

황개의 말에 주유는 마음이 놓였다.

"제가 바로 그렇게 하려고 거짓으로 항복한 채중과 채화를 통해 소식을 저쪽에 전하도록 하는 것입니다. 다만 저를 위해 이쪽에서 거짓 항복 계책을 감행할 사람이 없어 아쉬울 뿐입니다."

"내가 이 계책에 쓰이고 싶소."

"공의 몸이 먼저 괴로움을 당하지 않으면 조조가 어찌 믿겠습니까?"

"이 몸은 손씨의 두터운 은혜를 입었으니 간과 뇌수를 땅에 쏟더라도 원망하거나 후회하지 않을 것이오."

주유는 넙죽 절하며 고마워했다.

"공이 이 고육계에 쓰이신다면 강동은 참으로 다행입니다."

【고육계(苦肉計)는 먼저 자기 몸이 고통을 당한 뒤에 쓰는 계책을 말한다.】

"나는 죽어도 원이 없소."

황개는 다시 한번 다짐하고 나갔다.

이튿날 주유가 북을 울려 장수들을 모두 장막 앞에 부르니 제갈량도 그 자리에 있었다.

"조조가 100만 무리를 이끌고 300여 리에 늘어섰는데 하루아침에 깨뜨릴 수 있는 적이 아니오. 내가 명을 내리니, 여러 장수는 각기 석 달 치 군량과 말먹이 풀을 받아 적을 막을 채비를 하시오……."

그 말이 끝나기도 전에 갑자기 황개가 나섰다.

"석 달이 아니라 서른 달 쓸 식량과 말먹이 풀이 있더라도 쓸모가 없소! 만약 이달 안에 저쪽을 깨뜨릴 수 있으면 깨뜨리는 것이고, 그렇지 못하면 장자포 말에 따라 갑옷을 벗고 병기를 버리고 얼굴을 북쪽으로 하여 항복할 수밖에 없소!"

주유는 발끈해 얼굴빛이 변하며 무섭게 화를 냈다.

"내가 주공 명을 받들어 군사를 거느리고 조조를 깨뜨리려 하는데 감히 항복이라는 말을 꺼내는 자가 있다면 반드시 목을 쳐야 한다. 양쪽 군사가 맞선 마당에 네가 감히 이런 말을 하여 우리 군사의 사기를 꺾으니 머리를 치지 않고는 사람들에게 내 말을 듣게 할 수 없다!"

주유가 황개의 목을 치라고 호령하자 황개도 분노했다.

"나는 파로장군을 따라 동남을 가로세로 누비며 벌써 삼대를 겪었다. 그때 너는 어디 있었더냐?"

주유가 한층 화가 나 빨리 황개를 죽이라고 소리 지르자 감녕이 나와 빌었다.

"공복은 오의 옛 신하이니 너그럽게 용서하시기 바랍니다."

주유가 기세등등해 호통쳤다.

"네가 어찌 감히 허튼소리를 지껄여 내 법도를 어지럽히느냐? 여봐라! 저 자부터 흠씬 몽둥이찜질을 해 쫓아내라!"

감녕이 쫓겨나자 사람들이 모두 꿇어앉아 애원했다.

"황개의 죄는 죽임을 받아 마땅하지만 그를 죽이면 군사에 불리합니다. 도독께서 너그럽게 용서하시고 잠시 죄를 적어두었다가 조조를 깨뜨린 다음 목을 쳐도 늦지 않습니다."

주유가 화를 풀지 않아 사람들이 거듭 애원하니 그제야 명했다.

"대신들 체면이 아니면 반드시 목을 베었으리라! 잠시 목숨을 붙여두니, 땅에 엎어놓고 100대를 때려 죄를 물어라!"

사람들이 다시 애원하자 주유는 상을 밀어 넘어뜨리며 꾸짖어 물리치더니 당장 몽둥이질을 하라고 호령했다. 무사들이 황개의 옷을 벗겨 땅에 엎어놓고 때리기 시작해 몽둥이가 50번 떨어지자 사람들이 다시 애걸복걸 용서를 비니 주유는 훌쩍 뛰어 일어나 황개를 손가락질했다.

"네가 감히 나를 얕잡아보느냐! 잠시 몽둥이 50대를 적어두고 다시 내 명령을 허술히 알면 그 죄를 함께 벌하겠다!"

주유는 분이 덜 풀려 씩씩거리며 장막 안으로 들어갔다.

사람들이 황개를 부축해 일으키자 살이 터지고 근육이 찢어져 피가 철철 흘렀다. 부축을 받고 자기 영채로 돌아간 황개가 몇 번이나 까무러치니 문안하는 사람은 눈물을 흘리지 않는 이가 없었다. 노숙도 황개를 찾아보고 제갈량 배에 와서 물었다.

"오늘 공근이 분노해 공복을 나무라는데, 우리는 공근의 부하라 감히 간절히 간하지 못했으나 선생은 손님인데 어찌 팔짱을 끼고 구경만 하면서 한마디도 하지 않았소?"

제갈량은 웃었다.

"자경이 또 나를 속이는구려."

"이 숙은 선생과 함께 강을 건너온 후 한 가지도 속인 일이 없는데 어찌 그런 말을 하시오?"

"자경은 정말 공근이 오늘 황공복을 호되게 때린 것이 계책임을 모르오? 나보고 무엇을 권하라는 말이오?"

그제야 노숙이 깨닫자 제갈량이 설명했다.

"고육계를 쓰지 않고 어찌 조조를 속일 수 있겠소? 공근은 반드시 공복을 보내 강북에 거짓으로 항복하게 하고, 채중과 채화에게 이 일을 알리게 할 것이오. 자경이 공근을 만나면 절대 이 양이 안다고 말하지 마시오. 그저 양도 도독을 원망하더라고 하시오."

노숙이 제갈량과 헤어져 중군 장막에 돌아가 주유에게 물었다.

"오늘 어찌하여 황공복을 호되게 나무랐소?"

"장수들이 다 나를 원망하오?"

"속으로 불안해하는 자들이 많은데 감히 드러내 말하지 못할 뿐이오."

"제갈량은 어찌 생각하오?"

"그도 도독이 너무 매정하다고 원망했소."

주유는 웃었다.

"이번에는 드디어 속여 넘겼군. 오늘 황개를 때린 것은 계책이오. 그를 보내 거짓으로 조조에게 항복하게 하는데 고육계가 아니면 속일 수 없소. 그 뒤에 틈을 타 불로 공격하면 이길 수 있소."

'공명의 견해가 참으로 고명하구나!'

노숙은 말없이 생각했다.

황개가 장막 안에 누워 있으니 장수들이 모두 찾아와 위문했다. 황개는 아무 말도 하지 않고 길게 탄식하거나 짧게 한숨만 쉬었다. 이윽고 참모 감택이 문안하러 오자 황개는 사람들을 물리치고 침실로 안내했다. 감택이 물었다.

"장군이 몽둥이를 맞은 것은 혹시 고육계가 아니오?"

"어찌 아시오?"

"공근의 거동을 살펴보고 열에 여덟아홉은 짐작했소."

감택의 말에 황개는 솔직하게 털어놓았다.

"이 몸은 오후로부터 삼대에 걸쳐 두터운 은혜를 입었는데도 보답할 길이 없어 이 계책을 올려 조조를 깨뜨리려 하오. 내 몸이 괴로움을 당했으나 원망은 없소. 그런데 내가 두루 살펴보았으나 믿을 만한 자가 없소. 다만 공만이 평소 충성스럽고 의로운 마음이 있는 줄을 알아, 감히 마음속 말을 털어놓고 부탁하는 것이오."

감택이 알겠다는 듯 물었다.

"장군이 나에게 부탁하는 것은 조조에게 가서 거짓으로 항복하는 글을 바치라는 것밖에 더 있겠소?"

"바로 그것인데 가시려는지 모르겠구려."

감택은 기꺼이 응했다.

이야말로

용맹한 장수 보답하려 몸 아끼지 않는데
꾀 내는 신하 나라 위해 같은 마음 품네

감택은 무어라고 말했을까?

47

조조 배 묶은 방통의 연환계

감택은 비밀리에 거짓 항복 글 바치고
방통은 교묘하게 배 묶는 계책 올리다

감택은 회계군 산음현 사람으로 가난한 집에 태어났으나 배우기를 좋아해 다른 집의 일을 해주고 책을 빌려보면서 한 번 읽으면 다시는 잊지 않았다. 말재주가 좋고 어릴 적부터 담력 또한 컸는데, 손권의 부름을 받고 참모가 되어 황개와 사이가 제일 좋았다. 황개가 그의 말솜씨와 용기를 알아 거짓 항복 글을 바치게 하니 감택은 기꺼이 응했다.

"대장부가 세상을 살면서 공로를 세우지 못하고 업적을 쌓지 못하면 풀과 나무처럼 쓸모없이 썩어버리지 않겠소? 공이 몸을 바쳐 주공께 보답하려 하는 마당에 이 택이 어찌 보잘것없는 목숨을 아끼겠소!"

황개가 너무 고마워 굴러떨어지듯 침상에서 내려와 넙죽 엎드리니 감택이 서둘렀다.

"일을 늦추어서는 아니 되니 지금 곧 떠나리다."

황개는 몽둥이질을 당하기 전에 벌써 준비를 해두었다.

"글은 이미 써두었소."

감택은 글을 받고 그날 밤 어부로 가장해 쪽배를 저어 북쪽으로 갔다. 별이 하늘에 가득 널렸는데 한밤중에 조조 수군 영채에 이르니 순찰 군사가 조조에게 보고했다.

"혹시 첩자가 아니냐?"

"보기에는 한낱 어부인데 오의 참모 감택이라 하면서 기밀이 있어 승상님을 뵈러 왔다고 합니다."

"데려오너라."

군사들이 감택을 데려가니 장막에 등불과 촛불이 환한데 조조는 낮은 상에 팔을 괴고 단정히 앉아 있었다.

"오의 참모라면서 어찌 왔느냐?"

조조 물음에는 대답하지 않고 감택은 혼잣말하듯 엉뚱한 소리를 했다.

"사람들은 조 승상이 목마른 사람이 물 찾듯 현명한 이를 구한다고 하더니 이렇게 물으시는 것을 보니 소문과 다르구나. 황공복, 그대는 궁리를 잘못했네그려!"

"내가 곧 오와 싸움을 벌이려 하는데 네가 혼자 여기 왔으니 어찌 묻지 않겠느냐?"

"황공복은 동오 삼대의 오랜 신하인데 지금 주유가 장수들 앞에서 호되게 몽둥이질을 하여 분하고 한스러운 마음을 금할 수 없소이다. 승상께 항복해 원수를 갚으려고 특히 나하고 함께 마음을 나누었지요. 나와 공복은 정이 혈육과도 같아 밀서를 바치려고 왔는데 승상께서 받아주실지 모르겠습니다."

"글이 어디 있는가?"

감택이 글을 올렸다.

'이 개는 손씨의 두터운 은혜를 입었으니 다른 마음을 먹지 말아야 합니다.

闞澤密獻詐降書
乙酉春 蕭雄畫

그러나 오늘 형세를 논해보면 강동 여섯 군 군졸로 중원의 100만 군사를 막으려 하니, 적은 무리로 많은 군사의 적수가 되지 못함은 세상이 다 아는 바입니다. 오의 장수와 신하들은 슬기로운 이나 미련한 자를 가리지 않고 모두 맞서서는 아니 됨을 아는데, 주유 어린놈이 속이 좁고 천박하며 우둔해 스스로 제 재주나 믿고 달걀로 바위를 치려 하면서, 제멋대로 위엄을 부려 죄 없는 사람이 형벌을 받고 공을 세운 이가 상을 받지 못합니다. 이 개는 오랜 신하로서 그에게 심한 욕을 보았으니 실로 원통하고 한스럽습니다! 엎드려 들으매 승상께서는 성심성의껏 사람을 대하고 마음을 비워 인재를 받아들이신다고 하니, 이 개는 무리를 이끌고 귀순해 공을 세우고 수치를 씻으려 합니다. 군량과 병기는 배가 갈 때 함께 바치겠습니다. 눈으로 피를 흘리며 말씀을 올리니 의심하지 마시기 바랍니다.'

조조는 이리저리 열 번도 넘게 거듭 살피더니 상을 치며 눈을 딱 부릅뜨고 무섭게 화를 냈다.

"황개는 고육계를 써서 너를 보내 거짓 항복의 글을 바치는구나. 틈을 타 일을 저지르려 하면서도 감히 여기 와서 나를 놀리느냐?"

조조는 결코 으름장에 그치지 않았다.

"저자를 밖으로 끌어내 목을 쳐라!"

무사들이 에워싸고 장막 아래로 내려가 등을 돌려세우고 목을 치려 하는데도 감택은 조금도 낯빛이 변하지 않았다. 오히려 얼굴을 쳐들고 하늘을 우러러 껄껄 웃어대니 조조가 다시 끌어오게 하여 꾸짖었다.

"내가 이미 간사한 계책을 꿰뚫어 보았는데 어찌 웃느냐?"

감택이 태연하게 대꾸했다.

"나는 당신을 웃은 게 아니오. 황공복이 사람을 볼 줄 모른다고 웃었소."

◀ 조조가 목을 치라는데 감택은 껄껄 웃어

"어찌하여 그가 사람을 볼 줄 모른단 말이냐?"

감택이 당당하게 소리쳤다.

"죽이려면 죽이고 말 것이지 자꾸 물을 건 뭐요?"

조조는 자부심에 넘쳤다.

"나는 어릴 적부터 병서를 익히 읽어 간사한 속임수를 잘 안다. 너희 이 계책은 남들은 속일 수 있어도 어찌 나를 어르겠느냐?"

"어느 대목이 간사한 계책인지 말해보시오."

감택 말에 조조는 글의 흠을 잡았다.

"내가 네 흠을 집어내 죽어도 원이 없게 해주겠다. 너희가 정녕 진심이라면 어찌하여 항복하는 때를 밝히지 않았느냐?"

감택은 허허 웃음을 터뜨렸다.

"그런 주제에 뻔뻔스럽게 병서를 익히 읽었다고 자랑하다니! 빨리 군사를 거두어 돌아가지 않고 무얼 하느냐? 싸움이 붙으면 너는 주유에게 반드시 사로잡힌다. 배운 게 없는 녀석, 아쉽게도 내가 네 손에 죽는구나!"

조조는 말투를 나무라지 않고 물었다.

"어찌하여 내가 배운 게 없다 하느냐?"

"책략을 모르고 도리에 밝지 못하니 배운 게 어디 있느냐?"

"내가 무엇을 모르는지 말해보아라."

"너는 현명한 이를 대하는 예절을 지키지 않았는데 내가 어찌 말하겠느냐? 다만 죽음이 있을 뿐이다."

"네 말이 이치에 맞으면 내가 당연히 존경하고 탄복한다."

"그렇다면 '주인을 등지고 도둑질하려면 기일을 정할 수 없다' 하는 말도 듣지 못했느냐? 미리 날짜를 정했다가 손을 쓰지 못하게 되었는데도 이쪽에서 정한 날에 호응하러 가면 일이 반드시 틀어진다. 적당한 틈을 엿보아 움직여야지 어찌 미리 날짜를 약속하겠느냐? 네가 이런 이치조차 모르고 좋은 사람을 억울하게 죽이려 하니 참으로 배운 게 없는 놈이다!"

감택이 거침없이 내쏘자 조조는 낯빛을 고치고 자리에서 내려와 잘못을 빌었다.

"내가 일에 밝지 못해 존귀한 위엄을 건드렸으니 마음에 두지 않으면 고맙겠소."

조조가 굽히자 감택도 누그러들었다.

"나와 황공복은 마음을 다해 아기가 부모를 바라듯 하는데 어찌 속임수가 있겠습니까?"

조조는 대단히 기뻐했다.

"두 분이 큰 공을 세우면 뒷날 반드시 높은 자리를 차지할 것이오."

"저희는 벼슬과 녹봉 때문이 아니라, 실로 하늘의 뜻을 좇고 사람 마음을 따르려 하는 바입니다."

감택이 그럴듯한 소리를 하자 조조가 술을 대접했다. 이윽고 한 사람이 장막에 들어와 조조에게 수군거렸다.

"글을 가져오너라, 어디 보자."

그 사람이 밀서를 올리자 조조가 보고 대단히 기뻐하니 감택은 짚이는 데가 있었다.

'틀림없이 채중과 채화가 보낸 글이다. 황개가 형벌을 받은 소식을 보고하니 조조가 우리를 진실로 믿고 좋아하는구나.'

조조가 감택에게 청했다.

"수고스럽지만 선생이 다시 강동으로 돌아가 황공복과 약속해 일을 정하시오. 소식을 알려주면 내가 군사를 움직여 맞이하겠소."

감택은 일부러 몸을 사렸다.

"저는 강동을 떠났으니 다시 돌아갈 수 없습니다. 따로 사람을 보내시기 바랍니다."

"다른 사람이 가면 기밀이 샐까 두렵소."

이제는 오히려 조조가 부탁하게 되니 감택은 거듭거듭 사양하다 마지못해 응했다.

"군이 돌아가야 한다면 감히 오래 머무르지 못하니 당장 떠나겠습니다."

조조가 내리는 금과 비단을 사절하고 감택이 다시 쪽배를 저어 강동으로 돌아가 상세히 이야기하니 황개는 고마워했다.

"공이 말씀을 잘하지 않았으면 이 개가 헛되이 고생만 할 뻔했소."

넓은 장강을 가고 왔건만 감택은 쉴 생각이 없었다.

"감녕의 영채에 가서 채중과 채화 소식을 알아보겠소."

감녕의 영채에 이르러 감택이 말을 꺼냈다.

"장군이 어제 황공복을 구하려다 도독에게 욕을 보아 내가 속으로 몹시 억울하오."

감녕은 빙그레 웃으며 대답하지 않았다. 이때 채중과 채화가 오니 감택이 얼른 눈짓해, 감녕이 알아채고 짐짓 소리를 높였다.

"도독은 제 재주만 믿고 우리를 전혀 생각하지 않소. 내가 욕을 보았으니 강동의 여러분들 보기가 매우 부끄럽소!"

이를 갈면서 상을 두드리고 소리치는데 감택이 귀에 입을 대고 소곤거리자 머리를 숙이고 땅이 꺼지도록 한숨을 내쉬었다. 채씨 형제는 감녕과 감택이 반역할 뜻이 있다고 생각하고 말로 슬쩍 건드렸다.

"장군은 어이하여 수심에 잠기고 선생은 무슨 불만이 있으십니까?"

감택이 대꾸했다.

"우리 마음속 쓰디쓴 아픔을 그대들이 어찌 알겠는가?"

"혹시 오를 등지고 조씨에게 가려는 게 아닙니까?"

감택은 낯빛이 확 변하고 감녕은 검을 뽑아 들고 훌쩍 일어섰다.

"우리 일이 들통 났으니 너희를 죽여 입을 막지 않을 수 없다!"

채중과 채화는 침착했다.

"두 분은 걱정하지 마십시오. 우리도 마음속 일을 말하리다! 우리 두 사람은 조 승상 명을 받들고 여기 와서 거짓으로 항복했으니 두 분이 귀순하실 마음이 있으시면 제가 안내하겠습니다."

감녕은 미심쩍은 척했다.

"그대 말이 정말인가?"

"어찌 감히 속이겠습니까?"

감녕이 반가워했다.

"그렇다면 하늘이 좋은 길을 만들어주는군!"

채씨 형제가 공치사했다.

"황공복과 장군이 모욕을 당하신 일을 우리가 이미 조 승상께 알렸습니다."

감택도 자기 공로를 자랑했다.

"나도 이미 황공복을 위해 조 승상께 글을 바쳤소. 특별히 흥패를 찾아와 함께 항복하려고 약속하는 것이오."

"대장부가 영명한 주인을 만나면 당연히 마음을 바쳐 따라야지요."

감녕이 대범하게 말해 네 사람이 함께 술을 마시며 마음속 일을 상의하니 채씨 형제는 즉시 글을 지어 가만히 조조에게 알렸다.

'감녕이 저희와 안에서 호응하려 합니다.'

감택도 따로 글을 써서 조조에게 가만히 보고했다.

'황공복은 승상께 가고 싶어 하나 마땅한 틈이 없습니다. 곧 뱃머리에 청룡 아기를 꽂은 배가 가면 바로 그의 배입니다.'

연이어 글 두 통을 얻자 조조는 오히려 의심이 들어 모사들과 상의했다.

"강동의 감녕은 주유에게 모욕을 받아 안에서 호응하겠다 하고, 황개는 벌을 받고 감택을 보내 이곳에 와서 항복을 올렸는데 둘 다 곧이곧대로 믿을 수 없으니 누가 감히 주유 영채로 들어가 확실한 소식을 알아보겠소?"

장간이 나섰다.

"제가 전날 오에 다녀왔으나 헛걸음만 하고 성공하지 못해 못내 부끄럽습니다. 몸을 바쳐 다시 가서 기어이 확실한 소식을 가지고 돌아오겠습니다."

조조가 즉시 배에 오르게 하니 장간은 쪽배를 타고 강남에 이르러 주유에게 소식을 전했다. 장간이 다시 왔다는 말에 주유는 매우 기뻐했다.

"내가 성공하려면 오로지 이 사람에게 달렸다."

곧 노숙에게 부탁했다.

"방사원을 청해 나를 위해 이러저러하게 해주시오."

자가 사원인 양양 사람 방통은 그때 난리를 피해 고향을 떠나 강동에 몸을 붙이고 있었다. 노숙이 주유에게 추천했으나 미처 찾아가 만나지 못했는데 주유가 이미 노숙을 보내 계책을 물은 바 있었다.

"조조를 깨뜨리려면 어떤 계책을 써야 하오?"

"반드시 불로 공격해야 하는데, 큰 강의 넓은 수면 위에서는 배 하나에 불이 붙으면 다른 배들이 사방으로 흩어지니, 배들을 고리로 잇는 연환계를 써서 조조가 배들을 하나로 묶게 해야 성공할 수 있습니다."

그 말을 듣고 깊이 탄복한 주유가 노숙에게 부탁했다.

"나를 위해 이 계책을 쓸 사람은 방사원밖에 없소."

"조조가 간사하고 교활한데 사원이 어찌 강북으로 가겠소?"

주유가 궁리하며 기회를 찾고 있는데 장간이 다시 왔다고 하니 주유는 대단히 기뻐 들여보내게 했다. 장간은 주유가 바로 나와 맞이하지 않자 의심이 들어 후미진 기슭에 배를 매어놓게 하고 영채로 들어갔다. 주유는 엄한 표정이었다.

"자익은 어찌 그토록 심하게 나를 속이는가!"

장간이 웃음 지었다.

"내가 어릴 적 형제임을 떠올려 특별히 마음속 말을 하려고 찾아왔는데, 그대를 속이다니 무슨 소린가?"

"그대가 나에게 항복을 설득하러 왔다면 바다가 마르고 돌이 썩은 다음에나 가능할 걸세! 지난번 내가 옛정을 생각해 그대와 흠씬 취하도록 술을 마시고 한 침상에서 잤는데, 그대는 내 사사로운 글을 훔쳐 말도 없이 떠나지 않았나? 조조에게 일러바쳐서 채모와 장윤을 죽이게 하여 내 일을 그르치고 오늘 또 왔으니 반드시 좋은 뜻을 품지 않았을 걸세! 내가 옛정을 보지 않는다면 당장 그대 목을 치고 말겠네! 그대를 바로 되돌려 보내야 하겠으나 내가 하루 이틀 사이에 조조 도적놈을 깨뜨릴 것이니 돌려보내지 못하겠네. 그렇다고 그대를 군중에 두면 또 무슨 일을 밖에 흘릴지 모르겠네."

주유는 장간이 변명할 틈을 주지 않고 한바탕 나무라더니 분부했다.

"자익을 서산 암자에 보내 쉬시도록 하라."

그리고 다시 장간에게 말했다.

"내가 조조를 깨뜨린 뒤에 그대를 강 너머로 보내도 늦지 않을 걸세."

장간이 뭐라고 말하려 했으나 주유는 벌써 장막 뒤로 들어가 버렸다.

사람들이 장간을 말에 태우고 서산 뒤 작은 암자로 데려가 쉬게 했다. 군졸 둘이 명을 받들어 시중을 드는데 장간은 근심스럽고 답답해 잠이 오지 않았다. 그날 밤 별들이 반짝여 장간이 홀로 암자를 나가 뒤로 돌아가니 어디선가 글 읽는 소리가 들려왔다.

소리를 따라 어슬렁어슬렁 걸어가 보니 바위 옆에 초가가 있는데 안에서 불빛이 흘러나왔다. 장간이 다가가 훔쳐보니 한 사람이 등불 앞에 앉아 벽에 검을 걸고 손자와 오기의 병서를 읽고 있었다.

'이는 반드시 기이한 사람이로다.'

장간이 문을 두드려 만나기를 청해 그 사람이 문을 열고 나오는데 모습이 속되지 않았다.

"성함을 어찌 쓰십니까?"

"성은 방이고 이름은 통, 자는 사원이라 합니다."

"그럼 봉추 선생 아니신가요?"

장간은 매우 반가워했다.

"크신 성함을 들은 지 오래인데 어찌 이런 후미진 곳에 계십니까?"

"주유가 스스로 재주가 높다고 믿어 저를 받아들이지 못해 여기 숨어 삽니다. 공은 어떤 분이신가요?"

"나는 장간이올시다."

방통이 안으로 청하니 장간이 구슬렸다.

"공의 재주로야 어디에 가신들 편안하지 못하시겠습니까? 만약 조 승상께 가시려면 이 간이 길을 안내하겠습니다."

방통은 선선히 응했다.

"저도 강동을 떠나려 한 지 오랩니다. 공이 안내할 마음이 있다니 당장 떠나야 하겠습니다. 만약 미루다 주유가 알면 틀림없이 해칠 것입니다."

장간은 방통과 함께 산에서 내려와 배를 찾아 부리나케 노를 저어 강북으로 갔다. 조조 영채에 이르니 봉추 선생이 왔다는 말을 듣고 조조가 친히 장막에서 나와 맞아들였다.

"주유는 나이가 어려 제 재주만 믿고 사람들을 얕잡아보면서 좋은 계책을 쓰지 않소. 이 조는 선생의 큰 이름을 들은 지 오래인데 오늘 와주셨으니 아낌없이 가르쳐주시기 바라오."

방통은 재주를 먼저 자랑하려 하지 않았다.

"저는 예전부터 승상께서 군사를 부리심에 법도가 있다고 들었는데, 군사의 모습을 한번 보고 싶습니다."

조조가 먼저 뭍의 영채를 보러 가니 방통은 조조와 말 머리를 나란히 하고 높은 곳에 올라 영채를 바라보았다.

"산에 의지하고 숲 곁에 자리 잡으며, 앞과 뒤가 서로 돌보는군요. 나가고 들어오는 데는 문이 있는데 전진하고 후퇴할 때는 굽어 도니, 비록 손자와 오기가 되살아나고 양저(穰苴)가 다시 나오더라도 이보다 낫지는 못할 것입니다."

【양저는 춘추시대 제의 명장이자 병법가인 사마양저다.】

칭찬이 싫을 리 없으나 조조는 넘어가지 않았다.

"선생은 과찬하지 마시고 가르침을 주시기 바라오."

조조는 방통과 함께 물에 만든 영채도 살펴보았다. 영채는 남쪽을 향해 문이 24개 났는데 모두 커다란 몽충으로 성을 이루었고, 그 속에 작은 배들이 숨겨져 있었다. 오고 가는 데에는 길이 있고 일어났다가 숨는 데에는 순서가 있어 방통이 웃으며 칭찬했다.

"승상께서 군사를 부리심이 이러하니 명성이 헛되지 않습니다."

방통은 강남을 가리키며 소리쳤다.

"주랑아! 주랑아! 날짜를 정해놓고 네가 반드시 망하리라!"

조조는 대단히 기뻐 영채로 돌아와 방통을 장막으로 청해 술을 마시며 군사를 쓰는 비결을 이야기했다. 방통이 고명한 말을 하고 뛰어난 말솜씨를 펴는데, 어떤 것을 묻든지 물 흐르듯 거침없이 대답해 조조는 못내 탄복하고 존경하며 정성껏 대했다.

방통이 취한 척 물었다.

"외람되이 여쭙습니다만 군중에 훌륭한 의원이 있습니까?"

"의원은 있어 무엇 하오?"

"수군은 병이 많아 좋은 의원으로 치료해야 합니다."

이때 조조 군사는 풍토와 기후, 물이 몸에 맞지 않아 다리가 붓고 토하는 병에 걸려 죽는 자가 많았다. 그것을 걱정하던 조조는 방통의 말을 듣자 좋은 방법을 캐묻지 않을 수 없었다. 방통은 계속 조조를 꾀었다.

"승상께서 수군을 가르치고 훈련하는 법이 아주 묘합니다만 아쉽게도 완벽하지는 못합니다."

완전히 반해버린 조조가 두 번 세 번 방법을 가르쳐달라고 청하자 방통이 대답했다.

"저에게 계책이 하나 있으니 수군의 높은 장수와 낮은 군졸이 병에 걸리지 않고 건강하게 싸우도록 할 수 있습니다."

"어떤 묘한 계책이오?"

방통은 드디어 속으로 생각하던 계책을 털어놓았다.

"큰 강에는 조수가 오르내리고 바람과 파도가 그치지 않습니다. 북방 군사는 배를 타는 데에 익숙하지 않아 배가 출렁이면 병이 납니다. 크고 작은 배들을 서로 맞추어 혹은 30척, 혹은 50척을 한 줄로 엮어 뱃머리와 고물을 쇠사슬로 잇고 그 위에 넓은 판자를 깔면, 사람이 지나다니는 것은 말할 것도 없고 말까지 달릴 수 있습니다. 그런 배를 타면 바람이 불고 파도가 일며 조수가 오르내려도 무서울 게 무엇입니까?"

조조는 너무 기뻐 삿자리 밖으로 나가 감사드렸다.

"선생의 좋은 계책이 아니면 어찌 오를 깨뜨릴 수 있겠소!"

방통은 겸손을 보였다.

"어리석고 얄팍한 견해이니 승상께서 살펴 정하시기 바랍니다."

조조가 즉시 명령을 내려 군중의 대장장이들에게 밤낮없이 쇠고리를 이어 사슬을 만들고, 큼직한 못을 쳐 배들을 잇게 하니 장졸들은 모두 좋아했다.

방통이 또 청했다.

"제가 살펴보니 강동의 호걸들 가운데는 주유를 원망하는 자가 많습니다. 저는 썩을 줄 모르는 세 치 혀를 믿고 승상을 위해 그들을 달래어 모두 와서 항복을 드리게 하겠습니다. 주유가 외롭고 도움받을 데가 없어지면 반드시 승상께 사로잡힙니다. 주유가 잡히면 유비는 더 어찌해 볼 도리가 없게 됩니다."

조조가 싫다 할 리 없었다.

"선생이 과연 큰 공을 이루면 이 조가 천자께 아뢰어 삼공의 반열에 오르시게 하겠소."

"저는 부귀를 바라 이러는 것이 아닙니다. 만백성을 구하려 할 뿐이니 승상께서 강을 건너시면 백성을 건드리지 말아 주십시오."

"내가 하늘을 대신해 도를 펴는데 어찌 백성을 건드리겠소!"

조조가 자기 말을 모두 따르자 방통은 절하면서 글을 얻어 종족을 보존하겠다고 청했다. 조조가 물었다.

"선생 일가가 지금 어디 계시오?"

"바로 강변에 있습니다. 승상의 글을 얻으면 그들을 온전하게 보존할 수 있습니다."

조조는 아랫사람에게 글을 쓰게 하고 손수 이름을 적어 방통에게 주었다. 방통은 절을 해 인사하면서 귀띔했다.

"제가 떠난 다음 어서 진군하십시오. 주랑이 알아챌 때까지 미루셔서는 아니 됩니다."

방통이 조조와 헤어져 강가에 이르러 배에 타는데 문득 도포 입고 참대 관

龐統巧授連環計

環計春業雄畫

을 쓴 사람이 덥석 틀어잡았다.

"네가 담이 어지간하구나! 황개는 고육계를 쓰고 감택은 가짜 항복 글을 바치더니, 네가 또 와서 연환계를 드리는구나! 다만 모조리 태우지 못할까 걱정일 뿐이다! 너희가 이처럼 지독한 수단을 쓰는데 조조나 속일 수 있지 나는 속이지 못한다!"

방통은 질겁해 넋이 허공으로 날아갔다.

이야말로

동남에서 이길 수 있다 하지 마라
누가 서북에는 사람이 없다 하더냐

이 사람은 누구일까?

◀ 방통은 교묘하게 연환계 쓰다.

48

까막까치 깃들 가지 하나 없네

장강에서 잔치 베풀어 조조 시를 짓고
싸움배 묶어놓고 북군은 무력을 쓰다

간 떨어질 소리를 듣고 방통이 깜짝 놀라 돌아보니 다름 아닌 서서였다. 옛 친구임을 알고 마음이 놓인 방통은 사방을 살펴 사람이 없는 것을 확인하고 입을 열었다.

"그대가 내 계책을 밝히면 강남 81개 고을 백성은 모두 그대 때문에 끝장 나네!"

서서가 웃으며 대꾸했다.

"여기 83만 군사와 군마 목숨은 어찌하는가?"

방통은 속이 후끈 달았다.

"원직은 정말 내 계책을 깨뜨리려 하는가?"

서서가 마음속 말을 했다.

"나는 유황숙의 두터운 은혜에 감격해 보답할 생각을 잊은 적이 없네. 조조 는 어머님을 돌아가시게 했으니 평생 그를 위해서는 꾀를 내지 않기로 맹세했네. 그러니 어찌 형의 좋은 계책을 깨뜨리겠나? 다만 나도 여기 종군하고 있으니 싸움에 패하면 옥과 돌을 가리지 않고 모두 불에 탈 터인데 어찌 난을 피할 수 있겠나? 형이 내가 몸을 피할 방법을 가르쳐주면 나는 입을 다물고 멀리 피하겠네!"

방통이 빙그레 웃었다.

"원직은 이처럼 식견이 고명하고 멀리 내다보는 사람인데 그것쯤이야 어려울 게 있겠는가!"

"형의 가르침을 바라네."

방통이 귀에 입을 대고 몇 마디 소곤거리자 서서는 크게 기뻐 고마움을 나타냈다. 서서와 헤어진 방통은 배를 타고 강동으로 돌아갔다.

서서는 그날 밤 가만히 사람들을 시켜 여러 영채에 소문을 퍼뜨렸다. 이튿날 장졸들이 영채 안에서 귀엣말로 무언가 속삭이니 어느덧 조조에게 보고가 들어갔다.

"서량의 마등과 한수가 반란을 꾀해 허도로 달려온다는 말이 영채 안에 떠돕니다."

조조는 깜짝 놀라 급히 모사들을 모아 상의했다.

"내가 군사를 이끌고 남쪽을 정벌하면서 속으로 걱정한 것은 마등과 한수뿐이오. 군사들 소문에 방비하지 않을 수 없으니 누가 나를 대신해 가볼 수 있겠소?"

말이 끝나자 서서가 나섰다.

"이 서는 승상께서 받아주신 뒤 한 치 공로도 세우지 못해 유감이오니 3000명 군사를 주시면 밤에 낮을 이어 산관으로 달려가 요충지를 지키겠습니다. 긴급한 일이 생기면 바로 보고 드리겠습니다."

조조가 기뻐했다.

"원직이 간다면 내 걱정이 사라지오! 산관에도 지키는 군사가 있으니 함께 거느리시오. 지금 3000명 기병과 보병을 줄 테니 장패를 선봉으로 세워 밤낮 없이 달려가시오. 지체해서는 아니 되오."

서서가 장패와 함께 길을 떠나니, 이것이 바로 방통이 서서를 구해주는 계책이었다.

마음이 좀 놓인 조조는 말에 올라 강을 따라 세운 뭍의 영채를 돌아보고, 다시 수군 영채를 돌아보았다. 수(帥)자 깃발을 세운 큰 배 한 척을 가운데에 두고 양쪽으로 영채들이 줄을 지었는데, 배 위에는 활과 쇠뇌를 1000벌씩 매복해놓았다. 조조는 큰 배 위에 들었다.

건안 13년(208년) 11월 보름, 날씨가 맑고 바람이 일지 않아 물결도 잔잔해 조조가 명령을 내렸다.

"큰 배 위에 술상을 차리고 풍악을 울려라. 내가 오늘 밤 장수들과 잔치를 열겠다."

날이 차츰 저물었다. 동산에 달이 떠올라 대낮처럼 훤하게 비추자 장강 일대는 흰 비단을 펼쳐놓은 듯했다. 조조는 큰 배 위에 앉고, 시중들고 호위하는 자들이 수백 명 늘어섰으니 모두 비단옷과 수놓은 저고리를 입고 과를 메고 극을 들었다. 문관과 무장들이 각기 높고 낮음에 따라 자리에 앉았다.

조조가 바라보니 남병산이 그림처럼 아름다운데 동쪽으로는 시상의 경계를 바라보고, 서쪽으로는 하구의 강을 둘러보며, 남쪽으로는 번산을 넘겨다보고, 북쪽으로는 오림을 눈여겨보니 사방이 모두 널찍해 매우 즐거웠다.

"내가 의로운 군사를 일으킬 때부터 나라를 위해 흉악한 자들을 없애고 해로운 놈들을 제거하면서 세상을 깨끗이 쓸고 천하를 평정하겠다고 맹세했으나 여태껏 얻지 못한 것은 강남이었소. 풍족한 강남땅을 얻으면 나라를 부유하게 하고 군사를 강하게 만들 수 있소. 내가 지금 강한 군사 100만을 거느리고, 더욱이 여러분이 힘을 다해 도와주니 어찌 성공하지 못할까 걱정이겠소? 강남을 수복하면 천하에 일이 없어지니 여러분과 함께 부귀를 누리며 태평세월을 즐길까 하오."

문관과 무장들이 모두 일어나 감사드렸다.

"하루빨리 개선가를 울리시기 바랍니다! 우리는 모두 승상의 큰 복으로 평생 덕을 입을까 합니다."

조조는 기분이 대단히 좋아 술을 돌렸다. 한밤중까지 술을 마셔 술기운이 거나해지자 조조는 저 멀리 남쪽 기슭을 가리켰다.

"주유와 노숙은 하늘의 때를 모르오! 이제 다행히 항복하는 사람이 있어 그의 가슴과 뱃속의 걱정거리가 되었으니 이는 하늘이 나를 돕는 것이오."

순유가 귀띔했다.

"승상께서는 말씀을 많이 하시지 마십시오. 새나갈까 두렵습니다."

조조는 껄껄 웃었다.

"자리에 앉은 여러분과 시중드는 사람들이 다 심복인데 말한들 누가 방해하겠소!"

조조는 하구를 가리키며 말을 이었다.

"유비야, 제갈량아! 너희가 개미 같은 힘을 스스로 헤아리지 못하고 태산을 흔들려 하니 얼마나 어리석으냐!"

말을 많이 하고도 성에 차지 않은 듯 조조는 장수들을 돌아보았다.

"내가 올해 나이 쉰셋이오. 강남을 얻으면 은근히 기쁜 일이 있소. 옛날 교(喬) 공이 나와 지극히 잘 어울렸는데, 그의 두 딸이 나라에서 으뜸가는 미인임을 내가 아오. 그런데 손책과 주유가 아내로 맞지 않았겠소? 내가 새로 장수 위에 동작대를 세웠으니 강남을 얻게 되면 두 교씨 미녀에게 장가를 들어 대 위에 두고 만년을 즐기겠소. 그러면 내 소원이 다 풀어지오!"

말을 마치자 조조는 으하하 웃어댔다.

당나라 시인 두목(杜牧)이 이 일을 다루어 지은 시가 있다.

> 부러진 극 모래에 묻혀 쇠가 삭지 않았는데
> 갈고 씻어 살펴보니 옛 왕조 물건일세
> 동풍이 주랑을 편하게 해주지 않았다면
> 깊은 봄날 동작대에 교씨 자매 갇혔으리
>
> －'적벽(赤壁)'

조조가 웃고 떠드는데 별안간 까마귀가 울면서 남쪽으로 날아갔다.

"저 까마귀는 어찌하여 밤에 우는가?"

옆에 있는 사람이 대답했다.

"까마귀는 달이 밝아 날이 샌 줄로 잘못 알고 나무를 떠나 웁니다."

조조는 또 껄껄 웃었다. 이미 취한 조조는 삭이라 부르는 긴 창을 들고 뱃머리에 서서 술을 부어 강에 제사를 지내고 석 잔을 가득히 따라 마셨다.

"내가 이 삭을 들고 황건을 깨뜨리고, 여포를 사로잡고, 원술을 멸망시키고, 원소를 굴복시켰네. 장성 북쪽으로 깊이 들어가고, 요동까지 가며 천하를 가로세로 누볐으니 대장부 뜻을 저버리지 않았다고 할 수 있네. 내가 지금 이 경치를 마주해 의기가 북받쳐 노래를 지을 것이니 그대들이 화답하게."

조조는 노래를 지어 불렀다.

> 술 마시고 노래 듣고
> 사람 일생 얼마더냐
> 아침 이슬 비슷하니

흘러간 날 너무 많네
격한 감정 북받치니
근심 잊기 어렵구나
무엇으로 걱정 풀까
술밖에 없으렷다

푸르른 그대 옷깃
유유한 이 내 마음
오직 그대 때문에
지금까지 읊조리네
사슴이 울어대며
들판 쑥 먹는데
좋은 손님 날 찾아와
슬을 뜯고 생황 부네

밤하늘 하얀 달님
언제 가서 멈추려나
그 속에서 시름 생겨
그칠 수가 없나 보다
밭둑 넘고 길을 걸어
몸을 낮춰 날 찾는 이
얘기하고 잔치하며
옛정 살려 되새기네

달 환하고 별 드문데

까막까치 남쪽 날며

나무 세 번 돌아봐도

깃들 가지 하나 없네

산은 높아 싫다 않고

물은 깊어 만족 몰라

주공께서 밥 뱉으니

천하 마음 쏠렸더라

—조조 '단가행(短歌行)'

조조가 노래를 마치자 사람들이 따라 화답하면서 모두 즐겁게 웃는데, 별안간 자리에서 한 사람이 일어섰다.

"대군이 서로 맞서고 장졸들이 모두 힘을 내는 때에 승상께서는 어찌 이런 불길한 노래를 부르십니까?"

조조가 보니 양주(揚州) 자사 유복(劉馥)이었다. 패국 상현 사람인데 건안 4년 손책의 공격으로 양주가 파괴된 후, 구강군 합비에서 몸을 일으켜 주의 관청을 만들었다. 도망가고 흩어진 사람을 모으고 학교를 세우며 둔전을 널리 보급해 백성을 잘 다스리고, 가르치는 데에도 공을 세웠다. 오랫동안 조조를 섬기며 공로가 많은 유복이 이런 말을 하니 조조는 삭을 들고 물었다.

"내 노래의 어디가 불길하단 말인가?"

"노래 가운데 '달 환하고 별 드문데 까막까치 남쪽 날며 나무 세 번 돌아봐도 깃들 가지 하나 없네'라는 대목이 상서롭지 못합니다."

조조는 벌컥 화를 냈다.

"네가 어찌 감히 내 흥을 깨뜨리느냐!"

조조의 손이 번쩍 올라가자 삭이 유복 몸에 푹 꽂혀 그 자리에서 죽고 말았다. 사람들은 모두 화들짝 놀라 잔치를 끝냈다.

이튿날 조조는 술이 깨자 뉘우쳐 마지않았다. 유복의 아들 유희가 아버지 주검을 고향으로 옮겨 묻게 해달라고 청을 올리니 조조는 눈물을 흘리며 허락했다.

"내가 어제 취해서 네 아버지를 잘못 죽여 뉘우침을 금할 수 없다. 삼공의 예절로 후하게 장례를 치르도록 하라."

이튿날 수군 도독 모개와 우금이 조조 장막에 와서 청을 올렸다.

"크고 작은 배들을 모두 사슬로 잇고 깃발과 싸움 도구들도 다 갖추었습니다. 승상께서 명령하여 움직이시고 날짜를 정해 진군하시기만 기다립니다."

조조는 수군의 큰 싸움배에 자리를 잡고 앉아 장수들을 불러 명령을 듣게 했다. 수군과 육군의 깃발은 모두 다섯 빛깔로 나누어 표시했다. 수군을 보면 중앙에 자리 잡은 누런 깃발은 모개와 우금이 거느리고, 붉은 기를 세운 전군은 장합이 맡으며, 검은 기를 든 후군은 여건이 이끌었다. 푸른 기를 든 좌군은 문빙이 거느리고, 흰 기를 세운 우군은 이통이 지휘했다. 육군을 보면 기병과 보병의 전군은 붉은 기를 들며 서황이 거느리고, 검은 기를 세운 후군은 이전이 이끌었다. 악진의 좌군은 푸른 기를 들며, 하후연의 우군은 흰 기를 썼다.

물과 뭍의 군사들을 지원하고 구원하는 장수는 하후돈과 조홍이고, 호위를 담당하고 싸움을 감독하는 두 사람은 허저와 장료였다. 나머지 장수들은 각기 대오에 맞추어 자리를 잡았다.

명령이 떨어지자 수군 영채 안에서 '둥둥둥!' 북을 세 통 울리니 여러 줄 싸움배들이 일제히 영채 문을 열고 나아갔다. 이날 마침 서북풍이 급작스레 불어 배들이 저마다 돛을 올리고 파도를 가르는데, 평지 위에 놓인 것처럼 흔들리지 않고 든든하게 움직였다.

북군은 배 위에서 이리 뛰고 저리 달리면서 용맹스럽게 창을 찌르고 칼을 휘둘렀다. 전후좌우 여러 대 군사가 각기 대열을 유지하니 갖가지 빛이 다른 깃발들이 전혀 섞이지 않았다. 쪽배 50여 척이 오가면서 순찰을 돌고 훈련을 감독하며 재촉했다. 싸움을 지휘하는 장대 위에 올라선 조조는 군사들이 훈련하는 모습에 대단히 기뻐 이번에는 틀림없이 이긴다고 생각했다.

"이제 돛을 거두고 순서대로 영채로 돌아오라."

명령에 따라 군사가 모두 돌아오자 조조는 장막 윗자리에 앉아 모사들을 모았다.

"하늘이 나를 돕지 않는다면 어찌 봉추의 묘한 계책을 얻었겠소? 쇠사슬로 배를 이으니 과연 강을 건너는 게 평지를 밟듯 평탄하구려."

정욱이 걱정했다.

"배를 모두 사슬로 이으니 편안하기는 합니다만 적이 불로 공격하면 피하기 어려우니 방비하지 않을 수 없습니다."

조조는 껄껄 웃었다.

"정중덕은 멀리 걱정했지만 살펴보지 못한 구석이 있소."

순유가 이상한 듯 물었다.

"중덕 말이 매우 옳은데 승상께서는 어찌 웃으십니까?"

"무릇 불로 공격하려면 반드시 바람의 힘을 빌려야 하오. 지금은 한창 겨울이라 서풍과 북풍이 있을 뿐이니 어찌 동풍, 남풍이 있겠소? 내가 서북쪽에 있고 적은 모두 동남쪽에 있으니 그들이 불을 쓰면 자기 군사나 태우게 될 것이오. 그러니 내가 무엇이 두렵겠소? 만약 봄처럼 따스한 시월이라면 내가 벌써 방비를 했을 것이오."

장수들은 모두 엎드려 탄복했다.

"승상의 높으신 식견은 사람들이 미치지 못할 바입니다."

조조는 장수들을 돌아보았다.

"청주, 서주, 연과 대 땅의 무리는 배를 타는 데에 익숙하지 않소. 이 계책이 아니면 어찌 험하고 넓은 강을 건널 수 있겠소?"

반열에서 두 장수가 훌쩍 일어났다.

"저희는 비록 유(幽)와 연 땅의 사람이지만 배를 탈 수 있습니다. 순라선 20척을 빌려주시면 곧바로 강어귀까지 나아가 깃발과 북을 빼앗아 북군도 배를 탈 수 있음을 보여주겠습니다."

원소의 장수였던 초촉과 장남이었다. 조조가 말렸다.

"그대들은 북방에서 나고 자라서 배를 타기가 힘들지 않을까 걱정일세. 강남 군사는 강 위를 오가는 연습을 잘해 물싸움에 익숙하니 그대들은 가볍게 목숨을 걸고 어린아이 장난을 하지 말게."

초촉과 장남은 목청을 돋우었다.

"이기지 못하면 군법을 달게 받겠습니다!"

조조가 의심했다.

"싸움배는 모두 사슬로 이어놓아 쪽배만 있는데, 한 척에 20명을 태울 수 있으니 그 배로 저쪽 군사들과 맞서 싸우기는 쉽지 않을 걸세."

초촉이 큰소리를 쳤다.

"큰 배를 쓰면 무엇이 희한할 게 있습니까? 쪽배 20척만 주시면 저는 장남과 절반씩 나누어 오늘 바로 오의 수군 영채로 쳐들어가 장수를 베고 깃발을 빼앗아 오겠습니다."

조조는 드디어 허락했다.

"내가 배 20척을 주고 긴 창과 강한 쇠뇌를 지닌 정예 군사 500명을 주겠네. 내일 날이 밝으면 큰 영채의 배를 내보내 멀리서 응원하는 기세를 갖추어

주고 문빙에게 순라선 30척을 거느리고 그대들을 맞이하게 하겠네."

초촉과 장남은 기뻐 날뛰며 물러갔다.

이튿날 동트기 전에 밥을 짓고, 동이 트자 갑옷 입고 무기를 지녀 채비를 마치니, 어느덧 수군 영채 안에서 북을 두드리고 징을 울리는 소리가 났다. 배들이 모두 영채에서 나와 수면 위에 늘어서니 장강 일대에는 푸른 깃발과 붉은 깃발이 엇갈렸다. 초촉과 장남은 순찰 배 20척을 이끌고 영채를 뚫고 나와 강남을 향해 나아갔다.

남쪽 기슭 사람들이 전날 요란스레 울리는 북소리를 듣고 멀리 바라보니 조조가 수군을 훈련시키고 있어서 주유에게 보고해, 주유가 산에 올라 살펴볼 때는 조조 군사는 이미 돌아간 뒤였다. 이튿날 또 북소리가 하늘을 울려 장졸들이 높은 곳에 올라 살펴보니 쪽배들이 파도를 가르며 다가와, 주유가 장수들에게 물었다.

"누가 감히 먼저 나아가겠는가?"

한당과 주태가 나섰다.

"제가 임시 선봉이 되어 적을 깨뜨리겠습니다."

주유는 여러 영채에 명령을 돌려 엄하게 방어하면서 가볍게 움직이지 않게 하고, 한당과 주태는 각기 정찰 배 다섯 척을 이끌고 좌우로 나아갔다.

초촉과 장남이 용기 하나만 믿고 나는 듯이 쪽배를 몰아오니 가슴을 막아주는 엄심갑만 입은 한당은 긴 창을 들고 뱃머리에 섰다. 초촉의 배가 먼저 이르러 어지러이 화살을 날리자 한당은 방패를 들고 막았다. 초촉이 긴 창을 틀어잡고 달려드니 한당은 손을 번쩍 들어 한 창에 찔러 죽였다. 장남이 뒤따라오며 아우성치는데 비스듬히 주태의 배가 미끄러져 나왔다. 장남이 창을 꼬나 들고 뱃머리에 서고 군사들이 어지러이 화살을 날렸다.

배들이 가까워지자 주태는 한쪽 팔에 방패를 끼고 한 손에 칼을 들고 몸을 홀쩍 솟구치더니 그쪽 배 위에 사뿐히 내려서면서 칼을 휙 휘둘러 장남을 찍어 물에 떨어뜨렸다. 주태가 배 젓는 군사를 마구 찍어 죽이니 다른 배들은 급히 노를 저어 돌아갔다. 한당과 주태가 쫓아가다 강 가운데에서 문빙과 마주쳐 배들을 벌려 세우고 한바탕 싸움을 벌였다.

주유가 장수들을 이끌고 산꼭대기에서 멀리 강북을 바라보니 강 위에 몽충이 늘어섰는데 깃발과 신호 띠에 모두 순서가 있었다. 강 가운데로 눈길을 돌려보니 한당, 주태와 한바탕 싸우던 문빙이 견디지 못하고 배를 돌려 달아나고 오군 배들이 급히 쫓아갔다. 그들이 북군 속으로 깊이 들어갈까 걱정스러워 주유는 흰 깃발을 휘두르고 징을 울려 불러들였다.

돌아간 문빙이 결과를 보고해 조조는 군사를 거두어 영채로 돌아갔다. 주유는 산에서 건너편 싸움배들이 영채로 들어가는 모습을 보고 장수들을 돌아보았다.

"강북 싸움배가 갈대처럼 빼곡하고 조조가 꾀가 많으니 어떤 계책으로 깨뜨려야 하나?"

장수들이 미처 대답하기 전에 별안간 조조 영채 중앙의 누런 깃발이 바람에 부러져 펄럭이며 강에 떨어지니 주유는 껄껄 웃어댔다.

"저것은 상서롭지 못한 징조다."

조조의 장졸들은 중앙의 누런 깃발이 부러지자 저마다 놀라고 두려워했다. 조조도 기분이 상했으나 겉으로는 태연하게 명령을 내렸다.

"사람들을 홀리는 자는 목을 친다!"

장졸들 마음이 겨우 안정되었다.

주유가 북쪽을 바라보는데 별안간 세찬 바람이 몰아치며 강에서 파도가 일어 기슭을 철썩철썩 때렸다. 이때 바람이 휙 지나가면서 주유 옆에 세운 깃발이 귀퉁이를 말아 올리며 주유의 얼굴을 스쳤다. 주유는 갑자기 떠오르는 것이 있어 '으악!' 소리치며 뒤로 넘어져 선지피를 토했다. 장수들이 급히 달려가니 어느새 정신을 잃었다.

이야말로

갑자기 웃다 갑자기 소리치니
남군이 북군 이기기 힘들겠네

주유 목숨은 어찌 될까?

조조는 훌륭한 시인

조조는 기나긴 중국 역사에서 비슷한 예를 찾아보기 어려울 정도로 종합적인 인물이다. 후한 말기 20여 년 동안 실질적으로 나라를 다스린 정치가이자 수십 년 동안 군사를 거느리고 풍부한 실전 경험을 쌓은 무장이며, 《손자병법》에 제일 먼저 주해를 단 전략가다. 그런가 하면 또 문단에 새로운 바람을 불어넣은 문학가로서 훌륭한 작품을 여럿 남겼다.

전한과 후한 시대 문학작품들을 보면 거의 황제의 생활을 그리고 공적을 칭송하는 것이었고, 어쩌다 황제의 잘못을 글의 맨 끝에 완곡하게 지적하는 정도였다. 그러나 문학사에서 '건안문학(建安文學)'으로 불리는 건안 시대(196-220년) 작품들은 지은이의 감정이 깃들어 있어 개성이 강하다. 작가들의 눈길도 황궁으로부터 민간으로 돌려졌다.

이런 변화를 주도한 사람들이 바로 조조와 그 아들인 조비, 조식이니 후세에 '삼조(三曹)'로 불리는 세 사람은 건안 연간에 문단의 수령들이었다.

갑옷에는 서캐 끼고

사람들이 죽어가네

백골은 들판에 드러나고

천 리 길 닭 울음소리 사라졌다

백성이 백에 하나나 남으니

생각하면 애간장이 끊어지누나

조조가 지은 '쑥대밭을 가면서[蒿里行호리행]'의 한 대목이다. 읽으면 군벌 혼전이 낳은 무서운 결과가 눈앞에 선하고 지은이의 심정에도 공감이 간다.

조조는 높은 곳에 오르면 반드시 부를 짓고, 긴 삭을 들고 시를 읊었다고 한다. 그 시들이 아름다워, 대체로 배운 것이 많은 사람일수록 소설이나 야사의 영향을 적게 받아 조조를 좋아한다. 지금 찾아볼 수 있는 조조의 시는 20여 수다. 그 가운데 소설에 나오는 '단가행'이 《삼국지》 덕을 보아 가장 널리 알려졌는데, 잘못된 풀이가 많다. 이 시는 원작의 맛을 살리기 위해 44조로 옮겼는데, 예로부터 오해가 심하고 오역도 많았다.

첫 마디 '대주당가(對酒當歌)'는 '술을 대하고 노래를 마주하다'는 뜻이다. '당가'를 '노래를 해야 한다'고 풀이하는 경우가 많은데, 후한 시대 문학작품의 일반적인 예를 보면 '당(當)'은 '대(對)'와 같은 뜻으로 '노래를 대한다', 즉 '노래를 듣다'는 뜻이 더 어울린다. 후한 시대에는 서로 다른 글자로 같은 뜻을 중복하는 수사법이 상당히 유행했다. 여기서는 '술 마시고'로 옮겼다. 덧없이 흘러가는 인생의 슬픔과 걱정을 술의 힘을 빌려 풀어야 한다고 잠깐 주장한 것이다.

다음 네 번째 마디인 '거일고다(去日苦多)'는 아침 이슬처럼 가득이나 짧은 인생에서 이미 지나간 나날이 너무 많아 안타깝다는 뜻으로, 이 경우 '고(苦)'는 심정을 그려내는 형용사이지 고생이라는 명사가 아니다. '지난날은 괴로움도 많았어라'나 '지난 세월 고생도 많았지'로 옮긴 이들이 있는데, 원작의 글자를 잘못 이해한 탓이다.

여기서 '밭둑 넘고 길을 걸어'로 옮긴 '월맥도천(越陌度阡)'에서 '맥(陌)'은 밭

속에 동서 방향으로 난 길을 가리키고 '천(阡)'은 남북 방향으로 난 길을 가리킨다. 대체로 먼 길을 걷는 것을 그린 것이다.

'푸르른 그대 옷깃……'의 두 마디는 《시경》〈정풍 자금〉 구절을 따온 것이다. 주나라 때 글을 배우는 사람들은 옷깃이 푸른 옷을 입어, '푸른 옷깃'은 공부하는 사람을 가리켰다. 조조는 근심을 풀어줄 수 있는 인재를 그리는 마음을 노래에 담아 불렀다. '사슴이 울어대며……' 네 마디는 《시경》〈소아 녹명〉구절을 따왔다. 녹명, 즉 '사슴 울음소리'는 원래 손님을 접대하는 노래라 조조는 현명한 인재를 접대하려는 열정과 방식까지 말한 셈이다. 빈은 쑥이지 마름이나 부평초가 아니다.

'밤하늘 하얀 달님……'은 쉴 줄 모르고 움직이는 달과 같이 걱정도 끝이 없는데, 인재가 먼 길을 걸어 자기에게 찾아오니 반갑게 맞이해 정을 나눈다는 뜻이다. '달 환하고 별 드문데……' 네 구절에서 까마귀를 빌려 세상 백성들이 의지할 데 없는 상황을 그린 조조는 또 고전에 박식한 실력을 드러내, 《관자(管子)》〈형세해〉의 '산은 높아짐을 마다하지 않고 물은 깊어짐을 싫어하지 않는다'는 말을 적당한 곳에 재치 있게 써먹었다.

마지막에는 옛날 주가 상을 정복한 후 정사를 담당한 주공이 인재를 놓칠까 두려워 일단 손님이 왔다고 하면 입에 문 밥도 뱉고 나가 맞이해, 천하 사람들의 마음을 얻었다는 이야기를 인용했다. 조조는 인재들을 모아 천하를 안정시키겠다는 뜻을 남김없이 드러낸 것이다.

소설에서 유복이 불길하다고 지적한 '달 환하고 별 드문데 까막까치 남쪽 날며 나무 세 번 돌아봐도 깃들 가지 하나 없네'는 세상 백성들이 의지할 데 없는 상황을 까마귀에 비유해 그렸다고 모든 학자가 해석한다.

49

제갈량, 칠성단서 동남풍 빌다

칠성단에서 제갈량 바람을 빌고
삼강구에서 주유는 불을 지르다

주유가 까무러쳐 사람들이 급히 구해 장막으로 돌아가니 장수들이 찾아와 문안하며 놀라 서로 얼굴만 쳐다보았다.

"강북에서 100만 무리가 호랑이처럼 웅크리고 먹이를 삼키려 하는데 도독께서 이렇게 정신을 잃으시면 어찌하오?"

장수들은 급히 오후에게 알리고 의원을 청해 치료했다. 주유가 쓰러지자 노숙은 울적하고 답답해 제갈량을 찾아가니 그가 물었다.

"공은 어찌 생각하시오?"

"이건 조조의 복이자 강동의 화요."

노숙이 대답하니 제갈량은 웃었다.

"공근의 병은 이 양이 고칠 수 있소."

"정말 그렇게 되면 나라가 참으로 다행이겠소!"

노숙은 바로 제갈량과 함께 주유를 보러 갔다. 노숙이 먼저 장막에 들어가니 주유는 이불을 감싸고 누워 있었다.

"도독은 병세가 어떠시오?"

"가슴과 배가 안에서 휘젓듯이 아프고 자꾸만 까무러치오."

"무슨 약을 드셨소?"

"속이 메슥거려 약이 내려가지 않소."

"방금 공명에게 가니 그가 도독의 병을 고칠 수 있다고 했소. 장막 밖에 와 있으니 불러서 고치면 어떻겠소?"

주유가 부축을 받고 일어나 앉자 제갈량이 들어왔다.

"며칠간 도독을 뵙지 못했는데, 귀하신 몸이 불편하신 줄 몰랐습니다!"

"예로부터 '사람에게는 아침저녁으로 바뀌는 화와 복이 있다[人有朝夕禍福인유조석화복]' 했으니 어찌 스스로 장담하겠소?"

제갈량이 웃었다.

"또한 '하늘에는 헤아릴 수 없는 바람과 구름이 있다[天有不測風雲천유불측풍운]' 는 말도 있지요. 역시 사람이 어찌 알겠소이까?"

그 말을 듣자 주유는 낯빛이 변해 끙끙 앓는 소리를 냈다. 제갈량이 물었다.

"도독께서는 가슴속에 번뇌가 쌓인 것 같으십니까?"

"그렇소."

"반드시 시원한 약으로 풀어야 합니다."

"이미 시원한 약을 먹었는데 전혀 효과가 없소."

"먼저 기(氣)를 다스려야지요. 기가 순하게 되면 숨을 들이쉬고 내쉬는 사이에 자연히 낫습니다."

【제갈량이 '바람과 구름'이니 '시원한 약'이니 '기'를 말하자 주유는 생각되는 바가 있었다.】

"기를 순하게 하려면 어떤 약을 먹어야 하오?"

"이 양에게 처방이 있으니 곧 도독께서 기가 순해지도록 할 수 있습니다."

"선생의 가르침을 바라오."

주유가 청하자 제갈량은 종이와 붓을 얻어 사람들을 물리치고 가만히 글을 썼다.

'조조를 깨뜨리려면 불로 공격해야 하는데, 만사를 갖추었으나 동풍이 부족하구나 [萬事俱備만사구비 只欠東風지흠동풍].'

제갈량이 글을 건네며 말했다.

"이것이 도독께서 앓으시는 병의 뿌리입니다."

주유는 글을 보고 깜짝 놀랐다.

'공명은 참으로 신선이다! 벌써 내 걱정을 알고 있으니 사실을 말할 수밖에 없다.'

그가 웃으며 청했다.

"선생이 내 병의 뿌리를 아시니 어떤 약으로 고쳐야 하오? 일이 급하니 어서 가르쳐주시기 바라오."

"이 양은 비록 재주 없으나 일찍이 기이한 사람을 만나 기문둔갑 천서를 받아, 위로는 바람을 부르고 비를 청하며 귀신을 부리고 신을 움직일 수 있는데, 중간으로는 진을 치고 군사를 늘여 세워 백성을 편안히 하고 나라를 안정시키며, 아래로는 길함을 찾고 흉함을 피해 제 몸을 온전하게 보존할 수 있습니다. 도독께서 동남풍을 쓰시겠다면 남병산에 단을 하나 쌓으십시오. 이름은 칠성단이라 하고 높이는 9자에 3층으로 짓되, 120명이 깃발을 들고 에워싸야 합니다. 이 양이 단 위에서 사흘 낮 사흘 밤 동안 부는 세찬 동남풍을 빌어 도독이 군사를 부리는 데에 도움을 드리면 어떻겠습니까?"

주유는 미심쩍었으나 밑져야 본전이었다.

"사흘 낮 사흘 밤은 말할 것도 없고 하룻밤만 세찬 바람이 불면 대사가 이루어지오. 일이 눈앞에 닥쳤으니 늦추어서는 아니 되오."

"동짓달 20일 갑자 날에 바람을 빌려 22일 병인 날에 멎게 하면 어떻겠습니까?"

제갈량 말에 주유는 크게 기뻐 후닥닥 일어났다. 곧 명령을 내려 건장한 군사 500명을 보내 남병산에 단을 쌓고, 120명 군사에게 깃발을 들고 단을 지키며 명령을 듣게 했다.

제갈량은 주유와 헤어져 노숙과 함께 남병산으로 갔다. 땅 모양을 살피더니 동남쪽 붉은 흙을 가져다 단을 쌓게 하니 둘레는 240자에 한 층의 높이가 3자로 3층에 9자였다.

맨 아래층에는 28수의 깃발을 꽂았다. 동쪽에는 푸른 깃발 일곱 개를 꽂아 동방의 신 창룡(蒼龍) 모양을 벌려 세우고, 북쪽에는 검은 깃발 일곱 개를 꽂아 북방의 신 현무(玄武) 형세를 갖추었다. 서쪽에는 흰 깃발 일곱 개를 꽂아 서방의 신 백호(白虎)의 위세를 보였으며, 남쪽에는 붉은 깃발 일곱 개를 꽂아 남방의 신 주작(朱雀) 모습을 만들었다.

두 번째 층에는 주위에 누런 깃발 64개를 꽂아 64괘에 따라 8방위로 나누어 세웠다. 맨 위층에는 네 사람을 세웠는데 저마다 머리를 동여맨 관을 쓰고 검정 두루마기를 입었으며, 도복을 입고 넓은 띠를 매고, 신은 붉은색에 옷자락은 각이 졌다. 앞의 왼쪽 사람이 든 긴 장대 끝에는 닭털을 묶어 바람이 일어나고 멈추는 것을 알게 하고, 앞의 오른쪽 사람이 든 장대 끝에는 별 일곱 개가 그려진 띠를 매어 바람의 방향과 강약을 나타내도록 했다. 뒤의 왼쪽 사람은 두 손으로 보검을 받쳐 들고 오른쪽 사람은 향로를 받쳐 들었다.

단 아래에는 24명이 각기 깃발과 의장용 해 가리개, 큰 극과 긴 과, 황월과 백모, 붉은 깃발과 내려 드리우는 검은 깃발을 들고 네 방향을 둘러쌌다.

七星壇諸葛祭風

제갈량은 동짓달 20일 갑자 날 좋은 시간을 골라 목욕재계하고 도복을 입고 맨발 바람에 머리를 풀어헤치고 단 앞에 와서 노숙에게 일렀다.

"자경은 공근을 도와 군사를 움직이시오. 이 양이 바람을 빌었는데 효험이 없더라도 나무라지 마시고 일단 동남풍이 일면 할 일을 하시오."

노숙이 돌아가자 제갈량은 단을 지키는 장졸들에게 당부했다.

"함부로 자기 방위를 떠나서는 아니 된다. 머리를 맞대거나 귀에 입을 대고 수군거려서도 아니 된다. 실수해 소리를 질러서도 아니 된다. 놀라거나 이상하다고 떠들어서도 아니 된다. 명령을 어기는 자는 목을 친다!"

제갈량은 천천히 단에 올라 방위를 살펴보고 자리를 정하더니, 향로에 향을 꽂아 불을 붙이고 물그릇에 물을 붓고는 하늘을 우러러 가만히 기도를 드렸다. 그리고 단에서 내려와 장막에 들어가 잠깐 쉬더니 군사들에게 서로 차례를 바꾸어 밥을 먹게 했다. 제갈량이 하루에 세 번 단에 올랐다가 세 번 내려오는데 동남풍은 보이지 않았다.

주유는 정보와 노숙을 비롯한 사람들을 장막에 청하고 함께 동남풍을 기다렸다. 일단 바람이 불기만 하면 곧 군사를 움직여 진군할 채비를 하면서, 손권에게 사람을 보내 후원해달라고 요청했다.

황개는 불을 붙일 배 20척을 갖추었는데 뱃머리에는 큼직한 못들을 촘촘히 박고 배 안에는 갈대와 바짝 마른 장작을 실었다. 거기에 물고기 기름을 치고 그 위에 또 유황과 염초 따위 불이 활활 일어날 재료들을 고루 펴고는 푸른 천과 기름종이를 덮었다. 뱃머리에는 청룡을 그리고 상아로 장식한 청룡 아기를 꽂고, 고물에는 각기 쪽배를 매었다. 쪽배들은 연락하거나 사람을 구할 때 쓰려는 것이었다. 채비를 단단히 한 황개는 200명 정예 수군을 골라 장막 아래에서 주유의 명령만 기다렸다.

◀ 제갈량은 칠성단 올라 동남풍 빌다.

이즈음 감녕과 감택은 채중과 채화를 수군 영채 안에 잡아두고 딱 붙어 날마다 술을 마시면서 그들이 데려온 자들은 군졸 하나 기슭에 올려보내지 않았다. 주위에는 오군이 물샐틈없이 에워싸고 지키면서 역시 중군에서 내릴 주유의 명령만 기다렸다.

주유가 장막 안에 앉아 의논하는데 손권의 사자가 왔다.

"오후께서는 배를 영채에서 85리 떨어진 곳에 정박하시고 도독의 좋은 소식만 기다리십니다."

주유는 노숙에게 말해 장수와 군사들에게 두루 알리게 했다.

"배와 병장기, 돛과 노 따위를 점검하고 명령이 떨어지면 한 시도 늦추지 말고 움직여야 한다. 명령을 그르치는 자는 군법으로 다스린다."

명령을 받은 장졸들은 저마다 주먹을 불끈 쥐었다가는 손바닥을 썩썩 비비며 싸울 채비를 했다. 그러나 22일이 차츰 저무는데도 날씨는 여전히 맑고 미풍마저 불지 않았다. 주유가 노숙에게 말했다.

"공명의 말이 황당하오. 한겨울에 어찌 동남풍을 부르겠소?"

노숙은 여전히 제갈량을 믿었다.

"내가 헤아려보면 공명은 반드시 거짓말을 하지 않소."

한밤중이 지나자 별안간 바람 소리가 윙윙 일어나며 깃발이 움직였다. 주유가 장막에서 나가 보니 깃발 끝이 서북쪽으로 날리면서 눈 깜빡할 사이에 동남풍이 세차게 불어 깜짝 놀랐다.

"이 사람은 하늘의 조화를 빼앗는 방법과 귀신이 짐작하지 못할 술법을 지녔으니 그대로 두었다가는 오의 화근이 되고, 이 유의 큰 걱정거리가 된다. 빨리 없애 뒷날 걱정이 생기지 않게 해야 한다."

주유는 급히 장막 앞의 호군교위 정봉과 서성을 불렀다.

"각기 100명씩 이끌고 급히 가라. 서성은 강으로 가고 정봉은 땅으로 가서 남병산 칠성단 앞에 이르러 아무 말도 묻지 말고 제갈량을 잡아서 목을 치고, 머리를 들고 와서 상을 청하라.”

두 장수는 명령을 받들고 떠났다. 서성이 배에 타니 100명 칼잡이가 노를 젓고, 정봉이 말에 오르니 100명 활잡이가 각기 군마를 다그쳤다. 남병산은 큰 영채에서 겨우 10여 리여서 두 군사는 길에서 맞받아 일어나는 동남풍을 만났다. 정봉의 기병이 먼저 남병산에 이르니 희미하게 새벽이 밝아오는데 깃발을 든 군졸들이 바람을 받으며 단에 서 있었다.

“제갈량은 방금 단을 내려갔습니다.”

정봉이 부랴부랴 내려가 찾아보는데 서성의 배가 이르니 강변의 군사가 보고했다.

“어젯밤에 쾌속선 한 척이 저 앞 여울목에 머물러 있었는데, 방금 제갈량이 머리를 풀어헤치고 배에 타자 물을 거슬러 올라갔습니다.”

정봉과 서성은 물과 뭍으로 쫓아갔다. 서성이 명해 배의 돛이 한껏 올라가니 바람을 받아 재빨리 움직였다. 저 앞에 배가 보이는데 그다지 멀지 않아 서성이 뱃머리에 서서 높이 외쳤다.

“제갈 군사는 가지 마시오! 도독께서 청하시오!”

제갈량은 고물에 서서 껄껄 웃었다.

“도독께 군사나 잘 부리라 전하시오. 이 양은 하구로 돌아가니 뒷날 다시 만나 뵐까 하오.”

서성은 거짓말을 서슴지 않았다.

“잠깐만 멈추어 서십시오. 요긴한 말씀이 있습니다.”

제갈량이 속을 리 없었다.

“도독이 나를 용납하지 못해 반드시 사람을 보내 해칠 줄 내가 이미 헤아렸소. 미리 조자룡에게 와서 맞이하게 했으니 장군은 쫓아올 필요가 없소.”

서성은 제갈량의 배에 돛이 없어 속도가 느린 것을 넘보고 한사코 쫓아갔다. 배가 바짝 다가드니 조운이 활을 들고 고물에 서서 높이 외쳤다.

"나는 상산의 조자룡이다! 명을 받들고 특별히 군사를 맞이하러 왔는데 네가 어찌 쫓아오느냐? 화살 한 대에 너를 쏘아 죽이려 했으나 그러면 양쪽의 좋은 사이가 틀어질 터이니 내 재주만 보여주겠다!"

조운이 시위를 놓으니 윙 날아간 화살은 서성의 배 돛 줄을 끊어버렸다. 돛이 주르르 떨어져 배는 앞으로 더 나아가지 못하고 물살에 밀려 옆으로 돌아섰다. 그것을 본 조운이 배의 돛을 모두 올리게 하여 바람을 타고 가버리니 새가 나는 듯이 빨라 도저히 따라잡을 수 없었다. 언덕 위에서 정봉이 서성을 불렀다.

"제갈량의 신묘한 지략과 기이한 계책은 다른 사람이 따를 수 없네. 더구나 만 사람이 당하지 못할 용맹을 지닌 조운이 호위하고 있네. 그가 당양 장판 언덕에서 싸운 일을 아는가? 우리는 그냥 돌아가 보고를 올리면 그만일세."

두 사람이 돌아가 제갈량이 미리 조운과 약속해 가버렸다고 하자 주유는 깜짝 놀랐다.

"이 사람이 이처럼 슬기와 꾀가 뛰어나니 내가 편안히 보내지 못한다!"

옆에서 노숙이 다독였다.

"먼저 조조를 깨뜨린 다음 생각합시다."

주유가 장수들을 불러 명령을 내리니 먼저 감녕이었다.

"채중과 항복한 군사를 이끌고 남쪽 기슭을 따라가면서 북군 깃발을 들고 곧장 오림으로 나가면 바로 조조가 군량을 쌓아둔 곳이니, 군중에 깊이 들어가 불을 질러 신호로 삼으시오. 채화 한 사람만 장막 아래에 남아있게 하시오. 내가 쓸 데가 있소."

두 번째는 태사자였다.

"3000명 군사를 거느리고 황주로 달려가 합비에서 오는 조조의 구원병을 막고, 조조 군사에 바짝 다가붙어 불을 질러 신호로 삼으시오. 붉은 깃발이 보이면 바로 오후의 지원 군사가 온 것이오."

두 대의 군사가 갈 길이 멀어 먼저 떠나니 세 번째로 여몽에게 3000명 군사를 거느리고 오림으로 가 감녕과 힘을 합쳐 조조 영채를 불사르게 하고, 네 번째로 능통에게 3000명 군사를 거느리고 이릉 경계 끝에 나아가 오림에서 불이 일어나기만 하면 군사를 움직여 응원토록 했다. 다섯 번째로 동습에게 3000명 군사를 거느리고 한양을 치고 한천으로 해서 조조 영채 안으로 쳐들어가 흰 깃발을 보면 힘을 합쳐 싸우게 했다. 여섯 번째로 반장에게 3000명 군사를 이끌어 흰 깃발을 들고 한양으로 가서 동습과 힘을 합쳐 싸우게 했다. 여섯 대 배들은 각기 길을 나누어 나아갔다.

주유는 황개에게 불붙일 배들을 배치하고 급히 조조에게 글을 보내 오늘 밤 항복한다고 약속하게 했다. 그리고 싸움배 넉 대(隊)를 한당, 주태, 장흠, 진무에게 주어 황개의 배 뒤를 따라가면서 후원하게 하니, 대마다 싸움배가 300척이고 앞에는 불붙일 배 20척을 늘어놓았다.

주유는 정보와 함께 큰 몽충에서 싸움을 감독하고, 서성과 정봉이 좌우 호위를 맡았다. 노숙은 감택과 여러 모사들과 함께 영채를 지키게 되었다. 정보는 주유가 군사를 움직이는 것에 법도가 있음을 보고 몹시 탄복했다.

이때 손권은 이미 육손을 선봉으로 세워 기춘현 황주 땅으로 나아가게 하고 몸소 뒤따르며 호응한다고 소식을 보내왔다. 주유는 사람을 보내 서산에서는 화포를 터뜨리게 하고, 남병산에서는 신호 깃발을 들게 했다. 이렇게 단단히 채비를 마치고 황혼이 되어 움직이기만 기다렸다.

여기서 이야기는 또 두 갈래로 나뉜다.

유비가 하구에서 제갈량이 돌아오기를 기다리는데 별안간 한 무리 배가 이르니 공자 유기가 소식을 알아보러 온 것이었다. 유비는 유기를 청해 성루에 올라앉아 말했다.

"동남풍이 인 지 오래인데 공명을 맞으러 간 자룡이 돌아오지 않으니 몹시 근심스럽네."

이때 한 장교가 멀리 번구 부두를 가리키며 말했다.

"바람을 받은 돛이 쪽배를 움직여 다가오니 군사께서 오시는 것입니다."

유비와 유기가 성루에서 내려가자 잠시 후 배가 이르러 제갈량과 조운이 기슭에 올랐다. 유비가 크게 기뻐 인사를 마치니 제갈량이 말했다.

"다른 일을 말씀드릴 겨를이 없습니다. 약속하신 군사와 싸움배들은 모두 갖추셨습니까?"

"마련해둔 지 오래이니 군사가 움직여 쓰기만 기다리오."

제갈량은 곧 유비, 유기와 함께 장막 윗자리에 올라 조운에게 분부했다.

"자룡은 3000명 군사를 이끌고 강을 건너 곧장 오림의 오솔길로 가서 소나무가 우거지고 숲이 무성한 곳을 골라 매복하시오. 오늘 밤이 거의 지나 조조가 틀림없이 그 길로 달아나는데, 군사가 지나기를 기다려 중간에서 불을 지르시오. 그들을 모두 죽이지는 못하더라도 절반쯤은 죽이시오."

조운이 의문을 내놓았다.

"오림에는 길이 두 갈래입니다. 한 갈래는 남군으로 통하고, 한 갈래는 형주로 가는 길인데 그가 어느 길로 올지 모르겠습니다."

제갈량이 알려주었다.

"남군은 형세의 핍박을 받아 조조가 감히 가지 못할 것이오. 그는 반드시 형주로 가서 대군을 거느리고 허도로 돌아갈 것이오."

조운이 계책을 받고 떠나자 장비를 불렀다.

"익덕은 3000명 군사를 거느리고 강을 건너 이릉으로 가는 길을 막아 호로곡 어귀에 매복하시오. 조조는 감히 남이릉으로 가지 못하고 틀림없이 북이릉을 향해 갈 것이오. 내일 비가 멎으면 그들이 솥을 걸고 밥을 지을 것이니, 그곳에서 연기가 일어나는 것이 보이면 산 옆에 불을 지르시오. 조조를 잡지 못하더라도 익덕의 공로는 작지 않을 것이오."

장비도 계책을 받고 가니 또 미축, 미방, 유봉을 불러 각기 배를 몰고 강을 돌아다니며 패한 군사들을 사로잡고 싸움 도구들을 빼앗게 했다. 세 사람도 계책을 받고 떠나자 제갈량은 자리에서 일어나 공자 유기에게 말했다.

"무창은 여기서 바라볼 수 있는 곳인데 가장 요긴하니 공자는 돌아가 군사를 이끌고 기슭에 진을 치시오. 조조가 패하면 반드시 도망쳐 오는 자가 있을 테니 그 자리에서 사로잡되 섣불리 성을 떠나서는 아니 되오."

유기도 작별하고 떠나니 제갈량은 유비에게 말했다.

"주공께서는 번구에 주둔하시고 높은 곳에 올라 바라보십시오. 자리에 앉으시어 오늘 밤 주랑이 큰 공을 이루는 것을 구경만 하시면 됩니다."

관우는 계속 옆에 있었지만 제갈량이 본 척도 하지 않자 목청을 돋우어 소리쳤다.

"관 아무개는 여러 해 형님을 따라 싸우면서 한 번도 다른 사람 뒤에 떨어져 본 적이 없소. 오늘 큰 적을 만났는데 군사가 나를 쓰지 않으니 무슨 뜻이오?"

제갈량은 웃었다.

"운장은 저를 나무라지 마시오! 원래 운장께 폐를 끼쳐 가장 요긴한 길목을 막게 하려 했으나 편하지 못한 일이 있어 감히 보내지 못하겠소."

"무엇이 편하지 못한지 지금 당장 알려주시오."

"옛날 조조가 공을 아주 후하게 대했으니 공은 꼭 보답할 것이오. 오늘 조조 군사가 패하면 반드시 화용도로 달아나는데, 공을 보내면 틀림없이 그를 놓아줄 것이오. 그 때문에 감히 보내지 못하겠소."

"군사는 공연한 걱정이 너무 많소. 조조가 과연 관 아무개를 무겁게 대한 것은 틀림없지만, 이미 안량의 목을 자르고 문추를 베며 백마의 포위를 풀어 그에게 보답했소. 오늘 맞닥뜨리면 어찌 놓아 보내겠소?"

"만약 조조를 놓아 보내면 어찌하겠소?"

"군법에 따르겠소."

관우가 다짐하자 제갈량은 얼른 못을 박았다.

"그러면 문서를 쓰시오."

관우는 당장 군령장을 내놓았다. 그리고 미심쩍은지 제갈량에게 물었다.

"만약 조조가 그 길로 오지 않으면 어찌하오?"

"나도 운장에게 군령장을 내놓겠소."

관우가 대단히 기뻐해 제갈량이 말했다.

"운장은 화용의 오솔길에서 높은 산에 땔나무와 풀을 쌓고 불을 붙여 불길과 연기로 조조를 유인하시오."

"조조가 연기를 보면 매복이 있는 것을 알 텐데 어찌 그쪽으로 오려 하겠소?"

"병법에 허허실실이라는 말이 있지 않소? 조조는 비록 군사를 곧잘 부리지만 이런 방법으로 그를 속일 수 있소. 그는 연기가 일어나는 것을 보면 일부러 짐짓 허세를 부리는 것으로 여겨 반드시 그 길로 올 것이오. 운장은 사정을 봐주지 마시오."

【허허실실은 허와 실의 변화를 이용하는 계책이라는 뜻이다.】

관우가 명령을 받들고 관평, 주창과 500명 칼잡이를 데리고 화용도로 가니 유비가 걱정했다.

"내 아우는 의리를 무겁게 아는 사람이라 조조를 놓아줄까 두렵소."

"이 양이 밤에 천상을 살피니 조조는 아직 죽을 때가 아닙니다. 그래서 운장에게 인정을 베풀게 하는 것이니 이 역시 아름다운 일이 아니겠습니까?"

"선생의 신묘한 헤아림은 세상에 미칠 사람이 없구려!"

유비는 감탄하고 제갈량과 함께 번구로 가서 주유가 군사 부리는 것을 구경하고 손건과 간옹에게 하구성을 지키게 했다.

이때 조조는 영채 안에서 장수들과 상의하며 황개 소식을 기다리는데, 동남풍이 일더니 몹시 세차게 불어 정욱이 장막에 들어와 귀띔했다.

"오늘 동남풍이 일어나니 미리 예방함이 바람직합니다."

조조는 대수롭지 않게 여겼다.

"동지는 음기의 극치라 양기가 조금 생겨 음과 양이 변할 때인데 어찌 동남풍이 없겠소? 이상할 게 무어요!"

【음양 철학에 의하면 음이 극치에 이르면 양이 생기고 양이 극치에 이르면 음이 생긴다고 한다. 동지부터 해가 차츰 길어지니 양기가 늘어난다고 본 것이다.】

별안간 군사가 보고했다.

"강동에서 쪽배가 한 척 왔습니다. 황개의 밀서를 가져왔다고 합니다."

조조가 급히 불러 글을 보았다.

'주유가 방비를 단단히 해 몸을 뺄 수 없었는데, 파양호에서 새로 실어온 군량이 있어서 이 개에게 순찰하게 하여 겨우 적당한 틈이 생겼습니다. 어떻게든 강동의 명장을 죽이고 머리를 바치며 항복하겠습니다. 오늘 밤 2경에 배 위에 청룡 아기를 꽂은 배가 바로 식량을 실은 배입니다.'

조조는 장수들과 함께 큰 배에 올라 황개의 배가 이르기를 기다렸다.

강동에서는 날이 저물자 주유가 채화를 불러 무사들을 호령해 묶었다. 채화가 아우성쳤다.

"저에게 무슨 죄가 있습니까?"

"너희는 어찌하여 감히 거짓 항복을 했느냐? 지금 깃대에 제사 지낼 제물이 모자라니 네 머리를 빌려야겠다."

떼를 쓸 수 없게 된 채화는 높이 외쳤다.

"너희 편 감택과 감녕도 항복하려고 모의했다!"

주유가 태연히 대꾸했다.

"그건 내가 시킨 일이다."

채화는 후회막심이었으나 때는 이미 늦어 주유의 명에 따라 강변의 검은 깃발 아래로 잡혀갔다. 땅에 술을 치고 종이를 사른 후, 단칼에 목을 쳐 피로 제사를 지낸 뒤 주유는 배를 띄우라는 명령을 내렸다.

황개는 세 번째로 불을 붙일 배에 탔다. 가슴을 막아주는 엄심갑을 걸치고 날카로운 칼을 들었는데 깃발에는 '선봉 황개'라는 네 글자가 큼직하게 쓰여 있었다. 황개가 하늘에 가득한 순풍을 타고 적벽을 향해 나아가니 동남풍이 세차게 불어 파도가 설레었다.

조조가 중군에서 강 너머를 멀리 바라보는데 달이 차츰 떠올라 강을 비추니 만 마리 금 뱀이 파도를 뒤집으며 노니는 듯했다. 조조가 바람을 맞받아 허허 웃어대면서 곧 반드시 뜻을 이룬다고 생각하는데 갑자기 군사가 손가락질하며 소리쳤다.

"강남에서 어슴푸레한 돛들이 바람을 타고 옵니다."

조조가 높은 곳에서 바라보니 보고가 들어왔다.

"모두 청룡 아기를 꽂았는데, 깃발에 '선봉 황개' 이름이 쓰여 있습니다."

조조는 웃었다.

적벽 싸움 (208년)

적벽 싸움이 있었던 곳은 예로부터 여러 가지 설이 있었는데, 이 지도는 역사학자들이 공인하는 정설(지금의 후베이성 츠삐시 관내)에 따랐다. 소설에서 조조가 시를 읊기 전의 경치묘사를 분석하면, 그 때 조조는 장강의 북쪽 기슭에 있었는데, 위치는 시상의 서쪽, 하구의 동쪽, 번산(번구)의 북쪽, 오림의 남쪽이었다.

"황개가 와서 항복을 드리니 하늘이 나를 돕는 것이로다!"

강남에서 오는 배들이 점점 가까워지자 자세히 살피던 정욱이 소리쳤다.

"배에 속임수가 있습니다. 영채에 가까이 다가오지 못하게 하십시오."

"무슨 속임수요?"

"배에 군량이 실렸으면 반드시 무거워 가라앉습니다. 그런데 저 배들은 가벼워 둥둥 떴습니다. 오늘 밤 동남풍이 세찬데 적이 속임수로 계책을 쓰면 어찌 막겠습니까?"

조조가 불현듯 깨달아 장수들에게 물었다.

"누가 나아가 저들을 막겠는가?"

문빙이 나섰다.

"제가 물에 제법 익숙하니 한번 가기를 청합니다."

말을 마치고 문빙이 쪽배에 뛰어내려 손을 들어 앞을 가리키니 10여 척 순찰선이 따라 나아갔다. 문빙은 뱃머리에 서서 높이 외쳤다.

"승상 명령이시다. 남쪽 배들은 영채에 가까이 오지 말고 닻을 내려라."

군사들이 일제히 외쳤다.

"어서 닻을 내려라······."

그 말이 끝나기도 전에 시위소리가 울리며 문빙의 왼팔에 화살이 꽂혔다. 문빙이 쓰러지니 군사들이 크게 어지러워져 배들은 부랴부랴 돌아갔다.

물 위를 미끄러져 오는 남쪽 배들은 조조 영채에서 겨우 2리쯤 떨어졌을 뿐이었다. 황개가 칼을 휘둘러 앞을 가리키자 선두 배들이 일제히 불을 질렀다. 불은 바람의 위풍을 빌리고 바람은 불길의 기세를 돋우어, 배는 화살이 날아가듯 나아갔다. 온통 불덩이로 변한 20척 배들이 조조의 수군 영채로 밀려들자 영채 안의 배들에 불이 붙었다. 황개의 배가 조조 배에 부딪히면 앞에 박은 못이 들이박혀 한 덩이가 되었다.

강 너머에서 포 소리가 나자 불을 붙이는 배들이 일제히 이르렀다. 삼강의 수면에 불길이 바람 따라 너울거려 하늘땅이 온통 새빨갛게 물들었다.

조조가 언덕 위 영채들을 바라보니 거기에도 몇 군데 불이 붙어 연기가 솟았다. 이때 황개가 배 뒤에 단 쪽배로 뛰어내리니 몇 사람이 노를 저어 연기를 무릅쓰고 불길 속을 뚫으며 조조를 찾았다.

형세가 위급한 것을 알고 조조가 막 기슭에 오르려 하는데 장료가 쪽배를 몰고 왔다. 장료가 조조를 부축해 쪽배로 내려오자 조조의 큰 배에 불이 붙었다. 장료와 부하들은 조조를 호위해 나는 듯이 기슭으로 올라갔다.

황개가 바라보니 검붉은 전포를 입은 자가 쪽배로 내려가니 바로 조조라 짐작하고 배를 재촉해 재빨리 나아가며 목청을 돋우었다.

"역적 조조는 달아나지 마라! 황개가 여기 있다!"

조조가 야단났다고 아우성치는데 장료가 활을 들더니 황개가 가까이 오기를 기다려 똑바로 겨누고 화살을 날렸다. 불빛 속에 있던 황개는 바람 소리가 윙윙 요란해 시위소리가 들리지 않아 화살이 바로 어깨죽지에 꽂히니 몸을 뒤집으며 물에 떨어졌다.

이야말로

불 재앙이 성할 때 물 재앙에 당하니
몽둥이 상처 아물자 화살 상처 보탰네

황개 목숨은 어찌 될까?

50

도망치는 조조 놓아주는 관우

제갈량은 슬기롭게 화용도 내다보고
관운장은 의리 받들어 조조 놓아주다

장료는 화살 하나로 황개를 명중시켜 물에 빠뜨리고 조조를 구해 기슭으로 올라갔다. 조조가 말에 올라 달아나자 그 군사는 이미 크게 어지러워졌다.

한당이 불길을 뚫어 조조의 수군 영채를 들이치는데 별안간 군사가 보고했다.

"고물 키에서 누가 장군의 자를 부릅니다."

한당이 귀 기울여 들어보니 한 사람이 높이 소리쳤다.

"의공(한당의 자)은 나를 구해주오!"

한당이 목소리를 알아들었다.

"황공복이다!"

황급히 구해내니 황개가 화살에 맞아 상처를 입었다. 한당이 이로 화살을 물어 뽑아내자 화살대만 나오고 살촉은 살 속에 박혀 나오지 않았다. 물에 젖은 옷을 급히 벗기고 칼로 후벼 살촉을 파내고 깃발을 찢어 상처를 싸맸다.

전포를 벗어 황개에게 입히고 다른 배에 태워 큰 영채로 데려가 치료하게 하니, 황개는 헤엄을 잘 쳐서 추운 겨울에 갑옷을 입은 채 장강에 빠지고도 목숨을 건질 수 있었다.

이날 장강에는 온통 불덩이가 굴러다니고 고함이 하늘땅을 뒤흔들었다. 왼쪽으로는 한당과 장흠, 두 군사가 적벽 서쪽에서 쳐들어가고, 오른쪽으로는 주태와 진무, 두 군사가 적벽 동쪽에서 쳐들어갔다. 가운데로는 주유와 정보, 서성, 정봉이 거느린 대부대 배들이 모두 이르렀다.

불은 군사에 맞추어 호응하고 군사는 불의 위엄을 빌려 움직이니 이는 바로 '삼강의 수전'이요 '적벽의 격전'이었다. 조조 군사 가운데 창에 찔리거나 화살에 맞고, 불에 타거나 물에 빠져 죽은 자가 얼마인지 수를 헤아릴 수 없으니 강의 전투는 더 말하지 않는다.

감녕은 채중에게 길을 안내하게 하여 조조 영채 깊숙이 들어가자 멋모르는 채중을 단칼에 찍어 죽이고 말먹이 풀에 불을 질렀다. 멀찍이 중군에서 불이 일어나는 것을 보고 여몽도 10여 군데 불을 질러 감녕과 호응했다. 반장과 동습 또한 불을 지르고 고함을 치니 사방에서 북소리가 요란하게 울렸다.

조조와 장료가 100여 명 기병을 거느리고 불바다 속을 달려가는데 불이 붙지 않은 곳이 없었다. 한참 달려가는데 모개가 문빙을 구해 10여 명 기병을 이끌고 왔다. 조조가 길을 찾으라고 명하자 장료가 앞을 가리켰다.

"오림이 널찍해 갈 수 있습니다."

조조는 곧장 오림으로 달려갔다. 한참 길을 다그치는데 등 뒤에서 군사 한 떼가 쫓아왔다.

"역적 조조는 달아나지 마라!"

불빛 속에 여몽의 깃발이 드러나니 조조는 군사를 힘껏 재촉하며 장료에게 뒤를 막게 했다. 그런데 또 앞에서 횃불들이 일어나며 산골짜기에서 군사 한 대가 몰려나왔다.

"능통이 여기 있다!"

조조는 간이 깨지고 쓸개가 부서지는[肝膽皆裂간담개열] 것 같은데, 다시 군사 한 대가 비스듬히 달려왔다.

"승상께서는 당황하지 마십시오! 서황이 여기 있습니다!"

조조 군사가 한바탕 싸우고 길을 빼앗아 북쪽으로 달려가자 산비탈 앞에 군사 한 대가 주둔해 있었다. 원소 아래 있다 항복한 장수 마연과 장의가 3000명 북방 군사를 거느리고, 불길이 하늘을 밝히는 것을 보고 감히 움직이지 못하다 조조를 맞이한 것이다.

조조는 두 장수에게 1000명 군사를 이끌고 길을 뚫게 하고 나머지 군사는 자기를 호위하게 했다. 힘이 빠지지 않은 군사를 얻자 조조는 좀 든든했다. 마연과 장의가 기병을 이끌고 나는 듯이 달려가자 10리도 못 가 사방에서 고함이 일면서 군사 한 떼가 나타나 앞장선 장수가 높이 외쳤다.

"나는 오의 감흥패다!"

마연이 맞서다 감녕의 칼에 맞아 땅에 떨어지고, 장의가 창을 꼬나 들었으나 감녕이 버럭 호통치며 창을 내찔러 손을 놀려보지도 못하고 고꾸라졌다. 후군이 나는 듯이 달려가 조조에게 보고했다.

이때 조조는 합비에서 구원병이 오기를 기다리며 손권이 길목을 막은 줄을 모르고 있었다. 길을 막고 있던 손권은 강에서 불빛이 일어나자 오가 이겼음을 알고 육손에게 불을 질러 신호를 올리게 했다. 신호를 보고 태사자가 육손과 군사를 합쳐 나아가자 조조는 이릉을 향해 달아나다 장합을 만나서 뒤를 막게 했다.

닫는 말에 채찍질해 밤새 달리다 돌아보니 불빛이 차츰 멀어졌다. 조조는 그제야 마음이 진정되어 물었다.

"여기는 어디냐?"

형주에서 항복한 장수들이 대답했다.

"여기는 오림의 서쪽이고 의도 북쪽입니다."

조조가 살펴보니 나무가 우거지고 산천이 험했다. 조조가 말 위에서 고개를 치켜들고 하늘을 우러러 껄껄 웃어대자 장수들이 물었다.

"승상께서는 어찌하여 크게 웃으십니까?"

"내가 다른 사람을 웃은 게 아니라 주유는 꾀가 적고 제갈량은 슬기가 모자란다고 웃은 거요. 내가 군사를 부린다면 미리 여기에 군사 한 대를 둘 것이니, 그러면 우리가 어찌 되겠소?"

그 말이 끝나기도 전에 양쪽에서 북소리가 둥둥 울리며 불빛이 하늘로 솟구쳤다. 조조는 너무 놀라 하마터면 말에서 떨어질 뻔했다. 옆에서 군사 한 대가 달려 나오며 높이 외쳤다.

"제갈 군사 명을 받들고 상산의 조자룡이 여기서 기다린 지 오래다!"

조조는 서황과 장합에게 조운을 맞이하게 하고 연기와 불을 무릅쓰고 달아났다. 조운은 《손자병법》에 '돌아가는 군사는 막지 말고 궁지에 빠진 도적은 쫓지 마라[歸師勿遏귀사물알 窮寇勿迫궁구물박]'고 이른 것을 떠올려 더 쫓지 않고 깃발만 빼앗아, 조조는 몸을 뺄 수 있었다.

날이 부옇게 밝아오는데 검은 구름이 땅을 덮었다. 동남풍은 아직도 그치지 않는데 별안간 소나기가 억수로 쏟아져 갑옷이 푹 젖었다. 일행이 비를 무릅쓰고 나아가니 모두 비에 젖어 마른 곳이 한 치도 없었다. 아침이 되자 비가 그치고 바람이 멎었다.

장졸들이 굶주려, 조조 명령으로 군사들이 마을을 뒤져 식량을 빼앗아와 막 밥을 짓는데 뒤에서 한 무리 군사가 달려와 조조는 몹시 당황했다. 다행히 이전과 허저가 모사들을 호위하고 와서 조조는 대단히 기뻐하며 밥을 먹고 길을 가며 물었다.

"저 앞길은 어찌 되느냐?"

"한쪽은 남이릉으로 가는 큰길이고 한쪽은 북이릉으로 가는 산길입니다."

"어느 길로 가면 남군, 강릉과 가까우냐?"

"북이릉을 거쳐 호로구를 지나는 게 가장 좋습니다."

조조가 북이릉 길로 가게 하여 호로구에 이르니 장졸들이 모두 굶주리고 맥이 풀려 걸음을 걷지 못했다. 말도 지칠 대로 지쳐 쓰러져 죽는 말이 많았다.

조조가 잠시 쉬라고 이르자 장졸들은 말에 솥을 달고 온 사람도 있고 마을에서 빼앗은 쌀도 있어, 산 옆 마른 곳을 골라 밥을 짓고 죽은 말고기를 베어 구워 먹었다. 사람들은 젖은 옷을 벗어 바람에 말리고 말들은 안장을 벗기고 들판에 내몰아 풀뿌리를 뜯게 하는데, 나무가 듬성듬성한 숲에 앉은 조조가 하늘을 우러러보며 또 허허 웃어댔다.

"방금 승상께서 주유와 제갈량을 웃으시다 조자룡을 끌어내고 숱한 군사를 잃었는데 어찌 다시 웃으십니까?"

"나는 제갈량과 주유가 아무래도 꾀와 슬기가 부족하다고 웃소. 내가 군사를 부린다면 여기에도 군사 한 떼를 두어 지친 적을 기다리게 했을 것이오. 그러면 우리가 혹시 목숨을 건지더라도 심하게 다치는 것은 면하지 못할 것이오. 그들이 이것을 내다보지 못했으니 내가 웃는 것이오."

이때 전군과 후군이 일제히 소리를 질러, 조조는 깜짝 놀라 갑옷을 버린 채 말에 오르고, 군사들은 말을 거두지 못한 자들이 많았다. 어느새 사방에서 불길과 연기가 솟아 한데 합치는데 두 산 사이 길목에 한 무리 군사가 늘어서니, 장비가 긴 창을 가로 들고 말 위에서 높이 외쳤다.

"조조 도적은 어디로 가느냐!"

조조의 장수들은 장비를 보고 간담이 서늘했다. 허저가 안장 없는 말을 타고 장비와 싸우러 달려가니 장료와 서황도 말을 달려 협공했다. 양쪽 군사들이 어지러이 싸워 한 덩이로 엉키는데 조조가 먼저 말을 몰아 몸을 빼니 장수들도 제각기 몸을 빼 달아났다. 장비가 뒤에서 쫓아갔으나 조조가 죽기 살기로 구불구불 내달려 차츰 멀어졌다. 장수들을 돌아보니 거의 다 상처를 입었다.

한참 길을 가는데 군사가 아뢰었다.

"앞에 두 갈래 길이 있으니 어느 길로 갈지 승상께서 정해주십시오."

"어느 길이 가까우냐?"

"큰길은 평평하지만 50여 리 더 멀고, 화용도로 가는 오솔길은 가깝기는 하지만 좁고 험하며 울퉁불퉁해 가기가 힘듭니다."

조조는 군사를 산에 올려보내 살피게 했다.

"오솔길 산 옆에는 몇 군데 연기가 일어나는데 큰길 쪽에는 아무 움직임이 없습니다."

조조가 화용도로 통하는 오솔길로 가게 하니 장수들이 물었다.

"연기가 일어나는 곳에는 반드시 군사가 있는데 어찌 이 길로 가십니까?"

조조가 설명했다.

"병서에 '허하면 실하게 하고, 실하면 허하게 한다 [虛則實之허즉실지 實則虛之실즉허지]'는 말이 있지 않소? 제갈량은 꾀가 많아 오솔길 옆 후미진 곳에 연기를 일으켜 우리에게 감히 그 길로 가지 못하게 하고, 큰길에 군사를 매복해 우리를 기다릴 것이오. 내가 이미 다 헤아렸으니 계책에 걸릴 수 있겠소?"

장수들이 입을 모아 칭송했다.

"승상의 신묘하신 헤아림은 사람들이 미칠 바가 아닙니다."

조조가 장졸들을 이끌고 화용도로 가니 사람들은 배가 고파 쓰러지기 직전이고, 말은 한없이 지쳐 곧 넘어지려 했다. 머리를 그슬리고 이마를 덴 자들은 겨우 지팡이를 짚고, 화살에 맞고 창에 찔린 자들은 간신히 발을 움직였다. 갑옷은 푹 젖고 병기와 깃발은 정연하지 못했다. 이릉 길에서 급히 쫓기다 보니 태반이 빈말을 타면서 안장이며 고삐며 옷들을 죄다 내버린 것이다. 한겨울 무서운 추위 속에 고생이 말할 수 없었다.

화용도를 향해 10리도 가지 못해 앞에서 갑자기 말을 멈추었다.

"앞에는 산이 후미지고 길은 좁은데, 아침에 내린 비로 구덩이에 물이 고여, 진흙탕에 말발굽이 빠져 나아갈 수 없습니다."

조조가 크게 노해 꾸짖었다.

"군사는 산을 만나면 길을 내고 물을 만나면 다리를 놓는다. 어찌 진흙탕 때문에 가지 못한다 하느냐!"

명령을 내려 늙고 약하거나 상처를 입은 자들은 뒤에서 천천히 걷게 하고, 건장한 자들은 흙을 나르고 풀을 묶으며 나뭇가지를 옮기고 갈대를 날라 구덩이들을 메우게 했다.

"즉시 움직여라! 명령을 어기는 자는 목을 치겠다!"

엄한 명령이 떨어지자 군사는 모두 말에서 내려 나무를 찍고 참대를 쓰러뜨려 산길을 메웠다. 조조는 뒤에서 쫓아올까 두려워 장료와 허저, 서황에게 100명 기병을 이끌고 감독하게 하는데 꾸물거리는 자들은 당장 목을 베게 했다. 군졸들이 배가 고프고 지쳐 땅에 쓰러지자 조조의 호령으로 사람과 말이 쓰러진 자들을 짓밟고 지나가니 죽은 자가 얼마인지 헤아릴 수 없었다. 울부짖는 소리가 그치지 않자 조조는 화를 냈다.

"살고 죽는 것은 운명에 달렸거늘 어찌 우느냐! 우는 자가 있으면 당장 목을 친다!"

군사들은 세 몫으로 나뉘어 한 몫은 뒤에 떨어지고, 한 몫은 구덩이를 메우며, 한 묶은 조조를 따랐다. 험준한 곳을 지나자 길이 좀 평탄해졌다. 조조가 돌아보니 겨우 300여 명 기병이 따라오는데 옷이나 갑옷을 제대로 차려입은 자는 하나도 없었다. 조조가 빨리 가자고 재촉하자 장수들이 애원했다.

"말이 모두 지쳤으니 잠깐 숨을 돌려야 하겠습니다."

"형주로 달려가 쉬어도 늦지 않소."

또 몇 리를 가지 못해 조조가 말 위에서 채찍을 휘두르며 허허 웃었다.

"사람들은 모두 주유와 제갈량이 꾀가 많고 슬기가 넉넉하다고 하나 내가 보기에는 아무래도 무능한 자들인데 이번에 패한 것은 내가 적을 얕보았기 때문이오. 만약 이곳에 군사를 약간만 두었으면 우리 모두 꼼짝 못 하고 밧줄에 묶이지 않겠소?"

그 말이 끝나기도 전에 또 포 소리가 '탕!' 울리더니 500명 칼잡이가 나타나 앞을 막았다. 앞장선 대장은 청룡도를 들고 적토마에 올랐으니 다름 아닌 관우였다. 조조 군사는 그만 넋이 허공에 달아나고 간이 떨어져 서로 빠히 얼굴만 쳐다볼 뿐이었다. 조조가 사람들 속에서 소리쳤다.

"이 지경에 이르렀으니 죽기를 무릅쓰고 싸울 수밖에 없다!"

장수들은 어려워했다.

"사람은 겁을 내지 않더라도 말이 힘이 다했으니 어찌 싸울 수 있겠습니까?"

그런 가운데에서도 정욱이 꾀를 냈다.

"이 욱은 평소에 운장이 윗사람에게는 거만하나 아랫사람은 차마 깔보지 못하고, 강한 자는 업신여기지만 약한 자는 못살게 굴지 않으며, 은혜와 원망이 분명하고 신용과 의리를 중히 여기는 것을 잘 압니다. 승상께서 옛날 그에게 은혜를 베푸셨으니 지금 친히 나서시어 부탁할 수밖에 없습니다. 그러면 이 위기를 벗어날 수 있습니다."

조조가 나아가 인사의 뜻으로 몸을 약간 굽히며 말을 걸었다.

"장군은 헤어진 뒤 별 탈 없으시오?"

관우도 말 위에서 몸을 약간 굽히고 대답했다.

"관 아무개가 제갈 군사 명을 받들고 여기서 승상을 기다린 지 오랩니다."

"조조가 싸움에 지고 형세가 위급해 이곳까지 왔는데 갈 길이 없어졌소. 장군은 옛날 정을 무겁게 여기기 바라오."

"관 아무개는 옛날 승상의 두터운 은혜를 입었지만 이미 안량의 목을 치고 문추를 베며, 백마의 포위를 풀어 보답했습니다. 오늘 일이야 어찌 감히 사사로운 정 때문에 공무를 폐하겠습니까?"

조조가 사정했다.

"다섯 관을 지나며 여섯 장수를 베던 때를 아직 기억하시오? 대장부는 신의를 무겁게 여기는 법이오. 장군은 《춘추》를 깊이 꿰뚫었는데, 유공지사가 자탁유자를 쫓은 일을 모르시오?"

【옛글에 밝은 조조답게 관우가 좋아하는 춘추시대 이야기를 들먹였다. 활 솜씨로 소문난 자탁유자가 정(鄭)의 군사를 이끌고 위(衛)를 치자 위에서도 명궁 유공지사를 장수로 세워 맞서 싸우게 했다. 정의 군사가 크게 패하여 유공지사가 쫓아가니 자탁유자를 따르는 사람이 재촉했다.

"위의 군사가 가까이 다가옵니다. 대부께서는 어서 활을 쏘십시오."

"오늘 내가 팔이 아파 활을 들지 못하겠다. 추격 군사가 이르면 나는 틀림없이 죽겠구나!"

수레에 앉아 달아나는데 위의 군사가 거의 따라잡자 자탁유자가 물었다.

"나를 쫓는 자는 누구냐?"

"위의 장수 유공지사입니다."

"그렇다면 내가 살아나겠구나!"

자탁유자가 안도의 숨을 내쉬자 사람들이 이상해했다.

"유공지사는 위의 으뜸가는 명궁이고, 대부와는 교분이 없는데 어찌 살아난다고 하십니까?"

"나와 직접 교분은 없으나 그는 윤공지타에게 활을 배웠다. 윤공지타는 바로 내 제자로 매우 정직한 사람이니 그 제자도 반드시 바른 사람이라 나를 해치지 않을 것이다."

얼마 지나지 않아 과연 유공지사가 쫓아와 소리쳤다.

"어르신께서는 어이하여 활을 드시지 않습니까?"

"오늘 내가 팔이 아파 활을 잡지 못하겠네."

그러자 유공지사가 말했다.

"제가 옛날에 윤공지타에게 활 쏘는 법을 배웠는데, 그는 어르신께 재주를 배웠습니다. 저는 차마 어르신에게서 나온 재주로 어르신을 해치지는 못하겠습니다. 그러나 오늘은 임금의 일이니 감히 완전히 폐할 수는 없습니다."

유공지사가 살촉을 뽑고 화살을 네 대 쏘고 돌아가니 자탁유자는 목숨을 살려 정으로 돌아갔다. 《맹자》〈이루하〉 편에 나오는 이야기다.】

의리를 산처럼 무겁게 여기는 관우는 옛날 조조가 베푼 은혜가 떠오르고 정이 되살아나는데, 다섯 관을 지나며 여섯 장수를 벤 일까지 생각하니 마음이 움직이지 않을 수 없었다. 그때도 조조가 놓아주지 않았던가! 게다가 가만히 살펴보니 군졸들이 모두 당황하고 두려워하며 눈물을 흘리고 있어서 더욱 차마 그들을 죽일 수 없어 고삐를 당겨 말을 돌리고 군사들에게 명했다.

"사방으로 벌려 서라."

이는 분명 놓아주겠다는 뜻이라 조조는 장수들과 함께 말을 달려 그의 옆을 지나가 버렸다. 관우가 되돌아서자 조조는 이미 지나간 다음이고, 아직 지나가지 못한 군사들이 말에서 내려 울면서 땅에 엎드려 절했다. 관우는 한층

측은한 마음이 들어서 차마 죽일 수 없어 머뭇거리는데 장료가 말을 달려 이르렀다. 관우는 장료를 보자 또 옛정이 솟아나 땅이 꺼지게 한숨을 쉬고는 모두 놓아 보냈다.

조조가 화용도를 벗어나 골짜기 어귀에 이르러 돌아보니 겨우 기병 27명이 따를 뿐이었다. 날이 저물어 남군에 가까이 이르는데 횃불들이 환하게 길을 밝히면서 인마 한 떼가 길을 막았다.

"내 목숨이 끝장났구나!"

조조가 놀라는데 순찰하던 기병이 앞으로 달려오니 그제야 조인의 군사임을 알아보고 마음이 놓였다. 조인이 조조를 맞이했다.

"패전 소식을 들었으나 감히 멀리 나갈 수 없어 근처에서 맞이할 수밖에 없었습니다."

"하마터면 그대와 만나지 못할뻔했네."

조조가 무리를 이끌고 남군에 들어가 쉬는데 장료도 도착해 관우의 덕을 이야기했다. 패한 군사가 장수들을 따라 남군으로 돌아와 조조가 점검해보니 상처를 입은 자가 극히 많아 모두 쉬며 치료하게 했다.

조인이 술상을 차려 마음을 풀어주는데 조조가 느닷없이 하늘을 우러러 울음을 터뜨리니 모사들이 물었다.

"승상께서는 호랑이 굴에서 빠져나올 때는 전혀 두려워하지 않으셨는데, 이제 성안에 이르러 사람은 음식을 먹고 말도 먹이를 얻게 되었습니다. 지금은 군사를 정돈해 원수를 갚아야 하거늘 어이하여 통곡하십니까?"

"내가 곽봉효를 생각하고 우는 것이오! 봉효가 살아 있었으면 절대로 내가 이처럼 큰 손실을 당하게 버려두지 않았을 것이오!"

조조는 가슴을 탁탁 치며 목 놓아 울었다.

◀ 관우는 의리 잊지 못해 조조 놓아주고

"슬프다, 봉효여! 아프다, 봉효여! 아쉽다, 봉효여!"

모사들은 모두 입을 다물고 부끄러워했다.

이튿날 조조가 조인을 불렀다.

"내가 잠시 허도로 돌아가 군사를 정돈하고 반드시 다시 와서 원수를 갚을 것이니 남군을 잘 보존하게. 나에게 계책이 하나 있어 비밀히 남겨둘 테니 급하지 않으면 열지 말고 급하면 열어보게. 이 계책에 따라 움직이면 오는 감히 남군을 똑바로 바라보지 못할 걸세."

조인이 물었다.

"합비와 양양은 누가 지킬 수 있습니까?"

"양양은 이미 하후돈에게 지키게 했네. 합비는 가장 요긴한 땅이니 장료를 주장, 악진과 이전을 부장으로 삼아 지키게 했네. 무슨 움직임이 있으면 재빨리 보고하게."

조조는 군사를 점검해 허도로 돌아갔다. 형주에서 항복한 사람들도 모두 허도에서 쓰려고 데려갔다. 조인은 조홍을 보내 이릉을 지키게 하여 남군과 호응하는 기세를 갖추면서 주유에 대비했다.

조조를 놓아준 관우가 돌아가니 여러 길 군사들이 말이며 병기며 물자며 군량 따위를 수없이 얻어 하구에 돌아와 있었다. 관우 혼자 사람 하나 말 한 필 얻지 못하고 빈손으로 돌아갔다. 마침 대청에서 승리를 축하하던 제갈량이 급히 자리에서 일어나 잔을 들고 관우를 맞이했다.

"장군이 으뜸가는 공로를 세워, 천하를 위해 큰 해를 없앴으니 먼저 축하드리겠소!"

관우가 아무 말도 하지 않자 제갈량이 물었다.

"장군은 혹시 우리가 멀리 나와 마중하지 않아 기분이 안 좋으시오?"

제갈량은 관우 곁의 사람들을 나무랐다.

"너희는 어찌하여 먼저 와서 보고하지 않았느냐?"

관우가 입을 열었다.

"관 아무개는 특별히 죽여 달라고 청하러 왔소."

"조조가 혹시 화용도로 오지 않았소?"

"분명히 그곳으로 왔으나 관 아무개가 무능해 그가 몸을 빼고 말았소."

제갈량이 다시 물었다.

"어떤 장수들을 잡아 왔소?"

"하나도 잡지 못했소."

제갈량이 매섭게 소리쳤다.

"이는 장군이 조조의 옛 은혜를 생각해 일부러 놓아준 것이오. 군령장을 받아두었으니 군법에 따르지 않을 수 없소."

무사들에게 호령해 관우를 장막 밖으로 끌어내 목을 치라고 명했다.

이야말로

죽음 무릅쓰고 지기에게 보답하니
의로운 이름 천 년 후도 우러르네

관우는 목숨이 어찌 될까?

51

주유가 싸우고 유비가 성 차지

조인은 동오 군사와 크게 싸우고
제갈량 처음으로 공근 화 돋우다

제갈량이 군법에 따라 관우를 죽이려 하자 유비가 나섰다.

"옛날 우리 세 사람이 결의할 때 생사를 같이하기로 맹세했소. 운장이 군법을 범했으나 전날의 맹세를 저버릴 수 없으니 잘못을 적어두고 앞으로 공을 세워 죄를 씻게 해주기 바라오."

다른 사람들도 애원해 제갈량은 관우를 사면했다.

주유는 군사를 거두고 장수들의 공로를 확인해 오후에게 보고한 후, 항복한 군사들을 모두 풀어 강 건너로 보내주었다. 삼군의 높은 장수부터 낮은 군졸까지 술과 재물을 많이 내려 수고를 위로하고, 내친김에 나아가 남군을 빼앗으려 했다. 주유가 강변에 영채 다섯을 세우고 계책을 상의하는데 별안간 유비가 손건을 보내왔다.

"주공께서 도독의 크나큰 덕에 감사드리고 보잘것없는 예물을 바치게 하셨습니다.”

“현덕은 어디 계시오?”

“군사를 옮겨 유강구에 주둔하십니다.”

주유는 깜짝 놀랐다.

“공명도 유강구에 있소?”

“제갈 군사도 주공과 함께 있습니다.”

“그대는 먼저 돌아가시오. 내가 친히 가서 고맙다는 인사를 하겠소.”

주유가 예물을 받고 손건을 돌려보내자 노숙이 물었다.

“방금 도독은 어찌 그토록 놀라셨소?”

“유비가 유강구에 주둔한 것은 반드시 남군을 차지할 뜻이 있기 때문이오. 우리가 숱한 군사를 쓰고 많은 군량과 재물을 들여 남군을 손바닥 뒤집듯 쉽사리 얻게 되었는데, 그들이 그릇된 욕심을 품고 우리가 다 지은 밥을 먹으려 하니, 이 일은 주유가 죽은 다음에나 가능할 것이오!”

“그렇다면 어떤 계책으로 물리쳐야 하오?”

“내가 직접 가서 유비와 이야기하겠소. 말이 잘되면 괜찮지만 틀어지면 그들이 남군을 손에 넣기 전에 먼저 유비를 끝장내겠소!”

“나도 함께 가고 싶소.”

주유와 노숙은 가벼운 차림을 한 3000명 기병을 이끌고 유수가 장강으로 흘러드는 유강구로 달려갔다.

이에 앞서 손건이 돌아가 주유가 직접 감사를 드리러 온다고 전하자 제갈량이 웃었다.

“어찌 그 하찮은 예물 때문이겠습니까? 남군 때문이지요.”

“그가 군사를 데리고 오면 어찌해야 하오?”

“그저 이러저러하게 응대하시면 됩니다.”

제갈량은 유수 어귀에 싸움배를 벌여놓고 언덕 위에 군사를 늘여 세웠다. 주유와 노숙이 이르자 조운에게 기병 몇을 데리고 맞이하게 하니 주유는 유비 군사가 기세가 장하고 씩씩해 몹시 불안했다. 영채 밖에 이르자 유비와 제갈량이 나와 안으로 모셨다. 인사를 마치고 잔치를 베풀어 유비가 술잔을 들고 주유가 격전을 벌인 데에 감사했다.

술이 몇 순 돌자 주유가 말을 꺼냈다.

"예주께서는 군사를 이곳으로 옮기셨는데, 혹시 남군을 차지할 뜻이 있으십니까?"

"도독께서 남군을 손에 넣으려 하신다기에 와서 돕는 것이오. 만약 도독께서 차지하지 않으시면 이 비가 손에 넣겠소."

"우리 오에서는 한강을 삼키려 한 지 오랩니다. 남군이 이미 손바닥 안에 들어왔는데 어찌 차지하지 않겠습니까?"

주유가 웃으며 말하니 유비가 대답했다.

"승부는 예측할 수 없다 하오. 예로부터 '적을 가볍게 보면 반드시 패한다 [輕敵必敗경적필패]'했고, 속담에 이르기를 '반드시 얻는 법이란 없다[事無必取사무필취]' 했소. 조조는 북으로 돌아갈 때 조인에게 남군을 비롯한 여러 곳을 지키게 했으니 반드시 기이한 계책을 남겼을 것이오. 게다가 조인의 용맹은 감당하기 어려우니 도독께서 차지하시지 못할까 걱정이오."

주유가 배짱 좋게 장담했다.

"내가 만약 남군을 손에 넣지 못하면 그때는 공이 마음대로 하십시오."

그 말을 기다렸다는 듯 유비가 얼른 쐐기를 박았다.

"자경과 공명이 증명하니 도독께서는 뉘우치지 마시오."

노숙이 머뭇거리는데 주유가 앞질러 말했다.

"대장부가 한마디 던졌으면 그만이지 뉘우칠 리 있겠습니까?"

제갈량이 입을 열었다.

"도독 말씀이 참으로 공정합니다. 옛사람들은 천하는 한 사람 천하가 아니라 천하 사람들 천하라 했습니다. 먼저 오에 양보해 남군을 치게 해서 만약 얻지 못하면 그때 주공께서 차지하셔서 아니 될 게 무엇입니까?"

주유와 노숙이 떠나고 유비가 제갈량에게 물었다.

"군사가 그렇게 대답하라고 가르쳐 말은 했지만 다시 생각해보니 이치에 맞지 않소. 내가 지금 외롭고 궁한 몸으로 발을 디딜 땅조차 없어 남군을 얻어 잠시 몸을 붙일까 하오. 만약 주유에게 먼저 차지하게 하면 어찌 거기서 살 수 있소?"

제갈량은 허허 웃더니 유유하게 말했다.

"이 양이 형주를 손에 넣으시라고 권할 때는 듣지 않으시더니 오늘은 욕심 나십니까?"

"전에는 종친의 땅이라 차마 차지할 수 없었지만, 지금은 조조 땅이 되었으니 이치로 보아 차지해야 하오."

"주공께서는 근심하지 마십시오. 먼저 주유가 싸우게 하고 뒤에 주공께서 남군 성안에 높직이 앉으시도록 해드리겠습니다."

유비는 대단히 기뻐 유강구에 군사를 주둔하고 움직이지 않았다.

영채로 돌아간 노숙이 주유에게 물었다.

"도독은 어찌하여 유비가 남군을 차지해도 좋다고 허락하셨소?"

"손가락 한 번 튕기면 얻을 수 있으니 말로 인정을 베푼 것이오."

큰소리친 주유가 장수들에게 물었다.

"누가 먼저 가서 남군을 차지하겠는가?"

물음에 맞추어 장흠이 나서니 주유가 명했다.

"장군이 선봉이 되고 서성, 정봉이 부장이 되어 5000명 정예 군사를 이끌고 먼저 강을 건너시오. 내가 군사를 거느리고 후원하겠소."

남군에서 조인은 조홍에게 이릉을 지키게 하여 기각지세를 이루었는데 급보가 들어왔다.

"오군이 한강을 건넜습니다."

조인이 장수들을 다독였다.

"굳게 지키며 싸우지 않는 것이 상책이다."

용맹한 장수 우금(대장 우금과 다른 사람)이 선뜻 나서서 반대했다.

"군사가 성 아래에 이르렀는데도 나가 싸우지 않으면 비겁한 일입니다. 우리 군사가 금방 패했으니 적을 물리쳐 날카로운 기세를 북돋아야 합니다. 저는 정예 군사 500명을 얻어 죽기로써 한번 싸우고 싶습니다."

조인이 우금에게 500명 군사를 주어 나가 싸우게 하니 정봉이 말을 달려 몇 번 부딪치다 못 이기는 척 달아났다. 우금이 군사를 이끌고 오의 진으로 쳐들어가자 정봉의 군사가 에워싸, 우금이 이리 치고 저리 쳤으나 포위를 뚫을 수 없었다.

성 위에서 조인이 바라보고 황급히 말을 갖추라고 명하니 장사 진교(陳矯)가 말렸다.

"승상께서 장군께 무거운 책임을 맡기셨습니다. 우금이 말을 듣지 않고 함부로 나가 싸우다 이렇게 되었으니 몇백 명을 버리더라도 어찌 섣불리 나가 구하려 하십니까?"

"그렇지 않소. 우금을 잃으면 남군을 보존할 수 없소."

조인이 건장한 기병 수백 명을 이끌고 성을 나가 힘을 떨쳐 오의 진으로 쳐들어가니 서성이 맞섰으나 막지 못해, 가운데로 짓쳐 들어가 우금을 구했다. 그런데 돌아보니 아직도 수십 명 기병이 진에 갇혀 나오지 못해 다시 몸을 돌려 쳐들어가 구해냈다.

장흠이 길을 막았으나 조인과 우금이 힘을 떨쳐 군사를 흩어버리고, 조인의 아우 조순도 힘을 합쳐 한바탕 어지러이 싸웠다. 오군은 당할 수 없어 달아나고 조인은 이기고 돌아갔다.

장흠이 패하고 돌아가자 주유가 목을 치려 했으나 장수들이 빌어 목숨을 건졌다. 주유가 군사를 점검해 친히 조인과 결전을 벌이려 들자 감녕이 말렸다.

"도독께서는 섣불리 움직이셔서는 아니 됩니다. 지금 조인이 조홍에게 이릉을 지키게 하여 기각지세를 이루었으니 제가 3000명 군사를 이끌고 곧장 이릉을 쳐서 차지하겠습니다. 도독께서 그 뒤에 남군을 손에 넣으십시오."

주유가 탄복해 감녕에게 군사를 주어 이릉을 치게 하니 조인 쪽에서 알고 진교가 권했다.

"이릉을 잃으면 남군도 지킬 수 없으니 어서 가서 구해야 합니다."

조인이 조순과 우금에게 가만히 조홍을 구하게 하자 조순은 먼저 사람을 보내 조홍에게 소식을 알리고 성 밖에 나와 적을 유인하게 했다. 자신이 감녕의 뒤를 끊겠다는 것이었다.

감녕이 이릉에 이르자 조홍이 나왔으나 20여 합을 싸우고 달아나 쉽게 성을 빼앗았다. 그런데 저녁 무렵이 되자 조순과 우금의 군사가 이르러 조홍과 합쳐 성을 에워쌌다. 감녕이 이릉성 안에 포위되었다는 보고를 듣고 주유가 놀라자 정보가 청했다.

"급히 군사를 나누어 구합시다."

주유는 근심스러운 구석이 있었다.

"이 영채는 매우 요긴한 곳인데 흥패를 구하려다 조인이 습격하면 어찌하오?"

"감흥패는 강동의 대장인데 어찌 구하지 않겠습니까?"

여몽이 권하자 주유가 물었다.

"내가 직접 구하러 가고 싶은데 누구를 영채에 두어 나를 대신하게 하면 되겠소?"

"능공적(능통)에게 맡기십시오. 이 몽이 선봉이 될 테니 도독께서 뒤를 막으시면 열흘이 지나지 않아 반드시 개선가를 부르게 됩니다."

주유가 능통에게 물었다.

"능공적이 내 일을 대신할 수 있겠소?"

"열흘 이내라면 맡을 수 있으나 열흘을 넘기면 버티지 못합니다."

주유가 능통에게 1만여 군사를 주고 대군을 일으켜 이릉으로 떠나자 여몽이 권했다.

"이릉 남쪽 오솔길로 가면 빠른데 산길이 좁고 험합니다. 군사 500명을 보내 나무를 찍어 길을 끊으십시오. 적은 패하면 반드시 그 길로 달아나는데 말이 가지 못해 버릴 것이니 그 말들을 얻을 수 있습니다."

주유는 여몽의 말에 따라 군사를 보냈다. 대군이 이릉에 이르자 주유가 물었다.

"누가 포위를 뚫고 들어가 감녕을 구하겠소?"

주태가 나서서 즉시 칼을 들고 말을 달려 조조 군사 속으로 쳐들어가더니 단숨에 성 밑에 이르렀다. 감녕이 성문을 열고 맞이하자 주태가 전했다.

"도독께서 친히 군사를 거느리고 오셨소."

감녕이 군사들에게 명했다.

"단단히 차려입고 배불리 먹어 안에서 호응할 채비를 하라."

주유가 오자 조홍이 남군의 조인에게 알리고 군사를 나누어 막았으나 감녕과 주태가 성안에서 쳐 나와 크게 어지러워졌다. 오군이 앞뒤로 들이치자 조홍과 조순, 우금은 과연 오솔길로 달아나는데 나무들이 잔뜩 깔려 있어 말이 지나갈 수 없었다. 그들이 말을 버리고 달아나니 오군은 말 500여 필을 얻었다.

주유는 군사를 휘몰아 남군으로 달려가다 이릉을 구하러 오는 조인과 맞닥뜨려 어지러이 싸우다 날이 저물어 군사를 거두었다. 조인이 남군 성에 돌아오자 조홍이 깨우쳐 주었다.

"이릉을 잃어 형세가 위급한데 어찌하여 승상께서 남기신 계책을 뜯어보지 않으십니까? 보시면 반드시 위험을 풀 수 있습니다."

조인은 봉한 글을 뜯어보고 크게 기뻐하며 명령을 내렸다.

"동트기 전에 밥을 짓고 동틀 무렵 모두 성을 버리고 떠난다. 성 위에는 깃발을 두루 꽂아 허세를 부리고 군사는 세 곳 문으로 나뉘어 나간다."

감녕을 구한 주유는 남군성 밖에 진을 치고 조인의 군사가 나오자 높은 지휘대에 올라 살펴보았다. 성벽 위에는 깃발들만 꽂혔을 뿐 지키는 사람이 없고, 군졸들은 저마다 허리에 보따리를 동여맸다.

'조인이 달아날 채비를 하는구나.'

주유는 명령을 내렸다.

"군사를 둘로 나누어 좌우 날개를 만들어 선두가 이기면 앞으로 쫓아가기만 하라. 징소리가 나야 물러설 수 있다."

주유가 직접 군사를 이끌고 나아가니 적진에서 조홍이 달려 나왔으나 한당을 내보내자 30여 합쯤 겨루다 달아나고 조인이 직접 나왔다. 주태가 말을 달려나가자 조인도 10여 합 싸우다 달아나 진이 몹시 어지러워졌다. 주유가 양쪽 날개를 휘몰아 나아가니 조인은 크게 패하고 달아났다.

주유가 남군성까지 쫓아가자 조인의 군사는 성으로 들어가지 않고 옆길로 달아나 한당과 주태가 힘을 다해 쫓아갔다. 주유는 성문이 활짝 열려 있고 성 위에 사람이 없는 것을 보고 바로 성을 빼앗으려 했다. 수십 명 기병이 앞서 달려가고 주유가 뒤를 따라 채찍을 휘두르며 성문 밖 옹성으로 들어서자 적

攻南郡周瑜中箭
三國演義插圖二七七
乙酉春葉雄畫於滬上墨戲齋

루에서 장사 진교가 바라보고 갈채를 보냈다.

"승상의 묘한 계책 귀신같구나!"

딱따기 소리와 함께 활과 쇠뇌가 일제히 살을 날리니 소나기가 쏟아지는 듯했다. 앞서서 성안으로 들어간 자들은 모두 화살에 맞고 구덩이에 빠졌다. 주유가 급히 고삐를 당겨 말을 돌리는데, 쇠뇌 살이 왼쪽 갈빗대에 꽂혀 몸을 뒤집으며 말에서 떨어졌다.

성에서 우금이 달려 나와 주유를 잡으려고 덤비자 서성과 정봉이 죽기로써 구하는데, 성에서 군사가 쳐나왔다. 오군은 서로 밀치고 짓밟으며 해자와 구덩이에 빠져 죽은 자가 얼마인지 알 수 없었다. 정보가 급히 군사를 거두는데 조인과 조홍이 두 길로 되돌아와 무찔러 오군은 크게 패했다.

다행히 능통이 군사를 이끌고 달려와 조인은 이긴 군사를 거느리고 성안으로 들어가고, 정보는 패한 군사를 거두어 영채로 돌아갔다. 정봉과 서성이 주유를 구해 장막에 이르자 의원이 살촉을 뽑고 약을 발랐다. 주유가 아픔을 참을 수 없어 물도 마시지 못하자 의원이 일렀다.

"살촉에 독이 있어 상처가 급히 아물지 않습니다. 만약 노기가 북받치면 상처가 도져 일이 커집니다."

정보는 전군에 명령을 내려 영채를 단단히 지키면서 나가 싸우지 못하게 했다.

사흘이 지나 우금이 와서 싸움을 걸었으나 정보가 군사를 움직이지 않자 해가 질 때까지 욕을 퍼붓고 돌아갔다. 이튿날 우금이 또 와서 욕을 했으나 정보는 주유가 화를 낼까 걱정해 알리지 않았다. 다음날도 우금이 영채 문 앞까지 와서 주유를 사로잡겠다고 떠들었으나 정보는 장수들과 상의해 잠시 군사를 물리고 돌아가 오후를 뵙고 다시 상의하기로 했다.

◀ 남군 공격하다 주유는 쇠뇌 살 맞다.

그동안 주유는 상처가 아팠으나 조인의 군사가 영채 앞에 와서 욕하는 것을 모두 알고 있었는데 장수들이 알리지 않은 것이다. 다음 날 조인이 대군을 이끌고 가서 북을 두드리고 고함치며 싸움을 걸었다. 정보가 영채만 지키며 나가지 않자 주유가 장수들을 불렀다.

"어디서 북 치고 고함지르오?"

"군사를 훈련하고 있습니다."

주유가 화를 냈다.

"어찌하여 나를 속이오? 나는 조인의 군사가 날마다 영채 앞에 와서 싸움 거는 것을 아는데, 정덕모는 군권을 잡고서도 어찌 보기만 하시오?"

주유가 따져 묻자 정보가 변명했다.

"의원이 도독께서 화를 내시면 안 된다고 하여 감히 보고하지 못했소."

주유가 또 물었다.

"여러분이 싸우지 않으니 의견이 모두 어떠하오?"

정보가 뭇사람 생각을 털어놓았다.

"여러 장수는 잠시 강동으로 돌아가 도독의 상처가 아물기를 기다리자고 상의했소."

주유는 침상에서 후닥닥 몸을 일으켰다.

"대장부가 주인이 내리신 녹을 먹었으니 싸움터에서 죽어야 하거늘, 말가죽에 시체가 싸여 돌아가면 더없는 행운이오! 어찌 나 한 사람 때문에 나라 대사를 그르치겠소?"

주유가 즉시 갑옷 입고 말에 오르자 장수들은 모두 놀랐다. 주유가 수백 명 기병을 이끌고 영채 앞에 나오니 조인의 군사는 이미 진을 치고, 조인이 진문 앞에서 채찍을 쳐들고 욕을 퍼부었다.

"주유, 이 어린놈이 죽었으니 다시는 눈을 바로 뜨고 우리 군사를 보지 못한다!"

별안간 주유가 나서서 맞받아 소리쳤다.

"조인, 이 하찮은 사내야! 주랑을 보았느냐?"

조인의 군사는 주유를 보고 모두 놀랐다. 조인이 장수들에게 명했다.

"잔뜩 욕을 퍼부어라!"

장졸들이 목청을 돋우어 날카롭게 욕을 퍼붓자 주유는 크게 노해 반장에게 나가 싸우게 했다. 그러나 반장이 나가 맞붙기도 전에 주유는 '으악!' 소리치더니 선지피를 토하며 말에서 떨어졌다. 조인의 군사가 쳐 나오고 오의 장수들이 막아 한바탕 어지러운 싸움이 벌어졌다.

장수들이 주유를 구해 장막으로 돌아오자 정보가 물었다.

"도독은 귀한 몸이 어떠시오?"

주유는 가만히 대답했다.

"이것은 계책이오. 실은 내 몸이 그리 아프지 않은데 위독하다고 속여 유인하려는 것이오. 저쪽에 심복을 보내 거짓 항복하게 하고 내가 죽었다고 전하시오. 오늘 밤 조인이 반드시 영채를 습격할 것이니 사방으로 매복하면 단숨에 사로잡을 수 있소."

"참으로 묘한 계책이오!"

정보가 감탄하고 장막 아래 군사들에게 울음을 터뜨리게 했다. 장졸들이 깜짝 놀라 도독이 화살 상처가 도져 죽었다고 전하고, 여러 영채에서 모두 상복을 입었다.

조인은 성안에서 사람들과 상의했다.

"주유가 노기로 화살 상처가 터져 피를 토하고 떨어졌으니 오래지 않아 죽을 것이오."

별안간 오군 10여 명이 항복하러 왔다. 그중 둘은 조인에게 있다 잡혀간 자들이었다.

"주유가 화살 상처가 터져 영채로 돌아와 바로 죽었습니다. 장졸들이 모두 상복을 입고 웁니다. 우리는 정보에게 억울하게 벌을 받아 특별히 항복하면서 보고 드립니다."

조인은 크게 기뻐 그날 밤 바로 오군 영채를 습격하려고 했다. 주유의 주검을 빼앗아 머리를 베어 허도로 보내겠다고 서두르니 진교가 부추겼다.

"이 계책은 빨리 행해야지 늦추어서는 아니 됩니다."

밤이 되어 조인은 우금을 선봉으로 삼고 스스로 중군을 거느리며 조홍, 조순을 후대로 삼았다. 적은 군사를 남겨 진교에게 성을 지키게 하고, 대군을 이끌고 주유 영채로 달려갔으나 사람 하나 보이지 않고 깃발과 창들만 꽂혀 있었다. 계책에 걸린 것을 알고 급히 군사를 돌리는데, 사방에서 포 소리가 울리며 오군이 달려왔다. 동쪽에서는 한당과 장흠, 서쪽에서는 주태와 반장, 남쪽에서는 서성과 정봉이 기세를 올리고, 북쪽에서는 진무와 여몽이 용맹을 뽐냈다. 조인의 군사는 크게 패하고 머리와 꼬리가 서로 구할 수 없었다.

조인은 10여 명 기병을 이끌어 겹겹의 포위를 뚫고 조홍을 만나 함께 달아났다. 동틀 때까지 달려 거의 남군에 이르자 또 북소리가 '둥!' 울리더니 능통이 앞을 막았다. 조인은 당할 수 없어 달아나다 다시 감녕과 맞닥뜨려 크게 싸웠다. 조인은 감히 남군으로 들어가지 못하고 양양으로 가는 큰길로 달려갔다.

오군이 한동안 쫓다 돌아오니 주유와 정보는 곧바로 남군으로 달려갔다. 성 위에 깃발이 잔뜩 꽂히고 적루 위에서 한 장수가 소리쳤다.

"도독께서는 나무라지 마시오! 제갈 군사의 명을 받들어 이미 이 성을 차지했소. 나는 상산의 조자룡이오."

주유가 크게 노해 성을 공격하니 성 위에서 화살을 어지러이 내리쏘았다. 주유는 잠시 군사를 돌리고 다시 상의했다. 감녕을 보내 형주를 차지하고, 능통에게 양양을 손에 넣게 한 뒤에 남군을 차지해도 늦지 않다고 의견을 모으고 장수와 군사들을 나누는데, 별안간 정탐꾼이 달려왔다.

"제갈량이 남군을 얻고 그날 밤으로 병부를 보내 형주 군사에게 남군을 구하러 오게 하고, 장비를 보내 형주를 차지했습니다."

또 정탐꾼이 부리나케 달려왔다.

"양양의 하후돈은 제갈량이 병부를 보내 조인이 구원을 청한다는 말에 속아 군사를 이끌고 성 밖으로 나와 관우에게 성을 빼앗겼습니다. 두 성은 힘들이지 않고 유비에게 넘어갔습니다."

주유가 물었다.

"제갈량이 어찌 병부를 얻었다더냐?"

정보가 정탐꾼 대신 대답했다.

"진교를 잡았으니 병부가 자연히 그의 손에 들어가지 않겠소?"

주유는 '으악!' 높이 소리치더니 화살 상처가 터져버렸다.

이야말로

몇 군의 성은 내 몫이 없구나
한바탕 고생 누구 위해서였나

주유 목숨은 어찌 될까?

52

조운은 미인 사양해 명성 지켜

제갈량은 지혜롭게 노숙 사절하고
조자룡은 계책으로 계양 차지하다

제갈량이 남군을 빼앗고 형주와 양양을 차지했다는 말을 듣고 주유는 분노가 폭발해 화살 상처가 터져 기절했다가 반나절이 지나서야 깨어났다. 장수들이 거듭 화를 풀라고 권했으나 쉽사리 분이 풀리지 않았다.

"제갈량, 이 시골뜨기를 죽이지 않고 내 가슴속 화가 어찌 풀리겠소! 정덕모는 나를 도와 남군을 공격해주시오. 이 성을 빼앗아 반드시 오로 찾아와야 하겠소."

뭇사람이 의논하는데 노숙이 오자 주유가 부탁했다.

"내가 군사를 일으켜 유비, 제갈량과 자웅을 결하고 다시 성을 빼앗으려 하오. 자경이 나를 도와주면 고맙겠소."

노숙은 반대했다.

"아니 되오. 지금 조조와 대치하면서 승부가 끝나지 않았고, 주공께서 합비를 치시는데 아직 깨뜨리지 못하셨소. 이때 자기편끼리 삼키려다 빈틈을 타고 조조가 쳐들어오면 형세가 위급해지오. 유현덕은 조조와 사이가 두터우니 급하게 몰아쳐 핍박하다 그가 성을 조조에게 바치고 함께 오를 공격하면 어찌하오?”

주유는 분노를 가라앉힐 수 없었다.

“우리가 계책을 쓰고 군사를 잃으면서 재물과 군량을 잔뜩 바쳤는데, 그가 다 된 밥을 먹어버렸으니 원통하지 않소?”

“공근은 잠시 참으시오. 이 숙이 가서 현덕을 만나고 이치로 설득하겠소. 만약 말이 통하지 않으면 그때 군사를 움직여도 늦지 않소.”

장수들도 찬성해 노숙이 곧장 남군 성문에 가서 문을 열라고 소리치니 조운이 성벽 위에 나왔다.

“내가 유현덕을 만나 할 말이 있소.”

“우리 주공과 제갈 군사는 형주에 계십니다.”

노숙은 다시 형주로 달려갔다. 살펴보니 깃발이 정연하고 군사들은 규율이 엄해 은근히 부러웠다.

“공명은 참으로 비상한 사람이다!”

제갈량이 성문을 활짝 열고 맞아들이니 노숙은 유비, 제갈량과 인사를 마치고 찾아온 뜻을 알렸다.

“우리 주공께서 도독 공근과 함께 재삼 황숙께 말씀드리라 하셨습니다. 조조가 100만 무리를 이끌고 강남으로 내려올 때는 실은 황숙을 공격하려 했습니다. 다행히 우리 오에서 물리쳐 구해드렸으니 형주 아홉 군은 모두 오에 속해야 합니다. 그런데 황숙께서 계책을 쓰시어 형주를 차지하셨습니다. 강동에서는 헛되이 재물과 군량, 군사만 잃고, 황숙께서는 편안히 앉아 이익을 보셨으니 세상 이치에 맞지 않을까 두렵습니다.”

제갈량이 침착하게 반박했다.

“자경은 고명한 선비이신데 어이하여 그런 말씀을 하시오? 속담에 이르기를 '물건은 반드시 주인에게 돌아간다 [物必歸主물필귀주]'고 했소. 형주 아홉 군은 오의 땅이 아니라 유경승 기업이었소. 우리 주공께서는 바로 경승의 아우이시오. 경승은 비록 돌아가셨으나 그 아들은 아직 살아 있으니 숙부로서 조카를 보좌해 형주를 차지하셔서 아니 될 게 무엇이오?"

"과연 공자 유기가 차지했다면 그렇게 해석할 수도 있겠지요. 하지만 공자는 강하에 있는데 어찌 여기 있겠소?"

"자경은 공자를 만나보시려오?"

제갈량이 한마디 분부해 사람들이 병풍 뒤에서 유기를 부축해 나오니 유기가 노숙에게 말했다.

"병에 걸린 몸이라 예절을 차려 인사할 수 없으니 너무 나무라지 마시오."

노숙은 깜짝 놀라서 말이 없다가 한참 후에야 입을 열었다.

"공자께서 계시지 않으면 어찌하시겠소?"

"공자께서 하루 계시면 하루 지키고, 열흘 계시면 열흘 지키며, 계시지 않으면 다시 상의하지요."

노숙이 다짐을 받으려 했다.

"공자께서 계시지 않으면 성을 우리 오에 돌려주셔야 하오."

"자경 말씀이 옳소."

제갈량은 대뜸 찬성하고 잔치를 베풀어 노숙을 대접했다. 잔치가 끝나자 노숙이 밤길을 달려 돌아가 결과를 이야기하니 주유가 걱정했다.

"유기는 한창 청춘인데 어느 세월에 형주를 되찾아오겠소?"

노숙이 장담했다.

"도독은 마음을 놓으시오. 이 숙이 반드시 형주 땅을 곧 오로 찾아오겠소. 유기를 살펴보니 병이 이미 골수에 스며 얼굴이 파리하고 헐떡이며 피를 토하는데 반년이 지나지 않아 반드시 죽을 것이오. 그때 형주를 찾으러 가면 유비는 거절할 핑계가 없소."

주유는 그래도 화가 삭지 않아 씩씩거리는데 별안간 손권의 사자가 왔다.

"주공께서 합비를 에워싸셨는데 여러 번 공격했으나 이기지 못하셨습니다. 특별히 명령을 내려 도독께서 대군을 거두고 합비로 오셔서 주공을 도우라 하십니다."

주유는 어쩔 수 없이 시상으로 돌아가 병을 치료하면서 정보에게 싸움배와 군사를 거느리고 합비로 가서 손권의 명령을 듣게 했다.

유비는 형주와 남군, 양양을 얻고 매우 기뻐 제갈량과 원대한 계획을 이야기하는데 별안간 한 사람이 대청에 올라와 계책을 드리겠다고 했다. 이적이었다. 유비는 그의 옛 은혜가 고마워 아주 존경하면서 특별히 대했다.

"양양의 마(馬)씨 다섯 형제는 모두 재주로 이름났습니다. 형제들 가운데 가장 현명한 이는 '눈썹에 흰 털이 섞인[白眉백미]' 양(良)이라는 사람인데 자는 계상(季常)입니다. 마을에서 형제들을 보고 속담을 지었습니다. '마씨 가문에는 상이 다섯인데, 흰 눈썹이 제일 뛰어나[馬氏五常마씨오상 白眉最良백미최량]'라고 말입니다. 그다음은 막내인데 이름은 속(謖)이고 자는 유상(幼常)이라 합니다. 형주를 오래 다스릴 계획을 세우시려면 현명한 선비들을 구해 물으셔야 하는데, 공은 어찌 이 사람들을 구해 함께 일하지 않으십니까?"

유비는 마량을 청해 예절을 갖추어 후하게 대접하면서 형주, 양양을 지킬 계책을 상의했다.

"형주와 양양은 사방으로 공격을 받는 땅이라 오래 지키기 어렵습니다. 공자 유기에게 여기서 병을 치료하면서 옛 부하들을 불러 지키게 하고, 조정에 표문을 올려 공자를 형주 자사로 추천해 민심을 안정시키시지요. 그런 뒤 남쪽으로 무릉, 장사, 계양, 영릉 네 군을 정벌해 재물과 식량을 거두어 근거지로 삼으시면 이것이 멀리 내다보는 계책입니다.”

“네 군을 각기 누가 다스리오?”

“무릉 태수는 김선이고, 장사 태수는 한현이며, 계양 태수는 조범이고, 영릉 태수는 유도입니다. 물고기와 쌀이 많이 나는 이 네 군을 얻으시면 한수 일대를 오래 지킬 수 있습니다.”

“먼저 어느 군을 손에 넣어야 하오?”

“상강(湘江) 서쪽에서 영릉이 제일 가까우니 먼저 차지한 다음 무릉을 손에 넣으시지요. 그리고 상강 동쪽으로 나아가 계양을 차지하고 장사를 얻으시면 됩니다.”

유비는 마량을 종사로 삼고 이적을 조수로 정했다. 제갈량과 상의해 유기를 양양으로 돌려보내고 관우를 형주로 오게 했다. 미축과 유봉은 강릉을 맡았다.

군사 1만 5000명을 움직여 영릉을 치러 가니 장비가 선봉, 조운이 후대가 되고 제갈량과 유비는 중군을 거느렸다. 건안 14년(209년) 정월, 영릉 태수 유도가 소식을 듣고 대책을 상의하니 아들 유현은 대수롭지 않게 여겼다.

“아버님은 마음 놓으십시오. 그쪽에 용맹한 장비와 조운이 있다지만 우리 주의 상장 형도영도 만 사람을 이기니 맞서 싸울 수 있습니다.”

유도가 유현과 형도영에게 1만여 군사를 이끌고 성 밖으로 30리를 나가 산에 의지하고 물가에 영채를 세우게 하니 정탐꾼이 보고했다.

“제갈량이 군사 한 대를 이끌고 옵니다.”

양쪽이 진을 치고 형도영이 말을 타고 나가니 무기는 산을 쪼갠다는 큰 도끼였다.

“나라를 배반한 도적들아! 어찌 감히 우리 경계를 침범하느냐!”

형도영이 소리치자 맞은편에서 누런 깃발들이 갈라지며 군사들이 네 바퀴 작은 수레를 밀고 나왔다. 수레 위에 단정히 앉은 사람은 머리에 푸른 윤건을 쓰고 새털 두루마기를 입고 손에 든 깃털 부채로 형도영을 가리켰다.

"나는 남양의 제갈공명이다. 조조가 100만 무리를 이끌었지만 내가 자그마한 계책으로 무찔렀더니 갑옷 한 조각 돌아가지 못했다. 너희가 어찌 맞설 수 있겠느냐?"

형도영이 껄껄 웃었다.

"적벽의 격전은 주랑의 꾀였다. 너와 무슨 상관이 있다고 거짓말을 지껄이느냐!"

그가 도끼를 휘두르며 달려가자 제갈량은 얼른 수레를 돌려서 진 안으로 들어가고 진문이 닫혔다. 형도영이 쳐들어가니 진은 급히 양쪽으로 갈라져 물러갔다. 멀리 누런 깃발들을 보고 쫓아가 산기슭을 돌아가자 깃발이 흩어지는데, 수레는 보이지 않고 한 장수가 긴 창을 꼬나 들고 말을 달려 나왔다. 버럭 호통치며 덮쳐드는 장수는 바로 장비였다.

형도영이 도끼를 휘두르며 맞섰으나 겨우 몇 합 만에 힘이 달려 달아났다. 장비가 쫓아오는데 고함도 요란하게 양쪽에서 매복한 군사가 일제히 일어나니 죽기를 무릅쓰고 길을 뚫었다. 그런데 앞에서 한 장수가 길을 막고 높이 외쳤다.

"상산의 조자룡을 아느냐?"

형도영은 도저히 그를 당할 수 없고 달아날 길도 없어 말에서 내려 항복을 청했다. 조운은 그를 묶어 영채로 데려가 유비와 제갈량을 뵈었다. 유비가 목을 치라고 호통치자 제갈량이 말렸다.

"네가 유현을 잡아 오면 항복을 받아주겠다."

형도영은 허겁지겁 대답했다.

"예! 제가 가서 유현을 잡아 오겠습니다."

"어떤 방법으로 그를 잡겠느냐?"

"돌아가 교묘히 할 말이 있습니다. 오늘 영채를 습격하시면 제가 안에서 호응해 유현을 사로잡아 바치겠습니다. 유현이 잡히면 유도는 자연히 항복합니다."

유비가 믿지 않자 제갈량이 보증했다.

"형 장군은 거짓말을 하지 않습니다."

풀려난 형도영이 돌아가 사실대로 이야기하자 유현이 물었다.

"그러면 어찌해야 하오?"

"적의 계책을 거꾸로 이용하면 됩니다. 오늘 밤 군사를 밖에 매복시키고 영채 안에 깃발들만 대충 세워, 그들이 습격하기를 기다려 사로잡는 것입니다."

그날 밤 과연 군사 한 떼가 영채에 다가와 마른 풀 단을 들고 불을 지르다 유현과 형도영이 뛰어나오자 바로 물러섰다. 두 사람이 군사를 이끌고 10여 리를 쫓아가자 달아나던 사람과 말이 모두 사라져버렸다. 깜짝 놀라 급히 영채로 돌아오니 불붙은 영채 안에서 한 장수가 불쑥 달려 나오는데 바로 장비였다. 유현이 형도영에게 소리쳤다.

"영채로 들어가서는 아니 되네. 돌아서서 제갈량의 영채를 습격하면 그만일세."

두 사람이 군사를 돌리자 10리도 가지 못해 조운이 달려 나와 한 창에 형도영을 찔러 말 아래로 떨어뜨렸다. 유현이 급히 말을 돌려 달아나자 장비가 쫓아와 냉큼 사로잡아 제갈량 앞으로 데려갔다.

"형도영이 이렇게 하라고 가르쳤으니 제 본심이 아닙니다."

유현이 빌자 제갈량은 밧줄을 풀어주고 술을 내려 놀란 가슴을 진정시킨 뒤 성으로 돌려보내 아버지에게 항복하게 했다.

"항복하지 않으면 성을 깨뜨리고 가문을 몰살시키리라!"

유현이 돌아가 제갈량의 덕을 말하고 항복을 권하자 유도는 항복 깃발을 세우고, 태수 도장과 끈을 받쳐 들고 유비에게 항복했다. 제갈량은 유도에게 계속 태수로 있으면서 물자와 식량을 공급하게 하고 아들 유현은 형주로 가서 일하게 하니 영릉 백성은 모두 즐거워했다.

유비가 성에 들어가 관리들과 백성을 어루만지고 군사들에게 상을 내려 수고를 위로한 뒤 물었다.

"영릉을 손에 넣었으니 계양은 누가 공격하겠는가?"

조운이 응답했다.

"제가 가겠습니다."

장비도 선뜻 나섰다.

"이 비도 가고 싶소!"

두 사람이 서로 가겠다고 다투자 제갈량이 정했다.

"자룡이 먼저 대답했으니 그를 보내야겠소."

그래도 장비가 기어이 가겠다고 고집을 부려 제갈량이 제비를 뽑게 하니, 조운이 간다는 제비를 뽑았다. 장비가 화를 냈다.

"나는 다른 사람 도움을 받지 않고 혼자 3000명 군사만 데리고 성을 손에 넣겠소."

조운도 양보하지 않았다.

"저도 3000명만 이끌고 가서 성을 얻지 못하면 군령의 처분을 받겠습니다."

제갈량은 조운에게 군령장을 쓰게 하고 3000명 정예 군사를 가려 뽑아 내주었다. 장비가 툴툴거렸으나 유비가 호통쳐 물리쳤다.

조운이 계양으로 나아가자 태수 조범이 소식을 듣고 걱정하니 관군교위 진응과 포륭이 나섰다. 두 사람은 원래 계양령 산골 사냥꾼으로, 진응은 작살을 잘 날리고 포륭은 활 솜씨가 좋아 저희 용기와 힘만 믿었다.

"유비는 조정을 배반하고 승상의 미움을 샀으니 저희가 선두가 되어 물리치겠습니다."

조범은 근심했다.

"듣자니 유현덕은 한의 황숙이고 제갈공명은 꾀가 많으며 관운장과 장익덕은 대단히 용맹하다네. 군사를 이끈 조자룡은 당양 장판 언덕에서 100만 군사 속을 사람 하나 없는 듯 누볐다는데 우리 계양에 군사가 얼마나 되나? 맞서 싸울 수 없으니 항복할 수밖에 없네."

진응이 고집을 부렸다.

"제가 한번 나가 싸워 조운을 사로잡지 못하면 그때 항복하셔도 늦지 않습니다."

조범이 고집을 꺾지 못해 진응이 3000명 군사를 거느리고 성을 나가니 벌써 조운이 달려와 창을 꼬나 들고 꾸짖었다.

"우리 주공 유현덕은 유경승의 아우이시고 공자 유기를 보좌해 형주를 다스리시면서 특히 백성을 위로하러 오신다. 네가 어찌 감히 맞서느냐?"

진응도 맞받아 욕했다.

"우리는 조 승상한테만 복종하는데 유비 말을 들을 리 있느냐!"

조운이 창을 꼬나 들고 덮쳐들자 진응도 작살을 틀어쥐고 맞섰으나 몇 번 어울리지 못해 달아났다. 조운이 쫓아가자 진응이 얼른 작살을 날렸으나 조운이 덥석 받아 다시 뿌렸다. 진응이 급히 피하는데 벌써 조운이 다가와 그를 잡아 말 위로 끌어왔다 내동댕이쳤다. 군사들이 진응을 묶어 영채로 돌아가니 패한 군사는 뿔뿔이 흩어져 달아났다. 조운이 영채로 돌아와 진응을 꾸짖었다.

"어찌 감히 나에게 맞서느냐! 너를 돌려보낼 테니 조범에게 어서 성을 나와 항복을 올리라고 일러라."

진응이 머리를 싸쥐고 뺑소니쳐 돌아가 그대로 전하자 조범이 나무랐다.

"나는 처음부터 항복하려 했는데 그대가 억지를 부려 이렇게 되지 않았나."

조범은 태수 도장과 끈을 받쳐 들고 10여 명 기병을 이끌고 성을 나와 항복했다. 조운은 예절로 맞이하고 술을 대접하며 도장과 끈을 받았다. 술이 몇 차례 돌자 조범이 말했다.

"저도 장군과 성씨가 같습니다. 장군도 진정 태생이고 저도 진정 사람이니 고향도 같습니다. 만약 장군이 저를 버리지 않으시어 형제로 맺어질 수 있다면 실로 천만다행이겠습니다."

조운이 대단히 기뻐 출생을 따지니 넉 달 위라 조범이 절하고 형님으로 모셨다. 두 사람은 성씨가 같은데 한 고장에서 태어나고 나이도 같아 아주 잘 어울렸다. 밤이 되어 조범은 성으로 돌아갔다.

이튿날 조범이 백성을 안심시키려고 조운을 성안으로 모셨다. 조운이 기병 50명만 데리고 들어가니 백성들이 향을 들고 길에 엎드려 맞이했다. 조운이 성문 네 곳에 방문을 걸어 백성을 위로해 안심시키자 조범은 그를 청해 술을 마셨다. 차츰 술기운이 오르자 조범은 뒤채 깊숙한 곳으로 모시고 가서 잔을 씻고 다시 마셨다.

조운이 조금 취하자 조범이 갑자기 한 여인을 불러내 잔을 잡고 술을 권하게 했다. 조운이 보니 하얀 상복 차림인데 뛰어나게 아름다웠다.

"이분은 누구신가?"

"제 형수 번씨입니다."

조운은 낯빛을 고치고 정색하며 경의를 표했다. 번씨가 술을 따르자 조범이 자리에 앉으라고 청했으나 조운이 말려 번씨는 인사하고 뒤채로 돌아갔다. 조운이 물었다.

"아우님은 어찌하여 형수님께 잔을 따르게 했나?"

"그럴 만한 까닭이 있으니 형님은 들어보시기 바랍니다. 제 형님이 세상을 떠난 지 벌써 3년이 되었습니다. 형수님이 언제까지나 홀로 계실 수 없어 이 아우가 개가를 권하면 형수님은 늘 이렇게 말씀하셨지요. '세 가지를 모두 갖춘 사람이라야 내가 시집가겠어요. 첫째로 문무를 아울러 갖추어 이름이 천하에 알려져야 하고, 둘째로 모습이 당당하고 몸가짐이 의젓해 남보다 뛰어나야 하며, 셋째로 전남편과 성씨가 같아야 해요.' 형님, 생각해보십시오! 천하에 이처럼 신통하게 맞아떨어지는 경우가 어디 있습니까? 지금 존귀하신 형님은 풍채가 당당하고, 명성이 세상을 놀라게 하시며, 또 제 형과 성씨가 같아 형수님 말씀에 딱 들어맞습니다. 제 형수님 용모가 흉하다고 꺼리시지 않는다면 제가 수십만 금의 지참금을 내어 형님에게 보내 대대로 한 집안을 이루려 합니다. 어떻습니까?"

조운은 크게 노해 벌떡 일어서며 날카롭게 꾸짖었다.

"우리가 형제를 맺었으니 네 형수님이 바로 내 형수님이시다. 어찌 이런 인륜을 어지럽히는 짓을 하느냐?"

조범은 부끄러운 기색이 얼굴에 가득해 대꾸했다.

"내가 좋은 뜻에서 대접하는데 어찌 이렇게 무례하오!"

좌우에 눈짓하니 조운을 해칠 뜻이 있었다. 조운이 알아채고 한주먹에 때려눕히고 말에 올라 성을 나가자 진응이 부추겼다.

"그가 화를 내고 갔으니 싸울 수밖에 없습니다."

"이기지 못할까 두렵네."

조범이 걱정하자 포륭이 꾀를 냈다.

"우리가 그의 영채에 가서 거짓으로 항복할 터이니 태수께서 군사를 이끌고 와 싸움을 걸면 안에서 호응해 그를 사로잡겠습니다."

조운의 무예를 맛본 진응이 걱정했다.

"반드시 많은 사람을 데려가야 하네."

"기병 500명이면 넉넉하네."

그날 밤 두 사람은 군사를 이끌고 조운의 영채에 가서 항복했다. 조운이 속임수를 알면서도 불러 두 사람이 장막 아래로 왔다.

"조범은 미인계로 장군을 속이려 했습니다. 장군이 취하시기만 기다려 뒤채에서 모살하고 머리를 조 승상에게 바쳐 공로를 자랑하려고 했지요. 그는 이처럼 어질지 못한데, 장군께서 노해 나가시니 저희에게도 반드시 화가 미치리라 여겨 항복을 드립니다."

조운은 짐짓 기쁜 듯이 술상을 차려 두 사람과 실컷 마셨다. 두 사람이 잔뜩 취하자 장막 안에 꽁꽁 묶어놓고 데려온 군사를 붙잡아 물어보니 과연 거짓 항복이었다. 조운은 데려온 500명 군사에게 술과 음식을 대접하고 명했다.

"나를 해치려는 자는 진응과 포룡이니 너희는 상관없다. 내 계책에 따라 움직여주면 후한 상을 내리겠다."

군사들이 절하며 따랐다. 조운은 진응과 포룡의 목을 베고 500명 군사에게 길을 안내하게 했다. 조운이 1000명 군사를 이끌고 뒤따라 계양성 아래에 가서 소리쳤다.

"두 장군이 조운을 죽이고 돌아와 태수께 보고합니다."

성 위에서 내다보니 모두 자기네 군사라 조범이 기뻐하며 성을 나가자 조운이 냉큼 사로잡았다. 조운이 성안에 들어가 백성을 안정시키고 결과를 보고해 유비와 제갈량이 계양으로 가자 조범을 섬돌 아래로 끌어왔다. 조범이 사연을 자세히 아뢰자 제갈량이 조운에게 물었다.

"이 역시 아름다운 일인데 공은 어찌 거절했소?"

조운이 조목조목 설명했다.

"조범이 저와 형제를 맺었는데 그의 형수를 아내로 맞으면 남들이 침을 뱉고 욕할 테니 첫 번째 까닭입니다. 그 여인이 개가하면 큰 절개를 잃게 되니 두 번째 까닭입니다. 조범이 항복한 지 오래지 않아 그 마음을 짐작하기 어려우니 세 번째 까닭입니다. 주공께서 새로 장강과 한수 일대를 평정하면서 머리를 편안히 베개에 붙이지 못하고 다리를 삿자리 위에 쭉 펴지 못하시는데, 이 운이 어찌 감히 여인 하나 때문에 주공 대사를 그르치겠습니까?"

유비가 물었다.

"오늘 대사가 정해졌으니 자룡은 장가를 드는 것이 어떤가?"

"천하에 여자는 적지 않습니다. 다만 훌륭한 명성을 이루지 못할까 두려울 뿐, 어찌 아내가 없을까 걱정하겠습니까?"

"자룡은 진짜 장부요!"

유비가 감탄하면서 조범을 풀어주어 계속 계양 태수로 있게 하고, 조운에게 후한 상을 내렸다. 옆에서 장비가 아우성쳤다.

"그래, 자룡만 공로를 세우게 하고, 나는 쓸모없는 사람이오? 나도 군사 3000명만 주면 무릉군을 빼앗고 태수를 산 채로 잡아 와 바치겠소!"

제갈량은 기뻐했다.

"익덕이 가겠다니 좋지만 한 가지 말을 들어야 하겠소."

이야말로

군사가 승리할 때 기이한 계책 많고
장사들은 앞다투어 공로를 세운다

제갈량은 어떤 일을 말할까?

53

관우와 황충, 의로움으로 싸워

관운장은 의리로 황한승 놓아주고
손중모는 장문원과 거세게 싸우다

제갈량이 장비에게 조건을 달았다.

"자룡이 군령장을 바쳤으니, 익덕도 무릉을 치러 가려면 군령장을 내놓아야 하오."

기꺼이 군령장을 바친 장비는 3000명 군사를 거느리고 밤에 낮을 이어 무릉으로 나아갔다. 태수 김선이 소식을 듣고 군사를 점검하고 무기를 정돈해 성을 나가려 하니 종사 공지가 말렸다.

"유현덕은 한의 황숙이며 인의가 천하에 널리 떨쳤습니다. 또한 장익덕은 기세와 용맹이 보통이 아니니 맞서서는 아니 됩니다. 차라리 항복하는 편이 좋습니다."

"너는 도적들과 짜고 안에서 변을 일으키려 하느냐?"

크게 노한 김선이 공지를 끌어내 목을 치라고 호령하자 사람들이 말렸다.

"싸우기도 전에 집안사람을 죽이면 이롭지 못합니다."

김선은 공지를 꾸짖어 물리치고 성을 나갔다. 20리 되는 곳에 이르니 마침 장비가 마주 와서 부하들에게 물었다.

"누가 감히 나가 싸우겠느냐?"

부하들은 두려워 감히 앞으로 나서지 못했다. 김선이 몸소 말을 몰아 칼을 춤추며 맞섰으나 장비가 버럭 소리 지르자 마치 마른하늘에 무서운 벼락이 친 듯했다. 낯빛이 하얗게 질린 김선이 감히 싸울 엄두를 내지 못하고 말을 돌려 성으로 달아나니 장비가 군사를 이끌고 몰아쳤다. 김선이 성에 이르자 성 위에서 화살이 어지러이 날아와 깜짝 놀라 쳐다보니 공지가 성벽 위에서 꾸짖었다.

"너는 하늘의 뜻에 따르지 않고 스스로 망하는 짓을 하는구나. 나는 백성과 함께 유씨에게 항복했다."

그 말과 함께 김선이 얼굴에 화살이 꽂혀 말 아래로 떨어지자 군사들이 머리를 베어 장비에게 바쳤다. 공지가 성을 나가 항복하자 장비는 태수 도장과 끈을 지니고 계양으로 가서 유비를 뵙게 했다. 유비는 크게 기뻐하며 공지에게 김선의 자리를 대신하게 했다.

유비가 무릉에 이르러 백성을 안정시키고, 관우에게 글을 보내 장비와 조운이 각기 한 군을 얻었다고 전하자 관우가 답장을 보내 청했다.

'아직 장사를 얻지 못했는데, 이 아우도 역시 공로를 세우게 해주시면 좋겠습니다.'

유비가 기뻐 장비에게 일렀다.

"운장이 와서 장사를 얻으러 가도록 아우가 달려가 대신 형주를 지켜주게."

장비가 떠나고 관우가 이르니 제갈량이 설명했다.

"자룡과 익덕은 각기 3000명 군사만 데리고 갔소. 장사 태수 한현은 입에 담을 나위도 없지만, 그에게 대장 한 사람이 있으니 남양 사람으로 성은 황(黃)이고 이름은 충(忠), 자는 한승(漢升)이라 하오. 유경승 아래 중랑장으로 있으면서 경승의 조카 유반과 함께 장사를 지키다 후에 한현을 섬겼소. 비록 나이가 예순이 다 되었으나 사나이 만 명을 당하고도 남을 용맹을 지녔으니 얕보아서는 아니 되오. 운장이 가려면 반드시 군사를 많이 데리고 가야 하오."

관우는 은근히 불쾌했다.

"군사는 어찌 적의 기세는 추어주고 자기편 위풍은 깎으시오? 한낱 늙다리 군졸이야 입에 담을 나위나 있겠소! 관 아무개는 3000명 군사를 쓸 것도 없소. 평소 데리고 있는 500명 칼잡이만 이끌고 가도 황충과 한현의 머리를 베어 휘하에 바칠 수 있소."

유비가 말렸으나 관우가 500명 군사만 데리고 떠나니 제갈량이 유비에게 청했다.

"운장이 황충을 너무 얕보니 실수할까 두렵습니다. 주공께서 후원해주셔야 하겠습니다."

유비도 군사를 이끌고 뒤따라 나아갔다.

장사 태수 한현은 성질이 급하고 걸핏하면 사람을 죽여 사람들이 미워하는 터였다. 관우의 군사가 온다는 말을 듣고 상의하니 황충이 장담했다.

"주공께서는 걱정하지 마십시오. 제 손에 있는 칼과 활을 믿고 싸우면, 천명이 오면 천 명 다 물리칠 수 있습니다!"

황충은 두 섬(240근)의 힘이 드는 센 활을 당기는데, 백 번 쏘면 백 번 다 목표에 명중했다. 황충의 말이 끝나기도 전에 섬돌 아래에서 한 사람이 썩 나섰다.

"노장군께서 나가실 것 없습니다. 저만 가도 관 아무개를 산 채로 잡아 올수 있습니다."

관군교위 양령이었다. 한현이 크게 기뻐 1000명 군사를 이끌고 성을 나가게 하니 곧 관우의 군사가 이르렀다. 양령이 창을 꼬나 들고 욕을 퍼붓자 관우는 대꾸도 하지 않고 청룡도를 춤추며 세 번도 부딪치지 않아 말 아래로 떨어뜨렸다. 관우가 단숨에 장사성 아래로 달려가자 한현은 깜짝 놀라 얼른 황충을 내보내고 성 위에 올라 싸움을 지켜보았다.

황충이 500명 기병을 거느리고 나는 듯이 조교를 지나니 관우는 늙은 장수를 보자 황충인 것을 알고 500명 칼잡이를 한 줄로 늘어 세우고 물었다.

"거기 오는 장수는 황충이 아닌가?"

"내 이름을 알면서 어찌 감히 우리 경계를 범하느냐?"

"특별히 네 머리를 가지러 왔다."

관우는 짧게 한마디 던지고 어울려 싸움이 벌어졌다. 100여 합이 되어도 승부가 나지 않자 한현은 늙은 황충이 실수라도 할까 염려해 징을 울려 군사를 거두었다. 관우도 군사를 물려 영채를 세웠다.

'황충은 과연 명성이 헛되지 않았구나. 100합을 싸웠는데도 전혀 허점을 보이지 않다니! 내일은 반드시 칼을 끄는 계책을 써서 등 뒤로 찍어야겠다.'

이튿날 관우가 싸움을 걸어 두 장수가 다시 50여 합을 싸웠으나 승부가 나지 않았다. 양쪽 군사들이 일제히 갈채를 보내며 기세를 돋우는 북소리가 자지러지는데 관우가 말을 돌려 달아나니 황충이 뒤쫓았다.

관우가 막 등 뒤로 칼을 휘둘러 찍으려 하는데 별안간 뒤에서 '쿵!' 소리가 나서 급히 머리를 돌려보니 황충의 말이 앞발을 접질려 쓰러지며 황충이 허공에 솟았다 떨어졌다. 관우가 급히 말을 돌려 칼을 치켜들고 호통쳤다.

"잠시 목숨을 살려주겠다. 어서 말을 갈아타고 와서 다시 싸우자!"

황충은 급히 말을 일으켜 타고 성안으로 달려가 놀란 한현에게 말했다.

"이 말이 싸움터에 나간 지 오래되어 실수했습니다."

"장군의 활 솜씨는 백 번 쏘아 백 번 다 맞히는데 어찌 쏘지 않는가?"

"내일 싸울 때는 반드시 조교 부근으로 꾀어 와 활을 쏘겠습니다."

한현은 자기가 타는 검은 말을 내주었다. 어느덧 저녁이 되어 관우가 물러가자 황충은 생각이 많아졌다.

'운장의 의기는 참으로 보기 드물다! 그때 나는 죽은 목숨인데도 그가 죽이지 않았는데 내가 어찌 그를 쏠 수 있나? 그러나 쏘지 않으면 군령을 어기게 될까 두렵구나.'

이튿날 관우가 다시 싸움을 걸자 한현은 황충에게 활을 쏘라고 명했다. 황충이 군사를 거느리고 나가자 이틀이나 싸우고도 이기지 못한 관우는 몹시 안달이 나서 위풍을 떨치며 말을 어울렸다. 30여 합이 되지 않아 황충이 못 견디는 척 달아나니 관우가 적토마를 다그쳐 쫓아갔다.

황충은 전날 관우가 죽이지 않은 은혜 때문에 차마 단번에 쏘아 죽일 수 없어 활을 들어 시위만 당겼다 놓았다. 시위소리를 듣고 관우가 급히 옆으로 몸을 피했으나 화살은 보이지 않았다. 관우가 계속 쫓아가자 황충은 또 화살을 먹이지 않은 시위를 놓았다. 관우가 또 급히 허리를 꼬면서 피했지만 이번에도 화살은 날아오지 않았다.

'황충은 활을 쏠 줄 모르는구나.'

지레짐작한 관우는 마음 놓고 쫓아갔다. 조교에 거의 이르는데 황충이 이번에는 진짜 시위에 살을 먹여 활을 크게 벌렸다. 시위소리가 울리자 화살이 씽 날아가 관우의 투구 정수리에 단 술에 탁 꽂혔다. 앞에 있던 군졸들이 일제히 고함을 질렀다.

흠칫 놀란 관우는 투구에 화살을 단 채 영채로 돌아갔다. 그제야 황충의 놀라운 활 솜씨를 알게 되었다. 옛날 춘추시대 초의 명궁 양유기(養由基)는 사람들이 100걸음 밖에 표시해둔 버들잎을 하나하나 꿰뚫었다 하더니 황충의 솜씨도 그에 못지않았다. 이날 투구 위의 술만 맞힌 것은 전날 죽이지 않은 은혜를 갚기 위해서였다. 관우는 군사를 거느리고 물러갔다.

황충이 돌아가 성 위로 올라가자 한현이 무사들을 호령해 붙잡았다.

"내가 사흘 동안 지켜보았는데 네가 감히 나를 속이느냐! 반드시 사사로운 심보가 있어 서로 무슨 꿍꿍이를 꾸미는 것이니 네 목을 치지 않으면 반드시 걱정거리가 된다!"

어서 목을 치라고 소리를 지르는데 장수들이 빌어보려 하자 한마디로 딱 잘랐다.

"황충을 용서하라는 자는 그와 함께 모의한 역적이다!"

무사들이 황충의 등을 밀고 문밖으로 나가 칼을 막 치켜드는데, 별안간 한 장수가 칼을 휘두르며 달려와 무사들을 찍어 넘기고 황충을 구했다.

"황한승은 장사를 지키는 성벽이나 다름없으니 한승을 죽이면 바로 장사의 백성을 죽이는 것이다! 한현은 잔인하고 포악하며 어질지 못해 현명한 이를 깔보고 좋은 사람들을 푸대접하니 우리 모두 힘을 합쳐 그를 죽이자! 나를 따르려는 자는 빨리 오너라!"

사람들이 보니 얼굴은 무르익은 대추 같고 눈은 반짝이는 별 같으니 의양 사람 위연이었다. 양양에서 유비를 따르지 못해 장사로 왔는데, 한현은 그가 오만하고 예절을 지키지 않아 중용하지 않았다. 위연은 한가하게 지내다 이 날 황충을 구하려고 사람들을 불러일으켰다.

위연이 팔을 드러내고 소리치자 따르는 사람이 수백이나 되어, 황충이 말렸으나 막을 수 없었다. 위연은 한달음에 성벽 위로 올라가 단칼에 한현을 베어 그 머리를 들고 성을 나가 백성들과 함께 관우 영채로 찾아갔다. 관우가 크게 기뻐하며 성안으로 들어가 백성을 위안하고 황충을 찾았으나 병을 핑계로 집에서 나오지 않았다. 관우는 사람을 보내 유비와 제갈량을 청했다.

관우가 장사로 떠나자 유비가 제갈량과 함께 후원하러 가는데 푸른 깃발이 거꾸로 휘말리며 까마귀 한 마리가 북쪽에서 날아와 세 번을 울고 남쪽으로

◀ 황충은 귀신같은 활 솜씨로 은혜 갚아

날아가는 것이었다.

"이건 무슨 징조요?"

유비가 묻자 제갈량이 소매 안에서 손가락으로 점을 치더니 대답했다.

"이미 장사군을 얻고, 대장 한 사람을 얻게 되었음을 말하는 것이니 한낮이 되면 자연히 밝혀집니다."

이때 사람이 달려왔다.

"관 장군이 장사를 얻고 황충과 위연이 항복해, 주공께서 오시기만 기다립니다."

유비가 대단히 기뻐 장사성으로 들어가자 관우가 맞이해 황충의 일을 이야기하니 친히 그의 집을 찾아가 만나기를 청했다. 황충은 그제야 항복을 드리면서 한현의 주검을 달라고 하여 성 동쪽에 묻었다.

유비는 황충을 아주 후하게 대접했다. 관우가 위연을 데려오자 그의 공로를 듣고 유비가 높이 보는데 제갈량이 무사들에게 호령했다.

"저자를 끌어내 목을 쳐라!"

유비가 깜짝 놀라 물었다.

"항복한 자를 죽이고 귀순한 사람을 없애면 의롭지 못하오. 위연은 공을 세웠지 죄는 없는데 어찌 죽이라 하시오?"

"녹을 받으면서 주인을 죽였으니 충성스럽지 못합니다. 남의 고장에 살면서 땅을 바쳤으니 의롭지 못합니다. 살펴보니 그의 뒤통수에는 반역하는 뼈[反骨반골]가 있어 오래 뒤에는 반드시 배반합니다. 지금 죽여 화의 뿌리를 뽑아야 합니다."

"이 사람을 죽이면 항복한 자들이 겁을 낼까 두려우니 살려주기 바라오."

유비가 말리자 제갈량은 위연을 가리키며 으름장을 놓았다.

"목숨을 살려주니 충성을 다 바쳐 주공께 보답하고 절대로 다른 마음을 먹지 말아야 한다. 다른 심보를 품으면 어찌해서든지 머리를 베겠다."

위연은 복종하고 물러갔다. 황충이 유현에서 한가하게 보내는 유표의 조카

유반을 추천해 장사를 다스리게 했다. 네 군이 평정되어 유비는 형주로 돌아와 유강구를 공안(公安)으로 이름을 고쳤다.

【그때 사람들이 좌장군 벼슬을 하는 유비를 '좌공(左公)'이라 불러, 좌공이 편안하기를 바란다는 의미로 '공안'이라는 지명이 만들어져 지금까지 쓰이게 되었다.】

이로써 유비는 한수 일대 아홉 군 가운데 절반을 차지했다. 강하와 파릉, 한양은 오에서 차지하고, 양양을 잃은 하후돈은 번성에 주둔했다. 이때부터 유비는 재물과 식량이 늘어나고 현명한 인재들이 많이 찾아왔다. 유비는 군사를 흩어 험한 요충지에 주둔시켰다.

주유는 시상에 돌아가 병을 치료하면서 감녕에게 파릉, 능통에게 한양, 여몽에게 강하를 지키게 하여 세 곳에 싸움배들을 나누어놓고 명령을 기다리게 했다. 정보는 장졸들을 거느리고 손권을 도우러 합비로 갔다.

손권은 적벽에서 큰 싸움을 벌인 뒤 합비에 머무르면서 조조 군사와 10여 차례의 크고 작은 싸움을 벌였으나 승부가 나지 않았다. 성에 바짝 다가가 영채를 세우지 못하고 50리 떨어진 곳에 주둔하다 정보의 군사를 격려하려고 영채를 나왔다.

정보에 앞서 노숙이 먼저 왔다고 하자 손권은 말에서 내려 땅에 서서 기다렸다. 이를 본 노숙은 안장에서 굴러떨어지듯 말에서 내려 황급히 인사를 드렸다. 노숙을 따라온 장수들은 손권이 이처럼 파격적인 예절로 노숙을 대하는 것을 보고 매우 놀랐다. 손권은 노숙에게 말에 오르기를 청해 고삐를 나란히 하고 슬며시 물었다.

"내가 말에서 내려 맞이하니 공의 위상을 올려주기에 넉넉하오?"

"모자랍니다."

노숙의 말이 뜻밖이라 손권이 물었다.

"어찌해야 공의 위상이 올라가오?"

"명공의 위엄과 덕성이 온 세상에 펼쳐지고 천하의 온 땅을 모두 아울러 황제의 업적을 이루시어, 이 숙이 죽백에 이름을 남기게 해주셔야 위상을 올려주셨다고 할 만합니다."

자기 야망과 꼭 들어맞는 노숙의 말에 손권은 손뼉을 치며 껄껄 웃었다. 손권은 노숙과 함께 장막에 들어가 큰 잔치를 베풀어 격전을 치른 장졸들을 격려하고, 상을 내려 위로하면서 합비를 깨뜨릴 계책을 상의했다.

별안간 장료가 싸움을 청하는 전서(戰書)를 보내오자 손권은 크게 노했다.

"장료가 나를 너무 우습게 보는구나! 정보의 군사가 온 것을 알면서도 일부러 싸움을 걸다니! 내일 나는 새로 온 군사는 내보내지 않겠다. 전에 있던 군사만으로 한바탕 크게 싸우는 것이나 보아라!"

다음날 동틀 무렵 합비를 향해 나아가라고 군사들에게 명하니 날이 밝을 때쯤에는 벌써 장료의 군사와 마주해 진을 쳤다. 손권이 금 투구와 금 갑옷으로 몸을 단단히 감싸고 진 앞으로 나가자 송겸과 가화가 양쪽에서 방천화극을 들고 호위했다.

'둥둥둥' 북소리가 울리자 조조 군사의 깃발이 양쪽으로 갈라지면서 세 장수가 진 앞에 나와 말을 세웠다. 가운데 장료, 왼쪽에 이전, 오른쪽에 악진이었다. 장료가 말을 달려 오직 손권과 결전을 벌이자며 싸움을 거니 손권이 친히 창을 들고 나가려 하는데 진문 안에서 한 장수가 급히 말을 달려갔다. 태사자였다. 장료가 칼을 휘둘러 70여 합을 싸웠으나 승부가 나지 않자 이전이 악진에게 말했다.

"저쪽에 금 투구를 쓴 자가 손권일세. 손권을 사로잡으면 83만 대군을 위해 복수하기에 넉넉하네."

악진이 재빨리 말을 내몰아 칼을 휘두르며 손권에게 달려드니 마치 번개가 치는 듯했다. 눈 깜빡할 사이에 손권 앞에 이른 악진이 손을 높이 들어 칼을 내리찍으니 송겸과 가화가 급히 화극을 들어 막는데, 칼날이 기세 좋게 내려 가자 두 화극의 자루가 뭉텅 끊어졌다.

송겸과 가화가 날 없는 자루만 들고 말 머리를 내리치자 악진은 말을 돌려 돌아갔다. 송겸이 군사의 손에서 창을 잡아채 쫓아가자 이전이 얼른 화살을 날려 시위소리와 더불어 송겸은 말에서 떨어졌다.

등 뒤에서 누가 땅에 떨어지자 태사자는 말을 돌려 진으로 돌아가고 장료가 기세를 타고 몰아쳐 오군은 사방으로 흩어졌다. 장료가 멀리 손권을 보고 말을 다그쳐 쫓아가는데 옆에서 군사 한 대가 들이닥치니 앞장선 대장은 정보였다. 정보는 한바탕 싸워 손권을 구하고, 장료는 군사를 거두어 합비로 돌아갔다.

정보가 호위해 큰 영채로 돌아가자 손권은 송겸을 잃은 것이 서러워 목 놓아 울었다. 장사 장굉이 충고했다.

"주공께서 성하고 장하신 기운을 믿어 큰 적군을 얕잡아보시니 삼군에 놀라고 낙심하지 않는 자가 없습니다. 혹시 장수를 베고 깃발을 빼앗아 싸움터에서 위엄을 떨치시더라도, 그런 노릇은 편장이나 할 일이지 주공께서 하실 바가 아닙니다. 바라오니 맹분(孟賁)과 하육(夏育) 같은 용맹을 억누르시고 왕자와 패자의 계책을 가슴에 품으십시오. 오늘 송겸이 화살에 맞아 죽은 것도 따지고 보면 주공께서 적을 가볍게 보셨기 때문이니 이후에는 반드시 조심하셔야 합니다."

【맹분은 전국시대 용사, 하육은 주나라 용사였다.】

손권은 순순히 뉘우쳤다.

"내 잘못이오. 이제부터 고치겠소."

이윽고 태사자가 장막에 들어왔다.

"제 밑에 과정이라는 자가 있는데 장료 마부와 친구입니다. 그 마부가 장료에게 꾸중을 듣고 한을 품어 오늘 밤에 불을 질러 신호로 삼고, 장료를 암살해

송겸의 원수를 갚게 해주겠다고 합니다. 군사를 이끌고 밖에서 호응해주기를 청하는데, 과정은 어지러운 틈을 타 이미 성안으로 들어갔습니다. 저에게 5000명 군사를 이끌고 가게 해주십시오."

제갈근이 걱정했다.

"장료는 용맹만 있는 사내가 아니라 꾀가 많으니 함부로 움직여서는 아니 됩니다."

그래도 태사자가 기어이 가겠다고 고집하니 슬픔에 잠긴 손권은 가게 했다.

그 전에 과정은 군사 속에 섞여 합비로 들어가 마부를 찾았다.

"내가 사람을 보내 태사자 장군께 보고했네. 오늘 밤 우리를 후원하러 오실 텐데 그대는 어찌 일을 벌이려 하는가?"

"여기는 중군에서 멀리 떨어져 밤에 급히 다가갈 수 없네. 내가 풀 더미에 불을 지르면 그대가 앞에 가서 반란이 일어났다고 소리치게. 성안 군사가 혼란한 틈을 타 장료를 찔러 죽이면 나머지는 제풀에 도망갈 걸세."

"그 계책이 참 묘하군그래."

이기고 돌아간 장료가 전군에 상을 내리고, 밤에 모두 갑옷을 벗고 편히 잠들어서는 안 된다고 명령을 내리자 옆에서 물었다.

"오늘 크게 이겨 오군이 도망갔는데 어찌 갑옷을 벗고 편안히 쉬시지 않습니까?"

"아니다. 장수가 된 도리를 보면 한때 이겼다 해서 기뻐하지 말고, 한때 졌다 해서 근심하지 말아야 한다[爲將之道위장지도 忽以勝爲喜홀이승위희 忽以敗爲憂홀이패위우]. 오군이 우리가 방비하지 않을 것을 헤아려 틈을 타 공격하면 어찌하겠느냐? 오늘은 다른 밤보다 더 조심스레 방비해야 한다."

그 말이 끝나기도 전에 뒤쪽 영채에서 불이 일더니 곳곳에서 반란이 일어났

◀ 악진은 말 달려 손권 급습하다.

다고 아우성치며 보고하는 자들이 꼬리를 물었다. 장료는 말에 올라 심복 10여 명을 데리고 길 가운데에 섰다.

"고함이 위급하니 어서 피하시지요."

옆에서 재촉하자 장료가 나무랐다.

"어찌 성안 사람들이 모두 반란을 일으켰겠느냐? 반란을 꾀하는 자들이 군사를 놀라게 하려는 수작이니 이에 흔들리는 자는 먼저 목을 치겠다!"

곧 이전이 과정과 마부를 잡아와 장료가 사실을 알고 목을 치는데, 성문 밖에서 징 두드리고 북 치며 고함이 요란했다.

"밖에서 호응하러 온 오군이다. 저들 계책을 거꾸로 이용하면 된다."

장료가 성안에 불을 지르고 '반란이야!' 소리치며 성문을 활짝 열고 조교를 내려놓으니 태사자는 안에서 변이 일어난 줄 알고 말을 달려 앞장서 들어갔다. 성 위에서 포 소리가 '탕!' 울리며 화살이 어지러이 날아와 태사자는 급히 물러섰으나 몸에 이미 화살이 여러 대 꽂혔다. 이전과 악진이 쳐 나와 오군은 반 이상이 해를 입었다.

손권은 태사자까지 심한 상처를 입자 더욱 서글퍼져 군사를 거두고 남서 윤주로 돌아갔다. 태사자가 상처가 심해 장소를 비롯한 사람들이 위문하자 그가 높이 외쳤다.

"대장부가 어지러운 세상에 태어났으면 마땅히 석 자 검을 들고 둘도 없는 공을 세워야 하거늘, 아직 품은 뜻을 이루지 못했는데 어이하여 죽는단 말인가!"

말을 마치고 숨을 거두니 나이 41세였다. 손권은 매우 슬퍼했다. 후한 장례를 치러 남서 북고산 아래에 묻고, 아들 태사형을 데려다 집에서 길렀다.

형주에서 군사를 정돈하던 유비는 손권이 합비에서 패하고 남서로 돌아갔다는 소식을 듣고 대책을 상의했다. 제갈량이 말했다.

"이 양이 밤에 하늘의 별들을 우러러보니 서북쪽에서 별이 하나 땅에 떨어졌습니다. 이는 황족 한 분이 돌아가심을 나타내는 것입니다."

곧바로 공자 유기가 죽었다는 보고가 들어왔다. 유비가 슬피 울자 제갈량이 권했다.

"살고 죽는 것은 하늘의 운수이니 주공께서는 너무 걱정하지 마십시오. 귀한 몸을 상하실까 두렵습니다. 먼저 대사를 처리해야 하니 급히 사람을 보내 성을 지키면서 장례를 치르게 하시지요."

"누가 갈 수 있겠소?"

"운장이 아니면 아니 됩니다."

유비는 관우를 양양으로 보내 성을 지키게 하고 걱정했다.

"유기가 죽었으니 오에서 사람을 보내 형주를 달라고 할 텐데 어찌 대답해야 하오?"

제갈량은 자신만만했다.

"사람이 오면 이 양이 잘 알아서 대답하겠습니다."

반달이 지나자 오의 노숙이 조문하러 왔다.

이야말로

먼저 계책 정해놓고
동오 사자 기다리네

제갈량은 무엇이라 대답할까?

54

유비는 손권 누이와 결혼해

오 국태는 절간에서 사위 보고

유황숙은 동방에서 배필 얻다

제갈량이 유비와 함께 성을 나가 맞아들이니 노숙이 찾아온 뜻을 밝혔다.

"황숙의 조카가 세상을 뜨셨다고 해서 저희 주공께서 보잘것없는 예물이나마 갖추고 특별히 저를 보내 조의를 표하게 하셨습니다. 주 도독께서도 유황숙과 제갈 군사께 재삼 인사를 전해달라고 부탁하셨습니다."

두 사람이 자리에서 일어나 예물을 받고 술상을 차려 대접하니 노숙이 마음속 이야기를 꺼냈다.

"전에 황숙께서 하신 말씀이 있습니다. 공자가 세상을 떠나면 반드시 형주를 돌려주시겠다고요. 지금 공자가 떠났으니 곧 형주를 돌려주시리라 믿습니다. 언제 넘겨주실 수 있습니까?"

유비는 대답을 미루었다.

"공은 먼저 술부터 드시오. 한 가지 상의할 일이 있소."

노숙이 마지못해 몇 잔 마시고 언제 돌려주겠느냐고 다시 묻자, 유비가 미처 대답하기 전에 제갈량이 얼굴빛을 바꾸면서 입을 열었다.

"자경은 너무 이치에 밝지 못하오. 기어이 다른 사람이 입을 벌리게 만드니 말이오! 우리 고황제께서 흰 뱀을 베고 의로운 군사를 일으켜 천하를 얻으셔서 지금까지 전했는데, 불행하게도 간사한 영웅들이 너도나도 일어나 한 고장씩 차지하게 되었소. 그러나 하늘의 도리는 모든 것이 제자리로 돌아가기를 좋아하니 결국은 정통에게 돌아가게 되오. 우리 주공께서는 중산정왕 후예이고 효경황제 각하 현손이며 지금 황제의 숙부이시오. 어찌 천자께서 흰 띠에 싸서 주시는 흙을 받아 한 고장을 차지하지 못하시겠소? 게다가 유경승은 우리 주공의 형님이시니 아우가 형의 사업을 이어받아 아니 될 게 무엇이오? 자경의 주인을 보면 전당의 작은 벼슬아치 아들로 조정을 위한 공덕이라고는 없소. 그런데도 지금 세력을 믿고 여섯 군 81개 고을을 차지하고도 만족하지 못해 한의 땅을 삼키려 하다니! 유씨 천하에서 우리 주공은 유씨인데도 몫이 없고, 자경의 주인은 손씨인데도 오히려 억지로 빼앗으려 하시오? 하물며 적벽의 싸움에서 우리 주공께서도 수고를 많이 하셨고, 장수들도 모두 힘껏 기운을 썼으니 어찌 당신네 오의 힘만으로 이겼다고 하겠소? 내가 동남풍을 빌지 않았으면 주랑이 어찌 조금이라도 실력을 펴보았겠소? 강남이 깨지면 이교(二喬)가 동작대에 들어가는 것은 말할 나위도 없고, 공들의 식솔도 보존할 수 없었소. 우리 주공께서 즉시 대답하지 않으신 것은 자경이 고명한 선비이니 상세히 말하지 않아도 알리라 여기셨기 때문이오. 그런데 공은 어찌 이처럼 생각이 짧으시오!"

제갈량이 한바탕 거침없이 내쏘자 노숙은 한참 입을 벌리지 못하다 간신히 말했다.

"공명의 말에 이치가 없는 것은 아니오. 그러나 숙의 처지로는 몹시 어려운 점이 있소."

"무엇이 어렵다는 말이오?"

노숙이 솔직하게 대답했다.

"전에 황숙께서 당양에서 어려움을 당하실 때, 숙이 공명을 이끌고 강을 건너 우리 주공을 뵙게 했소. 후에 공근이 군사를 일으켜 형주를 치려 할 때도 역시 숙이 말렸소. 공자가 세상 뜨기를 기다려 형주를 돌려준다는 것 또한 숙이 보증했소. 그런데 이제 와 앞에서 한 약속을 지키지 않으면 숙이 어찌 돌아가 말하란 말이오? 우리 주공께서나 공근은 반드시 이 몸의 잘못을 따질 것이오. 숙이야 죽어도 한이 없으나 만약 오의 화를 돋우어 창칼의 싸움이 일어나고 황숙께서 형주에 편안히 앉으시지 못하면 천하 사람들의 비웃음을 살까 두려울 뿐이오."

제갈량은 그쯤이야 별일 아니라는 듯 말했다.

"100만 무리를 거느리고 걸핏하면 천자 이름을 들먹이는 조조도 내가 마음에 두지 않는데 어찌 주랑 같은 한낱 어린아이를 두려워하겠소! 만약 자경이 체면이 서지 않아 무안하다면 내가 주공께 권해 형주를 잠시 빌려 발붙일 곳으로 삼는다는 문서를 쓰시도록 하겠소. 우리 주공께서 다른 성을 얻으시면 형주를 반드시 오에 돌려준다고 말이오. 이 제안이 어떠하오?"

노숙으로서는 거절할 수 없는 형편이었다.

"공명은 어느 곳을 얻어 형주를 돌려주려 하오?"

"중원은 급히 공략할 수 없소. 서천의 유장이 사리에 어둡고 나약하니 우리 주공께서 장차 공략하려 하시오. 서천을 얻으면 그때는 바로 형주를 돌려드리겠소."

달리 길이 없게 된 노숙은 제갈량 말에 따를 수밖에 없었다. 유비가 친히 붓을 들어 문서 한 장을 쓰고 이름을 적자 보증인인 제갈량도 역시 이름을 쓰더니 말했다.

"양은 주공 아랫사람이니 한 집에서만 보증을 서면 어찌하겠소? 자경도 이름을 적어주시오. 돌아가 오후를 뵙기도 좋도록 말이오."

"저는 황숙께서 어질고 의로운 분이라 반드시 약속을 저버리지 않으시리라 믿습니다."

노숙은 한마디 한 후 이름을 적고 문서를 챙겨 넣었다. 잔치가 끝나고 노숙이 떠나자 제갈량이 유비와 함께 배까지 배웅하며 다시 한번 당부했다.

"자경이 돌아가 오후를 뵈면 좋은 말로 우리 뜻을 전해 다른 생각을 하지 않도록 해주시오. 만약 이 문서를 허락하지 않아 내가 얼굴을 붉히면 81개 고을마저 모조리 빼앗겠소. 지금은 양쪽에서 사이좋게 지내야지, 역적 조조가 우리를 비웃게 해서는 아니 되오."

노숙이 돌아가는 길에 시상에 이르러 문서를 보여주자 주유는 안타까워 발을 굴렸다.

"자경은 제갈량 꾀에 걸렸소! 땅을 빌린다는 명목을 걸었으나 사실은 생떼요. 서천을 손에 넣으면 형주를 돌려주겠다고 했는데, 그가 언제 서천을 차지할 수 있겠소? 10년이 지나도 서천을 얻지 못하면 10년 동안 돌려주지 않겠다는 말이오? 이런 문서가 무슨 쓸모가 있다고 보증을 서주셨소! 그가 형주를 돌려주지 않으면 반드시 자경에게 누가 미치오. 주공께서 나무라시면 어찌하오?"

그 말에 노숙은 한참 동안 정신이 없다가 문서를 땅에 내동댕이치며 눈물을 흘렸다.

"현덕이 나를 저버리지는 않을 거요."

"자경은 성실한 분이오. 하지만 유비는 사나운 영웅이고 제갈량은 간사하고 교활한 녀석이라 자경 마음과는 다를 것이오."

"그러면 어찌해야 하오?"

노숙이 애를 태우자 주유가 위로했다.

"자경은 내 은인이오. 옛날 곡식 창고를 가리키며 식량을 내준 정을 생각하면 어찌 돕지 않을 수 있겠소? 자경은 마음 푹 놓고 여기서 며칠 쉬시오. 강북에 간 정탐꾼들이 자세한 소식을 보내오면 다시 봅시다."

노숙은 은근히 두렵고 불안해 날짜를 세는데 며칠 지나 정탐꾼이 돌아왔다.

"형주 성안에서 조기를 올리고 장례를 치릅니다. 성 밖에 새 무덤을 만드는데 군사들이 모두 상복을 입었습니다."

"누가 죽었느냐?"

"유비가 감 부인을 잃어 며칠 내로 장례를 치른답니다."

주유가 노숙을 보며 좋아했다.

"내 계책이 이루어졌소. 유비가 손을 맞잡고 밧줄을 받게 하고, 형주를 손바닥 뒤집듯이 얻게 되었소!"

"어떤 계책으로 그럴 수 있소?"

"유비가 아내를 잃었으니 반드시 새로 얻을 것이오. 주공께 누이동생이 한 분 계시는데 지극히 굳세고 용감하시오. 수백 명 시녀를 거느리고 늘 칼을 지니며 방에는 병기를 잔뜩 늘어놓는데, 남자도 그에 미치지 못하오. 내가 주공께 글을 올려, 사람을 형주로 보내 유비가 남서로 와서 오의 데릴사위가 되도록 구슬리게 하시라고 말씀드리겠소. 그 말에 넘어가 그가 남서로 오면 아내는 주지 않고 감옥에 가두는 것이오. 그리고 형주를 유비와 바꾸자고 하여 넘겨받으면 내게 따로 생각이 있소. 그러면 자경은 아무 문제가 없게 되오."

노숙이 고맙다고 인사하자 주유는 글을 쓰고 빠른 배를 골라 노숙을 남서로 보냈다. 노숙이 손권에게 먼저 유비가 형주를 빌리는 일을 보고하고 문서를 올리자 손권은 언짢아했다.

"자경이 이처럼 얼떨떨하다니! 이따위 문서가 무슨 쓸모가 있소?"

노숙은 믿는 구석이 있었다.

"여기 주 도독이 올리는 글이 있습니다. 이 계책을 쓰면 형주를 얻을 수 있답니다."

손권은 글을 읽고 고개를 끄덕이며 은근히 기뻐했다. 유비에게 누구를 보낼까 궁리하다 여범을 불렀다.

"근래에 유현덕이 부인을 잃었다 하오. 나에게 누이가 하나 있으니 현덕을 남편으로 맞게 해서 두 집안이 영원히 하나가 되어, 마음을 합쳐 조조를 깨뜨리고 한의 황실을 보좌하면 좋지 않겠소? 자형(여범의 자)이 아니면 중매를 설사람이 없으니 형주로 가서 한마디 해주기 바라오."

여범은 명령을 받들고 그날로 배를 마련해 형주로 떠났다.

유비가 감 부인이 돌아가 밤낮으로 번뇌에 잠겨 있는데, 오에서 여범이 왔다는 전갈이 오자 제갈량이 웃었다.

"이것은 주유의 계책이니 반드시 형주 때문이지요. 양은 병풍 뒤에서 가만히 듣겠습니다. 그가 무슨 말을 하든지 주공께서는 모두 응낙하시고, 따로 상의하시지요."

제갈량이 병풍 뒤로 몸을 숨기고 여범을 모셔 들였다.

"자형이 오셨으니 반드시 무언가 가르쳐주시겠지요."

"이 범은 황숙께서 존귀하신 부인을 여의신 것을 알고, 좋은 혼처가 있어서 혹시 꺼리실까 두려워 않고 중매를 서려고 왔습니다. 귀하신 뜻은 어떠하신지 모르겠습니다."

유비는 심드렁했다.

"중년에 아내를 잃는 것은 큰 불행이오. 돌아간 사람의 뼈와 살이 아직 식지 않았는데 어찌 바로 새로운 혼인을 의논하겠소?"

여범의 말솜씨는 과연 보통이 아니었다.

"부인께서 안 계시면 집에 대들보가 없는 격이니 어찌 인륜을 버리겠습니까? 저희 주공 오후께 누이동생이 한 분 계시는데 아름답고 어지시어 황숙 시중을 들 만합니다. 만약 두 집에서 옛날 진(秦)과 진(晉)처럼 혼인을 맺으면 역적 조조가 감히 눈을 바로 뜨고 동남을 쳐다보지 못할 것입니다. 이 일은 집안에 좋고 나라에도 이로우니, 황숙께서는 의심하지 마십시오. 다만 우리 국태(國太, 왕의 어머니) 오 부인께서 따님을 몹시 사랑하여 멀리 보내려 하지 않으시니 반드시 황숙께서 오로 오셔서 성혼하시기를 바랍니다."

유비가 물었다.

"이 일을 오후께서도 아시오?"

"오후께 먼저 아뢰지 않으면 어찌 함부로 여기 와서 말씀드리겠습니까?"

"나는 이미 나이가 반백(50세)이 되어 귀밑머리가 희끗희끗하오. 오후의 누이는 한창나이라 짝이 되지 못할까 두렵소."

"오후의 누이는 몸은 여자지만 뜻은 사나이보다 높아 늘 '천하의 영웅이 아니면 섬기지 않겠다'고 말씀하십니다. 황숙께서는 명성이 온 세상에 널리 알려지셨으니 바로 숙녀가 군자와 짝을 짓는 좋은 일인데 어찌 나이 때문에 꺼리시겠습니까?"

"공은 잠시 머물러주시오. 내일 답을 드리겠소."

유비가 대답을 미루고 여범에게 술을 대접하고 역관에 머무르게 하니, 제갈량이 병풍 뒤에서 나와 말했다.

"방금 《주역》으로 점을 쳐 대단히 길하고 이로운 징조를 얻었으니 주공께서는 바로 허락하시면 됩니다. 손건을 보내 여범과 함께 오후를 만나게 하십시오. 오후가 우리 쪽 사람과 얼굴을 맞대고 약속한 뒤 좋은 날짜를 골라 강남으로 가셔서 성혼하시면 됩니다."

유비가 걱정했다.

"주유가 계책을 써서 비를 해치려 하는데 어찌 섣불리 위험한 땅에 들어가 겠소?"

"주유가 비록 계책을 쓰더라도 어찌 이 양의 헤아림을 벗어나겠습니까? 자그마한 꾀를 써서 주유를 꼼짝 못 하게 만들겠습니다. 오후의 누이가 주공께 들어오고, 형주 또한 만에 하나도 손실이 없을 것입니다."

유비는 마음을 정하지 못하는데 제갈량은 벌써 손건을 강남으로 보내 대답하게 했다. 손건은 여범과 함께 강남으로 가서 손권을 뵈었다.

"내 누이가 현덕을 남편으로 맞게 하려는 것이니 다른 뜻은 없소."

손권이 보증해 손건은 형주로 돌아와 보고했다. 유비가 여전히 의심이 들어 강남으로 갈 엄두를 내지 못하자 제갈량이 말했다.

"제가 세 가지 계책을 정했으니 자룡이 아니면 쓸 수 없습니다."

조운을 가까이 불러 가만히 말했다.

"장군이 주공을 호위해 오로 들어가야 하니 비단 주머니 세 개를 받으시오. 주머니 속에 묘한 계책이 세 가지 들었는데 순서에 따라 쓰시오."

제갈량은 비단 주머니를 단단히 감추게 하고, 사람을 오로 보내 혼례에 필요한 인사를 드리고 채비를 갖추었다.

건안 14년(209년) 10월, 유비가 오로 장가들러 떠나니 조운과 손건이 따르고 군사 500여 명이 수행했다. 일행은 빠른 배 여러 척에 나누어 앉아 남서를 향해 나아갔다. 유비는 여전히 불안한데 남서에 이르러 배가 기슭에 닿자 조운이 혼자 말했다.

"군사께서 묘한 계책 세 가지를 주시면서 순서에 따라 쓰라고 하셨으니 우선 첫 번째 주머니를 열어보아야겠다."

주머니를 열어본 조운은 500명 군사를 불러 하나하나 일렀다. 군사들은 경사를 축하하는 표시로 몸에 오색 비단을 두르고, 그 위에 붉은 천을 걸치고 남서에 들어가 혼례에 필요한 물품들을 샀다. 그러면서 유비가 오의 사위가 된다는 소문을 퍼뜨려 사람들이 모두 알게 했다.

유비가 이르자 손권이 여범을 보내 접대하면서 역관에 들어 쉬게 하니, 조운이 먼저 교 국로(國老, 나라에 공이 있는 원로)를 찾아뵙게 했다. 교 국로는 손책의 부인 대교와 주유의 부인 소교의 아버지 교 공으로 평생 사람됨이 매우 곧았다.

유비가 양을 끌고 술을 지게 하여 찾아가 인사를 드리고 아내를 얻게 된 사연을 이야기하니 교 국로는 장군부로 들어가 오 국태에게 축하했다. 오 국태가 물었다.

"이 늙은 몸은 남편을 잃고 홀로 사는데, 무슨 축하 받을 일이 있겠어요?"

"따님이 혼인을 약속해 유현덕이 지금 여기 와 있는데 어찌 속이십니까?"

"이 늙은 몸은 전혀 모르는 일이오!"

몹시 놀란 오 국태는 사실을 물어보려고 오후를 청하고, 먼저 성안에 사람들을 내보내 알아보니 돌아와서 하는 소리가 똑같았다.

"과연 맞습니다. 사위는 역관에서 쉬는데 수행 군사 500명이 돼지와 양을 마련하고 과일을 장만하며 혼례 준비를 합니다. 중매는 여자 집에서는 여범이고 남자 집에서는 손건인데 지금 역관에서 대접하고 있습니다."

오 국태는 매우 놀라, 손권이 뒤채로 들어와 뵙자 가슴을 치며 목 놓아 울었다.

"어머님은 어찌하여 근심하십니까?"

"너는 내가 아예 세상에 없는 듯이 대하는구나! 언니가 돌아가시기 전에 너에게 무슨 말을 부탁했더냐?"

"어머님께서 하실 말씀이 있으면 그냥 하시면 되는데 어찌 이러십니까?"

"남자가 자라면 장가가고 여자가 성숙하면 시집가는 것은 예나 이제나 다름없는 인생의 큰일이다. 나는 네 어머니이니 그런 일은 반드시 나에게 물어보아야 한다. 네가 유현덕을 누이의 남편으로 맞아들이면서 어찌 나를 속이느냐? 더욱이 이 아이야말로 내 친딸이 아니더냐?"

손권은 깜짝 놀랐다.

"어디서 그 말을 들으셨습니까?"

"사람들이 모르게 하려면 아예 하지 말아야 한다 [若要不知약요부지 除非莫爲제비막위]는 말이 있다. 온 성의 백성이 누구 하나 모르는 이가 있더냐? 그런데도 너는 나를 속이려 드느냐!"

오 국태가 화를 내자 교 국로가 끼어들었다.

"이 늙은이는 이 일을 안 지 이미 여러 날이 되어 오늘 특별히 축하드리러 왔소."

손권이 설명했다.

"그런 것이 아닙니다. 이는 주유의 계책입니다. 형주를 손에 넣으려는데 창칼을 놀리면 백성이 진창에 빠지고 불에 타는 꼴이 될까 두려워, 이것으로 유비를 꾀어 여기 가두고 형주를 바치도록 하려는 것입니다. 그가 말을 듣지 않으면 목을 치기로 하고요. 혼인은 일시 계책일 뿐 참뜻이 아닙니다."

오 국태는 크게 노해 주유를 욕했다.

"주유는 여섯 군 81개 고을의 대도독 노릇을 하면서도 그토록 형주를 얻을 꾀가 없어 내 딸을 미끼로 쓰려 하느냐! 유비를 죽이면 내 딸은 시집도 가보지 못하고 바로 청상과부가 된다. 그러면 또 어찌 다른 사람과 혼삿말을 떼겠느냐? 내 딸의 한평생을 망치는 것 아니냐? 너희가 참 좋은 짓을 한다!"

교 국로가 손권에게 충고했다.

"이런 계책으로는 형주를 얻더라도 천하 사람들의 비웃음을 받게 되니 어찌 이런 일을 할 수 있겠소?"

손권은 변명할 말이 없어졌다. 오 국태가 계속 주유를 욕하자 교 국로가 권했다.

"유현덕은 한의 황실 종친인데, 일이 이렇게 되었으니 정말 사위로 맞으면 망신을 당하지 않게 됩니다."

손권이 걱정했다.

"나이 차이가 커서 어울리지 못할까 두렵습니다."

교 국로는 벌써 유비 편이 되었다.

"유현덕은 당대의 호걸이오. 이런 남편을 얻는다면 누이에게도 욕되지 않을 것이오."

그제야 오 국태는 욕을 그쳤다.

"나는 유현덕을 모르니 내일 감로사에서 만나기로 약속해라. 그가 내 마음에 들지 않으면 너희 마음대로 하고, 내 마음에 들면 딸을 시집보내겠다."

손권은 효성이 지극한 사람이라 바로 응하고 나와서 여범을 불렀다.

"내일 감로사에서 잔치를 베푸시오. 국태께서 유비를 보겠다고 하시오."

여범이 제의했다.

"내일 가화에게 일러 칼잡이 300명을 양쪽 복도에 매복시키면 어떻겠습니까? 국태께서 유비를 싫어하시면 신호를 보내 일제히 뛰어나와 사로잡지요."

손권이 가화를 불렀다.

"미리 채비하고 국태의 움직임만 눈여겨보아라."

교 국로는 오 국태와 헤어져 집으로 돌아가 유비에게 사람을 보냈다.

"내일 감로사에서 오후와 국태께서 친히 만나려 하시니 잘 대비하시오!"

조운이 옆에서 말했다.

"내일 모임은 흉한 징조는 많고 길한 뜻은 적습니다. 이 운이 직접 500명 군사를 이끌고 호위하겠습니다."

이튿날 오 국태와 교 국로가 먼저 감로사에 가서 자리에 앉고, 뒤이어 손권이 모사들을 한 무리 거느리고 와서 여범을 보내 유비를 청했다. 유비가 안에 가벼운 갑옷을 걸치고 겉에 비단옷을 입자 따르는 사람이 등에 검을 메고 곁에 바짝 붙었다. 유비가 감로사로 떠나자 투구 쓰고 갑옷 입어 몸을 단단히 감싼 조운이 군사를 이끌고 따랐다.

일행이 절에 이르러 먼저 손권을 만나니 유비의 비범한 모습과 몸가짐에 손권은 두려운 마음이 들었다. 두 사람이 인사를 마치고 들어가 뵈니 오 국태는 유비를 보고 대단히 기뻐 대뜸 교 국로에게 선언했다.

"참으로 내 사위요!"

교 국로는 유비를 한껏 치켜세웠다.

"현덕은 용과 봉황의 자태가 있고, 하늘에 뜬 해의 모습이 있소이다. 게다가 인덕이 천하에 널리 퍼졌는데, 국태께서 이런 좋은 사위를 얻으시니 참으로 경축할 만하외다!"

【용과 봉황이니, 하늘의 해니 하는 것은 관상술에서 황제가 될 상이 있다는 말이다.】

유비가 절하여 인사하고 사람들이 잔치를 베푸는데 잠시 후 조운이 검을 차고 들어와 유비 옆에 서자 오 국태가 유비에게 물었다.

"이 사람은 누구요?"

"상산의 조자룡입니다."

오 국태가 알 만하다는 듯 경탄했다.

"혹시 당양 장판 언덕에서 아두를 안았던 사람이 아니오?"

"그렇습니다."

"진짜 장군이오!"

오 국태는 조운에게 술을 내렸다.

조운이 유비에게 나직이 속삭였다.

"방금 복도를 돌아보니 칼잡이들이 매복했습니다. 반드시 좋은 뜻이 아니니 국태께 여쭈십시오."

유비는 오 국태 앞에 풀썩 꿇어앉아 눈물을 주르르 흘렸다.

"국태께서 이 비를 죽이시려면 바로 죽여주십시오."

"어이하여 그런 말을 하오?"

"복도에 칼잡이들을 매복시켰으니 비를 죽이려는 게 아니고 무엇이겠습니까?"

오 국태는 크게 노해 손권을 꾸짖었다.

"오늘 현덕이 내 사위가 되었으니 바로 내 자식이다. 어찌하여 칼잡이들을 매복시켰느냐?"

손권은 모르는 일이라 발뺌하며 여범을 부르고, 여범은 얼른 가화의 짓인 양 둘러대니 가화는 아무 말도 못 했다.

"당장 저놈 목을 쳐라!"

오 국태가 호령하자 유비가 권했다.

"이 비 때문에 대장을 죽이면 비의 마음인들 편안하겠습니까? 혼사에 이롭지 못하고 비가 국태 슬하에 오래 있기 어려워집니다."

교 국로도 용서를 권해 오 국태는 가화를 꾸짖어 물리쳤다. 칼잡이들은 머리를 싸쥐고 놀란 쥐새끼 도망가듯 뺑소니치고 오 국태는 먼저 돌아갔다.

유비가 뒤를 보러 전각 앞에 나와 보니 마당에 큼직한 바위가 하나 있었다. 유비는 따르는 사람이 찬 검을 뽑아 들고 하늘을 우러러 기원했다.

'만약 유비가 형주로 돌아가 왕자와 패자의 위업을 이룰 수 있다면 단칼에

◀ 오 국태는 유비 앞에서 가화 꾸짖고

바위를 두 토막 내고, 만약 이 땅에서 죽게 된다면 쪼개지지 않게 하소서.'

손을 번쩍 들어 검을 휙 내리치니 불꽃이 튀면서 바위가 두 토막 났다. 손권이 뒤에서 그 광경을 보고 물었다.

"현덕 공은 어찌 그렇게 바위를 미워하시오?"

유비가 적당히 둘러댔다.

"이 비는 나이 쉰에 가까운데 나라를 위해 도적 무리를 쓸어 없애지 못해 늘 한스러워하오. 이제 국태께서 사위로 받아주셨으니 평생에 만나기 드문 좋은 기회요. 방금 하늘에 물어 만약 조조를 깨뜨려 한을 흥하게 할 수 있다면 이 바위를 찍어 갈라지게 해달라고 빌었더니 과연 뜻대로 되었소."

'유비는 이 말로 나를 속이는 것이 아닐까?'

손권 역시 검을 뽑아 들고 유비에게 말했다.

"나도 하늘의 뜻을 점쳐야겠소. 조조 도적놈을 깨뜨릴 수 있다면 이 바위를 자르게 해달라고 말이오."

그러나 마음속으로는 다른 것을 빌었다.

'만약 형주를 얻어 오를 흥성하게 할 수 있다면 바위를 찍어 두 토막 나게 하소서!'

손권이 손을 들어 검을 내리치니 역시 바위가 쪼개졌다. 그 바위 위에는 지금도 두 사람이 검으로 찍은 열 십(十)자 무늬가 남아 있고, 한을 품고 찍었다 하여 '한석(恨石)'이라 부른다. 두 사람은 검을 던지더니 손을 맞잡고 술자리로 돌아왔다. 몇 순 마신 다음 손건이 눈짓해 유비는 일어섰다.

"이 비는 술기운을 당할 수 없으니 물러가겠소."

손권이 유비를 배웅해 절 앞까지 나가 나란히 강과 산의 경치를 바라보니 유비가 감탄했다.

"이곳은 정말 천하제일강산이오!"

이 말 때문에 지금도 감로사 현판에는 '천하제일강산'이라고 쓰여 있다.

두 사람이 경치를 구경하는데 강바람이 세차게 불고 물결이 눈보라 일 듯 출렁이며 흰 파도가 하늘에 솟구쳤다. 별안간 쪽배 하나가 파도를 타고 수면을 스쳐 지나가니 마치 사람이 평지를 걷는 듯해 유비가 감탄했다.

"사람들이 '남방 사람은 배를 몰고 북방 사람은 말을 탄다'고 하더니 과연 그러하오."

손권은 그 말이 어딘가 귀에 거슬렸다.

'유비는 내가 말을 타는 데 익숙하지 못하다고 놀리는 건가?'

손권은 곧 말을 끌어오게 하여 몸을 날려 말에 올라 바람같이 산 아래로 달려 내려가더니 다시 채찍질해 고개로 올라와 웃으며 물었다.

"이래도 남방 사람이 말을 타지 못한다 하겠소?"

유비도 옷자락을 걷어 올리더니 말 등에 훌쩍 뛰어올라 나는 듯이 산 아래로 달려 내려갔다가 치달아 올라왔다. 두 사람은 산언덕에 말을 세우고 채찍을 휘두르며 껄껄 웃었다. 그곳은 말을 세운 언덕이라 하여 지금도 주마파(駐馬坡)라 부른다.

두 사람이 고삐를 나란히 하고 남서로 돌아오니 백성이 모두 경사를 축하했다. 유비가 역관으로 돌아가자 손건이 꾀를 냈다.

"주공께서는 교 국로에게 부탁해 다른 일이 없도록 빨리 혼인을 이루셔야 합니다."

이튿날 유비가 교 국로 저택을 찾아갔다.

"강동에는 이 비를 해치려는 사람이 많아 오래 머물지 못하겠습니다."

"현덕은 마음 놓으시오. 내가 국태께 알려 공을 보호하도록 하겠소."

유비가 돌아가자 교 국로는 오 국태를 찾아갔다.

"현덕은 남들이 해치려 할까 두려워 급히 돌아가려 합니다."

"내 사위를 누가 감히 해친단 말이오!"

크게 노한 오 국태는 즉시 유비를 장군부 서원에 옮겨 쉬게 하고 좋은 날짜를 골라 성혼하게 했다. 유비가 오 국태에게 청했다.

"조운이 밖에 있으니 군사를 단속할 사람이 없어 걱정입니다."

오 국태는 유비 군사가 말썽에 휩싸이지 않도록 모두 장군부로 옮겨오게 했다.

며칠 안에 큰 잔치가 벌어져 손 부인과 유비는 부부가 되었다. 밤이 되어 손님들이 흩어진 뒤, 두 줄 붉은 촛불이 늘어선 가운데로 사람들이 유비를 모셔 신방으로 들어갔다. 유비가 등불 밑에서 보니 방에는 창칼이 가득한데 시녀들이 모두 허리에 검을 차거나 칼을 드리우고 양쪽에 서 있었다. 무시무시한 광경에 유비는 그만 질겁해 넋이 허공으로 달아났다.

이야말로

놀랍다, 시녀들 칼 들었으니
오 군사 매복하지 않았을까

도대체 무슨 까닭일까?

55

부인 손해 보고 군사도 잃었네

현덕은 슬기롭게 손 부인 자극하고
공명은 두 번째 주유 화를 돋우다

신방에 창칼이 삼엄하고 시녀들도 모두 검을 차고 있어 유비의 낯빛이 하얗게 질리자 집안일을 맡은 여인이 설명했다.

"귀인께서는 놀라지 마세요. 부인께서는 어릴 때부터 무예를 좋아하시어 집에서 늘 시녀들에게 검술을 하게 하여 즐거움으로 삼으셨습니다. 그래서 방에 창칼이 있고 시녀들이 검을 찬 것입니다."

귀인은 신랑을 부르는 말이었다. 그래도 유비는 꺼림칙했다.

"이건 부인께서 하실 일이 아니오. 내 마음이 불안하니 치우게 해주시오."

집안일을 맡은 여인이 가서 여쭈니 손 부인은 싱긋 웃었다.

"반평생 싸움을 하시고도 병기가 무서우신가!"

부인의 한마디로 병기를 치우고 시녀들은 검을 풀고 시중을 들었다. 그날 밤 유비와 손 부인이 성혼하는데 서로 정이 잘 어울려 매우 즐거웠다. 유비는 금과 비단을 흩어 시녀들 마음을 사고, 손건을 형주로 돌려보내 소식을 전했다. 이때부터 며칠 술을 마시며 잔치를 벌이는데, 오 국태는 유비를 지극히 아끼고 존경했다.

손권은 시상에 사람을 보내 주유에게 알렸다.

'어머님이 힘껏 주장하시어 누이를 유비에게 시집보냈소. 거짓으로 시작한 일이 뜻밖에도 진실이 되었으니 어찌하면 좋겠소?'

주유는 깜짝 놀라 앉으나 서나 불안했다. 궁리 끝에 계책을 하나 내고 사자에게 밀서를 주어 돌려보냈다.

'이 유가 꾀한 일이 뒤집힐 줄 몰랐으니 다시 계책을 써야 합니다. 유비는 사나운 영웅으로 관우와 장비, 조운 같은 맹장들을 거느리는 데다 제갈량이 꾀를 내니 남의 아래에 있을 사람이 아닙니다. 제 어리석은 생각으로는 그를 오 땅에 오래 묶어두는 것이 좋습니다. 화려한 궁전을 지어 큰 뜻을 잃게 하고, 아리따운 소녀와 좋은 노리개를 많이 주어 귀와 눈을 즐겁게 하여 관우, 장비와 정이 멀어지고 제갈량과 떨어지게 만드는 것입니다. 그렇게 해서 무리가 흩어진 뒤 군사를 움직이면 대사를 결정할 수 있습니다. 지금 그를 풀어 보내면 교룡이 구름과 비를 얻는 격이라 작은 못 속에 있을 물건이 아니니 주공께서는 깊이 생각하시기 바랍니다.'

손권은 주유의 글을 장소에게 보여주었다.

"공근의 꾀는 바로 어리석은 이 소의 뜻과 같습니다. 유비는 보잘것없는 집안에서 자라 부귀를 누린 적이 없습니다. 화려한 대청과 큰 집을 주고 미녀와 금, 비단을 선사해 부귀를 누리게 하면 자연히 공명과 운장, 익덕의 무리를 멀리하게 되니, 그들이 서로 원망하는 마음이 생기면 형주를 공략할 수 있습니다. 주공께서는 어서 공근의 계책에 따라 움직이십시오."

그날부터 손권은 동쪽 부를 수리해 꽃과 나무를 많이 심고, 살림에 쓸 물품을 잔뜩 마련해 유비와 누이를 들게 했다. 또 음악을 하는 여인 수십 명을 늘려주고 금, 옥, 비단과 재미있는 노리개들을 숱하게 주었다. 오 국태는 손권이 좋은 뜻에서 그러는 줄 알고 기뻐 어쩔 줄 몰랐다. 유비는 과연 듣기 좋은 음악과 보기 좋은 미색에 홀려 형주로 돌아갈 생각을 하지 않았다.

조운은 동쪽 부 앞에 주둔하면서, 할 일이 없어 성 밖에 나가 활을 쏘고 말을 달리다 연말이 가까워지자 불현듯 깨달았다.

'제갈 군사께서 비단 주머니 세 개를 주셨다. 남서에 이르러 첫 주머니를 열어보고, 해가 바뀔 때 둘째 주머니를 열어보며, 위급해 나아갈 길이 없을 때 셋째 주머니를 열어보라고 하셨다. 그 속에 신기한 계책이 있으니 반드시 주공을 모시고 돌아갈 수 있다. 해가 지나는데도 주공께서 부귀에 빠져 나를 만나지 않으시니 둘째 주머니를 열어보아야 한다.'

주머니를 열어본 조운은 감탄이 절로 나왔다.

"이런 신묘한 계책이 있었구나!"

곧장 동쪽 부에 들어가 놀란 듯이 유비를 뵈었다.

"주공께서는 화려한 집에 깊숙이 드시어 형주는 생각하지 않으십니까?"

"무슨 일이 있어 이처럼 놀라오?"

조운이 계책대로 고했다.

"오늘 아침 제갈 군사가 사람을 보내 보고를 올렸습니다. 조조가 적벽에서 패한 한을 풀려고 정예 군사 50만을 일으켜 형주로 달려오고 있답니다. 매우 위급하니 주공께서 바로 돌아오시기를 청합니다."

유비는 선뜻 움직이지 않았다.

"부인과 상의해봐야 하오."

"그러면 주공을 돌려보내지 않으실 것입니다. 아무 말도 마시고 바로 오늘 밤에 길을 떠나셔야 합니다. 늦어지면 일을 그르칩니다!"

조운이 다그쳤으나 유비는 뒤로 미루었다.

玄德智激孫夫人
三國演義播圖之八十二
乙酉年春 燕雄畫

"자룡은 잠시 물러가오. 내가 마땅히 해야 할 도리가 있소."

유비가 안방에 들어가 소리 없이 눈물을 흘리자 손 부인이 물었다.

"어찌하여 근심하세요?"

"이 비는 타향을 떠돌며 부모님이 살아계실 때도 제대로 모시지 못하고, 돌아가신 뒤에도 제사를 지내지 못하니 불효막심이오. 새해가 다가오니 참으로 답답하고 울적하구려."

유비의 거짓말은 먹혀들지 않았다.

"나를 속이지 마세요. 내가 이미 들었어요! 방금 조자룡이 형주가 위급하다고 보고해, 낭군이 돌아가고 싶어 이런 구실을 대시지요?"

유비는 무릎을 꿇고 사정을 설명했다.

"부인이 이미 아는데 어찌 감히 속이겠소. 이 비가 가지 않으려고 보면 형주를 잃어 천하 사람들 비웃음을 살 것이고, 가려고 보면 부인과 헤어지기 아쉬워 걱정하는 것이오."

손 부인이 시원스레 대답했다.

"첩은 낭군을 섬기는 몸이니 어디든 따라가야지요."

"부인 마음은 그러하나 국태와 오후께서 어찌 부인을 놓아 보내겠소? 부인이 유비를 가엾게 여긴다면 잠시 헤어져야 하겠소. 만약 유비가 형주 싸움에서 죽더라도 부인이 다른 호걸을 섬기지 않으면 이 비는 땅속에서도 은혜를 고맙게 여기겠소."

그 말에 손 부인은 기분이 좋지 않았다.

"어찌 그처럼 불길한 말씀을 하세요?"

"이런 속담이 있지 않소? '귀한 집 도련님이 잔치에 가면 취하지 않으면 배부르고, 장수가 진을 나서면 죽지 않으면 다친다'. 적과 싸우러 가는 사람이

◀ 유비는 손 부인 앞에서 무릎 꿇어

어찌 반드시 무사하다고 장담할 수 있겠소?"

유비가 또 눈물을 비 오듯 흘리니 손 부인이 권했다.

"걱정하지 마세요. 첩이 어머님께 애원하면 반드시 첩을 놓아주어 낭군과 함께 가게 하실 거예요."

"국태께서 허락하시더라도 오후는 반드시 막을 것이오."

손 부인은 한참 생각하다 입을 열었다.

"첩과 낭군이 정월 초하루 어머님께 절을 올릴 때, 조상께 제사를 지내러 강변에 간다는 구실을 대고 사람들에게 말하지 않고 떠나면 어떻겠어요?"

유비는 풀썩 꿇어앉아 고마워했다.

"그렇게 하면 참으로 좋겠소! 절대 말이 새나가지 않아야 하오."

손 부인과 상의를 마치고 유비는 가만히 조운을 불렀다.

"정월 초하루에 군사를 이끌고 성을 나가 큰길에서 기다리시오. 나는 조상께 제사를 지낸다는 핑계로 아내와 함께 가겠소."

건안 15년(210년) 정월 초하루, 손권은 장군부 대청에서 문무백관을 모아 신년 하례를 했다. 유비와 손 부인은 안채에 들어가 오 국태에게 절을 하고 손 부인이 말씀을 올렸다.

"남편은 탁군에 있는 부모님과 조상 무덤을 생각하고 밤낮 슬퍼합니다. 오늘 강변에 나가 북쪽을 바라보며 제사를 지내려고 하니 어머님께 먼저 말씀 드립니다."

오 국태는 선선히 허락했다.

"이는 크나큰 효도인데 내가 어찌 허락하지 않겠느냐? 너는 시부모님을 뵙지 못했으니 낭군과 함께 가서 제사를 지내라. 그것이 아내 된 도리를 다하는 것이다."

손 부인은 유비와 함께 절해 감사드리고 나갔다.

손 부인은 가지고 가기 쉬운 귀중한 옷과 값진 장신구들만 지니고 수레에 탔다. 유비가 말에 올라 성 밖으로 나가 조운과 만나니 500명 군사가 수레 앞을 가리고 뒤를 막으면서 남서를 떠나 길을 재촉했다.

이날 손권은 잔뜩 취해 부축을 받아 뒤채로 들어가고 부하들은 모두 흩어졌다. 유비와 손 부인이 도망간 소식을 부하들이 알았을 때는 날이 저문 뒤였다. 보고를 드리려 해도 손권은 취해 깨어나지 못하고 이튿날 동틀 때가 되어서야 정신을 차렸다. 그제야 유비를 놓쳤다는 보고를 받고 손권이 급히 사람들을 부르니 장소가 말했다.

"그가 가버리면 반드시 우리 화가 되니 급히 쫓아가게 하십시오."

손권은 진무와 반장에게 명했다.

"500명 정예 군사를 골라 밤낮으로 달려가 두 사람을 잡아오너라."

손권은 생각할수록 유비가 미웠다. 화가 북받쳐 상 위의 옥 벼루를 땅에 내동댕이쳐 박살을 내자 정보가 충고했다.

"주공께서는 헛되이 노기를 품으셨습니다. 진무와 반장은 유비를 사로잡지 못합니다."

"그들이 어찌 감히 내 명령을 거스르겠소?"

"군주(郡主, 손 부인)는 어릴 적부터 무예를 좋아하고 줏대가 강해 장수들이 두려워합니다. 군주가 유비를 따르니 반드시 마음을 합쳐 떠나는 것인데, 장수들이 어찌 군주에게 손을 대려 하겠습니까?"

손권은 분통이 터져 허리에 찬 검을 뽑아 들고 장흠과 주태를 불렀다.

"두 사람은 이 검으로 누이와 유비 머리를 베어 오게! 명을 어기는 자는 목을 치겠네!"

장흠과 주태는 1000명 군사를 이끌고 유비를 추격했다.

유비는 길을 다그쳐 밤에도 조금만 쉬고 급히 움직였다. 차츰 시상 경계에 가까워져 뒤를 돌아보니 먼지가 보얗게 일었다.

"우리를 추격하는 군사가 금방 따라오겠습니다!"

부하의 보고에 조운이 나섰다.

"주공께서는 먼저 가십시오. 이 운이 뒤를 막겠습니다."

그러나 산기슭을 돌아가자 추격 군사가 이르기도 전에 다른 군사가 길을 막고 대장 둘이 날카롭게 외쳤다.

"유비는 빨리 말에서 내려 밧줄을 받아라! 주 도독 군령을 받들고 기다린 지 오래다!"

시상에서 주유는 유비가 달아날 것에 대비해 확실한 증명 없이는 함부로 배를 띄우지 못하도록 강변을 단속했다. 서성과 정봉에게 3000명 군사를 이끌고 뭍의 중요한 길목에 영채를 세우고, 군사들을 높은 곳에 올려보내 멀리 살피게 했다. 유비가 뭍으로 간다면 이 길밖에 없었기 때문이다. 이날 높은 곳에 오른 군사가 유비 일행이 오는 것을 보고 두 사람이 길을 막은 것이다.

유비가 황급히 말머리를 돌리는데 조운은 믿는 바가 있었다.

"주공께서는 당황하지 마십시오. 제갈 군사가 비단 주머니에 묘한 계책 세 가지를 주셨는데, 두 가지는 이미 잘 맞아떨어졌습니다. 위급한 고비에 마지막 주머니를 열어보라 하셨으니 지금 열겠습니다."

조운이 주머니를 열어 바치자 유비가 보고 수레 앞에 가서 눈물을 흘리며 청했다.

"이 비에게 마음속 말이 있어 부인께 하소연하오."

"낭군께서 하실 말씀이 있으면 언제든 말해주세요."

"오후는 주유의 계책에 따라 부인에게 이 비를 신랑으로 맞게 했는데, 실은 부인을 위해서가 아니라 비를 가두어 형주를 빼앗기 위해서였소. 형주를 빼앗고 비를 죽이려고 부인을 향기로운 미끼로 삼아 비를 낚은 것이오. 비는 만

번 죽을 것을 알면서도 두려워하지 않고 부인께 왔으니, 부인이 영웅의 흉금을 지녀 비를 가엾게 여길 것을 알았기 때문이오. 그런데 오후가 곧 비를 해치려 한다는 소식을 듣고 형주 일을 핑계 대고 돌아가려고 했소. 다행히 부인이 비를 버리지 않아 여기까지 함께 오게 되었는데, 지금 오후가 보낸 군사가 뒤를 쫓고, 주유가 푼 군사가 앞을 막았소. 부인이 아니면 이 위험을 풀 수 없으니 허락하지 않으시면 비는 수레 앞에서 죽어 부인 은덕에 보답하려 하오."

손 부인은 매우 화가 치밀었다.

"내 오라버니가 나를 혈육으로 보지 않는데 내가 어찌 다시 만나겠어요! 오늘의 위험은 첩이 마땅히 풀겠어요."

손 부인은 수레를 밀고 나아가 발을 걷어 올리고 서성과 정봉을 불러 호통쳤다.

"두 사람은 반란을 꾀하느냐?"

두 장수는 황급히 말에서 내려 병기를 땅에 던지고 인사를 올렸다.

"어찌 감히 반란을 꾀하겠습니까? 주 도독 군령을 받들고 여기서 유비를 기다렸습니다."

손 부인은 크게 노해 소리쳤다.

"주유, 이 역적 놈아! 우리 오에서 언제 너를 섭섭하게 대했더냐? 현덕은 한의 황숙이시자 내 남편이다. 내가 이미 어머님과 오라버니에게 형주로 돌아가는 일을 고했는데 너희가 산기슭에서 길을 막으니 우리 부부의 재물을 빼앗으려는 것이냐?"

서성과 정봉은 어쩔 줄을 몰랐다.

"어찌 감히 그런 짓을 하겠습니까? 부인께서는 화를 푸십시오. 이것은 저희 생각이 아니라 도독의 군령에 따른 것입니다."

손 부인이 위풍을 떨쳐 꾸짖었다.

"너희는 주유만 무섭고 나는 무섭지 않으냐? 주유가 너희를 죽일 수 있다면 나는 주유를 죽일 수 없단 말이냐? 너희는 어서 돌아가 주유에게 전하라. 우리 부부가 형주로 돌아가는 것이 저와 무슨 상관이냐고. 내 오라버니 오후도 나에게는 늘 양보하는데 하물며 주유 그 하찮은 놈이야 어떠하겠느냐?"

한바탕 욕한 손 부인이 호령해 수레를 밀고 나아가니 딱해진 서성과 정봉은 궁리했다.

'우리는 아랫사람인데 어찌 부인 뜻을 거스르겠는가?'

더구나 조운이 잔뜩 노기를 띠고 있어, 두 사람은 어쩔 수 없이 길을 비켜주었다. 유비가 5리쯤 갔을까, 뒤에서 쫓는 진무와 반장이 이르러 서성과 정봉이 앞서 있었던 일을 이야기하니 두 사람이 아쉬워했다.

"그를 놓아준 것은 잘못일세. 우리는 오후 명을 받들고 그를 잡으려고 쫓아온 걸세."

네 장수는 군사를 합쳐 유비를 쫓아갔다. 유비가 길을 다그치는데 뒤에서 고함이 요란하니 손 부인에게 다시 애원했다.

"추격 군사가 또 이르니 어찌하오?"

손 부인이 시원스레 대답했다.

"낭군님은 먼저 가세요. 저와 자룡이 뒤를 막겠어요."

유비는 300명 군사를 이끌고 먼저 강기슭으로 향하고, 조운은 손 부인 수레 곁에 말을 세우고 군사를 벌려 추격 군사를 기다렸다. 네 장수가 달려와 말에서 내려 인사를 드리자 손 부인이 물었다.

"진무와 반장, 두 장수는 무얼 하러 왔는가?"

"주공 명을 받들고 부인과 현덕을 청해 돌아가려고 왔습니다."

손 부인은 정색하고 꾸짖었다.

"너희가 우리 오누이 사이를 벌어지게 하려느냐? 나는 이미 시집을 갔으니 시댁으로 가는 것은 사사로이 사내와 정을 통해 달아나는 것이 아니다. 나는 우리 부부를 형주로 돌려보내시는 어머님의 자애로운 뜻을 받들었다. 내 오라버니가 오더라도 반드시 예절을 갖추어 움직여야 하거늘 너희가 군사를 끌고 와서 우쭐거리니 나를 죽이겠단 말이냐?”

매서운 욕에 네 사람은 서로 얼굴을 뻔히 바라보며 생각을 굴렸다.

‘오후와 부인은 언제까지나 타고난 오누이다. 게다가 국태께서 주장하신 일이라니, 오후는 효성이 지극하신데 어찌 어머니 말을 거스르겠는가? 오후가 나 몰라라 태도를 바꾸면 모든 게 우리 탓이 되니 여기서 인정을 베푸는 게 낫지 않겠나?’

유비는 보이지도 않고 조운이 앞에서 눈을 딱 부릅뜨고 눈썹을 곤두세우며 한바탕 싸우려고 벼르는 터라 네 장수는 하는 수 없이 ‘네네’ 하면서 물러갔다. 손 부인은 다시 수레를 밀게 했다.

뒤에 남은 서성이 제안했다.

“우리 네 사람이 함께 주 도독을 찾아뵙고 이 일을 보고하세.”

다른 세 사람은 어찌해야 좋을지 몰라 머뭇거리는데 또 군사가 한 대 회오리바람처럼 몰려오니 장흠과 주태였다. 네 사람이 지난 일을 말하자 장흠이 사연을 밝혔다.

“주공께서는 이렇게 될까 염려해 검을 내리셨네. 누이를 죽이고 유비 머리를 베라고 말일세. 명을 거스르는 자는 목을 친다고 하셨네!”

네 장수는 난처해졌다.

“이미 멀리 갔는데 어찌하오?”

장흠이 서둘렀다.

“그들은 보병이라 빨리 가지 못하네. 시상의 두 장군은 어서 도독께 보고해 물길로 급히 쫓아가고, 우리 네 사람은 기슭으로 달려가세. 어디서든 만나면 바로 죽여 버리세."

서성과 정봉은 주유에게 달려가고, 장흠, 주태, 진무, 반장은 강변을 따라 쫓아갔다.

유비 일행은 시상을 꽤 멀리 지나쳐 유랑포에 이르러서야 마음이 조금 놓였다. 강기슭을 훑으며 배를 찾는데 강물만 눈에 들어올 뿐 배라고는 보이지 않았다. 유비가 머리를 숙이고 생각에 잠기니 조운이 위로했다.

"주공께서는 호랑이 입을 벗어나 이미 우리 땅에 가까워지셨습니다. 제가 헤아려보면 군사께서 반드시 대비하셨을 것이니 걱정하지 않으셔도 됩니다."

유비는 불현듯 번화한 오에서 편안히 지내던 일이 떠올라 저도 모르게 눈물이 나왔다. 별안간 뒤에서 먼지가 하늘로 솟구친다고 하여 유비가 높은 곳에 올라 바라보니 말 탄 군사들이 땅을 뒤덮으며 몰려와 한숨을 쉬었다.

"밤낮으로 달려 사람은 곤하고 말은 지쳤는데, 또 추격 군사가 이르니 죽어도 묻힐 곳이 없구나!"

고함이 점점 가까워져 유비가 당황해 어쩔 줄 모르는데 갑자기 앞쪽 강기슭에 지붕을 얹은 배 20여 척이 들어와 닻을 내렸다. 기슭을 돌며 배를 찾던 조운이 기뻐했다.

"하늘이 굽어살피시어 여기 배가 있습니다! 어서 타고 우선 맞은편으로 건너가시지요!"

유비와 손 부인이 달려가 배에 오르고 조운도 500명 군사를 이끌고 모두 탔다. 선창에서 푸른 윤건을 쓰고 도복을 입은 사람이 허허 웃으며 나왔다.

"주공께서는 기뻐하십시오! 제갈량이 여기서 기다린 지 오랩니다."

배 안의 장사꾼으로 꾸민 사람들은 모두 형주 수군이라 유비는 매우 기뻤다. 뒤이어 장흠을 비롯한 네 장수가 기슭에 이르니 제갈량은 웃으며 그들을 가리켰다.

"내가 벌써 헤아린 지 오래다. 너희는 돌아가 주랑에게 다시는 이런 수작을 부리지 말라 일러라."

언덕 위의 군사가 어지러이 화살을 날렸으나 배들은 이미 멀리 떠나 순풍에 돛을 높이고 상류를 향해 갔다. 네 장수는 멍하니 바라볼 수밖에 없었다.

유비와 제갈량의 배가 빠르게 미끄러져 가는데 별안간 강 아래쪽에서 요란한 소리가 울려 돌아보니 수없이 많은 싸움배가 다가왔다. 원수 '수'자를 수놓은 지휘 깃발 아래 주유가 직접 정예 수군을 거느렸는데 왼쪽에는 황개가 있고 오른쪽에는 한당이 있었다. 그 굳센 기세는 나는 듯이 내달리는 말인 듯하고, 재빠른 움직임은 하늘에서 떨어지는 별똥인 듯했다.

오의 싸움배들이 따라잡으려 하자 제갈량은 배를 북쪽 기슭에 대고 모두 뭍으로 올라가게 했다. 일행은 기슭에 올라 말과 수레에 오르고, 수레도 말도 없는 군졸들은 두 다리를 부지런히 놀려 길을 재촉했다.

주유도 강변으로 따라와 오의 장졸들 역시 모두 기슭에 올라 쫓아왔다. 주유가 앞장서서 말을 달리는데 장수들이 바짝 뒤따르니 한참 가다 물었다.

"이곳은 어디냐?"

"조금만 더 가면 황주 경계에 들어섭니다."

앞을 바라보니 유비 일행의 수레와 말이 별로 멀지 않은 곳에서 움직여, 주유는 군사를 재촉해 죽으라고 달려갔다. 별안간 북소리가 '둥!' 울리며 산속에서 칼을 든 군사 한 떼가 몰려나오니 앞장선 대장은 관우였다.

주유는 그만 손발을 어찌 놀리면 좋을지 몰라 급히 말을 돌려 달아났다. 관우에게 잡히지 않으려고 정신없이 달려가는데 왼쪽으로는 황충이 나오고, 오른쪽으로는 위연이 나타나 오군은 크게 패하고 말았다.

주유가 겨우 배에 내려가자 언덕 위에서 군사들이 일제히 높이 외쳤다.

"주랑의 묘한 계책 천하를 편안히 하는구나! 부인 손해 보고 군사마저 잃었네!"

주유는 분통이 치밀었다.

"다시 기슭에 올라 죽기를 무릅쓰고 한번 싸우자!"

황개와 한당이 힘껏 막는데 주유는 생각할수록 기가 막혔다.

'내 계책이 이루어지지 않았으니 무슨 얼굴로 오후를 뵙겠는가!'

별안간 '으악!' 소리와 더불어 화살 상처가 찢어지면서 주유는 배 안에 쓰러졌다. 장수들이 급히 구해 일으키려고 보니 벌써 정신을 잃었다.

이야말로

두 번이나 재주 부리다 메주 쑤었으니

오늘은 분한데 부끄러움까지 곁들이네

주유는 살 수 있을까?

56

활솜씨 화려한 동작대 큰 잔치

조조는 동작대에서 큰 잔치 벌이고
공명은 세 번째 주공근 화 돋우다

장수들은 까무러친 주유를 구해 배를 몰아 달아났다. 제갈량은 군사들에게 쫓지 말게 하고 형주로 돌아가 기쁜 일을 축하하면서 모두에게 상을 내렸다.

주유는 시상으로 돌아가고 장흠을 비롯한 군사는 남서로 돌아가 손권에게 보고했다. 손권은 분노를 참을 수 없어 정보를 도독으로 세워 군사를 모두 일으켜 형주를 치려고 했다. 주유 또한 글을 올려서 한을 씻기를 청하자 장소가 손권에게 말씀을 올렸다.

"아니 됩니다. 조조가 밤낮으로 적벽의 원한을 풀려고 해도 손씨와 유씨가 마음을 합친 것이 두려워 감히 군사를 일으키지 못합니다. 그런데 주공께서 일시 분을 참지 못하시어 유비와 서로 삼키려 들면, 조조가 반드시 틈을 타 남쪽으로 내려오니 형세가 위급해집니다."

고옹도 같은 생각이었다.

"허도에서 정탐하지 않을 리 없는데 손씨와 유씨 사이가 벌어진 사실을 알면 조조는 유비와 결탁하고, 유비 또한 주공이 두려우면 조조에게 붙습니다. 그렇게 되면 강남이 편할 날이 없습니다. 조정에 표문을 올려 유비를 형주 자사로 추천하는 것이 더 좋습니다. 조조가 알면 두려워 감히 군사를 풀지 못하고, 유비 쪽에서는 주공을 미워하지 않게 됩니다. 그런 뒤 사람을 보내 조조와 유비 사이가 벌어지게 하는 계책을 써서 서로 싸우게 하고, 우리가 틈을 타서 꾀하면 됩니다."

손권이 생각을 돌리고 조조에게 사자로 갈 사람을 찾으니 고옹이 귀띔했다.

"조조가 존경하고 우러르는 사람이 있으니 예장 태수로 있던 화흠입니다."

손권은 화흠에게 표문을 주고 조조에게 가서 유비와 사이가 벌어지게 해달라고 가만히 부탁했다. 화흠은 조조가 업군에서 문무백관과 함께 동작대 완공을 경축한다는 말을 듣고 찾아가 만나주기를 기다렸다.

조조는 적벽에서 패한 뒤 자나 깨나 승부를 되돌릴 일만 생각하는데 손권과 유비가 손을 잡고 있어 섣불리 싸우지 못했다. 건안 15년(210년) 봄, 동작대가 완성되자 조조는 문관과 무장을 모두 모아 잔치를 베풀었다. 동작대는 장하 기슭에 있는데, 그 이름이 가운데 대는 동작이고 왼쪽 대는 옥룡이며 오른쪽 대는 금봉이었다. 수많은 문이 있고 멋지게 장식되어 찬란한 금빛을 뿌리는 세 대는 높이가 100자인데, 위에 다리 둘이 놓여 서로 통했다.

조조는 보석 박은 금관에 녹색 비단 두루마기를 입고, 허리에 옥띠를 두르며 구슬 신을 신고 대 위에 높직이 앉고, 백관은 모두 대 아래에 모시고 섰다. 조조는 무장들 활 솜씨를 구경하고 싶어 서천에서 나는 붉은 비단 전포 한 벌을 수양버들 가지에 걸고, 그 밑에 과녁을 세워 백 걸음 앞에서 활을 쏘게 했다.

무장들을 두 줄로 나누어, 조씨 종족은 붉은 전포를 입고 다른 장수들은 푸른 전포를 입었다. 각기 멋진 무늬와 그림으로 장식한 활과 화살을 들고 말에 올라, 고삐를 당겨 말을 세우고 지휘를 받으니 조조가 영을 내렸다.

"과녁 가운데 붉은 동그라미를 맞히면 징을 울리고 북을 두드려 경축하고, 비단 전포를 내려라. 맞히지 못하면 벌로 물을 한 잔 마시게 한다. 활을 쏠 사람은 쏘고 쏘지 못할 사람은 명령을 들으며 진을 감독하라."

호령이 떨어지자 붉은 전포 줄에서 소년 장수가 말을 몰고 나오니 조휴(曹休)였다. 조조의 집안 조카로 자가 문열(文烈)이며 조조를 호위하는 정예 기병 부대 대장이었다. 사람들은 모두 갈채를 보냈다. 조휴가 나는 듯이 말을 달려 세 번 오고 가더니 시위에 살을 먹여 날리니 바로 과녁 중앙 붉은 동그라미에 꽂혔다. 징과 북이 일제히 울리고 사람들은 모두 박수를 보냈다. 조조는 대 위에서 바라보고 흐뭇해했다.

"우리 집안의 천리구(千里駒)로다!"

【천리구란 천 리를 달리는 망아지라는 뜻으로 어린 인재를 칭찬하는 말이었다.】

조조가 비단 전포를 내리려 하는데 푸른 전포 줄에서 장수가 나왔다.

"승상의 비단 전포는 성이 다른 우리가 먼저 차지해야지 순서를 따지지 않고 종족이 먼저 가져가면 바람직하지 않습니다."

조조가 보니 문빙이었다. 사람들이 말했다.

"문중업이 어찌 쏘는지 좀 봅시다."

문빙이 활을 들고 말을 달리다 살을 쏘아 역시 붉은 동그라미를 맞히니 사람들이 모두 갈채를 터뜨리고 징과 북이 마구 울렸다. 문빙이 높이 외쳤다.

"어서 전포를 가져오너라!"

붉은 전포 줄에서 장수가 나는 듯이 말을 달려 나오며 날카롭게 소리쳤다.

"문열이 먼저 쏘았는데 그대가 어찌 다투는가? 내가 두 화살에 화해를 붙이겠네!"

장수가 활을 잔뜩 당겨 살을 날리니 역시 붉은 동그라미에 꽂혔다. 사람들

이 일제히 감탄하면서 보니 조홍이었다. 조홍이 막 전포를 차지하려 하는데 또 푸른 전포 장수가 나와 활을 쳐들고 외쳤다.

"세 사람 활 솜씨가 기이할 게 무언가! 내가 쏘는 걸 보게!"

장합이었다. 나는 듯이 말을 달리다 몸을 뒤집으며 등 뒤로 살을 날려 역시 붉은 동그라미를 맞히니 화살 네 대가 나란히 동그라미 안에 꽂혔다.

"참 멋진 솜씨요!"

사람들이 저마다 찬탄하니 장합이 우쭐했다.

"비단 전포는 내 거요!"

말이 끝나기 전에 다시 붉은 전포 장수가 바람같이 말을 달리며 높이 외쳤다.

"등 뒤로 쏘는 게 무엇이 기이한가! 내가 과녁 중심을 빼앗는 것이나 보게!"

하후연이었다. 과녁에서 100걸음 떨어진 곳까지 급히 달려가 몸을 뒤로 비틀며 살을 날리니 네 화살 중앙에 꽂혀 징과 북이 일제히 울렸다.

"이 화살이 비단 전포를 차지할 만한가?"

그 소리에 맞추어 다시 푸른 전포 장수가 나가 외쳤다.

"비단 전포는 이 서황에게 주게!"

"그대가 또 어떤 솜씨가 있어 내 전포를 빼앗을 수 있는가?"

"과녁을 적중시키는 거야 희한할 게 무언가! 내가 전포를 손에 넣는 거나 구경하게!"

서황이 활을 들어 멀리 떨어진 버들가지를 향해 쏘았다. 씽 날아간 화살이 가지를 툭 부러뜨려 비단 전포가 훨훨 땅에 떨어지자 서황은 나는 듯이 달려가 집어서 몸에 걸치고 대 앞으로 달려가 감사드렸다.

"승상께서 전포를 주셔서 감사합니다!"

조조와 사람들은 모두 칭찬을 아끼지 않았다. 서황이 말을 돌리는데 느닷

◀ 서황의 화살이 버들가지 끊자 전포가 떨어져

없이 푸른 전포 장수가 뛰어나와 높이 외쳤다.

"전포를 어디로 가져가느냐? 빨리 나에게 넘겨라!"

사람들이 보니 허저였다.

"전포가 여기 있는데 감히 빼앗을 수 있느냐?"

서황이 소리치자 허저는 대꾸도 없이 말을 달려 덮쳤다. 서황이 활을 휘둘러 때리니 허저가 활을 덥석 붙잡아 당겨 서황의 몸이 안장에서 떨어졌다. 서황이 활을 버리고 말에서 뛰어내리자 허저도 말에서 뛰어내려 둘이 부둥켜안고 싸웠다. 조조가 급히 사람을 보내 말렸으나 비단 전포는 이미 갈기갈기 찢어진 뒤였다. 조조가 두 사람을 대 위로 부르자 서황은 눈썹을 곤두세우고 화난 눈을 부릅뜨고 허저는 이빨을 부득부득 갈며 싸우려고 서로 몸이 달았다.

조조는 껄껄 웃었다.

"나는 공들의 용맹을 보고 싶으니 어찌 전포 한 벌을 아끼겠소?"

장수들을 전부 대 위로 불러 서천에서 나는 비단을 한 필씩 내리자 모두 감사드렸다. 조조는 부하들을 품계에 따라 자리에 앉게 했다. 음악이 울리고 물에서 나는 음식과 뭍에서 나는 요리들이 먹음직스럽게 차려지며 문관과 무장들은 번갈아 잔을 잡고 술을 권했다. 조조가 문관들을 돌아보았다.

"무장들은 말 달리고 활 쏘는 것을 즐거움으로 삼아 위엄과 용맹을 드러내기에 충분했소. 공들은 모두 고명한 선비들인데 이 높은 대에 올라, 어찌 한때의 성대한 일을 글로 짓지 않으리오?"

문관들이 모두 몸을 굽히며 대답했다.

"높으신 명령에 따르겠습니다."

간의대부이며 사공군사를 맡은 동해 사람 왕랑(王朗)과 작위가 동무정후로 황제를 모시는 시중이자 상서좌복야인 영천 사람 종요(鍾繇), 그리고 왕찬과 진림을 비롯한 문관들이 시를 지어 바치는데 조조의 공덕이 높디높아 하늘의 명을 받들어 황제가 되어야 한다는 내용이 많았다.

조조는 한 편 한 편 다 읽어보고 웃었다.

"여러분의 훌륭한 글이 나를 과분하게 칭찬했소. 나는 원래 어리석고 누추한 사람으로 처음에 효렴으로 추천되었으나 천하가 크게 어지러워지자 병을 핑계로 고향에 돌아가 초군 동쪽에 집을 짓고, 봄여름에는 책을 읽고 가을겨울에는 화살을 날려 사냥이나 하면서 천하가 태평해지기를 기다려 그 후에 세상에 나오려 했던 것이오. 그런데 뜻밖에도 조정에서 불러 전군교위로 삼으니 뜻을 바꾸어 오로지 나라를 위해 역적을 토벌하고 공로를 세우고 싶었소. 죽은 뒤 무덤에 '한의 옛 정서장군 조후 묘'라는 글이 적히기만 바랐으니, 그러면 조상에 욕되지 않아 평생소원을 푸는 것이오. 스스로 생각해보면 황건을 쓸어 없애고 동탁을 토벌한 이래 원술을 무찌르고 여포를 깨뜨렸으며, 원소를 궤멸시키고 유표를 평정해 천하를 태평하게 만들고, 몸은 재상이 되어 신하로서 귀함이 극치에 이르렀으니 더 바랄 게 무엇이겠소? 나 같은 사람이 없었으면 황제를 자칭하고 왕으로 일컫는 자들이 얼마였을지 모르오. 어떤 사람들은 내 권력이 큰 것을 보고 함부로 짐작해 나에게 다른 마음이 있다고 의심하는데, 이는 너무 황당한 추측이오. 나는 늘 성인께서 주문왕의 높은 덕을 칭송한 말씀을 마음에 아로새겼소. 그런데 어떤 사람들이 내가 거느린 군사를 버리고 맡은 일을 내놓아 봉을 받은 무평으로 돌아가기를 바란다면 그것 또한 아니 될 일이오. 일단 군권을 내놓으면 실로 남에게 해를 입을까 두렵소. 자손들도 생각해야 하고, 내가 망하면 나라가 기울어져 위태로워지니 공연히 헛된 명성을 부러워하다 화를 입을 수는 없는 노릇이오. 여러분 가운데는 내 뜻을 모두 아는 이가 없을 것이오."

【《논어》〈태백〉 편에서 공자는 '주(周)는 천하의 세 몫 가운데 두 몫을 차지하고도 은 왕조를 섬겼으니 최고의 덕이라 해야 한다'고 했다. 조조는 벌써 자신을 주

문왕에 비유한 것이다.】

사람들은 모두 자리에서 일어나 절했다.
"비록 이윤과 주공일지라도 승상께는 미치지 못합니다."
후세 사람이 지은 시가 있다.

주공이 뜬소문 두려워하던 날
왕망이 겸손하게 아랫사람 대할 때
만약 그 시절 몸이 죽었으면
일생의 진실과 허위 그 누가 알리오

−당나라 시인 백거이(白居易)의 '방언'이 조금 변한 시.

몇 잔 마신 조조는 거나하게 취해 붓과 벼루를 가져오게 했다. 그 역시 동작대를 노래하는 시를 지으려고 종이에 붓을 대는데 별안간 보고가 왔다.
"오에서 화흠을 보내 유비를 형주 자사로 추천하는 표문을 올렸습니다. 손권이 누이를 유비에게 시집보내고, 한수 일대 아홉 군 가운데 반 이상이 유비에게 넘어갔습니다."
말을 듣고 조조가 손발이 떨려 붓을 땅에 던지자 정욱이 물었다.
"승상께서는 수많은 군사 속에서 화살과 돌이 엇갈려 날아올 때도 마음이 흐트러지신 적이 없습니다. 그런데 지금 유비가 형주를 얻었다는 소식을 듣고는 어찌 이처럼 놀라십니까?"
"유비는 사람 중의 용이오. 평생 물을 얻지 못하다 형주를 얻었으니 고단한 용이 넓은 바다로 들어간 셈이오. 내 어찌 마음이 흔들리지 않겠소!"
정욱이 또 물었다.

"승상께서는 화흠이 온 뜻을 아십니까?"

"모르오."

"손권은 처음부터 유비를 꺼려 군사를 움직여 치고 싶었으나 승상께서 틈을 타서 자기를 칠까 두려워 화흠을 사자로 삼아 표문을 올려 유비를 추천한 것입니다. 유비 마음을 안정시키고 승상의 바람을 이루어 드리려는 수작입니다."

【화흠은 중원에서 소문난 인물이라 온 나라 인재를 끌어들이는 조조가 욕심낸지 오래였다. 바람이란 그 욕심을 말한다.】

조조는 고개를 끄덕였다.

"그렇구먼."

정욱이 계속했다.

"저에게 손권과 유비가 서로 으르렁거리며 삼키게 할 계책이 하나 있습니다. 승상께서 그 틈을 타 공략하시면 북 한 번 울려 진격하는 것으로 단숨에 양쪽을 깨뜨립니다."

조조가 대단히 기뻐 계책을 물으니 정욱이 설명했다.

"오에서 믿는 자는 주유입니다. 승상께서 조정에 표문을 올려 주유를 남군 태수로 추천하고, 정보를 강하 태수로 추천하며, 화흠을 조정에 두어 무겁게 쓰시면 주유는 반드시 유비와 원수가 됩니다. 그들이 서로 물고 뜯는 틈을 타서 우리가 두 사람을 공략하면 아니 될 게 무엇입니까?"

【남군은 유비 손에 들어갔는데, 주유를 그곳 태수로 임명한다는 것은 그 땅을 빼앗으라는 뜻이다.】

조조는 찬성하고 화흠을 대 위로 불러 후한 상을 내렸다. 잔치가 흩어지자 조조는 문무백관을 이끌고 허도로 돌아가 헌제에게 표문을 올려, 주유를 남군 태수에 앉히고 정보를 강하 태수로 임명했다. 그리고 화흠을 대리소경(법무부 차관)으로 봉해 허도에 잡아 두었다.

천자의 사자가 오에 이르러 주유와 정보는 벼슬을 받았다. 남군 태수를 받은 주유는 원한이 날로 커져 오후에게 글을 올려 노숙을 보내 형주를 찾아오라고 청했다. 손권이 노숙에게 물었다.

"옛날 공이 보증해 형주를 유비에게 빌려주었는데 시일을 끌면서 돌려주지 않으니 언제까지 기다려야 하오?"

"문서에 서천을 얻으면 돌려준다고 쓰여 있지 않습니까?"

노숙이 너무나 태평스럽게 대답하니 손권은 화가 치밀었다.

"서천을 손에 넣겠다면서 군사는 움직이지 않으니 이렇게 기약 없이 기다리다 늙어버리지 않겠소?"

"이 숙이 가서 말하겠습니다."

노숙은 배에 올라 형주로 향했다.

유비와 제갈량이 형주에서 군량과 말먹이 풀을 모으고 군사를 조련하자 멀고 가까운 곳에서 인재들이 많이 모여들었다. 그런데 별안간 노숙이 왔다고 하니 유비가 제갈량에게 물었다.

"자경이 이번에는 또 무슨 뜻으로 왔소?"

"지난번 손권이 조정에 표문을 올려 주공을 형주 자사로 추천한 것은 조조가 두려워 꾸민 계책입니다. 조조는 또 주유를 남군 태수로 봉했으니 이는 양쪽에서 서로 삼키게 하여 틈을 만들어보자는 수작이지요. 노숙이 온 것은 주유가 남군 태수 벼슬을 받았으니 형주를 찾아가겠다는 뜻입니다."

"어찌 대답해야 하오?"

"노숙이 형주 말을 꺼내면 주공께서는 다짜고짜 목 놓아 우십시오. 울음소리가 슬퍼지면 이 양이 나서서 권하겠습니다."

유비가 맞이해 인사를 마치고 자리에 앉기를 권하니 노숙은 사양했다.

"황숙께서 오의 사위가 되셨으니 숙의 주인이십니다. 어찌 감히 자리에 앉겠습니까?"

"자경은 나와 친구인데 너무 겸손해할 것 없지 않소?"

노숙은 마지못해 자리에 앉아 차를 마시고 말을 꺼냈다.

"오후의 높으신 명령을 받들고 형주 일 때문에 찾아뵈었습니다. 황숙께서 형주를 빌리신 지 오랜데 아직껏 돌려주지 않으십니다. 이제 두 집에서 혼인을 맺었으니 그 정을 보아서라도 빨리 넘겨주시기 바랍니다."

말이 떨어지자 유비가 얼굴을 감싸고 목 놓아 울어 노숙은 매우 놀랐다.

"황숙께서는 어찌 이러십니까?"

울음이 그치지 않자 병풍 뒤에서 제갈량이 나왔다.

"이 양이 다 들었소. 자경은 우리 주인께서 우시는 까닭을 아오?"

"실로 모르겠소."

"알기 어려울 게 무어요? 우리 주인께서 형주를 빌릴 때 서천을 얻으면 돌려주겠다고 하셨소. 그런데 익주의 유장은 같은 황실 혈육으로 우리 주인의 아우요. 군사를 일으켜 그 땅을 빼앗으면 남들이 침 뱉고 욕하지 않을까 두렵고, 서천을 치지 않으면 형주를 돌려주고 어느 곳에 몸을 붙이겠소? 그렇다고 형주를 돌려주지 않으면 또 존귀한 처남을 보기 어렵소. 실로 이렇게도 저렇게도 어려우니 주인께서 속이 쓰리고 아파 눈물이 나오는 것이오."

제갈량의 한마디 한마디가 가슴을 찌르자 유비는 더욱 서글퍼져 가슴을 치면서 발까지 탁탁 굴렀다. 하도 서럽게 우니 노숙이 도리어 말렸다.

"황숙께서는 너무 근심하지 마시고 공명과 더불어 천천히 의논하십시오."

제갈량이 노숙에게 부탁했다.

"자경께 다시 폐를 끼치게 되었으니 돌아가 오후를 뵈면 수고를 아끼지 않고 이런 사정을 간절히 말씀드려, 좀 더 기일을 달라고 부탁해주시오."

"만약 오후께서 따르지 않으시면 어찌하오?"

노숙이 묻자 제갈량은 어려운 일로 여기지 않았다.

"오후께서 누이를 황숙께 시집보낸 마당에 어찌 따르지 않으시겠소? 자경이 좋은 말로 권해주시기 바라오."

노숙은 너그럽고 어진 사람이라 유비가 이처럼 슬퍼하고 가슴 아파하자 응하지 않을 수 없었다. 배를 타고 곧장 시상으로 가서 사연을 모두 이야기하니 주유는 발을 굴렀다.

"자경이 또 제갈량 계책에 걸렸소! 유비가 유표에게 의지할 때도 늘 그를 삼키려는 뜻이 있었거늘 서천의 유장을 놓아두겠소? 그들이 이처럼 자꾸 핑계를 꾸며 시간을 끌면 자경이 화를 면하기 어렵소. 나에게 계책이 하나 있으니 제갈량이 벗어나지 못하게 하겠소. 자경이 한 번 더 다녀와 주시오."

노숙은 귀가 솔깃했다.

"묘한 계책을 듣고 싶소."

"자경은 다시 형주로 가서 유비에게 말하시오. 손씨가 유씨와 혼인을 맺어 한 집안이 되었는데, 유씨가 차마 서천을 치지 못하면 우리 오에서 군사를 내어 서천을 치겠다고 하시오. 서천을 손에 넣으면 지참금으로 삼아 유씨에게 줄 테니 형주를 오에 돌려 달라고 하시오. 이 계책이 어떠하오?"

"서천은 멀어서 손에 넣기 어려우니 이 계책은 불가능한 게 아니오?"

노숙이 근심하자 주유는 히죽 웃었다.

"자경은 참으로 무던한 분이오. 내가 정말 서천을 쳐서 넘겨주겠소? 이것을 구실로 형주를 치려는 것이고, 그가 방비하지 않게 만들려는 것이오. 오가 서천을 치려면 형주를 지나야 하니 그에게 군량과 말먹이 풀을 달라고 하여, 유비가 성을 나와 우리 군사를 맞이할 때 들이쳐 붙잡고 형주를 손에 넣으면 내 한을 씻고, 자경도 화를 풀게 되오."

노숙이 다시 형주로 가자 제갈량이 유비에게 말했다.

"노숙은 틀림없이 남서까지 가지 않고, 시상에 가서 주유와 계책을 꾸미고 우리를 꾀러 왔습니다. 그가 무엇이라 하든지 주공께서는 제가 고개를 끄덕이는 걸 보시면서 선선히 응하시면 됩니다."

두 사람이 상의를 끝내자 노숙이 들어왔다.

"오후께서는 황숙의 덕을 높이 칭찬하시면서 장수들과 상의하고 군사를 일으켜 황숙을 대신해 서천을 치기로 하셨습니다. 서천을 손에 넣어서 누이 지참금으로 삼아 형주와 바꾸시겠다는 말씀입니다. 군사가 지나가게 되면 군량과 말먹이 풀을 좀 주시기 바랍니다."

제갈량이 얼른 고개를 끄덕였다.

"오후의 착한 마음씨가 참으로 고맙소!"

유비도 손을 모아 잡고 감사했다.

"모두 자경이 좋은 말씀을 해주신 덕분이오."

제갈량이 약속했다.

"강한 군사가 이르는 날, 멀리 나가 맞이해 수고를 위로하겠소."

잔치가 끝나고 노숙이 기뻐하며 돌아가자 유비가 제갈량에게 물었다.

"또 무슨 뜻이오?"

제갈량은 허허 웃었다.

"이따위 계책은 어린아이도 속이지 못하니 주랑이 죽을 날이 다가왔습니다! 이것은 '길을 빌려 괵을 멸망시키는[假途滅虢가도멸괵]' 계책입니다. 주유는 겉으로는 서천을 치러 간다는 명분을 대고 속으로는 형주를 손에 넣으려는 것이지요. 주공께서 성 밖에 나가 군사를 위로하실 때 붙잡고 쳐들어오겠다는 수작입니다. 이른바 '방비하지 않은 곳을 치고, 뜻하지 않은 노릇을 한다'

는 것이지요."

【춘추시대 강대한 진(晉) 옆에 작은 나라가 둘이 있어 우(虞)와 괵인데, 진이 삼키고 싶었으나 두 나라가 워낙 친해 공격이 어려웠다. 진은 우의 임금에게 옥과 준마를 보내고 괵을 치러 가는 길을 빌려달라고 청했다. 우의 임금이 선물에 눈이 멀어 이에 응하자 진은 우를 지나 괵을 쳐 많은 이득을 보았다. 몇 해 후 진은 또 우를 지나 괵을 멸망시키고 돌아오는 길에 우까지 삼켰다. 이 일을 가리키는 '가도멸괵'은 36계의 하나로 꼽히는 유명한 계책이다.】

"그럼 어찌해야 하오?"

"주공께서는 마음을 푹 놓으십시오. 그저 '살 먹인 쇠뇌를 감추어 맹호를 잡고, 향기로운 미끼를 놓아 자라를 낚기[準備窩弓준비와궁 以擒猛虎이금맹호 安排香餌안배향이 以釣鰲魚이조오어]'만 하시면 됩니다. 주유가 오면 완전히 죽지는 않더라도 숨이 거의 넘어갈 것입니다."

제갈량은 곧 조운을 불러 계책을 이야기했다.

노숙이 시상으로 돌아가 유비와 제갈량이 기뻐하면서 반드시 성 밖에 나와 군사를 위로하겠다고 말을 전하자 주유는 껄껄 웃었다.

"이번에는 제갈량, 너도 내 계책에 걸렸구나!"

노숙을 오후에게 보내 아뢰고 정보에게 군사를 이끌어 후원해 달라고 청했다. 주유는 화살 상처가 아물어 아무 탈이 없었다. 감녕을 선봉으로 삼고 능통과 여몽에게 후대를 맡기며 서성, 정봉과 함께 중군이 되어 수군과 육군 합쳐 5만 대군을 이끌고 형주를 향해 나아갔다.

주유는 생각할수록 흐뭇해 배 안에서 걸핏하면 웃음을 지었다. 드디어 제갈량이 자기 계책에 걸렸다고 깊이 믿은 것이다. 2만 5000명 수군이 물을 따라 구불구불 나아가는데 선두가 하구에 이르니 주유가 물었다.

"형주에서 나와 맞이하는 사람이 있느냐?"

"유황숙께서 미축을 보내 도독을 뵈러 왔습니다."

선두에서 대답을 올리자 주유는 미축을 중군으로 불렀다.

"군사를 어찌 위로하려 하오?"

"주공께서 채비를 마치셨습니다. 올리는 물품과 군량은 뒤이어 길에 오르게 됩니다."

"유황숙께서는 어디 계시오?"

"성문 밖에서 기다리시면서 잔을 잡고 도독께 술을 권하려 하십니다."

미축의 대답을 들을수록 주유는 자신만만했다.

"그쪽 일 때문에 정벌을 나가니 군사들 위로를 가볍게 하면 아니 되오."

미축은 말씀을 받들고 먼저 돌아갔다.

싸움배들이 수면을 빼곡히 뒤덮고 순서에 따라 나아가 차츰 공안에 이르는데, 앞에는 배 한 척 보이지 않고 나와서 맞이하는 사람도 없었다. 주유가 배를 재촉해 형주 10여 리 밖까지 이르렀으나 수면은 고요하고 텅 비어 있었다. 정탐꾼들이 돌아와 보고했다.

"형주성 위에는 흰 깃발이 두 개 꽂혔을 뿐 사람 하나 보이지 않습니다."

주유는 의심이 들어 배를 기슭에 대고 언덕에 올라 말을 탔다. 감녕과 서성, 정봉을 비롯한 장수들을 한 무리 거느리고 심복 정예 3000명을 이끌어 곧장 형주로 달려가 성 아래에 이르렀는데도 아무 움직임이 보이지 않았다. 군사들이 문을 열라고 소리치자 성 위에서 누구냐고 물었다.

"오의 주 도독께서 친히 오셨소."

그러자 딱따기 소리가 울리더니 흰 깃발이 넘어지고 붉은 깃발이 세워지며 성 위에서 일제히 창칼을 세우고, 적루에서 조운이 모습을 드러냈다.

"도독은 이번 걸음에 무엇을 하러 오셨소?"

"내가 그대 주인을 위해 서천을 치러 가는데 그대는 모르는가?"

"제갈 군사께서 이미 도독이 길을 빌려 괵을 치려는 계책을 꿰뚫어 보시고 이 운에게 여기서 지키게 하셨소. 우리 주공께서 말씀하셨소. '나와 유장은 같은 황실 종친인데 어찌 차마 의리를 저버리고 서천을 차지하겠는가? 오에서 정말로 서천을 치면 나는 머리를 풀고 산에 들어가 천하 사람들에게 믿음을 잃지 말아야 할 것이다'라고 말이오."

주유는 고삐를 당겨 말을 돌렸다. 바로 이때 사람이 달려왔다.

"네 길 군사가 일제히 공격해 옵니다. 관우는 강릉, 장비는 자귀, 황충은 공안에서 오고, 위연은 잔릉 오솔길로 달려옵니다. 네 길 군사가 대체 얼마나 되는지 알 수 없습니다. 고함이 멀고 가까운 곳 100여 리를 흔드는데 모두 주유를 붙잡자고 소리칩니다."

주유는 말 위에서 '으악!' 하고 높이 소리쳤다. 그 서슬에 화살 상처가 다시 찢어져 말 아래로 떨어졌다.

이야말로

한 수 더 높아 당하기 어렵구나
몇 번이나 꾸며도 또 허탕일세

주유는 목숨을 잃지나 않을까?

57

벼슬 낮아 술만 마시는 방통

시상구에서 와룡은 문상하고
뇌양현에서 봉추는 업무 보다

가슴에 노기가 꽉 치밀어 주유가 말 아래로 떨어지자 좌우에서 급히 구해 배로 돌아가는데 군사들이 보고했다.

"유비와 제갈량이 앞산 위에서 웃으며 술을 마십니다."

주유는 크게 노해 부득부득 이를 갈았다.

"내가 서천을 차지하지 못할 줄 아느냐? 기어이 손에 넣을 것이다!"

주유가 악이 받쳐 씩씩거리는데 오후가 사촌동생 손유를 보냈다. 손정의 아들이었다.

"형님 명을 받들고 도독을 도와드리러 왔소."

주유와 손유가 군사를 재촉해 나아가 파구 땅에 이르자 상류에서 유봉과 관평이 물길을 가로막았다. 주유는 화가 더욱 뻗치는데 제갈량이 사람을 시켜 글을 보냈다.

'한의 군사중랑장 제갈량이 오의 대도독 공근 선생 휘하에 글을 드리오. 이 양은 시상에서 선생과 헤어진 뒤 지금껏 그리워 잊지 않았소. 선생이 서천을 차지하려 한다는 소식을 듣고 이 양은 가만히 그래서는 아니 된다고 생각했소. 익주는 백성이 강하고 땅이 험하니 유장이 비록 이치에 어둡고 나약하다 해도 넉넉히 지킬 수 있소. 그런데도 군사에게 수고를 끼쳐 멀리 정벌을 나가면 만 리 길을 돌아 군량과 말먹이 풀을 날라야 하니, 완전한 승리를 거두려면 전국시대 명장 오기(吳起)라도 그 계책을 정할 수 없고, 춘추시대 병법가 손무(孫武)라도 그 뒤를 잘 마무리하지 못할 것이오. 적벽의 원한에 싸인 조조는 또 어찌 잠시인들 원수 갚을 궁리를 하지 않겠소? 선생이 군사를 일으켜 멀리 정벌을 나갔다가 조조가 빈틈을 타고 달려오면 강남이 가루가 될 것이오. 이 양은 차마 앉아서 구경만 할 수 없어 특별히 밝혀드리니 굽어살피시면 다행이겠소.'

주유는 글을 읽고 '후유' 한숨을 길게 내쉬더니 오후에게 올리는 글을 쓰고 장수들을 모았다.

"내가 충성을 다해 나라에 보답하려 하지 않는 것이 아니라 하늘이 정해준 목숨이 이미 끝났소. 여러분은 주공을 잘 섬겨 함께 대업을 이루도록 하시오."

말을 마치고 깜빡 까무러쳤다가 천천히 정신을 차리고 하늘을 우러러 땅이 꺼지게 한숨을 쉬었다.

"이미 주유를 낳았으면서 어찌하여 또 제갈량을 낳으셨습니까!"

몇 번 소리치고 죽으니 그때 나이 36세였다. 때는 건안 15년(210년) 12월 초 사흘이었다. 주유가 파구에서 군사를 멈추고 죽자 장수들은 그가 남긴 글을 손권에게 올렸다. 손권이 한참 목 놓아 울고 글을 뜯어보니 자신을 대신하도록 노숙을 추천했다.

'이 유는 평범한 재주로 특별한 은혜를 입어, 주공께서 심복으로 여기고 군사를 거느리게 하셨으니 어찌 감히 팔다리가 되어 힘을 다해 보답하지 않겠습니까. '죽음과 삶은 헤아릴 길이 없고, 오래 살거나 일찍 죽는 것은 하늘에 달렸다[死生不測사생불측 修短有命수단유명]'고 하지만 어리석은 뜻을 펴기도 전에 보잘것없는 몸이 벌써 죽으니 남은 한이 얼마나 큰지 모릅니다. 지금 조조가 북쪽에 있으니 싸움터가 조용할 수 없고, 유비가 형주에 몸을 붙이니 호랑이를 기르는 격이라 천하 일이 어찌 될지 알 수 없습니다. 이는 조정 인재들이 식사를 늦추며 일을 다그쳐야 할 때이고, 주공께서 날마다 생각을 깊이 하실 때입니다. 노숙은 충성스럽고 강직하며 일에 소홀함이 없으니 이 유의 소임을 대신할 수 있습니다. '사람이 곧 죽으려면 그 말도 좋게 한다[人之將死인지장사 其言也善기언야선]'고 하니, 주공께서 굽어살피시어 말씀을 들어주시면 이 유는 죽어도 썩지 않을 것입니다.'

손권은 글을 읽고 다시 울었다.

"공근은 제왕을 보좌할 재주를 지녔는데 젊은 나이에 갑자기 죽으니 내가 누구를 믿겠소? 그가 글을 남겨 특별히 자경을 추천하니 내가 감히 그 말을 좇지 않을 수 없소."

그날로 노숙을 도독으로 임명해 군사를 총지휘하게 하고, 주유 영구를 오로 모셔 묻도록 했다.

이때 제갈량은 밤하늘을 쳐다보다 장수별이 땅에 떨어지자 말했다.

"주유가 죽었구나."

날이 밝자 유비에게 말하고 사람을 보내 알아보니 과연 주유가 죽었다는 것이다. 유비가 물었다.

"이제 어찌해야 하오?"

"주유를 이어 군사를 거느릴 사람은 반드시 노숙입니다. 이 양이 하늘을 살펴보니 장수별이 동방에 모였습니다. 양은 문상을 구실로 강동에 한 번 다녀오면서 현명한 인재를 찾아 주공을 보좌하도록 하겠습니다."

"오의 장졸들이 군사를 해치지 않을까 두렵소."

"주유가 살아 있을 때도 이 양이 무서워하지 않았거늘 그가 이미 죽었는데 무슨 걱정이 있겠습니까?"

제갈량은 조운과 함께 500명 군사를 거느리고 제사 예물을 갖추어 파구로 문상하러 갔다. 길에서 들으니 손권이 이미 노숙을 도독으로 삼고 주유의 영구는 시상으로 돌아갔다 하여 그곳으로 찾아갔다. 노숙은 예절을 차려 맞이했으나 장수들은 모두 제갈량을 죽이려 했다. 하지만 조운이 검을 차고 따르고 있어 감히 손을 쓰지 못했다. 제갈량은 영전에 제사 예물을 차리고 친히 술을 따르며 꿇어앉아 제문을 읽었다.

"오호, 공근이여! 불행하게도 일찍 돌아갔구려! 오래 살거나 일찍 죽는 것은 하늘에 달렸다지만 사람이 어찌 슬프지 않으리오. 내 마음이 너무 아파 술한 잔 부으니 그대 넋이 있다면 내 제사를 받으시오. 그대는 어린 시절 공부를 하면서 손백부와 사귀었고, 의로움을 무겁게 받들고 재물을 가볍게 알아, 집을 양보해 백부 가족이 들게 했소. 약관(弱冠, 20대)에 대붕이 만 리를 날듯 솟아올라 패업을 이루고 강남을 나누어 차지하며 멀리 파구를 지키니, 유경승이 근심하고 토로장군은 걱정이 없었소. 그대는 풍채가 늠름해 좋은 아내 소교와 짝지어 한나라 신하의 사위가 되었으니 당대에 부끄럽지 않게 되었소. 기개도 장하여 조조에게 인질을 보내자는 주장을 막아 처음부터 날개를 접지않고 나중에 드디어 활짝 펼쳤소. 그대는 파양호에서 장간이 설득할 때도 자유자재로 다루어 고상한 흉금과 높은 뜻을 밝혔소. 또 재능이 뛰어나 글재주와 군사 지략을 갖추었으니 불로 공격해 적을 깨뜨리고, 강한 자를 꺾어 약하게 만들었소. 내가 생각하니 그대는 살아서 씩씩하고 영특한 모습을 자랑했고, 내가 울고 싶나니 그대는 일찍 세상을 떠나 땅에 엎드려 피를 흘렸소. 충

◀ 시상구에서 제갈량은 주유 조문하고

성스럽고 의로운 마음을 품고 영특하고 신령스러운 기개를 갖추니, 목숨은 겨우 3기(紀, 1기는 12년)에 그쳤지만 이름은 100대에 전해지리오. 그대 그려 슬퍼하나니, 수심에 잠긴 창자는 매듭을 천 개나 짓고 괴로운 간과 쓸개는 슬픔이 그치지 않소. 하늘이 어두워지고 삼군이 눈물을 흘리며 주공은 그대 잃어 슬피 우시고 벗은 그대 사라져 눈물을 글썽이오. 이 양은 재주 없으나 그대는 나에게 계책을 얻고 꾀를 구했소. 내가 오를 도와 조조를 막고 한을 보좌해 유씨를 편안히 하였나니 그대와 기각지세를 이루어 머리와 꼬리가 서로 도왔소. 그대는 산 듯 죽은 듯 근심과 걱정이 어떠하오? 오호, 공근이여! 산 사람과 죽은 사람은 영원히 갈라지게 되었구려! 그대는 소박하고 깨끗한 지조를 지키고 머나먼 곳으로 사라져 가니 넋이 영검하다면 내 마음을 살펴보시오. 이제부터 하늘 아래 다시는 나를 제대로 알아줄 친구[知音지음]가 없게 되었소. 오호, 슬프도다! 엎드려 비오니 그대는 보잘것없는 이 제물을 누려주시오."

제사를 마치고 제갈량은 땅에 엎드려 통곡했다. 눈물이 샘솟듯 하고 슬픈 울음소리가 그치지 않자 장수들이 수군거렸다.

"사람들은 공근과 공명이 사이가 나쁘다고 하더니 오늘 그가 제사를 지내는 정을 보면 헛소리였군."

노숙은 제갈량이 이처럼 슬퍼하니 역시 서글퍼져 속으로 생각했다.

'공명은 원래 정이 많은 사람인데 공근이 속이 좁아 스스로 죽음을 불렀구나.'

조문이 끝나고 제갈량이 강가로 가서 배에 타려 하는데 한 사람이 그를 덥석 틀어잡았다. 도포를 입고 참대 관을 썼으며 검정 띠를 두르고 흰 신을 신은 그가 껄껄 웃었다.

"그대가 주랑의 화를 돋우어 죽이고도 와서 조문하니 오에는 사람이 없는 줄 아는가?"

제갈량이 급히 돌아보니 봉추 선생 방통이라 역시 허허 웃었다. 두 사람이 손을 잡고 배에 올라 각기 마음에 둔 사연을 털어놓자 제갈량이 글 한 통을 써주면서 당부했다.

"내가 헤아려보면 손중모는 반드시 그대를 중용하지 못할 것이오. 조금이라도 일이 뜻대로 되지 않으면 형주로 와서 나와 함께 현덕을 보좌합시다. 이분은 너그럽고 어질며, 순박하고 덕성이 높아 반드시 공이 평생 배운 학문을 저버리지 않을 것이오."

방통이 응하고 헤어져 제갈량은 형주로 돌아갔다.

노숙이 주유 영구를 호송해 무호(蕪湖)로 가니 손권이 맞이해 울면서 제사를 지내고 후한 장례를 치러 고향에 묻었다. 주유에게는 아들 둘, 딸 하나가 있어 손권이 후하게 대우했다. 장례가 끝나고 오후가 주유의 일을 회상하니 눈물을 흘리지 않는 사람이 없었다.

"주랑이 죽었으니 내 팔다리가 망가졌소. 어찌 다시 대사를 흥하게 하겠소?"

노숙이 말씀을 올렸다.

"이 숙은 둔한 재주로 그릇되게 공근의 무거운 추천을 받았으나 실은 맡은 일에 어울리지 못하니 한 사람을 추천해 주공을 보좌하게 할까 합니다. 이 사람은 위로는 천문에 통달하고 아래로는 지리를 꿰뚫으며, 슬기는 관중과 악의에 못지않고, 책략은 손무나 오기와 어깨를 나란히 할 만합니다. 예전에 공근이 그의 말을 많이 들었고, 공명도 그 슬기에 깊이 탄복합니다. 지금 강남에 있는데 어찌 중용하지 않으십니까?"

손권은 크게 기뻐 그 사람 이름을 물었다.

"양양 사람으로 성은 방이고 이름은 통, 자는 사원이며 도호를 봉추 선생이라 합니다."

"나도 그 이름을 들은 지 오래이오. 바로 청해 만나도록 하시오."

노숙이 방통을 장군부로 데려가 손권이 살펴보니, 눈썹이 시커멓고 콧구멍은 하늘로 들렸으며 얼굴은 검은데 수염은 짧았다. 그 모습이 괴이해 은근히 마음이 돌아선 손권은 건성으로 물었다.

"공이 평생 배운 것은 주로 무엇이오?"

"어느 틀에 매일 것 없이 때에 따라 대처하는 것입니다."

대답이 너무 애매해 손권은 또 물었다.

"공의 실력과 학식이 공근과 비교하면 어떠하오?"

방통은 씩 웃으며 대답했다.

"제가 배운 것은 그가 배운 것과는 전혀 다릅니다."

평생 주유를 가장 좋아하는 손권은 방통이 그를 얕잡아 보는 것 같아 점점 싫어졌다.

"공은 잠시 물러가오. 다음에 공을 쓸 때가 있으면 청하겠소."

방통은 '후유' 한숨을 쉬더니 나갔다. 노숙이 손권에게 물었다.

"주공께서는 어이하여 방사원을 쓰지 않으십니까?"

"그는 미친 선비요. 써서 무슨 좋은 점이 무엇이 있겠소?"

"적벽에서 격전을 벌일 때 이 사람이 배들을 사슬로 잇는 연환계를 내어 으뜸가는 공로를 세웠는데, 주공께서도 아시리라 생각합니다."

그래도 손권은 방통이 싫었다.

"조조가 스스로 배들을 한데 묶으려 생각하고 있었으니, 반드시 이 사람 공로라 할 수는 없소. 나는 맹세코 쓰지 않겠소."

노숙이 밖으로 나와 방통에게 말했다.

"이 숙이 공을 추천하지 않은 게 아니라 오후께서 쓰려 하지 않으시니 기다려주시오."

방통은 머리를 숙이고 땅이 꺼지게 한숨만 쉬면서 아무 말도 하지 않았다.

"공은 혹시 오에 계실 뜻이 없는 게 아니오?"

방통이 대답하지 않자 노숙이 말했다.

"공은 나라를 바로잡고 세상을 건질 재주를 지녔으니 어디로 가신들 성공하지 못하시겠소? 솔직히 이 숙에게 말해주시오. 대체 어디로 가려 하시오?"

"조조에게나 갈까 하오."

"그것은 빛나는 구슬을 어두운 곳에 던지는 격이오. 형주로 가서 유황숙에게 의지하시면 반드시 중용해주실 것이오."

방통은 그제야 속마음을 털어놓았다.

"이 통의 뜻이 사실은 그것인데 앞의 말은 농담이었소."

"내가 글을 써서 공을 추천하겠소. 공이 현덕을 보좌하면 반드시 손씨와 유씨가 서로 공격하지 말고 힘을 합쳐 조조를 깨뜨리도록 해야 하오."

"내 평생에 늘 품었던 뜻이올시다."

방통이 솔직하게 말하더니 노숙의 글을 얻어 곧장 형주로 가서 유비를 찾았다. 마침 제갈량은 바깥 네 군을 돌아보러 나가 돌아오지 않았다. 그의 이름을 오래 들어온 유비가 바로 청해 들이니 방통은 유비를 만나 두 손을 맞잡고 허리만 굽힐 뿐 절을 하지 않았다. 유비 또한 그의 생김새가 이상해 속으로 그리 반갑지 않았다.

"공은 먼 길을 오시느라 힘드셨겠소."

방통은 노숙과 제갈량의 글을 꺼내 올리지 않고 그냥 대답했다.

"황숙께서 현명한 이를 찾고 인재를 부르신다고 하여 특별히 몸을 붙이러 왔습니다."

"형주는 조금 안정되어 마땅한 자리가 없어 좀 어렵소. 동북쪽에 현이 하나 있는데 이름이 뇌양으로, 지금 다스리는 이가 없으니 먼저 그곳을 맡으시오. 다음에 빈자리가 생기면 중용하겠소."

방통이 기대했던 것과는 너무나 거리가 먼 처사였다.

'현덕이 어찌 나를 이처럼 가볍게 대하는가!'

재주와 학식으로 유비 마음을 움직여볼까 하는 생각도 있었지만, 제갈량이 없어 그러려니 여기고 뇌양으로 갔다. 그곳에 가더니 정사는 돌보지 않고 종일 술을 마시며 노는 것을 일로 삼았다. 재물과 식량 조달이나 송사는 아예 거들떠보지도 않아, 유비에게 보고가 올라왔다.

"방통이 뇌양현 일을 완전히 팽개쳤습니다."

"되지 못한 선비 녀석이 감히 내 법도를 어지럽히다니!"

유비는 화가 나서 장비에게 명했다.

"사람을 데리고 형주 북쪽 여러 현을 순시해 공정하지 못하고 법을 지키지 않는 자가 있으면 반드시 따져 묻게. 아우는 일 처리가 밝지 못할지도 모르니 손건과 함께 가게."

장비는 명을 받들고 손건과 함께 뇌양현으로 갔다. 군사와 백성, 관리들이 모두 성 밖에 나와 맞이하는데 현령은 눈에 띄지 않았다.

"방 현령은 부임한 이후 현의 일은 아예 묻지도 않고 날마다 술만 마십니다. 아침부터 밤까지 거나하게 취해 술 나라에서 헤매는데, 오늘도 어제 취한 술이 깨지 않아 아직 자리에서 일어나지 않았습니다."

장비가 크게 노해 당장 방통을 잡으려 하니 손건이 말렸다.

"방사원은 고명한 선비이니 함부로 다루어서는 아니 되오. 먼저 들어가 까닭을 물어봅시다. 확실히 이치에 맞지 않으면 그때 죄를 다스려도 늦지 않습니다."

장비가 현청에 자리를 잡고 현령을 부르니 옷도 바로 입지 않고 관도 제대로 쓰지 않은 방통이 얼굴에 취기가 가득해 나타나자 버럭 화를 냈다.

"우리 형님이 너를 그래도 사람으로 보고 현령으로 삼았는데, 네가 어찌 감히 현의 일을 모두 팽개쳤느냐?"

방통이 웃으며 물었다.

"내가 현의 무슨 일을 팽개쳤다 하는 거요?"

"네가 부임하고 100여 일이 되도록 종일 술에 빠져 보낸다니 어찌 정사를 팽개치지 않은 것이냐?"

장비가 으르렁거렸으나 방통은 태연했다.

"가로세로 100리도 되지 않는 작은 현의 사소한 정사야 처리하기 힘들 게 무어요! 장군은 잠깐 앉아 내가 일을 끝내기를 기다리시오."

아전들에게 그동안 밀린 일을 모두 가져오라 하니 제각기 둘둘 말린 문서를 안고 오고 송사 관련자들이 섬돌 아래에 둘러앉았다. 방통이 손으로는 서류에 글을 쓰고, 입으로는 판결을 내리며, 귀로는 송사를 듣는데, 옳고 그름이 분명해 털끝만큼도 틀림이 없었다. 백성은 모두 머리를 조아리고 절을 올리면서 순순히 판결에 따랐다. 한나절도 되지 않아 방통은 밀린 일을 말끔히 끝내고 붓을 던지더니 장비에게 물었다.

"내가 팽개친 일이 뭐요? 나는 조조와 손권도 내 손금 보듯 하는데 이따위 자그마한 현이야 어찌 마음에 둘 나위나 있겠소?"

장비는 깜짝 놀라 삿자리에서 일어서서 나와 잘못을 빌었다.

"선생의 크신 재주를 모르고 이놈이 실례했소. 내가 형님 앞에서 힘을 다해 선생을 추천하겠소."

방통은 노숙이 추천하는 글을 꺼냈다.

"선생이 처음 우리 형님을 뵐 때는 어찌하여 이 글을 내놓지 않으셨소?"

"그 자리에서 곧장 꺼내면 오로지 추천하는 글만 믿고 찾아뵙는 것 같지 않겠소?"

장비는 손건을 돌아보며 고마워했다.

龐統理事 乙酉春 蔡雄畫

"공이 아니었으면 대단히 현명한 분을 잃을 뻔했소."

그가 형주로 돌아와 방통의 실력을 이야기하니 유비도 깜짝 놀랐다.

"그토록 현명한 이를 잘못 대한 것은 내 잘못이다!"

장비가 노숙이 추천한 글을 올렸다.

'방사원은 작은 현이나 다스릴 감이 아닙니다. 그에게 치중이나 별가의 소임을 맡게 해야 그 빠른 발을 달려볼 수 있습니다. 만약 겉모양만 보고 대하시면 그가 배운 바를 저버리게 되고, 다른 사람이 쓰게 될 터이니 실로 아쉽습니다.'

【별가와 치중은 주를 다스리는 장관의 가장 중요한 보좌관이었다. 유비는 겨우 형주 하나를 차지했으니 노숙이 얼마나 무겁게 방통을 추천했는지 알 만하다.】

유비가 글을 읽고 뉘우치는데 마침 제갈량이 돌아와 물었다.

"방 군사(軍師)는 별 탈 없습니까?"

【제갈량은 방통이 벌써 군사 노릇을 하고 있을 줄 알았다.】

"뇌양현을 다스리면서 술을 좋아해 일을 모두 팽개쳤소."

유비가 대답하니 제갈량은 웃었다.

"사원의 실력을 보면 가로세로 100리 되는 작은 현이나 다스릴 사람이 아닙니다. 그 가슴속에 들어 있는 학문은 이 양보다 열 배 낫습니다. 양이 추천하는 글을 사원에게 주었는데 주공께서는 받아보셨는지요?"

"오늘에야 자경의 글을 얻어 보았는데, 군사의 글은 보지 못했소."

"크게 현명한 이가 자그마한 소임을 맡으면 기분이 울적해 술기운이나 빌리고 일을 싫어하기 쉽습니다."

◀ 뇌양에서 방통은 한나절도 안 지나 일 끝내

"익덕이 말하지 않았으면 자칫 큰 인물을 잃을 뻔했소."

유비는 장비에게 방통을 공손히 모셔오게 하여 섬돌 아래로 내려가 죄를 빌었다. 방통이 그제야 제갈량이 추천한 글을 내놓으니 봉추가 이르면 반드시 무겁게 써야 한다는 내용이었다. 유비는 매우 좋아했다.

"전에 사마덕조께서 복룡, 봉추 두 분 가운데 한 사람만 얻으면 천하를 편안히 만들 수 있다고 하셨는데, 이제 두 분 다 얻었으니 한의 황실이 일어서겠소!"

방통을 부군사중랑장으로 임명해 제갈량과 함께 전략을 짜고 군사를 가르쳐 훈련하면서 정벌에 나설 일을 준비하게 했다. 때는 건안 16년(211년) 5월이었다.

벌써 허도에서 알고 조조가 모사들을 모아 남방 정벌을 상의하니 순유가 권했다.

"주유가 죽은 지 오래지 않으니 먼저 손권을 치고 뒤에 유비를 공격하는 게 좋습니다."

조조는 걱정했다.

"내가 멀리 정벌을 나가면 마등이 허도를 습격할까 두렵소. 전에 적벽에서도 군중에 서량 군사가 침범한다는 소문이 돌았는데, 방비하지 않을 수 없소."

순유가 계책을 올렸다.

"이 어리석은 사람이 보기에는 조서를 내려 마등의 벼슬을 정남장군으로 높이고, 손권 토벌을 구실로 허도로 불러 없애면 걱정거리가 사라집니다."

조조는 그날로 사람을 보내 서량의 마등을 불러오게 했다. 그의 자는 수성(壽成)으로 후한 복파장군 마원의 후예였다. 아버지 마숙은 환제 때 천수군 난간 현위로 있었는데 후에 벼슬을 잃고 떠돌다 농서로 가서 강인들과 섞여 살면서 강인 아내를 맞아 마등을 낳았다.

마등은 키가 여덟 자에 몸매와 모습이 웅장하고 남달랐는데, 타고난 성품은 부드럽고 착해 따르는 사람이 많았다. 영제 말년에 반란을 일으킨 강인들이 많아 마등은 민병을 모집해 반란을 깨뜨렸다. 도적을 토벌한 공로로 정서장군이 되어, 진서장군 한수와 형제를 맺었다. 이날 마등은 조서를 받고 맏아들 마초와 상의했다.

"내가 동승과 함께 옷 띠에 감춰진 조서를 받고 유현덕과 힘을 모아 역적을 토벌하기로 약속했다. 불행히도 동승이 죽고 현덕은 거듭 싸움에 졌는데, 나는 구석진 서량에 있어 현덕을 돕지 못했다. 듣자니 현덕이 형주를 얻었다 하여 내가 옛날 뜻을 펴보려 하는데 조조가 나를 부르니 어찌해야 하느냐?"

"조조가 천자의 명을 빌어 아버님을 부르니 가시지 않으면 천자를 거슬렀다고 나무랄 것입니다. 아예 이 기회에 경사로 가셔서 틈을 보아 일을 벌이면 뜻을 펴실 수 있습니다."

마등의 조카 마대(馬岱)는 반대했다.

"조조는 심보를 가늠할 수 없으니 숙부께서 해를 입을까 두렵습니다."

마초는 그 말에 굽히지 않고 한술 더 떴다.

"이 아들이 서량 군사를 모두 일으켜 아버님을 따라 허도로 쳐들어가 천하를 위해 해를 없애면 아니 될 게 무엇입니까?"

마등은 생각을 굳혔다.

"너는 강병을 거느리고 서량을 지켜라. 두 아들 마휴와 마철 그리고 조카 마대만 나를 따라가기로 하자. 조조는 네가 서량에 있고 또 한수의 도움을 받는 것을 알면 감히 나를 해치지 못할 것이다."

"아버님께서는 절대 섣불리 경사로 들어가셔서는 아니 됩니다. 상황에 따라 대응하면서 움직임을 살펴보셔야 합니다."

"내가 마땅히 알아서 움직일 테니 너무 걱정하지 마라."

마등은 5000명 서량 군사를 이끌고 마휴와 마철에게 선두를 서게 하고, 마대에게 뒤를 맡겨 경사로 나아가 허도에서 20리 떨어진 곳에 주둔했다.

조조가 태위를 지낸 황완의 아들 문하시랑 황규(黃奎)에게 명했다.

"지금 마등이 남방 정벌에 참여하게 되어 너를 행군참모로 임명하니 먼저 그의 영채로 가서 군사를 위로하라. 마등에게 서량은 길이 멀어 군량을 나르기 어려우니 군사를 많이 데려갈 수 없다고 전하라. 내가 곧 대군을 보내 그와 함께 나아가게 하겠다. 내일 그가 성안에 들어와 황제를 뵙게 하고 군량과 말먹이 풀을 주겠다."

황규가 명을 받들고 찾아가니 마등이 술상을 차려 대접했다. 술기운이 차츰 오르자 황규가 하소연했다.

"아버님이 이각과 곽사의 난에 돌아가셔서 가슴 아프고 한스러운데, 뜻밖에도 오늘 또 임금을 속이는 도적을 만나게 될 줄이야 누가 알았습니까!"

"누가 임금을 속이는 도적이오?"

"조조지요, 공은 몰라서 물으십니까?"

황규의 목소리가 거칠어지자 마등은 혹시 조조가 그를 보내 자기를 떠보지 않나 두려워 급히 말렸다.

"사람들 귀와 눈이 가까우니 함부로 말하지 마오."

황규가 마등을 꾸짖었다.

"공은 옷 띠에 든 조서도 잊으셨소?"

그가 마음속 일을 끄집어내자 마등은 그제야 전에 동승과 함께했던 일을 가만히 이야기했다. 황규가 충고했다.

"조조는 공을 성안에 불러 황제를 뵙게 할 텐데 반드시 좋은 뜻이 아니니 섣불리 들어가서는 아니 됩니다. 내일 군사를 이끌고 성 아래로 가십시오. 조조가 성 밖에 나와 군사를 점검할 때 바로 붙잡으면 대사가 이루어집니다."

이야기가 끝나 황규는 집으로 돌아갔으나 분한 마음이 삭지 않아, 아내가 거듭 까닭을 물어도 말하지 않았다. 그러나 꿈에도 생각하지 못했는데 그의 첩 이춘향이 처남 묘택과 정을 통해, 묘택이 이춘향을 얻고 싶어 몸살이 났으나 마땅한 수단이 없어 애를 태우고 있었다. 이날 이춘향은 황규가 분해 씨근덕거리는 것을 보고 묘택에게 말했다.

"황 시랑이 일을 보고 돌아왔는데, 몹시 분하게 여기니 어찌 그러는지 모르겠어요."

묘택이 가르쳐주었다.

"네가 말로 건드려봐. '사람들이 모두 유황숙은 어질고 덕성이 높다 하고 조조는 간사한 영웅이라 하는데, 어찌하여 그러는 거예요?' 그가 뭐라고 하는지 들어보라고."

밤에 황규가 첩을 찾아가니 이춘향이 그런 말로 마음을 건드려 취한 김에 대답했다.

"너는 여인이면서도 옳고 그른 일을 아는데 나야 더 말할 나위가 있겠느냐? 내가 분한 것은 조조를 죽이려고 그러는 것이다."

"어떻게 손을 쓰시려고요?"

"내일 성 밖에서 군사를 점검할 때 불시에 죽이자고 마 장군과 약속했다."

이춘향이 황규의 말을 전하자 묘택은 곧장 조조의 승상부에 가서 일러바쳤다. 조조는 가만히 조홍과 허저에게 이르고, 또 하후연과 서황을 불러 어찌어찌 움직이라고 명한 뒤 황규의 집안 식솔을 모조리 붙잡았다.

이튿날 마등이 서량 군사를 거느리고 허도성으로 가는데 앞에서 붉은 깃발이 떼 지어 나타났다. 거기에 승상 깃발이 있어 마등은 조조가 군사를 점검하러 온 줄 알고 말을 다그쳐 나아가는데 별안간 포 소리가 '탕!' 울리더니 붉은 깃발들이 갈라지면서 활과 쇠뇌가 일제히 살을 날렸다.

군사를 이끌고 앞장서서 달려오는 장수는 조홍이었다. 마등이 급히 말을 돌리는데 또 고함이 일어나면서 허저와 하후연이 양쪽으로 달려오고, 뒤로는 서황이 달려와 서량 군사의 길을 끊고 마등 삼부자를 에워쌌다.

마등은 일이 틀어진 것을 알고 힘을 떨쳐 싸웠다. 마철이 어느덧 어지러이 날리는 화살에 맞아 죽고, 마휴는 마등을 따라 왼쪽으로 쳐나가다가는 오른쪽을 무찔렀으나 도무지 포위를 뚫고 나갈 수 없었다. 두 사람은 심한 상처를 입고 말들이 화살에 쓰러져 잡히고 말았다.

조조가 황규와 마등 부자를 함께 묶어 끌어오게 하니 황규가 높이 외쳤다.

"저는 죄가 없습니다!"

그러나 묘택을 데려오자 할 말이 없었다. 마등은 욕을 퍼부었다.

"되지 못한 선비 녀석이 내 대사를 그르쳤구나! 내가 나라를 위해 도적을 죽이지 못한 것은 하늘의 뜻이로다!"

조조가 그들을 끌어내니 마등은 욕을 그치지 않고 아들, 황규와 함께 죽임을 당했다.

묘택이 조조에게 청을 드렸다.

"저는 벼슬이나 상을 바라지 않습니다. 이춘향을 저에게 내려 아내로 삼게 해주십시오."

조조가 웃었다.

"너는 여인 하나 때문에 매형의 온 집안을 해쳤구나. 이따위 의롭지 못한 자를 살려두어 어디에 쓰겠느냐!"

묘택과 이춘향을 황규의 식솔과 함께 저잣거리에서 목을 치니 그것을 보고 한숨짓지 않는 사람이 없었다.

조조는 서량 군사의 항복을 받고, 여러 관문과 길목을 지켜 마대를 놓치지 말라고 명했다. 이때 마대는 1000명 군사를 이끌고 뒤에 있었는데, 허도성 밖에서 도망쳐 돌아간 군사가 있어 소식을 알고 깜짝 놀랐다. 그러나 어찌해볼 도리가 없어 군사를 버리고 장사꾼으로 모습을 바꾸어 밤낮없이 달아났다.

조조가 마등을 죽이고 남방 정벌을 결심하는데 별안간 보고가 들어왔다.

"유비가 군사를 조련하고 무기를 정돈해 서천을 손에 넣으려 합니다."

조조가 놀랐다.

"유비가 서천을 차지하면 날개를 얻는 것이니 어찌해야 하겠소?"

섬돌 아래에서 한 사람이 나섰다.

"저에게 계책이 하나 있으니 유비와 손권이 서로 돌보지 못하게 하여 강남과 서천이 모두 승상께 돌아오게 할 수 있습니다."

이야말로

서주 호걸 죽임 당하자
남국 영웅 재앙 입누나

계책을 드린 사람은 누구일까?

(2권 끝)

중국 12판본 아우른 세계 최고 원본 | 최종 원색 완성본

본삼국지

제2권 장강에 불붙는 승부

초판 1쇄 발행 / 2005년 7월 20일
초판 8쇄 발행 / 2012년 4월 10일
재판(혁신판) 1쇄 발행 / 2014년 1월 1일
3판(완성판) 발행 / 2019년 12월 2일

지은이 / 나관중 · 모종강
옮긴이 / 리동혁
펴낸이 / 박국용

편집 / 곽　창
교열 / 신인영

펴낸 곳 / 도서출판 금토
주소 / 경기도 용인시 수지구 태봉로 17, 205-302
전화 / 070-4202-6252
팩스 / 031-264-6252
e 메일 / kumtokr@hanmail.net

1996년 3월 6일 출판등록 제 16-1273호

ISBN 978 - 89 - 86903 - 88 - 1 (04820) 〈전4권 세트〉
　　　979-11-90064-04-0 (04820) 〈제2권〉

* 값 / 각권 14,000원 / 세트(전4권) / 56,000원